PATRICIA CORNWELL (Florida, 1956), directora de Ciencia Forense Aplicada en la National Forensic Academy, ha recibido múltiples galardones en reconocimiento a su obra literaria, entre los que destacan los premios Edgar, Creasey, Anthony, Macavity, el francés Prix du Roman d'Aventure, el británico Gold Dagger y el Galaxy British Book Award. En 1999, la doctora forense Kay Scarpetta, protagonista de la mayoría de sus novelas, recibió el premio Sherlock al mejor detective creado por un autor estadounidense.

La obra de Cornwell ha sido traducida a más de treinta y dos idiomas. Hasta la fecha, Ediciones B ha publicado, en sus diferentes sellos, la serie completa de Scarpetta, así como *El avispero, La Cruz del Sur, La isla de los perros, ADN asesino* y *El frente.*

www.patriciacornwell.com

Títulos de la serie Scarpetta

MAXI

Papel certificado por el Forest Stewardship Council®

Título original: *The Last Precinct*

Primera edición en este formato: julio de 2018

© 2000 by Cornwell Enterprises Inc.
© 2001, 2009, Penguin Random House Grupo Editorial, S. A. U.
Travessera de Gràcia, 47-49. 08021 Barcelona
© Laura Paredes, por la traducción

Printed in Spain – Impreso en España

ISBN: 978-84-9070-625-1
Depósito legal: B-10.577-2018

Impreso en Liberdúplex
Sant Llorenç d'Hortons (Barcelona)

BB 06251

Penguin
Random House
Grupo Editorial

El último reducto

Patricia Cornwell

MAXI

A Linda Fairstein.
Abogada. Novelista. Mentora. La mejor amiga.
(Ésta es para ti.)

PRÓLOGO: TRAS LOS HECHOS

El frío anochecer abandonó su color amoratado en aras de la oscuridad total y agradecí que las cortinas del dormitorio fueran lo bastante gruesas como para ocultar hasta el menor indicio de mi silueta mientras hacía el equipaje. La vida no podría llegar a ser más anómala.

—Quiero tomar una copa —anuncié al abrir un cajón del tocador—. Quiero encender el fuego, tomar una copa y preparar pasta. Fideos anchos, amarillos y verdes, con pimientos y salchichas. *Le papparedelledel cantunzein*. Siempre he querido tomarme un período sabático, ir a Italia, aprender italiano, aprenderlo de veras. Hablarlo. No saber sólo el nombre de las comidas. O quizás a Francia. Iré a Francia. Podría ir ahora mismo —añadí con una doble nota de rabia e impotencia—. Podría vivir en París la mar de bien. —Era mi modo de rechazar Virginia y a todos sus habitantes.

Pete Marino, capitán del Departamento de Policía de Richmond, dominaba mi dormitorio como un faro imponente, con las manos enormes hundidas en los bolsillos de los vaqueros. No se ofreció a ayudarme a hacer las maletas, abiertas sobre la cama, porque me conocía demasiado bien para pensarlo siquiera. Marino podía parecer un palurdo sureño, hablar como un palurdo sureño y comportarse como un palurdo sureño, pero era de lo más listo, sensible y perspicaz. Ahora mismo, por ejemplo, se percataba de un hecho sencillo: no hacía ni veinticuatro horas, un hombre llamado Jean-Baptiste Chandonne se había abierto paso entre la nieve bajo la luna llena para colarse en mi casa. Estaba muy familiarizada con el modus operandi de Chandonne, de modo que podía imaginar sin riesgo a equivocarme lo que me habría hecho si hubiera tenido ocasión. Pero no era del todo capaz de someterme a imágenes anatómicamente correctas de mi propio cadáver maltrecho, y eso que nadie podría describirlo mejor que yo. Soy patóloga forense y abogada, la forense jefe de Virginia. Yo practiqué la autopsia a las dos mujeres que Chandonne asesinó hace poco aquí, en Richmond, y he estudiado los casos de otras siete que mató en París.

Me resultaba más cómodo describir lo que hizo a esas víctimas, como golpearlas con brutalidad, morderles los senos, las manos y los pies, y jugar con su sangre. No usaba siempre la misma arma. Ayer por la noche llevaba un martillo de desbastar, una herramienta singular que se usa en mampostería y es muy parecida a un pico. Sabía con certeza lo que un martillo de desbastar podía hacer a un cuerpo humano porque Chandonne usó uno (el mismo, suponía) con Diane Bray, su segunda víctima de Richmond, la policía a la que asesinó dos días atrás, el jueves.

—¿Qué día es hoy? —le pregunté al capitán Marino—. Sábado, ¿verdad?

—Sí. Sábado.

—Dieciocho de diciembre. Falta una semana para Navidad. Felices fiestas. —Abrí la cremallera de un bolsillo lateral de la maleta.

—Sí, dieciocho de diciembre.

Me observaba como si fuera alguien a punto de perder la razón. Sus ojos enrojecidos reflejaban el recelo que impregnaba mi casa. La desconfianza se palpaba en el ambiente. Sabía como el polvo. Olía como el ozono. Calaba como la humedad. El siseo de los neumáticos sobre la calle mojada, la discordancia de los pasos, las voces y los avisos por radio rompían la armonía, ya que la policía seguía ocupando mi casa, profanando mi hogar. Hasta el último rincón quedaría al descubierto, y todas las facetas de mi vida saldrían a la luz. Era como estar desnuda en una de las mesas de acero del depósito de cadáveres. Marino sabía, pues, que no debía preguntarme si podía ayudarme a hacer el equipaje. Ya lo creo. Sabía muy bien que más le valía no atreverse a tocar nada de nada, ni un zapato, ni un calcetín, ni un cepillo, ni una botella de champú, ni el detalle más insignificante. La policía me había pedido que dejara la sólida casa de piedra de ensueño que había levantado en el barrio tranquilo y cerrado del West End. Increíble. Estaba segura de que Jean-Baptiste Chandonne (*Le Loup-Garou, El Hombre Lobo*, como él mismo se llamaba) recibía mejor trato que yo. La ley concede a la gente como él todos los derechos humanos imaginables: comodidad, confidencialidad, alojamiento gratis, comida y bebida gratis y atención médica gratis en la sala forense de la Facultad de Medicina de Virginia, donde yo era miembro docente.

Marino no se había bañado ni acostado en veinticuatro horas por lo menos. Cuando pasé por su lado, olí el espantoso olor corporal de Chandonne y me vinieron náuseas; una punzada intensa en el estómago que me bloqueó el cerebro y me dejó bañada en sudor frío. Me enderecé y respiré a fondo para disipar la alucinación olfativa, al tiempo que la reducción de velocidad de un coche atrajo mi atención hacia las ventanas. Había llegado a reconocer hasta la pausa más sutil del tráfico y sabía cuándo se trataba de alguien que iba a aparcar delante de casa. Llevaba horas escuchando ese ritmo. Gente que se asombraba. Vecinos que curioseaban y se paraban en mitad de la calle. Me tambaleaba debido a una embriaguez extraña de emociones, tan pronto perpleja como asustada. Pasaba del agotamiento a la obsesión, de la depresión a la calma, y bajo todo ello una gran efervescencia, como si tuviera la sangre llena de gas.

Se cerró la puerta de un coche.

—¿Y ahora qué? —me quejé, y abrí otro cajón—. ¿Quién será esta vez? ¿El FBI? Se acabó, Marino. —Con las manos hice ademán de mandarlo todo a la mierda—. Échalos de mi casa, a todos. Enseguida. —Mi rabia vibraba como un espejismo sobre el asfalto caliente—. Así podré terminar de hacer el equipaje y largarme de aquí. ¿No pueden esperar hasta que me haya ido? —Las manos me temblaban mientras rebuscaba entre los calcetines—. Ya es bastante triste que estén en el jardín. —Lancé un par de calcetines a la bolsa—. Ya es bastante triste que estén aquí. —Otro par—. Pueden volver cuando ya no esté. —Eché otro par, fallé y me agaché a recogerlo—. Podrían dejarme mover a gusto por mi casa por lo menos. —Otro par—. Y dejarme ir en paz y con intimidad. —Devolví un par al cajón—. ¿Qué coño hacen en la cocina? —Cambié de parecer y saqué los calcetines que acababa de guardar—. ¿Qué hacen en el estudio? Les dije que él no entró ahí.

—Tenemos que echar un vistazo, doctora. —Es lo que Marino tenía que decir al respecto.

Se sentó a los pies de la cama, y eso también estaba mal. Quería decirle que se fuera de mi cama y de mi cuarto. Tenía ganas de ordenarle que saliera de mi casa y quizá de mi vida. No importaba el tiempo que hacía que lo conocía ni todo lo que habíamos pasado juntos.

—¿Qué tal el codo, doctora? —Señaló la escayola que me inmovilizaba el brazo izquierdo como un conducto de estufa.

—Está fracturado. Me duele mucho. —Cerré el cajón demasiado fuerte.

—¿Ya te tomas la medicina?

—Sobreviviré.

—Tienes que tomar lo que te dieron. —Observaba todos mis movimientos.

De repente, yo actuaba de policía rudo y él mostraba la lógica y la tranquilidad de un médico, como si hubiéramos intercambiado nuestros papeles. Regresé al armario forrado de cedro y empecé a recoger blusas y a disponerlas en la maleta, asegurándome de que el botón superior estuviera abrochado, alisando la seda y el algodón con la mano derecha. El codo izquierdo me molestaba como un dolor de muelas, y me sudaba y picaba bajo la escayola. Me había pasado casi todo el día en el hospital, no porque enyesar una extremidad rota sea un procedimiento largo, sino porque los médicos insistieron en examinarme a fondo para asegurarse de que no hubiera sufrido otras lesiones. Les expliqué varias veces que, cuando salí corriendo de casa, me caí en los peldaños delanteros y me fracturé el codo, nada más. Jean-Baptiste Chandonne no había llegado a tocarme. Yo huí y me encontraba bien, repetí entre radiografía y radiografía. El personal del hospital me tuvo en observación hasta última hora de la tarde y no dejaron de entrar y salir inspectores de la habitación. Se llevaron mi ropa. Mi sobrina, Lucy, tuvo que llevarme algo que ponerme. No pude dormir.

El sonido del teléfono rasgó el aire como un florete. Contesté en el supletorio que había junto a la cama.

—Scarpetta al habla —dije, y mi propia voz pronunciando mi nombre me recordó las llamadas a medianoche, cuando respondía al teléfono y algún inspector me informaba de que se había cometido un crimen en alguna parte.

Oír mi habitual contestación profesional desencadenó la imagen que había eludido hasta entonces: mi cuerpo maltrecho en mi cama, con sangre por toda la habitación, esta habitación, y la mirada de mi ayudante jefe cuando un policía, probablemente Marino, lo llamaba para comunicarle que me habían asesinado y que alguien, vete a saber quién, tendría que acudir al lugar del crimen. Se me ocurrió que no podría ir nadie de mi oficina. Había contribuido a diseñar en Virginia el mejor plan de emergencia de cualquier estado del país. Podíamos encargarnos de un accidente de aviación importante, de la explosión de una bomba en el Coliseo o de una inundación, pero ¿qué haríamos si algo me pasaba a mí? Traer a un patólogo forense de una jurisdicción cercana, quizá Washington, supuse. Lo malo era que conocía a casi todos los patólogos forenses de la Costa Este y sentí muchísima lástima por quien hubiera tenido que encargarse de mi cadáver: es muy difícil trabajar en un caso en el que conoces a la víctima. Esas ideas me cruzaron el pensamiento como pájaros asustados mientras Lucy me preguntaba por teléfono si necesitaba algo y yo le aseguraba que estaba bien, lo que era totalmente ridículo.

—Perdona, pero no puedes estar bien —replicó.

—Hago las maletas —le expliqué—. Marino está conmigo y hago las maletas —repetí, y fijé una mirada algo gélida en él.

Sus ojos recorrían la habitación, y me di cuenta de que nunca había estado en ella. No quería imaginarme sus fantasías. Lo conocía desde hacía muchos años y siempre supe que su respeto hacia mí contenía una fuerte mezcla de inseguridad y atracción sexual. Era muy corpulento, con la barriga hinchada por la cerveza, el rostro grande y hosco y una cabellera rala. Mientras yo escuchaba a mi sobrina hablar por teléfono, Marino dirigía la vista hacia mis espacios privados: el tocador, el armario, los cajones abiertos, lo que ponía en las maletas y mis senos. Cuando Lucy me llevó las zapatillas de tenis, los calcetines y un chándal al hospital, olvidó incluir unos sujetadores, y la mejor solución que encontré al llegar aquí fue cubrirme con una bata blanca, vieja y voluminosa que usaba para hacer las faenas de la casa.

—Supongo que tampoco te quieren ahí —se oyó la voz de Lucy por la línea.

Es una historia larga, pero mi sobrina era agente de la Oficina de Alcohol, Tabaco y Armas de Fuego y cuando la policía acudió le faltó tiempo para echarla de mi casa. Quizá saber algo era peligroso y temieron que un agente federal importante la incluyera en la investigación. No sabía por qué, pero Lucy se sentía culpable porque no estaba conmigo la noche anterior y casi me mataron, y ahora tampoco estaba conmigo. Que conste que yo no la culpaba en absoluto. Pero tampoco podía dejar de pensar lo distinta que habría sido mi vida si ella hubiese estado en casa conmigo en lugar de estar con una amiga cuando se presentó Chandonne. A lo mejor Chandonne habría sabido que yo no estaba sola y no hubiera venido, o se hubiese sorprendido de encontrar a otra persona en la casa y tal vez hubiera huido, o habría pospuesto mi asesinato para el día siguiente o para el otro o para Navidad o para el nuevo milenio.

Caminaba arriba y abajo escuchando por el inalámbrico explicaciones y comentarios apresurados, y capté mi imagen en el espejo de cuerpo entero. Llevaba despeinados los cabellos rubios y cortos, tenía los ojos azules vidriosos, los párpados arrugados por el cansancio y el estrés y el ceño fruncido. La bata blanca estaba manchada y no inspiraba el menor respeto. Se me veía muy pálida. Tenía unas ganas enormes, casi insoportables, de tomar una copa y fumar un cigarrillo, como si haber estado a punto de morir asesinada me hubiera convertido al instante en una adicta. Imaginé que estaba sola en casa. No había pasado nada. Disfrutaba de la chimenea, un cigarrillo, una copa de vino francés, quizás un burdeos, porque el burdeos es menos complicado que el borgoña. Un burdeos es como un viejo amigo al que no es preciso descifrar. Disipé la fantasía con la realidad: daba lo mismo lo que Lucy hubiera hecho o dejado de hacer. Chandonne habría venido a matarme tarde o temprano, y me sentí como si durante toda la vida me hubiese esperado una sentencia terrible y que hubiera marcado mi puerta igual que el Ángel de la Muerte. Extrañamente, seguía allí.

1

Por la voz de Lucy sabía que estaba asustada, algo raro en ella, una brillante y enérgica agente federal, obsesionada con el ejercicio y piloto de helicópteros.

—Me siento fatal —repitió mientras Marino seguía sentado en la cama y yo caminaba arriba y abajo.

—No tienes por qué —le dije—. La policía no quiere a nadie aquí, y, créeme, no te gustaría estar. Supongo que te alojas en casa de Jo y eso está bien.

Lo comenté como si no me importara, como si no me molestara que no estuviera conmigo y no haberla visto en todo el día. Me importaba, pero tenía la costumbre de dejar una escapatoria a la gente. No me gustaba sentirme rechazada, y menos por Lucy Farinelli, que era mi sobrina pero a quien había criado como a una hija.

—En realidad, estoy en el centro, en el hotel Jefferson —contestó tras vacilar un instante.

Intenté entenderlo. El Jefferson era el hotel más lujoso de la ciudad, y yo no sabía por qué tenía que irse a un hotel y mucho menos a uno tan elegante y caro. Los ojos se me llenaron de lágrimas, pero las contuve, me aclaré la garganta y me aguanté el dolor.

—¡Oh! —me limité a decir—. Eso está muy bien. Supongo que Jo estará contigo en el hotel.

—No, está con su familia. Mira, acabo de registrarme. Tengo una habitación para ti. ¿Por qué no vienes?

—Quizás un hotel no sea buena idea en este momento. —Lucy pensaba en mí y me quería junto a ella; me sentí un poco mejor—. Anna me ofreció que me hospedase en su casa. Dada la situación, creo que eso será lo mejor. Tú también estás invitada. Pero supongo que ya te has instalado.

—¿Cómo lo ha sabido Anna? —preguntó Lucy—. ¿Lo oyó en las noticias?

Como el intento de asesinarme se había producido muy tarde, no aparecería en los periódicos hasta la mañana siguiente. Sin embargo, suponía que habría habido un verdadero alud de avances informativos en radio y televisión. De pronto me pregunté cómo se habría enterado Anna. Lucy me dijo que tenía que quedarse, pero que intentaría ir a verme más tarde. Colgamos.

—Si la prensa averigua que estás en un hotel, estás perdida. Te los encontrarás por todas partes —dijo Marino con el ceño fruncido y un aspecto terrible—. ¿Dónde se hospeda Lucy?

Le repetí lo que me había dicho y casi deseé no haber hablado con ella. Sólo había conseguido hacerme sentir peor. Atrapada, me sentía atrapada, como si estuviera dentro de una campana de buceo a trescientos metros bajo el agua, distanciada y aturdida, y el mundo sobre mí fuera de repente irreconocible y surrealista. Estaba aletargada, pero con los nervios a flor de piel.

—¿El Jefferson? —se extrañó Marino—. ¡No lo dirás en serio! ¿Le ha tocado la lotería o qué? ¿No le preocupa que la prensa la encuentre? ¿Qué coño le pasa?

Empecé de nuevo con las maletas. No podía contestar esas preguntas. Estaba harta de preguntas.

—Y no está en casa de Jo. Vaya —prosiguió—. Muy interesante. Jamás pensé que eso duraría.

Bostezó en voz alta, se frotó los rasgos marcados de la cara sin afeitar y observó cómo yo tendía los trajes sobre una silla y elegía la ropa para ir a trabajar. Tenía que reconocer que Marino había intentado ser ecuánime, incluso considerado, desde que había llegado a casa del hospital. Le costaba ser amable en las mejores circunstancias, que no eran las actuales. Estaba tenso, falto de horas de sueño y lleno de cafeína y de comida basura, y no le dejaba fumar en mi casa. Sólo era cuestión de tiempo que su autocontrol empezara a debilitarse y le devolviera a su personalidad grosera y fanfarrona. Presencié la metamorfosis y me sentí extrañamente aliviada. Ansiaba cosas conocidas, por desagradables que fueran. Marino empezó a hablar sobre lo que hizo Lucy la noche anterior, cuando llegó a mi casa y se encontró con Jean-Baptiste Chandonne y conmigo en el nevado jardín delantero.

—A ver, no es que la culpe por querer saltarle los sesos a ese pájaro —comentó Marino—, pero ahí es donde se ve el entrenamiento. Da lo mismo que se trate de tu tía o de tu hijo, tienes que hacer lo que te han enseñado, y ella no lo hizo. Ya lo creo que no. Se puso como una loca.

—Te he visto ponerte como un loco varias veces —le recordé.

—Bueno, a mi parecer no deberían haberla enviado nunca a ese trabajo secreto en Miami. —Lucy estaba asignada a la oficina de campo de Miami y se encontraba aquí para pasar unas vacaciones, entre otros motivos—. A veces la gente está demasiado cerca de los malos y empieza a identificarse con ellos. Lucy está en una fase asesina. Le ha tomado gusto a disparar, doctora.

—Eso no es justo. —Me percaté de que llevaba demasiados pares de zapatos, pero dejé lo que estaba haciendo y lo miré para preguntarle—: ¿Qué habrías hecho tú si hubieses llegado a mi casa antes que ella?

—Por lo menos habría dedicado una milésima de segundo a valorar la situación antes de acercarme y apuntar con la pistola a la cabeza de ese imbécil. Mierda. Ese tío estaba tan jodido que ni siquiera veía lo que hacía. Soltaba alaridos por ese producto químico que le echaste en los ojos. En ese momento no iba armado. No iba a lastimar a nadie. Era evidente a simple vista. Y también era evidente que tú estabas herida. Por lo tanto, si hubiera sido yo habría llamado a una ambulancia, y Lucy ni siquiera hizo eso. No dio la talla, doctora. Y no, no quería que estuviera aquí con todo lo que pasa. Por eso la interrogué en la comisaría y obtuve su declaración en un sitio neutral para que se calmara.

—Yo no considero una sala de interrogatorios un sitio neutral —repliqué.

—Bueno, la casa donde casi se cargan a tu tía Kay tampoco es lo que se dice neutral.

Estaba de acuerdo con él, pero su voz se hallaba salpicada de sarcasmo. Empezaba a molestarme.

—En cualquier caso, tengo que decirte que no me gusta nada que esté sola en un hotel —añadió frotándose de nuevo la cara, y daba lo mismo lo que dijera en sentido contrario, tenía un concepto muy alto de mi sobrina y haría cualquier cosa por ella. La conocía desde que tenía diez años y él la aficionó a los camiones, los motores grandes, las armas y todos los llamados intereses masculinos que ahora le criticaba—. Podría ir a ver a esa imbécil cuando te haya dejado en casa de Anna. Aunque no parece que a nadie le importe lo que a mí me gusta o me deje de gustar. —Dicho esto retrocedió unos cuantos pensamientos—. Como Jay Talley. Claro que eso no es asunto mío. Mira que es egocéntrico.

—Se esperó todo el rato en el hospital —defendí a Jay una vez más, desviando los celos de Marino. Jay era el enlace de la ATF con la Interpol. No lo conocía muy bien, pero me había acostado con él en París hacía cuatro días—. Y estuve trece o catorce horas —continué mientras Marino entornaba los ojos—. Yo no llamo a eso ser egocéntrico.

—¡Por Dios! —exclamó Marino con una expresión de resentimiento en los ojos; despreciaba a Jay desde el día en que lo conoció en Francia—. ¿De dónde has sacado ese cuento de hadas? No me lo puedo creer. ¿Ha dejado que pensaras que estuvo en el hospital todo ese tiempo? ¡No te esperó! Eso es mentira. Te llevó en su caballo blanco y volvió aquí. Luego llamó para preguntar cuándo te darían de alta y regresó para recogerte.

—Lo que tiene mucha lógica. —No mostré mi consternación—. No tiene sentido quedarse sentado sin hacer nada. Y nunca dijo que hubiese estado ahí todo el rato. Yo lo supuse.

—Sí. ¿Y por qué? Porque él dejó que lo supusieras. ¿Deja que pienses algo que no es cierto y no te importa? A mi modo de ver, eso es un defecto de carácter. Se le llama mentir... ¿Qué? —Cambió el tono de golpe. Había alguien en el umbral.

—Perdonen. —Una agente uniformada, cuya placa indicaba M. I. Calloway, entró en mi cuarto y se dirigió a Marino de inmediato—. No sabía que estaba aquí, capitán.

—Pues ahora ya lo sabe. —La fulminó con la mirada.

—¿Doctora Scarpetta? —Como pelotas de pimpón, sus ojos bien abiertos fueron de Marino a mí y viceversa—. Necesito preguntarle por el tarro. ¿Dónde estaba el tarro de ese producto químico, la formulina...?

—Formalina —me apresuré a corregirla.

—Eso —dijo—. Exacto. Lo que quería saber es dónde estaba exactamente el tarro cuando lo cogió.

Marino seguía sentado en la cama, como si tuviera costumbre de hacerlo todos los días. Empezó a palparse en busca de sus cigarrillos.

—En la mesa de centro del salón —respondí a Calloway—. Ya se lo he dicho a todo el mundo.

—Sí, señora. Pero ¿en qué lugar de la mesa? Es bastante grande. Lamento mucho molestarla con todo esto. Es que intentamos reconstruir cómo sucedió, porque más adelante será más difícil recordarlo.

—Calloway —terció Marino, que sacó despacio un Lucky Strike del paquete y ni siquiera la miró—, ¿desde cuándo es inspectora? No recuerdo que esté en la Brigada A. —Marino era el jefe de la Unidad de

Crímenes Violentos del Departamento de Policía de Richmond, conocida como Brigada A.

—No estamos seguros de dónde estaba el tarro, capitán —comentó ruborizada.

Era probable que los inspectores supusieran que sería menos indiscreto que me interrogara una mujer que un hombre. Quizá sus compañeros la enviaron por ese motivo o simplemente le asignaron el encargo porque nadie más quería vérselas conmigo en aquel momento.

—Entrando en el salón en dirección a la mesa, en la esquina derecha; la que queda más cerca —le indiqué—. Ya lo he contado muchas veces. No lo recuerdo bien. Es algo borroso: un fragmento deformado de la realidad.

—¿Y es ahí donde usted estaba más o menos cuando se lo lanzó? —me preguntó Calloway.

—No. Estaba al otro lado del sofá, cerca de la puerta corredera de cristal. Me perseguía y es donde fui a parar —expliqué.

—Y después de eso, ¿salió corriendo de la casa...? —Calloway escribió algo en su bloc de notas.

—Crucé el comedor —la interrumpí—. Donde tenía la pistola, que había dejado en la mesa por la tarde. Admito que no es un buen lugar para dejarla. —Divagaba. Me sentía como si tuviera *jet lag*—. Conecté la alarma y salí por la puerta principal. Con la pistola, la Glock. Pero resbalé en el hielo y me fracturé el codo. No pude abrir la corredera con una sola mano.

Anotó eso también. Mi relato fue el mismo. Si tenía que volver a contarlo, me pondría histérica, y ningún policía del mundo me había visto nunca histérica.

—¿No disparó? —Levantó la mirada y se humedeció los labios.

—No pude amartillarla.

—¿No intentó dispararla?

—No entiendo qué quiere decir eso. No pude amartillarla.

—Pero ¿lo intentó?

—¿Necesita que se lo traduzcan o qué? —soltó Marino, y la mirada amenazadora que dirigió a M. I. Calloway me recordó el puntito rojo que un láser señala en una persona antes de que llegue la bala—. La pistola no estaba amartillada y no la disparó, ¿lo ha entendido? —repitió despacio y con brusquedad, y me preguntó—: ¿Cuántos cartuchos tenías en el cargador? ¿Dieciocho? Es una Glock de diecisiete milímetros, con dieciocho balas en el cargador y una en la recámara, ¿no?

—No lo sé —respondí—. Quizá no hubiera dieciocho, seguro que no. Cuesta introducirle tantas balas porque el resorte va duro, el resorte del cargador.

—Muy bien, muy bien. ¿Recuerdas cuándo fue la última vez que la disparaste? —me preguntó.

—La última vez que fui al campo de tiro. Unos meses como mínimo.

—Siempre limpias las pistolas después de ir al campo de tiro, ¿no es cierto, doctora? —Era una afirmación y no una pregunta. Marino conocía mis hábitos y rutinas.

—Sí. —Estaba de pie en el centro de mi cuarto y parpadeaba. Me dolía la cabeza y me molestaba la luz.

—¿Ha mirado la pistola, Calloway? Es decir, la ha examinado, ¿verdad? —Volvió a clavarle la mirada de láser—. ¿A qué viene esto entonces? —Le hizo un gesto con la mano como si fuera algo molesto e insignificante—. Dígame qué ha averiguado.

La agente dudó. Noté que no quería dar información delante de mí. La pregunta de Marino quedó en el aire como la humedad a punto de precipitarse. Me decidí por dos faldas, una azul marino y otra gris, y las tendí sobre la silla.

—Hay catorce balas en el cargador —indicó Calloway con el tono autómata de un militar—. No había ninguna en la recámara. No estaba amartillada. Y parece limpia.

—Vaya, vaya. Entonces no estaba amartillada y no la disparó. Y si esta historia parece corta, volveremos a empezar una y otra vez. ¿Vamos a seguir dando vueltas a lo mismo o podemos avanzar? —Sudaba, y su olor corporal era cada vez más intenso.

—Mire, no tengo nada nuevo que añadir —dije, a punto de echarme a llorar, fría, temblorosa y oliendo de nuevo el hedor terrible de Chandonne.

—¿Y por qué tenía el tarro en su casa? ¿Qué había exactamente en él? Es el producto que usa en el depósito, ¿verdad? —Calloway se situó fuera de la línea de visión de Marino.

—Formalina. Una disolución de formaldehído al diez por ciento que se conoce como formalina —puntualicé—. Sí, se usa en el depósito para fijar tejidos. Secciones de órganos. Piel, en este caso.

Había lanzado un producto químico cáustico a los ojos de otro ser humano. Lo había lisiado. Quizá lo había cegado para siempre. Lo imaginé sujeto a una cama en la sala penitenciaria del noveno piso de la Facultad de Medicina de Virginia. Había salvado mi propia vida y no me sentía nada satisfecha por ello. Sólo me sentía destrozada.

—Así pues, tenía tejido humano en su casa. Piel. Un tatuaje. ¿De ese cadáver sin identificar del puerto? ¿El del contenedor? —El sonido de la voz de Calloway, de su bolígrafo, de las páginas del bloc al hojearlas, me hizo pensar en periodistas—. No me gustaría parecerle tonta, pero ¿por qué tenía algo así en su casa?

Le expliqué que nos estaba costando mucho identificar el cadáver del puerto. Sólo teníamos un tatuaje, en realidad, y la semana pasada había ido a Petersburg y le pedí a un artista en tatuajes que lo examinara para el caso. Luego volví a casa directamente y por eso el tatuaje, dentro del tarro de formalina, estaba en mi casa la noche anterior.

—Normalmente —añadí— no tendría algo así en casa.

—¿Lo tuvo en casa una semana? —quiso saber, con una expresión de duda.

—Han pasado muchas cosas. Asesinaron a Kim Luong. Mi sobrina casi murió en un tiroteo en Miami. Tuve que ir al extranjero, a Lyon, en Francia. La Interpol quería verme para hablar sobre siete mujeres que puede que él matara en París —le expliqué, refiriéndome a Chandonne—, y sobre la sospecha de que el cadáver del contenedor de carga corresponda a Thomas Chandonne, el hermano del asesino, hijos ambos del cartel criminal de Chandonne que la mitad de las fuerzas del orden del mundo intenta capturar desde hace años. Luego asesinaron a la jefa adjunta de policía, Diane Bray. ¿Debería haber devuelto el tatuaje al depósito? —Tenía la cabeza a punto de estallar, y casi le espeté—: Sí, seguro que sí. Pero tenía otras cosas en qué pensar. Se me olvidó.

—Se le olvidó —repitió la agente Calloway, mientras Marino escuchaba cada vez más furioso, intentando dejarle hacer su trabajo y despreciándola a la vez—. Doctora Scarpetta, ¿tiene otras partes de cadáveres en su casa?

Un dolor punzante me atravesó el ojo derecho; me estaba dando migraña.

—¿Qué clase de pregunta es ésa? —Marino subió la voz otro decibelio.

—No nos gustaría encontrarnos con nada más, como fluidos corporales, sustancias químicas o...

—No, no. —Sacudí la cabeza y dirigí la atención a un montón de pantalones y polos bien plegados—. Sólo diapositivas.

—¿Diapositivas?

—Para histología —aclaré con vaguedad.

—¿Para qué?

—Ya basta, Calloway. —Marino se puso de pie; sus palabras retumbaron como un martillo.

—Sólo quería asegurarme de que no teníamos que preocuparnos de ningún otro peligro —le dijo, y el color de sus mejillas y el brillo de sus ojos traicionaron su subordinación. Detestaba a Marino. Como mucha gente.

—El único peligro por el que debe preocuparse es el que ahora tiene delante —le soltó Marino—. ¿Por qué no concede un poco de intimidad a la doctora? ¿Un pequeño aplazamiento para las preguntas idiotas?

Calloway era una mujer poco agraciada, de caderas anchas y hombros estrechos. Estaba tensa debido al enojo y al bochorno. Dio media vuelta y salió de mi cuarto, y la alfombra persa del pasillo absorbió sus pasos.

—¿Qué se cree? ¿Que coleccionas trofeos? —me dijo Marino—. ¿Que te traes a casa cosas de recuerdo, como Jeffrey Dahmer? ¡Dios mío!

—No lo aguanto más. —Metí unos cuantos polos muy bien doblados en la bolsa.

—Tendrás que aguantarlo, doctora. Pero no hoy. —Volvió a sentarse, cansado, a los pies de la cama.

—Mantén a tus inspectores alejados de mí —le advertí—. No quiero ver delante de mí a ningún otro policía. Yo no he hecho nada malo.

—Si hay algo más, te llegará a través de mí. Yo estoy al cargo de esta investigación, aunque haya gente como Calloway que aún no se haya enterado. Pero no soy yo de quien debes preocuparte. Tendrás que dar turnos como en una tienda; hay mucha gente que quiere hablar contigo.

Puse unos pantalones encima de los polos y luego invertí el orden, con los jerséis arriba para que no se arrugaran.

—Claro que ni la mitad de la que quiere hablar con él —añadió. Se refería a Chandonne, y se dispuso a repasar la lista—: Todos esos psiquiatras forenses y profesionales que trazan perfiles psicológicos, medios de comunicación y demás.

Me detuve. No tenía intención de seleccionar la ropa interior delante de Marino. Me negaba a que viera cómo elegía entre los artículos de tocador.

—Necesito estar unos minutos a solas —le dije.

Me miró fijamente, con los ojos rojos y la cara del color del vino tinto. Tenía colorada hasta la calva e iba desaliñado, con sus tejanos, su camiseta, su barriga de nueve meses y sus botas Red Wing enormes y sucias. Vi que barruntaba algo. No quería dejarme sola y pareció sopesar inquietudes que no tenía intención de revelarme. Una idea descabellada me llenó la cabeza como si de humo oscuro se tratara: no confiaba en mí. Quizá pensaba que podía suicidarme.

—Por favor, Marino. ¿Podrías salir e impedir que venga alguien mientras termino? Ve al coche y saca el maletín de equipo forense del maletero. Si me llamaran para algo... Bueno, lo necesito. Las llaves están en el cajón de la cocina, el de arriba a la derecha, donde guardo todas las llaves. Por favor. Y, por cierto, necesito el coche. Supongo que me iré en él, así que no hace falta que saques el maletín. —La confusión se arremolinaba.

—No puedes llevarte el coche —dijo tras un momento de duda.

—¡Mierda! —exploté—. No me digas que también tienen que examinar el coche. Esto es de locos.

—Mira, la primera vez que sonó la alarma ayer por la noche, fue porque alguien intentó entrar en el garaje.

—¿Qué quieres decir con alguien? —repliqué, presa de una migraña que me quemaba las sienes y me nublaba la visión—. Sabemos exactamente quién. Forzó la puerta del garaje porque quería que se disparara la alarma. Quería que viniera la policía para que no pareciera extraño que la policía regresaba un poco después porque un vecino había informado de que alguien merodeaba por mi casa.

Quien regresó fue Jean-Baptiste Chandonne. Simuló ser policía. Aún no entendía cómo pude picar.

—Todavía no tenemos todas las respuestas —contestó Marino.

—¿Por qué tengo la sensación de que no me crees?

—Necesitas ir a casa de Anna y dormir.

—No tocó el coche —aseguré—. Ni siquiera entró en el garaje. No quiero que nadie me toque el coche. Quiero llevármelo esta noche. Deja el maletín de equipo forense en el maletero.

—Esta noche no.

Marino salió y cerró la puerta. Me moría por una copa para anular las punzadas eléctricas de mi sistema nervioso central, pero ¿qué podía hacer? ¿Ir hacia el bar y ordenar a los policías que se quitaran de en medio mientras buscaba el whisky? Saber que el alcohol no me aliviaría el dolor de cabeza no surtió efecto. Me sentía tan desgraciada que me daba lo mismo lo que podía irme bien o no. Repasé unos cuantos cajones más en el cuarto de baño y se me cayeron varios pintalabios al suelo. Rodaron entre el retrete y la bañera. Me tambaleé al agacharme a recogerlos torpemente con la mano derecha: todo me resultaba más difícil porque era zurda. Miré los perfumes bien ordenados en el tocador y tomé con cuidado la botellita dorada de Hermes 24 Faubourg. Estaba fría. Al llevarme la boca del vaporizador a la nariz, la fragancia erótica que tanto gustaba a Benton Wesley hizo que se me llenaran los ojos de lágrimas, y noté como si el corazón fuera a detenérseme. No había usado ese perfume en más de un año, desde que asesinaron a Benton. «Ahora me han asesinado a mí —le dije mentalmente—. Y todavía estoy aquí, Benton. Todavía estoy aquí. Preparabas perfiles psicológicos para el FBI. Eras experto en diseccionar la mente de monstruos e interpretar y predecir su conducta. Lo habrías pronosticado, ¿verdad? Lo habrías previsto, impedido. ¿Por qué no estabas aquí, Benton? Yo estaría bien si tú hubieras estado aquí.»

Me percaté de que alguien llamaba a la puerta.

—Un momento —grité.

Me aclaré la garganta y me sequé las lágrimas. Después, me mojé la cara con agua fría, metí el perfume Hermes en la bolsa y me dirigí hacia la puerta esperando encontrar a Marino. En su lugar, entró Jay Talley con su uniforme de trabajo de la ATF y la barba de un día, lo que volvía siniestro su atractivo moreno. Era uno de los hombres más guapos que había conocido, con el cuerpo muy bien esculpido y todos los poros rezumando sensualidad, como almizcle.

—Quería ver cómo estabas antes de que te fueras. —Sus ojos parecían tocarme y explorarme como sus manos y su boca hicieron cuatro días antes en Francia.

—¿Qué quieres que te diga? —Lo dejé entrar en el cuarto y, de repente, me dio vergüenza mi aspecto. No quería que me viera así—. Tengo que irme de mi casa. Es casi Navidad. Me duele el brazo. Me duele la cabeza. Aparte de eso, estoy bien.

—Te llevaré a casa de la doctora Zenner. Me gustaría hacerlo, Kay.

Entendí a duras penas que sabía dónde pasaría la noche. Marino me había prometido que mi paradero sería secreto. Jay cerró la puerta y me tomó la mano, y lo único que pude pensar fue que no me había esperado en el hospital y que ahora quería llevarme a algún otro sitio.

—Déjame que te ayude. Me preocupas —me dijo.

—No parecía preocuparle demasiado a nadie ayer por la noche —respondí al recordar que, cuando me llevó a casa desde el hospital y le di las gracias por esperarse, por estar ahí, ni siquiera insinuó no haber estado—. Tú y todos tus efectivos allá fuera, y ese desgraciado se planta en la puerta. Vienes desde París para dirigir un Equipo Internacional de Respuesta para buscar a este hombre y menuda farsa. Qué película más mala: todos esos policías con sus equipos y rifles de asalto, y ese monstruo se acerca tranquilamente hasta mi puerta.

Los ojos de Jay habían empezado a recorrer zonas de mi anatomía como si fueran áreas de descanso que tenía derecho a volver a visitar. Me sorprendió y me repelió que pudiera pensar en mi cuerpo en un momento así. En París creí que me estaba enamorando de él. Ahora que estaba de pie con él en mi cuarto y se interesaba descaradamente por lo que había bajo mi bata, me di cuenta de que no lo amaba lo más mínimo.

—Estás alterada. Dios mío, ¿cómo no vas a estarlo? Me preocupas. Estoy a tu disposición. —Intentó tocarme y me aparté.

—Pasamos una tarde juntos. —Ya se lo había dicho antes, pero ahora iba en serio—. Unas cuantas horas. Un encuentro, Jay.

—¿Un error? —dijo con tono herido.

Los ojos le brillaron de cólera.

—No intentes convertir una tarde en una vida, en algo permanente. No lo es. Lo siento. Por el amor de Dios. —Estaba cada vez más indignada—. No quieras nada de mí ahora. —Me alejé de él y gesticulé con el brazo sano—. ¿Qué estás haciendo? ¿Qué demonios estás haciendo?

Levantó una mano y bajó la cabeza para protegerse de mis ataques, reconociendo su error. No estuve segura de que fuera sincero.

—No sé qué estoy haciendo. Idioteces, eso es —reconoció—. No quiero nada. Hago idioteces por lo que siento por ti. No me lo tengas en cuenta. Por favor. —Me lanzó una mirada intensa y abrió la puerta—. Estoy contigo, Kay. *Je t'aime*.

Me percaté de que Jay tenía un modo de despedirse que me hacía sentir que no volvería a verlo. Un pánico atávico se apoderó de mí y resistí la tentación de llamarlo, de disculparme y de prometerle que iríamos pronto a cenar o a tomar copas. Cerré los ojos y me froté las sienes apoyada en el pilar de la cama. Me dije a mí misma que no sabía lo que me hacía y que no debería hacer nada.

Marino estaba en el pasillo, con un cigarrillo apagado en la comisura de los labios, y noté que intentaba leerme el pensamiento y saber qué había pasado el rato que Jay había estado en el cuarto con la puerta cerrada. No desvié la mirada del pasillo vacío, medio esperando que Jay volviera y temiéndolo a la vez. Marino me cogió el equipaje y los policías guardaron silencio mientras me acercaba. Evitaban mirar en mi dirección al moverse por el salón, con el chirrido y el tintineo del equipo que manipulaban. Un investigador sacaba fotografías de la mesa de centro y el flash lanzaba su luz blanca. Otra persona grababa un vídeo mientras un miembro de la policía científica montaba una fuente de luz alternativa, llamada Luma-Lite, que permite detectar huellas dactilares, drogas y fluidos corporales no visibles a simple vista. En la oficina teníamos una, que se usaba rutinariamente para los cadáveres en los lugares del crimen y en el depósito. Ver una Luma-Lite en mi casa me hizo sentir algo indescriptible.

Un polvo oscuro cubría los muebles y las paredes, y habían retirado la alfombra persa de colores, de modo que el roble antiguo de debajo había quedado al descubierto. Una lámpara de sobremesa estaba desenchufada y en el suelo. El sofá modular mostraba cráteres donde estaban antes los cojines, y el ambiente se encontraba cargado del olor oleaginoso y agrio de la formalina. Cerca de la puerta principal estaba el comedor y, a través de la puerta abierta, observé una bolsa de papel marrón sellada con la cinta amarilla para pruebas, fechada, visada y etiquetada como «ropas Scarpetta». Dentro estaban los pantalones, el jersey, los calcetines, los zapatos y las bragas que llevaba puestas la noche anterior y que retiraron del hospital. La bolsa y otras pruebas, flashes y equipo estaban encima de la mesa de madera de Jarrah roja del comedor que tanto me gustaba, como si fuera un banco de trabajo. Los policías habían dejado sus abrigos sobre varias sillas, y se veían pisadas mojadas y sucias por todas partes. Tenía la boca seca y me sentí desfallecer de vergüenza y de rabia.

—¡Oiga, Marino! —gritó un policía—. Righter lo está buscando.

Buford Righter era el fiscal del Estado de Virginia. Miré alrededor en busca de Jay, pero no se le veía por ninguna parte.

—Dígale que coja número y haga cola. —Marino seguía con su alusión a una tienda.

Encendió el cigarrillo en el momento en que abrí la puerta, y el aire frío me azotó la cara y me llenó los ojos de lágrimas.

—¿Tienes el maletín de equipo forense? —le pregunté.

—Está en el maletero. —Lo dijo como un marido condescendiente a quien su esposa le ha pedido que vaya a buscarle el bolso.

—¿Para qué llama Righter? —quise saber.

—Curiosos de mierda —masculló.

La camioneta de Marino estaba en la calle, delante de casa; dos de sus enormes ruedas habían dejado su marca en el jardín nevado.

Buford Righter y yo habíamos trabajado juntos en muchos casos a lo largo de los años y me dolió que no me hubiera preguntado directamente si podía venir a mi casa. En realidad, no había hablado conmigo para ver cómo estaba y decirme que se alegraba de que estuviese viva.

—Para mí que la gente quiere ver tu casa —comentó Marino— y pone la excusa de comprobar esto o lo otro.

La nieve derretida me calaba los zapatos al avanzar con cuidado por el camino de entrada.

—¿Tienes idea de cuánta gente me pregunta cómo es tu casa? Cualquiera diría que eres Lady Di. Además, Righter mete las narices en todo; no soporta que lo dejen al margen. Es el caso más importante desde el de Jack el Destripador. Righter no para de fastidiarnos.

De repente se dispararon las luces blancas de unos flashes y a punto estuve de resbalar. Solté una maldición. Los fotógrafos habían cruzado el acceso custodiado al barrio. Tres de ellos corrían hacia mí en medio del resplandor de los flashes mientras yo intentaba subir al asiento delantero de la camioneta.

—¡Alto! —gritó Marino al más cercano, una mujer—. ¡Será puta!

Se abalanzó hacia ella para arrebatarle la cámara y le hizo perder pie. La mujer se golpeó el trasero con fuerza contra la resbaladiza calle y el equipo fotográfico se le cayó y se desperdigó.

—¡Imbécil! —insultó a Marino—. ¡Imbécil!

—¡Sube a la camioneta! ¡Sube a la camioneta! —me gritó él.

—¡Hijo de puta!

Me latía con fuerza el corazón.

—¡Lo denunciaré, hijo de puta!

Se dispararon más flashes, y yo me pillé el abrigo con la puerta y tuve que abrirla y cerrarla mientras Marino lanzaba las bolsas detrás y se subía al asiento del conductor. El motor se puso en marcha y sonó como un yate. La fotógrafa intentó levantarse y se me ocurrió que debería asegurarme de que no se hubiese lastimado.

—Deberíamos ver si se ha hecho daño —dije, mirando por la ventanilla.

—Ni hablar. No. —La camioneta salió dando bandazos a la calle, coleó y aceleró.

—¿Quiénes son? —Tenía la adrenalina a tope. Unos puntos azules flotaban ante mis ojos.

—Imbéciles, eso es lo que son. —Agarró el micrófono y anunció—: Unidad nueve.

—Unidad nueve —respondió la radio.

—No quiero fotos de mí, de mi casa... —Subí el tono de voz. Todas las células de mi cuerpo se revelaban contra lo injusto de la situación.

—Diez cinco a unidad tres veinte, pídale que me llame al móvil. —Marino sujetaba el micrófono contra su boca. La unidad tres veinte respondió de inmediato y el móvil se puso a vibrar como un insecto enorme. Marino lo abrió y habló—: La prensa ha conseguido entrar en el barrio. Fotógrafos. Supongo que deben de haber aparcado por Windsor Farms y han llegado a pie saltando la valla, a través de la zona de hierba que hay detrás de la garita del guarda. Envíen unidades a buscar cualquier coche estacionado donde no debería y que se lo lleve la grúa. Si alguien pone un pie en la finca de la doctora, lo detienen.

Y finalizó la llamada cerrando el teléfono de golpe, como si fuera el capitán Kirk y acabara de ordenar a la *Enterprise* que atacara.

Nos detuvimos junto a la garita del guarda y de ella salió Joe. Era un hombre mayor que siempre había estado orgulloso de vestir su uniforme marrón de Pinkerton, y era muy simpático, educado y protector, pero no me habría gustado depender de él o de sus colegas para algo más que para controlar el orden público. No debería sorprenderme nada que Chandonne hubiera entrado en el vecindario ni que lo hubiera hecho ahora la prensa. La cara de Joe, fláccida y arrugada, mostró inquietud cuando advirtió que yo iba en la camioneta.

—Hola —soltó Marino con brusquedad por la ventanilla abierta—. ¿Cómo han entrado los fotógrafos?

—¿Cómo? —Joe se puso de inmediato en guardia, y los ojos se le entrecerraron al fijar la mirada en la calle vacía, con las auras amarillas que las luces de vapor de sodio creaban en lo alto de las farolas.

—Delante de la casa de la doctora. Tres por lo menos.

—No han pasado por aquí —afirmó Joe, que se metió en la garita para agarrar el teléfono.

—No podemos hacer nada más, doctora —me dijo Marino mientras nos alejábamos—. Mejor escondes la cabeza bajo el ala porque saldrán fotos y más basura por todas partes.

Contemplé por la ventanilla las preciosas casas georgianas que brillaban con alegría festiva.

—Lo malo es que el riesgo para tu seguridad es mucho más alto —preconizó, aunque eso ya lo sabía y no me interesaba tratarlo en aquel momento—. Porque la mitad del mundo verá tu casa y sabrá dónde vives exactamente. El problema, y lo que me preocupa muchísimo, es que este tipo de cosas anima a otros pájaros. Les da ideas. Empiezan a imaginarte como víctima y disfrutan con ello, como esos imbéciles que van al juzgado para asistir a causas por violación.

Se detuvo en el stop del cruce de Canterbury Road y West Cary Street, y un Sedán oscuro, cuyos faros nos iluminaron al girar, redujo la velocidad. Reconocí la cara estrecha e insípida de Buford Righter, que se elevaba hacia la camioneta de Marino. Ambos bajaron la ventanilla.

—¿Se mar...? —empezó a decir Righter y entonces su mirada me descubrió con sorpresa detrás de Marino. Tuve la desconcertante sensación de que era la última persona a quien deseaba ver. Y, de un modo extraño, como si lo que me estaba pasando fuera sólo una contrariedad, un inconveniente, me dijo—: Disculpa las molestias.

—Sí, nos vamos. —Marino dio una calada a su cigarrillo, nada amable.

Ya había expresado su opinión respecto a que Righter se presentara en mi casa. Era innecesario y, aunque pensara de verdad que era importante ver en persona el lugar del crimen, ¿por qué no lo hizo antes, cuando yo estaba aún en el hospital?

Righter se ajustó el abrigo alrededor del cuello, con el reflejo de las farolas en las gafas.

—Cuídate. Me alegro de que estés bien. —Asintió con la cabeza hacia mí y decidió admitir mi supuesta contrariedad—. Es una situación muy difícil para todos. —Le vino algo a la cabeza pero no lo formuló en palabras, lo retiró, lo borró del acta y en su lugar prometió a Marino—: Estaré en contacto con usted.

Subieron las ventanillas y nos fuimos.

—Dame un cigarrillo —le pedí a Marino—. Supongo que Righter no ha ido antes a mi casa hoy.

—Pues la verdad es que sí. Sobre las diez de la mañana. —Me ofreció el paquete de Lucky Strike sin filtro y me acercó la llama de un encendedor.

La cólera me encogió el estómago, noté un calor fuerte en el cogote y una presión casi insoportable en la cabeza. El pánico se apoderó de mí como una bestia voraz. Me puse insolente y pulsé el encendedor del salpicadero, dejando descortésmente a Marino con el brazo extendido y el mechero Bic encendido.

—Gracias por informarme —solté con brusquedad—. ¿Te importaría decirme quiénes más han estado en mi casa, y cuántas veces, y cuánto tiempo, y qué han tocado?

—Oye, no la tomes conmigo —me advirtió.

Conocía ese tono. Estaba a punto de perder la paciencia conmigo y mis tonterías. Éramos como sistemas meteorológicos a punto de chocar, y yo no quería eso. Lo último que necesitaba era una guerra con Marino. Toqué la punta del cigarrillo con el mechero del coche e inhalé a fondo: el impacto del tabaco sin filtro me sacudió. Avanzamos varios minutos en un silencio terrible y cuando por fin hablé, mi voz sonó vacía. Estaba obnubilada y me sentía profundamente deprimida.

—Sé que haces lo que hay que hacer. Te lo agradezco —me obligué a decir—. Aunque no lo demuestre.

—No tienes que darme explicaciones. —Dio una calada al cigarrillo; ambos lanzábamos el humo por las ventanillas medio abiertas—. Sé exactamente cómo te sientes —añadió.

—Eso es imposible. —El resentimiento me vino a la boca como si fuera bilis—. Ni siquiera lo sé yo.

—Lo entiendo mucho más de lo que piensas —afirmó—. Algún día lo verás, doctora. Ahora no puedes ver nada, y déjame decirte que la cosa no mejorará los próximos días y semanas. Es así como va. El verdadero daño aún no ha llegado. No sabes la cantidad de veces que he visto lo que les pasa a las víctimas.

Yo no quería oír una palabra más sobre ese tema.

—Es fantástico que vayas a donde vas —prosiguió—. Justo lo que el médico recomendó, en más de un sentido.

—No voy a casa de Anna porque lo recomendara el médico —repliqué irritada—. Estaré con ella porque es amiga mía.

—Mira, eres una víctima y tienes que superarlo, y necesitarás que te ayuden a hacerlo. Tanto da que seas médica o abogada o jefa india. —Marino no se callaba, en parte porque buscaba un enfrentamiento. Quería concentrar su rabia. Lo vi venir, y la ira me oprimía el cuello y me abrasaba la raíz de los cabellos. Y Marino, la autoridad mundial, sentenció—: Ser víctima es lo más igualitario que hay.

—No soy ninguna víctima. —Pronuncié despacio las palabras; la voz me temblaba como una llama—. Es distinto sufrir un ataque y ser una víctima. No soy reflejo de ningún trastorno de la personalidad. No me he convertido en lo que él quería. —Por supuesto, me refería a Chandonne, y el tono de voz se me endureció—. Aunque se hubiera salido con la suya, no sería lo que él quería proyectar en mí. Estaría muerta y basta. No cambiada. Nada menos de lo que soy. Sólo muerta.

Noté que Marino se echaba para atrás en su rincón oscuro y ruidoso al otro lado del enorme y varonil vehículo. No comprendía lo que le decía o sentía, y seguramente nunca lo haría. Reaccionó como si le hubiese dado una bofetada o arreado un rodillazo en la entrepierna.

—Te hablo de la realidad —atacó a su vez—. Uno de los dos tiene que hacerlo.

—La realidad es que todavía estoy viva.

—Sí. De puro milagro.

—Debería haber imaginado que harías esto —dije con calma y frialdad—. Era muy previsible. La gente acusa a la presa, no al depredador; critica al herido, no al imbécil que lo hizo. —Temblé en la oscuridad—. Maldito seas. Maldito seas, Marino.

—¡Todavía no me creo que abrieras la puerta! —bramó. Lo que me había pasado le hacía sentirse impotente.

—¿Y dónde estaban tus hombres? —espeté, recordándole de nuevo ese hecho desagradable—. Habría estado bien que por lo menos uno o dos hubiesen vigilado mi casa, ya que tanto os preocupaba la probabilidad de que viniera a por mí.

—Te avisé por teléfono, ¿recuerdas? —Me atacó desde otro ángulo—. Dijiste que estabas bien. Te pedí que no te movieras, que descubriríamos dónde se escondía ese hijo de puta, que sabíamos que estaba por ahí fuera, quizá buscando otra mujer para apalearla y morderla. ¿Y qué hiciste, doctora de las fuerzas del orden? Abriste la puerta cuando alguien llamó. ¡A medianoche, joder!

Yo había creído que era la policía. Dijo que era de la policía.

—¿Por qué? —Marino gritaba y golpeaba el volante como un niño descontrolado—. ¿Eh? ¿Por qué? ¡Maldita sea, dímelo!

Sabíamos desde hacía días quién era el asesino, que era Chandonne, un bicho raro física y espiritualmente. Sabíamos que era francés y las señas en París de su familia, perteneciente al crimen organizado. La persona que estaba ante mi puerta no tenía el más ligero acento francés.

«Policía.»

«No he llamado a la policía», dije a través de la puerta cerrada.

«Nos han llamado para avisar de que había alguien sospechoso en su propiedad, señora. ¿Está bien?»

No tenía acento. No esperaba que hablara sin acento. No se me había ocurrido, ni siquiera una vez. Si volviera a vivir la noche anterior, seguiría sin ocurrírseme. La policía acababa de estar en mi casa cuando se disparó la alarma. No me pareció nada sospechoso que hubiera regresado. Supuse de modo incorrecto que vigilaba mi casa. Fue muy rápido. Abrí la puerta y la luz del porche estaba apagada, y sentí ese olor hediondo, animal, en la noche cerrada y glacial.

—¡Hola! ¿Hay alguien en casa? —gritó Marino golpeándome el hombro con fuerza.

—¡No me toques!

Me sobresalté con un grito entrecortado y me alejé de un brinco, a la vez que la camioneta viraba con brusquedad. El silencio posterior pesó en el ambiente como el agua a treinta metros de profundidad, y unas imágenes terribles volvieron a mis pensamientos más oscuros. La ceniza olvidada era tan larga que no llegué al cenicero a tiempo. Me la sacudí del regazo.

—Puedes girar en el centro comercial de Stonypoint, si quieres —le indiqué—. Es más rápido.

2

La imponente casa de estilo griego de la doctora Anna Zenner lanzaba luz a la noche junto a la orilla sur del río James. La mansión, como la llamaban los vecinos, tenía unas grandes columnas corintias y era un ejemplo local de la creencia de Thomas Jefferson y George Washington de que la arquitectura de la nueva nación debía expresar la majestuosidad y la dignidad del Viejo Continente. Anna era del Viejo Continente: una alemana de primer orden. Me parecía que era de Alemania. Ahora que lo pensaba, no recordaba que me hubiera dicho nunca dónde había nacido.

Las luces blancas propias de las fiestas centelleaban desde los árboles, y las velas en las ventanas de Anna brillaban con calidez, lo que me recordó las Navidades en Miami a finales de la década de los cincuenta, cuando yo era pequeña. En las contadas ocasiones en que la leucemia de mi padre estaba en remisión, nos llevaba en coche por Coral Gables a contemplar las casas que él llamaba chalés, como si su capacidad de enseñarnos tales lugares lo convirtieran en parte de ese mundo. Recordé que imaginaba a la gente privilegiada que vivía en esos hogares con sus elegantes paredes, sus Bentley y sus banquetes de filetes o gambas todos los días de la semana. Ninguna persona que viviera así podía ser pobre, estar enferma o ser considerada basura por quienes no vivían de ese modo, como los italianos, los católicos o los inmigrantes llamados Scarpetta.

Éste era un apellido poco habitual, de un linaje del que yo no conocía gran cosa. Los Scarpetta vivían en este país desde hacía dos generaciones, o eso afirmaba mi madre, pero no sabía quiénes eran esos otros Scarpetta. Nunca los conocí. Según tenía entendido procedíamos de Verona, y mis antepasados eran granjeros y ferroviarios. Lo que sí sabía es que sólo tenía una hermana, más pequeña, que se llamaba Dorothy. Estuvo casada brevemente con un brasileño que le doblaba la edad y que, al parecer, engendró a Lucy. Y digo al parecer porque, tratándose de Dorothy, sólo el ADN me convencería de con quién estaba en la cama cuando mi sobrina fue concebida. Mi hermana contrajo cuartas nupcias con un hombre llamado Farinelli y, después de eso, Lucy dejó de cambiarse cada vez el apellido. Salvo mi madre, era la única Scarpetta que quedaba, que yo supiera.

Marino frenó ante la formidable verja negra de hierro y tendió el brazo para apretar el botón del intercomunicador. Un zumbido electrónico y un clic fuerte y la verja se abrió despacio, como las alas de un cuervo. Yo no sabía por qué Anna abandonó su patria para instalarse en Virginia y no se había casado. Nunca le pregunté por qué montó una consulta psiquiátrica en esta modesta ciudad del sur cuando podría haber ido a cualquier otra parte. Ignoraba por qué me preguntaba de repente cosas sobre su vida. Mis pensamientos eran algo defectuosos. Bajé con cuidado de la camioneta de Marino y pisé las losas de granito. Era como si tuviera problemas con el programa informático de mi cerebro. Se abrían y cerraban todo tipo de ficheros sin pedirlo y aparecían mensajes del sistema. No estaba segura de la edad exacta de Anna, sólo de que tenía setenta y tantos. Que yo supiera, no me había mencionado nunca en qué universidad estudió medicina. Habíamos compartido opiniones e información durante años, pero rara vez nuestras vulnerabilidades y cuestiones íntimas.

De golpe me inquietó saber tan pocas cosas acerca de Anna y me sentí avergonzada mientras subía los peldaños de la entrada, muy bien barridos, de uno en uno, deslizando la mano buena por la fría barandilla de hierro. Anna abrió la puerta principal y su marcado rostro se suavizó. Miró la gruesa escayola y el cabestrillo azul, y sus ojos se fijaron en los míos.

—Me alegro mucho de verte, Kay —dijo, recibiéndome como siempre.

—¿Cómo está, doctora Zenner? —intervino Marino. Su entusiasmo era exagerado porque se desvivía por demostrar lo encantador que era y lo poco que yo le importaba—. Algo huele de maravilla. ¿Ha vuelto a cocinar para mí?

—Esta vez no, capitán.

Anna no estaba interesada en él ni en sus bravatas. Me besó en ambas mejillas, con cuidado y sin abrazarme fuerte debido a mi herida, pero sentí su cariño en el toque suave de sus dedos.

Marino dejó mi equipaje en el vestíbulo, sobre una espléndida alfombra de seda bajo una araña de cristal que brillaba como el hielo al formarse en el aire.

—Puede llevarse un poco de sopa —le indicó a Marino—. Hay mucha. Es muy saludable; sin grasa.

—Si no tiene grasa, va en contra de mi religión. Me voy a marchar. —Evitó mirarme.

—¿Dónde está Lucy? —preguntó Anna. Me ayudó a quitarme el abrigo y, al esforzarme en deslizar la manga por encima de la escayola, comprobé consternada que todavía llevaba puesta la bata blanca—. No tiene ningún autógrafo —añadió, porque nadie me había firmado la escayola ni lo haría. Anna tenía un sentido del humor árido, elitista. Podía ser muy graciosa sin lucir ni un amago de sonrisa y, si uno no estaba atento y era agudo, no pillaba la broma.

—Como su casa no es bastante bonita, se aloja en el Jefferson —respondió Marino con ironía.

Anna abrió el armario del vestíbulo para colgar mi abrigo. Mi energía nerviosa se disipaba deprisa. La depresión me oprimió más el pecho y aumentó la presión alrededor de mi corazón. Marino seguía simulando que yo no existía.

—Por supuesto, puede quedarse aquí. Siempre es bienvenida y me gustaría mucho verla —se ofreció Anna.

Su acento alemán no se había suavizado con el paso de los años. Todavía hablaba con su entonación característica y adoptaba ángulos extraños para hacer llegar un pensamiento desde el cerebro hasta la lengua, y rara vez usaba las contracciones típicas del inglés coloquial. Siempre pensé que prefería el alemán y que hablaba en inglés porque no tenía más remedio.

Con la puerta aún abierta, observé que Marino se marchaba.

—¿Por qué te trasladaste aquí, Anna? —Había pasado a decir incongruencias.

—¿Aquí? ¿Te refieres a esta casa? —Me observó.

—A Richmond. ¿Por qué a Richmond?

—Muy sencillo, por amor —contestó sin rastro de sentimientos en un sentido o en otro.

La temperatura había descendido a medida que avanzaba la noche, y las suelas de las botas de Marino crujieron al pisar la nieve medio helada.

—¿Qué amor? —le pregunté.

—El de una persona que resultó ser una pérdida de tiempo.

Marino se sacudió los pies en el estribo para hacer saltar la nieve antes de subir a la camioneta en marcha, cuyo motor ronroneaba como el interior de un barco enorme mientras expulsaba gases por el tubo de escape. Notó que lo observaba y fingió que no se daba cuenta o que no le importaba al cerrar la puerta y arrancar aquel trasto. Se marchó levantando nieve con las ruedas. Anna cerró la puerta mientras yo seguía frente a ella, perdida en un remolino de pensamientos y sentimientos.

—Vamos a instalarte —me dijo, y me tocó el brazo para instarme a acompañarla.

—Está enfadado conmigo. —Volví en mí.

—Si no estuviese enfadado por algo o se mostrara grosero, pensaría que está enfermo.

—Está enfadado conmigo porque casi me matan —afirmé muy cansada—. Todo el mundo está enfadado conmigo.

—Estás agotada. —Se detuvo en el pasillo para oír lo que iba a decirle.

—¿Debería disculparme porque alguien intentó matarme? —protesté—. ¿Acaso lo provoqué? ¿Hice algo mal? Abrí la puerta, vale. No actué bien, pero estoy aquí, ¿no? Estoy viva, ¿no? Todos estamos sanos y salvos, ¿no? ¿Por qué está todo el mundo enfadado conmigo?

—No todo el mundo lo está —respondió Anna.

—¿Por qué es culpa mía?

—¿Crees que es culpa tuya? —Me observó con una expresión que sólo podría definirse de radiológica. Anna me veía hasta los huesos.

—Claro que no. Sé que no es culpa mía.

Cerró la puerta con llave, puso la alarma y me condujo a la cocina. Intenté recordar la última vez que había comido o el día de la semana que era. Entonces me acordé. Sábado. Ya lo había preguntado varias veces. Habían pasado veinte horas desde que había estado a punto de morir. La mesa estaba puesta para dos, y una olla de sopa hervía en la cocina. Olí a pan cocido y, de repente, sentí náuseas y apetito a la vez, y a pesar de todo eso capté un detalle. Si Anna esperaba a Lucy, ¿por qué no estaba la mesa dispuesta para tres?

—¿Cuándo regresará Lucy a Miami? —Anna pareció leer mis pensamientos mientras levantaba la tapa de la olla y removía su contenido con una cuchara larga de madera—. ¿Qué te apetece? ¿Un whisky?

—Que sea fuerte.

Quitó el corcho de una botella de whisky puro de malta Glenmorangie Sherry Wood Finish y vertió su preciosa esencia sonrosada en unos vasos con hielo.

—No sé cuándo regresará. No tengo ni idea. —Empecé a ponerla al día—. La ATF participó en una operación en Miami que salió mal, muy mal. Hubo un tiroteo. Lucy...

—Sí, sí, Kay. Eso ya lo sé. —Me pasó la bebida. Anna podía parecer muy impaciente incluso cuando estaba muy calmada—. Salió en las noticias. Y te llamé. ¿Recuerdas? Hablamos de Lucy.

—Oh, es cierto —masculló.

Se sentó en la silla frente a mí, con los codos en la mesa, inclinada hacia delante. Era una mujer intensa, sana, alta y firme, una Leni Riefenstahl adelantada a su tiempo e inalterada con los años. Su chándal azul daba a sus ojos el mismo tono asombroso del aciano, y llevaba los cabellos plateados hacia atrás y sujetos con una cinta de terciopelo negro en una cola de caballo. No sabía con certeza que se hubiera sometido a un *lifting* o a ningún otro método cosmético, pero sospechaba que la medicina moderna tenía algo que ver con su aspecto. Anna podría pasar fácilmente por una mujer de cincuenta años.

—Supongo que Lucy ha venido para estar contigo mientras se investiga el incidente —comentó—. Me imagino la burocracia.

La operación no hubiera podido ir peor. Lucy mató a dos miembros de un cartel internacional de contrabando de armas que ahora creíamos relacionado con la familia Chandonne, y sin querer hirió a Jo, una agente de la DEA que en aquel momento era su amante. Burocracia no era la palabra exacta.

—Pero no estoy segura de que sepas lo referente a Jo —le dije a Anna—. Su compañera de la HIDTA.

—No sé qué es la HIDTA.

—Es una brigada formada por distintos organismos encargados de imponer el cumplimiento de la ley en relación con crímenes violentos. La ATF, la DEA, el FBI, Miami-Dade —le expliqué—. Cuando la operación salió mal hace dos semanas, Jo recibió un disparo en la pierna. Resultó que la bala había sido disparada con la pistola de Lucy.

Anna me escuchaba mientras bebía su whisky.

—Así que Lucy disparó sin querer a Jo y, después, por supuesto, salió a relucir su relación personal —proseguí—. Que había sido muy tensa. No sé lo que pasará ahora con ellas, para serte franca. Pero Lucy está aquí. Supongo que pasará las vacaciones y, luego, ¿quién sabe?

—No sabía que ella y Janet hubieran roto —observó Anna.

—Hace bastante tiempo.

—Lo siento mucho. —Le supo realmente mal la noticia—. Janet me gustaba mucho.

Bajé la vista. Hacía mucho que Janet no era tema de conversación.

Lucy no hablaba nunca de ella. Me di cuenta de que yo echaba mucho de menos a Janet y seguía pensando que ejercía una influencia estabilizadora y madura sobre mi sobrina. Si tenía que ser sincera, no me gustaba Jo. No sabía muy bien por qué. Quizá, consideré mientras alargaba la mano hacia el vaso, se debía sólo a que no era Janet.

—¿Y Jo está en Richmond? —Anna trataba de saber más de la historia.

—Irónicamente, es de aquí, aunque no fue por eso por lo que ella y Lucy terminaron juntas. Se conocieron en Miami, por el trabajo. Jo estará un tiempo recuperándose y lo pasará en Richmond, en casa de sus padres, supongo. No me preguntes cómo irá. Son cristianos integristas y no se puede decir que apoyen el estilo de vida de su hija.

—Lucy nunca elige nada sencillo —comentó Anna, y tenía razón—. Tiroteos y más tiroteos. ¿Qué le pasa que siempre le dispara a alguien? Gracias a Dios que no ha vuelto a matar a nadie.

El peso que sentía en mi pecho se intensificó. La sangre parecía habérseme convertido en un metal pesado.

—¿Qué le pasa para que siempre acabe disparando? —insistió Anna—. Lo que ha sucedido esta vez me preocupa, si puedo creer lo que oí por televisión.

—No he puesto la tele. No sé qué dicen. —Tomé un sorbo de whisky y volví a pensar en cigarrillos. Había dejado de fumar tantas veces en mi vida...

—Casi mató a ese francés, a Jean-Baptiste Chandonne. Lo apuntaba con una pistola, pero tú la detuviste. —Los ojos de Anna me traspasaron el cerebro, en busca de secretos—. Cuéntamelo.

Le describí lo sucedido. Lucy fue a la Facultad de Medicina de Virginia para llevar a Jo a casa desde el hospital y vino a mi casa pasada la medianoche.

Chandonne y yo estábamos en el jardín delantero. La Lucy que evoqué en mis recuerdos parecía una extraña, una persona violenta a la que no conocía, de rostro irreconocible y contraído por la rabia, que lo apuntaba con la pistola, con el dedo en el gatillo, y a quien yo suplicaba que no disparase. Ella gritaba y lo maldecía mientras yo le imploraba: «¡No, no, Lucy, no!» Chandonne sufría un dolor insoportable, cegado, y se frotaba nieve en los ojos quemados por el producto químico sin dejar de retorcerse y de aullar y de suplicar que alguien lo ayudara. En este punto del relato, Anna me interrumpió.

—¿Hablaba en francés? —quiso saber.

La pregunta me pilló desprevenida. Intenté recordarlo.

—Creo que sí.

—Entonces, sabes francés.

—Bueno —contesté tras una pausa—, lo estudié en la secundaria. Sé que en aquel momento tuve la impresión de que me gritaba que lo ayudara. Creí entender lo que decía.

—¿Intentaste ayudarlo?

—Estaba intentando salvarle la vida, intentando impedir que Lucy lo matara.

—Pero eso era por Lucy, no por él. En realidad, no intentabas salvarle la vida. Intentabas evitar que Lucy arruinara la suya.

Mis pensamientos se iban amontonando y anulándose unos a otros. No respondí.

—Ella quería matarlo —continuó Anna—. Ésa era, sin duda, su intención.

Asentí, con la mirada perdida, reviviéndolo. «Lucy, Lucy —la llamé repetidamente, para intentar romper el hechizo homicida en el que estaba sumida—. Lucy.» Me acerqué a ella por el jardín nevado. «Deja la pistola, Lucy. No quieres hacerlo. Por favor. Deja la pistola.» Chandonne daba vueltas y se retorcía y emitía los sonidos horribles de un animal herido. Lucy estaba de rodillas, en posición de combate, y le apuntaba a la cabeza con la pistola temblando entre ambas manos. Entonces nos rodearon un montón de pies y piernas. Habían llegado agentes de la ATF y de la policía con fusiles y pistolas. Ninguno sabía qué hacer mientras yo rogaba a mi sobrina que no matara a Chandonne a sangre fría. «Ya ha habido suficientes muertes —le supliqué a la vez que me acercaba a unos centímetros de ella, con el brazo izquierdo roto e inútil—. No lo hagas. No lo hagas, por favor. Te queremos.»

—¿Estás segura de que Lucy tenía intención de matarlo, a pesar de que no era en defensa propia? —volvió a preguntar Anna.

—Sí —respondí—. Estoy segura.

—¿Deberíamos pensar entonces que quizá no tuviera necesidad de matar a esos hombres en Miami?

—Eso fue totalmente distinto, Anna —aseguré—. Y no puedo culpar a Lucy por cómo reaccionó cuando lo vio delante de mi casa. Nos vio a los dos en la nieve, a pocos metros de distancia. Conocía los otros casos, los asesinatos de Kim Luong y Diane Bray. Sabía muy bien por qué había venido él a mi casa y lo que tenía planeado hacerme. ¿Cómo te habrías sentido tú si hubieses sido Lucy?

—No puedo imaginarlo.

—Exacto —afirmé—. No creo que nadie pueda imaginar algo así

hasta que sucede. Sé que si hubiese sido yo quien llegaba y Lucy quien estaba en el jardín y él hubiese intentado matarla... —Dejé la frase inconclusa, analizando la situación, incapaz de completar el pensamiento.

—Lo habrías matado. —Anna lo terminó con lo que sospechó que iba a decir.

—Bueno, es probable.

—¿Aunque no suponía ninguna amenaza? ¿Con un dolor terrible, ciego e indefenso?

—Es difícil saber que otra persona está indefensa, Anna. ¿Qué sabía yo en la nieve, en la oscuridad, con un brazo roto y aterrorizada?

—Sí, pero sabías lo bastante para intentar disuadir a Lucy de que no lo matara.

Se levantó y observé cómo tomaba un cucharón del soporte de hierro con cacharros colgados y llenaba unos cuencos grandes de barro, de donde se elevaron nubes aromáticas de vapor. Puso la sopa en la mesa y me dio tiempo para pensar lo que acababa de decir.

—¿Has pensado alguna vez que tu vida es como uno de tus certificados de defunción más complicados? —dijo—. Debido a, debido a, debido a, debido a. —Movía las manos para dirigir su propia orquesta de énfasis—. Donde te encuentras ahora es debido a esto y a aquello y debido a etcétera, y todo se remonta a la herida original: la muerte de tu padre.

Traté de recordar lo que le había contado de mi pasado.

—Eres quien eres en la vida porque aprendiste de la muerte a muy temprana edad —prosiguió—. La mayoría de tu infancia viviste con la agonía de tu padre.

La sopa era de verduras y pollo, y detecté hojas de laurel y jerez. No estaba segura de poder comer. Anna se puso unas manoplas y sacó unos panecillos del horno. Sirvió el pan caliente en unas bandejitas con mantequilla y miel.

—Parece que tu karma es regresar a la escena de la muerte, por decirlo así, una y otra vez —analizó—. La escena de la muerte de tu padre, de esa pérdida inicial. Como si fueras a deshacerla de algún modo. Pero lo único que haces es repetirla. La pauta más antigua de la naturaleza humana. La veo a diario.

—No tiene nada que ver con mi padre. —Levanté la cuchara—. No tiene nada que ver con mi infancia y, para serte franca, lo último que me preocupa ahora es mi infancia.

—Tiene que ver con no sentir. —Tiró de la silla y volvió a sentarse—. Con aprender a no sentir porque eso era muy doloroso. —La sopa estaba demasiado caliente y empezó a removerla sin más con una cuchara de plata grabada—. Cuando eras pequeña, no podías vivir con esa muerte inminente en tu familia, con el miedo, la pena, el enfado. Te cerraste.

—A veces hay que hacerlo.

—Nunca es bueno hacerlo —replicó sacudiendo la cabeza.

—A veces es necesario para sobrevivir —discrepé.

—Cerrarse es negar. Si niegas el pasado, lo repetirás. Tú eres la prueba viviente. Tu vida ha sido una pérdida tras otra desde esa pérdida inicial. Irónicamente, la has convertido en tu profesión: la doctora que atiende a los muertos, la doctora que trata a los muertos. Tu divorcio de Tony. La muerte de Mark. Y el año pasado el asesinato de Benton. Luego, Lucy se ve envuelta en un tiroteo y casi la pierdes. Y ahora, por fin, tú. Ese hombre terrible va a tu casa y casi te pierdes a ti misma. Pérdidas y más pérdidas.

El dolor por el asesinato de Benton estaba muy reciente. Tenía miedo de que siempre fuera a estarlo y de que no lograría huir nunca del vacío, del eco de habitaciones desiertas en mi alma y de la angustia de mi corazón. Volvió a indignarme pensar en que la policía estaba en mi casa tocando involuntariamente cosas que le habían pertenecido, aplicando el cepillo a sus cuadros, dejando barro sobre la bonita alfombra del comedor que me regaló un año por Navidad. Sin que nadie lo supiera. Sin que a nadie le importara.

—Una pauta así —comentó Anna—, si no se detiene, adquiere una energía imparable y lo absorbe todo hacia su agujero negro.

Le dije que mi vida no estaba en un agujero negro. No negaba que había una pauta. Habría tenido que ser muy corta para no verla. Pero discrepaba por completo en una cosa:

—Me preocupa mucho oírte insinuar que lo atraje a la puerta —afirmé. Me refería de nuevo a Chandonne, a quien apenas soportaba llamar por su nombre—. Que, de algún modo, lo puse todo en marcha para atraer a un asesino a mi casa. Si te he entendido bien. Si es eso lo que estás diciendo.

—Eso es lo que te pregunto. —Untó un panecillo con mantequilla y repitió con gravedad—: Eso es lo que te pregunto, Kay.

—¿Cómo puedes pensar que yo provocara mi propio asesinato de algún modo?

—Porque no serías la primera ni la última persona en hacerlo. No es algo consciente.

—Imposible. Ni subconsciente ni inconscientemente —aseguré.

—Hay mucha profecía de cumplimiento inevitable. Tú. Y Lucy. Ella casi se ha convertido en lo que combate. Cuidado con quién eliges como enemigo, porque es a quien terminas pareciéndote más. —Anna lanzó la cita de Nietzsche al aire. Usaba palabras que me había oído decir en el pasado.

—No lo atraje a mi casa —repetí despacio y con rotundidad. Seguí evitando decir el nombre de Chandonne porque no quería otorgarle el poder de ser una persona real para mí.

—¿Cómo sabía dónde vives? —siguió preguntando Anna.

—Por desgracia, he aparecido varias veces en las noticias a lo largo de los años —conjeturé—. No sé cómo lo sabía.

—¿Qué? ¿Fue a la biblioteca y buscó tu dirección en los microfilmes? ¿Ese ser tan deforme que apenas salía de día? ¿Esa anomalía congénita que le supone tener cara de perro y casi toda la cara y el cuerpo cubiertos de un vello largo y claro, como lanugo? ¿Fue a una biblioteca pública? —Dejó que tal absurdidad nos envolviera.

—No sé cómo lo supo —repetí; empezaba a disgustarme—. Se ocultaba cerca de mi casa. No me eches la culpa. Nadie tiene derecho a culparme por lo que él hizo. ¿Por qué me culpas?

—Creamos nuestros propios mundos. Destruimos nuestros propios mundos. Es así de simple —me respondió.

—No puedo creer que pienses que quería que viniera a por mí. Nada menos que yo.

Me vino una imagen de Kim Luong. Recordé sus huesos faciales fracturados, que crujían bajo mis dedos cubiertos con guantes de látex. Recordé el olor acre y dulce de la sangre que se coagulaba en el almacén caliente y mal ventilado adonde Chandonne arrastró el cuerpo agonizante para dar rienda suelta a su lujuria frenética y golpearla, morderla y embadurnarse de sangre.

—Esas mujeres tampoco se buscaron lo que les pasó —objeté con emoción.

—Yo no las conocía —replicó Anna—. No puedo hablar de lo que hicieron o no.

Me vino una imagen de Diane Bray, su belleza arrogante atacada, destruida y mostrada con crudeza en el colchón desnudo de su habitación. Quedó del todo irreconocible cuando acabó con ella, y parecía odiarla más que a Kim Luong, y más que a las mujeres que creíamos que había asesinado en París antes de llegar a Richmond. Comenté en voz alta que quizá Chandonne se reconoció en Bray y eso excitó al máximo su odio a sí mismo. Diane Bray era astuta y fría. Era cruel y abusaba del poder con la misma facilidad con que respiraba.

—Tenías muchos motivos para odiarla —fue la respuesta de Anna.

No respondí de inmediato. Traté de recordar si le había dicho alguna vez que odiaba a alguien o, peor aún, si me sentía culpable de ello. Odiar a otra persona está mal. Jamás está bien. Odiar es un crimen del alma que conduce a crímenes de la carne. El odio era lo que llevaba a muchos de mis pacientes a mi consulta. Le dije a Anna que no odiaba a Diane Bray, ni siquiera después de que ella se dedicara a apabullarme y casi logró que me despidieran. Bray era patológicamente celosa y ambiciosa. Pero no, le dije a Anna, no la odiaba. Era malvada, concluí. Pero no se merecía lo que él le hizo. Sin duda, no se lo buscó.

—¿Crees que no? —Anna lo ponía todo en duda—. ¿No crees que le hizo, simbólicamente, lo que ella te hacía a ti? Obsesión. Imponerse en tu vida cuando eras vulnerable. Ataque, degradación, destrucción: un apabullamiento que la excitaba, quizás incluso sexualmente. ¿Qué me has dicho tantas veces? La gente muere como ha vivido.

—Muchas personas sí.

—¿Y ella?

—¿Simbólicamente, como dices tú? Quizá.

—¿Y tú, Kay? ¿Casi moriste como has vivido?

—Yo no he muerto, Anna.

—Pero casi —insistió—. Y antes de que él llegara a la puerta casi habías abandonado. Casi dejaste de vivir cuando lo hizo Benton.

Se me llenaron los ojos de lágrimas.

—¿Qué piensas que podría haberte pasado si Diane Bray no hubiese muerto? —preguntó entonces Anna.

Bray dirigía el Departamento de Policía de Richmond y engañaba a la gente que importaba. En muy poco tiempo se había ganado fama por toda Virginia e, irónicamente, su narcisismo y su afán de poder y reconocimiento fueron, al parecer, lo que podría haber atraído a Chandonne hacia ella. Me pregunté si la habría acechado antes. Me pregunté si me habría acechado a mí, y supuse que la respuesta a ambas preguntas era que sí.

—¿Piensas que seguirías siendo forense jefe si Diane Bray estuviera viva? —Anna mantenía su mirada fija en mí.

—No la habría dejado ganar. —Probé la sopa y el estómago me dio un vuelco—. Tanto da lo diabólica que fuera, no se lo habría permitido. Mi vida es mía. Nunca fue suya. Yo la construyo o la destruyo.

—Quizá te alegres de que esté muerta —dijo Anna.

—El mundo es mejor sin ella. —Aparté el tapete individual y todo lo que había encima—. Ésa es la verdad. El mundo es mejor sin gente como ella. El mundo sería mejor sin él.

—¿Mejor sin Chandonne?

Asentí.

—¿Entonces quizá desearías que Lucy lo hubiese matado? —sugirió en voz baja. Anna tenía un modo de exigir la verdad sin resultar agresiva ni juzgar—. ¿Quizá pulsaras el interruptor, como se dice?

—No. —Sacudí la cabeza—. No pulsaría el interruptor para acabar con nadie. No puedo comer. Lamento que te hayas tomado tantas molestias. Espero no estar enferma.

—Ya hemos hablado bastante por ahora. —Anna se había convertido de repente en la madre que decidía que ya era hora de ir a la cama—. Mañana es domingo, un buen día para quedarse en casa y descansar. Miraré mi agenda y cancelaré todas las citas del lunes. Luego, las del martes y el miércoles, y las del resto de la semana si es preciso.

Traté de protestar, pero no quiso escucharme.

—Lo bueno de tener mi edad es que puedo hacer lo que me salga de las narices —añadió—. Sólo estoy para urgencias. Pero nada más. Y ahora mismo tú eres mi mayor urgencia, Kay.

—No soy ninguna urgencia. —Me levanté de la mesa.

Me ayudó con el equipaje y me llevó por un pasillo largo que conducía al ala oeste de su majestuoso hogar. La habitación de invitados donde iba a hospedarme durante un período indefinido estaba dominada por una cama grande de tejo que, como muchos muebles de su casa, era de estilo Biedermeier dorado pálido. La decoración era sobria, con líneas rectas y simples, pero los edredones, las almohadas, y las cortinas gruesas que caían en cascadas de seda color champán hasta el suelo de madera noble, insinuaban su verdadera naturaleza. La motivación de Anna era consolar a los demás, curar y eliminar el dolor y celebrar la belleza pura.

—¿Qué más necesitas? —Colgó mi ropa. La ayudé a colocar otras cosas en los cajones del tocador y me di cuenta de que temblaba de nuevo—. ¿Necesitas algo para dormir? —Situó mis zapatos en el suelo del armario.

Tomar Ativan o algún otro sedante era una propuesta tentadora a la que me resistí.

—Siempre me ha dado miedo convertirlo en un hábito —respondí con vaguedad—. Ya sabes cómo soy con los cigarrillos. No se puede confiar en mí.

—Es muy importante que duermas, Kay —dijo Anna mirándome—. Es lo mejor para la depresión.

No estuve segura de lo que decía, pero supe lo que significaba. Estaba deprimida. Era normal que me deprimiera, y la falta de sueño lo empeoraba todo mucho más. A lo largo de mi vida, el insomnio se había recrudecido como una artritis, y cuando me hice médico tuve que resistirme a la costumbre fácil del sírvase usted mismo. Tenía los fármacos con receta a mi alcance. Siempre me había mantenido alejada de ellos.

Anna me dejó y me senté en la cama con las luces apagadas, contemplando la oscuridad, medio creyendo que, cuando llegara la mañana, resultaría que lo sucedido era otra de mis pesadillas, otro horror que había salido de mis capas más profundas cuando yo no estaba del todo consciente. Mi voz racional sondeaba mi interior como una linterna, pero no mostró nada. No podía iluminar ningún significado del hecho de que casi me mutilaran y mataran ni de cómo eso afectaría al resto de mi vida. No lo entendía. No le encontraba sentido. Rogué a Dios que me ayudara. Me eché de lado y cerré los ojos. Al acostarme, mi madre solía rezar conmigo aquello de «Si me muriera antes de despertar...» Pero yo siempre pensé que las palabras eran más bien para mi padre enfermo al otro lado del pasillo. A veces, cuando mi madre se iba de la habitación, introducía la tercera persona en las frases: «Si se muriera antes de despertar, ruego al Señor que se lleve su alma, y lloraré hasta dormirme.»

3

A la mañana siguiente me despertó el ruido de voces en la casa y tuve la inquietante sensación de que el teléfono había sonado toda la noche. No estaba segura de si lo había soñado. Por un instante terrible, no tuve idea de dónde me encontraba hasta que, de repente, me vino a la cabeza como una oleada morbosa, espantosa. Me incorporé apoyada en las almohadas y permanecí quieta un momento. A través de las cortinas corridas vi que el sol estaba de nuevo distante y ofrecía sólo una tonalidad gris.

Me puse un albornoz grueso que encontré colgado detrás de la puerta del baño y un par de calcetines y me dispuse a ir a ver quién más había en la casa. Esperaba que la visita fuera Lucy, y así era. Ella y Anna estaban en la cocina. Unos diminutos copos de nieve espolvoreaban las ventanas que daban al jardín trasero y al plano río de peltre. Los árboles pelados, recortados contra el día, se movían un poco con el viento y de la casa del vecino más cercano se elevaba humo. Lucy llevaba un chándal desteñido que había quedado de cuando siguió cursos de informática y robótica en el Massachusetts Institute of Technology. Al parecer, se había peinado los cabellos cortos color caoba con los dedos y tenía un aspecto adusto, con los ojos rojizos y vidriosos, que asocié a un exceso de alcohol la noche anterior.

—¿Acabas de llegar? —pregunté al saludarla con un abrazo.

—De hecho, ayer por la noche —respondió sujetándome con fuerza—. No pude resistirme. Quise venir y celebramos una fiesta nocturna. Pero tú ya estabas fuera de combate. Es culpa mía por venir tan tarde.

—¡Oh, no! —Me sentí algo vacía—. Tendríais que haberme despertado. ¿Por qué no lo hicisteis?

—Ni hablar. ¿Qué tal el brazo?

—No me duele tanto. —Eso no era cierto—. ¿Dejaste el Jefferson?

—No, sigo allí. —La expresión de Lucy era inescrutable. Se sentó en el suelo y se quitó los pantalones del chándal. Debajo llevaba unas brillantes mallas elásticas.

—Me temo que tu sobrina ha sido una mala influencia —dijo Anna—. Trajo una botella de Veuve Cliquot y estuvimos levantadas hasta muy tarde. No la dejé conducir hasta el centro.

—¿Champán? —Sentí una punzada de dolor, o quizás eran celos—. ¿Celebramos algo?

Anna respondió encogiéndose de hombros. Estaba preocupada. Noté que cargaba con pensamientos muy agobiantes que no quería exponer en mi presencia, y me pregunté si el teléfono sonó realmente por la noche. Lucy se desabrochó la chaqueta y dejó al descubierto más nailon azul y negro, que se ajustaba a su cuerpo fuerte y atlético como si fuese pintura.

—Sí, celebramos algo —soltó Lucy con cierta dosis de amargura en la voz—. La ATF me ha dado un permiso administrativo.

No creí haber oído bien. Un permiso administrativo era como estar suspendido. Era el primer paso para ser despedido. Miré a Anna para descubrir algún signo de que ya lo sabía, pero parecía tan sorprendida como yo.

—Me han mandado a la playa. —Suspendido, en el argot de la ATF—. Recibiré una carta la semana que viene donde se mencionarán todas mis infracciones. —Lucy actuaba con indiferencia, pero la conocía demasiado bien para que me engañara. En los últimos meses y años, lo único que le había visto expresar era ira, y ahí estaba de nuevo, fundida bajo sus muchas y complejas capas—. Me indicarán todos los motivos por los que deberían expulsarme y podré apelar. A no ser que decida mandarlo todo al carajo y dimita. Quizá lo haga. No los necesito.

—¿Por qué? ¿Qué ha sucedido? No será por él. —Me refería a Chandonne.

Salvo raras excepciones, cuando un agente había participado en un tiroteo o en algún otro incidente crítico, lo normal era darle el apoyo de los compañeros y reasignarlo a un trabajo menos estresante, como la investigación de un incendio provocado, en lugar del peligroso trabajo secreto que Lucy realizaba en Miami. Si el individuo era incapaz de superarlo en el plano emocional, podían concederle incluso un permiso traumático. Pero un permiso administrativo era otra cuestión. Se trataba de un castigo, puro y simple.

Lucy me miró desde el suelo, con las piernas extendidas y las manos plantadas tras la espalda.

—Es aquello de tanto da si lo haces como si no —contestó—. Si le hubiera disparado, tendría que rendir cuentas. No le disparé y tendré que rendir cuentas.

—Participaste en un tiroteo en Miami y, muy poco después, vienes a Richmond y casi matas a alguien más. —Anna expuso así la verdad.

Daba lo mismo que ese alguien más fuera un asesino en serie que había entrado en mi casa. Lucy tenía antecedentes de recurrir a la violencia, anteriores incluso al incidente de Miami. Su pasado turbulento cargaba el ambiente de la cocina de Anna como un frente de baja presión.

—Soy la primera en admitirlo —afirmó Lucy—. Todos queríamos cargárnoslo. ¿Crees que Marino no quería? —Fijó sus ojos en los míos—. ¿Crees que todos los policías, todos los agentes que se presentaron en tu casa no querían apretar el gatillo? Opinan que soy una especie de mercenaria, una psicópata que disfruta matando gente. Por lo menos eso es lo que insinúan.

—Necesitas desconectarte por un tiempo —dijo Anna sin rodeos—. Quizá se trate de eso y nada más.

—No se trata de eso. Venga, si alguno de los chicos hubiese hecho lo que yo hice en Miami, sería un héroe. Y si uno de ellos casi hubiese matado a Chandonne, los mandamases de Washington aplaudirían su contención, no lo trincarían por «casi» haber hecho algo. ¿Cómo puedes castigar a alguien por «casi» hacer algo? De hecho, ¿cómo puedes siquiera demostrar que alguien «casi» hizo algo?

—Bueno, tendrán que demostrarlo —determinó la abogada, la investigadora que había en mí. Y, a la vez, recordé que Chandonne casi me hizo algo. No llegó a hacerlo fuera cual fuera su intención y su futura defensa legal se basaría mucho en ello.

—Que hagan lo que quieran —aceptó Lucy, dolida y rabiosa—. Pueden despedirme. O devolverme al servicio y aparcarme en algún despacho sin ventanas de Dakota del Sur o de Alaska. O enterrarme en algún departamento de mierda, como audiovisuales.

—Todavía no has tomado café, Kay. —Anna trató de disipar la creciente tensión.

—Puede que ése sea mi problema. Puede que por eso nada tenga sentido esta mañana. —Me dirigí a la cafetera, cerca del fregadero—. ¿Alguien quiere?

Nadie más tomó. Me serví una taza mientras Lucy realizaba estiramientos. Ver cómo se movía era siempre asombroso; sus músculos flexibles y ágiles llaman la atención sin deliberación ni fanfarria. Rechoncha y lenta al nacer, se había pasado años diseñando su cuerpo para convertirlo en una máquina que obedeciera sus órdenes, de modo muy parecido a los helicópteros que pilotaba. Quizá fuera su sangre brasileña, que añadía fuego oscuro a su belleza, pero Lucy era electrizante. Adondequiera que fuese, la gente fijaba los ojos en ella, y su reacción era encogerse de hombros, como mucho.

—No sé cómo puedes salir a correr con un tiempo así —comentó Anna.

—Me gusta el dolor. —Lucy se colocó la riñonera, que contenía una pistola.

—Tenemos que hablar más de esto, decidir qué vas a hacer.

La cafeína me acompasó el corazón y me despejó la cabeza.

—Después de correr, iré a practicar al gimnasio —nos informó Lucy—. Estaré fuera un rato.

—Dolor y más dolor —reflexionó Anna.

Cuando miraba a mi sobrina sólo podía pensar en lo extraordinaria que era y lo muy injusta que la vida había sido con ella. Nunca conoció a su padre biológico, y llegó Benton y fue el padre que nunca tuvo. Y también lo perdió. Su madre era una mujer egocéntrica, en demasiada competencia con Lucy para amarla, si es que mi hermana Dorothy era capaz de amar a alguien, y yo creía que no. Lucy era posiblemente la persona más inteligente y compleja que conocía. Eso no le hacía ganar demasiados admiradores. Siempre había sido indomable y, al verla ejercitarse en la cocina como un corredor olímpico, armada y peligrosa, me acordé de cuando empezó el primer curso a los cuatro años y medio y suspendió conducta.

—¿Cómo se suspende conducta? —le pregunté a Dorothy cuando me llamó enfadadísima para quejarse de lo difícil que era ser la madre de Lucy.

—Habla sin parar, interrumpe a los demás alumnos y levanta siempre la mano para contestar preguntas —soltó Dorothy con brusquedad—. ¿Sabes qué ha escrito su profesor en las notas? Espera, que te lo leeré: «Lucy no trabaja ni juega bien con otros niños. Es chula y sabihonda, y lo desmonta todo, como el sacapuntas y los pomos de las puertas.»

Lucy era homosexual. Eso resultaba quizá lo más injusto porque no podía dejarlo atrás o superarlo. La homosexualidad es injusta porque genera injusticia. Por esa razón, cuando descubrí esta faceta de la vida de mi sobrina se me partió el corazón. No quería verla sufrir. Y me obligué a admitir que había logrado pasar por alto lo evidente hasta entonces. La ATF no iba a ser generosa ni indulgente, y era probable que Lucy ya lo supiera desde hacía tiempo. La administración de Washington no tendría en cuenta todo lo que había conseguido, sino que se fijaría en ella a través de la lente distorsionada del prejuicio y la envidia.

—Será una caza de brujas —dije cuando Lucy se hubo ido.

Anna cascaba huevos en un cuenco.

—Quieren echarla, Anna.

Tiró las cáscaras al fregadero, abrió la nevera para sacar un cartón de leche y comprobó su fecha de caducidad.

—Hay quien opina que es una heroína —afirmó.

—Las fuerzas del orden toleran a las mujeres. No las celebran, y castigan a las que se convierten en heroínas. Ése es el desagradable secretito que nadie quiere comentar —dije.

Anna batía los huevos enérgicamente con un tenedor.

—Lo mismo nos pasó a nosotras —proseguí—. Fuimos a la Facultad de Medicina en una época en que teníamos que disculparnos por ocupar la plaza de un hombre. En algunos casos, nos hicieron el vacío y nos sabotearon. En mi primer año de carrera sólo había otras tres mujeres. ¿Cuántas había en el tuyo?

—En Viena era distinto.

—¿Viena? —Mis pensamientos se evaporaron.

—Donde estudié —me informó.

—¡Oh! —Me sentí de nuevo culpable al averiguar otro detalle que desconocía sobre mi buena amiga.

—Cuando vine aquí, todo lo que dices sobre cómo es para las mujeres era exactamente de ese modo. —Apretó los labios y vertió los huevos batidos en una sartén de hierro colado—. Recuerdo cómo era todo cuando me trasladé a Virginia. Cómo me trataron.

—Lo sé muy bien, créeme.

—Te llevo treinta años de delantera, Kay. No lo sabes en absoluto.

Los huevos se cocían y burbujeaban. Me apoyé en el mostrador y sorbí el café solo. Deseé haber estado despierta cuando Lucy llegó y me dolió no poder hablar con ella. Había tenido que enterarme de la noticia así, casi de pasada.

—¿Habló contigo ayer sobre lo que acaba de contarnos? —le pregunté a Anna, que daba vueltas a los huevos batidos una y otra vez.

—Ahora que lo pienso, me parece que trajo el champán porque

quería decírtelo. Un efecto bastante inadecuado, si tenemos en cuenta la noticia. —Sacó unos panecillos integrales ingleses de la tostadora—. Mucha gente supone que los psiquiatras tienen conversaciones muy profundas con todo el mundo cuando, en realidad, pocas personas me cuentan sus verdaderos sentimientos, ni siquiera cuando me pagan por horas. —Llevó los platos a la mesa—. La mayoría me dicen lo que piensan. Ése es el problema. La gente piensa demasiado.

—No lo harán de modo ostensible. —Volví a preocuparme por la ATF una vez que Anna y yo estuvimos sentadas de frente—. Será un ataque encubierto, como el del FBI. Y en realidad el FBI la expulsó por el mismo motivo. Era su estrella ascendente, un genio informático, piloto de helicópteros, la primera mujer miembro del Equipo de Rescate de Rehenes.

Repasé el currículo de Lucy mientras la expresión de Anna se iba volviendo más y más escéptica. Ambas sabíamos que no era necesario que lo recitara. Conocía a Lucy desde que era una niña.

—Y apareció lo de su homosexualidad. —No pude detenerme—. Otra vez lo mismo y los dejó por la ATF. La historia se repite una y otra vez. ¿Por qué me miras así?

—Porque te consumes con los problemas de Lucy cuando los tuyos son más grandes que el Mont Blanc.

Dirigí mi atención hacia la ventana. Un arrendajo azul picoteaba del comedero, con las plumas erizadas, y las semillas de girasol que le caían acribillaban como balazos el suelo nevado. Unas franjas pálidas de luz sondeaban la mañana nublada. Nerviosa, empecé a girar la taza de café sobre la mesa. Mientras desayunábamos sentí unas punzadas lentas y fuertes en el codo. Fueran cuales fuesen mis problemas, me resistía a hablar de ellos, como si al decirlos en voz alta fuesen a cobrar vida, como si no la tuvieran ya. Anna no me presionó. Guardamos silencio. Se oía el repiqueteo de los cubiertos contra los platos. La nieve caía con más intensidad, cubría los arbustos y los árboles y se cernía, nebulosa, sobre el río. Regresé a mi habitación y tomé un largo baño caliente, con la escayola sobre el borde de la bañera. Me vestí con dificultad y, mientras comprobaba que no llegaría a dominar abrocharme los zapatos con una sola mano, sonó el timbre. Unos momentos después, Anna llamó a la puerta y me preguntó si estaba visible. Mis pensamientos se arremolinaron como nubes de tormenta. No esperaba a nadie.

—¿Quién es? —pregunté.

—Buford Righter —respondió.

4

A sus espaldas, el fiscal del Estado de Virginia recibía muchos apodos: el *Blando* (era débil), el *Insulso* (sin personalidad), el *Combativo* (cualquier cosa menos eso), el *Miedica* (asustado de su propia sombra). Siempre correcto, siempre adecuado, Righter era el caballero de Virginia que aprendió a ser vaquero en el condado de la Carolina de sus orígenes. Nadie lo apreciaba. Nadie lo detestaba. Ni era temido ni respetado. Righter era frío. Yo no recordaba haberlo visto nunca emocionado, por muy cruel o desgarrador que fuera el caso. Peor aún, se mostraba aprensivo al tratarse de los detalles que yo aportaba, y prefería centrarse en los aspectos legales antes que en las terribles consecuencias humanas que provocaba la infracción.

Evitar el depósito de cadáveres tenía como resultado que no estuviera tan bien versado en ciencia y medicina forenses como debería. De hecho, era el único fiscal experimentado que conocía a quien no parecía importar estipular la causa de la defunción. Dicho de otro modo, dejaba que los informes escritos hablaran por el médico forense en el juzgado. Eso suponía una farsa. A mi parecer, constituía una negligencia. Cuando el médico forense no estaba en el juzgado, en cierto sentido tampoco lo estaba el cadáver, y el jurado no imaginaba a la víctima ni lo que le pasó durante el proceso de su muerte violenta. Las palabras clínicas en los protocolos no evocaban el terror ni el sufrimiento y, por este motivo, solía ser la defensa, no la fiscalía, quien deseaba estipular la causa de la defunción.

—¿Como estás, Buford?

Extendí la mano y él echó un vistazo a la escayola y al cabestrillo, y también a los cordones desatados de los zapatos y al faldón de la camisa que llevaba por fuera. Nunca me había visto con algo inferior a un traje sastre y en un entorno acorde con mi categoría profesional, por lo que frunció el ceño con una expresión que pretendía mostrar compasión y comprensión elegantes, la humildad y la generosidad de los elegidos por Dios para dominar al resto de los mortales. Era un tipo que abunda entre las principales familias de Virginia: personas privilegiadas que han refinado la capacidad de disfrazar su elitismo y arrogancia bajo un halo de carga, como si fuera durísimo ser ellos.

—La cuestión es cómo estás tú —contestó al tiempo que se sentaba en la bonita sala oval de Anna, con su techo abovedado y las vistas al río.

—No sé cómo responder a eso, Buford. Cada vez que alguien me lo pregunta, se me calienta la cabeza. —Elegí una mecedora y observé que Anna, tras encender el fuego, había desaparecido; tuve la inquietante sensación de que su ausencia no obedecía sólo a su educada discreción.

—No me extraña. No sé cómo puedes funcionar después de lo que ha pasado. —Righter hablaba con un almibarado acento de Virginia—. Te aseguro que siento mucho entrometerme así, Kay, pero ha surgido algo, una cosa inesperada. Esta casa es muy bonita, ¿verdad? —Seguía inspeccionando lo que le rodeaba—. ¿La construyó ella o ya estaba edificada?

Yo no lo sabía ni me importaba.

—Creo que sois íntimas —añadió.

—Es una buena amiga —dije, sin acertar a saber si me daba conversación o indagaba.

—Sé que te tiene en muy alta estima. Con todo esto quiero decir que no podrías estar en mejores manos, a mi entender.

Me sentó mal que insinuara que estaba en manos de alguien, como si fuera una paciente o una pupila, y se lo hice saber.

—Comprendo. —Siguió repasando los cuadros al óleo de las paredes rosa pálido, las esculturas y obras de cristal y los muebles europeos—. ¿No tenéis ninguna relación profesional? ¿Nunca la habéis tenido?

—Literalmente no —aseguré irritada—. Nunca le he pedido hora.

—¿Te ha recetado alguna vez medicinas? —continuó de modo insulso.

—No, que yo recuerde.

—Bueno, no puedo creer que casi estemos en Navidad —comentó con un suspiro y la atención puesta tanto en el río como en mí.

Tal como decía Lucy, estaba ridículo con sus pantalones bávaros de lana verde metidos en las botas de caucho forradas de cordero. Llevaba un jersey de cuadros escoceses del tipo Burberry y abrochado hasta la barbilla, como si no hubiera podido decidir si iba a escalar una montaña o a jugar al golf en Escocia.

—Bueno —prosiguió—, permite que te diga por qué he venido. Marino me llamó hace un par de horas. Ha surgido algo inesperado en el caso de Chandonne.

La puñalada de la traición fue instantánea. Marino no me había dicho nada. Ni siquiera se había molestado en enterarse de cómo me encontraba esa mañana.

—Te lo resumiré lo mejor que pueda. —Righter cruzó las piernas y dejó con recato las manos en el regazo, con lo que la alianza y el anillo de la Universidad de Virginia brillaron a la luz de la lámpara—. Estoy seguro de que eres consciente de que las noticias de lo que sucedió en tu casa y la posterior detención de Chandonne han aparecido en todas partes. Y no exagero. Estoy seguro de que las has seguido y que puedes apreciar la magnitud de lo que voy a decirte.

El miedo es una emoción fascinante. La había estudiado sin cesar y, a menudo, le comentaba a la gente que el mejor ejemplo de cómo funciona es la reacción del otro conductor con el que casi chocas. El pánico se convierte de inmediato en rabia y la otra persona toca el claxon, hace gestos obscenos o incluso, hoy día, te dispara. Pasé por toda esa progresión de modo impecable y el pánico se convirtió en ira.

—No he seguido las noticias a posta —repliqué—, y sin duda no apreciaré su magnitud. Nunca aprecio que invadan mi intimidad.

—Los asesinatos de Kim Luong y Diane Bray despertaron mucha atención, pero no tanta como esto: el intento de asesinarte —prosiguió—. ¿Debo suponer que no has visto *The Washington Post* esta mañana?

Me lo quedé mirando, furiosa.

—En portada, la foto de Chandonne en una camilla mientras lo llevan a urgencias, con sus hombros peludos sobre las sábanas, como una especie de perro de cabellos largos. Por supuesto, tiene la cara cubierta por los vendajes, pero se hace uno muy buena idea de lo grotesco que es. Y la prensa sensacionalista, ya te imaginarás. «Hombre lobo en Richmond», «La bella y la bestia», ese tipo de cosas.

El desdén le asomó a la voz, como si el sensacionalismo fuera obsceno, y se me apareció una imagen no deseada de él haciendo el amor con su esposa. Podía verlo en plena tarea con los calcetines puestos. Sospechaba que consideraría el sexo algo indigno, el juez primitivo de la biología que anulaba a su yo superior. Había oído rumores. En el lavabo de hombres, no usaba los urinarios ni los retretes delante de cualquiera. Se lavaba las manos de modo compulsivo. Todo eso me daba vueltas por la cabeza mientras él seguía sentado con gran corrección, revelando la exposición pública a la que me había sometido Chandonne.

—¿Sabes si las fotografías de mi casa han aparecido en alguna parte? —pregunté—. Había fotógrafos cuando salí ayer por la noche.

—Bueno, sé que algunos helicópteros la sobrevolaban esta mañana. Alguien me lo dijo —respondió. Lo que me hizo sospechar al instante que había regresado a mi casa y lo había presenciado en persona—. Tomaban fotos aéreas. —Se quedó mirando cómo caía la nieve—. Supongo que el tiempo lo impedirá. El guarda de la verja ha denegado la entrada a bastantes coches. De la prensa, de curiosos. Quién iba a decirlo, pero es perfecto que estés en casa de la doctora Zenner. Es curioso cómo salen las cosas. —Se detuvo para contemplar otra vez el río. Una bandada de barnaclas canadienses dibujaba círculos, como si esperara instrucciones de la torre de control—. Normalmente —prosiguió— te recomendaría que no regresaras a casa hasta después del juicio...

—¿Hasta después del juicio? —interrumpí.

—Eso sería si el juicio se celebrase aquí. —Preparó su siguiente revelación, que supuse automáticamente que era la referencia a un cambio de jurisdicción.

—Es decir, que es probable que el juicio no se celebre en Richmond. ¿Y qué significa normalmente?

—A eso voy. La fiscalía de Manhattan telefoneó a Marino.

—¿Esta mañana? ¿Es eso lo que ha surgido? —Estaba perpleja—. ¿Qué tiene que ver Nueva York en esto?

—Ha sido hace unas horas. La jefa de la División de Delitos Sexuales, una mujer llamada Jaime Berger, un nombre extraño, que se deletrea Jaime pero se pronuncia Jamie. Quizá la conozcas de nombre. Aunque no me sorprendería que os conocierais en persona.

—No nos conocemos. Pero he oído hablar de ella.

—Hace dos años, el viernes cinco de diciembre —prosiguió Righter—, se descubrió el cadáver de una mujer negra de veintiocho años en Nueva York, en un piso de la zona de la Segunda Avenida y la calle Setenta y Siete, en Upper East Side. Según parece, esta mujer trabajaba como meteoróloga para la televisión, es decir, que informaba del tiempo en la CNBC. ¿Habías oído algo del caso?

Empecé a establecer relaciones en contra de mi voluntad.

—Cuando no apareció en el estudio a primera hora de la mañana, hablamos del día tres, y no contestó al teléfono, alguien fue a verla. La víctima se llamaba Susan Pless. —Righter se había sacado un bloc de notas de piel del bolsillo trasero de los pantalones y lo hojeaba—. El cadáver estaba en su habitación sobre la alfombra, junto a la cama. Le habían arrancado la ropa de cintura para arriba y le habían golpeado tanto la cara y la cabeza que parecía como si hubiera tenido un accidente de aviación. —Me miró—. Tal como se lo describió Berger a Marino, y cito: en la parte por donde el avión se estrelló. ¿Cuál era la palabra que solías usar? ¿Recuerdas ese caso en que unos adolescentes borrachos iban a toda velocidad en una furgoneta y uno de ellos decidió sacar medio cuerpo por la ventanilla y tuvo la mala suerte de chocar con un árbol?

—Incrustada —respondí sin ánimo, mientras asimilaba lo que me decía—. La cara hundida como consecuencia de un impacto fuerte, como sucedería en un accidente de aviación o en los casos en que una persona ha saltado o caído desde un lugar elevado y se da de cara. ¿Hace dos años? —La cabeza me dio vueltas—. ¿Cómo es posible?

—No entraré en detalles morbosos. —Pasó más páginas del bloc—. Pero había marcas de mordiscos, incluso en las manos y en los pies, y muchos pelos largos, claros y extraños adheridos a la sangre, que en un primer momento se creyó que eran de un animal. Quizá de un gato de angora de pelo largo. Ya me entiendes.

Todo el tiempo habíamos supuesto que el viaje de Chandonne a Richmond era el primero a Estados Unidos. No teníamos ninguna razón lógica para suponerlo, aparte de considerarlo una especie de Quasimodo que se pasaba la vida oculto en el sótano del hogar parisino de su poderosa familia. También suponíamos que había navegado hasta Richmond desde Amberes a la vez que el cadáver de su hermano. ¿Nos habíamos equivocado también en eso?

Se lo solté a Righter.

—Ya sabes lo que sospechaba la Interpol, en cualquier caso —comentó.

—Que viajó a bordo del *Sirius* bajo un alias —recordé—, un hombre llamado Pascal que fue llevado de inmediato al aeropuerto cuando el barco llegó a puerto en Richmond a principios de diciembre. Al parecer, una urgencia familiar exigía que volara de vuelta a Europa —repetí la información que Jay Talley me ofreció cuando estuve en las oficinas de la Interpol en Lyon la semana anterior—. Pero nadie lo vio a bordo del avión, de modo que se pensó que Pascal era en realidad

Chandonne y que jamás voló a ninguna parte, sino que se quedó aquí y empezó a matar. Pero si resulta que entra y sale con facilidad de Estados Unidos, es imposible saber cuánto tiempo lleva en el país, cuándo llegó ni nada de nada. Para fiarse de las teorías.

—Bueno, supongo que muchas se revisan antes de que termine todo. Sin ofender a la Interpol ni a nadie. —Righter volvió a cruzar las piernas y parecía satisfecho.

—¿Lo han localizado? ¿Al tal Pascal?

Righter no lo sabía, pero especuló que fuera quien fuese el verdadero Pascal, suponiendo que existiera, quizá se tratara sólo de una manzana podrida más, involucrada en el cartel criminal de la familia Chandonne.

—Otro hombre bajo alias —supuso—, puede incluso que un socio del hombre muerto del contenedor de carga; el hermano, Thomas Chandonne, de quien sabemos seguro que estaba involucrado en el negocio familiar.

—Supongo que Berger se enteró de la detención de Chandonne, de sus asesinatos, y nos llamó —dije.

—Exacto, reconoció el modus operandi. Dice que el caso de Susan Pless no ha dejado de obsesionarla. Tiene una prisa de mil demonios por comparar el ADN. Al parecer, conserva semen con el perfil de su ADN, lo guarda desde hace dos años.

—Así que analizaron el semen del caso de Susan. —Me causó cierta sorpresa porque, debido a su exceso de trabajo y a los problemas financieros, los laboratorios no analizaban las pruebas de ADN hasta que no había un sospechoso para compararlas, en especial si no existía una amplia base de datos con la que cotejar el perfil con la esperanza de dar con algo. En 1997 el banco de datos de Nueva York ni siquiera existía aún—. ¿Significa eso que en su día tenían un sospechoso?

—Creo que tenían uno que resultó no ser —respondió Righter—. Lo único que sé es que analizaron el ADN y que hemos enviado el de Chandonne a su departamento forense de inmediato. De hecho, la muestra va de camino ahora mismo. Huelga decir que tenemos que saber si coincide antes de acusar a Chandonne aquí, en Richmond. Tenemos que saber a qué atenernos y, por fortuna, contamos con unos días más por lo menos, debido a su estado, consecuencia de las quemaduras químicas en los ojos. —Lo dijo como si yo no hubiera tenido nada que ver en eso—. Es como esa hora de oro de la que siempre hablas, ese breve período que se tiene para salvar a alguien que ha sufrido un accidente terrible o lo que sea. Ésta es nuestra hora de oro. Compararemos el ADN y veremos si Chandonne es en realidad la persona que mató a esa mujer en Nueva York hace dos años.

Righter tenía la molesta costumbre de repetir cosas que yo decía, como si eso lo exonerara de desconocer cuestiones que importaban.

—¿Y las marcas de los mordiscos? —apunté—. ¿Había alguna información sobre ellas? Chandonne tiene una dentadura muy poco corriente.

—Mira, Kay, no entré en ese tipo de detalles —contestó.

Por supuesto que no. Insistí para saber la verdad, el auténtico motivo por el que había venido a verme esa mañana:

—¿Y qué pasa si el ADN culpa a Chandonne? Quieres saberlo antes de acusarlo aquí. ¿Por qué? —Era una pregunta retórica; creía saber por qué—. No quieres acusarlo aquí. Tienes intención de entregarlo a Nueva York y dejar que lo juzguen allí primero.

Evitó mi mirada.

—¿Por qué querrías hacer eso, Buford? —continué, convencida de que eso era exactamente lo que había decidido—. ¿Para poder lavarte las manos? ¿Para enviarlo a Riker's Island y librarte de él? ¿Y que no pague por los casos de aquí? Seamos honestos, Buford, si en Manhattan consiguen una condena por asesinato en primer grado, no te molestarás en juzgarlo aquí, ¿verdad?

Me lanzó una de sus miradas sinceras y dijo algo que me sobresaltó:

—En nuestra comunidad, todo el mundo te respetó siempre mucho.

—¿Me respetó? —Me puse alerta—. ¿Significa eso que ya no me respetan?

—Sólo te digo que comprendo cómo te sientes, que tú y esas otras pobres mujeres merecéis que sea castigado al máximo de...

—Así que supongo que ese cabrón quedará impune por lo que intentó hacerme —lo interrumpí acalorada. Bajo todo eso se ocultaba el dolor. El dolor del rechazo. El dolor del abandono—. Supongo que quedará impune por lo que hizo a esas otras pobres mujeres, como tú las llamas. ¿Tengo razón?

—En Nueva York hay pena de muerte —argumentó.

—¡Por el amor de Dios! —exclamé indignada. Lo miré intensa, acaloradamente, como el foco de la lupa que usaba de niña en mis experimentos para quemar agujeros en papeles y hojas secas—. ¿Y cuándo se ha aplicado?

Righter sabía que la respuesta era nunca. En Manhattan no le inyectaban la letal a nadie.

—Tampoco hay garantías de que se le aplicara en Virginia —dijo de modo razonable—. El acusado no es ciudadano de Estados Unidos. Tiene una deformidad o enfermedad extraña, o lo que sea. Ni siquiera estamos seguros de que sepa inglés.

—Pues habló inglés cuando vino a mi casa.

—Podría librarse alegando locura, por lo que sabemos.

—Supongo que eso depende de la habilidad del fiscal, Buford.

Parpadeó. Contrajo los músculos de la mandíbula. Parecía la parodia cinematográfica de un contable, abrochado hasta el último botón y con gafas pequeñas, que acababa de percibir un olor desagradable.

—¿Has hablado con Berger? —quise saber—. Tienes que haberlo hecho. No puede ser sólo cosa tuya. Seguro que habéis hecho un trato.

—Nos hemos consultado. Hay presiones, Kay. Seguro que lo comprendes. De entrada, es francés. ¿Te imaginas cómo reaccionarían los franceses si tratásemos de ejecutar a uno de sus ciudadanos aquí, en Virginia?

—¡Dios mío! —solté—. No hablamos de la pena capital, hablamos de una pena y punto. Sabes lo que opino de la pena capital, Buford; estoy en contra y, con la edad, cada vez más. Pero debería responsabilizársele de lo que ha hecho aquí en Virginia, maldita sea.

Righter no dijo nada y volvió a mirar por la ventana.

—De modo que has acordado con Berger que si el ADN coincide Manhattan puede quedarse con Chandonne —resumí.

—Piénsalo. Es lo mejor que cabría esperar en cuanto a cambio de jurisdicción, por así decirlo. —Volvió a mirarme a los ojos—. Y sabes muy bien que sería imposible juzgar el caso aquí, en Richmond, sin publicidad ni todo eso. Seguramente nos enviarían a algún juzgado rural a millones de kilómetros de aquí. ¿Qué te parecería tener que soportar eso durante semanas, quizá meses seguidos?

—Exacto. —Me levanté y golpeé los troncos con el atizador. El calor me abrasó la cara y las chispas salieron disparadas chimenea arriba, como una bandada de estorninos asustados—. Faltaría más que nos causaran molestias.

Di fuerte con el brazo sano, como si quisiera apagar el fuego. Me senté de nuevo, colorada y, de repente, a punto de llorar. Conocía el síndrome de estrés postraumático y acepté que lo padecía. Estaba inquieta y me sobresaltaba con facilidad. Muy poco antes, había sintonizado una emisora local de música clásica, y Pachelbel me llenó de tristeza y me puse a sollozar. Conocía los síntomas. Tragué saliva y me calmé. Righter me observaba en silencio, con ese aspecto cansado de nobleza triste, como si fuera el general Lee recordando una batalla dolorosa.

—¿Qué me pasará? —pregunté—. ¿O sigo con mi vida como si nunca hubiese trabajado en estos asesinatos terribles, como si nunca hubiese practicado la autopsia a sus víctimas ni escapado con vida cuando entró a la fuerza en mi casa? ¿Qué papel desempeñaré, Buford, si lo juzgan en Nueva York?

—Eso dependerá de la señora Berger.

—Almuerzos gratis. —Es un término que usaba para referirme a las víctimas que no recibían justicia. En el supuesto que sugería Righter, yo, por ejemplo, sería un almuerzo gratis porque a Chandonne nunca lo juzgarían en Nueva York por lo que había intentado hacerme en Richmond. Y, peor aún, no le darían ni siquiera un palo en la mano por los asesinatos cometidos aquí—. Has lanzado esta ciudad a los lobos —dije.

Se dio cuenta del doble sentido a la vez que yo. Lo vi en sus ojos. Richmond ya había sido lanzada a un lobo, Chandonne, cuyo modus operandi cuando empezó a matar en Francia consistía en dejar notas firmadas por *Le Loup-Garou*, el Hombre Lobo. Ahora, la justicia para sus víctimas en esta ciudad estaría en manos de forasteros o, para ser más exactos, no iba a existir. Podía pasar cualquier cosa. Pasaría cualquier cosa.

—¿Y la posibilidad de que Francia quiera extraditarlo? —reté a Righter—. ¿Y la posibilidad de que Nueva York lo permita?

—Podríamos plantear posibilidades hasta cansarnos —se escabulló.

Lo contemplé con desdén manifiesto.

—No te lo tomes como algo personal, Kay. —Me dirigió de nuevo esa mirada triste, piadosa—. No lo conviertas en una guerra personal. Queremos dejar a ese cabrón fuera de servicio. No importa quién lo logre.

Me levanté de la silla.

—Pues importa. Ya lo creo que sí —le espeté—. Eres un cobarde, Buford.

Le di la espalda y me marché de la habitación. Unos minutos después, a través de la puerta cerrada en mi ala de la casa, oí cómo Anna lo despedía. Se había quedado un rato para hablar con ella y me pregunté qué le habría dicho de mí. Estaba sentada en una punta de la cama, totalmente perdida. No recordaba haberme sentido nunca tan sola, tan asustada, y me alivió oír a Anna acercándose por el pasillo. Llamó con suavidad a la puerta.

—Adelante —dije con voz temblorosa.

Se quedó en la puerta mirándome y me sentí como una niña, impotente, desesperada, tonta.

—He insultado a Righter —le conté—. Da igual si lo que le he dicho es cierto. Le he dicho que era un cobarde.

—Cree que estás inestable —dijo ella—. Está preocupado. También es *ein Mannohne Ruckgrat*. Un hombre sin carácter; sin espina dorsal, como decimos en mí país. —Sonrió un poco.

—Anna, no estoy inestable.

—¿Por qué estamos aquí cuando podríamos disfrutar del fuego? —me propuso. Quería hablar conmigo.

—De acuerdo —accedí—. Tú ganas.

5

No había sido nunca paciente de Anna. De hecho, nunca había recibido psicoterapia de ninguna clase, lo que no significaba que no la hubiera necesitado. Desde luego que sí. No hay nadie que no se beneficie de los buenos consejos. Pero yo era demasiado reservada y no confiaba con facilidad en la gente, y con motivo. La discreción total no existe. Era médica. Conocía a otros médicos. Los médicos hablan entre sí y con su familia y con los amigos. Cuentan secretos que han jurado por Hipócrates no revelar a nadie. Anna apagó las lámparas. La mañana estaba nublada y era tan oscura como el anochecer. Las paredes pintadas de rosa captaban la luz del fuego y daban un aire de lo más acogedor a la sala. De repente sentí timidez. Anna había preparado el escenario para desenmascararme. Elegí la mecedora y ella acercó una otomana y se sentó en el borde, mirándome como un ave espléndida encorvada sobre su nido.

—No lo superarás si permaneces callada. —Fue despiadadamente directa.

La pena me ahogaba e intenté contenerla.

—Estás traumatizada —siguió Anna—. No eres de hierro, Kay. Ni siquiera tú puedes resistir tanto y seguir como si nada hubiera pasado. Te llamé muchas veces después de que mataran a Benton y nunca tuviste tiempo para mí. ¿Por qué? Porque no querías hablar.

Esta vez no pude ocultar mis emociones. Las lágrimas me resbalaron por las mejillas y me cayeron en el regazo como si fueran sangre.

—Cuando mis pacientes no se enfrentan a sus problemas, siempre les digo que van camino de un día del juicio final. —Se inclinó hacia delante, marcando con fuerza las palabras que me disparaba directas al corazón—. Hoy es tu día del juicio final. Hablarás conmigo, Kay Scarpetta —agregó señalándome y con la mirada fija en mí.

Bajé los ojos llorosos. Tenía los pantalones moteados de lágrimas y establecí la estúpida relación de que las gotas eran perfectamente redondas porque habían caído en un ángulo de noventa grados.

—No puedo escapar nunca de ello —confesé desesperada entre dientes.

—¿Escapar de qué? —Había despertado el interés de Anna.

—De lo que hago. Todo me recuerda algo de mi trabajo. Nunca hablo de eso.

—Quiero que ahora lo hagas.

—Es una tontería.

Esperó. Era el pescador paciente que sabía que yo estaba tanteando el anzuelo. Y piqué en él. Di a Anna ejemplos que encontraba vergonzosos, por no decir ridículos. Le conté que jamás bebía zumo de tomate ni V8 ni Bloody Mary con hielo, porque cuando éste empezaba a derretirse parecía sangre que coagulaba y se separaba del suero. Dejé de comer hígado durante la carrera de Medicina, y la idea de alimentarme con cualquier tipo de órgano me resultaba imposible. Recordé una mañana en Hilton Head Island, cuando Benton y yo paseábamos por la playa y el oleaje había dejado zonas de arena gris ondulada que me recordaron mucho la mucosa del estómago. Mis pensamientos iban y venían a su antojo, y evoqué un viaje a Francia por primera vez en varios años. Fue una ocasión en que Benton y yo dejamos el trabajo para recorrer los terrenos de los *grands vins* de Borgoña, donde nos recibieron los venerados dominios de Drouhin y Dugat, y catamos el producto de los barriles de Chambertin, Montrachet, Musigny y Vosne-Romanée.

—Recuerdo haberme emocionado de formas que no puedo explicar. —Le revelaba recuerdos que no sabía que aún guardaba—. La luz de principios de primavera sobre las laderas y las extremidades nudosas de las viñas podadas en invierno, que elevaban sus manos todas igual, ofreciéndonos lo mejor de ellas, su esencia. Y con frecuencia no captamos su personalidad, no dedicamos un momento a encontrar la armonía de los sutiles tonos, de la sinfonía que los buenos vinos interpretan en el paladar si los dejamos.

Mi voz se desvaneció y Anna esperó en silencio a que me recuperara.

—Como que me pregunten únicamente por mis casos —proseguí—. Me preguntan sólo por las cosas terribles que veo, cuando tengo otras muchas que contar. No me gusta que me utilizen para alimentar su morbosidad.

—Te sientes sola —observó Anna con dulzura—, e incomprendida. Quizá tan deshumanizada como tus pacientes muertos.

No respondí, pero seguí con las analogías y describí cuando Benton y yo viajamos en tren por Francia durante varias semanas para terminar en Burdeos, y los tejados eran cada vez más rojos hacia el sur. El primer toque primaveral confirió un verde irreal a los árboles, y las venas y las arterias de agua aspiraban hacia el mar, lo mismo que los vasos sanguíneos del cuerpo empiezan y terminan en el corazón.

—Nunca deja de sorprenderme la simetría de la naturaleza, el modo en que los arroyos y afluentes y el aire se parecen al sistema circulatorio, y las rocas me recuerdan huesos viejos esparcidos —conté—. Y el cerebro empieza liso y adquiere pliegues y circunvoluciones con el tiempo, de modo muy similar a cómo las montañas se van diferenciando a lo largo de miles de años. Estamos sujetos a las mismas leyes de la física. Y aun así no lo estamos. El aspecto del cerebro, por ejemplo, no es comparable a su función. A primera vista es tan apasionante como podría serlo una seta.

Anna asintió con la cabeza. Me preguntó si había comentado esas reflexiones con Benton. Le dije que no. Quiso saber por qué no me apetecía compartir con él, con mi amante, lo que parecían percepciones inofensivas, y contesté que necesitaba pensármelo un momento. No estaba segura de la respuesta.

—No —me pinchó—. No lo pienses. Siéntelo.

Reflexioné.

—No. Siéntelo, Kay. Siéntelo —añadió, llevándose una mano al corazón.

—Tengo que pensarlo. Pensando es como he llegado adonde estoy en la vida —repliqué a la defensiva, con brusquedad, y salí del espacio poco habitual en que acababa de estar. Volvía a estar en su salón y comprendí todo lo que me había pasado.

—En la vida has llegado adonde estás por el saber —me contradijo—. Y saber es percibir. Pensar es cómo procesamos lo que percibimos y, a menudo, disfraza la verdad. ¿Por qué no deseabas compartir tu lado más poético con Benton?

—Porque no reconozco ese lado. Es un lado inútil. No sacarías nada con comparar el cerebro con una seta en el juzgado —me justifiqué.

—¡Ah! —Anna asintió otra vez con la cabeza—. Pero siempre efectúas analogías en el juzgado. Por eso eres un testigo tan efectivo. Evocas imágenes para que la gente corriente pueda entenderlo. ¿Por qué no le contaste a Benton las asociaciones que acabas de contarme a mí?

Dejé de mecerme y me coloqué bien el brazo roto, recostando la escayola en mi regazo. Desvié la mirada y la dirigí al río, de repente igual de evasiva que Buford Righter. Decenas de barnaclas canadienses se congregaban alrededor de un viejo sicomoro. Reposaban en la hierba, como calabazas oscuras de cuello alto, y se esponjaban, batían las alas y picoteaban comida.

—No quiero cruzar ese espejo —le advertí—. No es que no quisiera contárselo a Benton. No quiero contárselo a nadie. No quiero contarlo nunca. Si no repito involuntariamente imágenes y asociaciones, no, bueno, no...

—Si no las admites, no dejas que la imaginación se inmiscuya en tu trabajo —terminó Anna por mí, tras asentir de nuevo con la cabeza, con fuerza esta vez.

—Tengo que ser analítica, objetiva. Tú deberías entenderlo mejor que nadie.

Me observó y dijo:

—¿Es eso? ¿O quizás es que evitas el insoportable sufrimiento que experimentarías si permitieras que tu imaginación se inmiscuyera en tus casos? —Se inclinó aún más hacia mí, apoyando los codos en las rodillas, y gesticuló: ¿Qué pasaría si, por ejemplo, tomaras los hechos científicos y médicos y usaras la imaginación para reconstruir con detalle los últimos minutos de Diane Bray? ¿Qué pasaría si pudieras evocarlos como las secuencias de una película y verlos; ver cómo la atacan, cómo sangra, cómo la muerden y golpean? ¿Verla morir?

—Sería insoportable —respondí a duras penas.

—Qué poderoso si un jurado pudiera ver una película así —dijo.

Los impulsos nerviosos bullían bajo mi piel como miles de pececitos.

—Pero si cruzaras ese espejo, como dijiste antes, ¿dónde te detendrías? —continuó, levantando las manos—. Quizá no te detendrías nunca y te verías obligada a ver las secuencias del asesinato de Benton.

Cerré los ojos. Me resistí. No. Rogué a Dios no ver eso. Una imagen de Benton en la oscuridad, una pistola que lo apuntaba y el ruido metálico del acero cuando lo esposaban. Burlas. Se burlarían de él: «El señor del FBI, tan listo, ¿qué harás ahora, señor de los perfiles psicológicos? ¿Puedes leernos el pensamiento, deducir, predecir qué haremos? ¿Eh?» No respondería. No les preguntaría nada cuando lo obligaron a entrar en una tiendecita de comestibles en el límite occidental de la Universidad de Pensilvania que había cerrado a las cinco de la tarde. Benton iba a morir. Lo atormentarían y torturarían, y se concentraría en eso: cómo evitar el dolor y la degradación que sabía que le infligirían si tenían tiempo. La oscuridad y la llamarada de una cerilla. Su cara bajo la luz temblorosa de una pequeña llama que obedecía a cada movimiento del aire que provocaban esos dos gilipollas psicópatas al desplazarse por la tiendecita paquistaní que incendiaron después de su muerte.

Abrí los párpados de golpe. Anna me estaba hablando. Unas gotas de sudor frío me resbalaban por la cara, como insectos.

—Perdona, ¿qué has dicho?

—Muy, pero que muy doloroso. —Su cara expresó compasión—. No puedo imaginármelo.

Benton me vino a la cabeza. Llevaba sus pantalones caqui favoritos y las zapatillas deportivas Saucony. Era la única marca que usaba y yo solía llamarlo maniático porque era muy especial cuando le gustaba algo. Lucía también la vieja camiseta de chándal de la Universidad de Virginia que Lucy le había regalado, azul oscuro con letras naranja que, con los años, se había desteñido y suavizado mucho. Le había cortado las mangas porque eran demasiado cortas, y siempre lo encontré muy guapo con esa camiseta raída, los cabellos plateados, el perfil marcado y los misterios ocultos tras sus intensos ojos oscuros. Con las manos sujetaba con suavidad los brazos del sillón. Tenía dedos de pianista, largos y estilizados, expresivos al hablar y siempre tiernos al tocarme, lo que hacía cada vez menos. Le conté todo eso en voz alta a Anna, hablando en presente sobre un hombre que llevaba muerto más de un año.

—¿Qué secretos crees que te ocultaba? —preguntó Anna—. ¿Qué misterios le veías en los ojos?

—¡Dios mío! De trabajo sobre todo. —Respiré con dificultad y el miedo me encogía el corazón—. Se callaba muchos detalles; detalles sobre lo que veía en ciertos casos, cosas que creía que eran tan terribles que nadie más debería saberlas.

—¿Ni siquiera tú? ¿Hay algo que no hayas visto?

—El dolor de ellos —respondí en voz baja—. No tengo que ver su terror. No tengo que oír sus gritos.

—Pero lo reconstruyes.

—No es lo mismo. No, no es lo mismo. A muchos de los asesinos con los que trataba Benton les gustaba fotografiar, grabar con un magnetófono y algunas veces registrar en vídeo lo que hacían a sus víctimas. Benton tenía que verlo. Tenía que oírlo. Yo lo adivinaba siempre: llegaba a casa con aspecto sombrío. No hablaba mucho en la cena, no comía gran cosa, y esas noches bebía más que de costumbre.

—Pero no te contaba...

—Jamás —la interrumpí con sentimiento—. Jamás. Era su terreno sagrado, donde nadie estaba autorizado a entrar. Di clases en una escuela de investigación forense en Saint Louis. Fue al principio de mi carrera, antes de venir aquí, cuando todavía era subjefa en Miami. Impartía una clase sobre la muerte por asfixia y decidí que, ya que iba, me adelantaría y asistiría toda la semana a las clases. Una tarde, un psiquiatra forense dio una clase sobre homicidio sexual. Mostró diapositivas de víctimas vivas. Una mujer estaba sujeta a una silla, y su agresor le había atado con fuerza una cuerda alrededor de un seno y le había clavado agujas en el pezón. Todavía le veo los ojos. Eran pozos oscuros y llenos de terror, y gritaba con la boca muy abierta. Y vi vídeos —seguí con voz monótona—. Una mujer, raptada, atada, torturada y a punto de recibir un disparo en la cabeza. No dejaba de gimotear llamando a su madre. Suplicaba, lloraba. Creo que estaba en un sótano y las secuencias eran oscuras, con grano. El ruido del disparo. Y el silencio.

Anna no dijo nada. El fuego chisporroteaba.

—Yo era la única mujer en una sala con unos sesenta policías —añadí.

—Aún peor, entonces, porque las víctimas eran mujeres y tú eras la única allí —comentó Anna.

Me invadió la ira al recordar cómo algunos de los hombres contemplaban las diapositivas y los vídeos.

—La mutilación sexual excitaba a algunos —conté—. Se lo vi en la cara, lo noté. Pasaba lo mismo con algunos de los elaboradores de perfiles psicológicos que trabajaban en la unidad de Benton. Describían cómo Bundy violaría a una mujer desde detrás y la estrangularía. Con los ojos desorbitados y la lengua fuera. Bundy llegaba al clímax cuando ella moría. Y esos hombres con los que Benton trabajaba disfrutaban demasiado al relatarlo. ¿Tienes idea de lo que es eso? —Le clavé una mirada tan afilada como unas uñas—. ¿Ver un cadáver, ver fotografías, vídeos de alguien atacado con brutalidad, alguien que sufre y está aterrorizado, y darte cuenta de que la gente a tu alrededor en el fondo disfruta con ello, que lo encuentra excitante?

—¿Crees que Benton lo encontraba excitante? —preguntó Anna.

—No. Presenciaba esas cosas cada semana, puede que a diario incluso. Nunca lo encontró erótico. Tenía que oír los gritos. —Empecé a divagar—: Tenía que oír los gritos y las súplicas. Esa pobre gente no lo sabía. Y aunque lo hubiera sabido no habría podido evitarlo.

—¿No lo sabía? ¿Qué no sabía esa pobre gente?

—Que los sádicos sexuales se excitan más con los gritos. Con las súplicas. Con el miedo —afirmé.

—¿Crees que Benton gritó o suplicó cuando sus asesinos se lo llevaron a ese edificio oscuro? —Anna estaba a punto de dar en el blanco.

—He leído el informe de la autopsia. —Me deslicé a mi escondrijo analítico—. No había nada en él que me indicara definitivamente lo que sucedió antes de su muerte. Sufrió muchas quemaduras en el incendio. Había tanto tejido quemado que era imposible ver, por ejemplo, si todavía tenía tensión arterial cuando lo cortaron.

—Tenía una herida de bala en la cabeza, ¿no?

—Sí.

—¿Qué crees que pasó antes?

La miré muda. No había reconstruido lo que le provocó la muerte. Nunca fui capaz.

—Dedúcelo, Kay —insistió—. Lo sabes, ¿verdad? Has estudiado demasiados cadáveres para no saber qué pasó.

Mis pensamientos eran oscuros, tanto como el interior de esa tienda de Filadelfia.

—Hizo algo, ¿verdad? —me presionó, inclinada hacia mí desde el mismo borde de la otomana—. Ganó, ¿verdad?

—¿Ganó? —Me aclaré la garganta—. ¡Ganó! —exclamé—. ¿Le cortaron la cara y lo quemaron y dices que ganó?

Esperó a que estableciera la relación. Al no comentarle nada más, se levantó y se acercó al fuego, tocándome con suavidad el hombro al pasar. Lanzó otro tronco a la chimenea, me miró y dijo:

—Deja que te pregunte algo, Kay: ¿por qué iban a dispararle después?

Me froté los ojos y suspiré.

—Cortarle la cara era parte del modus operandi —prosiguió—. Lo que a Newton Joyce le gustaba hacer a sus víctimas. —Se refería al malvado compañero de la malvada Carrie Grethen, una pareja de psicópatas que hacía que Bonnie y Clyde parecieran simples dibujos animados de mi juventud—. Arrancarles la cara y guardarla en el congelador como recuerdo, porque como la cara de Joyce era tan fea, estaba tan marcada por el acné, robaba lo que envidiaba: la belleza. ¿Sí?

—Sí —supuse—. En la medida en que podemos teorizar sobre por qué la gente hace lo que hace.

—Y era importante que Joyce arrancase las caras con cuidado para no dañarlas. Por eso no disparaba a sus víctimas, y mucho menos en la cabeza. No quería arriesgarse a dañarles la cara, el cuero cabelludo. Y disparar es demasiado fácil. —Anna se encogió de hombros—. Rápido. Quizá misericordioso. Es mucho mejor que te disparen que ser degollado. ¿Por qué dispararon entonces Newton Joyce y Carrie Grethen a Benton?

Anna estaba de pie ante mí. Levanté los ojos hacia ella.

—Dijo algo —respondí despacio, por fin—. Seguro.

—Sí. —Anna volvió a sentarse y me animó con las manos, como si dirigiera el tráfico para que avanzara hacia el siguiente cruce—. Sí, sí. ¿Qué, qué? Dime, Kay.

Respondí que no sabía qué les dijo Benton a Newton Joyce y Carrie Grethen. Pero dijo o hizo algo que provocó que uno de los dos perdiera el control de la situación. Llevar la pistola a la cabeza de Benton y apretar el gatillo había sido un impulso, una reacción involuntaria. ¡Bang!, y se acabó la diversión. Benton no sintió nada, no tuvo conocimiento de nada después de eso. Daba lo mismo lo que le hicieran tras el disparo, fuera lo que fuese. Estaba muerto o agonizando. Inconsciente. Nunca sintió el cuchillo. Quizá ni siquiera lo vio.

—Conocías muy bien a Benton —continuó Anna—. Conocías a sus asesinos, o por lo menos a Carrie Grethen; tuviste experiencias con ella en el pasado. ¿Qué crees que Benton dijo y a quién se lo dijo? ¿Quién le disparó?

—No puedo...

—Sí puedes.

La miré a los ojos.

—¿Quién perdió el control? —Me presionó más de lo que pensé que podría resistir.

—Ella —afirmé—. Fue Carrie. Porque se trataba de algo personal. Llevaba cerca de Benton desde los viejos tiempos, desde el principio, cuando ella estaba en Quantico, en la Sección de Investigaciones de Ingeniería.

—Donde también conoció a Lucy hace muchos años, quizás unos diez.

—Sí. Benton la conocía, conocía a Carrie, puede que la conociera lo mejor que pueda conocerse a una mente retorcida como la suya —añadí.

—¿Qué le dijo?

Tenía los ojos de Anna clavados en mí.

—Seguramente algo sobre Lucy —insinué—. Algo sobre Lucy

que insultara a Carrie. Insultó a Carrie, la molestó con algo de Lucy. Eso es lo que creo.

Había una conexión directa desde mi subconsciente hasta mis labios. Ni siquiera tenía que pensar.

—Carrie y Lucy eran amantes en Quantico. —Anna añadía otra pieza—. Ambas trabajaban en el ordenador de inteligencia artificial de la Sección de Investigaciones de Ingeniería.

—Lucy estaba en prácticas. Era una adolescente, una niña, y Carrie la sedujo. Trabajaban juntas en el sistema informático. Yo le conseguí a Lucy esa plaza —agregué con amargura—. Fui yo. Yo, su poderosa e influyente tía.

—No dio lugar a lo que tú esperabas, ¿verdad? —sugirió Anna.

—Carrie la utilizó...

—¿Provocó eso la homosexualidad de Lucy?

—No, yo no diría tanto. No se vuelve homosexual a nadie —aseguré.

—¿Provocó eso la muerte de Benton? ¿Puedes llegar ahí?

—No lo sé, Anna.

—Un pasado inestable, una historia personal. Sí. Benton dijo algo sobre Lucy y Carrie perdió el control y le disparó sin más —resumió Anna—. No murió como lo tenían planeado. —Sonó triunfante—. No fue así.

Me mecí despacio, contemplando por la ventana una mañana gris en que se había levantado viento. Soplaban ráfagas fuertes que lanzaban ramas caídas por el jardín trasero de la casa, lo que me recordó el árbol enojado que arroja manzanas a Dorothy en *El mago de Oz*. Anna se levantó sin decir nada, como si se hubiese terminado la hora. Me dejó para ocuparse de otras cosas en su casa. Ya habíamos hablado bastante por el momento. Decidí retirarme a la cocina, y fue allí donde Lucy me encontró hacia mediodía, tras su ejercicio. Cuando entró, yo estaba abriendo una lata de tomate y tenía una salsa marinara en fase inicial hirviendo en el fogón.

—¿Necesitas ayuda? —Miró las cebollas, los pimientos y las setas sobre la tabla de cortar—. Es difícil manejarse con una sola mano.

—Acerca un taburete —pedí—. Te impresionará lo bien que me defiendo.

Exageré mi valentía mientras terminaba de abrir la lata sin ayuda, y ella sonrió y trajo un taburete de bar del otro lado del mostrador y se sentó. Todavía llevaba la ropa de correr y su mirada tenía una luz interna que me recordó un río al captar el sol a primera hora de la mañana. Sujeté una cebolla con dos dedos de mi mano inmovilizada y empecé a cortarla en rodajas.

—¿Recuerdas nuestro juego? —Piqué las rodajas de cebolla—. Cuando tenías diez años. ¿O no te acuerdas de esa edad? Yo no lo olvidaré nunca —aseguré en un tono que pretendía recordar a Lucy lo traviesa que era de niña—. No te imaginas las veces que te habría dado un permiso administrativo si hubiese podido. —Me atreví a tocar esa dolorosa verdad. Tal vez me sentía osada debido a la charla con Anna, que me había dejado nerviosa y tonificada a la vez.

—No era tan mala. —A Lucy le brillaban los ojos porque le encantaba oír lo diablillo que era de niña cuando venía a mi casa.

Dejé caer la cebolla picada en la salsa y la removí.

—El suero de la verdad. ¿Recuerdas el juego? —le pregunté—. Llegaba a casa, normalmente del trabajo, y por la cara que ponías sabía que habías hecho alguna travesura. Así que te sentaba en aquel sillón rojo de la sala, ¿recuerdas? Estaba junto a la chimenea, en mi antigua casa de Windsor Farms. Y te llevaba un vaso de zumo y te decía que era suero de la verdad. Y tú te lo bebías y confesabas.

—Como aquella vez que te formateé el ordenador cuando no estabas. —Soltó una enorme carcajada.

—Diez años y me formateaste el disco duro. Casi me da algo —recordé.

—Sí, pero había hecho una copia de seguridad de todos tus ficheros. Sólo quería darte un susto. —Se lo estaba pasando en grande.

—Bueno, casi te mandé a casa —comenté secándome los dedos de la mano izquierda con un trapo de cocina, con cuidado de que la escayola no me oliera a cebolla, y sentí una oleada de melancolía.

No recordaba por qué Lucy se encontraba conmigo la primera vez que vino a Richmond, pero yo no tenía maña con los niños, era nueva en el trabajo y me veía sometida a una presión tremenda. Dorothy había tenido algún tipo de crisis. Quizá se fue para casarse de nuevo, o quizá yo era débil. Lucy me adoraba y yo no estaba acostumbrada a que me adoraran. Siempre que la visitaba en Miami, me seguía por toda la casa, adondequiera que fuera, siguiendo mis pies con tenacidad, como un futbolista.

—No me habrías mandado a casa. —Lucy me retaba, pero vi la duda en sus ojos. El temor a no ser querida formaba parte de su vida.

—Sólo porque no me sentía capaz de cuidarte —respondí, inclinada de nuevo sobre el fregadero—. No porque no te quisiera con locura, a pesar de lo bicho que eras. —Rió de nuevo—. Pero no, no te habría mandado a casa. Las dos nos habríamos sentido fatal. No podía. Gracias a Dios que teníamos ese juego. Era el único modo en que conseguía averiguar qué pensabas o en qué lío te habías metido mientras yo estaba fuera, trabajando o lo que fuera. Dime, ¿necesito servirte un vaso de zumo o de vino, o me contarás lo que te pasa? No nací ayer, Lucy. No te hospedas en el hotel porque sí. Te traes algo entre manos.

—No soy la primera mujer a la que expulsan —empezó.

—Serías la mejor mujer a la que expulsan —afirmé.

—¿Te acuerdas de Teun McGovern?

—La recordaré mientras viva.

Teun (pronunciado Tiun) McGovern era la supervisora de Lucy de la ATF en Filadelfia; una mujer extraordinaria que se portó de maravilla conmigo cuando asesinaron a Benton.

—No me digas que le ha pasado algo a Teun —dije, preocupada.

—Renunció hará unos seis meses —me contó Lucy—. Al parecer, la ATF quería trasladarla a Los Ángeles y nombrarla SAC de esa división de campo. El peor cargo del mundo. Nadie quiere ir a Los Ángeles.

Un SAC es un agente especial al mando, y muy pocas mujeres de las fuerzas federales del orden terminan dirigiendo divisiones de campo enteras. Lucy me explicó que la respuesta de McGovern fue renunciar y montar una agencia de detectives privados.

—El Último Reducto —añadió, animándose por instantes—. Un nombre fantástico, ¿no crees? Está en Nueva York. Teun está reuniendo investigadores de incendios, artificieros, policías, abogados, todo tipo de gente para que la ayude, y en menos de seis meses ya tiene clientes. Se ha convertido en una especie de sociedad secreta. Se ha corrido la voz en la ciudad: cuando algo malo pasa, llamas a El Último Reducto, adonde vas cuando todo lo demás falla.

Removí la salsa de tomate hirviendo y la probé.

—No cabe duda de que te has mantenido informada sobre Teun desde que te fuiste de Filadelfia —observé, al tiempo que echaba unas cucharaditas de aceite de oliva—. Mierda. Supongo que irá bien, pero no sirve para aliñar ensaladas. —Levanté la botella y fruncí el ceño—. Prensar el aceite de oliva sin haber quitado los huesos es como exprimir naranjas con cáscara incluida: el resultado es lo que te mereces.

—¿Por qué tengo la impresión de que Anna no es aficionada a lo italiano? —comentó Lucy con sequedad.

—Pues tendremos que enseñarle. Lista de la compra —solté, señalando con la cabeza el bloc y el bolígrafo que había junto al teléfono—.

Lo primero, aceite de oliva extra virgen italiano al estilo integrado: prensado sin hueso. Mission Olives Supremo está bien, si lo encuentras. No es nada amargo.

—Teun y yo nos hemos mantenido en contacto —me informó Lucy mientras tomaba nota.

—¿Participas de algún modo en lo que está haciendo? —Sabía que ése era el objetivo de la conversación.

—Podría decirse que sí.

—Ajo triturado. En la sección frigorífica, en tarritos. Estaré perezosa. No es un buen momento para dedicarme a triturar ajo. —Cogí un plato de ternera magra que había cocinado y prensado para quitarle la grasa, la puse en la salsa y la removí—. ¿Cómo participas?

Fui a la nevera y abrí los cajones. Anna no tenía hierbas frescas, por supuesto.

—Mira, tía Kay —suspiró Lucy—, no sé si querrás saberlo.

Hasta hacía muy poco, mi sobrina y yo apenas habíamos hablado y no a fondo. El último año casi no nos habíamos visto. Ella se trasladó a Miami, y ambas retrocedimos a nuestros búnkeres tras la muerte de Benton. Traté de leer los secretos ocultos en los ojos de Lucy y, de inmediato, empecé a barajar posibilidades. Tenía mis sospechas en cuanto a su relación con McGovern, ya incluso el año anterior, cuando tuvimos que acudir al lugar de un incendio catastrófico en Warrenton, en Virginia; un homicidio enmascarado con un incendio y que resultó ser el primero de varios planeados por Carrie Grethen.

—Orégano, albahaca y perejil frescos —dicté para la lista de la compra—. Y un trozo grande de parmesano reggiano. Lucy, dime la verdad. —Busqué las especias. McGovern era más o menos de mi edad y soltera, o por lo menos no estaba casada la última vez que la vi. Cerré la puerta de un armario y miré a mi sobrina—. ¿Estás involucrada con Teun?

—No lo estábamos en ese sentido.

—¿No lo estabais?

—Mira quién fue a hablar —soltó Lucy sin rencor—. ¿Qué me dices de ti y Jay?

—No trabaja para mí —respondí—. Y yo no trabajo para él. Además, no quiero hablar de él. Estamos hablando de ti.

—No soporto cuando te me quitas de encima, tía Kay —protestó en voz baja.

—No te estoy quitando de encima —me disculpé—. Me preocupa que dos personas que trabajan juntas tengan una relación demasiado personal. Creo en los límites.

—Trabajabas con Benton —indicó otra de mis excepciones a mis propias reglas.

—He hecho muchas cosas que te digo que no hagas. Te digo que no las hagas porque yo he cometido antes el error.

Sacudí la cuchara en el canto de la olla.

—¿Has tenido alguna vez pluriempleo? —me preguntó, estirando la zona lumbar y rotando los hombros.

—¿Pluriempleo? Que yo recuerde no. —Fruncí el ceño.

—Muy bien. Es el momento del suero de la verdad. Tengo un pluriempleo ilegal y soy el mayor apoyo financiero de Teun: la accionista principal de El Último Reducto. Ya está. Toda la verdad. Se va a saber.

—Vamos a sentarnos. —La llevé hacia la mesa y acercamos un par de sillas.

—Todo comenzó por casualidad —empezó a contar Lucy—. Hace un par de años inventé un buscador para mi uso personal. Mientras, todo del mundo hablaba de las fortunas que la gente ganaba con la tecnología de Internet, así que me dije: «¡Qué diablos!» Y vendí el buscador por setecientos cincuenta mil dólares.

No me sorprendí. Las posibilidades de ganar dinero de Lucy sólo estaban limitadas por la profesión que eligió.

—Luego, cuando confiscamos una partida de ordenadores en una redada, tuve otra idea —continuó—. Estaba ayudando a recuperar correos electrónicos borrados y empecé a pensar en lo vulnerables que somos ante la posibilidad de que los fantasmas de nuestras comunicaciones electrónicas sean desenterrados para atormentarnos. Así que ideé un modo de destrozar el correo. Destruirlo, dicho de modo figurativo. Ahora hay varios paquetes informáticos para eso. Gané muchísimo dinero con la idea.

Mi siguiente pregunta no tuvo nada de diplomática. ¿Sabía la ATF que habías inventado una tecnología que podía frustrar los esfuerzos de las fuerzas del orden para restaurar los correos de los malos? Lucy me respondió que alguien aparecería con esa tecnología y que la intimidad de los ciudadanos que respetan la ley también necesita protección. La ATF no conocía sus actividades empresariales ni que había invertido en inventos y acciones de Internet. Hasta entonces, sólo su asesor financiero y Teun McGovern tenían noticia de que Lucy era multimillonaria y disponía de su propio helicóptero.

—De modo que así es como Teun pudo montar su negocio en una ciudad tan cara como Nueva York —deduje.

—Exacto —afirmó Lucy—. Y por eso no voy a luchar contra la ATF, o por lo menos ésa es una buena razón. Si me enfrento a ellos, es probable que salga a la luz lo que he estado haciendo en mi tiempo libre. Asuntos Internos, la Oficina del Inspector General, todo el mundo investigaría. Encontrarían más clavos que introducir en mi reputación mientras me clavan en su estúpida cruz burocrática. ¿Por qué demonios iba a querer hacerme eso a mí misma?

—Si no luchas contra la injusticia, otros la sufrirán, Lucy. Y quizás esas personas no tengan millones de dólares, un helicóptero y una empresa en Nueva York para apoyarse mientras intentan empezar una nueva vida.

—De eso va exactamente El Último Reducto, de luchar contra la injusticia. Lucharé a mi manera.

—Legalmente el pluriempleo no entra en el ámbito de la causa que la ATF parece preparar en tu contra, Lucy —dije como abogada.

—Pero ganar dinero aparte refleja mi veracidad, ¿no? —Se situó en la parte contraria.

—¿Te ha acusado la ATF de falta de veracidad? ¿Te ha llamado deshonesta?

—No. No pondrá eso en ninguna carta, seguro. Pero lo cierto es, tía Kay, que violé las reglas. No debes ganar dinero en otro sitio cuando trabajas para la ATF, el FBI, o cualquier otro organismo federal del orden público. No estoy de acuerdo con esta prohibición. No es justa. Los policías tienen pluriempleo. Nosotros no. Quizá siempre supe que tenía los días contados con los federales. —Se levantó de la mesa—. Así que me ocupé de mi futuro. Tal vez estuviera harta de todo. No quiero pasarme el resto de la vida acatando órdenes de los demás.

—Si quieres dejar la ATF, que sea una elección tuya, no suya.

—Soy yo quien elige —afirmó con algo de rabia—. Será mejor que vaya a la tienda.

Nos dirigimos a la puerta cogidas del brazo.

—Gracias —le dije—. Significa mucho para mí que me lo hayas contado.

—Te enseñaré a pilotar helicópteros —aseguró mientras se ponía el abrigo.

—¿Por qué no? —dije yo—. Hoy he pasado un buen rato en espacio aéreo desconocido. Supongo que un poco más no importará.

6

Durante años se ha contado el chiste burdo de que los virginianos van a Nueva York por el arte y Nueva York va a Virginia a tirar la basura. El alcalde Giuliani casi desató otra guerra civil cuando hizo ese comentario durante el muy divulgado enfrentamiento con Jim Gilmore, el gobernador de Virginia en aquel momento, por el derecho de Manhattan a enviar megatoneladas de basura norteña a nuestros vertederos sureños. No podía ni imaginarme la reacción cuando se supiera que ahora, además, teníamos que ir a Nueva York para recibir justicia.

Durante el tiempo que yo llevaba de forense jefe de Virginia, Jaime Berger había sido jefa de la División de Delitos Sexuales de la oficina del fiscal de distrito de Manhattan. Aunque no nos conocíamos, se nos solía mencionar juntas. Se afirmaba que yo era la mujer forense más famosa del país y ella la mujer fiscal más famosa. Hasta entonces lo único que habría objetado ante tal afirmación era que no quería ser famosa y no me fiaba de la gente que lo era, y que la palabra «mujer» no debería usarse como complemento de una profesión. Nadie habla de los hombres de éxito diciendo que son un hombre médico, un hombre presidente o un hombre director general.

En los últimos días, había pasado horas con el ordenador de Anna investigando sobre Berger en Internet. Me resistía a estar impresionada, pero no podía evitarlo. No sabía, por ejemplo, que era becaria de Rhodes ni que, después de que Clinton saliera elegido, resultara preseleccionada para fiscal general y, según la revista *Time*, se sintió aliviada cuando Janet Reno fue nombrada en su lugar. Berger no quería dejar de llevar acusaciones. Al parecer, había rechazado plazas de juez y ofertas impresionantes de bufetes privados por la misma razón, y sus colegas la admiraban tanto que habían establecido una beca pública con su nombre en Harvard, donde estudió la carrera. Era extraño, pero no se comentaba gran cosa de su vida personal, salvo que jugaba al tenis (de maravilla, por supuesto). Practicaba con un entrenador tres mañanas a la semana en un club deportivo de Nueva York y corría cinco o seis kilómetros al día. Su restaurante favorito era Primola. Que le gustara la comida italiana me consoló un poco.

Era miércoles por la tarde, y Lucy y yo hacíamos las compras de Navidad. Había rebuscado y comprado todo lo que podía resistir. Tenía la cabeza llena de preocupaciones y el brazo me dolía como un loco dentro de su concha de escayola. Mis ganas de fumar eran irresistibles. Lucy estaba en el interior del centro de Regency para efectuar sus compras y yo buscaba un lugar donde evadirme del enjambre de gente. Miles de personas habían esperado a que faltaran tres días para Navidad para buscar un regalo adecuado y especial para las personas importantes en su vida. Las voces y el movimiento constante se unían para formar un rugido regular que abreviaba los pensamientos y la conversación normal, y los villancicos de fondo me acababan de alterar los nervios. Estaba delante de Sea Dream Leather, dando la espalda a las personas discordantes que, como los dedos de un pianista mediocre, se movían veloces, se detenían y se esforzaban sin alegría. Sucumbí a una nueva adicción y me llevé el móvil a la oreja. Comprobé el buzón de voz quizá por décima vez ese día. Esto se había convertido en mi conexión secreta y remota con mi anterior existencia. Comprobar los mensajes era la única forma que tenía de ir a casa.

Había cuatro llamadas. Rose, mi secretaria, quería saber cómo me iba. Mi madre dejó una larga queja sobre la vida. El servicio a los clientes de AT&T trató de contactarme por una cuestión de facturación y mi ayudante jefe, Jack Fielding, necesitaba hablar conmigo. Lo llamé de inmediato.

—Apenas te oigo. —Su voz rasposa me sonaba en un oído mientras con la mano me tapaba el otro. Uno de sus hijos estaba llorando.

—No estoy en un lugar muy bueno para hablar —lo informé.

—Yo tampoco. Mi ex está aquí. Paz a los hombres de buena voluntad.

—¿Qué querías? —le pregunté.

—Me ha llamado una fiscal de Nueva York.

Sobresaltada, procuré sonar tranquila, casi indiferente, cuando le pregunté el nombre de esa persona. Me dijo que Jaime Berger lo había localizado en su casa hacía unas horas. Quería saber si él me había ayudado en las autopsias que practiqué a Kim Luong y Diane Bray.

—Qué interesante —comenté—. Creía que tu número no figuraba en la guía.

—Se lo dio Righter.

La paranoia me invadió. La herida de la traición se reabrió.

—¿Righter le dio tu teléfono y no el mío? ¿Por qué no le dijo que me llamara? —pregunté.

Jack hizo una pausa y otro niño se añadió al atribulado coro de la casa.

—No lo sé. Le he dicho que no te ayudé de modo oficial. Tú hiciste los exámenes *post mortem*. No aparezco en los protocolos como testigo. Le dije que tenía que hablar contigo.

—¿Qué te respondió cuando se lo dijiste? —quise saber.

—Empezó a preguntarme cosas. Es evidente que tiene copias de los informes.

Righter otra vez. Se remitían copias del informe inicial de la investigación y los protocolos de la autopsia a la fiscalía del Estado. Estaba mareada. Ahora parecía que dos fiscales me desdeñaban, y el temor y la perplejidad se unieron como un ejército de hormigas feroces para atacar mi mundo interior, mordiéndome la mismísima mente. Lo que estaba sucediendo resultaba raro y cruel. Era superior a lo que hubiese podido imaginar en mis peores momentos. La voz de Jack sonaba distante a través de una estática que parecía una proyección del caos que reinaba en mi cabeza. Entendí que Berger tenía mucha sangre fría, que llamó desde el teléfono del coche y, después, algo sobre un fiscal especial.

—Creía que sólo se usaban para el presidente, para Waco o una cosa así —dijo, y entonces el móvil se oyó bien de repente y gritó, supuse que a su ex mujer—: ¿Podrías llevarlos a la otra habitación? ¡Estoy hablando por teléfono! Dios mío —me soltó a mí—. No se te ocurra tener hijos.

—¿Qué quieres decir con lo de un fiscal especial? —pregunté—. ¿Qué fiscal especial?

—Supongo que vendrá a encargarse de la causa porque Righter *el Combativo* no quiere hacerlo —respondió con repentino nerviosismo tras una pausa. De hecho, lo noté evasivo.

—Parece ser que tuvieron un caso en Nueva York. Por eso está implicada, o eso tengo entendido —apunté con cierta precaución.

—¿Un caso como los nuestros?

—Hace dos años.

—No fastidies. No lo sabía. Muy bien. No me ha comentado nada de eso. Sólo quiere informarse sobre los de aquí —comentó Jack.

—¿Cuántos hay para mañana hasta ahora? —pregunté por los casos del día siguiente.

—De momento, cinco. Incluido uno extraño que será un coñazo. Un varón joven de raza blanca, quizás hispano, encontrado en la habitación de un motel. Al parecer prendieron fuego a la habitación. Sin documento de identidad. Tenía una aguja clavada en el brazo, de modo que no sabemos si se trata de una sobredosis o de inhalación de humo.

—No hablemos de ello por el móvil —le interrumpí, mirando alrededor—. Ya lo hablaremos por la mañana. Yo me encargaré de él.

Se produjo una pausa larga, de sorpresa, a la que siguió:

—¿Estás segura? Porque puedo...

—Estoy segura, Jack. —No había ido a la oficina en toda la semana—. Hasta mañana.

Tenía que encontrarme con Lucy delante de la librería Waldenbooks a las siete y media y me atreví a cruzar el enjambre de gente. Acababa de pararme en nuestro punto de encuentro cuando vi a un hombre corpulento y con aspecto avinagrado y conocido que subía por las escaleras mecánicas. Marino mordió una galleta salada con forma de lazo, se lamió los dedos y contempló a la adolescente que tenía un peldaño más arriba. Los tejanos y el jersey ajustados no dejaban duda sobre sus curvas, profundidades y elevaciones y, a pesar de la distancia, noté que Marino dibujaba sus rutas e imaginaba cómo sería viajarlas.

Se dejaba transportar por los concurridos escalones de acero masticando la galleta con la boca abierta, lleno de deseo. Los vaqueros desteñidos y anchos le salían de debajo del estómago hinchado, y las manazas, con aspecto de guantes de béisbol, aparecían al final de las mangas de una cazadora roja de la asociación automovilística NASCAR. Una gorra de la NASCAR le cubría la calva, y lucía unas ridículas gafas enormes de montura metálica. Su cara rolliza estaba surcada por el descontento y poseía el aspecto fláccido y rojizo de la disipación crónica, y me sorprendió darme cuenta de lo triste que se sentía de su propio cuerpo, de cuánto luchaba contra una figura que le fallaba con ganas. Me recordó a alguien que hubiera cuidado muy mal de su coche, lo conducía con brusquedad, lo dejaba oxidarse y venirse abajo y pasaba a detestarlo de un modo violento. Me imaginé a Marino cerrando de golpe el maletero y dando patadas a las ruedas.

Trabajamos en nuestro primer caso juntos poco después de que me trasladara a Richmond desde Miami, y desde el principio se mostró hosco, condescendiente y de lo más grosero. En aquel entonces estaba convencida de que aceptar el cargo de forense jefe de Virginia suponía el mayor error de mi vida. En Miami, me había ganado el respeto de las fuerzas del orden y de las comunidades médica y científica. La prensa me trataba bastante bien y me vi ascendida a un estrellato secundario que me confería confianza y tranquilidad. Mi sexo no pareció ser importante hasta que conocí a Peter Rocco Marino, descendiente de trabajadores italianos de Nueva Jersey, antiguo policía de Nueva York, divorciado de su novia de siempre y padre de un hijo del que no hablaba nunca.

Marino era como la iluminación cruda de los probadores. Estaba bastante a gusto conmigo misma hasta que me vi reflejada en él. En ese momento, me sentí lo bastante nerviosa como para aceptar que era probable que los defectos que él me achacaba fueran ciertos. Me vio apoyada en el escaparate de la tienda, guardando el teléfono en el bolso, con las bolsas a mis pies, y lo saludé con la mano. Tardó lo suyo en abrirse paso entre las personas satisfechas que no estaban pensando en asesinatos, en juicios ni en fiscales de Nueva York.

—¿Qué haces aquí? —me preguntó como si me hubiese colado en una casa particular.

—Comprando tu regalo de Navidad —dije. Dio otro mordisco a la galleta que, al parecer, era lo único que había comprado—. ¿Y tú?

—He venido para que me sacaran una foto sentado en el regazo de Santa Claus.

—No me gustaría entretenerte.

—Localicé a Lucy. Me dijo dónde podría encontrarte en medio de este follón. Pensé que quizá necesitarías que alguien te llevara las bolsas, dado que estás algo falta de manos. ¿Cómo vas a practicar autopsias con eso? —Me señaló la escayola.

Sabía por qué había venido. Detecté el rumor distante de la información que avanzaba hacia mí como una avalancha. Suspiré. Lenta pero irremediablemente me estaba rindiendo a la evidencia de que mi vida sólo iba a empeorar.

—Muy bien, Marino, ¿qué hay? —le pregunté—. ¿Qué ha pasado ahora?

—Aparecerá en los periódicos de mañana, doctora. —Se agachó a recogerme las bolsas—. Righter me llamó hace un rato. El ADN coincide. Parece que el Hombre Lobo se cargó a la meteoróloga de Nueva York hace dos años y que ese gilipollas ha decidido que está bien para dejar el hospital y no se opone a la extradición a Nueva York. Está como unas castañuelas con lo de irse de Virginia. Es una coincidencia extraña que ese cabrón decida marcharse de la ciudad el mismo día del funeral de Bray.

—¿Qué funeral? —Los pensamientos me bombardeaban desde todas direcciones.

—En Saint Bridgets.

Tampoco sabía que Bray fuera católica ni que asistiera a mi iglesia. Una sensación extraña me recorrió la espalda. No importaba el mundo que yo ocupara, parecía que el objetivo de Bray era meterse en él y eclipsarme. Que hubiera podido siquiera intentarlo en mi propia iglesia me recordó lo despiadada y cruel que había sido aquella mujer.

—Así pues, se llevarán a Chandonne de Richmond el día en que deberíamos despedirnos de la última mujer que se cargó —siguió Marino, sin dejar de mirar a todos los compradores con los que nos cruzábamos—. No creas ni por un instante que es una coincidencia. A cada movimiento que haga, la prensa acudirá en manada. Así eclipsa a Bray, le roba protagonismo, porque la prensa estará mucho más interesada en lo que haga él que en quién va a presentar sus respetos a una de las víctimas. Si es que va alguien a presentar sus respetos. Yo no lo haré, no después de todo lo que se esforzó para hacerme la vida imposible. Y, oh, sí, Berger viene hacia aquí ahora mismo. Supongo, por el apellido, que no celebrará demasiado las Navidades —añadió.

Vimos a Lucy a la vez que un grupo de muchachos ruidosos y revoltosos. Lucían peinados de última moda, llevaban vaqueros largos de tiro y reaccionaron de modo exagerado al ver a mi sobrina, que vestía unos leotardos negros, unas botas de cuero del ejército y una chaqueta de piloto antigua que había comprado en una tienda de prendas de segunda mano. Marino lanzó a los admiradores una mirada que los habría matado si contemplar a alguien con odio en el corazón pudiera penetrar la piel y perforar los órganos vitales. Los chicos se movían arrastrando unas enormes zapatillas deportivas de piel, y me recordaron a cachorros a los que no les han crecido aún las garras.

—¿Qué me has comprado? —preguntó Marino a Lucy.

—Un año de provisiones de maca.

—¿Qué coño es eso?

—La próxima vez que vayas a jugar a los bolos con una mujer que esté bien, sabrás valorar mi regalito —dijo mi sobrina.

—No es posible que le hayas comprado eso. —No la creía del todo.

Marino resopló. Lucy se rió, demasiado jovial para alguien que estaba a punto de perder su empleo, aunque fuera millonario. En el estacionamiento, el aire era húmedo y muy frío. Los faros deslumbraban la oscuridad, y dondequiera que mirara veía coches y gente con prisa. Unos adornos plateados brillaban en las farolas, y los conductores describían círculos como tiburones, a la búsqueda de una plaza cercana a una de las entradas del centro comercial, como si andar unos cuantos metros fuera lo peor que puede sucederle a una persona.

—Detesto esta época del año. Me gustaría ser judía —comentó Lucy con ironía, como si hubiera oído la anterior alusión de Marino a los orígenes de Berger.

—¿Era Berger fiscal del distrito cuando empezaste tu carrera en Nueva York? —le pregunté a él mientras colocaba mis paquetes dentro del viejo Suburban verde de Lucy.

—Recién empezaba. —Cerró la puerta trasera—. No la conocí.

—¿Qué sabes de ella?

—Es muy atractiva, con las tetas grandes.

—¡Qué evolucionado estás, Marino! —soltó Lucy.

—Mira, no me preguntes algo si no quieres oír la respuesta —dijo, moviendo la cabeza al despedirnos.

Observé cómo su silueta imprecisa se movía entre una confusión de faros, gente y sombras. La luz de una luna imperfecta confería un tono lechoso al cielo, y la nieve caía despacio y en copos pequeños. Lucy salió de la plaza marcha atrás y se situó en una cola de coches. De su llavero colgaba un medallón de plata grabado con el logotipo de Whirly-Girls, una asociación internacional femenina, muy seria, de pilotos de helicóptero. Lucy, que no se afiliaba a nada, era un apasionado miembro, y di gracias a Dios porque, a pesar de que todo lo demás había ido mal, por lo menos tenía su regalo de Navidad a salvo en una de mis bolsas. Meses atrás, estuve conspirando con la joyería Schwarzchild para que hicieran un collar de oro de Whirly-Girls a Lucy. Lo había planeado con tiempo de sobras, en especial en vista de las últimas revelaciones sobre sus planes futuros.

—¿Qué harás exactamente con un helicóptero? ¿De verdad te comprarás uno? —pregunté.

Lo cierto era que, en parte, deseaba alejar la conversación de Nueva York y de Berger. Todavía estaba irritada por lo que Jack me había dicho por teléfono, y una sombra me oscurecía las ideas. Había algo más que me molestaba y no estaba segura de qué era.

—Sí, me compraré un Bell 407. ¿Qué voy a hacer con él? Pilotarlo, claro. Y usarlo en el negocio —especificó mientras se metía en un flujo infinito de luces traseras rojas que recorría con lentitud Parham Road.

—Y en cuanto a este nuevo negocio ¿qué pasará ahora?

—Bueno, Teun vive en Nueva York. Así que ahí estará mi oficina central.

—Cuéntame más cosas de Teun —le pedí—. ¿Tiene familia? ¿Dónde pasará la Navidad?

Lucy no apartaba la vista de la calle al conducir; siempre era un piloto responsable.

—Deja que me remonte un poco, que te cuente algo, tía Kay. Cuando oyó lo del tiroteo en Miami, se puso en contacto conmigo. Luego, la otra semana fui a Nueva York y lo pasé bastante mal.

Lo recordaba muy bien. Lucy desapareció y me entró pánico. Al final, la localicé por teléfono en Greenwich Village, donde estaba en un local de moda: el Rubyfruit on Hudson. Estaba alterada. Bebía. Creí que estaba enfadada y dolida debido a sus problemas con Jo. Ahora la historia cambiaba ante mis ojos. Lucy llevaba involucrada financieramente con Teun McGovern desde el verano anterior, pero no fue hasta este incidente en Nueva York, una semana atrás, cuando decidió cambiar su vida por completo.

—Ann me preguntó que si podía llamar a alguien —me explicó Lucy—. No estaba en condiciones de regresar al hotel.

—¿Ann?

—Una ex policía. Es la propietaria del bar.

—Oh, está bien.

—Admito que estaba bastante hecha polvo y le dije a Ann que probara con Teun —siguió Lucy—. Antes de darme cuenta entró en el bar. Me llenó de café y estuvimos despiertas toda la noche, charlando. Sobre todo sobre mi situación personal con Jo, con la ATF, con todo. No he sido feliz. —Me dirigió una mirada—. Creo que hace muchísimo tiempo que estaba preparada para un cambio. Esa noche tomé una decisión. Ya había tomado la decisión antes de que esto otro pasara. —Se refería a que Chandonne tratara de matarme—. Gracias a Dios que pude contar con Teun.

Lucy no quería decir en el bar, sino en general, y noté que irradiaba felicidad desde algún lugar profundo de su corazón. La psicología indica que las demás personas y los trabajos no dan la felicidad. Tienes que dártela tú mismo. Eso no es del todo cierto. McGovern y El Último Reducto parecían dársela a Lucy.

—¿Y ya llevabas cierto tiempo participando en El Último Reducto? —la animé a continuar la historia—. ¿Desde el verano pasado? ¿Es entonces cuando tuviste la idea por primera vez?

—Todo empezó de broma en los viejos tiempos, en Filadelfia, cuando a Teun y a mí nos ponían histéricas los burócratas ineptos, la gente que se inmiscuía, y ver cómo víctimas inocentes se encallaban en el sistema. Ideamos una organización imaginaria que yo llamé El Último Reducto. Decíamos: «¿Adónde vas cuando todo lo demás falla?»

La sonrisa de Lucy era forzada y presentí que las buenas noticias irían seguidas de matices cuestionables. Iba a decirme algo que no quería oír.

—Comprenderás que eso significa que tendré que trasladarme a Nueva York —anunció—. Y pronto.

Righter había cedido el caso a Nueva York y ahora Lucy se trasladaba a esa ciudad. Puse la calefacción y me tapé bien con el abrigo.

—Creo que Teun me ha encontrado un piso en el Upper East Side, a unos cinco minutos a pie del parque. En la 67 con Lexington.

—¡Qué rápido! —comenté, y como si fuera un mal presagio, añadí—: Y cerca de donde asesinaron a Susan Pless. ¿Por qué en esa parte de la ciudad? ¿Está cerca de ahí la oficina de Teun?

—A unas pocas manzanas. Está un par de puertas más abajo de la comisaría diecinueve y, al parecer, conoce a varios policías que trabajan en ella.

—¿Y Teun no ha oído hablar de Susan Pless, de ese asesinato? Me resulta extraño pensar que terminó a unas cuantas calles de ahí. —Me dejé dominar por el pesimismo; no pude evitarlo.

—Conoce el caso porque hemos comentado lo que te pasa —respondió Lucy—. Antes de eso, no sabía nada de él. Ni yo tampoco. Supongo que la preocupación de nuestro barrio es el Violador del East Side, algo en lo que estamos trabajando, de hecho. Desde hace unos cinco años se han producido violaciones, obra de un mismo hombre. Le gustan las rubias de entre treinta y cuarenta y pocos años, que suelen tomarse unas copas y acaban de salir de un bar, y las agarra cuando se dirigen a su casa. El primer ADN es de un desconocido de Nueva York. Tenemos su ADN, pero no su identidad.

Todos los caminos parecían llevar a Jaime Berger. El Violador del East Side sería sin duda un caso prioritario en su oficina.

—Me teñiré los cabellos de rubio y volveré a casa tarde desde distintos bares —prosiguió Lucy con ironía, y no dudé que lo haría.

Quería decirle a Lucy que la dirección que había elegido era apasionante y que estaba muy contenta por ella, pero no me salieron las palabras. Había vivido en muchos sitios que no quedaban cerca de Richmond, pero, por alguna razón, esta vez me dio la impresión de que finalmente se marchaba de casa para siempre, de que había crecido. De repente me convertí en mi madre, que criticaba, señalaba los inconvenientes y las carencias, levantaba la alfombra para buscar el lugar que se me había pasado por alto al limpiar la casa, repasaba el boletín de notas con excelentes y comentaba que era una lástima no tener amigos, y probaba lo que yo cocinaba y encontraba que le faltaba algo.

—¿Qué harás con el helicóptero? ¿Lo tendrás aquí? —me oí decirle a mi sobrina—. Eso podría ser un problema.

—Quizás en Teterboro.

—¿Y tendrás que ir hasta Nueva Jersey cada vez que quieras volar?

—No está tan lejos.

—Y lo caro que es vivir ahí, además. Y tú y Teun...

—¿Qué pasa conmigo y Teun? ¿Por qué insistes en eso? —La animación había desaparecido de la voz de Lucy, y apareció el enfado—. Ya no trabajo para ella. No está en la ATF ni es mi jefa. Que seamos amigas no tiene nada de malo.

Mis huellas dactilares estaban en el lugar del crimen de su decepción, de su dolor. Aún peor, en mi voz habían resonado los ecos de Dorothy. Estaba avergonzada de mí misma, y mucho.

—Perdona, Lucy. —Tendí el brazo escayolado para sujetarle la mano con la punta de los dedos—. No quiero que te vayas. Me siento egoísta. Estoy siendo egoísta. Perdona.

—No te estoy dejando. Iré y vendré. Estaré a sólo dos horas en helicóptero. No pasa nada. ¿Por qué no vienes a trabajar con nosotras, tía Kay? —me preguntó, mirándome.

Podía adivinar que no era algo que se le acabara de ocurrir. Parecía evidente que ella y McGovern habían hablado bastante sobre mí, incluida mi posible función en su empresa. Eso me produjo una sensación extraña. Me había resistido a pensar en mi futuro y, de repente, se elevó ante mí como una gran pantalla en blanco. Aunque sabía muy bien que el modo en que había vivido formaba parte del pasado, aún no lo había aceptado.

—¿Por qué no te estableces por tu cuenta en lugar de que el estado te diga qué tienes que hacer? —prosiguió Lucy—. ¿Te lo has planteado alguna vez en serio?

—Es lo que siempre tuve planeado para el futuro —respondí.

—Bueno, el futuro ya está aquí —me indicó—. El siglo XX termina de aquí a nueve días exactamente.

7

Era casi medianoche. Me senté ante el fuego en la mecedora tallada a mano que constituía el único toque de rusticidad en casa de Anna. Ella había colocado su silla en un ángulo que le permitía mirarme sin que yo tuviera que hacer lo propio si me dedicaba a algún descubrimiento de mis propias pruebas psicológicas. En esos días había descubierto que me era imposible saber lo que iba a averiguar en mis charlas con Anna, como si estuviera en el lugar de un crimen que investigaba por primera vez. Las luces de la sala estaban apagadas y las llamas representaban una danza agónica, como si quisieran huir. La incandescencia se propagaba por las brasas, que mostraban tonos naranja mientras yo le hablaba a Anna de un domingo de noviembre por la noche, hacía poco más de un año, cuando Benton se mostró inusitadamente odioso conmigo.

—¿A qué te refieres cuando dices inusitadamente? —me preguntó Anna con su tono intenso y suave.

—Estaba acostumbrado a mis peregrinaciones nocturnas, cuando no podía calmarme, cuando me quedaba levantada hasta tarde y trabajaba. En la noche en cuestión, se durmió mientras leía en la cama. Eso no era inusual, y significaba que yo podía disponer de tiempo para mí misma. Necesito el silencio, la soledad absoluta cuando el resto del mundo no está consciente y no necesita nada de mí.

—¿Has sentido siempre esa necesidad?

—Siempre. Es cuando cobro vida. Soy yo misma cuando estoy totalmente sola. Necesito ese tiempo. Debo tenerlo.

—¿Qué pasó esa noche? —me preguntó.

—Me levanté, retiré el libro de su regazo y apagué la luz —respondí.

—¿Qué estaba leyendo?

La pregunta me pilló por sorpresa. Tuve que pensarlo. No lo recordaba bien, pero creía que se trataba de algo sobre Jamestown, el primer asentamiento inglés permanente en América, que estaba a menos de una hora en coche al este de Richmond. Le interesaba mucho la historia y la había estudiado, además de la psicología, en la universidad. Su interés por Jamestown se despertó cuando los arqueólogos empezaron a excavar ahí y descubrieron el fuerte original. Poco a poco me fui acordando: el libro que Benton leía en la cama era una recopilación de narraciones, muchas de ellas de John Smith. No recordaba el título. Suponía que el libro todavía estaba en mi casa, y me angustió la idea de topar con él el día menos pensado. Seguí contando mi historia.

—Salí de la habitación, cerré con cuidado la puerta y recorrí el pasillo hacia mi despacho. Como sabes, cuando practico autopsias, tomo muestras de todos los órganos y, a veces, también de las heridas. El tejido va al laboratorio de histología, donde preparan diapositivas que debo examinar. Nunca consigo estar al corriente de los microdictados y suelo llevar diapositivas a casa. Por supuesto, la policía me preguntó sobre esto. Es curioso, pero mis actividades normales parecen mundanas e indiscutibles hasta que otras personas las examinan. Entonces me doy cuenta de que no vivo como los demás.

—¿Por qué crees que la policía se interesaba por las diapositivas que podías tener en casa? —me preguntó Anna.

—Porque quería saber cualquier cosa.

Volví a mi historia y conté que estaba en el despacho, inclinada sobre el microscopio, absorta en unas neuronas muy manchadas de metal que parecían un enjambre de seres dorados y púrpuras de un solo ojo y con tentáculos. Noté que había alguien detrás de mí y, al volverme, me encontré con Benton en la puerta abierta. Su cara tenía un brillo extraño que no presagiaba nada bueno, como el fuego de san Telmo antes de que caiga un rayo.

«¿No puedes dormir? —me preguntó en un tono mezquino, sarcástico, que no era nada habitual en él. Yo empujé la silla para retirarme de mi potente microscopio Nikon—. Si pudieras enseñar a ese trasto a follar, no me necesitarías para nada.»

Me miró con expresión de furia. Se le veía pálido bajo la luz suave que proporcionaba la lámpara del escritorio. Respiraba agitadamente y tenía el pecho cubierto de sudor, las venas de los brazos marcadas y los cabellos plateados pegados a la frente. Le pregunté que qué diablos pasaba y me ordenó que volviera a la cama, señalándome con un dedo.

—¿No había pasado nada antes? —me interrumpió Anna. También conocía a Benton. Ése no era él, sino alguien que había invadido su cuerpo—. ¿No hubo ninguna advertencia?

—Nada. Ningún aviso —aseguré mientras me mecía despacio, sin interrupción. Se oía el crujir de las ramitas en la chimenea—. El último sitio donde quería estar con él en ese momento era la cama. Tal vez fuese el mejor elaborador de perfiles psicológicos del FBI, pero, a pesar de toda su habilidad para leer el pensamiento de los demás, podía ser tan frío y poco comunicativo como una piedra. No tenía intención de contemplar la oscuridad toda la noche mientras él yacía dándome la espalda, en silencio, sin apenas respirar. No era violento ni cruel. Jamás me había hablado de un modo tan rudo y degradante. Si nos teníamos algo, Anna, era respeto. Siempre nos tratamos con respeto.

—¿Y te dijo qué pasaba? —insistió Anna.

—Cuando hizo ese comentario grosero sobre enseñarle al microscopio a follar, lo supe —afirmé con una sonrisa amarga.

Benton y yo nos habíamos acostumbrado a vivir en mi casa, pero él nunca dejó de sentirse como un huésped. Era mi casa y todo giraba en torno a mí. El último año de su vida se encontraba desilusionado con su trabajo y, al echar la vista atrás, comprendí que estaba cansado y desmotivado y que tenía miedo de envejecer. Todo eso socavó nuestra intimidad.

La parte sexual de nuestra relación se convirtió en un aeropuerto abandonado que parecía normal visto de lejos, pero cuya torre de control se hallaba vacía; sin aterrizajes ni despegues, sólo alguna aproximación esporádica porque creíamos que debíamos por accesibilidad y por costumbre, quizá.

—Cuando hacíais el amor, ¿quién solía tomar la iniciativa?

—Al final, sólo él. Más por desesperación que por deseo. Quizás incluso por frustración. Sí, por frustración.

Anna me observó con el rostro sumido en unas sombras que aumentaron a medida que el fuego se fue apagando. Tenía el codo apoyado en el brazo del sillón y la barbilla sobre el dedo índice, en una pose que yo había pasado a asociar a los intensos momentos que pasábamos juntas esas noches. Su salón se había convertido en un confesionario oscuro donde podía desnudarme emocionalmente sin sentir vergüenza. No consideraba esas sesiones como una terapia, sino más bien como un sacerdocio de amistad sagrado y sin riesgo. Había empezado a contar a otro ser humano cómo era ser yo.

—Volvamos a la noche en que se enfadó tanto. ¿Recuerdas cuándo fue exactamente?

—Unas semanas antes de su asesinato —contesté con calma—. Benton sabía que necesitaba espacio. Hasta las noches que hacíamos el amor era habitual que esperara a que se durmiera y me levantara con el sigilo de una adúltera para colarme en el despacho al otro lado del pasillo. Era comprensivo con mis infidelidades. —Noté que Anna sonreía en la oscuridad—. Rara vez se quejaba cuando me buscaba y se encontraba con que mi lado de la cama estaba vacío. Aceptaba que necesitara estar sola, o eso parecía. Nunca supe lo que le dolían mis hábitos nocturnos hasta esa noche en que se presentó en el despacho.

—¿Eran tus hábitos nocturnos, o tu distanciamiento?

—No me considero una persona distante.

—¿Opinas que conectas con los demás?

Analicé la pregunta y busqué en mi interior una verdad que siempre había temido.

—¿Conectaste con Benton? —continuó Anna—. Empecemos con él. Ha sido tu relación más importante. Sin duda la más larga.

—¿Si conecté con él? —Retuve la pregunta como si fuera una pelota que estaba a punto de pasar y dudara del ángulo, la dirección o la fuerza—. Sí y no. Benton era uno de los mejores hombres que he conocido, y de los más amables. Sensible, profundo e inteligente. Podía hablar con él de cualquier cosa.

—Pero ¿lo hacías? Tengo la impresión de que no. —Anna, por supuesto, quiso presionarme.

—No estoy segura de haber hablado con nadie sobre nada de nada —comenté con un suspiro.

—Quizá Benton fuera de fiar —sugirió.

—Quizá —contesté—. Sé que hay lugares profundos de mí a los que él nunca llegó. Nunca quise que lo hiciera, no quise tener algo tan intenso, tan íntimo. Supongo que se debió en parte a cómo empezamos. Él estaba casado. Siempre regresaba a casa, con su esposa, con Connie. Eso duró años. Estábamos en lados opuestos de una pared, separados, y sólo nos tocábamos cuando podía escaparse. Dios mío, no volvería a repetirlo con nadie, no importa quién fuera.

—¿Te sientes culpable?

—Por supuesto —afirmé—. Cualquier buen católico se siente culpable. Al principio me sentía de lo más culpable. Nunca había sido el tipo de persona que quebranta las normas. No me parezco a Lucy, o, mejor dicho, ella no se parece a mí. Si las normas carecen de sentido, las quebranta sin contemplaciones. A mí, en cambio, ni siquiera pueden multarme por exceso de velocidad, Anna.

Se inclinó hacia delante y levantó una mano. Era su señal; había dicho algo importante.

—Normas —repitió—. ¿Qué son las normas?

—¿Una definición? ¿Quieres una definición de normas?

—¿Qué son para ti las normas? Sí, quiero tu definición.

—Lo que está bien y mal —expliqué—. Lo que es legal frente a lo ilegal. Lo moral frente a lo inmoral. Lo humano frente a lo inhumano.

—¿Dormir con una persona casada está mal, es inmoral, inhumano?

—De entrada, es idiota. Pero sí, está mal. No es un error fatal, un pecado imperdonable ni ilegal, pero es deshonesto. Sí, no cabe duda de que es deshonesto. La violación de una norma.

—Por lo tanto, admites que eres capaz de ser deshonesta.

—Admito que soy capaz de ser idiota.

—¿Y deshonesta? —No iba a permitir que me escabullera.

—Todo el mundo es capaz de todo. Mi relación con Benton fue deshonesta. Indirectamente mentí porque oculté lo que hacía. Ofrecía una imagen a los demás, incluida Connie, que era falsa. Así pues, soy capaz de engañar, de mentir. Es evidente. —Esta confesión me deprimió mucho.

—¿Y el homicidio? ¿Cuál es la norma sobre el homicidio? ¿Está mal? ¿Es inmoral? ¿Está siempre mal matar? Tú has matado.

—En defensa propia. —En ese momento me sentí fuerte y segura—. Sólo cuando no tenía más remedio porque la otra persona iba a matarme a mí o a alguien.

—¿No cometiste un pecado? «No matarás.»

—En absoluto. —Comenzaba a sentirme frustrada—. Es fácil emitir juicios sobre cuestiones que se ven desde el mirador distante de la moralidad y el idealismo. Es distinto cuando te enfrentas a un asesino que pone un cuchillo en el cuello de otra persona o que coge una pistola para dispararte. El pecado sería no hacer nada, permitir que una persona inocente muera, permitir que te mate. No siento remordimientos.

—¿Qué sientes?

Cerré los ojos un momento y percibí el movimiento de las llamas a través de mis párpados.

—Mareo. No puedo pensar en esas muertes sin sentirme mareada. Lo que hice no estuvo mal. No tuve más remedio, pero tampoco puedo decir que estuviera bien, si ves la diferencia. No hay palabras para describir lo que sentí cuando Temple Gault se estaba muriendo desangrado ante mí y me suplicaba ayuda, ni lo que siento al recordarlo.

—Fue en un túnel del metro de Nueva York. ¿Hace cuatro o cinco años? —preguntó, y cuando asentí con la cabeza añadió—: El antiguo compañero de crímenes de Carrie Grethen. Gault era su mentor, en cierto sentido. ¿No es verdad? —Asentí de nuevo—. Interesante. Mataste al compañero de Carrie y ella mató luego al tuyo. ¿Una conexión quizá?

—No tengo ni idea. Nunca me lo había planteado así.

La idea me sobresaltó. Nunca se me había ocurrido y ahora parecía obvio.

—¿Merecía morir Gault, a tu entender? —me preguntó Anna.

—Habrá quien diga que perdió el derecho a estar en este mundo y que todos hemos salido ganando con su muerte. Pero te aseguro que hubiese preferido no ser yo quien ejecutara esa sentencia, Anna. Nunca. Nunca. La sangre le salía a borbotones por entre los dedos. Vi temor en sus ojos, terror, pánico; su maldad había desaparecido. Era sólo un ser humano que se moría. Y era culpa mía. Y lloraba y me suplicaba que detuviera la hemorragia. —Había dejado de mecerme. Noté que Anna me dedicaba toda su atención. Por fin afirmé—: Sí, fue horrible. Horrible. A veces, sueño con él. Como lo maté, formará siempre parte de mí. Es el precio que pago por ello.

—¿Y Jean-Baptiste Chandonne?

—No quiero hacer daño a nadie más —aseguré con la mirada puesta en el fuego que se consumía.

—Por lo menos está vivo, ¿no?

—Eso no me consuela. ¿Cómo va a consolarme? Las personas como él no dejan de hacer daño a los demás, ni siquiera después de que las encierren. Su maldad perdura. Ése es mi dilema: no quiero verlas muertas, pero sé el daño que causan mientras están vivas. Lo mires como lo mires, sales perdiendo —concluí.

Anna no dijo nada. Su método consistía en ofrecer más silencios que opiniones.

El pesar me oprimía el pecho y el corazón me latía al *staccato* que le marcaba el temor.

—Supongo que si hubiera matado a Chandonne sería castigada —añadí—. No cabe duda de que lo seré porque no lo hice.

—No pudiste salvar la vida de Benton. —La voz de Anna llenó el espacio entre nosotras. Sacudí la cabeza, con los ojos arrasados en lágrimas—. ¿Crees que deberías haber podido defenderlo también? —preguntó. Tragué saliva y los espasmos de esa agónica pérdida me robaron el habla—. ¿Le fallaste, Kay? ¿Y consiste ahora tu penitencia en erradicar a otros monstruos? ¿Por Benton, porque dejaste que los monstruos lo mataran? ¿No lo salvaste?

—Él no se salvó a sí mismo, maldita sea. Se dirigió hacia su asesinato como un perro o un gato que se alejan para morir porque ha llegado el momento. ¡Dios mío! —exclamé, a punto de explotar de impotencia e indignación. Y lo solté—: ¡Dios mío! Benton siempre se quejaba de las arrugas, las bolsas, los dolores, los achaques, incluso en los primeros años de nuestra relación. Como sabes, era mayor que yo. Quizás envejecer le resultaba más amenazador por ese motivo. No lo sé. Pero, a partir de los cuarenta y cinco, no podía mirarse al espejo sin sacudir la cabeza. «No quiero hacerme viejo, Kay», solía decirme.

»Recuerdo que una tarde estábamos tomando un baño juntos y se quejaba de su cuerpo:

»—Nadie quiere hacerse viejo —le dije por fin.

»—Pero yo no quiero de verdad, hasta el punto de que no creo que pueda superarlo —me respondió.

»—Tenemos que superarlo. Sería egoísta no hacerlo, Benton. Además, superamos ser jóvenes, ¿no?

»Pensó que estaba siendo irónica, pero no era así. Le pregunté que cuántos días de su juventud había pasado esperando el futuro porque el futuro iba a ser mejor. Reflexionó un momento mientras me acercaba más hacia él en la bañera, tocándome y acariciándome bajo la cobertura del agua caliente y perfumada con lavanda. Sabía muy bien cómo corresponderme en esa época en que nuestras células cobraban vida al instante al entrar en contacto. Entonces, cuando la cosa iba bien.

»—Sí —afirmó—. Es cierto. Siempre he esperado el futuro con la idea de que iba a ser mejor. Es cuestión de supervivencia, Kay. Si no crees que mañana, el año que viene o el otro serán mejores, ¿para qué molestarse?

Dejé de mecerme por un momento y le dije a Anna:

—Pues bien, no se molestó más. Benton murió porque ya no creía que lo que lo esperaba era mejor que lo pasado. No importa que otra persona le quitara la vida. Benton fue quien tomó la decisión.

Las lágrimas se me habían secado y me sentía muy vacía por dentro, derrotada y furiosa. Observé los restos del fuego y una luz tenue me iluminó la cara.

—Vete a la mierda, Benton —murmuré a las brasas humeantes—. Vete a la mierda por abandonar.

—¿Por eso te acostaste con Jay Talley? —preguntó Anna—. ¿Para mandar a la mierda a Benton? ¿Para vengarte de él por abandonarte, por morir?

—Si fue así, no lo hice de un modo consciente.

—¿Cómo te sientes?

—Muerta —aseguré tras tratar de sentir—. ¿Después de que a Benton lo asesinaran...? —Lo consideré y me reafirmé—: Muerta. Me sentí muerta. No podía sentir nada. Creo que me acosté con Jay...

—No lo que crees. Lo que sientes —me recordó con dulzura.

—Sí, de eso se trata, de la necesidad de sentir, del deseo desesperado de sentir algo, cualquier cosa.

—¿Que sentiste al acostarte con Jay?

—Creo que humillación —respondí.

—No lo que crees —volvió a recordarme.

—Sentí ansias, deseo, enfado, ego, libertad. Oh, sí, libertad.

—¿Libertad respecto a la muerte de Benton, o quizá respecto a Benton? Era algo reprimido, ¿no? Era de fiar. Y tenía un superego muy poderoso. Benton Wesley era un hombre que hacía las cosas correctamente. ¿Cómo era el sexo con él? ¿Correcto? —quiso saber Anna.

—Considerado —respondí—. Cariñoso y sensible.

—Considerado. Bueno, eso es algo —observó Anna con un rastro de ironía que atraía la atención hacia lo que yo acababa de revelar.

—Nunca hubo demasiadas ansias; no fue nunca sólo erótico —me sinceré—. Tengo que admitir que muchas veces pensaba mientras hacíamos el amor. Ya es bastante malo pensar mientras hablo contigo, Anna, pero no debería pensarse mientras se hace el amor. No debería haber pensamientos, sólo un placer inenarrable.

—¿Te gusta el sexo?

Reí, sorprendida. Nadie me lo había preguntado nunca.

—Sí, pero depende. Ha habido veces que estuvo muy bien, otras bien, otras normal, otras fue aburrido y otras estuvo mal. El sexo es algo extraño. Ni siquiera estoy segura de lo que pienso de él. Pero espero no haber tenido lo que sería el *premier grand cru*. —Aludí al mejor burdeos. El sexo se parecía mucho al vino y, si tenía que ser sincera, mis encuentros con amantes solían terminar en la sección rústica del viñedo: poco pronunciado, bastante corriente y de precio módico, nada especial en realidad—. No creo haber vivido mi mejor experiencia sexual, mi armonía sexual más erótica, más profunda con otra persona. No, aún no, en absoluto. —Divagaba, hablaba a trompicones mientras trataba de averiguarlo y me debatía sobre si quería averiguarlo—. No lo sé —añadí—. Bueno, supongo que me gustaría saber lo importante que debería de ser, lo importante que es.

—Teniendo en cuenta tu profesión, Kay, deberías de saber lo importante que es el sexo. Es poder. Es vida y muerte —afirmó Anna—. Por supuesto, lo que tú ves es casi siempre un poder del que se ha abusado de un modo terrible. Chandonne es un buen ejemplo de ello. Obtiene satisfacción sexual al dominar, al causar sufrimiento, al jugar a ser Dios y decidir quién vive y quién muere y cómo.

—Por supuesto.

—El poder lo excita sexualmente. Como a la mayoría de la gente.

—Es el afrodisíaco más potente, si somos honestos —estuve de acuerdo.

—Diane Bray es otro ejemplo. Una mujer bella, provocativa, que usaba su atractivo sexual para dominar, para controlar a los demás. Por lo menos ésa es la impresión que tengo de ella.

—Es la impresión que daba —corroboré.

—¿Crees que la atraías sexualmente?

Lo analicé con frialdad. Aunque la idea me incomodaba, la examiné desde la distancia, como si se tratara de un órgano que estuviera diseccionando.

—No se me había ocurrido nunca —decidí—. De modo que no debía de ser así, o habría captado las señales. —Al ver que Anna no decía nada, me escudé en una evasiva—: Tal vez sí.

Anna no se lo tragó.

—¿No me dijiste que había intentado usar a Marino para conocerte? —me recordó—. ¿Que quería almorzar contigo, verte, conocerte, y que trató de lograrlo a través de él?

—Eso es lo que Marino me dijo.

—¿Porque puede que la atrajeras sexualmente? Habría sido el dominio máximo sobre ti, ¿no? Si, además de gobernar tu trabajo, se agenciaba tu cuerpo de paso y se apropiaba así de todos los aspectos de tu existencia. ¿No es eso lo que hacen Chandonne y otros de su clase? También deben de sentir atracción, sólo que actúan de un modo distinto al resto de nosotros. Y ya sabemos lo que le hiciste cuando quiso demostrar su atracción por ti. Su gran error, ¿no? Te miró con lujuria y lo cegaste. Al menos temporalmente. —Hizo una pausa, con la barbilla sobre el dedo y los ojos fijos en mí. Le devolví la mirada, de nuevo con esa sensación que casi la describiría como una advertencia, pero no logré catalogarla—. ¿Qué podrías haber hecho si Diane Bray hubiese tratado de demostrar su atracción sexual por ti, si hubiese sido el caso? —insistió Anna—. ¿Si hubiese tratado de ligar contigo?

—Tengo formas de desviar las insinuaciones no deseadas.

—¿También de mujeres?

—De cualquiera.

—De modo que se te han insinuado mujeres.

—Alguna que otra vez, a lo largo de los años. —Era una pregunta evidente con una respuesta evidente: no vivo en una gruta—. Sí. He estado cerca de mujeres que me han mostrado un interés al que no puedo corresponder.

—¿No puedes, o no quieres?

—Ambas cosas.

—¿Y cómo te sientes cuando es una mujer quien te desea? ¿Distinta de si es un hombre?

—¿Estás tratando de averiguar si soy homofóbica, Anna?

—¿Lo eres?

Reflexioné sobre ello. Rebusqué en lo más profundo de mí para ver si la homosexualidad me incomodaba. Siempre me había apresurado a asegurarle a Lucy que no tenía problemas con las relaciones entre el mismo sexo al margen de las dificultades que conllevaban.

—No me importa —aseguré—. Con toda sinceridad. Es sólo que no es de mi gusto. No es mi elección.

—¿La gente elige?

—En cierto sentido. —De eso estaba segura—. Y te lo digo porque creo que mucha gente siente atracciones con las que no se siente nada cómoda y no las demuestra. Comprendo a Lucy. La he visto con sus amantes y, en cierto modo, envidio su proximidad, porque, aunque se enfrentan a la dificultad de ir en contra de la mayoría, también tienen la ventaja de la amistad tan especial que las mujeres pueden tener entre sí. Es más difícil que un hombre y una mujer sean almas gemelas, grandes amigos. Hasta aquí, de acuerdo. Pero creo que la diferencia principal entre Lucy y yo es que yo no espero que un hombre sea mi alma gemela, y ella siente que los hombres la dominan. Y la verdadera intimidad no puede existir sin un equilibrio de poder entre las partes. Como yo no me siento dominada por los hombres, los elijo físicamente.

Anna no dijo nada y añadí:

—Quizá no llegué a entenderlo mejor. No todo puede explicarse. Las atracciones y necesidades de Lucy no pueden explicarse por completo. Ni las mías tampoco.

—¿De veras crees que un hombre no puede ser tu alma gemela? ¿Quizá tus expectativas son demasiado bajas? ¿Es posible eso?

—Es muy posible. —A punto estuve de echarme a reír—. Si alguien merece tener expectativas bajas, ésa soy yo, con todas las relaciones que me he cargado.

—¿Te ha atraído alguna vez una mujer? —preguntó por fin Anna; ya suponía que lo haría.

—He encontrado a algunas mujeres muy cautivadoras —admití—. Recuerdo haberme chiflado por algunas profesoras cuando crecía.

—Al decir chiflarte, te refieres a sentimientos sexuales.

—Chiflarse incluye sentimientos sexuales, por muy inocentes e ingenuos que sean. Muchas niñas se chiflan por alguna profesora, sobre todo si vas a un colegio religioso y sólo te dan clase mujeres.

—Monjas.

—Sí. —Sonreí—. Imagina chiflarte por una monja.

—Imagino que algunas de esas monjas se chiflan entre sí —comentó Anna.

Una nube oscura de incertidumbre e inquietud me envolvió y la advertencia dio palmaditas a la espalda de mi consciencia. No sabía por qué Anna se centraba tanto en el sexo, en especial el homosexual, y consideré la posibilidad de que fuera lesbiana y por eso no se había casado nunca, o que me estuviera sondeando para ver cómo reaccionaría si por fin, después de todos esos años, me decía la verdad sobre ella. Me dolió pensar que pudiera haberme ocultado un detalle tan importante por temor.

—Me dijiste que te trasladaste a Richmond por amor. —Ahora me tocaba a mí sondear—. Y que la persona resultó ser una pérdida de tiempo. ¿Por qué no regresaste a Alemania? ¿Por qué te quedaste en Richmond, Anna?

—Fui a la facultad de Medicina en Viena y soy de Austria, no de Alemania —me aclaró—. Crecí en un *Schloss*, un castillo, que pertenecía desde hacía siglos a mi familia, cerca de Linz, junto al río Danubio, y durante la guerra vivieron nazis con nosotros: mi madre, mi padre, dos hermanas mayores y mi hermano pequeño. Y desde las ventanas se veía el humo del crematorio a unos quince kilómetros, en Mauthausen, un campo de concentración muy famoso, donde se obligaba a los prisioneros a extraer granito de la cantera y a cargarlo en bloques enormes durante cientos de metros, y si flaqueaban los golpeaban o los empujaban por el precipicio. Había judíos, republicanos españoles, rusos, homosexuales.

»Y cada día unas mortíferas nubes oscuras manchaban el horizonte, y yo pillaba a mi padre contemplándolas y suspirando cuando creía que nadie lo veía. Notaba su profundo dolor y su vergüenza. Como no podíamos hacer nada ante lo que estaba sucediendo, era fácil caer en la negación. La mayoría de los austríacos se negaba a ver lo que pasaba en nuestro bonito país. A mí me resultaba imperdonable, pero no podía evitarse. Mi padre era muy rico e influyente, pero ir contra los nazis suponía terminar en un campo o morir en el acto de un disparo. Todavía oigo las risas y el tintineo de las copas en mi casa, como si esos monstruos fueran nuestros mejores amigos. Uno de ellos empezó a subir a mi habitación por la noche. Yo tenía diecisiete años. La cosa duró dos años. Nunca dije nada porque sabía que mi padre no podría impedirlo, y sospechaba que sabía que estaba sucediendo. Sí, estoy convencida de ello. Me preocupaba que les pasara lo mismo a mis hermanas, y estoy bastante segura de que así era. Tras la guerra, terminé mi educación y conocí a un norteamericano que estudiaba música en Viena. Era un violinista muy bueno, muy apuesto e ingenioso, y me vine a Estados Unidos con él. Sobre todo porque ya no quería seguir más tiempo en Austria. No podía vivir con lo que mi familia se había negado a admitir, e incluso ahora, cuando veo el paisaje de mi patria, la imagen está manchada con ese humo oscuro, fatídico. Siempre lo veo en mis pensamientos. Siempre.

El salón de Anna estaba frío, y las ascuas recordaban decenas de ojos irregulares brillando en la oscuridad.

—¿Qué pasó con el músico norteamericano? —pregunté.

—Supongo que la realidad se impuso —respondió en tono de tristeza—. Para él, una cosa era enamorarse de una joven psiquiatra austríaca en una de las ciudades más bellas y románticas del mundo, y otra muy distinta traerla a Virginia, a la antigua capital de la Confederación, donde todavía hay banderas confederadas por todas partes. Mi primera residencia fue en la facultad de Medicina de Virginia y James tocó en la Sinfónica de Richmond durante varios años. Luego, se trasladó a Washington y nos separamos. Me alegro de no haberme casado con él. Por lo menos, no tuve esa complicación, ni niños.

—¿Y tu familia? —quise saber.

—Mis hermanas están muertas. Tengo un hermano en Viena. Como mi padre, se dedica a la banca. Deberíamos dormir un poco —dijo.

Al meterme bajo las sábanas, me estremecí. Encogí las piernas y coloqué una almohada bajo mi brazo roto. Hablar con Anna había empezado a erosionar mi interior, como tierra a punto de hundirse. Sentía dolores fantasmales en partes de mí que conformaban mi pasado, y en mi ánimo pesaba la carga añadida de la historia que me había contado sobre su propia vida. Era lógico que no quisiera explicar su pasado a la mayoría de la gente. Estar asociado con los nazis era un estigma terrible, incluso ahora, y pensarlo me hacía esbozar su conducta y su privilegiado estilo de vida en un lienzo muy distinto. No importaba que Anna no tuviera elección sobre quién se hospedaba en su casa familiar ni sobre quién se acostaba con ella cuando tenía diecisiete años. Si se supiera, no se lo perdonarían.

—Dios mío —murmuré, con la mirada puesta en el techo a oscuras de la habitación de huéspedes de Anna—. Dios mío.

Me levanté y recorrí el pasillo en tinieblas, crucé de nuevo la sala y me metí en el ala este de la casa. El dormitorio principal estaba al final del pasillo y la puerta de Anna se encontraba abierta. La luz de la luna se colaba a través de las ventanas y dibujaba con suavidad su silueta bajo las sábanas.

—Anna —llamé en voz baja—. ¿Estás despierta?

Se movió y se sentó. Apenas le distinguía la cara al acercarme a ella. Sus cabellos blancos le caían hasta los hombros. Parecía tener cien años.

—¿Ocurre algo? —preguntó medio dormida, con cierto tono de alarma.

—Perdona —le dije—. No sabes cuánto lo siento. He sido una amiga terrible, Anna.

—Has sido la amiga en quien más he confiado.

Me tomó la mano y la apretó, y sus huesos se me antojaron pequeños y frágiles bajo una piel suave y fláccida, como si de repente se hubiera vuelto anciana y vulnerable en lugar del titán que siempre había imaginado. Quizás era porque ahora conocía su historia.

—Has sufrido mucho, has tenido que soportar demasiado tú sola —susurré—. Siento que no pudieras contar conmigo. Lo siento muchísimo.

Me incliné y la abracé con torpeza, escayola incluida, y le besé la mejilla.

8

Hasta en mis momentos de mayor preocupación y desconsuelo apreciaba el lugar donde trabajaba. Siempre era consciente de que el sistema forense que dirigía era quizás el mejor del país, si no del mundo, y que el Instituto de Ciencia y Medicina Forenses de Virginia que codirigía era el mejor centro de enseñanza de su clase. Podía hacer todo eso en una de las instalaciones forenses más avanzadas que conocía.

Nuestro nuevo edificio de treinta millones de dólares y doce mil metros cuadrados se llamaba Biotech II y era la base del Centro de Investigación Biotecnológica, que había transformado el centro de Richmond de un modo increíble con la sustitución continuada de grandes almacenes abandonados y otras estructuras cerradas por edificios elegantes de ladrillo y cristal. Biotech había recuperado una ciudad que siguió estando acosada mucho después de que los agresores del Norte disparasen por última vez.

Cuando me trasladé a Richmond a finales de la década de los ochenta, figuraba sistemáticamente a la cabeza de la lista de ciudades con la tasa de homicidios per cápita más alta de Estados Unidos. Los negocios se marchaban a condados vecinos. Casi nadie iba al centro de noche. Ya no podía decirse lo mismo. Richmond se estaba convirtiendo en una ciudad de ciencia y progresismo, y debía confesar que jamás lo había creído posible. Debía confesar que, cuando me trasladé a Richmond, lo detestaba por motivos que iban más allá de lo desagradable que Marino era conmigo o de lo que añoraba Miami.

Creía que las ciudades tenían personalidad, que captaban la energía de la gente que las habita y gobierna. Durante su peor época, Richmond era pertinaz y cerrada y se comportaba con la arrogancia herida de quien recibe órdenes de las mismas personas a quienes tiempo atrás dominó, o en algunos casos poseyó. Existía una exclusión desesperante que provocaba que la gente como yo se sintiera menospreciada y sola. Detectaba en ello indicios de viejas heridas y humillaciones del mismo modo que en los cadáveres. Encontraba tristeza espiritual en la melancólica calima que durante los meses de verano cubría los pantanos como el humo de una batalla y en los infinitos grupos de pinos y recodos del río que envolvían las heridas que suponían los montones de ladrillos, las fundiciones y los campos de prisioneros que dejó esa guerra terrible. Sentí compasión y no abandoné Richmond. Y esta mañana luchaba contra la creciente sensación de que la ciudad me había abandonado.

La parte superior de los edificios del centro había desaparecido entre las nubes, y la atmósfera estaba cargada de nieve. Miraba por la ventana de mi despacho, distraída con los copos grandes que caían mientras sonaban teléfonos y pasaba gente por el pasillo. Me inquietaba que los gobiernos estatal y municipal cerraran. No quería que sucediera eso el primer día que volvía al trabajo.

—Rose —llamé a mi secretaria, en el despacho contiguo—. ¿Estás al corriente del tiempo?

—Nevadas —me informó.

—Eso ya lo veo. Aún no cerrarán nada, ¿verdad?

Cogí el café y admiré en silencio la tormenta blanca que había invadido, implacable, la ciudad. Las maravillas del invierno solían adornar el Estado al oeste de Charlottesville y al norte de Fredericksburg y dejar de lado a Richmond. La explicación que siempre había oído era que el James, en nuestra zona inmediata, calentaba el aire lo suficiente para sustituir la nieve por lluvias gélidas que se abatían sobre la ciudad, como las tropas de Grant, y paralizaban la tierra.

—Un grosor de quizá veinte centímetros. Disminuirá hacia última hora de la tarde con temperaturas mínimas de veinte bajo cero. —Rose debía de haberse conectado a un servicio meteorológico de Internet—. Las máximas no superarán los cero grados durante los próximos tres días. Parece que tendremos unas Navidades blancas. Es fantástico, ¿no?

—¿Qué vas a hacer en Navidad, Rose?

—No gran cosa —respondió.

Observé los montones de archivos de casos y certificados de defunción y palpé las notas de mensajes telefónicos, el correo y los memorandos internos. No se veía el tablero del escritorio y yo no sabía por dónde empezar.

—¿Veinte centímetros? Declararán el estado de emergencia nacional —comenté—. Tenemos que averiguar si cerrarán algo además de los colegios. ¿Qué tengo en la agenda que aún no hayamos cancelado? Rose se había cansado de gritarme a través de la pared. Entró en mi despacho, muy elegante con un traje gris y un jersey blanco de cuello de cisne y los cabellos plateados recogidos en un moño a lo Grace Kelly. Rara vez iba sin mi agenda y la abrió. Recorrió con el dedo lo anotado para ese día y lo miró a través de unas gafas para leer, de media luna.

—Tenemos seis casos y aún no son las ocho —me indicó—. Debe testificar en un juicio, pero tengo la impresión de que no será hoy.

—¿Qué caso?

—Veamos. Mayo Brown. No lo recuerdo.

—Una exhumación —dije—. Un envenenamiento homicida, uno bastante complejo.

Tenía el caso sobre el escritorio, en alguna parte. Empecé a buscarlo con los músculos del cuello y los hombros tensos. La última vez que vi a Buford Righter en mi oficina fue con referencia a este caso, que estaba destinado a provocar una gran confusión en el juicio, incluso después de haberme pasado cuatro horas explicándole el efecto de dilución de la concentración de los fármacos cuando se había embalsamado el cadáver, que no existía ningún método satisfactorio para determinar el grado de degradación del tejido embalsamado. Repasé los informes toxicológicos y preparé a Righter para defender la dilución. Le inculqué que el líquido de embalsamar desplazaba la sangre y diluía la concentración de fármacos. Por lo tanto, si la concentración de codeína del difunto se situaba en la banda baja de la gama de dosis letal, antes de embalsamarlo la concentración sólo podía haber sido más alta. Le expliqué con meticulosidad que debía concentrarse en eso porque la defensa iba a enturbiar las aguas con la comparación entre la heroína y la codeína.

Estábamos sentados en la mesa oval de mi sala de reuniones, con los papeles extendidos delante de nosotros. Righter solía resoplar mucho cuando estaba confuso, frustrado o cabreado. No dejaba de coger informes, fruncir el ceño y volver a dejarlos sin parar de resoplar como una ballena al asomarse a la superficie. «Chino —decía sin cesar—. ¿Cómo demonios explicas al jurado cosas como que la 6-mono-acetil-morfina es un marcador de la heroína y que no haberla detectado no significa por fuerza que no hubiera presente heroína, pero que haberla encontrado significaría que sí la había? ¿En lugar de decir si la codeína es medicinal?»

Le indiqué que eso era lo que yo le estaba diciendo. No tenía que concentrarse en eso. Tenía que ceñirse a la defensa de la dilución: la concentración tenía que haber sido más alta antes de embalsamar el cadáver. La morfina era un metabolizador de la heroína. La morfina era también metabolizador de la codeína, y cuando la codeína se metabolizaba en la sangre, obteníamos concentraciones muy bajas de morfina. En el caso en cuestión no podíamos asegurar nada definitivo, salvo que no había ningún marcador de la heroína ya que teníamos concentraciones de codeína y de morfina, lo que indicaba que el fallecido había tomado algo, voluntaria o involuntariamente, antes de morir. Insistí una vez más en que la dosis era mucho más alta que la obtenida en los análisis, debido a que lo habían embalsamado. Pero ¿demostraban esos resultados que su esposa lo había envenenado con Tylenol Tres, por ejemplo? No. Le repetí hasta la saciedad que no debía quedarse encallado en lo de la 6-mono-acetilmorfina.

Me percaté de que me estaba obsesionando. Sentada en mi escritorio, repasando con enojo los montones de trabajo atrasado, me angustié por lo mucho que me había esforzado en preparar a Righter para otro caso más, prometiéndole mi apoyo, como siempre. Era una lástima que no se sintiera dispuesto a devolver el favor. Un almuerzo gratis. Todas las víctimas de Chandonne en Virginia lo eran. No podía aceptarlo y empezaba a estar también muy molesta con Jaime Berger.

—Compruébalo con los juzgados —le pedí a Rose—. Y, por cierto, esta mañana saldrá del hospital. —Seguía sin querer pronunciar el nombre de Jean-Baptiste Chandonne—. Espera las llamadas habituales de la prensa.

—Oí en las noticias que había llegado esa fiscal de Nueva York. —Rose hojeaba mi agenda sin levantar la vista hacia mí—. ¿No sería demasiado que la bloqueara la nieve?

Me retiré de la mesa, me quité la bata y la colgué en el respaldo de la silla.

—Supongo que no tenemos noticias suyas —dije.

—No ha llamado aquí, ni a usted. —Con eso me dio a entender que sabía que Berger había hablado con Jack o, como mínimo, con alguien que no era yo.

Siempre tuve una gran habilidad para conducir la conversación e impedir así que otra persona husmeara en una zona que deseaba evitar.

—Para agilizar las cosas —determiné antes de que Rose pudiera lanzarme otra de sus elocuentes miradas—, nos saltaremos la reunión de personal. Tenemos que sacar de aquí esos cadáveres antes de que el tiempo empeore.

Rose había sido mi secretaria durante diez años. Era mi madre laboral. Me conocía mejor que nadie, pero no abusaba de su situación para empujarme en direcciones en las que yo no quería ir. La curiosidad sobre Jaime Berger burbujeaba en la superficie de sus pensamientos. Podía ver cómo le asomaban preguntas a los ojos. Pero no me las haría. Sabía muy bien cómo me sentía con respecto al hecho de que el caso se juzgara en Nueva York en lugar de en Richmond y que no quería hablar de ello.

—Creo que el doctor Chong y el doctor Fielding ya están en el depósito —me estaba diciendo—. Todavía no he visto a la doctora Forbes.

Se me ocurrió que, aunque el caso de Mayo Brown fuera a juicio ese día, aunque los juzgados no cerraran con motivo de la nieve, Righter no vendría a verme. Estipularía mi informe y, en el mejor de los casos, recurriría a llevar al toxicólogo al estrado. De ningún modo iba a presentarse ante mí después de haberlo llamado cobarde, sobre todo porque la acusación era cierta y una parte de él debía de saberlo. Seguramente encontraría la forma de evitarme el resto de su vida, y ese pensamiento desagradable me llevó a otro mientras cruzaba el pasillo: ¿cómo iba todo eso a repercutir en mí?

Abrí la puerta del lavabo de señoras y efectué la transición desde los paneles y las moquetas civilizados, a través de una serie de vestuarios, hasta un mundo de peligros biológicos, austeridad y ataques violentos a los sentidos. Por el camino, uno se cambiaba de zapatos y de ropa y los dejaba resguardados en unas taquillas verde cerceta. Tenía un par especial de Nike junto a la puerta de acceso a la sala de autopsias. Esas zapatillas no iban a volver a pisar nunca la tierra de los vivos y, cuando fuera el momento de librarme de ellas, las quemaría. Colgué como pude los pantalones y la chaqueta del traje y la blusa de seda blanca. El codo izquierdo me dolía. Me puse un traje Mega Shield completo, con piezas delanteras y mangas resistentes a los virus, costuras selladas y una sujeción para el cuello, que era alto y cómodo. Me coloqué las fundas protectoras para el calzado, el gorro y la mascarilla quirúrgicos. El toque final de mi vestimenta a prueba de fluidos era una protección facial para protegerme los ojos de salpicaduras que pudieran portar peligros tales como el virus de la hepatitis o el del sida.

Las puertas de acero inoxidable se abrieron automáticamente, y mis pies hicieron ruido de papel sobre el suelo de vinilo de la sala de autopsias, con acabados de resina expoxídica para combatir los peligros biológicos. Unos cuantos médicos vestidos de azul estaban inclinados sobre cinco mesas relucientes de acero inoxidable y unidas a fregaderos, con el agua abierta, mangueras de absorción y radiografías en cajas de luz como una galería en blanco y negro de sombras con forma de órganos, huesos opacos y fragmentos pequeños y brillantes de balas que, como las rebabas sueltas de metal en un avión, rompían cosas, causaban orificios e interrumpían funciones vitales. En el interior de unos armarios de seguridad colgaban tarjetas de muestras de ADN a las que se había aplicado sangre. Tenían un aspecto extraño, como un montón de banderitas japonesas, mientras se secaban bajo una campana. En las pantallas de un circuito cerrado de televisión, montadas en los rincones, se oía el ruido sordo del motor de un automóvil en el garaje: nuestra zona de entregas y recogidas funerarias. Éste era mi quirófano. Aquí era donde practicaba. Aunque las imágenes, los sonidos y los olores morbosos que salieron a mi encuentro asquearían a cualquier persona corriente, me hicieron sentirme de repente muy aliviada. Cuando los demás médicos me miraron y me saludaron con la cabeza, se me levantaron los ánimos. Estaba en mi elemento. Estaba en casa.

Un hedor amargo a humo contaminaba la sala larga de techo alto, y percibí el cuerpo esbelto, desnudo y tiznado en una camilla que habían dejado apartada del movimiento. Solo, frío y silencioso, el hombre muerto esperaba su turno. Me esperaba. Era la última persona con la que hablaría en un idioma que significaba algo. El nombre garabateado con tinta permanente en la etiqueta del dedo del pie era el usado cuando se desconocía la identidad del cadáver: John Doe. Pero, lamentablemente, quien fuera no lo supo deletrear bien y se quedó en John Do. Abrí un paquete de guantes de látex y me alegró ver que podía extender uno por encima de la escayola, que ya estaba protegida con la manga a prueba de fluidos. No llevaba el cabestrillo y tendría que practicar las autopsias con la mano derecha durante un tiempo. Aunque ser zurdo en un mundo diestro planteaba dificultades, no carecía de ventajas. Muchos éramos ambidiestros o, por lo menos, nos manejábamos bastante bien con ambas manos. El dolor de mis huesos fracturados me recordó que no todo iba bien en mi mundo, por mucho que me empeñara en seguir con mi vida o que me concentrara en mi trabajo.

Rodeé despacio a mi paciente, inclinada para examinarlo de cerca. Todavía tenía una jeringuilla clavada en el interior del codo derecho, y presentaba ampollas por quemaduras de segundo grado en la parte superior del cuerpo. Tenían el borde rojo vivo, y la piel aparecía surcada de hollín, que era espeso dentro de la nariz y de la boca. Eso me indicaba que estaba vivo cuando se inició el incendio. Tenía que respirar para inhalar el humo. Tenía que tener tensión arterial para que se bombeara fluido a las quemaduras y provocara que le salieran ampollas y que tuvieran el borde rojo vivo. Las circunstancias de un incendio preparado y la aguja en el brazo sugerían un suicidio. Pero el muslo derecho mostraba una contusión con una hinchazón colorada del tamaño de una mandarina. La palpé. Indurada, dura como una piedra. Parecía reciente. ¿Cómo se produjo? La aguja estaba en el brazo derecho, lo que sugería que, si se había inyectado él mismo, lo más probable era que fuese zurdo. Sin embargo, tenía el brazo derecho más musculoso que el izquierdo, lo que insinuaba que era diestro. ¿Por qué estaba desnudo?

—¿Todavía no lo hemos identificado? —le pregunté en voz alta a Jack Fielding.

—No tenemos más información —respondió mientras colocaba una hoja nueva en un escalpelo—. El inspector ya debería de estar aquí.

—¿Lo encontraron desnudo?

—Sí.

Pasé los dedos por los cabellos gruesos y ennegrecidos del cadáver para ver de qué color eran. No estaría segura hasta lavarlo, pero el vello corporal y púbico era oscuro. Iba bien afeitado y tenía los pómulos fuertes, la nariz marcada y la mandíbula cuadrada. Habría que cubrirle las quemaduras de la frente y el mentón con maquillaje antes de hacer circular una fotografía para identificarlo, si se daba el caso. Se encontraba totalmente rígido, con los brazos rectos a cada lado y los dedos algo curvados. También presentaba *livor mortis*, es decir, su sangre se concentraba en las regiones declives del cuerpo debido a la gravedad, lo que provocaba que los lados de las piernas y las nalgas estuviesen muy colorados, y la parte posterior se veía pálida en los puntos por donde estaban apoyadas en la pared o en el suelo tras la muerte. Lo tumbé de lado para comprobar lesiones en la espalda y encontré unas abrasiones lineales y paralelas sobre las escápulas. Marcas de haber sido arrastrado. Tenía una quemadura entre los omóplatos y otra en el cogote. Pegado a una de las quemaduras había un fragmento de un material parecido al plástico, estrecho, de unos cinco centímetros de largo, blanco y con pequeños caracteres azules, del tipo que podría encontrarse en la parte posterior de un paquete de alimentos. Extraje el fragmento con unas pinzas y lo acerqué a la lámpara quirúrgica. El papel era más bien plástico delgado y maleable, un material que asocié con el envoltorio de caramelos o refrigerios. Leí las palabras «este producto» y «9-4 EST» y un número gratuito y parte de la dirección de una página *web*. Metí el fragmento en una bolsa para pruebas.

—Jack —llamé, y empecé a coger formularios en blanco y diagramas corporales para sujetarlos en una tablilla.

—No puedo creer que vayas a trabajar con esa maldita escayola.

Cruzó la sala de autopsias, con sus bíceps enormes a punto de reventarle las mangas cortas. Mi ayudante jefe podía ser famoso por su cuerpo, pero, por muchas pesas que levantara o muchas copas de crema de chocolate Myoplex, rica en proteínas, que tomara, no lograba evitar que se le cayera el cabello. Era extraño, pero, en las últimas semanas, sus cabellos castaños claro habían empezado a caer ante nuestros ojos: se le pegaban a la ropa o flotaban en el aire como pelusa, como si estuviera mudando.

—El empleado del servicio de traslado de cadáveres debía de ser asiático —comentó con el ceño fruncido ante el error en la tarjeta del pie—. John Dooo.

—¿Qué inspector lo lleva? —pregunté.

—Stanfield. No lo conozco. No te pinches un guante o cargarás con un peligro biológico unas cuantas semanas —dijo, en referencia a la escayola cubierta de látex—. Y ahora que lo pienso, ¿qué harías?

—Cortarla y ponerme una nueva.

—Quizá deberíamos de tener escayolas desechables.

—Tengo ganas de quitármela. El patrón de las quemaduras de este tipo no tiene ni pies ni cabeza. ¿Sabemos lo lejos que estaba del fuego?

—A unos metros de la cama, que, según me dijeron, es lo único que se quemó y sólo en parte. Estaba desnudo, sentado en el suelo, con la espalda contra la pared.

—No entiendo por qué sólo se le quemó la parte superior del cuerpo. —Señalé quemaduras discretas del tamaño y la forma de un dólar de plata—. Los brazos, el tórax. Una aquí, en el hombro izquierdo. Y éstas en la cara. Y tiene varias en la espalda, que debería de haberse salvado si estaba recostado en la pared. ¿Qué te parecen estas marcas de haber sido arrastrado?

—Según tengo entendido, cuando los bomberos llegaron lo arrastraron hasta el aparcamiento. Una cosa es segura: tenía que encontrarse inconsciente o incapacitado cuando empezó el fuego —aventuró Jack—. Porque, si no, no sé por qué coño iba nadie a quedarse sentado mientras se quemaba y respiraba humo.

Mi segundo daba muestras de una fatiga resacosa que me hizo sospechar que había pasado muy mala noche. Me pregunté si él y su ex mujer habrían tenido otra de sus peleas.

—Todo el mundo anda matándose. Esa mujer de allá. —Señaló el cadáver de la mesa uno, donde el doctor Chong estaba atareado sacando fotografías desde una escalera de mano—. Muerta en el suelo de la cocina, una almohada, una manta. La vecina oyó un disparo. Su madre la encontró. Hay una nota. Y, tras la puerta número dos, una muerte en automóvil que la policía estatal sospecha que es suicidio —me informó, mirando a la mesa dos—. Tiene heridas generalizadas. Chocó contra un árbol.

—¿Tenemos su ropa?

—Sí.

—Tomémosle radiografías de los pies y que el laboratorio compruebe el interior de los zapatos para ver si frenaba o aceleraba al golpear el árbol.

Ensombrecí zonas de un diagrama corporal para indicar hollín.

—Y tenemos un conocido diabético con antecedentes de sobredosis —recitó Jack para completar la lista de huéspedes matutinos—. Lo encontraron en el jardín. La pregunta es si se trata de drogas, de alcohol o de exposición.

—O una combinación de esas cosas.

—Exacto. Ya veo a qué te refieres con lo de las quemaduras. —Se inclinó para echar un vistazo más de cerca, parpadeando a menudo, lo que me recordó que llevaba lentes de contacto—. Y es extraño que todas tengan el mismo tamaño y forma. ¿Quieres que te ayude?

—Me las arreglaré, gracias. ¿Cómo estás?

Levanté la vista de la tablilla. Tenía los ojos cansados y su atractivo juvenil aparecía tenso.

—Quizá podríamos tomarnos algún café un día de éstos —dijo—. Y eso te lo debería preguntar yo a ti.

—Tan bien como es de esperar, Jack —contesté, dándole palmaditas en el hombro para que viera no me pasaba nada.

Empecé el examen externo del cadáver sin identificar con un PERK. Se trata de un equipo de recuperación de pruebas materiales, algo desagradable, que incluye lavar orificios, cortar uñas y arrancar cabellos de la cabeza y vello corporal y púbico. Usamos el PERK en todos los cadáveres con algún motivo para sospechar que la muerte no fue natural, y siempre en un cadáver desnudo a no ser que haya una razón aceptable para la falta de ropa de la persona al morir: en la bañera o en una mesa de quirófano, por ejemplo. La mayoría de las veces, no ahorraba humillaciones a mis pacientes. No podía. En ocasiones, la prueba más importante se ocultaba en los huecos más oscuros y delicados, o se pegaba bajo alguna uña o en los cabellos. Durante mi violación de las partes más privadas de aquel hombre descubrí desgarros poco recientes en su anillo anal. Tenía abrasiones en las comisuras de los labios. Y fibras adheridas a la lengua y al interior de las mejillas.

Repasé cada centímetro de su cuerpo con una lupa y lo que indicaba era cada vez más sospechoso. Tenía los codos y las rodillas algo escoriados y cubiertos de tierra y fibras, que recogí de modo rutinario con la parte adhesiva de unos Post-its, para luego introducirlos en bolsas de plástico con cierre hermético. Sobre las prominencias óseas de ambas muñecas había unas abrasiones secas de color marrón rojizo y en forma de circunferencias incompletas, así como trozos diminutos de piel.

Tomé una muestra de sangre de las venas ilíacas y de humor vítreo de los ojos, y los tubos de ensayo subieron en el montaplatos al laboratorio de toxicología, en el tercer piso, para la comprobación de las concentraciones de alcohol y monóxido de carbono. A las diez y media, retiraba tejido de la incisión en Y cuando vi a un hombre alto y mayor que se dirigía hacia mi puesto. Con su rostro ancho y cansado se mantuvo a una distancia prudencial de la mesa. En la mano llevaba una gran bolsa de papel marrón con la parte superior doblada y sellada con la cinta roja para pruebas. Me vino a la cabeza la bolsa de mi ropa sobre la mesa de madera de Jarrah roja del comedor.

—El inspector Stanfield, espero —dije, mientras sostenía una tira de piel y la soltaba de las costillas con movimientos cortos y rápidos del escalpelo.

—Buenos días —me saludó, y mirando al cadáver añadió—: Supongo que para él no lo son.

Stanfield no se había molestado en cubrirse con prendas protectoras el traje de espiga, que le caía mal. No llevaba guantes ni fundas para los zapatos. Echó una ojeada a mi abultado brazo izquierdo y se abstuvo de preguntarme cómo me lo había roto, lo que me indicó que ya lo sabía. Recordé que mi vida había aparecido en las noticias, que seguía negándome a ver. Anna me había medio acusado de ser gallina, en la medida en que un psiquiatra puede acusar, y de hecho jamás usaría la palabra «gallina». La palabra era «negación». No me importaba. Seguía sin acercarme a un periódico. No veía ni oía nada de lo que se decía sobre mí.

—Perdone que haya tardado tanto, pero las calles están mal tirando a terrible, señora —se disculpó Stanfield—. Espero que llevara usted las cadenas puestas, porque yo no y me quedé atrapado. He tenido que llamar a una grúa y, luego, poner las cadenas, por eso no he llegado antes. ¿Ha encontrado algo?

—CO, setenta y dos por ciento. —Así era como nos referíamos al monóxido de carbono—. ¿Ve lo rojo cereza que es la sangre? Típico en las concentraciones altas de CO. La concentración de alcohol es cero.

Tomé una cizalla costal del carro quirúrgico.

—Así pues, ¿murió seguro a causa del incendio?

—Sabemos que tenía una aguja en el brazo, pero la causa de la defunción es intoxicación por monóxido de carbono. Me temo que eso no nos dice mucho. —Practiqué una incisión en las costillas y proseguí—: Presenta tunelización anal. Dicho de otro modo, indicios de actividad homosexual, y tuvo las muñecas atadas en algún momento anterior a su muerte. Al parecer lo amordazaron. —Señalé las abrasiones de las muñecas y de las comisuras de los labios y Stanfield abrió los ojos como platos—. Las abrasiones de las muñecas no tienen costra, lo que indica que no son antiguas. Y como tiene fibras en la boca, podemos estar bastante seguros de que lo amordazaron en el momento de su muerte o en torno a ella. —A continuación sostuve una lupa sobre la fosa antecubital, o pliegue del codo, y le mostré a Stanfield dos puntitos de sangre—. Pinchazos recientes —le expliqué—. Pero lo interesante es que no hay indicios de pinchazos antiguos que sugieran antecedentes de drogadicción. Enviaré un trozo de hígado para comprobar si hay triaditis portal; una leve inflamación del sistema de apoyo estructural del conducto biliar, la arteria hepática y la vena porta. Y veremos qué dicen los resultados de toxicología.

—Supongo que podría tener el sida. —Eso era lo más importante para el inspector Stanfield.

—Comprobaremos el VIH.

Stanfield retrocedió otro paso mientras yo extirpaba la placa torácica triangular. Eso servía para darle la entrada a Laura Turkel, cedida a nosotros por la Unidad del Registro de Tumbas de la base militar de Fort Lee, en Petersburg. Era muy atenta y oficiosa, y casi me saludó cuando apareció de repente en la punta de la mesa. Turk, como la llamaba todo el mundo, siempre se refería a mí como «jefa». Supongo que para ella lo de jefa debía de ser un rango y doctora no.

—¿Puedo abrir ya el cráneo, jefa?

Su pregunta era un anuncio que no necesitaba respuesta. Turk era como muchas de las militares que nos llegaban: fuertes, entusiastas, dispuestas a eclipsar a los hombres, que eran a menudo los impresionables.

—La mujer en la que trabaja el doctor Chong dejó un documento legal para que no la mantuvieran con vida de modo artificial, si se daba la posibilidad, e incluso escribió su propia necrológica —explicó Turk al enchufar la sierra Stryker en la toma superior—. Tiene toda la documentación del seguro en regla, todo. Lo puso en una carpeta y dejó el anillo de bodas en la mesa de la cocina antes de echarse sobre la manta y dispararse en la cabeza. ¿Se lo imaginan? Qué triste.

—Es muy triste. —Cuando levanté los órganos en masa, formaron un bloque reluciente, que dejé en una tabla de cortar—. Si va a quedarse ahí, debería protegerse —le dije a Stanfield—. ¿Le han mostrado dónde están las cosas en el vestuario?

Miró los puños de mis mangas empapadas de sangre y las salpicaduras de sangre en la parte delantera de mi ropa.

—Si no le importa, señora, me gustaría repasar lo que tenemos —dijo él—. ¿Podríamos sentarnos un momento? Tengo que volver antes de que el tiempo empeore. Muy pronto necesitará el trineo de Santa Claus para ir a cualquier parte.

Turk cogió un escalpelo y practicó una incisión en la parte posterior de la cabeza, de oreja a oreja. Retiró el cuero cabelludo y lo tiró hacia delante, y la cara quedó suelta y se desmoronó para quedar vuelta del revés, como un calcetín. La bóveda del cráneo al descubierto relucía inmaculada, y la examiné con atención. Ningún hematoma. Ninguna mella ni fractura. El zumbido de la sierra eléctrica sonó como un híbrido entre una sierra de mesa y un torno de dentista. Me quité los guantes y los tiré a un contenedor rojo, especial para peligros biológicos. Le indiqué con la mano a Stanfield que me acompañara hasta el mostrador, que recorría toda la pared frente a los puestos de autopsia, y nos sentamos.

—Le seré honesto, señora —empezó Stanfield, sacudiendo despacio la cabeza—. No tenemos ni idea de por dónde empezar. Lo único que puedo decirle ahora es que ese hombre llegó al motel y cámping The Fort James ayer a las tres de la tarde.

—¿Dónde está exactamente el Fort James?

—En la carretera 5 Oeste, a unos diez minutos de William and Mary.

—¿Han hablado con el empleado del motel?

—Sí, yo hablé con la señora de la oficina. —Abrió un sobre de papel manila y sacó un puñado de fotografías de Polaroid—. Se llama

Bev Kiffin. —Me deletreó el nombre tras ponerse unas gafas para leer que llevaba en el bolsillo interior de la chaqueta; las manos le temblaban un poco al pasar las hojas del bloc de notas—. Dijo que el joven llegó y pidió el especial dieciséis, cero, siete.

—¿Perdón, cómo dice? —me sorprendí, con el bolígrafo quieto sobre las notas que estaba tomando.

—Ciento sesenta dólares y setenta centavos de lunes a viernes. Son cinco noches. Dieciséis, cero, siete. La tarifa normal es de cuarenta y seis dólares la noche, lo que es muy caro para un lugar como ése, si quiere que se lo diga. Pero se aprovechan de los turistas.

—¿Dieciséis, cero, siete? ¿Coincide con el año de la fundación de Jamestown?

Me resultaba extraño referirme a Jamestown. Se la había mencionado la noche anterior a Anna al hablar de Benton.

—Como en Jamestown: dieciséis, cero, siete —asintió Stanfield con fuerza—. Ésa es la tarifa de negocios, o así la llaman. El importe por una semana laboral, y añadiré que no es un motel demasiado bonito. No, señora. Yo lo llamaría un motel de mala muerte.

—¿Ha habido otros crímenes en él?

—Oh, no. No, señora. Que yo sepa, ninguno.

—Sólo cutre.

—Sólo cutre. —Asintió enérgicamente con la cabeza.

El inspector Stanfield tenía una marcada forma de hablar con énfasis, como si estuviera acostumbrado a enseñar a niños con dificultades que precisaban que se les repitieran o recalcaran las palabras importantes. Colocó las fotografías alineadas con cuidado en el mostrador y las observé.

—¿Las ha tomado usted?

—Sí, señora. Ya lo creo.

Como él mismo, las imágenes que había captado eran enfáticas y concisas: la puerta del motel con el número catorce, la vista de la habitación desde la puerta, la cama quemada, los daños del humo en las cortinas y las paredes. Había una cómoda y un espacio para colgar la ropa, que consistía en una mera barra en una zona empotrada en la misma entrada. Observé que sobre el colchón había los restos de una colcha y sábanas blancas, pero nada más. Le pregunté a Stanfield que si había enviado la ropa de cama a los laboratorios para comprobar la presencia de aceleradores, pero respondió que no había nada en la cama salvo partes quemadas del colchón, que había colocado dentro de una lata de pintura sellada «de acuerdo con el procedimiento», según sus palabras exactas; las palabras de alguien muy nuevo en las funciones de inspector. Pero estuvo de acuerdo conmigo en que era extraño que faltara la ropa de cama.

—¿Estaba puesta cuando él se inscribió? —pregunté.

—La señora Kiffin dice que no lo acompañó a la habitación, pero está segura de que la cama estaba bien hecha porque la limpió ella misma después de que el último cliente se marchara hace unos días —respondió, lo que estaba bien; por lo menos, se le ocurrió preguntárselo.

—¿Y el equipaje? —quise saber a continuación—. ¿Dejó equipaje la víctima?

—No encontré ninguno.

—¿Y cuándo llegaron los bomberos?

—Los llamaron a las cinco veintidós de la tarde.

—¿Quién llamó? —Seguí tomando notas.

—Alguien anónimo que pasaba por ahí. Vio humo y llamó desde el teléfono de su automóvil. En esta época del año, el motel no tiene demasiadas habitaciones ocupadas, según la señora Kiffin. Dice que ayer estaba unas tres cuartas partes vacío debido a las fechas navideñas y al clima y todo lo demás. Como verá si mira la cama, el fuego no se propagó a ninguna parte. —Tocó varias fotografías con su dedo grueso y fuerte—. Se había extinguido solo cuando llegaron los bomberos. Sólo necesitaron un extintor; no tuvieron que usar las mangueras, lo que nos va bien. Aquí está su ropa.

Me mostró una fotografía de un montón oscuro de prendas en el suelo, nada más cruzar la puerta abierta del baño. Distinguí unos pantalones, una camiseta, una chaqueta y un par de zapatos. Después miré las fotografías que había tomado en el cuarto de baño. En el lavabo había una cubitera y vasos de plástico cubiertos con celofán y una pastillita de jabón sin abrir. Stanfield rebuscó en el bolsillo una navajita, la abrió y cortó la cinta para pruebas que sellaba la bolsa de papel que llevaba con él.

—Su ropa —explicó—. O, por lo menos, supongo que es suya.

—Espere —le dije.

Me levanté y cubrí una camilla con una sábana limpia, me puse unos guantes nuevos y le pregunté que si habían encontrado su cartera o algún otro efecto personal. Me dijo que no. Al sacar las prendas de la bolsa, con cuidado para que, si había cualquier otra prueba inadvertida, cayera sobre la sábana, olía a orina. Examiné un diminuto calzoncillo negro y unos pantalones Giorgio Armani de cachemir también negros, ambos empapados de orina.

—Se orinó encima —le indiqué a Stanfield.

Él se limitó a sacudir la cabeza y a encogerse de hombros. La duda asomó a sus ojos, quizás una duda teñida de miedo. En aquel caso nada tenía demasiado sentido, aunque yo sí tenía una impresión clara: quizá se inscribió solo, pero en algún momento otra persona se unió a él, y me preguntaba si la víctima perdió el control de la vejiga porque estaba aterrorizada.

—¿Recuerda la señora de la oficina, la señora Kiffin, si iba vestido así al llegar? —pregunté mientras le daba la vuelta a los bolsillos para ver si contenían algo. No había nada.

—No se lo pregunté —contestó Stanfield—. Y no llevaba nada en los bolsillos. Eso no es muy normal.

—¿No lo comprobó nadie en el lugar del crimen?

—Bueno, para serle sincero, yo no recogí la ropa. Lo hizo otro agente, pero estoy seguro de que nadie miró en los bolsillos o, por lo menos, no se encontró ningún efecto personal o yo lo sabría y lo habría traído conmigo.

—¿Por qué no llama a la señora Kiffin ahora y le pregunta que si recuerda si llevaba esta ropa al llegar? —Era una forma educada de sugerirle que hiciera su trabajo—. ¿Y coche? ¿Sabemos cómo llegó al motel?

—Hasta ahora no hemos dado con ningún vehículo.

—El modo como iba vestido es inconsistente con un motel de bajo presupuesto, inspector Stanfield.

Dibujé unos pantalones en un formulario de ropa. La chaqueta y la camiseta negras, además del cinturón, los zapatos y los calcetines eran de marca y caros, lo que me hizo pensar en Jean-Baptiste Chandonne, cuyos cabellos únicos tipo lanugo se encontraron por todo el cadáver en descomposición de Thomas cuando apareció en el puerto de Richmond a primeros de mes. Le comenté a Stanfield lo parecidas que eran las prendas. Le expliqué que la teoría predominante era que Jean-Baptiste había asesinado a su hermano, Thomas, quizás en Amberes y que cambió su ropa con él antes de embarcar su cadáver en un contenedor de carga con destino a Richmond.

—¿Porque encontraron todos esos cabellos de los que hablan los periódicos? —Stanfield trataba de comprender algo que sería difícil incluso para el investigador más avezado que ya lo ha visto todo.

—Eso y los hallazgos microscópicos relacionados con las diatomeas, unas algas presentes en una zona del Sena cercana a la casa de Chandonne en Île Saint-Louisen París. —Vi que Stanfield se había perdido—. Mire, lo único que puedo decirle, inspector Stanfield, es que el hombre ese —le aclaré, refiriéndome a Jean-Baptiste Chandonne— tiene una alteración congénita poco corriente y que, según se dice, se bañaba en el Sena, quizá con la creencia de que eso podría curarlo. Tenemos motivos para pensar que la ropa del cadáver de su hermano era en principio de Jean-Baptiste. ¿Comprende?

Dibujé un cinturón y anoté, a partir de las marcas en la piel del real, qué agujero se usaba más.

—Si quiere que le diga la verdad —estimó entonces Stanfield—, no hago más que oír hablar de este extraño caso y de ese tal Hombre Lobo. Me refiero a que es lo único que ves al conectar el televisor o leer el periódico. Supongo que ya lo sabrá y, por cierto, lamento mucho lo que le pasó. Si quiere que le diga la verdad, no entiendo cómo puede estar aquí o pensar con claridad. Madre mía. —Sacudió la cabeza—. Mi mujer dice que, si algo como eso se presentara en casa, no tendría que hacerle nada: se moriría directamente del susto.

Capté una pizca de duda sobre mí. Se preguntaba si estaba siendo totalmente racional o si podría estar proyectando; si, de algún modo, relacionaba todo lo que me pasaba con Jean-Baptiste Chandonne. Retiré el diagrama de la ropa de la tablilla y lo situé con los papeles de John Doe mientras Stanfield marcaba en el teléfono un número que tenía apuntado en el bloc de notas. Le observé meterse un dedo en la oreja libre, entrecerrando los ojos como si ver a Turk serrando otro cráneo le molestara a los ojos. No oí lo que dijo. Colgó y regresó hacia mí a la vez que leía la pantalla de su busca.

—Bueno, tengo buenas y malas noticias —anunció—. La señora Kiffin recuerda que iba muy bien vestido, con un traje oscuro. Ésas son las buenas noticias. Las malas son que también recuerda que llevaba una llave en la mano, una de esas con control remoto que tienen muchos coches caros.

—Pero no hay coche.

—No, señora, no hay coche. Ni llave tampoco. Da toda la impresión de que, fuera lo que fuese lo que le pasó, contó con ayuda. ¿Cree que alguien lo drogó y trató de quemarlo para ocultar las pruebas?

—Creo que deberíamos considerarlo homicidio. —Afirmé algo evidente—. Tenemos que tomarle las huellas y ver si coinciden con las de alguien del SAIHD.

El Sistema Automatizado de Identificación de Huellas Dactilares nos permitía escanear las huellas para introducirlas en un ordenador y compararlas con las de una base de datos que se conectaba de un Estado a otro. Si el hombre muerto tenía antecedentes delictivos en el país, o si sus huellas estaban en la base de datos por cualquier otro motivo, lo más probable es que obtuviésemos su información. Me puse un par de guantes nuevos, intentando tapar la escayola que me recubría parte de la palma y del pulgar izquierdos. Para tomar las huellas dactilares a un cadáver se necesita una herramienta sencilla, llamada cuchara. Se trata de un instrumento curvado, de metal y con una forma muy parecida a un tubo hueco cortado longitudinalmente por la mitad. Se pasa una tira de papel blanco por unas ranuras de la cuchara para que su superficie esté curvada y se acomode así al contorno de unos dedos que ya no son flexibles ni responden a su propietario. Tras cada huella, la tira se desplaza hacia delante para dejar el siguiente cuadrado vacío. El procedimiento no es difícil. No requiere gran inteligencia. Pero cuando le pregunté a Stanfield que dónde estaban las cucharas frunció el ceño como si acabara de hablarle en otro idioma. Le pregunté que si había tomado antes las huellas a un cadáver y admitió que no.

—Espere —indiqué, y me dirigí al teléfono para marcar la extensión del laboratorio de huellas dactilares.

Nadie respondió. Llamé a la centralita y me dijeron que todo el mundo se había ido a casa debido al tiempo. Cogí una cuchara y un tampón de tinta de un cajón. Turk le limpió las manos al difunto y yo le puse tinta en los dedos, que presioné uno a uno contra la tira curvada de papel.

—Lo que puede hacer si le parece bien —le insinué a Stanfield— es comprobar si la central de Richmond podría introducirlas en el SAI-HD para ir avanzando. —Presioné un pulgar hacia el interior de la cuchara. Stanfield lo observó con una expresión desagradable en el rostro. Era una de esas personas que detestan el depósito de cadáveres y les falta tiempo para marcharse—. Parece que no hay nadie en los laboratorios para ayudarnos ahora, y, cuanto antes sepamos quién es este tipo, mejor. Y me gustaría enviar las huellas y el resto de la información a la Interpol por si tuviera conexiones internacionales.

—Entendido —aceptó Stanfield con otro movimiento de cabeza mientras consultaba el reloj.

—¿Ha trabajado alguna vez con la Interpol? —le pregunté.

—No, señora. Son un poco como los espías, ¿no?

Localicé a Marino para ver si podía ayudarnos. Apareció cuarenta y cinco minutos más tarde, cuando Stanfield ya hacía mucho que se había ido y Turk metía los órganos seccionados de John Doe en una bolsa gruesa de plástico que colocaría en la cavidad del cadáver antes de coser la incisión en Y.

—Hola, Turk —la saludó Marino al cruzar las puertas de acero inoxidable—. ¿Vuelves a congelar sobras?

Turk lo miró con una ceja arqueada y una sonrisa torcida. A Marino le gustaba Turk. Le gustaba tanto que era grosero con ella siempre que podía. Turk era menuda, con una complexión cremosa y bonita, y llevaba los cabellos largos y rubios sujetos muy arriba en una elegante cola de caballo. Estaba enhebrando una aguja del doce con hilo blanco de sutura encerado. Marino siguió bromeando con ella.

—Te aseguro que si alguna vez me corto —dijo—, no te pediré a ti que me pongas los puntos, Turk.

Ella sonrió y clavó la aguja en la carne para pasar el hilo. Marino tenía aspecto de resaca, con los ojos enrojecidos e hinchados. A pesar de las ocurrencias, estaba de mal humor.

—¿Olvidaste acostarte ayer por la noche? —le pregunté.

—Más o menos. Es una historia muy larga.

Hizo caso omiso de mí y siguió mirando a Turk, como ausente e incómodo. Me desaté la bata y me quité la protección facial, la mascarilla y el gorro quirúrgicos.

—Mira a ver lo deprisa que pueden meter esto en el ordenador —le pedí, limitada a lo laboral y no demasiado simpática. Me ocultaba cosas y me cabreaba su exhibición de pavoneo adolescente—. El caso es serio, Marino.

Dejó de prestar atención a Turk y la dirigió hacia mí. Se puso serio y abandonó su comportamiento infantil.

—¿Y si me cuentas lo que pasa mientras me fumo un cigarrillo? —me preguntó mirándome a los ojos por primera vez en varios días.

En mi edificio estaba prohibido fumar, lo que no impedía a diversas personas de la zona alta de la jerarquía encender un cigarrillo en su despacho si estaban rodeadas de gente que no iba a delatarlas. En el depósito no me importaba quién lo pidiera: no permitía fumar, y punto. No era que a nuestra clientela fuera a importarle inhalar humo de segunda mano, pero me preocupaban los vivos, que no deberían de hacer nada en la morgue que significara un contacto de las manos con la boca. Nada de comer, beber o fumar, y mejor no masticar chicle ni chupar caramelos o pastillas. La zona destinada a fumar consistía en dos sillas junto a un cenicero de pie cerca de las máquinas de refrescos en el garaje. En esta época del año no era un lugar cálido y agradable para sentarse, pero era privado. El caso del condado de James City no pertenecía a la jurisdicción de Marino, pero tenía que contarle lo de la ropa.

—Es un presentimiento —resumí.

Echó la ceniza al cenicero, despatarrado en la silla de plástico. Podíamos vernos el aliento.

—Sí, bueno, a mí tampoco me gusta —aseguró—. Puede ser una coincidencia, doctora. Pero también puede ser cosa de la familia Chandonne. No sabemos qué consecuencia tendrá que el patito feo de su hijo esté encerrado en Estados Unidos por asesinato ahora que ha atraído tanta atención hacia su papá, el Padrino, y todos los demás. A mi entender, son mala gente, capaz de cualquier cosa. Créeme, ahora empiezo a ver lo malvados que son en realidad —añadió de modo enigmático—. No me gusta la mafia, doctora. Ni hablar. Cuando me vine aquí lo dirigían todo. —Al decir esto se le endureció la mirada—. Mierda, seguramente aún lo hacen. La única diferencia es que ya no hay ninguna regla, ningún respeto. No sé qué coño hacía ese tipo cerca de Jamestown, pero no era turismo, eso seguro. Y Chandonne está a sólo cien kilómetros, en el hospital. Aquí pasa algo.

—Pongámonos en contacto con la Interpol de inmediato, Marino —le pedí.

La policía era quien se encargaba de denunciar una persona a la Interpol y, para hacerlo, Marino tendría que contactar con el enlace de la policía estatal, quien pasaría la información sobre el caso a la Oficina Central Nacional de la Interpol en Estados Unidos, en Washington. Lo que pediría a la Interpol era que emitiera un aviso consultivo internacional para nuestro caso y que buscara en su descomunal base de datos de inteligencia criminal de su Secretariado General de Lyon. Los avisos se codifican con colores: el rojo es para la detención inmediata con probable extradición; el azul es para alguien buscado, pero cuya identidad no está del todo clara; el verde es una advertencia sobre alguien que puede cometer delitos, lo que sucede con los delincuentes reincidentes, como los pederastas y los dedicados a la pornografía infantil; el amarillo es para las personas desaparecidas; y el negro, para los cadáveres no identificados, que suelen ser de fugitivos y están también codificados en rojo. Este caso sería mi segundo aviso negro de ese año, y sólo unas semanas después del primero, cuando se encontró el cadáver muy descompuesto de Thomas Chandonne en un contenedor de carga en el puerto de Richmond.

—De acuerdo, enviaremos una foto, las huellas y el informe de la autopsia a la Interpol —asintió Marino haciendo nota mental de ello—. Lo haré en cuanto salga de aquí. Espero que Stanfield no piense que me meto en su terreno. —Lo decía más bien como advertencia. A Marino le daba lo mismo meterse en el terreno de Stanfield, pero no quería líos.

—No tiene pistas, Marino.

—Qué pena, porque en el condado de James City hay policías muy buenos —comentó—. El problema es que Stanfield es cuñado del diputado Matthew Dinwiddie, así que siempre ha recibido mejor trato. Además, tiene los mismos casos de homicidio que el osito Winnie the Pooh. Pero supongo que le apetecía y el imbécil de su cuñado habrá camelado al jefe.

—Mira a ver qué puedes hacer.

Encendió otro cigarrillo mientras sus ojos recorrían el garaje, y era evidente que reflexionaba. Me resistí a fumar. Tenía muchísimas ganas y me detesté por haber vuelto a hacerlo. No sabía por qué siempre creía que podría fumar un solo cigarrillo y siempre me equivocaba. Marino y yo compartimos un silencio incómodo. Por fin, saqué a colación el caso de Chandonne y lo que Righter me había comentado el domingo.

—¿Vas a contarme qué pasa? —le dije en voz baja—. Supongo que lo soltaron temprano del hospital y que estabas allí. Y me imagino que viste a Berger.

Marino dio una calada al cigarrillo y tardó un rato en responder:

—Sí que estuve, doctora. Menudo circo. Había hasta periodistas de Europa. —Me miró y noté que había muchas cosas que no iba a decirme, lo que me deprimió mucho—. A mi entender, deberían mandar a los desgraciados como él al Triángulo de las Bermudas y no permitir que nadie hablara con ellos ni les sacara fotos. No está bien. Por lo menos, en este caso, el tío es tan feo que debe de haber provocado problemas técnicos a todo el mundo; seguro que se ha cargado un montón de cámaras caras. Lo sacaron con suficientes cadenas para anclar un acorazado y lo guiaron como si fuera ciego, como a un murciélago. Llevaba los ojos vendados y fingió que le dolían durante los nueve metros enteros.

—¿Hablaste con él? —Eso era lo que realmente quería saber.

—No era cosa mía —respondió de modo extraño, con la mirada fija en el lado opuesto del garaje y la mandíbula apretada—. Dicen que quizá tengan que hacerle un trasplante de córnea. Mierda. Tenemos toda esa gente en el mundo que no puede pagarse siquiera unas gafas, y este pedazo de mierda peluda recibirá unas córneas nuevas. Y supongo que los contribuyentes le financiaremos la cirugía correctora, lo mismo que estamos pagando todos esos médicos, enfermeras y vete a saber qué más para que lo cuiden. Ya va siendo hora de que me vaya —añadió tras apagar el cigarrillo en el cenicero. Se levantó de mala gana; quería hablar conmigo, pero, por alguna razón, no iba a hacerlo—. Lucy y yo iremos a tomar una cerveza después. Dice que tiene que darme una noticia importante.

—Dejaré que te lo diga ella misma —comenté.

—¿Me vas a dejar con la intriga? —preguntó, mirándome de soslayo.

Repliqué que no podía decirse que él hablara demasiado.

—¿Ni siquiera una pista? ¿Son buenas o malas noticias? No me digas que está embarazada —ironizó, a la vez que me sujetaba la puerta y salíamos del garaje.

En la sala de autopsias, Turk pasaba la manguera por mi puesto de trabajo. El agua golpeaba la mesa, y las rejillas de acero repiqueteaban escandalosas mientras la limpiaba. Cuando me vio, me gritó por encima del estruendo que Rose me estaba buscando. Me dirigí al teléfono.

—Los juzgados están cerrados —me informó Rose—. Pero la oficina de Righter dice que, de todos modos, tiene previsto estipular su testimonio. Así que no debe preocuparse por ello.

—¡Qué sorpresa! —¿Cómo lo había llamado Anna? *Ein Mann* algo. Sin carácter.

—Y han llamado del banco. Un tal señor Greenwood quiere que lo llame —afirmó, y me dio su teléfono.

Siempre que querían hablar conmigo los del banco, me ponía nerviosa. Las inversiones que había hecho se habían hundido, estaba en descubierto debido a un fallo del ordenador o había algún problema de uno u otro tipo. Me puse en contacto con el señor Greenwood de la división de banca personal.

—Perdone —me dijo con frialdad—. El recado fue un error. Un malentendido, doctora Scarpetta. Siento mucho haberla molestado.

—¿No tienen que hablar conmigo? ¿No hay ningún problema? —me sorprendí. Hacía años que trataba con el señor Greenwood y actuaba como si no me conociera.

—Fue un error —repitió en el mismo tono distante—. Le vuelvo a pedir disculpas. Buenos días.

9

Me pasé las siguientes horas en el despacho, dictando el informe de la autopsia de John Doe, devolviendo llamadas y firmando papeles, y me fui a última hora de la tarde en dirección al oeste.

La luz del sol se filtraba a través de las nubes y las ráfagas de viento enviaban al suelo hojas caídas, revoloteando como pájaros perezosos. Había dejado de nevar y la temperatura estaba subiendo, y todo goteaba y crepitaba con el ruido del tráfico mojado.

Conducía el Lincoln Navigator plateado de Anna hacia la carretera de Three Chopt con la radio puesta. Las noticias hablaban sin cesar sobre el traslado de Jean-Baptiste Chandonne fuera de la ciudad. Se comentaba mucho lo de sus ojos vendados y las quemaduras químicas. La historia de que lo había discapacitado para salvar mi vida había cobrado impulso. Los periodistas habían encontrado su enfoque. La justicia era ciega. La doctora Scarpetta había infligido el clásico castigo físico.

«Eso de cegar a alguien, imaginen —soltaba un tertuliano por antena—. ¿Cuál era aquel personaje de Shakespeare? Le vaciaban los ojos, ¿recuerdan? ¿El rey Lear? ¿Vieron esa película? El viejo rey tenía que ponerse huevos crudos en las cuencas de los ojos o algo así para que no le dolieran tanto. De lo más asqueroso.»

La acera que conducía a las puertas marrones de entrada a Saint Bridget estaba cubierta de nieve medio derretida y de sal, y había por lo menos veinte coches en el aparcamiento. Era tal como había predicho Marino: la policía no había acudido en masa, y tampoco la prensa. Era muy posible que el tiempo hubiese alejado a la gente de la vieja iglesia gótica o, más probable, la propia difunta. Yo, por ejemplo, no había ido por respeto o afecto, ni siquiera por una sensación de pérdida. Me desabroché el abrigo y entré en el nártex intentando evadirme de la desagradable verdad: no soportaba a Diane Bray y había ido sólo por obligación. Bray era un alto cargo de la policía. La conocía. Era paciente mía.

En el interior del nártex había una gran fotografía de ella en una mesa, y me sobresalté al ver su belleza altiva y ególatra, el gélido brillo cruel de sus ojos que ninguna cámara podía disfrazar, fueran cuales fuesen el ángulo, la iluminación o la habilidad del fotógrafo. Diane Bray me odiaba por motivos que aún no alcanzaba a comprender. A decir de todos, estaba obsesionada conmigo y mi poder y se concentraba en todas mis cosas de un modo que yo nunca había hecho. Suponía que yo no me veía como hacía ella, y tardé un poco en reaccionar cuando empezó con sus ataques, su intensísima guerra en mi contra que culminó con su aspiración a pertenecer al gabinete del Estado.

Bray lo tenía todo calculado. Contribuiría a transferir la división de anatomía forense del Departamento de Sanidad al de Seguridad Pública y entonces podría, si todo salía como tenía previsto, influir de algún modo en el gobernador para que la nombrara secretaria de Seguridad Pública. Una vez logrado, yo dependería de ella y podría tener incluso el placer de despedirme. ¿Por qué? Seguía la búsqueda de motivos razonables y no lograba dar con ninguno que me satisficiera por completo. No había oído hablar de ella antes de que se incorporara al Departamento de Policía de Richmond el año anterior. Pero ella sí me conocía y se trasladó a mi bella ciudad con complots y esquemas preparados para deshacerse de mí de modo sádico y lento, a través de una serie de obstáculos vergonzosos, calumnias y humillaciones e impedimentos profesionales antes de arruinar mi carrera, mi vida. Suponía que, en su imaginación, el clímax de sus maquinaciones a sangre fría habría sido que renunciara a mi cargo desacreditada, que me suicidara y que dejara una nota diciendo que era culpa suya. En cambio, yo seguía aquí. Ella no. Que hubiera sido yo quien se ocupó de sus destrozados restos mortales era de una ironía indescriptible.

Un puñado de policías vestidos de uniforme hablaban entre sí y, cerca de la puerta del presbiterio, el jefe Rodney Harris estaba con el padre O'Connor. También había civiles: gente bien vestida y que no me resultaba conocida, y a partir de su pose perdida y vacía deduje que no eran locales. Tomé un recordatorio y esperé para hablar con el jefe Harris y con mi sacerdote.

—Sí, sí, entiendo —decía el padre O'Connor. Tenía un aspecto sereno con su hábito color crema y los dedos entrelazados a la altura de la cintura. Me di cuenta de que no lo había visto desde Semana Santa y me sentí algo culpable.

—Es que no puedo, padre. No puedo aceptar esta parte —repuso Harris, que llevaba los cabellos pelirrojos peinados hacia atrás, apartados de su cara fofa y poco atractiva. Era un hombre bajo con un cuerpo blando que estaba codificado genéticamente para ser gordo. Harris no era simpático y le molestaban las mujeres con poder. Nunca comprendí por qué había contratado a Diane Bray y suponía que no fue por los motivos adecuados.

—No siempre podemos entender la voluntad de Dios —comentó el padre O'Connor, que me vio, tomó mi mano entre las suyas con una sonrisa y me dijo—: Doctora Scarpetta, qué detalle que haya venido. La he tenido presente en mis pensamientos y en mis oraciones. ¿Cómo tiene el brazo? Me gustaría que viniera a verme algún día.

La presión de sus dedos y la luz de sus ojos me transmitieron que comprendía lo que me había pasado y que le importaba.

—Gracias, padre. —Di la mano al jefe Harris—. Sé que son unos momentos difíciles para su departamento. Y para usted personalmente.

—Es muy triste —afirmó, mirando a otras personas al darme un apretón de manos mecánico y brusco.

La última vez que había visto a Harris fue en casa de Bray, cuando entró y se enfrentó a la atroz imagen de su cadáver. Ese momento estaría siempre presente entre ambos. No debería de haberse presentado nunca en el lugar del crimen. No había ninguna buena razón para que viera a su jefa tan degradada, y con ello se ganó mi animadversión para siempre. Sentía una especial antipatía por la gente que trataba el lugar del crímen con crueldad y poco respeto, y la presencia de Harris en el de Bray supuso una exhibición de poder y una muestra de curiosidad morbosa y él sabía que yo lo sabía. Entré en el presbiterio y noté que me seguía con la mirada. *Amazing Grace* sonaba en el órgano, y la gente se situaba en los bancos hacia la mitad de la iglesia. En las bellas vidrieras brillaban escenas de la crucifixión y santos, y el mármol y las cruces de metal relucían. Me senté junto al pasillo y, unos instantes después, se inició la ceremonia y los forasteros bien arreglados que había observado antes entraron con el sacerdote. Un joven cargaba con la cruz, mientras que un hombre con traje negro llevaba la urna roja y dorada que contenía los restos incinerados de Diane Bray. Una pareja mayor estaba cogida de la mano con los ojos llenos de lágrimas.

El padre O'Connor nos saludó a todos y me enteré de que estaban ahí los padres y los dos hermanos de Bray. Habían venido desde Nueva York, Delaware y Washington, y querían mucho a Diane. La ceremonia fue sencilla. No duró mucho. El padre O'Connor bendijo la urna con agua bendita. Nadie, salvo el jefe Harris, ofreció ninguna reflexión ni un panegírico, y lo que dijo él sonó forzado y genérico:

—Se incorporó encantada a una profesión que consiste en ayudar a los demás a sabiendas de que todos los días se ponía en peligro, porque la vida de la policía es así. —Leía de sus notas, rígido tras el púlpito—. Aprendemos a mirar a la muerte a la cara y no tenemos miedo. Sabemos lo que es estar solos e incluso ser odiados, y aun así no tenemos miedo. Sabemos lo que es servir de pararrayos a la maldad, a aquellos que están en el mundo para arrebatar algo a los demás.

La madera crujía al moverse las personas en los bancos. El padre O'Connor sonreía amable, con la cabeza ladeada mientras escuchaba. Me desconecté de Harris. Jamás había asistido a un funeral tan estéril y vacío y se me encogió el alma. La liturgia, la lectura del Evangelio, los cantos y las oraciones no transmitían música ni pasión, porque Diane Bray no amó a nadie, ni siquiera a sí misma. Su vida codiciosa y demasiado ambiciosa apenas había dejado rastro. Nos fuimos todos en silencio y nos aventuramos en la fría noche para buscar el coche y huir. Avancé rápidamente con la cabeza gacha, como hacía cuando deseaba evitar a los demás. Percibí unos ruidos, una presencia y me volví al tiempo que abría la puerta del coche. Alguien se había situado a mi lado.

—¿La doctora Scarpetta?

La iluminación irregular de las farolas realzaron los rasgos refinados de aquella mujer, cuyos ojos quedaban ocultos por las sombras. Vestía un abrigo largo de visón. Me pareció conocerla de algo.

—No sabía que estaría aquí, pero me alegra mucho —añadió. Capté su acento de Nueva York y me sorprendí antes de comprenderlo—. Soy Jaime Berger. Tenemos que hablar —dijo a la vez que me alargaba la mano.

—¿Estaba en el funeral? —Ésas fueron las primeras palabras que salieron de mi boca. No la había visto. Estaba lo bastante paranoica como para pensar que no había entrado en la iglesia, sino que me habría estado esperando en el estacionamiento—. ¿Conocía a Diane Bray?

—La estoy conociendo ahora. —Berger se levantó el cuello del abrigo, podía vérsele el aliento debido al intenso frío. Echó un vistazo al reloj y pulsó la ruedecilla de la cuerda. La esfera se iluminó de un color verde pálido—. Me imagino que no volverá a la oficina.

—No iba a hacerlo, pero podemos ir si quiere —dije sin entusiasmo.

Quería hablar de los asesinatos de Kim Luong y Diane Bray. Por supuesto, estaba también interesada en el cadáver sin identificar del puerto, el que suponíamos que correspondía a Thomas, el hermano de Chandonne. Pero añadió que, si su caso llegaba a juicio, no sería en nuestro país. Era su forma de decirme que Thomas Chandonne era otro almuerzo gratis. Jean-Baptiste asesinaba a su hermano y salía impune de ello. Me senté al volante del Navigator.

—¿Le gusta su coche? —Parecía una pregunta idiota, inadecuada en un momento así. Ya me sentía sondeada. Noté al instante que Berger no hacía ni preguntaba nada sin una razón. Examinó el lujoso vehículo deportivo que Anna me permitía usar mientras mi Sedán permanecía fuera de mi alcance.

—No es mío. Quizá será mejor que me siga, señora Berger —sugerí—. Hay algunas partes de la ciudad donde es mejor no perderse de noche.

—¿Podría localizar a Pete Marino? —Apuntó con el control remoto a su vehículo, un Mercedes ML430 deportivo, blanco y con matrícula de Nueva York, cuyos faros parpadearon al abrirse las puertas—. Quizás estaría bien que charláramos los tres un rato.

Puse el motor en marcha y me estremecí en la oscuridad. La noche era húmeda y el agua del deshielo goteaba de los árboles. El frío se me metió por la escayola, y me llegó hasta las rendijas del codo fracturado y allí se apoderó a la perfección de las zonas sensibles donde estaban las terminaciones nerviosas y la médula ósea, que empezaron a quejarse con punzadas intensas. Dejé un recado a Marino en el busca y me di cuenta de que él no sabía el número del teléfono del coche de Anna. Hurgué en el bolso para encontrar el móvil mientras tomaba el volante con la punta de los dedos del brazo roto y vigilaba los faros de Berger por el espejo retrovisor. Marino me llamó bastantes minutos después. Le conté lo sucedido y reaccionó con un cinismo típico, pero que ocultaba un sentimiento agitado, quizás enfado, quizás algo más.

—Sí, bueno, no creo en las coincidencias —soltó con brusquedad—. ¿Así que fuiste al funeral de Bray y resultó que Berger estaba allí? Para empezar, ¿a qué fue Berger?

—No lo sé —respondí—. Pero si yo no conociera la ciudad ni las personas involucradas, querría saber quién apreciaba bastante a Bray para ir. También querría ver quién no iba. —Traté de ser lógica—. ¿No te dijo que iría? ¿Ni siquiera cuando la viste ayer por la noche?

Ya estaba dicho. Quería saber qué había pasado en esa reunión.

—No dijo nada de eso. Le preocupaban otras cosas —contestó Marino.

—¿Como qué? ¿O es que tenemos secretos? —añadí de forma significativa.

—Mira, doctora —dijo, por fin, tras un largo silencio—, este caso no es mío. Es un caso de Nueva York y me limito a hacer lo que me dicen. Si quieres saber algo, pregúntaselo a ella, porque es así como ella lo quiere. Y yo estoy en el precioso Mosby Court y tengo otras cosas que hacer que saltar cada vez que ella chasquea sus elegantes deditos de la gran urbe —finalizó con resentimiento.

Mosby Court no era el nombre de un barrio residencial precisamente, sino el de uno de los siete complejos de viviendas de alquiler bajo de la ciudad. Todos se llaman *court*, y cuatro llevan el nombre de virginianos destacados: un actor, un educador, un próspero cultivador de tabaco y un héroe de la guerra de Secesión. Esperaba que Marino no estuviera en Mosby Court porque hubiera habido más disparos.

—No irás a traerme más trabajo, ¿verdad? —le pregunté.

—Otro asesinato menor.

No me reí con ese código lleno de prejuicios: esa etiqueta se aplicaba a un hombre joven de raza negra, disparado varias veces, probablemente en la calle, probablemente por cuestión de drogas, probablemente vestido con ropa deportiva cara y zapatillas de baloncesto, y sin que nadie viera nada.

—Nos encontraremos en el garaje —aceptó Marino de mal humor—. En cinco, diez minutos.

La nieve había parado por completo y la temperatura se mantenía lo bastante cálida como para impedir que la nieve derretida cerrara de nuevo la ciudad. El centro estaba adornado para las fiestas, bordeado de luces blancas, algunas de ellas fundidas. Delante del James Center se había congregado gente para contemplar el brillo de un reno esculpido con luces, y en la calle Novena, el capitolio relucía como un huevo a través de las ramas desnudas de los árboles, y la mansión pintada en amarillo claro a su lado lucía elegante con velas en todas las ventanas. Vi parejas con traje de noche que salían de su automóvil en el estacionamiento y recordé con pánico que era la noche en que el gobernador ofrecía su fiesta navideña a los principales funcionarios del Estado. Había enviado la confirmación de mi asistencia hacía más de un mes. Dios mío. Al gobernador Mike Mitchell y a su esposa, Edith, no se les escaparía que les había dado plantón, y el impulso de desviarme hacia el capitolio fue tan fuerte que puse el intermitente. Lo quité con la misma rapidez. No podía ir, ni siquiera quince minutos. ¿Qué iba a hacer con Jaime Berger? ¿Llevarla conmigo? ¿Presentársela a todo el mundo? Sonreí compungida y sacudí la cabeza en el interior oscuro del coche al imaginar cómo me mirarían, lo que pasaría si la prensa se enteraba.

Como había trabajado para el Gobierno toda la vida, jamás subestimé las posibilidades de lo mundano. El número de teléfono de la mansión del gobernador figuraba en el listín, y el servicio de información lo marcaba automáticamente por cincuenta centavos adicionales. Me pasaron con un agente de la unidad de protección ejecutiva y, antes de que pudiera explicar que sólo quería dejar un recado, me puso en espera. Se oía un tono a intervalos regulares, como si cronometraran la llamada, y me pregunté si grabarían todas las conversaciones que recibían. Al otro lado de la calle Broad, una parte más antigua y sombría de la ciudad cedía paso al nuevo imperio de ladrillo y cristal de Biotech, donde estaba mi oficina. Comprobé por el retrovisor el coche de Berger. Me seguía obstinada, y vi que movía los labios. Estaba hablando por teléfono y me sentí inquieta al verle pronunciar palabras que no podía oír.

—¿Kay? —La voz del gobernador Mitchell sonó de repente en el teléfono de manos libres del coche de Anna.

Mi propia voz se apresuró sorprendida a decirle que no esperaba molestarlo, que lamentaba mucho perderme su fiesta. No me contestó de inmediato y su duda era su forma de indicarme que cometía un error al no asistir. Mitchell era un hombre que sabía lo que eran las ocasiones y cómo aprovecharlas. A su modo de ver, que yo perdiera la oportunidad de estar, ni que fuera un momento, con él y otros líderes poderosos del Estado era una estupidez, en especial entonces. Sí, precisamente entonces.

—La fiscal de Nueva York está en Richmond. —No era preciso que indicara por qué casos—. Voy a reunirme con ella ahora, gobernador. Espero que lo comprendas.

—Creo que sería buena idea que tú y yo nos viéramos también —dijo, con firmeza—. Iba a charlar en privado contigo esta noche.

Tuve la impresión de caminar sobre cristales rotos, temerosa de mirar porque podría ver que sangraba.

—Cuando te vaya bien, gobernador —respondí con respeto.

—¿Por qué no te pasas por la mansión de regreso a casa?

—Seguramente habré terminado en un par de horas —le indiqué.

—Te veré entonces, Kay. Saluda a la señora Berger —prosiguió—.

Cuando era fiscal general, tuvimos un caso en el que intervino su oficina. Ya te lo contaré algún día.

Al salir de la calle Cuarta, el garaje cerrado al que llegaban los cadáveres parecía un iglú cuadrado y gris anexo al lateral de mi edificio. Subí la rampa y me detuve ante la inmensa puerta. Entonces me percaté, con gran frustración, de que no tenía forma de abrirla. El control remoto estaba en mi coche, en el garaje de la casa de donde me habían desterrado. Marqué el número del encargado nocturno del depósito de cadáveres.

—Arnold —dije cuando me respondió al sexto timbre—. ¿Podría abrir la puerta del garaje, por favor?

—Sí, señora. —Parecía grogui y confuso, como si lo hubiese despertado—. Ya la estoy abriendo. ¿No le va el remoto?

Traté de tener paciencia con él. Arnold era una de esas personas a las que vence la inercia. Combatía la gravedad, pero la gravedad ganaba. Debía recordarme sin cesar que no tenía sentido enfadarse con él. Las personas muy motivadas no luchaban por conseguir su empleo. Berger se había detenido detrás de mí y Marino estaba tras ella, esperando los tres a que la puerta se levantara y nos concediera la entrada en el reino de los muertos. Me sonó el móvil.

—¡Qué encantador! —murmuró Marino junto a mí oído.

—Al parecer ella y el gobernador se conocen.

Una furgoneta oscura se situó en la rampa tras el Crown Victoria azul de Marino. La puerta del garaje empezó a moverse con chirridos de queja.

—Vaya, vaya. No pensarás que él tiene algo que ver con el traslado del Hombre Lobo a Nueva York, ¿verdad?

—Ya no sé qué pensar —confesé.

El garaje era lo bastante grande para cobijarnos a todos, y bajamos a la vez, con el ruido de los motores y de las puertas al cerrarse ampliados por el hormigón. El aire frío y cortante volvía a lastimarme el codo fracturado, y me quedé perpleja al ver a Marino con traje y corbata.

—Estás muy elegante —comenté con sequedad.

Marino encendió un cigarrillo sin apartar los ojos de la figura envuelta en visón de Berger, que se inclinaba en el Mercedes para recoger cosas del asiento trasero. Dos hombres con un abrigo largo y oscuro abrieron la puerta trasera de la furgoneta y dejaron al descubierto la camilla del interior con su fatídica carga cubierta.

—Aunque no te lo creas, iba a hacer acto de presencia en el funeral cuando éste va y deja que se lo carguen. —Señaló el cadáver de la furgoneta—. Está resultando algo más complejo de lo que pensamos al principio. Quizá sea algo más que un caso de renovación urbana.

Berger se dirigió hacia nosotros, cargada con libros, archivadores de acordeón y un maletín de piel fuerte. Marino la observó con una expresión inescrutable.

—Ha venido preparada —le dijo a Berger.

Se oyó el ruido seco del aluminio al abrirse las patas de la camilla. Y, después, el golpe de la puerta trasera de la furgoneta al cerrarse.

—Les agradezco mucho que hayan venido con tan poco margen de aviso —aseguró Berger.

Bajo la luz del garaje, observé las líneas finas de su rostro y su cuello, los ligeros surcos de las mejillas, que revelaban su edad. A primera vista, o cuando estaba maquillada para la cámara, podría pasar por tener treinta y cinco años. Sospeché que era unos años mayor que yo, que estaba más cerca de los cincuenta. Sus rasgos angulares, los cabellos oscuros y cortos y los dientes perfectos se unían para dar la imagen de alguien conocido, y la relacioné con la experta que había visto en el programa jurídico *Court TV*. Empezaba a parecerse a las fotografías que obtuve en Internet cuando me dediqué a buscarla en el ciberespacio para poder prepararme para esta invasión de lo que parecía otra galaxia.

Marino no se ofreció a llevarle nada. La ignoró del mismo modo que a mí cuando estaba dolido, resentido o celoso. Abrí la puerta que daba al interior mientras los encargados empujaban la camilla en nuestra dirección. Reconocí a ambos hombres, aunque no recordaba sus nombres. Uno de ellos se quedó mirando a Berger, alucinado.

—Usted sale por la tele —exclamó—. Madre mía, es esa jueza.

—Lo siento, pero no. No soy jueza. —Berger los miró a los ojos y sonrió.

—¿No es la jueza? ¿Me lo jura? —La camilla repiqueteó contra la puerta y uno de los hombres se dirigió a mí—: Supongo que lo querrá en la cámara frigorífica.

—Sí —respondí—. Ya saben dónde inscribirlo. Arnold está por aquí, en alguna parte.

—Sí, señora. No se preocupe.

Ninguno de los dos encargados mostró indicio alguno de que la semana anterior podría haber terminado en su furgoneta como otra entrega más si mi destino hubiese sido distinto. Había observado que la gente que trabajaba para funerarias y servicios de traslado de cadáveres no se horrorizaba ni se conmovía por gran cosa. No me pasó desapercibido que estaban más impresionados por la fama de Berger que por el hecho de que la forense jefe local tuviera suerte de estar con vida y saliera bastante mal parada ante el público en esos momentos.

—¿Preparada para la Navidad? —me preguntó uno.

—Nunca lo estoy —contesté—. Espero que ustedes pasen unas felices fiestas.

—Mucho más felices que las de este tipo —afirmó señalando el cadáver de la bolsa, que se llevaron hacia la oficina del depósito, donde rellenarían una etiqueta para el pie e inscribirían al paciente.

Pulsé los botones para abrir varias puertas de acero inoxidable a nuestro paso por suelos desinfectados, cámaras frigoríficas y las salas donde se practicaban las autopsias. La presencia de desodorantes industriales era ineficaz, y Marino empezó a comentar el caso de Mosby Court. Berger no le preguntó nada, pero él parecía pensar que quería esa información. O tal vez pretendía lucirse.

—Primero, parecía un atropello con fuga porque estaba en la calle y tenía la cabeza ensangrentada. Pero la verdad es que ahora me pregunto si fue obra de un coche.

Abrí las puertas que daban al sutil silencio del ala administrativa. Marino siguió contándole a Berger todos los detalles de un caso que ni tan sólo había comentado todavía conmigo. Los conduje a mi sala de reuniones particular y nos quitamos el abrigo. Berger iba vestida con pantalones de lana oscuros y un grueso jersey negro que no acentuaba ni ocultaba su generoso seno. Tenía la constitución esbelta y firme de una atleta, y sus botas Vibram rozadas insinuaban que iría a cualquier parte y haría cualquier cosa si el trabajo lo exigía. Se sentó y empezó a colocar el maletín, los archivos y los libros en la mesa redonda de madera.

—Tiene quemaduras aquí y aquí. —Marino se señaló la mejilla izquierda y el cuello y se sacó unas fotografías Polaroid del bolsillo interior de la chaqueta del traje. Estuvo inteligente y me las pasó a mí primero.

—¿Por qué iba a presentar quemaduras una persona atropellada? —Mi pregunta era una refutación y empecé a sentirme inquieta.

—Porque salió disparado mientras el coche se movía o porque lo enganchó el tubo de escape —sugirió Marino, sin certeza, sin importarle en realidad. Tenía otras cosas en la cabeza.

—No es probable —sentencié con tono agorero.

—Mierda —soltó Marino, y empezó a caer en la cuenta cuando sus ojos se encontraron con los míos—. No vi el cuerpo; ya estaba en la bolsa cuando llegué. Maldita sea. Me regí por lo que me dijeron los muchachos en el lugar del incidente. Mierda —repitió, mirando a Berger, con el semblante ensombrecido por el creciente bochorno y la irritación—. Ya lo habían metido en la bolsa cuando llegué. Son un paquete de inútiles, todos ellos.

El hombre de las fotos tenía la piel clara, rasgos atractivos y los cabellos cortos y muy rizados teñidos de color amarillo yema de huevo. Un arito de oro le colgaba de la oreja izquierda. Supe al instante que sus quemaduras no eran debidas a un tubo de escape, pues habría dejado marcas elípticas en lugar de las que mostraba, perfectamente redondas, del tamaño de dólares de plata y con ampollas. Estaba vivo cuando se las hizo. Lancé una larga mirada a Marino. Él estableció la relación, sacudió la cabeza y sopló.

—¿Tenemos una identificación? —quise saber.

—No tenemos nada. —Se peinó hacia atrás unos cabellos que en esa fase de su vida no eran más que una hilera gris pegada en lo alto de su amplia calva. Estaría mucho mejor si se afeitara la cabeza—. No hay nadie en la zona que lo haya visto antes y, según todos mis hombres, no tiene el aspecto de lo que se suele ver en la calle.

—Tengo que ver el cadáver ahora mismo. —Me puse de pie.

Marino retiró la silla. Berger me observó con sus penetrantes ojos azules. Había dejado de poner papeles en la mesa.

—¿Le importa si voy? —me preguntó.

Me importaba, pero estaba ahí. Era una profesional. Sería muy maleducado por mi parte indicar que podría no actuar como tal o sugerir que no me fiaba de ella. Entré en mi despacho a buscar mi bata blanca.

—Supongo que no tienes forma de saber si es posible que este hombre fuera homosexual. No será una zona que frecuenten homosexuales o donde vayan a ligar, ¿no? —Le hablaba a Marino mientras salíamos de la sala de reuniones—. ¿Hay prostitución masculina en Mosby Court?

—Ahora que lo mencionas, tiene la pinta —respondió Marino—. Uno de los agentes dijo que era un chico muy mono, con esa especie de constitución de gimnasio. Llevaba un pendiente. Pero, como te he dicho antes, no he visto el cadáver.

—Creo que se merece el premio a los estereotipos —lo zahirió Berger—. Y yo que creía que mis hombres eran malos...

—¿Ah, sí? ¿Qué hombres? —Marino estaba a un milímetro de ser malicioso con ella.

—Los de mi oficina —especificó Berger de modo displicente—. La brigada de investigación.

—¿Ah, sí? ¿Tiene agentes particulares del Departamento de Policía de Nueva York? Mira qué bien. ¿Y cuántos son?

—Unos cincuenta.

—¿Trabajan en su edificio? —Se lo notaba en el tono de voz. Berger le resultaba de lo más amenazadora.

—Sí. —No lo dijo con ningún tipo de condescendencia ni de arrogancia, sino que se limitó a exponer un hecho.

Marino caminaba delante de ella y se volvió.

—Ya ves.

Los encargados del traslado de cadáveres estaban charlando con Arnold. Cuando aparecí, éste pareció azorarse, como si lo hubiese pillado en algo que no debería hacer, pero es que Arnold era así. Era un hombre tímido, tranquilo. Como una mariposa nocturna que hubiera empezado a adoptar el color de su entorno, tenía la piel pálida, con un enfermizo tono gris y unas alergias crónicas le mantenían los ojos siempre enrojecidos y llorosos. El segundo cadáver sin identificar del día estaba en medio del pasillo, encerrado en una bolsa de color burdeos que llevaba marcado el nombre del servicio de traslado: *Hermanos Whitkin*. De repente recordé el nombre de los encargados. Por supuesto, eran los hermanos Whitkin.

—Yo me ocuparé de él —dije, para indicarles que no tenían que meter el cadáver en la cámara frigorífica ni cambiarlo de camilla.

—No es ninguna molestia —se apresuraron a asegurar, nerviosos, como si hubiera insinuado que holgazaneaban.

—No pasa nada. Tengo que estar antes un ratito con él.

Empujé la camilla a través de las puertas de acero y repartí fundas protectoras para los zapatos y guantes.

Tardé unos momentos en efectuar las necesarias tareas de inscribir a John Doe en el registro de la autopsia, asignarle un número y fotografiarlo. Olí a orina.

La sala de autopsias brillaba, limpia y reluciente, desprovista de las imágenes y los sonidos habituales. La calma era un alivio. Después de tantos años, el ruido constante del agua que corría por los fregaderos de acero, de las sierras Stryker y del repiqueteo del acero contra el acero me seguía haciendo sentir tensa y cansada. El depósito podía ser muy ruidoso. Los cadáveres eran enérgicos en sus exigencias y sus colores morbosos, y el nuevo paciente iba a resistírseme. Enseguida me di cuenta. Estaba totalmente rígido y no me dejaría desnudarlo o abrirle las mandíbulas para echarle un vistazo a la lengua o a los dientes, no sin oponer resistencia. Descorrí la cremallera de la bolsa y olí a orina. Acerqué una lámpara quirúrgica y le palpé la cabeza; no noté fracturas. La sangre de las mandíbulas y las gotas de la parte delantera de su chaqueta indicaban que estaba incorporado cuando sangró. Dirigí la luz hacia sus orificios nasales.

—Presenta hemorragia nasal —informé a Marino y a Berger—. Hasta el momento, no encuentro ninguna lesión en la cabeza.

Empecé a examinar las quemaduras con una lupa y Berger se acercó para observar. Detecté fibras y tierra adheridas a las ampollas de la piel y encontré abrasiones en las comisuras de los labios y en el interior de las mejillas.

Le subí las mangas de la chaqueta roja del chándal para mirarle las muñecas. Unas pronunciadas marcas inclinadas de ligaduras habían dejado una profunda señal en la piel y, cuando bajé la cremallera de la chaqueta, encontré dos quemaduras centradas sobre el ombligo y el pezón izquierdo. Berger estaba inclinada tan cerca de mí que me rozaba con la ropa.

—Hace mucho frío para llevar sólo un chándal sin una camiseta ni nada debajo —le señalé a Marino—. ¿Le comprobaron los bolsillos allí?

—Mejor esperar y hacerlo aquí, donde se ve bien —respondió.

Metí las manos en los bolsillos de los pantalones y la chaqueta del chándal y no encontré nada. Bajé los pantalones, y los calzoncillos azules de debajo estaban empapados de orina. El olor a amoníaco me envió una señal de alerta al cerebro, y el vello de todo el cuerpo se me erizó como un ejército de pequeños centinelas. Los cadáveres no suelen asustarme. Este hombre sí. Comprobé el bolsillo de la cintura y saqué una llave de acero que llevaba grabado «no duplicar», y escrito con tinta permanente el número 233.

—¿De un hotel o una casa quizá? —me pregunté en voz alta mientras metía la llave en una bolsa de plástico transparente y me asaltaban más sensaciones paranoicas—. Quizá de una consigna.

El 233 era el número del apartado de correos de mi familia en Miami cuando yo era pequeña. No llegaría a decir que era mi número de la suerte, pero lo había usado con frecuencia en códigos de seguridad y combinaciones porque no era evidente y me resultaba fácil de recordar.

—¿Nada hasta ahora que pueda sugerir qué lo mató? —quiso saber Berger.

—Hasta ahora no. ¿Hemos tenido suerte ya con el SAIHD o con la Interpol? —le pregunté a Marino.

—No han encontrado nada. De modo que, quienquiera que sea el tipo del motel, no está en el SAIHD. No tenemos nada de la Interpol aún, lo que tampoco presagia nada bueno. Si es evidente, sueles saberlo en una hora —comentó.

—Tomemos las huellas de este otro e introduzcámoslas lo antes posible en el SAIHD —dispuse, tratando de no sonar ansiosa.

Le comprobé las manos con una lupa, por delante y por detrás, para ver si había alguna prueba que pudiera perderse al tomar las huellas. Le corté las uñas y las coloqué en un sobre que etiqueté y dejé en un mostrador con el papeleo. Luego le puse tinta en la punta de los dedos y Marino me ayudó con la cuchara. Tomé dos muestras de huellas. Berger guardó silencio y mostró gran curiosidad durante el procedimiento. Su escrutinio era como el calor de una lámpara de luz fuerte. Observó todos mis movimientos, escuchó todas mis preguntas e instrucciones. No me concentré en ella, pero era consciente de su atención y en lo más profundo de mi consciencia supe que esa mujer estaba sacando valoraciones que podían gustarme o no. Cubrí el cadáver con la sábana, subí la cremallera de la bolsa y les indiqué a Marino y a Berger con la mano que me siguieran mientras empujaba la camilla a la cámara frigorífica que había en una pared, cuya puerta de acero inoxidable abrí. El hedor de la muerte salió en medio de un frente glacial. Esa noche teníamos pocos residentes, sólo seis, y comprobé las etiquetas de las cremalleras de las bolsas en busca del cadáver sin identificar del motel. Cuando lo encontré, le descubrí la cara y señalé las quemaduras y las abrasiones de las comisuras de los labios y alrededor de las muñecas.

—¡Dios mío! —exclamó Marino—. ¿Qué coño es esto? ¿Un asesino en serie que ata a la gente y la tortura con un secador?

—Tenemos que informar de esto a Stanfield enseguida —fue mi respuesta, porque era evidente que la muerte de ese tipo del motel podía estar relacionada con el cadáver abandonado en Mosby Court. Miré a Marino y leí sus pensamientos.

—Sí. —No se esforzó en ocultar que no le apetecía contarle nada a Stanfield.

—Tenemos que decírselo, Marino —insistí.

Salimos de la cámara frigorífica y se dirigió al teléfono de la pared.

—¿Sabrá regresar a la sala de reuniones? —le pregunté a Berger.

—Sí. —Tenía un aspecto casi pétreo, puede que perplejo, y en sus ojos se adivinaban pensamientos distantes.

—Iré enseguida —le aseguré—. Perdone la interrupción.

Estaba en la puerta, desatándose la bata quirúrgica por la espalda, cuando comentó:

—Es extraño, pero tuve un caso hace un par de meses: una mujer torturada con una pistola de aire caliente. Las quemaduras se parecían mucho a las de estos dos casos. —Se agachó para quitarse los botines y lanzarlos a la basura—. Amordazada, atada y tenía esas quemaduras redondas en la cara y en los senos.

—¿Cogieron al autor? —pregunté con rapidez, nada feliz con el paralelismo.

—Un obrero de la construcción que trabajaba en el mismo bloque de pisos —afirmó frunciendo un poco el ceño—. La pistola de aire caliente era para quitar la pintura. Un tipo muy tonto: se coló en su piso sobre las tres de la madrugada, la violó, la estranguló y todo lo demás, y cuando salió unas horas más tarde le habían robado la camioneta. Bienvenido a Nueva York. Así que no se le ocurrió otra cosa que llamar a la policía. Al cabo de un rato, estaba dentro de un coche patrulla prestando declaración sobre su coche robado y con una bolsa en el regazo. Cuando se presentó la encargada de la casa, encontró el cuerpo de la víctima, empezó a gritar histérica y llamó a la policía. El asesino seguía sentado allí mismo, en el coche patrulla, cuando acudieron los inspectores y trató de huir. Una pista. Resultó que el muy imbécil llevaba una cuerda y una pistola de aire caliente en la bolsa.

—¿Salió mucho este caso en las noticias? —quise saber.

—En las locales. El *Times*, la prensa sensacionalista.

—Esperemos que no le diera la idea a otro —dije.

10

Se suponía que debía de resistir cualquier imagen, cualquier olor, cualquier sonido sin rechistar. No se me permitía reaccionar ante el horror como hacía la gente corriente. Mi trabajo consistía en reconstruir el dolor sin sentirlo directamente, en evocar el terror y no dejar que me siguiera a casa. Se suponía que debía de sumergirme en el arte sádico de Jean-Baptiste Chandonne sin imaginar que su siguiente obra mutilada tenía que haber sido yo.

Era uno de los pocos asesinos que había visto parecerse a como eran: el clásico monstruo. Pero no salía de las páginas de Mary Shelley. Chandonne era real. Y horroroso. Tenía el rostro formado por dos mitades unidas entre sí de modo desigual, con un ojo más abajo que el otro y los dientes muy separados, pequeños y puntiagudos como los de un animal. Todo su cuerpo estaba cubierto de un vello largo no pigmentado, del tipo lanugo, pero lo que más me perturbaba eran sus ojos. Vi el infierno en su mirada, un deseo que parecía encender el aire cuando se metió a la fuerza en mi casa y cerró la puerta tras él de una patada. Su intuición e inteligencia malvadas eran palpables y, aunque me resistía a sentir la menor misericordia por él, sabía que el sufrimiento que Chandonne causaba a los demás era una proyección de su propia desdicha, una recreación pasajera de la pesadilla que soportaba con cada latido de su aborrecible corazón.

Había encontrado a Berger en mi sala de reuniones y ahora me acompañaba por un pasillo mientras le explicaba que Chandonne sufría una alteración poco corriente, denominada hipertricosis congénita, que afectaba únicamente a una de cada mil millones de personas, si tales estadísticas eran de fiar. Antes de él, yo sólo había visto otro caso de esta cruel alteración genética, cuando era médico interno en Miami y, al tocarme en pediatría, una mujer mexicana dio a luz a una de las deformidades humanas más horrendas que he visto. La niña estaba recubierta de unos pelos largos y grises que solamente le dejaban al descubierto las membranas mucosas, las palmas de las manos y las plantas de los pies. Le salían unos mechones largos de los orificios nasales y de las orejas y tenía tres pezones. Las personas hipertricóticas eran muy sensibles a la luz y sufrían anomalías en los dientes y los genitales. Podían tener dedos de más en las manos o en los pies. En siglos anteriores, estos desdichados seres acababan vendidos a ferias o a cortes reales. Algunos eran acusados de ser hombres lobo.

—¿Opina entonces que tiene importancia que muerda las palmas y los pies de las víctimas? —preguntó Berger. Tenía una voz fuerte y modulada. Casi la definiría como voz televisiva: un tono grave y refinado que captaba la atención—. ¿Quizá porque son las únicas zonas de su cuerpo que no tiene cubiertas de pelo? Bueno, no sé —recapacitó—, pero yo diría que existe algún tipo de asociación sexual, como la gente con fetichismo por los pies, por ejemplo. Aunque nunca había visto un caso en el que alguien mordiera manos y pies.

Encendí las luces del despacho delantero y pasé una llave electrónica por el cierre de la cámara ignífuga que llamábamos sala de pruebas, donde la puerta y las paredes estaban reforzadas con acero y un sistema informático registraba el código de quién entraba, cuándo y cuánto tiempo permanecía dentro. No solíamos guardar allí demasiados efectos personales. Por regla general, la policía se llevaba esas cosas a la sala de pertenencias o nosotros se las devolvíamos a los familiares. El motivo que me llevó a montarlo fue enfrentarme a la realidad de que ningún despacho era inmune a las desapariciones y yo necesitaba un lugar seguro donde conservar casos muy sensibles. Apoyados en una pared había unos armarios fuertes de acero, abrí uno de ellos y saqué dos archivos gruesos, sellados con una cinta firmada por mí para que nadie los fisgase sin que yo lo supiera. Introduje el número de los casos de Kim Luong y de Diane Bray en el registro junto a la impresora que acababa de escribir mi código y la hora. Berger y yo seguimos hablando mientras regresábamos por el pasillo a la sala de reuniones, donde nos aguardaba Marino, impaciente, tenso.

—¿Por qué no han pedido el perfil psicológico de estos casos? —me preguntó Berger al cruzar la puerta.

Dejé los archivos sobre la mesa y lancé una mirada a Marino. Él podía responder a esa pregunta. No era responsabilidad mía solicitar perfiles psicológicos para los casos.

—¿Un perfil? ¿Para qué? —contestó a Berger de un modo que

sólo podría describirse como contencioso—. El objetivo de los perfiles es averiguar qué clase de pájaro lo hizo. Eso ya lo sabemos.

—Pero ¿por qué? ¿El significado, la emoción, el simbolismo? Ese tipo de análisis. Me gustaría conocer los resultados de un perfil psicológico. —Berger no le prestó atención—. Sobre todo en cuanto a lo de las manos y los pies. Es extraño. —Seguía concentrada en ese detalle.

—Si quiere saberlo, la mayoría de los perfiles es pura imaginación —sostuvo Marino—. No quiero decir que no haya algunos tipos que tienen un don para trazarlos, pero en su mayoría son paparruchas. Con un pájaro como Chandonne, que muerde manos y pies, no hay que ser elaborador de perfiles psicológicos del FBI para saber que quizás esas partes del cuerpo son importantes para él. Como que podría tener algo raro en sus propias manos y pies o, en este caso, lo contrario. Ésas son las únicas partes donde no tiene pelo, salvo el interior de su boca de mierda y quizás el ano.

—Puedo entender que destruya lo que odia de sí mismo y mutile esas partes de los cuerpos de sus víctimas, como la cara. —No se dejaría intimidar por Marino, y lo rechazaba con cada gesto e inflexión—. Pero no lo sé; las manos y los pies... Ahí hay algo más.

—Sí, pero su parte favorita del pollo es la pechuga —insistió Marino. Él y Berger se trataban como amantes que se hubiesen excitado mutuamente—. Eso es lo que le va, las mujeres con una buena pechuga. Hay algo maternal en su forma de seleccionar las víctimas con ciertos tipos de cuerpo. Tampoco hay que ser elaborador de perfiles psicológicos del FBI para ver las coincidencias.

No abrí la boca, pero lancé una mirada a Marino que lo decía todo. Actuaba como un imbécil insensible, al parecer tan metido en su batalla con esa mujer que no se daba cuenta de lo que comentaba delante de mí. Sabía muy bien que Benton tenía un verdadero don basado en la ciencia, y que el FBI había ido construyendo una importante base de datos a partir del estudio y el interrogatorio de millares de delincuentes violentos. Y no me gustaban las referencias al tipo de cuerpo de las víctimas, ya que Chandonne también había seleccionado el mío.

—No me gusta la palabra «pechuga», ¿sabe? —dijo Berger con naturalidad, como si le indicara a un camarero que no deseaba salsa bearnesa, y miró a Marino con frialdad—. ¿Sabe lo que es una pechuga, capitán?

Por una vez, Marino se quedó sin palabras.

—Una parte de un ave. —Berger siguió ordenando los papeles; el vigor con que movía las manos delataba su ira—. Es cuestión de etimología. Y no me refiero al estudio de los insectos. Eso sería con una ene: entomología. Me refiero a las palabras. Que pueden ofender. Y devolver la ofensa. Las pelotas, por ejemplo, pueden ser algo usado en deportes, como el tenis o el fútbol, o referirse a los cerebros muy limitados que poseen entre las piernas los varones que hablan de pechugas. —Se le quedó mirando mientras hacía una pausa importante—. Ahora que ya hemos cruzado nuestra barrera idiomática, ¿podemos continuar?

Se volvió expectante hacia mí. Marino tenía la cara del color de un rábano.

—¿Tiene copia de los informes de la autopsia? —le pregunté a ella, aunque ya sabía la respuesta.

—Me los he leído varias veces.

Arranqué la cinta de los casos y los empujé hacia ella mientras Marino hacía crujir sus nudillos y esquivaba nuestra mirada. Berger sacó unas fotografías en color de un sobre.

—¿Qué pueden decirme? —pidió.

—Kim Luong —empezó Marino con un tono profesional que me recordó a M. I. Calloway después de que él persistiera en humillarla. Estaba furioso—. Asiática, de treinta años, trabajaba a tiempo parcial en una tienda del West End llamada Quik Cary. Al parecer, Chandonne esperó hasta que estuvo sola. Era de noche.

—Jueves, nueve de diciembre —apuntó Berger, mientras contemplaba una foto del cuerpo mutilado y semidesnudo de Luong, tomada en el lugar del crimen.

—Sí. La alarma antirrobo se disparó a las diecinueve y dieciséis horas —prosiguió Marino.

Yo estaba intrigada. ¿De qué hablaron Marino y Berger la noche anterior, si no fue de esto? Había supuesto que se reunieron para repasar los detalles de la investigación de los casos, pero era evidente que no habían comentado los asesinatos de Luong y Bray.

—Las siete y dieciséis de la tarde. ¿Eso es cuando él entró en la tienda, o cuando se marchó después de los hechos?

—Cuando se marchó. Salió por una puerta trasera que siempre estaba conectada a un sistema de alarma independiente, así que accedió a la tienda algo antes de eso, por la puerta principal, seguramente después de anochecer. Llevaba una pistola, entró, le disparó estando ella sentada tras el mostrador. Luego, colgó el cartel de cerrado, cerró la puerta con llave y la arrastró al almacén para poder hacerle lo que le hizo.

Marino estaba lacónico y se comportaba, pero bajo todo ello había una volátil mezcla química que empezaba a reconocer. Quería impresionar, rebajar y llevarse a la cama a Jaime Berger, y todo eso debido a las heridas abiertas por su soledad y su inseguridad, y por sus frustraciones conmigo. Mientras observaba cómo se esforzaba en ocultar su bochorno tras una fachada de despreocupación, sentí lástima por él. Ojalá no se amargara la vida así. Ojalá no se buscara malos momentos como ése.

—¿Estaba viva cuando empezó a golpearla y a morderla? —Berger se dirigió a mí a la vez que miraba despacio más fotografías.

—Sí —respondí.

—¿En qué se basa?

—Los tejidos de su cara mostraban suficiente respuesta a las heridas para indicar que estaba viva cuando empezó a golpearla. Lo que no podemos saber es si estaba consciente. O, mejor dicho, cuánto tiempo estuvo consciente.

—Tengo vídeos de las escenas del crimen —soltó Marino en un tono que quería sugerir que se aburría.

—Lo quiero todo. —Berger dejó eso muy claro.

—Por lo menos grabé donde estaban Luong y Diane Bray, pero no al hermano, a Thomas. No lo grabamos en el contenedor de carga, lo que puede que fuera una suerte. —Marino contuvo un bostezo, y su actuación se volvió más ridícula y molesta.

—¿Estuvo usted en todos esos sitios? —me preguntó Berger.

—Sí.

Miró otra fotografía.

—No volveré a comer queso azul en mi vida, no después de pasar un rato provechoso con el amigo Thomas. —La hostilidad se acercó más a la superficie de la piel de Marino.

—Iba a preparar café, ¿sabes? —le dije—. ¿Te importaría?

—¿Me importaría qué? —La obstinación lo mantenía pegado a la silla.

—Prepararlo. —Lo miré de una forma que indicaba que me dejara a solas con Berger unos minutos.

—No sé si sabré hacer funcionar tu máquina de café.

Era una excusa estúpida.

—Estoy convencida de que lo averiguarás —aseguré—. Veo que ustedes dos están en muy buena armonía —observé con ironía cuando Marino ya estaba en el pasillo y no podía oírnos.

—Tuvimos ocasión de conocernos bien esta mañana, muy temprano, podría añadir. —Berger levantó la vista hacia mí—. En el hospital, antes de que Chandonne se fuera tan campante.

—Si me lo permite, señora Berger, yo le sugeriría que, si va a pasar aquí algún tiempo, empiece diciéndole que se concentre en la misión. Parece tener algún tipo de contienda con usted que eclipsa todo lo demás, y eso no facilita las cosas.

Siguió examinando fotografías con cara inexpresiva.

—Dios mío. Es como si un animal las hubiese atacado. Igual que con Susan Pless, mi caso. Podrían ser muy bien fotos de su cadáver. Me falta poco para creer en los hombres lobo. Claro que existe la teoría popular de que la idea del hombre lobo podría haberse basado en personas reales que padecían hipertricosis.

Yo no estaba segura de si quería demostrarme lo mucho que se había documentado o si se desviaba de lo que acababa de comentarle sobre Marino. Sus ojos se cruzaron con los míos y añadió:

—Le agradezco el consejo. Sé que ha trabajado con él mucho tiempo, así que no puede ser tan malo.

—No lo es. No encontrará mejor investigador.

—Y déjeme que lo adivine: cuando lo conoció era detestable.

—Sigue siendo detestable —puntualicé.

Berger sonrió.

—Hay algunas cuestiones que Marino y yo todavía no hemos resuelto. Es evidente que no está acostumbrado a que un fiscal le diga cómo va a tratarse un caso. En Nueva York es algo distinto —me recordó—. Por ejemplo, la policía no puede detener a un acusado de un caso de homicidio sin la aprobación del fiscal. Nosotros dirigimos los casos y, francamente, gracias a eso todo va mucho mejor. —Cogió los informes del laboratorio—. A Marino le resulta indispensable estar al mando, es demasiado protector con respecto a usted y tiene celos de cualquiera que entre en su vida —resumió, y empezó a mirar los informes—. Nada de alcohol, salvo en Diane Bray: coma, cero, tres. ¿Verdad que pensaban que había tomado una cerveza o dos y pizza antes de que el asesino se presentara en su casa? —Movió las fotografías de la mesa—. No he visto a nadie tan apaleado. Rabia, una rabia increíble. Y deseo. Si es que algo así puede llamarse deseo. Me parece que no existe una palabra para lo que ese hombre sentía.

—Maldad.

—Supongo que tardaremos aún en saber si había otras drogas.

—Comprobaremos las habituales. Pero eso llevará semanas —le informé.

Extendió más fotografías y las clasificó como si hiciera un solitario.

—¿Cómo se siente sabiendo que podría estar así usted?

—No pienso en ello.

—¿En qué piensa?

—En lo que las heridas me indican.

—¿Y qué le indican?

Tomé una fotografía de Kim Luong, una joven fantástica y brillante según todo el mundo, que trabajaba para estudiar enfermería.

—El patrón de la sangre —describí—. Casi toda la piel al descubierto muestra remolinos de sangre; evidentemente forma parte de su ritual. Los pintó con los dedos.

—Una vez muerta.

—Supongo. En esta foto se puede ver la herida de bala en la parte delantera del cuello. Impactó en la carótida y en la médula espinal. Estaría paralizada del cuello para abajo cuando la arrastró al almacén.

—Y sangraba. Debido a la carótida escindida.

—Sin duda. Puede ver el patrón de las salpicaduras arteriales en los estantes junto a los que pasó al arrastrarla. —Me incliné más y se lo mostré en varias fotografías—. Grandes manchas de sangre cuya altura e intensidad disminuye a lo largo del recorrido por la tienda.

—¿Estaba consciente? —Berger estaba fascinada y sombría.

—La herida de la médula espinal no la mató al instante.

—¿Cuánto rato pudo sobrevivir sangrando así?

—Minutos.

Encontré una fotografía de la autopsia, que mostraba la médula espinal tras extirparla del cuerpo y colocarla sobre una toalla verde junto a una regla de plástico blanco para comprobar la escala. La médula, lisa y cremosa, mostraba una contusión de color azul púrpura intenso y estaba escindida parcialmente en una zona correlacionada con la herida de bala en el cuello de Luong, entre al quinta y la sexta vértebras cervicales.

—Quedó paralizada al instante —expliqué—, pero la contusión significa que tenía tensión arterial, el corazón aún le latía, lo que también sabemos gracias a las salpicaduras de sangre arterial en el lugar. Por lo tanto, sí. Es probable que estuviese consciente cuando la arrastró por los pies por detrás del mostrador hacia el almacén. Lo que no puedo decir es cuánto tiempo lo estuvo.

—¿Pudo ver lo que hacía y observar cómo le brotaba la sangre del cuello mientras moría desangrada? —quiso saber Berger, con el interés reflejado en la cara y la energía a un voltaje tan alto que le brillaba con intensidad en los ojos.

—Depende también del tiempo que estuviera consciente.

—Pero ¿cabe dentro de lo posible que estuviera consciente todo el rato que la arrastró por detrás del mostrador hacia el almacén?

—Sí.

—¿Podía hablar o gritar?

—Lo más probable es que fuese incapaz de hacer nada.

—Pero que nadie la oyera gritar no significa que estuviera inconsciente, ¿verdad?

—No, no significa eso necesariamente —respondí—. Si te disparan en el cuello, sangras y te arrastran...

—En especial si te arrastra alguien con el aspecto de Chandonne.

—Sí. Puedes estar demasiado asustada para gritar. También puede ser que él le mandara callarse.

—Bien. —Berger parecía satisfecha—. ¿Cómo sabe que la arrastró por los pies?

—Por el patrón de sangre que dibujaron los cabellos largos, y por el rastro de sangre de los dedos por encima de la cabeza. Si estás paralizada y te arrastran por los tobillos, por ejemplo, se te abren los brazos.

—¿No sería instintivo agarrarse el cuello y tratar de detener la hemorragia? Y descubre que no puede. Está paralizada y consciente, viendo cómo se muere y previendo lo que va a hacerle luego. —Se detuvo para causar impacto. Berger pensaba en el jurado, y me convencí de que no se había ganado su increíble fama por casualidad—. Estas mujeres sufrieron de verdad —añadió en voz baja.

—Sin duda alguna. —Yo tenía la blusa empapada y volvía a sentir frío.

—¿Previó usted este mismo tratamiento? —Me miró con expresión retadora, como si me desafiara a analizar todo lo que me pasó por la cabeza cuando Chandonne se metió en mi casa a la fuerza e intentó lanzarme el abrigo sobre la cabeza—. ¿Recuerda algo de lo que pensó? —insistió—. ¿Lo que sintió? ¿O sucedió tan rápido...?

—Rápido —la interrumpí—. Sí, fue muy rápido. Rápido. Y eterno. Nuestro reloj interno se para cuando sentimos pánico, cuando luchamos por nuestra vida. Esto no es un hecho médico, sino una mera observación personal —añadí, mientras me abría camino a ciegas por unos recuerdos que estaban incompletos.

—Diez minutos debieron de parecerle horas a Kim Luong —decidió Berger—. Chandonne estuvo con usted quizá sólo unos cuantos cuando la persiguió por el comedor. ¿Cuánto tiempo le pareció? —Estaba totalmente concentrada en eso, absorta en mí.

—Me pareció... —Me esforcé en describirlo. No tenía con qué compararlo—. Como una vibración... —Mi voz se desvaneció y me quedé mirando al vacío, sin pestañear, sudada y helada.

—¿Como una vibración? —Berger parecía algo incrédula—. ¿Podría explicarme a qué se refiere con eso de la vibración?

—Como una distorsión, una reverberación de la realidad, como el viento que riza el agua, el aspecto que tiene un charco cuando lo recorre el viento, con todos los sentidos tan agudos de repente que el instinto de supervivencia animal anula el cerebro. Oyes moverse el aire. Ves moverse el aire. Todo parece ir a cámara lenta, chocar entre sí y no tener final. Lo ves todo, hasta el último detalle de lo que pasa y notas...

—¿Notas? —se sorprendió Berger.

—Sí, notas —repetí—. Notas que los pelos de sus manos captan la luz como un monofilamento, como un sedal, casi traslúcido. Notas que él parece casi contento.

—¿Contento? ¿A qué se refiere? —me preguntó Berger en voz baja—. ¿Sonreía?

—Yo lo describiría de otro modo. No era una sonrisa, sino más bien la alegría, la lujuria y el deseo rabioso primitivos que ves en los ojos de un animal que está a punto de alimentarse de comida cruda. —Inspiré a fondo y me concentré en la pared de la sala de reuniones, observando un calendario con una nevada escena navideña. Berger estaba sentada, muy rígida, con las manos quietas sobre la mesa—. El problema no es lo que observas, sino lo que recuerdas —proseguí con más lucidez—. Creo que la impresión provoca un error en nuestro disco duro y no se pueden recordar los detalles con el mismo grado de atención intensa. Quizá también eso sea cuestión de supervivencia. Quizá necesitamos olvidar algunas cosas para no revivirlas. El olvido forma parte de la curación. Como aquella mujer que correteaba por Central Park y una banda la agarró, la violó, la golpeó y la dio por muerta. ¿Por qué iba a querer recordar? Y sé que conoce bien ese caso —añadí con ironía. Era el caso de Berger, por supuesto.

La ayudante del fiscal se movió incómoda en la silla.

—Pero usted sí recuerda —indicó en voz baja—. Y había visto lo que Chandonne les hace a sus víctimas: laceraciones graves en la cara, fracturas conminutas del parietal derecho —leyó en voz alta del informe de la autopsia de Luong—, fractura del frontal derecho que se extiende hasta la línea media, hematoma subdural bilateral, interrupción del tejido cerebral situado debajo con hemorragia subaracnoidea, fracturas deprimidas que hundieron la tabla craneal en el cerebro subyacente, fracturas como cáscaras de huevos, coágulos.

—Los coágulos sugieren un tiempo de supervivencia de seis minutos como mínimo desde que se infligió la herida. —Volví a mi papel de intérprete de los muertos.

—Eso es muchísimo tiempo —observó Berger, y pude imaginarla haciendo guardar silencio a un jurado durante seis minutos para que comprobara lo mucho que era.

—Los huesos faciales aplastados, y aquí los cortes y desgarrones de la piel producidos por alguna herramienta que dejó un patrón de heridas redondas y lineales —concluí, tocando zonas de una fotografía.

—Golpes hechos con una pistola.

—Éste es el caso, el de Luong, sí. En el caso de Bray, usó un tipo poco corriente de martillo.

—Un martillo de desbastar.

—Veo que se ha preparado bien.

—Es una costumbre que tengo —bromeó.

—Premeditación —proseguí—. Llevó las armas a los lugares de los crímenes en lugar de usar algo que encontró al llegar allí. Y esta foto muestra cardenales provocados por golpes con los nudillos. —Le mostré otro horror—. Es decir, que también la golpeó con los puños y, desde este ángulo, se ven el jersey y el sujetador en el suelo. Al parecer, se los arrancó con las manos.

—¿En qué se basa?

—Con el microscopio se distingue que las fibras están rotas y no cortadas —respondí.

Berger contempló un diagrama corporal y comentó:

—Me parece que no he visto nunca tantas mordeduras infligidas por un ser humano. Frenético. ¿Hay razón para sospechar que estuviera bajo la influencia de drogas al cometer estos asesinatos?

—No tendría forma de saberlo.

—¿Y cuando se encontró con él? Cuando la atacó el sábado, poco después de medianoche. Y, por cierto, llevaba el mismo tipo de martillo, ¿no es cierto? ¿Un martillo de desbastar?

—Frenético lo describe bien, pero no tengo motivo para saber si estaba drogado. —Me detuve—. Sí, llevaba un martillo de desbastar cuando intentó atacarme.

—¿Intentó? Atengámonos a los hechos: la atacó —dijo, mirándome—. No lo intentó. La atacó y usted se escapó. ¿Pudo ver bien el martillo?

—De acuerdo, atengámonos a los hechos. Era un tipo de herramienta. Sé el aspecto que tiene un martillo de desbastar.

—¿Qué recuerda? La vibración. —Se refirió a mi extraña interpretación—. Esos minutos eternos, los pelos de sus manos que captaban la luz como monofilamento.

Me vino a la cabeza la imagen de una empuñadura en espiral.

—Vi la espiral —le dije lo mejor que supe—. Recuerdo eso. Es poco corriente. Un martillo de desbastar tiene una empuñadura que parece un muelle grueso y negro.

—¿Está segura? ¿Es lo que vio cuando la persiguió? —me presionó.

—Estoy bastante segura.

—Sería útil que estuviera algo más que bastante segura.

—Le vi la punta; como un gran pico negro. Cuando lo levantó para golpearme. Sí, estoy segura. Tenía un martillo de desbastar. —Me mostré desafiante—. Eso es exactamente lo que tenía.

—Tomaron una muestra de sangre de Chandonne en urgencias —me informó Berger—. Nada de drogas ni alcohol.

Me estaba poniendo a prueba. Ella sabía que Chandonne había dado negativo en drogas y alcohol y, aun así, se calló ese detalle lo suficiente para oír mis impresiones. Quería saber si yo era capaz de ser objetiva al hablar sobre mi propio caso. Quería saber si me podía ceñir a los hechos. Oí a Marino en el pasillo. Entró con tres vasitos de plástico humeantes y los dejó en la mesa. Deslizó un café solo en mi dirección.

—No sé cómo le gusta, pero le toca con leche —le dijo, grosero, a Berger—. Y un servidor lo toma con mucha leche y azúcar porque no me gustaría hacer nada que me privara de alimento.

—¿Cuánto daño sufre alguien a quien le echan formalina en los ojos? —me preguntó Berger.

—Depende de lo rápido que se los limpie —contesté con objetividad, como si se tratara de una pregunta teórica y no aludiera a que yo había lisiado a un ser humano.

—Debe de doler muchísimo. Es un ácido, ¿no es cierto? He visto lo que hace con el tejido: lo convierte en goma.

—No literalmente.

—Por supuesto que no —estuvo de acuerdo conmigo, con una leve sonrisa que indicó que debería animarme un poco, como si eso fuera posible.

—Si se sumerge un tejido en formalina durante un período largo de tiempo, o se inyecta, como al embalsamar, por ejemplo —le expliqué—, entonces sí, fija el tejido, lo conserva indefinidamente.

Pero Berger estaba poco interesada en los datos científicos sobre la formalina. Ni siquiera estuve segura de si le interesaba el alcance de cualquier lesión permanente que esa sustancia química pudiera haberle provocado a Chandonne.

Tuve la sensación de que estaba más concentrada en cómo me sentía por haberle hecho daño y causado una posible discapacidad. No me preguntó. Sólo me miró. Empecé a notar el peso de esas miradas. Sus ojos eran como manos expertas que palpaban para encontrar cualquier anomalía o punto sensible.

—¿Tenemos idea de quién va a defenderlo? —Marino nos recordaba así su presencia.

—La pregunta del millón de dólares —comentó Berger, que sorbía su café.

—Así que no tiene ni idea —dijo Marino con recelo.

—Oh, sí que tengo idea. Será alguien que no le gustará, seguro.

—Ya —farfulló—. Eso es fácil de predecir. No he conocido ningún abogado defensor que me guste.

—Por lo menos, ése será mi problema, no el suyo —señaló, volviéndolo a poner en su sitio.

—Escuche, no me hace feliz que lo juzguen en Nueva York —intervine yo, también irritada.

—Comprendo cómo se siente.

—Lo dudo mucho.

—Bueno, he hablado con su amigo, el señor Righter, lo bastante como para saber exactamente qué pasaría si juzgaran a *monsieur* Chandonne aquí, en Virginia. —Hablaba con frialdad, en plan experto, sólo algo sarcástica—. El tribunal anularía el cargo de hacerse pasar por un policía y reduciría el intento de asesinato por entrada en una vivienda con intención de cometer asesinato. —Se detuvo para ver mi reacción—. No llegó a tocarla. Ése es el problema.

—De hecho, habría más problemas si me hubiera tocado —repliqué, negándome a mostrar que empezaba a cabrearme.

—Podía haber levantado ese martillo para golpearla, pero no lo hizo. —Tenía los ojos fijos en mí—. Por lo que todos le estamos muy agradecidos.

—Ya sabe qué dicen, sólo se tienen en cuenta tus derechos cuando han sido violados —sentencié, con el café en alto.

—Righter habría presentado una moción para tratar todos los casos en un solo juicio, doctora Scarpetta. ¿Cuál habría sido entonces su función? ¿Testigo experto? ¿Testigo presencial? ¿Víctima? El conflicto salta a la vista. O testifica como médico forense, y se deja de lado el ataque perpetrado en usted, o es sólo una víctima que sobrevivió y otra persona testifica sus datos. O peor aún. —Se detuvo para lograr efecto—. Righter estipula sus informes. Parece que tiene costumbre de hacerlo, según tengo entendido.

—Ese hombre no tiene agallas —resolvió Marino—. Pero la doctora tiene razón. Chandonne debería pagar por lo que trató de hacerle. Y aún más por lo que les hizo a esas otras dos mujeres. Y deberían condenarlo a pena de muerte. Por lo menos aquí lo liquidaríamos.

—No si la doctora Scarpetta quedara desacreditada de algún modo como testigo, capitán. Un buen abogado defensor podría presentarla como alguien en conflicto y, con ello, crearía mucha confusión.

—Da lo mismo. Es hablar por hablar, ¿no? —espetó Marino—. No lo juzgan aquí y yo no nací ayer. No lo juzgarán nunca aquí. Ustedes lo encerrarán y nosotros, los desgraciados de turno, no iremos nunca a juicio.

—¿Qué hacía él en Nueva York hace dos años? —quise saber—. ¿Tienen alguna idea al respecto?

—Sí, ésa es otra —exclamó Marino, como si conociera detalles que no me había comentado.

—¿Podría ser que su familia tuviese conexiones en mi ciudad? —sugirió Berger sin darle importancia.

—Sí, y puede que hasta tengan un ático de lujo —replicó Marino.

—¿Y Richmond? —prosiguió Berger—. ¿No es Richmond una escala en la ruta de la droga por la I-95 entre Nueva York y Miami?

—Oh, sí —contestó Marino—. Antes de que se iniciara el proyecto Exile y castigara a esos parásitos con años en una prisión federal si los pillaban con armas o drogas. Sí, Richmond era un lugar muy popular para hacer negocio. De modo que, si el cartel de Chandonne está en Miami, y sabemos que sí gracias al trabajo secreto de Lucy en esa ciudad, y si hay una gran conexión con Nueva York, no sería extraño que las armas y drogas de ese cartel también llegaran a Richmond.

—¿Llegaran? —preguntó Berger—. Puede que aún lleguen.

—Supongo que eso mantendrá ocupada a la ATF cierto tiempo —comenté.

—Ya —soltó Marino de nuevo.

Se produjo una pausa tensa. Berger la rompió y su actitud me indicó que iba a decirme algo que no me gustaría:

—Ahora que lo menciona, al parecer la ATF tiene un problema. Lo mismo que el FBI y la policía francesa. Como es lógico, esperaban usar la detención de Chandonne como una oportunidad para obtener órdenes de registro del hogar de su familia en París y poder así, si había suerte, encontrar pruebas que contribuyeran a acabar con el cartel. Pero nos está costando situar a Jean-Baptiste en su casa familiar. De hecho, no tenemos nada para demostrar quién es. Ni carné de conducir ni pasaporte ni certificado de nacimiento. No existe registro alguno de este hombre extraño. Sólo su ADN, tan cercano al ADN del hombre encontrado en el puerto que suponemos que podían ser parientes, puede que hermanos. Pero necesito algo más tangible si quiero convencer a un jurado.

—Y su familia no va a presentarse a reclamar al *Loup-Garou* —aseguró Marino con un francés terrible—. Ésa es la razón de que no exista ningún registro para empezar, ¿no? Los poderosos Chandonne no quieren que el mundo sepa que tienen un hijo que es un monstruo peludo que asesina en serie.

—Esperen un momento —les interrumpí—. ¿No se identificó él mismo cuando lo detuvieron? ¿De dónde sacamos el nombre Jean-Baptiste Chandonne, si no fue de él?

—Lo sacamos de él —confirmó Marino, que se frotó la cara con las manos—. Mierda —le soltó de repente a Berger—. Enséñele el vídeo.

Yo no sabía de qué vídeo hablaba, pero Berger no pareció feliz de que lo mencionara.

—La doctora tiene derecho a enterarse —añadió Marino.

—Lo que tenemos aquí es un giro nuevo de un acusado con ADN conocido, pero sin identidad. —Berger eludió el tema que Marino había querido imponer.

«¿Qué vídeo? —pensé, presa de paranoia—. ¿Qué vídeo?»

—¿Lo ha traído? —Marino observó a Berger con una hostilidad manifiesta.

Ambos enmarcaban un retablo de una ira glacial, mirándose por encima de la mesa. El semblante de Marino se ensombreció. Agarró el maletín de la fiscal y lo acercó como si fuera a hacerse con lo que fuera que había dentro. Berger puso una mano sobre el maletín y fulminó a Marino con la mirada.

—¡Capitán! —le advirtió en un tono que le presagiaba el mayor problema de su vida.

Marino soltó el maletín, con la cara muy colorada. Berger lo abrió y me prestó toda su atención.

—Quiero enseñarle el vídeo —dijo midiendo las palabras—. No iba a hacerlo en este momento, pero podemos verlo. —Habló muy controlada, pero mientras sacaba una cinta de vídeo de un sobre manila noté que estaba muy enfadada. Se levantó y lo introdujo en el reproductor—. ¿Sabe alguien cómo funciona este aparato?

11

Encendí el televisor y le pasé a Berger el mando a distancia.

—Doctora Scarpetta, antes de empezar me gustaría ponerla en antecedentes sobre cómo funciona la Oficina del Fiscal del Distrito de Manhattan. —Ignoró por completo a Marino—. Como ya he mencionado antes, hacemos algunas cosas de un modo muy distinto al de ustedes aquí, en Virginia. Esperaba explicárselo antes de someterla a lo que va a ver. ¿Conoce nuestro sistema de guardia para homicidios?

—No —respondí con los nervios en tensión.

—Veinticuatro horas al día, todos los días de la semana, hay un ayudante del fiscal de guardia por si se produce un homicidio o la policía localiza a un acusado. Como he explicado antes, en Manhattan la policía no puede detener a nadie sin la autorización de la Oficina del Fiscal. Eso es para garantizar que todo, como las órdenes de registro, por ejemplo, se ejecuta como es debido. Es habitual que el fiscal, el ayudante, acuda al lugar del crimen y, si se da el caso de que un acusado detenido accede a que lo interrogue el ayudante, estamos todos encantados. Capitán Marino —se dirigió a él con frialdad—, usted empezó en el Departamento de Policía de Nueva York, pero quizá fuera antes de que todo esto se implementara.

—No lo había oído hasta hoy —masculló, con la cara aún colorada.

—¿Y la actuación vertical?

—Suena a postura sexual —ironizó Marino.

—Es idea de Morgenthau —me indicó Berger, que simuló no haberlo oído.

Robert Morgenthau era el fiscal de Manhattan desde hacía casi veinticinco años. Toda una leyenda. Resultaba evidente que a Berger le encantaba trabajar para él. Sentí algo en mi interior ¿Envidia? No, quizá nostalgia. Estaba cansada. Tenía una creciente sensación de impotencia. Yo sólo contaba con Marino, que era cualquier cosa menos innovador o ilustrado. Marino no era una leyenda y, en aquel momento, no me encantaba trabajar con él, ni siquiera tenerlo cerca.

—El fiscal asume el caso desde que llega —Berger empezó a explicar la actuación vertical—. No tenemos que tratar con tres o cuatro personas que ya han interrogado a nuestros testigos o a la víctima. Si el caso es mío, por ejemplo, puedo empezar en el lugar del crimen y acabar en el juzgado. Es de una pureza irrefutable. Si tengo suerte, interrogo al acusado antes de que consiga abogado; es evidente que ningún abogado defensor estará de acuerdo en que su cliente hable conmigo. —Pulsó la tecla de reproducción en el mando a distancia—. Por fortuna, pillé a Chandonne antes de que consiguiese abogado. Lo interrogué varias veces en el hospital, empezando a la bastante inhumana hora de las tres de la mañana de hoy.

Decir que me horroricé sería banalizar mucho mi reacción ante lo que acababa de revelarme. No era posible que Jean-Baptiste Chandonne hablara con nadie.

—Es evidente que está algo sorprendida. —El comentario de Berger parecía retórico, como si tuviera algo que decir.

—Ni que lo jure —acepté.

—¿Quizá no se le ha ocurrido que su atacante pueda andar, hablar, masticar chicle, beber Pepsi? ¿Quizá no le parece del todo humano? —sugirió—. Quizá cree que de verdad es un hombre lobo.

Lo cierto era que no lo vi cuando me habló en tono convincente a través de la puerta cerrada de mi casa. «Policía. ¿Va todo bien?» Al fin y al cabo, era un monstruo. Sí, un monstruo. Sí, un monstruo que me persiguió con una herramienta de hierro que parecía sacada de la Torre de Londres. Luego, gruñó y gritó, y sonó mucho a lo que parecía: algo horroroso, sobrenatural. Una bestia.

—Ahora verá nuestro reto, doctora Scarpetta —anunció Berger con una sonrisa algo cansada—. Chandonne no está loco. No es sobrenatural. Y no queremos que los miembros del jurado lo evalúen de otro modo porque padezca una enfermedad desafortunada. Pero también quiero que lo vean ahora, antes de arreglarse y de ponerse un traje con chaleco. El jurado necesita comprender totalmente el terror que sintieron las víctimas, ¿no cree? —Fijó sus ojos en los míos—. Podría ayudarlos a comprender que nadie en su sano juicio lo habría invitado a su casa.

—¿Por qué? ¿Dice él que fue invitado? —Se me había secado la boca.

—Dice muchas cosas —contestó Berger.

—La mayor cantidad de tonterías que hayas oído en tu vida —soltó Marino con asco—. Pero yo ya lo vi venir de inmediato. Fui a su habitación ayer muy tarde, ¿sabes? Lo informé de que la señora Berger quería interrogarlo y me preguntó que qué aspecto tenía. No comenté nada, para darle cuerda. Le dije: «Mira, digámoslo de esta manera, John. A muchos hombres les cuesta concentrarse cuando está cerca, ya me entiendes.»

«John —pensé como atontada—. Marino lo llama John.»

Uno, dos, tres. Probando. Uno, dos, tres, sonó una voz en el vídeo, y un bloque de hormigón llenó la pantalla. La cámara empezó a enfocar una mesa y una silla vacías. Un teléfono sonaba de fondo.

—Quiso saber si la mujer tenía un buen cuerpo y, señora Berger, espero que me disculpará por referirme a ello, pero me limito a repetir lo que ese desgraciado me dijo. —Marino rezumaba sarcasmo, todavía furioso por motivos que yo aún no acababa de entender—. Y respondí: «Oye, no estaría bien que yo comentara eso, pero, como te he dicho, a los hombres les cuesta concentrarse cuando está cerca. Por lo menos a los heterosexuales.»

Sabía muy bien que eso no era lo que Marino dijo. De hecho, dudaba que Chandonne preguntara nada sobre el aspecto de Berger. Más bien sería Marino quien sacó a relucir lo atractiva que era para convencer a Chandonne de que hablara con ella, y, al recordar el comentario ordinario que soltó sobre Berger cuando íbamos a buscar el coche de Lucy la noche anterior, sentí un gran resentimiento y enfado. Estaba harta de él y de su machismo. Estaba cansada de que fuera tan chulo y grosero.

—Pero ¿qué pasa? —Tenía ganas de lanzarle un cubo de agua fría—. ¿Tienen que aparecer las partes del cuerpo de la mujer en todas las conversaciones? ¿Crees que podrías concentrarte en este caso sin obsesionarte por lo grandes que tiene los senos una mujer?

Uno, dos, tres. Probando, y la voz del cámara sonó de nuevo en el vídeo. El teléfono dejó de sonar. Se oyeron unos pasos y un murmullo de voces. *Se sentará a la mesa, en esta silla.* Reconocí la voz de Marino y se oyó que alguien llamaba a la puerta.

—Lo que importa es que Chandonne habló. —Berger me miraba, estudiando mis puntos vulnerables—. Y habló mucho.

—Si es que eso vale para algo —comentó Marino, contemplando enfadado la pantalla de televisión.

Así que era eso: Marino podía haber inducido a Chandonne a hablar con Berger, pero lo cierto era que hubiese querido interrogarlo él. La cámara estaba fija y sólo se veía lo que quedaba en su campo de visión. Apareció en imagen el barrigón de Marino, que retiraba una silla de madera, y alguien con traje azul oscuro y corbata roja ayudó a Chandonne a sentarse en ella. Éste llevaba una bata azul de hospital, con manga corta, y el vello claro y largo de sus brazos formaba una pelambrera ondulada y suave del color de la miel. Le asomaban pelos por el cuello en pico y le subían por la garganta a modo de rizos largos y repugnantes. Se sentó y su cabeza quedó encuadrada, vendada desde la mitad de la frente hasta la punta de la nariz. Donde acababa la venda, tenía la piel afeitada y se veía tan blanca como la leche, como si no le hubiera dado nunca el sol.

¿Puedo tomar una Pepsi?, preguntó Chandonne. No llevaba sujeciones, ni siquiera esposas.

¿Quiere que se la abra?, le dijo Marino.

No hubo respuesta. Berger pasó por delante de la cámara y vi que llevaba un traje marrón chocolate con hombreras. Se sentó frente a Chandonne. Sólo se le veía a ella la nuca y los hombros.

¿Quiere otra, John?, le ofreció Marino al hombre que había intentado matarme.

En un minuto. ¿Puedo fumar?

Su voz era suave y tenía un fuerte acento francés. Se mostraba educado y tranquilo. Miré la pantalla y me falló la concentración. Volvía a sentir perturbaciones eléctricas, estrés postraumático. Los nervios me saltaban como agua en aceite caliente, y me estaba entrando otro terrible dolor de cabeza. La manga del traje azul oscuro con el puño blanco apareció y dejó una bebida y un paquete de cigarrillos Camel frente a Chandonne, y reconocí el vaso de papel azul y blanco de la cafetería del hospital. Alguien arrastró una silla y el brazo del traje azul encendió un cigarrillo para Chandonne.

Señor Chandonne. La voz de Berger sonó tranquila y con autoridad, como si hablara con mutantes asesinos en serie cada día. *Empezaré por presentarme. Me llamo Jaime Berger y soy fiscal de la Oficina del Fiscal de Distrito del condado de Nueva York. En Manhattan.*

Chandonne levantó una mano para tocarse la venda con suavidad. Tenía el dorso de los dedos cubiertos de pelos sedosos, casi albinos, incoloros. Debían de medir un centímetro de largo, como si se hubiese afeitado poco antes las manos. Me volvieron a la memoria imágenes de esas manos tras de mí. Llevaba las uñas largas y sucias, y por primera vez observé el contorno de sus músculos poderosos, no gruesos y prominentes como los de los hombres que dedican un tiempo obsesivo al gimnasio, sino atléticos y duros, el hábitat físico de alguien que, como un animal salvaje, usa el cuerpo para alimentarse, para luchar y huir, para sobrevivir. Su fortaleza parecía contradecir nuestra suposición de que había llevado una vida bastante sedentaria e inútil, oculto en el *hôtel particulier*, como denominan a las elegantes casas particulares en Île Saint-Louis, de su familia.

Ya conoce al capitán Marino, le decía Berger a Chandonne. También está presente el agente Escudero, de mi oficina, que se encarga de la cámara. Y el agente especial Jay Talley, de la Oficina de Alcohol, Tabaco y Armas de Fuego.

Noté los ojos de Berger puestos en mí. Evité mirarla. Me abstuve de interrumpir para preguntar: «¿Por qué? ¿Por qué estaba allí Jay?» Me pasó por la cabeza que Berger era exactamente la clase de mujer por la que él se sentiría atraído, y mucho. Saqué un pañuelo de papel del bolsillo de la chaqueta y me sequé el sudor frío de la frente.

Sabe que lo estamos grabando en vídeo y no tiene ninguna objeción, ¿verdad?, se oyó a Berger en la cinta.

En absoluto. Chandonne dio una calada al cigarrillo y se quitó una pizca de tabaco de la punta de la lengua.

Voy a hacerle algunas preguntas sobre la muerte de Susan Pless, el tres de diciembre de 1997.

Chandonne no reaccionó. Se acercó la Pepsi y encontró la pajita con sus labios rosados e irregulares mientras Berger le proporcionaba la dirección de la víctima en el Upper East Side de Nueva York. Le indicó que, antes de proseguir, quería advertirle de sus derechos, aunque ya le habían informado de ellos un sinfín de veces. Chandonne escuchaba. Tal vez fuera mi imaginación, pero parecía pasárselo bien. No se veía que le doliera nada ni que estuviera intimidado en absoluto. Se mostraba tranquilo y cortés, con las manos peludas y espantosas sobre la mesa o tocándose el vendaje, como para recordarnos lo que nosotros, lo que yo, le habíamos hecho.

Cualquier cosa que diga podrá utilizarse en su contra, prosiguió Berger. *¿Lo comprende? Y nos ayudaría que dijera sí o no en lugar de asentir con la cabeza.*

Lo comprendo, repuso Chandonne casi con amabilidad.

Tiene derecho a consultar a un abogado antes de ser interrogado o a que haya uno presente durante cualquier interrogatorio. ¿Lo comprende?

Sí.

Y, si no tiene abogado o no puede permitirse uno, se le asignará uno de oficio. ¿Lo comprende?

Chandonne volvió a acercarse la Pepsi. Berger seguía asegurándose implacable de que él y todo el mundo supiera que ese proceso era legal y justo, que Chandonne estaba totalmente informado y que hablaba con ella por voluntad propia, con libertad y sin presión de ningún tipo.

Ahora que ya sabe sus derechos, concluyó, *¿dirá la verdad sobre lo que pasó?*

Yo siempre digo la verdad, aseguró Chandonne con suavidad.

¿Y le han sido leídos sus derechos ante el agente Escudero, el capitán Marino y el agente especial Talley y los ha comprendido?

Sí.

¿Por qué no me cuenta con sus propias palabras qué le sucedió a Susan Pless?, preguntó Berger.

Era muy simpática, respondió Chandonne ante mi asombro. *Todavía me horrorizo al pensarlo.*

—Sí, seguro —masculló Marino con ironía en la sala de reuniones.

Berger pulsó al instante la tecla de pausa.

—Capitán, sin comentarios, por favor —le recriminó.

El malhumor de Marino era como un vapor venenoso. Berger apuntó el mando a distancia y en la cinta se vio que le preguntaba a Chandonne cómo conoció a Susan Pless. Él respondió que fue en un restaurante llamado Lumi, en la calle Setenta, entre la Tercera y la avenida Lexington.

¿Qué hacía usted ahí? ¿Estaba comiendo, trabajaba?, lo presionó Berger.

Estaba comiendo solo. Entró ella, también sola. Me habían servido una botella de un vino italiano muy bueno. Un Massolino Barolo del 93. Era una chica muy bonita.

Barolo es mi vino italiano favorito. La marca que mencionaba era cara. Chandonne prosiguió con su relato:

Estaba tomando el entrante, Crostini di polenta con funghi trifolati e olio tartufato, dijo en un italiano perfecto, *cuando observé a una preciosa mujer afroamericana que entraba sola en el restaurante. El* maître *la trató como si fuera importante y una clienta habitual y la condujo hasta una mesa del rincón. Iba bien vestida. Era evidente que no se trataba de ninguna prostituta. Le pedí al* maître *que le preguntara si quería sentarse a mi mesa, y fue muy fácil.*

¿Qué quiere decir con que fue muy fácil?, inquirió Berger.

Chandonne se encogió de hombros y tomó otra vez la Pepsi. Sorbió de la pajita con calma.

Me tomaría otra, dijo con el vaso en alto, que a continuación entregó a Jay Talley.

Después buscó a ciegas el paquete de cigarrillos, palpando la mesa con su mano peluda.

¿Qué quiere decir con eso de que fue muy fácil?, insistió Berger.

No hubo que convencerla de que viniera. Se acercó a la mesa y se sentó. Tuvimos una charla muy agradable.

No reconocí su voz.

¿De qué hablaron?, preguntó Berger.

Chandonne se tocó otra vez las vendas y me imaginé a ese hombre horroroso, con su cuerpo cubierto de pelos largos, sentado en un lugar público y comiendo buena comida, bebiendo un buen vino y ligando. Se me ocurrió que Chandonne tal vez sospechó que Berger me enseñaría esa cinta. ¿Iba dedicado a mí lo de la comida y el vino italianos? ¿Se burlaba de mí? ¿Qué sabía de mí? Me dije que nada. No había razón para que supiera nada de mí.

Le estaba contando a Berger que él y Susan Pless hablaron de política y música durante la cena. Cuando Berger le preguntó que si sabía cómo se ganaba Pless la vida, respondió que ella le había comentado que trabajaba en una emisora de televisión.

Le dije: «Entonces eres famosa.» Ella se echó a reír.

¿La había visto alguna vez en televisión?, preguntó Berger.

No veo mucho la televisión. Soltó una bocanada de humo. *Ahora, claro está, no veo nada. No puedo ver.*

Limítese a responder a la pregunta. No le he preguntado que si ve mucha televisión, sino si había visto alguna vez a Susan Pless en televisión.

Me esforcé en reconocerle la voz. El miedo me cosquilleaba la piel y empezaron a temblarme las manos. Esa voz me resultaba desconocida. No se parecía en nada a la que oí al otro lado de mi puerta: «Policía. Nos han llamado para avisar de que había alguien sospechoso en su propiedad, señora.»

No recuerdo haberla visto en televisión, contestó Chandonne.

¿Qué pasó después?, prosiguió Berger.

Comimos, bebimos el vino y le pregunté si le gustaría ir a alguna parte a tomar champán.

¿A alguna parte? ¿Dónde se hospedaba usted?

En el hotel Barbizon, pero no con mi verdadero nombre. Acababa de llegar de París y sólo estuve en Nueva York unos días.

¿Con qué nombre se inscribió en el hotel?
No me acuerdo.
¿Cómo pagó?
En efectivo.
¿Y por qué motivo vino a Nueva York?
Tenía mucho miedo.

En la sala de reuniones, Marino se movió incómodo en la silla y resopló asqueado. Hizo otro comentario:

—Agárrense fuerte, señoras. Ahora viene lo mejor.

¿Miedo?, se oyó la voz de Berger en la cinta. *¿De qué tenía miedo? De las personas que me persiguen. De su Gobierno. De eso se trata todo.*

Chandonne volvió a tocarse las vendas, esta vez con una mano, y luego con la que sostenía el Camel. El humo se le arremolinaba alrededor de la cabeza.

Porque me están utilizando, me han estado utilizando para llegar hasta mi familia. Debido a los rumores infundados sobre mi familia...

Espere. Espere un momento, lo interrumpió Berger.

Por el rabillo del ojo vi que Marino sacudía enojado la cabeza. Se recostó en la silla y cruzó los brazos sobre el estómago hinchado.

—Uno tiene lo que se merece —masculló, y supuse que se refería a que Berger no debía de haber interrogado a Chandonne. Fue un error. La cinta iba a perjudicar más que a servir.

—Capitán, por favor —le reconvino la Berger real de la sala a Marino en un tono que sonaba serio.

¿Quién lo está utilizando?, le preguntaba entretanto a Chandonne. *El FBI, la Interpol. Puede que hasta la CIA. No lo sé con exactitud.*

—Sí —soltó Marino con sarcasmo desde su silla—. No menciona la ATF porque nadie ha oído hablar de ella. Nadie la conoce.

Su odio por Talley, junto con lo que le pasaba a Lucy en su carrera, se reproducía en odio por toda la ATF. Berger no dijo nada en esa ocasión. Hizo caso omiso. En el vídeo se enfrentaba a Chandonne, imponiendo su naturaleza sensata.

Necesito que entienda lo importante que es para usted decir la verdad ahora. ¿Comprende lo importante que es que sea totalmente sincero conmigo?

Le digo la verdad, afirmó en voz baja, con seriedad. *Ya sé que suena increíble. Parece increíble, pero todo tiene que ver con mi poderosa familia. En Francia, todo el mundo la conoce. Ha vivido desde hace siglos en Île Saint-Louis y se rumorea que está conectada con el crimen organizado, como la mafia, lo que no es cierto en absoluto. Ahí está la confusión. Yo nunca he vivido con ellos.*

Pero pertenece a esa familia. ¿Es su hijo?

Sí.

¿Tiene hermanos?

Tenía un hermano, Thomas.

¿Tenía?

Está muerto. Ya lo sabe. Por eso me encuentro aquí.

Me gustaría que volviéramos a eso. Pero hablemos de su familia de París. ¿Me está diciendo que no vive con su familia y que jamás lo ha hecho?

Jamás.

¿Y eso por qué? ¿Por qué no ha vivido nunca con su familia?

Nunca me han querido. Cuando era muy pequeño, pagaron a una pareja sin hijos para que me cuidara a fin de que nadie lo supiera.

¿Supiera el qué?

Que soy hijo del señor Thierry Chandonne.

¿Por qué iba a querer su padre que nadie supiera que era su hijo?

¿Me está mirando y me pregunta eso? Apretó los labios con ira.

Se lo estoy preguntando. ¿Por qué iba a querer su padre que nadie supiera que era su hijo?

Muy bien. Haré como si no se hubiese fijado en mi aspecto. Es muy amable al simular que no lo ha notado. Su voz adoptó un tono de desdén. *Tengo una enfermedad grave. Por vergüenza. Mi familia se avergüenza de mí.*

¿Dónde vive esa pareja, las personas que dice que le cuidaron?

En el Quai de l'Horloge, muy cerca de la Conciergerie.

¿La prisión donde estuvo detenida María Antonieta durante la Revolución francesa?

La Conciergerie *es muy famosa, por supuesto; es un lugar turístico. La gente parece muy interesada en las prisiones, las cámaras de tortura y las decapitaciones. En especial los norteamericanos. Nunca lo he entendido. Y ustedes me matarán. Estados Unidos me matará sin problemas. Ustedes matan a todo el mundo. Forma parte del gran plan, de la conspiración.*

¿En qué lugar exacto del Quai de l'Horloge? Yo creía que el Palais de Justice y la Conciergerie ocupaban la totalidad de esa inmensa manzana. Berger pronunció el francés como quien sabe hablarlo. *Sí, hay algunos pisos, muy caros.* ¿Dice que su hogar adoptivo estaba allí?

Muy cerca de allí.

¿Cómo se llama la pareja?

Olivier y Christine Chabaud. Por desgracia, ambos están muertos, desde hace muchos años.

¿Qué hacían? ¿A qué se dedicaban?

Él era boucher *y ella,* coiffeureuse.

¿Un carnicero y una peluquera? El tono de Berger delató que no le creía, que sabía muy bien que se burlaba de ella y de todos nosotros. Jean-Baptiste Chandonne era un auténtico carnicero y estaba cubierto de pelo.

Sí, un carnicero y una peluquera, afirmó Chandonne.

¿Vio alguna vez a su familia, los Chandonne, mientras vivía con estas otras personas cerca de la prisión?

Iba de vez en cuando a su casa. Siempre después del anochecer para que la gente no me viera.

¿Para que la gente no lo viera? ¿Por qué no quería su familia que lo viera la gente?

Como le he dicho, mis padres no querían que se supiera que era su hijo. Echó la ceniza a ciegas en un cenicero. *Habría dado mucho de que hablar. Mi padre es muy, muy conocido. Lo entiendo. Así que iba tarde, cuando estaba oscuro y las calles de Île Saint-Louis se quedaban desiertas. Algunas veces me daban dinero u otras cosas.*

¿Le dejaban entrar en la casa?

Berger ansiaba ubicarlo en el interior de la casa familiar para que las autoridades tuvieran una causa probable para emitir una orden de registro. Enseguida me percaté de que Chandonne dominaba este juego. Sabía muy bien por qué quería ubicarlo en el interior del increíble *hôtel particulier* de los Chandonne en Île Saint-Louis, una casa que yo había visto con mis propios ojos cuando estuve en París poco tiempo atrás. No vería la orden de registro en mi vida.

Sí, pero no me quedaba mucho rato y no entraba en todas las habitaciones, dijo Chandonne fumando con calma. *Hay muchas habitaciones de la casa de mi familia en las que nunca he estado. Sólo la cocina y..., déjeme ver, la cocina y las habitaciones del servicio y, nada más que en el umbral. Casi siempre, me he cuidado solo, ¿sabe?*

¿Cuándo fue la última vez que visitó la casa de su familia?

Oh, hace tiempo. Dos años, por lo menos. No lo recuerdo bien.

¿No lo recuerda? Si no lo sabe, diga que no lo sabe. No le pido suposiciones.

No lo sé. Pero no recientemente, de eso estoy seguro.

Berger apuntó con el mando a distancia y congeló la imagen.

—Seguro que advierte su juego —me dijo—. Primero, nos da información que no podemos comprobar. Gente que está muerta. Paga en efectivo en un hotel donde se inscribió con otro nombre que no recuerda. Y, ahora, ninguna base para una orden de registro de la casa de su familia porque asegura que jamás vivió allí y apenas ha estado en su interior. Y, sin duda, hace mucho tiempo. Ninguna causa probable que sea reciente.

—¡Demonio! Ninguna causa probable y punto —añadió Marino—. No si no encontramos testigos que lo hayan visto entrar y salir de la casa familiar.

12

Berger volvió a poner en marcha el vídeo.

¿Trabaja o ha trabajado alguna vez?, le preguntaba a Chandonne en ese momento.

Aquí y allá. Lo que sale.

¿Y aun así podía pagar la estancia en un buen hotel y comer en un restaurante caro de Nueva York? ¿Y pedir una botella de un buen vino italiano? ¿De dónde sacó el dinero para todo eso?

En ese momento, Chandonne dudó. Bostezó, lo que nos permitió captar una imagen asombrosa de sus grotescos dientes: pequeños y puntiagudos, muy espaciados y de color gris.

Lo siento, se excusó. *Estoy muy cansado y bastante débil.* Volvió a tocarse el vendaje, y Berger le recordó que hablaba por voluntad propia. Nadie lo obligaba a ello. Le ofreció parar, pero él dijo que seguiría un poco más, tal vez unos minutos más.

He pasado en la calle gran parte de mi vida, cuando no encuentro trabajo, añadió. *A veces pido limosna, pero la mayoría de las veces trabajo en lo que puedo. Lavo platos, barro. Hasta he conducido* moto-crottes.

¿Y eso qué es?

Una trottin'net. *Una de esas motocicletas verdes de París que limpian las aceras, ya sabe, con el aspirador que recoge los excrementos de los perros.*

¿Tiene carné de conducir?

No.

¿Cómo pudo conducir entonces una trottin'net?

Si es inferior a ciento veinticinco centímetros cúbicos no se necesita carné de conducir, y las moto-crottes *sólo alcanzan unos veinte kilómetros por hora.*

Volvía a burlarse de nosotros. Marino se movió incómodo en su silla de la sala de reuniones.

—Ese imbécil tiene respuesta para todo, ¿no? —estalló.

¿Tiene otros modos de conseguir dinero?, le preguntó Berger a Chandonne.

Bueno, a veces, de las mujeres.

¿Y cómo obtiene dinero de las mujeres?

Si me lo dan. Admito que las mujeres son mi debilidad. Me encantan, su aspecto, su olor, su tacto, su sabor.

Aquel hombre, que hundía los dientes en las mujeres, las atacaba salvajemente y las asesinaba, dijo todo eso con un tono suave. Fingía una inocencia absoluta. Había empezado a flexionar los dedos sobre la mesa, como si los tuviera entumecidos, y los abría y cerraba despacio; el vello que los cubría brillaba.

¿Le gusta su sabor? Berger se puso más agresiva. *¿Por eso las muerde?*

Yo no las muerdo.

¿No mordió a Susan Pless?

No.

Estaba cubierta de mordiscos.

Yo no se los hice. Fueron ellos. Me siguieron y la mataron. Matan a mis amantes.

¿Quiénes?

Ya se lo dije. Agentes del Gobierno, el FBI y la Interpol. Para llegar hasta mi familia.

Si su familia ha ido con tanto cuidado para ocultarle al resto del mundo, cómo sabe esa gente, el FBI, la Interpol, quien sea, que es usted un Chandonne?

Deben de haberme visto entrar y salir de la casa alguna vez, debieron de seguirme. O tal vez alguien se lo dijo.

¿Y dice usted que hace por lo menos dos años que no pone un pie en la casa de su familia?, insistió Berger.

Por lo menos.

¿Cuánto tiempo cree que hace que le siguen?

Muchos años. Puede que cinco. No estoy seguro. Son muy listos.

¿Y cómo podría usted ayudar a esa gente, y cito, a llegar hasta su familia?

Si me tienden una trampa para que parezca un asesino terrible, la policía podría entrar en casa de mi familia. No encontrarían nada. Mi familia es inocente. Es un asunto político. Mi padre es muy poderoso en ese ámbito. Aparte de eso, no lo sé. Sólo puedo contar lo que me ha pasado, y todo es una conspiración para atraerme a este país, detenerme y matarme. Porque ustedes, los norteamericanos, matan a la gente incluso cuando es inocente. Todo el mundo lo sabe.

Esta queja pareció hartarlo, como si estuviese cansado de decir lo mismo

¿Dónde aprendió a hablar inglés?, preguntó Berger.

Lo aprendí yo solo. Cuando era más joven, mi padre me regalaba libros cuando iba por casa. Leía mucho.

¿En inglés?

Sí. Quería saber muy bien el inglés. Mi padre habla muchos idiomas porque se dedica al comercio internacional y trata con muchos países extranjeros.

¿Incluido el nuestro, Estados Unidos?

Sí.

El brazo de Talley volvió a aparecer en pantalla al dejar otra Pepsi. Chandonne se llevó con glotonería la pajita a los labios y sorbió haciendo mucho ruido.

¿Qué clase de libros leía?, inquirió Berger.

Muchos de relatos y otros libros para educarme, porque tuve que ser autodidacta, ¿sabe? Nunca fui a la escuela.

¿Dónde están ahora esos libros?

No lo sé. Desaparecieron. Porque a veces no tengo hogar o me desplazo mucho. Siempre en marcha, siempre vigilante porque esa gente me sigue.

¿Sabe otros idiomas además del francés y el inglés?

Italiano y un poco de alemán. Eructó en voz baja.

¿Y también los aprendió solo?

En París encontraba periódicos en muchos idiomas, de modo que también he aprendido así. Algunas veces he dormido sobre periódicos, ¿sabe? Cuando no tenía dónde refugiarme.

—Me parte el alma. —Marino no había podido contenerse.

Volvamos a Susan, a su muerte el cinco de diciembre, insistió Berger, *hace dos años en Nueva York. Hábleme de esa noche, la noche en que dice que la conoció en Lumi. ¿Qué pasó exactamente?*

Chandonne suspiró como si se cansara por segundos. Se tocaba el vendaje con frecuencia y observé que le temblaban las manos.

Tengo que comer algo, dijo. *Me siento muy débil.*

Berger apuntó con el mando a distancia y la imagen se congeló y se volvió borrosa.

—Interrumpimos el interrogatorio una hora —me aclaró—. Para que tuviera tiempo de comer algo y descansar un poco.

—Sí, ese tipo conoce muy bien el sistema —me dijo Marino, como si yo no me hubiera percatado de ello—. Y todo eso sobre la pareja que lo crió es mentira. Está protegiendo a su familia mafiosa.

—¿Conoce por casualidad el restaurante Lumi? —me preguntó Berger.

—Pues creo que no —respondí.

—Es interesante. Cuando empezamos a investigar el asesinato de Susan Pless hace dos años, sabíamos que había cenado en Lumi la noche en que murió porque el camarero que le sirvió llamó a la policía en cuanto oyó la noticia. El forense incluso encontró restos de la comida en su estómago, lo que indicaba que la había ingerido pocas horas antes.

—¿Estuvo sola en el restaurante? —inquirí.

—Llegó sola y se unió a un hombre que también estaba solo, pero no era ningún monstruo, ni mucho menos. Fue descrito como alto, de hombros anchos, bien vestido y atractivo. Sin duda alguien para quien el dinero no era ningún problema, o por lo menos daba esa impresión.

—¿Sabe qué pidieron? —pregunté.

Berger se pasó los dedos por los cabellos. Era la primera vez que la veía insegura. De hecho, me vino a la cabeza la palabra «asustada».

—Pagó en efectivo, pero el camarero recordaba lo que les sirvió a ella y a su acompañante. Él tomó polenta con setas y una botella de Barolo, justo lo que Chandonne describió en el vídeo. Susan tomó verduras de entrante y cordero, lo que, por cierto, concuerda con el contenido de su estómago.

—Dios mío —exclamó Marino. Era evidente que esta parte resultaba nueva para él—. ¿Cómo es eso posible? Serían necesarios efectos especiales del mismísimo Hollywood para convertir a esa bola de pelos horrible en un galán.

—A menos que no fuera él —dije—. ¿No pudo ser su hermano, Thomas? ¿Y que Jean-Baptiste lo siguiera? —Me sorprendí de mí misma: había llamado al monstruo por su nombre.

—Una primera idea muy lógica —comentó Berger—, pero hay otro inconveniente. El portero del piso de Susan recuerda que llegó con un hombre que encaja en la descripción del de Lumi. Eso fue alrededor de las nueve de la noche. El portero trabajó hasta las siete de la mañana y estaba allí cuando el hombre se marchó hacia las tres y media de la madrugada, la hora en que Susan solía levantarse para ir a trabajar.

Tenía que llegar a la emisora de televisión sobre las cuatro o cuatro y media porque el programa empieza a las cinco. Encontraron su cadáver hacia las siete de la mañana y, según el forense, Susan llevaba muerta unas cuantas horas. El principal sospechoso ha sido siempre el hombre con quien estuvo en el restaurante. De hecho, no sé cómo podría haber sido otro. La mata, pasa un rato mutilando el cuerpo, se va sobre las tres y media y no volvemos a tener noticias de él. Y si no es culpable, ¿por qué no se puso en contacto con la policía cuando se enteró del asesinato? La noticia salió en todas partes.

Experimenté una extraña sensación al percatarme de que había oído hablar de ese caso cuando sucedió. De repente recordé algunos detalles que formaban parte de historias increíbles, sensacionales en aquel entonces. Me asustó pensar que, cuando oí hablar de Susan Pless dos años antes, no tenía ni idea de que acabaría implicada en su caso, sobre todo de este modo.

—A no ser que no fuera de la ciudad o incluso del país —sugirió Marino.

Berger se encogió de hombros. Intenté repasar las pruebas que había presentado y no llegué a ninguna repuesta que empezara siquiera a tener sentido.

—Si cenó entre las siete y las nueve, a las once la digestión ya habría concluido —señalé—. Suponiendo que el forense tenga razón en la hora estimada de la muerte; si murió varias horas antes de que se encontrara el cadáver, pongamos sobre la una o las dos, ya no tendría alimentos en el estómago.

—La explicación fue el estrés. Estaba asustada y la digestión quizás haya sido más lenta a causa de ello —informó Berger.

—Eso tiene sentido si hablamos de un extraño escondido en el armario que te ataca cuando llegas a casa. Pero, al parecer, se sentía tan a gusto con este hombre que lo invitó a su casa —rechacé yo—. Y a él no le importó que el portero lo viera entrar y salir mucho después. ¿Qué hay de las muestras vaginales?

—Semen positivo.

—A este hombre no le va la penetración vaginal, y no tenemos pruebas de que eyacule —le recordé a Berger, señalando a Chandonne—. No en los asesinatos de París, y sin duda no en los de aquí. Las víctimas están siempre vestidas de cintura para abajo. No tienen heridas de cintura para abajo. No parece interesado lo más mínimo en ellas de cintura para abajo, con excepción de los pies. Yo tenía la impresión de que Susan Pless también estaba vestida de cintura para abajo.

—Lo estaba. Llevaba puestos los pantalones del pijama —me confirmó Berger. Pero tenía semen, lo que sugería la posibilidad de sexo consentido, por lo menos al principio. No después de eso, no cuando ves lo que le hizo. El ADN del semen concuerda con el de Chandonne. Luego tenemos esos extraños pelos largos que se parecen muchísimo a los suyos. Y ustedes examinaron al hermano, a Thomas, ¿no? Y su ADN no es idéntico al de Jean-Baptiste, de modo que no parece que Thomas dejara el semen.

—Las características de sus ADN son muy parecidas, pero no idénticas —estuve de acuerdo—. Y no lo serían a no ser que fueran gemelos univitelinos, lo que está claro que no es el caso.

—¿Cómo lo sabes seguro? —se interesó Marino, con el ceño fruncido.

—Si Thomas y Jean-Baptiste fueran gemelos idénticos —expliqué—, los dos tendrían hipertricosis congénita, no sólo uno de ellos.

—¿Cómo lo explica, pues? —me preguntó Berger—. Concordancia genética en todos los casos y, aun así, las descripciones de los asesinos parecen indicar que no pueden ser la misma persona.

—Si el ADN del caso de Susan Pless concuerda con el de Jean-Baptiste Chandonne, eso significaría que el hombre que se marchó de su casa a las tres y media de la mañana no es quien la mató —aseguré—. Fue Chandonne quien lo hizo, pero el hombre con quien la vieron no era él.

—De modo que, después de todo, el Hombre Lobo se las tira de vez en cuando —interpretó Marino—. O lo intenta y no lo sabemos porque no deja ningún fluido.

—Y entonces, ¿qué? —lo retó Berger—. ¿Les vuelve a poner las bragas? ¿Las viste de cintura para abajo al acabar?

—Oiga, no estamos hablando de alguien que hace las cosas de un modo normal. Oh, casi se me olvida. —Me miró—. Una de las enfermeras echó un vistazo a lo que lleva en el paquete. Sin recorte. —Era el modo que Marino tenía de decir que no estaba circuncidado. Marcó una distancia de unos tres centímetros con el índice y el pulgar y añadió—: Y más pequeño que una salchicha de Viena. No es extraño que el muy imbécil esté siempre de mal humor.

13

Con un clic del mando a distancia, regresé a la sala de interrogatorios de la sala forense de la facultad de Medicina de Virginia. Volví con Jean-Baptiste Chandonne, que quería que creyéramos que era capaz de transformar de algún modo su espantoso aspecto en un hombre atractivo cuando le apetecía ir a cenar y a ligar. Imposible. Su torso, con su rizada capa de pelos incipientes, llenó la pantalla cuando lo ayudaron a regresar a su silla; y, al aparecer su cabeza, me sobresaltó ver que le habían quitado las vendas y llevaba los ojos ocultos tras unas gafas oscuras SolarShield de plástico, con la piel irritada a su alrededor, de color rosa fuerte. Tenía las cejas espesas y confluentes, como si alguien hubiese cogido una tira de cabellos sedosa y se la hubiese pegado en la frente. El mismo vello sedoso y claro le cubría la frente y las sienes.

Berger y yo seguíamos sentadas en la sala de reuniones. No eran aún las siete y media, y Marino se había ido por dos razones: lo habían llamado por una posible identificación del cadáver que habían encontrado en la calle en Mosby Court, y Berger lo animó a no regresar. Insinuó que quería estar un rato a solas conmigo. Me pareció que estaba harta de él, y la entendía. Marino había dejado muy claro que no le gustaba nada cómo había interrogado a Chandonne ni que lo hubiese hecho. En parte (no, en su totalidad) era envidia. Ningún investigador del mundo querría dejar de interrogar a un asesino tan famoso y raro. Y lo que pasó fue que la bestia eligió a la bella, y Marino estaba furioso.

Mientras oía a Berger recordarle a Chandonne que conocía sus derechos y que accedía a hablar más con ella, comprendí una realidad: yo era un animalito atrapado en una telaraña, una telaraña maligna tejida con hilos que parecían envolver el mundo entero, como las líneas de latitud y longitud. El intento de asesinarme de Chandonne era algo secundario, sólo una distracción. Si él imaginó que vería su interrogatorio grabado, yo seguía siendo una distracción. Nada más. Se me ocurrió que, si hubiese logrado acabar conmigo, ya se habría concentrado en alguien nuevo y yo no sería más que un breve momento sanguinario, un sueño húmedo del pasado en su detestable e infernal vida.

Y el inspector le ha traído algo para comer y beber, ¿verdad?, le preguntaba Berger a Chandonne.

Sí.

¿Qué le ha traído?

Una hamburguesa y una Pepsi.

¿Y patatas fritas?

Mais ouis. *Patatas fritas.* Parecía encontrarlo gracioso.

Por lo tanto, le han dado todo lo que necesitaba, ¿correcto?, preguntó Berger.

Sí.

Y el personal del hospital le ha quitado las vendas y le ha dado unas gafas especiales. ¿Está cómodo?

Me duele un poco.

¿Le han suministrado algún medicamento para el dolor?

Sí.

Tylenol, ¿no es eso?

Sí, supongo. Dos tabletas.

Nada más que eso. Nada que pudiera interferir en su pensamiento.

No, nada. Las gafas oscuras no se apartaban de ella.

Y nadie le obliga a hablar conmigo ni le ha hecho ninguna promesa, ¿no es cierto? Los hombros se le movieron al pasar una página de lo que supuse que sería un bloc de notas.

Sí.

¿Lo he amenazado o le he prometido algo para que hable conmigo?

Berger continuó repasando su lista. Se aseguraba de que la futura defensa de Chandonne no tuviera la oportunidad de afirmar que lo habían intimidado, apabullado, maltratado ni sometido a trato injusto de ningún modo. Estaba sentado derecho en la silla, con los brazos cruzados en medio de una maraña de pelos que sobresalía sobre la mesa y le colgaba en matas repulsivas, como pelusa de maíz sucia, desde las mangas cortas de la bata del hospital. No había nada que cuadrara en el modo en que las partes de su anatomía encajaban entre sí. Me recordó aquellas películas extravagantes en las que salían chicos en la playa que se enterraban en la arena y se pintaban ojos en la frente; hacían que la barba pareciese cabello, se ponían gafas de sol en el cogote o se arrodillaban con zapatos en las rodillas para convertirse en enanos: gente que se convertía en caricaturas monstruosas porque lo encontraba divertido. Chandonne no tenía nada de divertido. Ni siquiera me daba pena. Mi cólera se agitaba como un gran tiburón bajo la calma de mi comportamiento estoico.

Volvamos a la noche en que conoció a Susan Pless, prosiguió Berger. *En Lumi. ¿Está en la esquina de la calle Setenta y la avenida Lexington?*

Sí, sí.

Decía antes que cenaron juntos y que le preguntó si le gustaría tomar champán con usted en alguna parte. ¿Es consciente de que la descripción del hombre que cenó con Susan no concuerda en absoluto con la suya?

No tengo modo de saberlo.

Pero debe de saber que padece una enfermedad grave que le da un aspecto muy distinto de las demás personas, y resulta difícil imaginar, por lo tanto, que puedan confundirlo con alguien que no tiene esa enfermedad, llamada hipertricosis. ¿No es eso lo que tiene?

Capté el apenas perceptible parpadeo de Chandonne tras las gafas oscuras. Berger le había tocado una fibra. Los músculos de la cara se le tensaron. Empezó a flexionar los dedos de nuevo.

¿Es ése el nombre de su enfermedad? ¿Sabe cómo se llama?, insistió Berger.

Sé lo que es, respondió Chandonne en un tono más tenso.

¿Y la ha padecido toda su vida?

Chandonne se la quedó mirando.

Responda a la pregunta, por favor, insistió Berger.

Por supuesto. Es una pregunta estúpida. ¿Qué se cree? ¿Que se contrae como un resfriado?

El caso es que usted no se parece a los demás y, por lo tanto, me cuesta imaginar que puedan confundirle con un hombre descrito como sano y atractivo, sin vello facial. Hizo una pausa. Lo estaba picando. Quería que perdiera el control. *Alguien bien arreglado y con un traje caro.* Otra pausa. *¿No acaba de decirme que vivía casi como un indigente? ¿Cómo podía ser usted el hombre de Lumi?*

Llevaba un traje negro, camisa y corbata. Odio. La verdadera naturaleza de Chandonne empezó a brillar en la oscuridad de su engaño como una distante estrella fría. Me dio la impresión de que saltaría sobre la mesa en cualquier momento y le partiría el cuello a Berger o la golpearía contra la pared antes de que Marino o nadie pudiera detenerlo. Casi dejé de respirar. Me recordé que Berger estaba sana y salva, sentada a la mesa conmigo en la sala de reuniones. Era jueves por la noche. En cuatro horas, haría cinco días exactos que Chandonne entró en mi casa y trató de matarme con un martillo de desbastar.

He pasado períodos en los que mi enfermedad no era tan grave como ahora, afirmó Chandonne, que se había calmado y recobraba la cortesía. *El estrés la empeora. He estado sometido a mucho estrés. Debido a ellos.*

¿Quiénes son ellos?

Los agentes norteamericanos que me han tendido una trampa. Cuando empecé a percatarme de lo que pasaba, de que lo estaban preparando para que pareciese un asesino, me convertí en un fugitivo. Mi salud se deterioró más que nunca, y cuanto más empeoraba, más tenía que ocultarme. No siempre he tenido este aspecto. Las gafas oscuras no se dirigían directas a la cámara, ya que Chandonne miraba hacia Berger. *Cuando conocí a Susan, yo no era como ahora. Podía afeitarme. Podía encontrar algún que otro trabajo y lograr tener incluso buen aspecto. Y a veces contaba con ropa y dinero porque mi hermano me ayudaba.*

Berger detuvo el vídeo y me preguntó:

—¿Es posible que eso del estrés sea cierto?

—El estrés lo empeora todo —puntualicé—. Pero este hombre nunca ha tenido buen aspecto. No me importa lo que diga.

Está hablando de Thomas, prosiguió Berger en la grabación. *¿Thomas le daba ropa, dinero, tal vez otras cosas?*

Sí.

Dice que esa noche, en Lumi, vestía un traje negro. ¿Se lo había regalado Thomas?

Sí. Le gustaba la ropa muy elegante. Teníamos más o menos la misma talla.

Y cenó con Susan. Y luego, ¿qué? ¿Qué pasó cuando acabaron de cenar? ¿Pagó usted la cuenta?

Por supuesto. Soy un caballero.

¿A cuánto ascendía la cuenta?

A doscientos veintiún dólares, propina aparte.

Berger corroboró aquello sin apartar la mirada del televisor:

—Y ése era exactamente el importe de la cuenta. El hombre pagó en efectivo y dejó dos billetes de veinte dólares de propina.

Le pregunté a Berger cuánta información sobre el restaurante, la cuenta y la propina se había divulgado públicamente.

—¿Salió algo de eso en las noticias?

—No. Así pues, si no era él, ¿cómo iba a saber a cuánto subía la cuenta? —dijo con tono de frustración.

En la cinta, le preguntó a Chandonne sobre la propina. Él afirmó que había dejado cuarenta dólares.

En dos billetes de veinte, me parece, añadió.

¿Y después qué? ¿Se fueron del restaurante?

Decidimos tomar una copa en su casa.

14

Llegado este punto, Chandonne dio muchos detalles. Sostuvo que se marchó de Lumi con Susan Pless. Hacía mucho frío, pero decidieron caminar porque su piso quedaba a pocas manzanas del restaurante. Describió la luna y las nubes con palabras casi poéticas. Había luna llena, semioculta por las nubes. Explicó que la luna llena siempre lo excitaba sexualmente porque le recordaba el vientre de una mujer embarazada, unas nalgas, unos senos. El viento azotaba los altos bloques de pisos, y en cierto momento él se quitó la bufanda y se la puso a Susan en torno al cuello para darle calor. Afirmó que llevaba un abrigo largo de cachemir oscuro, y me acordé de que la forense jefe de Francia, la doctora Ruth Stvan, me relató su encuentro con el hombre que, según creíamos, era Chandonne.

Había visitado a la doctora Stvan en el Institut Médico-Légal hacía menos de dos semanas después de que la Interpol me pidiera que revisara los casos de París con ella, y durante nuestra conversación me contó que, una noche, un hombre llegó a su casa con la excusa de tener el coche averiado. Le pidió usar el teléfono y se acordaba de que vestía un abrigo largo y oscuro, y que tenía aspecto de caballero. Pero la doctora Stvan me dijo algo más. Recordaba que el hombre tenía un olor corporal extraño, muy desagradable. Olía como un animal sudado, sucio. Y la inquietó mucho, muchísimo. Intuía maldad. A pesar de todo, quizá le hubiese dejado entrar, o más bien él se habría colado dentro, de no ser por una casualidad milagrosa.

El marido de la doctora Stvan era *chef* de un famoso restaurante parisino llamado Le Dome. Esa noche estaba en casa, enfermo, y gritó desde otra habitación para preguntar que quién era. El desconocido del abrigo oscuro huyó. Al día siguiente, la doctora Stvan recibió una nota. Estaba impresa en un pedazo de papel marrón, roto y ensangrentado, y firmada por *Le Loup-Garou*. Todavía tenía que enfrentarme a mi negación de lo que debería de haber sido evidente. La doctora Stvan había practicado la autopsia a las víctimas francesas de Chandonne y éste fue a por ella. Yo practiqué la autopsia a sus víctimas americanas y no adopté medidas serias para impedirle venir a por mí. Un gran denominador común se ocultaba bajo esta negación: la gente suele creer que las cosas malas sólo les pasan a los demás.

¿Podría describir al portero?, le preguntó Berger a Chandonne. *Tenía un bigote fino. Llevaba uniforme*, contestó Chandonne. *Ella lo llamó Juan.*

—Espere un momento —dije.

Berger volvió a detener la cinta.

—¿Le notó olor corporal? —le pregunté—. Cuando se sentó en la sala con él esta mañana. —Señalé la televisión—. Cuando lo interrogó, ¿le notó...?

—Ya lo creo —me interrumpió—. Olía como un perro sucio. Una mezcla extraña entre pelaje mojado y mal olor corporal. Casi me daba náuseas. Supongo que no lo bañaron en el hospital.

Es un error frecuente pensar que cuando una persona es ingresada en un hospital lo primero que se hace es bañarla. Por regla general, sólo se limpian las heridas, salvo si se trata de un paciente de larga estancia.

—Cuando hace dos años se investigó el asesinato de Susan, ¿mencionó algún miembro del personal de Lumi que el hombre que estaba con ella apestara? —pregunté.

—No —aseguró Berger—. En absoluto. Insisto en que no veo cómo ese hombre podría ser Chandonne. Pero escuche; la cosa se vuelve más extraña.

Durante los siguientes diez minutos contemplé a Chandonne sorber más Pepsi mientras fumaba y contaba el relato increíble de su supuesta visita al piso de Susan Pless. Describió dónde vivía con unos detalles asombrosos, desde las alfombras en el suelo de madera hasta los muebles con tapices florales y las lámparas Tiffany de imitación. Dijo que no lo impresionó su gusto artístico, que tenía muchos carteles bastante pedestres, de objetos expuestos en museos y algunos grabados de paisajes marinos y de caballos. Comentó que a Susan le gustaban los caballos. Ella le había contado que había crecido entre caballos y que los echaba de menos. Berger daba golpecitos en la mesa de mi sala de reuniones cada vez que quería corroborar lo que Chandonne decía. Sí, su descripción del piso de Susan hacía creer que estuvo allí en algún momento. Sí, Susan creció entre caballos. Sí, sí a todo.

—Dios mío —exclamé, sacudiendo la cabeza. El pánico se apoderó de mí. Temía lo que faltaba por ver. Me resistía a pensar en ello. Pero una parte de mí no podía evitar hacerlo. Chandonne iba a decir que yo lo había invitado a mi casa.

¿Y qué hora era entonces?, le preguntó Berger. *Ha dicho que Susan abrió una botella de vino blanco. ¿Qué hora era cuando lo hizo?*

Las diez o las once. No lo recuerdo, respondió Chandonne. *No era un buen vino.*

¿Cuánto había bebido?

Quizá media botella de vino en el restaurante. No bebí gran cosa del que me sirvió después. Era vino barato de California.

Así pues, no estaba borracho.

Yo nunca me emborracho.

Pensaba con claridad.

Por supuesto.

En su opinión, ¿estaba Susan borracha?

Tal vez un poco. Yo diría que alegre. Sí, estaba alegre. Nos sentamos en el sofá de la sala. Tenía una vista muy bonita, daba al sudoeste. Desde la sala se veía el rótulo rojo del hotel Essex House en el parque.

—Todo cierto —me informó Berger, dando más golpecitos en la mesa, y añadió algunos detalles del examen *post mortem* de Susan Pless—: La concentración de alcohol en la sangre de Susan era de cero coma once. Había tomado unas cuantas copas.

¿Qué pasó luego?, le preguntaba a Chandonne.

Nos cogimos de la mano. Se llevó mis dedos a la boca, uno tras otro, muy sensual. Empezamos a besarnos.

¿Sabe qué hora era en ese momento?

No tenía por qué consultar el reloj.

¿Llevaba reloj?

Sí.

¿Todavía tiene ese reloj?

No. Mi vida empeoró debido a ellos. Pronunció la palabra «ellos» con desprecio, casi con rabia. *Ya no tenía dinero. Empeñé el reloj hace un año.*

¿Ellos? ¿Se refiere a las mismas personas de antes?

Agentes federales norteamericanos.

Volvamos a Susan, pidió Berger.

Soy tímido. No sé si quiere que entre en muchos detalles en este punto. Levantó el vaso de Pepsi y volvió a sorber. Sus labios se acercaron en torno a la pajita como gusanos grisáceos.

No podía imaginarme que nadie quisiera besar esos labios. No podía imaginar que nadie quisiera tocar a ese hombre.

Ahora cuénteme todo lo que recuerde, exigió Berger. *La verdad.*

Chandonne dejó la Pepsi y me puse algo nerviosa cuando el brazo de Talley volvió a salir en imagen. Le encendió otro Camel a Chandonne y me pregunté si éste sabía que Talley era un agente federal, una de esas personas que él afirmaba que lo perseguían y le habían arruinado la vida.

Muy bien, se lo contaré. No quiero, pero estoy intentando colaborar. Soltó una bocanada de humo.

Prosiga, por favor. Con todos los detalles que recuerde.

Nos besamos un rato y las cosas fueron deprisa. No dijo nada más.

¿Qué quiere decir con eso de que las cosas fueron deprisa?

Normalmente, bastaba con que alguien dijera que se había acostado con otra persona y se dejaba ahí. Por lo general, el agente o el fiscal que efectuaba el interrogatorio o dirigía el contrainterrogatorio no consideraba relevante pedir detalles explícitos. Pero la violencia sexual aplicada a Susan y a todas las mujeres que creíamos que Chandonne había matado hacía que fuera importante conocer los detalles, todos los detalles de lo que el sexo podía significar para él.

Tengo reparos, afirmó Chandonne, jugando con Berger otra vez. Quería que lo convencieran.

¿Por qué?, le preguntó ella.

No hablo de estas cosas, y menos delante de una mujer.

Sería mejor si pensara en mí como en una fiscal y no como en una mujer, indicó Berger.

No puedo hablar con usted sin pensar que es mujer, dijo Chandonne con dulzura. Esbozó una sonrisa. *Es muy bonita.*

¿Puede verme?

Apenas veo, en realidad. Pero sé que es bonita. Me han dicho que lo es.

Tendré que pedirle que no haga más alusiones a mi persona. ¿Queda claro?

Chandonne miró hacia ella y asintió con la cabeza.

¿Qué hizo exactamente después de empezar a besar a Susan?, prosiguió Berger. *¿La tocó, la acarició, la desnudó? ¿Lo tocó ella, lo acarició, lo desnudó? ¿Recuerda qué llevaba puesto ella esa noche?*

Unos pantalones de cuero marrones. Los describiría como del color del chocolate belga. Eran ajustados, pero no de un modo chabacano. Llevaba unas botas marrones de media caña y un top negro, de una especie de malla. Con manga larga. Levantó la vista al techo. *El escote era bastante profundo. El tipo de top que se abrocha entre las piernas.*

Juntó las manos. Sus dedos, cubiertos de pelos cortos y claros, me recordaron unos cactos, o unos cepillos.

Un body, lo ayudó Berger.

Eso mismo. Al principio, me confundió un poco, cuando intenté tocarla y no pude subírselo.

¿Intentó meter las manos debajo del top y no pudo porque era un body que se abrochaba entre las piernas?

Sí, exacto.

¿Y cómo reaccionó ella cuando usted intentó subírselo?

Le hizo gracia la confusión y se rió de mí.

¿Se rió de usted?

Pero no con mala intención. Lo encontró divertido. Bromeó al respecto. Dijo algo sobre los franceses. Se supone que somos muy buenos amantes, ¿sabe?

Así pues, sabía que usted era francés.

Claro que sí, respondió Chandonne.

¿Hablaba ella francés?

No.

¿Se lo dijo, o usted lo supuso?

Se lo pregunté durante la cena.

Ella bromeó por lo del body.

Sí, bromeó. Me bajó la mano a sus pantalones y me ayudó a desabrocharlos. Recuerdo que estaba excitada, y me sorprendió un poco que se hubiera excitado tan deprisa.

¿Y supo que estaba excitada porque...?

Estaba muy mojada, afirmó Chandonne. *No me gusta nada hablar de esto.* Su expresión, sin embargo, indicaba lo contrario. *¿De verdad es necesario que siga dando tantos detalles?*

Por favor. Todo lo que recuerde. Berger se mostraba firme y fría. Chandonne lo mismo podía estar explicándole cómo había desmontado un reloj.

Empecé a acariciarle los pechos y le desabroché el sujetador.

¿Recuerda cómo era ese sujetador?

Era negro.

¿Tenían las luces encendidas?

No, pero era de un color oscuro, creo que negro. Quizás esté equivocado, pero no era un color claro.

¿Cómo lo desabrochó?

Chandonne hizo una pausa, y sus gafas oscuras parecieron penetrar en la cámara.

Lo desabroché por detrás. Hizo un ademán con los dedos.

¿No se lo arrancó?

Claro que no.

El sujetador estaba desgarrado por delante. Se lo arrancaron por delante. Estaba roto por la mitad.

No fui yo. Alguien debió de hacerlo después de que yo me fuera.

Muy bien, volvamos a los hechos. Le quitó el sujetador. ¿Llevaba Susan los pantalones puestos aún?

Puestos, pero desabrochados. Le levanté el top. Empecé a lamerla. Eso le gustó bastante. Era difícil lograr que disminuyera el ritmo.

Por favor, explique a qué se refiere con que era difícil lograr que disminuyera el ritmo.

Trataba de agarrarme, entre las piernas. Quería quitarme los pantalones y yo no estaba preparado. Todavía tenía mucho por hacer.

¿Mucho por hacer? ¿Qué más tenía que hacer?

No estaba preparado para terminar.

¿Qué quiere decir con «terminar»? ¿Terminar el acto sexual? ¿Terminar el qué?

«Terminar con su vida», pensé.

Terminar de hacer el amor, respondió Chandonne.

No lo soportaba. No aguantaba escuchar sus fantasías, sobre todo si pensaba en la posibilidad de que él supiera que yo las escucharía, que me sometería a ellas lo mismo que sometía a Berger, y que Talley lo escuchaba, allí sentado, observando. Talley no era demasiado diferente de Chandonne. Ambos odiaban en secreto a las mujeres, por mucho que las desearan. No me di cuenta de la verdad sobre Talley hasta que fue demasiado tarde, hasta que estaba en mi cama en el hotel de París. Lo imaginé cerca de Berger en la pequeña sala de interrogatorios del hospital. Casi podía ver lo que pensaba cuando Chandonne nos narraba una noche erótica que, lo más probable, no había vivido ni una sola vez en toda su vida.

Tenía un cuerpo precioso y deseaba disfrutar un rato de él, pero ella me apremiaba. No quería esperar. Chandonne saboreaba cada palabra. *De modo que fuimos al dormitorio. Nos metimos en la cama, nos desnudamos e hicimos el amor.*

¿Se quitó ella la ropa, o se la quitó usted, además de haberla ayudado a desabrocharse los pantalones? Berger dijo aquello de forma que insinuaba que no creía en absoluto en la veracidad de la historia.

Yo le quité toda la ropa. Y ella me la quitó a mí.

¿Hizo algún comentario sobre su aspecto? ¿Se había afeitado usted todo el cuerpo?

Sí.

¿Y ella no se dio cuenta?

Estaba muy suave. No se dio cuenta. Tiene que entender que me han pasado muchas cosas desde entonces, debido a ellos.

¿Qué le ha pasado?

Me han perseguido, me han acosado y me han pegado. Unos meses después de esa noche con Susan, unos hombres me atacaron. Me golpearon mucho la cara. Me partieron el labio y me rompieron huesos de la cara, aquí. Se tocó las gafas. *Tuve muchos problemas dentales de niño debido a mi enfermedad, y me hicieron muchas correcciones. Coronas en los incisivos para que se vieran más normales.*

¿Esa pareja con la que dice que vivía le pagó el tratamiento dental?

Mis padres les pasaban dinero.

¿Se afeitaba antes de ir al dentista?

Me afeitaba las zonas que se verían. Como la cara. Siempre, si salía de día. Cuando me golpearon, me rompieron los dientes delanteros, y también las coronas; y después, bueno, ya ve el aspecto que tienen ahora mis dientes.

¿Cuándo tuvo lugar esa paliza?

Todavía estaba en Nueva York.

¿Recibió tratamiento médico o denunció la agresión a la policía?

Habría sido imposible. La gente importante de las fuerzas del orden está metida en esto, por supuesto. Ellos me lo hicieron. No podía denunciarlos. No recibí tratamiento médico. Me convertí en nómada, siempre escondido. Arruinado.

¿Recuerda el nombre de su dentista?

Fue hace muchos años. No creo que todavía esté vivo. Se llamaba Corps. Maurice Corps. Tenía la consulta en la calle Cabanis, creo.

—¿Corps, como «cadáver» en inglés? —le comenté a Berger, sacudiendo la cabeza, asqueada y atónita—. ¿Y es Cabanis un juego de palabras con «cannabis»?

Así que usted y Susan practicaron el sexo en su dormitorio, insistió Berger. *Siga, por favor. ¿Cuánto rato estuvieron en la cama?*

Hasta las tres de la mañana aproximadamente. Entonces me dijo que debía marcharme porque tenía que prepararse para ir a trabajar. Me vestí y acordamos vernos otra vez por la noche. Quiso quedar a las siete en L'Absinthe, un bonito bistrot del barrio.

De modo que se vistió. ¿Y ella? ¿Estaba vestida cuando la dejó?
Llevaba un pijama de raso negro. Se lo puso y me besó en la puerta.
¿Y usted se marchó? ¿Vio a alguien?
A Juan, el portero. Salí y paseé un rato. Encontré un bar y desayuné.
Tenía mucha hambre. Hizo una pausa. *Neil's. Se llamaba así. Está*
frente a Lumi.
¿Recuerda qué tomó?
Un exprés.
¿Tenía mucha hambre pero sólo tomó un café?, Berger le hizo saber
que había captado la palabra «hambre» y que se percataba de que se
burlaba de ella, que la estaba engañando, que la estaba toreando. El
hambre de Chandonne no se saciaba con un desayuno. Disfrutaba de
la sensación de bienestar que le producía la violencia, la carne desga-
rrada y la sangre, porque acababa de dejar a una mujer a la que había
matado a golpes y dentelladas. No importaba lo que dijera, eso era lo
que había hecho. Ese maldito cabrón embustero.
¿Cuándo se enteró de que habían matado a Susan?, quiso saber
Berger.
No se presentó a cenar esa noche.
No, imagino que no.
Y al día siguiente...
¿Se refiere al cinco o al seis de diciembre?, preguntó Berger en tono
de impaciencia, indicándole así a Chandonne que ya estaba harta de
sus juegos.
El seis. Lo leí en el periódico de la mañana, después de que me de-
jara plantado en L'Absinthe. Simuló que eso lo entristecía y aspiró
fuerte por la nariz. *Me quedé de piedra.*
Es evidente que ella no fue a L'Absinthe la noche anterior. Pero
¿está diciendo que usted sí?
Tomé una copa de vino en el bar y la esperé. Al final, me fui.
¿Mencionó a alguien del restaurante que la esperaba?
Sí. Le pregunté al maître *que si había ido por allí, tal vez me había*
dejado un recado. Sabían quién era porque salía en televisión.
Berger le preguntó detalles sobre el *maître*, como el nombre, y
también cómo iba vestido Chandonne esa noche, cuánto le había cos-
tado el vino, si había pagado en efectivo y dado su nombre al preguntar
por Susan. Claro que no. Berger dedicó cinco minutos a esta cuestión.
Me indicó que la policía había recibido una llamada de la taberna para
decir que un hombre estuvo allí y dijo que esperaba a Susan Pless.
Entonces se comprobó todo con minuciosidad. Era cierto. La descrip-

ción sobre cómo iba vestido ese hombre era idéntica a la que ofrecía ahora Chandonne. El hombre pidió una copa de vino tinto en el bar y preguntó si Susan había ido o le había dejado un recado y no dio su nombre. Aquel hombre encajaba también en la descripción del que estuvo en Lumi con Susan la noche anterior.

¿Y le dijo a alguien que había estado con ella la noche en que la mataron?, le preguntaba Berger en el vídeo.

No. Cuando supe lo que había pasado, no podía decir nada.

¿Y qué supo que había pasado?

Fueron ellos. Ellos le hicieron eso. Para implicarme a mí otra vez.

¿Otra vez?

Había estado con mujeres en París antes. También se lo hicieron a ellas.

¿Lo de estas mujeres fue antes de la muerte de Susan?

Tal vez una o dos antes. Y también algunas después. Les pasaba lo mismo a todas porque ellos me seguían. Por eso me escondía cada vez más, y el estrés y las dificultades agravaron mucho mi enfermedad. Ha sido una pesadilla y no he dicho nada. ¿Quién iba a creerme?

Buena pregunta, soltó Berger con aspereza. *Porque, ¿sabe qué? Para empezar, yo no le creo. Usted asesinó a Susan, ¿verdad?*

No.

Usted la violó.

No.

Usted la golpeó y la mordió.

No. Por eso no le he dicho nada a nadie. ¿Quién iba a creerme? ¿Quién iba a creer que hay gente que trata de destruirme porque piensa que mi padre es un criminal, un mafioso?

No le dijo nunca a la policía ni a nadie que podía ser la última persona que vio viva a Susan porque usted la mató, ¿verdad?

No se lo dije a nadie. Si lo hubiera hecho, me habrían culpado de su muerte, como usted hace ahora. Regresé a París. Llevé una vida de vagabundo, confiando en que me olvidarían pero no ha sido así. Usted misma es testigo de ello.

¿Es consciente de que Susan estaba cubierta de mordiscos y de que en esos mordiscos se encontró su saliva y que las pruebas de ADN en ellas y en el semen de la vagina concuerda con su ADN?

Chandonne se limitó a mirar a Berger. *Sabe lo que es el ADN, ¿no?*, inquirió ella.

Sabía que saldría mi ADN.

Porque la mordió.

Nunca la mordí, pero me gusta lamer y... Se interrumpió.

¿Y qué? ¿Qué hizo que pudiera explicar la presencia de su saliva en las dentelladas que usted afirma no haber dado?

Me gusta lamer y chupar, insistió él.

¿Dónde en concreto? ¿Se refiere a todo el cuerpo?

Sí. Todo el cuerpo. Me encanta el cuerpo de las mujeres. Hasta el último centímetro. Puede que porque yo no tengo... Puede que porque es muy bello y la belleza es algo que yo no tengo, ¿sabe? Por eso las adoro. A mis mujeres. Su piel.

¿Les lame y besa los pies, por ejemplo?

Sí.

¿Las plantas de los pies?

Por todas partes.

¿Le ha mordido alguna vez los senos a una mujer?

No. Ella tenía unos pechos preciosos.

Pero ¿los chupó, los lamió?

Obsesivamente.

¿Son importantes los senos para usted?

Oh, sí, mucho, la verdad.

¿Busca mujeres con grandes pechos?

Me gusta cierto tipo de mujer.

¿Cuál es exactamente ese tipo?

Con mucha delantera. Se puso las manos ahuecadas a la altura del pecho y la tensión sexual brilló en su rostro al describir el tipo de mujer que lo excitaba. Tal vez fuera mi imaginación, pero sus ojos lanzaron destellos tras las SolarShield oscuras. *Pero no gordas. No me gustan las mujeres gordas, no, no. Esbeltas de cintura y cadera, pero con mucha delantera.*

Volvió a ahuecar las manos; se le marcaron las venas de los brazos al flexionarlos.

¿Susan era de su tipo? Berger seguía imperturbable.

En cuanto la vi en el restaurante, me sentí atraído hacia ella.

¿En Lumi?

Sí.

También se encontraron pelos en el cadáver de Susan, dijo Berger. *¿Es usted consciente de que se trataba de pelos largos, poco corrientes, que concuerdan con los suyos? ¿Cómo es eso posible, si se había afeitado? ¿No me ha dicho que se afeitó todo el cuerpo?*

Ellos los pusieron ahí para inculparme. Estoy seguro.

¿Se refiere a las mismas personas que lo persiguen?

Sí.

¿Y de dónde sacaron su pelo?

Hubo un período en París, hace unos cinco años, en que empecé a tener la impresión de que alguien iba a por mí. Tenía la sensación de que me observaban, de que me seguían. No tenía idea de por qué. Pero, cuando era más joven, no siempre me afeitaba el cuerpo. La espalda..., ya se puede imaginar. Me resulta muy difícil llegar a todas las partes de mi cuerpo. Imposible, en realidad. Y, cuando era más joven, era más tímido con las mujeres y rara vez me acercaba a ellas. Así que no me afeitaba tanto; me tapaba con pantalones y mangas bien largas, y sólo me afeitaba las manos, el cuello y la cara. Se tocó la mejilla. *Un día, al llegar al piso donde vivían mis padres adoptivos...*

¿Sus padres adoptivos todavía vivían? ¿Está hablando de la pareja que mencionó, la que vivía cerca de la prisión?, lo interrumpió Berger en tono irónico.

No, pero seguí viviendo allí cierto tiempo. No era caro y yo tenía trabajo, algún que otro empleo. Llegué a casa y vi que alguien había entrado. Era extraño. No faltaba nada, sólo las sábanas de la cama. Pensé que no era tan grave. Por lo menos, quienquiera que fuese sólo se había llevado eso. Volvió a ocurrir otras veces. Ahora comprendo que eran ellos. Querían mi pelo. Por eso se llevaron las sábanas. Porque se me cae mucho pelo, ¿sabe? Se llevó una mano a la cabeza. *No deja de caerse si no me afeito. Se engancha en las cosas cuando está muy largo.* Extendió un brazo para demostrárselo, y unos cuantos pelos largos salieron flotando por el aire.

¿Afirma, pues, que no llevaba el pelo largo cuando se encontró con Susan? ¿Ni siquiera en la espalda?

En absoluto. Si encontró usted pelos largos en el cadáver, los pusieron ellos. ¿Ve lo que le digo? De todas formas, admito que soy culpable de ese asesinato.

15

¿Por qué es culpable?, preguntó Berger. *¿Por qué dice que es culpable de ese asesinato?*

Porque ellos me siguieron, respondió Chandonne. *Debieron de entrar cuando yo me fui y le hicieron eso.*

¿Y también lo siguieron hasta Richmond? ¿Por qué vino aquí?

Vine debido a mi hermano.

Explíqueme eso.

Oí lo del cadáver que encontraron en el puerto, y estaba convencido de que se trataba de mi hermano Thomas.

¿A qué se dedicaba su hermano?

Trabajaba con mi padre. Era unos años mayor que yo. Thomas era bueno conmigo. No lo veía mucho, pero me regalaba su ropa cuando ya no la quería, y otras cosas, como ya le he dicho. Y dinero. La última vez que lo vi, hace unos dos meses, en París, temía que algo malo le pasara.

¿Dónde se vio en París con Thomas?

En el Faubourg Saint Antoine. Le encantaba ir a ver a los artistas jóvenes y a los clubes nocturnos. Nos encontramos en un callejón, Cour Des Trois Frères, donde están los artistas, ¿sabe?, no muy lejos de Sans Sanz, de Balanjo y del Bar Américain, claro, donde puedes pagar a las chicas para que te hagan compañía. Me dio dinero y me dijo que se iba a Bélgica, a Amberes, y luego a Estados Unidos. No volví a saber de él, y después me enteré de lo del cadáver.

¿Dónde vio la noticia?

Ya le dije que recogía muchos periódicos. Recojo lo que la gente tira. Y muchos turistas que no hablan francés leen la edición internacional de USA Today. Se publicó un articulito sobre el cadáver encontrado aquí, y enseguida supe que era el de mi hermano. Estaba seguro. Por este motivo vine a Richmond. Tenía que confirmarlo.

¿Cómo llegó?

Chandonne suspiró. Volvía a parecer cansado. Se tocó la piel inflamada, en carne viva, alrededor de la nariz.

No quiero decirlo, respondió.

¿Por qué no quiere decirlo?

Porque podrían usarlo en mi contra.

Necesito que sea sincero conmigo.

Soy carterista. Robé la cartera de un hombre que había dejado el abrigo sobre una lápida en Père-Lachaise, el cementerio más conocido de París, donde está enterrada parte de mi familia. Una concession à perpétuité, soltó con orgullo. Menudo idiota. Norteamericano. Era una cartera grande, de ésas donde la gente lleva pasaportes y billetes de avión. Lamento decirle que lo he hecho muchas veces. Forma parte de vivir en la calle, y he vivido en la calle cada vez más desde que empezaron a perseguirme.

Esa misma gente otra vez, los agentes federales.

Sí, sí. Agentes, jueces, todo el mundo. Cogí inmediatamente el avión porque no quería que el hombre tuviera tiempo de denunciar el robo de la cartera y que alguien me detuviera en el aeropuerto. Era un viaje de ida y vuelta, en clase turista, a Nueva York.

¿De qué aeropuerto salió y cuándo?

Del De Gaulle. El jueves pasado.

¿El dieciséis de diciembre?

Sí. Llegué pronto esa mañana y tomé un tren a Richmond. Tenía setecientos dólares de ese hombre.

¿Todavía tiene la cartera y el pasaporte?

No, ni hablar. Eso sería una tontería. Los tiré a la basura.

¿Dónde?

En la estación de Nueva York. No puedo decirle dónde con exactitud. Subí al tren...

Y durante sus viajes, ¿nadie lo miró? No iba afeitado. ¿Nadie se lo quedó mirando ni reaccionó al verlo?

Llevaba el cabello en una red bajo un sombrero, mangas largas y cuello alto. Vaciló. También hago otra cosa cuando tengo este aspecto, cuando no me he quitado los pelos. Llevo una mascarilla del tipo que usa la gente sobre la nariz y la boca si tiene una alergia intensa. Y también guantes de algodón y unas grandes gafas oscuras.

¿Iba así en el avión y en el tren?

Sí. Va muy bien. La gente se aleja de mí, y de este modo tuve toda una hilera de asientos para mí. Así que me dormí.

¿Tiene todavía la mascarilla, el sombrero, los guantes y las gafas?
Reflexionó antes de contestar. Berger le había lanzado una pelota con efecto y vacilaba.

Podría encontrarlos.
¿Qué hizo al llegar a Richmond?
Bajé del tren.
Berger lo interrogó al respecto durante unos minutos. ¿Dónde estaba la estación? ¿Había tomado un taxi? ¿Cómo se había movido por la ciudad? ¿Qué pensaba hacer con lo de su hermano? Sus respuestas eran lúcidas. Todo lo que describía hacía parecer verosímil que hubiera estado donde afirmaba, como la estación de Amtrak, en Staples Mill Road, y un taxi que lo dejó en un motel de mala muerte de Chamberlayne Avenue, donde pagó veinte dólares por una habitación, de nuevo con un nombre falso y en efectivo. Según él, desde allí llamó a mi oficina para informarse sobre el cadáver sin identificar que, en su opinión, era el de su hermano.

Pedí hablar con el médico, pero nadie quiso ayudarme.
¿Con quién habló?, preguntó Berger.
Era una mujer. Tal vez una administrativa.
¿Le dijo esa administrativa quién era el médico?
Sí. Scarpetta. De modo que pedí hablar con él y la administrativa me dijo que Scarpetta era una mujer. Respondí que muy bien, que quería hablar con ella. Pero me dijo que estaba ocupada. No dejé mi nombre ni mi teléfono, claro, porque tenía que seguir yendo con cuidado. Quizá volvían a seguirme. ¿Cómo iba a saberlo? Y entonces vi un periódico y leí que había habido un asesinato aquí. Habían matado a una mujer en una tienda la semana anterior. Me horroricé; me asusté. Estaban aquí.
¿Las mismas personas? ¿Las que afirma que lo persiguen?
Están aquí, ¿no lo entiende? Mataron a mi hermano y sabían que vendría a buscarlo.
Son increíbles, ¿verdad? Tienen que serlo mucho para saber que usted viajaría hasta Richmond, en Virginia, porque leería un USA Today que alguien tiraría y así se enteraría de que aquí había aparecido un cadáver, y supondría que era el de Thomas, robaría un pasaporte y una cartera y vendría sin pensárselo.
Sabían que vendría. Quiero a mi hermano. Es lo único que tengo en la vida. Es el único que ha sido bueno conmigo. Y necesito encontrarlo para papá. Pobre papá.
¿Y a su madre? ¿No le afectará saber que Thomas está muerto?

Bebe mucho.
¿Su madre es alcohólica?
Siempre bebe.
¿Todos los días?
Todos los días, sin parar. Y luego se enfada o llora mucho.
¿No vive con ella, pero sabe que bebe todos los días y sin parar?
Thomas me lo contaba. Ha vivido así desde que tengo uso de razón.
Me han dicho que siempre estaba borracha. Las pocas veces que fui a la
casa, lo estaba. Una vez me dijeron que mi enfermedad podía deberse
a que estaba borracha durante el embarazo.

Berger me miró y me preguntó:

—¿Es posible?

—¿Síndrome de alcoholismo fetal? —dije—. No es probable. Por regla general, si la madre es alcohólica crónica se produce un grave retraso mental y físico; y los cambios cutáneos, como la hipertricosis, serían el problema menos importante del niño.

—Eso no significa que él no la crea responsable de su enfermedad —apuntó Berger.

—Podría muy bien creerlo —reconocí.

—Lo que contribuiría a explicar su odio enfermizo a las mujeres.

—En la medida en que algo pueda explicar esta clase de odio —le dije.

En el vídeo, Berger había vuelto a tratar la cuestión de la supuesta llamada de Chandonne al depósito de cadáveres de Richmond.

Así que intentó hablar con la doctora Scarpetta por teléfono, pero no pudo. ¿Qué hizo entonces?

El día siguiente, el viernes, estaba en la habitación del motel y oí por televisión que habían matado a otra mujer. Esta vez una policía. Dieron un avance informativo, ¿sabe? Lo estaba mirando y, acto seguido, las cámaras enfocaron un gran coche negro que llegaba al lugar de los hechos y dijeron que era la forense. Era ella, Scarpetta. Así que decidí ir allí de inmediato. Esperaría a que se fuera y la abordaría. Le diría que tenía que hablar con ella. Así que cogí un taxi.

En ese punto, su extraordinaria memoria le falló. No recordaba nada de la compañía de taxis, ni siquiera el color del coche, sólo que el conductor era negro. Y es probable que el ochenta por ciento de los taxistas de Richmond sea negro. Chandonne afirmaba que, mientras se dirigía al lugar de los hechos, y sabía la dirección porque la dijeron en las noticias, oyó otro avance informativo. En éste se advertía a la gente sobre el asesino, que podía tener una extraña enfermedad que le confería un aspecto muy poco corriente. La descripción de la hipertricosis concordaba con él.

Entonces lo supe seguro, prosiguió. Me tendían una trampa y todos creían que yo había matado a esas mujeres en Richmond. Me entró pánico allí, en el asiento trasero del taxi. Intenté pensar qué hacer. Le pregunté al taxista: «¿Conoce a la mujer de quien hablan? ¿Scarpetta?» Me respondió que todo el mundo la conocía en la ciudad. Le pedí su dirección y le dije que era un turista. Me llevó a su barrio, pero no entré porque había guardias y una verja. Pero sabía lo suficiente para encontrarla. Bajé del taxi a unas pocas manzanas. Estaba decidido a encontrarla antes de que fuera demasiado tarde.

¿Demasiado tarde para qué?, preguntó Berger.

Antes de que mataran a alguien más. Tenía que regresar más tarde esa noche y lograr de algún modo que abriera la puerta para hablar con ella. Me preocupaba que la mataran, ¿sabe? Es su modo de actuar. En París, lo hicieron así, ¿sabe? Intentaron matar a la forense. Tuvo mucha suerte.

Por favor, cíñase a lo que pasó aquí, en Richmond. Dígame qué sucedió a continuación. ¿De cuándo hablamos? ¿De la mañana del diecisiete de diciembre, el viernes pasado? ¿Qué hizo después de bajar del taxi? ¿Qué hizo el resto del día?

Pasear. Encontré una casa abandonada junto al río y entré para resguardarme del tiempo.

¿Sabe dónde está esa casa?

No puedo decírselo, pero no queda lejos de su barrio.

¿Del barrio de la doctora Scarpetta?

Sí.

Podría encontrar esa casa donde estuvo, ¿verdad?

La están construyendo. Es muy grande. Una mansión deshabitada. Sé dónde está.

—¿Es donde creen que estuvo todo el tiempo que permaneció aquí? —me preguntó Berger.

Asentí en silencio. Conocía la casa. Pensé en sus pobres propietarios; no podía imaginar que quisieran volver a vivir en ella. Chandonne contó que se escondió en la mansión vacía hasta que oscureció. Salió varias veces y esquivó al guarda de la verja de mi barrio siguiendo el río y las vías del tren que pasan por detrás. Afirmó haber llamado a mi puerta a primera hora de la tarde sin recibir respuesta. En este punto, Berger me preguntó cuándo llegué a casa esa noche. Respondí que pasadas las ocho. Me detuve en la ferretería Pleasants al salir de la oficina. Quería ver herramientas porque las extrañas heridas que había observado en el cadáver de Diane Bray y las manchas de sangre que quedaron en el colchón, cuando el asesino dejó la herramienta con la que la golpeó me habían dejado perpleja. Fue en esa búsqueda cuando di con un martillo de desbastar, lo compré y me fui a casa.

Chandonne prosiguió y contó que empezó a darle miedo ir a verme. Había muchos coches de la policía en el barrio y una vez, cuando fue a mi casa, ya tarde, vi dos coches patrulla estacionados delante. Fue cuando se había disparado la alarma, cuando Chandonne forzó la puerta del garaje y acudió la policía. Por supuesto él le aseguró a Berger que no disparó la alarma. Fueron ellos, tenían que haber sido ellos. Para entonces era cerca de medianoche. Caía una intensa nevada. Se ocultó tras unos árboles cerca de mi casa y esperó a que la policía se marchara. Dijo que era la última oportunidad que tenía de verme. Creía que ellos estaban en la zona y me matarían. Así que se dirigió a mi puerta principal y llamó.

¿Con qué llamó?, le preguntó Berger.

Recuerdo que había una aldaba. Creo que usé eso.

Se acabó la Pepsi y Marino le preguntó si quería otra. Chadonne negó con la cabeza y bostezó. Relataba cómo había ido a mi casa a partirme la cabeza y el muy cabrón bostezaba.

¿Por qué no usó el timbre?, quiso saber Berger. Eso era importante. Mi timbre activaba el sistema de cámaras. Si Chandonne hubiese llamado al timbre, lo había visto por una pantalla de vídeo en el interior de mi casa.

No lo sé. Vi la aldaba y la usé.

¿Dijo algo?

Al principio no. Entonces una mujer preguntó: «¿Quién es?»

¿Y usted qué respondió?

Le di mi nombre. Le comenté que tenía información sobre el cadáver que trataba de identificar y que, por favor, me dejara hablar con ella.

¿Le dio su nombre? ¿Se identificó como Jean-Baptiste Chandonne?

Sí. Le dije que había venido desde París y que había intentado hablar con ella en su oficina. Bostezó otra vez y continuó: *Entonces sucedió algo de lo más increíble. La puerta se abrió de golpe y ella estaba allí. Me pidió que entrara y, en cuanto lo hice, cerró la puerta de golpe. Yo no daba crédito: de repente tenía un martillo y quería pegarme.*

¿De repente tenía un martillo? ¿De dónde lo sacó? ¿Apareció por arte de magia?

Creo que lo cogió de una mesa que había junto a la puerta. No lo sé. Pasó muy deprisa. Intenté escaparme de ella. Corrí hacia el salón gritando para que se detuviera y entonces pasó algo terrible. Fue muy rápido. Sólo recuerdo que estaba al otro lado del sofá y que me lanzó algo a la cara. Noté como un fuego líquido en los ojos. No había sentido nunca nada tan, tan... Aspiró nuevamente con fuerza por la nariz. *Doloroso. Chillé y traté de sacármelo de los ojos. Traté de irme de la casa. Sabía que iba a matarme y comprendí que era uno de ellos. Ellos. Por fin me habían atrapado. ¡Había caído en su trampa!* Lo habían planeado todo para que ella tuviera el cadáver de mi hermano porque es una de ellos. Me iban a detener y por fin tendrían la oportunidad que querían. Por fin. Por fin.*

¿Y qué quieren?, preguntó Berger. *Dígamelo otra vez, porque me cuesta mucho entender esta parte y mucho más creerla.*

¡Quieren a mi padre!, exclamó él, dando por primera vez muestras de emoción. *¡Atraparlo! Encontrar un motivo para perseguirlo y acabar con él para destruirlo. Para que parezca que mi padre tiene un hijo asesino y poder así llegar a mi familia. Llevan años intentándolo. Yo soy un Chandonne y míreme. ¡Míreme!*

Abrió los brazos en cruz y le caían pelos del cuerpo. Vi aterrorizada que se quitaba las gafas oscuras y la luz hería sus ojos, quemados. Contemplé esos ojos rojos; no parecían enfocar, y las lágrimas le resbalaban por las mejillas.

¡Estoy acabado!, gritó. *Soy feo y ciego, y me acusan de crímenes que no he cometido. Ustedes, los americanos, quieren ejecutar a un francés. ¿No es así? Para dar ejemplo.*

Se oyó un ruido de sillas arrastradas y Marino y Talley se abalanzaron sobre él y lo sujetaron a la silla.

¡Yo no he matado a nadie!, chilló. *Ella intentó matarme. Mire lo que me hizo.*

Llevamos una hora hablando, dijo Berger con calma. *Más vale que paremos. Ya es suficiente. Tranquilícese. Tranquilícese.*

Unos parpadeos y unas rayas llenaron la pantalla antes de que apareciese el azul intenso de una tarde perfecta. Berger apagó el reproductor de vídeo. Yo guardé silencio, inmóvil.

—Lamento decírselo. —Berger rompía así el terrible hechizo en que Chandonne había sumido a la sala de reuniones—. Pero en el mundo hay unos cuantos idiotas paranoicos antigubernamentales que creerán a este tipo. Esperemos que ninguno de ellos acabe en el jurado. Basta con uno.

16

—Jay Talley —soltó Berger ante mi sorpresa.

Ahora que la imagen de Chandonne se había desvanecido, aquella fiscal de Nueva York no había perdido ni un segundo para concentrarse en mí. Habíamos vuelto a la pequeña y anodina realidad: una sala de reuniones con una mesa redonda de madera, librerías empotradas y una pantalla de televisión en blanco. Los archivos y las fotografías morbosas de los casos estaban desplegados frente a nosotras, olvidados, ignorados, porque Chandonne se había apoderado de todo y de todos durante las dos últimas horas.

—¿Quiere informarme voluntariamente o empiezo por decirle lo que sé? —Se enfrentó a mí.

—No estoy segura de qué quiere que le informe. —Primero me sentí desconcertada, después ofendida y, por último, furiosa al pensar en que Talley había asistido al interrogatorio de Chandonne. Imaginaba a Berger hablando con él antes y después del interrogatorio y durante la pausa para que Chandonne descansara y comiera. Berger estuvo horas con Talley y Marino—. Y, más aún, ¿qué tiene que ver esto con su caso de Nueva York? —añadí.

—Doctora Scarpetta, por muy duro que sea para usted, le pido que confíe en mí. ¿Puede hacerlo? —preguntó Berger, retrepada en la silla.

Me sentía como si hubiera pasado media vida en esa sala con ella. Y llegaba tarde. Llegaba demasiado tarde a mi cita con el gobernador.

—Ya no sé en quién confiar —contesté con sinceridad.

Berger esbozó una sonrisa y suspiró.

—Es sincera. De acuerdo, tiene motivos para no fiarse de mí. Tal vez tenga motivos para no fiarse de nadie. Pero, en realidad, no tiene ningún motivo objetivo para no confiar en mí como una profesional cuya intención es conseguir que Chandonne pague por sus crímenes, si es que mató a esas mujeres.

—¿Sí? —inquirí, sorprendida.

—Debemos demostrarlo, y nada de lo que averigüe sobre lo que ha pasado aquí, en Richmond, con referencia a este caso, carece de valor para mí. Le prometo que mi intención no es curiosear ni violar su intimidad, pero necesito el contexto. Francamente tengo que saber a qué demonios me enfrento, y la dificultad radica en que no conozco a todos los implicados o relacionados con el caso o si alguno de ellos podría de algún modo coincidir con mi caso de Nueva York. Por ejemplo, ¿podría la adicción de Diane Bray a los fármacos indicar otra actividad ilegal relacionada quizá con el crimen organizado, con la familia Chandonne? ¿O, tal vez, incluso con la razón por la que el cadáver del hermano de Chadonne, Thomas, terminó en Richmond?

—Por cierto. —Yo seguía concentrada en otra cuestión; en concreto, mi credibilidad—. ¿Cómo explica Chandonne que hubiera dos martillos de desbastar en mi casa? Sí, compré uno en la ferretería, como le he dicho. Así pues, ¿de dónde salió el otro si no lo trajo él? Y si yo quería matarlo, ¿por qué no usé la pistola? Tenía la Glock allí mismo, sobre la mesa del comedor.

Berger vaciló y eludió mis preguntas.

—Si no sé toda la verdad, me resulta muy difícil averiguar qué es relevante para mi caso y qué no lo es —sentenció.

—Ya lo sé.

—¿Podríamos empezar por cuál es su relación actual con Jay?

—Me llevó al hospital. —Me rendí. Era evidente que no era yo quien iba a hacer las preguntas—. Cuando me fracturé el brazo. Apareció con la policía, con la ATF, y hablé brevemente con él el sábado por la tarde, cuando la policía seguía en mi casa.

—¿Tiene idea de por qué consideró necesario venir desde Francia para ayudar en la búsqueda de Chandonne?

—Supongo que porque conoce muy bien el caso.

—¿O era una excusa para verla a usted?

—Eso tendría que responderlo él.

—¿Se ven?

—Desde el sábado por la tarde, no, como le he dicho.

—¿Por qué motivo? ¿Considera su relación acabada?

—Considero que ni siquiera empezó.

—Pero se acostó con él —dijo enarcando una ceja.

—Pues sí, soy culpable de tener poco criterio.

—Es atractivo, brillante. Y joven. Hay quien estaría más inclinado a acusarla de buen gusto. Es soltero. Usted también. No es como si hubiese cometido adulterio. —Hizo una pausa larga. ¿Aludía a Benton, al hecho de que fui culpable de adulterio en el pasado?—. Jay Talley tiene mucho dinero, ¿verdad? —Dio unos golpecitos con el rotulador en el bloc de notas, a modo de metrónomo que medía el mal rato que yo estaba pasando—. Al parecer, de su familia —prosiguió—. Lo comprobaré. Y, por cierto, debería saber que he hablado con Jay. Largo y tendido.

—Supongo que ha hablado con todo el mundo. Lo que no entiendo es de dónde ha sacado el tiempo.

—Dispuse de un poco en el hospital de la facultad de Medicina.

La imaginé tomando café con Talley. Veía cómo la miraba, cómo se comportaba. Me pregunté si Berger se sentiría atraída por él.

—Durante los períodos de descanso de Chandonne tuve ocasión de charlar con Talley y Marino.

Permanecía con las manos juntas sobre un bloc de notas que lucía el membrete de su oficina. No había tomado una sola nota en todo el tiempo que llevaba en la sala. Preveía la actuación de la defensa, que tenía derecho a ver cualquier cosa que estuviera por escrito. Por lo tanto, no escribía nada. De vez en cuando, hacía algún garabato. Había llenado dos páginas con ellos desde que había entrado en la sala de reuniones. En el fondo de mi mente, se encendió una señal de alarma: me estaba tratando como a un testigo, cuando no debería serlo, al menos en relación con su caso de Nueva York.

—Tengo la impresión de que se pregunta si Jay está implicado de algún modo en... —empecé a decir.

Berger me interrumpió encogiéndose de hombros.

—Ni una piedra sin remover —dijo—. ¿Es posible? En este momento estoy dispuesta a creer que todo es posible. En qué posición tan espléndida se encontraría Talley si estuviera en connivencia con los Chandonne, ¿verdad? La Interpol, ¡ah!, eso es útil para un cartel criminal. La llama a usted y la lleva a Francia, quizá con el objetivo de comprobar lo que sabe sobre el peligroso Jean-Baptiste. De repente Talley está en Richmond para buscar a Chandonne. —Se cruzó de brazos y volvió a traspasarme con la mirada—. Talley no me gusta. Me sorprende que le gustara a usted.

—Escuche —dije con un tono de derrota en la voz—, Jay y yo intimamos en París por un período de veinticuatro horas, como mucho.

—El sexo fue iniciativa de usted misma. Se peleó con él en un restaurante esa noche y se marchó furiosa, celosa porque él miraba a otra mujer...

—¿Qué? —solté—. ¿Él le contó eso?

Me observó en silencio. Su tono no era distinto al que usaba con Chandonne, un monstruo terrible. Ahora me interrogaba a mí, una persona terrible. Así me sentí.

—No tuvo nada que ver con otra mujer. ¿Qué otra mujer? Le aseguro que no estaba celosa. Se estaba pasando y se mostró irascible, y me harté.

—Era el Café Runtz, en la calle Favard. Armó usted un buen escándalo —prosiguió relatando mi historia o, por lo menos, la versión de Talley.

—No armé ningún escándalo. Me levanté y me largué, eso fue todo.

—De allí regresó al hotel, se subió a un taxi y fue a Île Saint-Louis, donde vive la familia Chandonne. Recorrió esa zona después de anochecer, contempló la casa de los Chandonne y obtuvo una muestra de agua del Sena.

Lo que acababa de decir hizo que me pusiera tensa. Un sudor empezó a correr por mi cuerpo. No le había contado a Jay lo que había hecho tras dejarlo en el restaurante. ¿Cómo lo sabía Berger? ¿Cómo lo sabía Jay si era quien se lo había contado? Marino. ¿Cuánta información le había dado Marino?

—¿Cuál era el propósito real de encontrar la casa de los Chandonne? ¿Qué creía que podría indicarle? —me preguntó Berger.

—Si supiera lo que algo me va a indicar, no necesitaría investigar —contesté—. En cuanto a la muestra de agua, como debe de saber por los informes del laboratorio, encontramos diatomeas, unas algas microscópicas, en la ropa del cadáver sin identificar del puerto de Richmond, es decir, de Thomas. Quería una muestra de agua de la zona cercana a la casa de los Chandonne para ver si en esa parte del Sena existía el mismo tipo de diatomeas. Y así era. Las diatomeas de agua dulce concordaron con las que encontré bajo la ropa en el cuerpo de Thomas, y nada de esto importa. No va a juzgar a Jean-Baptiste por el asesinato de su supuesto hermano, ya que puede que tuviera lugar en Bélgica. Lo ha dejado muy claro.

—Pero la muestra de agua es importante.

—¿Por qué?

—Todo lo que pasó me revela más cosas sobre el acusado y puede conducir al motivo y, lo más importante, a la identidad y la intención. «Identidad» e «intención». Esas palabras cruzaron por mi mente igual que un tren. Era abogada. Sabía lo que significaban.

—¿Por qué tomó la muestra de agua? ¿Suele ir por ahí para reunir pruebas que no están relacionadas directamente con un cadáver? En otras palabras, obtener muestras de agua no es de su ámbito, en especial en un país extranjero. ¿Por qué fue a Francia, para empezar? ¿No es eso algo fuera de lo corriente para un forense?

—La Interpol me mandó llamar. Acaba de mencionarlo usted misma.

—En realidad, fue Jay Talley quien la mandó llamar.

—Él representa a la Interpol. Es el enlace con la ATF.

—Me gustaría saber por qué Talley organizó su viaje a Francia. —Hizo una pausa para permitir que un miedo gélido alcanzara mi cerebro. Se me ocurrió que Jay podía haberme manipulado por razones que no estaba segura de si soportaría considerar. De modo enigmático Berger añadió—: Talley tiene muchas facetas. Si se juzga aquí a Jean-Baptiste, me temo que sería más probable que Talley fuese testigo de la defensa que de la acusación. Puede que para desacreditarla como testigo.

Sentí un calor que subía por mi cuello. Tenía la cara ardiendo. El miedo me desgarraba como metralla, destrozando hasta mi última esperanza de que algo así no pasaría.

—Permita que le pregunte una cosa. —Estaba tan indignada que me costó controlar la voz—. ¿Hay algo de mi vida que no sepa?

—Bastante.

—¿Por qué tengo la sensación de que van a acusarme a mí, señora Berger?

—No lo sé. ¿Por qué tiene esa sensación?

—Intento no tomármelo como algo personal, pero cada vez me cuesta más.

Berger no sonrió. La determinación le endureció la mirada y el tono de voz.

—Será algo muy personal —comentó—. Le aconsejo que no se lo tome así. Sabe mejor que nadie cómo funciona todo. La perpetración objetiva de un crimen es secundaria al daño real que provocan sus efectos. Jean-Baptiste Chandonne no le asestó ningún golpe cuando entró en su casa. Es ahora cuando empieza a lastimarla. La ha lastimado. La lastimará. Incluso aunque esté encerrado, la golpeará cada día. Ha iniciado un proceso cruel, infalible: la perturbación de Kay Scarpetta. Ya ha empezado. Lo siento. Es una realidad que usted conoce de sobra.

Le devolví la mirada en silencio. Tenía la boca seca. El corazón parecía latirme sin ritmo.

—No es justo, ¿verdad? —dijo en el tono incisivo de un fiscal que sabe cómo diseccionar seres humanos tan bien como yo—. Pero, claro, estoy segura de que a sus pacientes no les apetecería nada estar desnudos en su mesa y bajo su bisturí y dejarse explorar cavidades y orificios, si lo supieran. Y sí, hay muchas cosas que no sé sobre su vida. Y sí, no le gustará que investigue. Y sí, colaborará si es la persona que me han dicho que es. Y sí, maldita sea, necesito desesperadamente su ayuda o este caso se va a la mierda.

—Porque va a intentar sacar a colación sus otras fechorías, ¿verdad? —solté—. Una aplicación de Molineux.

Dudó. Sus ojos reposaron en mí y se iluminaron un instante, como si hubiese dicho algo que la llenaba de felicidad o tal vez de renovado respeto. Después, con la misma rapidez, esos ojos volvieron a dejarme fuera.

—No he decidido aún qué haré —se limitó a decir.

No la creí. Yo era el único testigo vivo. El único. Berger quería involucrarme en ello, llevar todos los crímenes de Chandonne a juicio, todo expuesto a la perfección en el pequeño contexto de una pobre mujer asesinada en Manhattan un par de años atrás. Chandonne era listo. Pero podía haber cometido un error fatal en el vídeo. Le proporcionó a Berger las dos armas que necesitaba para lanzarse a una aplicación de Molineux: identidad e intención. Yo podía identificar a Chandonne. Yo sabía muy bien cuál era su intención cuando se metió en mi casa. Era la única persona viva que podía refutar sus mentiras.

—Así que ahora machacamos mi credibilidad.

Ella me atizaba como Chandonne, pero por un motivo muy distinto, claro. No quería destruirme. Quería asegurarse de que no me destruyeran.

—¿Por qué se acostó con Jay Talley? —insistió.

—Porque estaba a mano.

Echó la cabeza hacia atrás y soltó una carcajada. Yo no pretendía ser graciosa. De hecho, estaba asqueada.

—Es la cruda verdad, señora Berger —añadí.

—Llámeme Jaime, por favor. —Suspiró.

—No siempre sé la respuesta, ni siquiera de cosas de las que debería saberla. Como por qué tuve mi momento con Jay. Pero me avergüenzo de ello. Hasta hace unos minutos me sentía culpable, me daba miedo haberlo usado, haberlo lastimado. Pero, por lo menos, yo no he divulgado intimidades.

Berger no me respondió.

—Debería haberme imaginado que todavía se cree que está en los vestuarios —proseguí, cada vez más indignada—. Del mismo estilo que esos adolescentes que miraban embobados a mi sobrina en el centro comercial el otro día. Hormonas con patas. Jay habrá alardeado de eso, estoy segura, se lo habrá dicho a todo el mundo, incluida usted. Y déjeme añadir... —Hice una pausa. Tragué saliva. La ira me formaba un nudo en la garganta—. Déjeme añadir que hay detalles que a usted no le incumben y nunca serán de su incumbencia. Le pido, a modo de cortesía profesional, que no se meta en cosas en las que no debe.

—Ojalá los demás respetaran eso.

Volví a consultar el reloj, pero no podía irme, no antes de preguntarle lo más importante:

—¿Cree que él me atacó?

Supo que me refería a Chandonne.

—¿Hay alguna razón por la que no debiera creerlo?

—Es evidente que mi testimonio convierte todo lo demás que él dijo en las sandeces que realmente son. No fueron «ellos». «Ellos» no existen. Sólo ese maldito cabrón simulando ser policía y persiguiéndome con un martillo. Me gustaría saber cómo explica él eso. ¿Le preguntó por qué había dos martillos de desbastar en mi casa? Puedo demostrar que yo sólo compré uno con el recibo de la ferretería. ¿De dónde salió el otro, entonces?

—En lugar de eso, deje que le pregunte algo. —Volvía a evitar responderme—. ¿Es posible que usted sólo supusiera que la atacaba? ¿Que lo viera y se aterrorizara? ¿Está segura de que llevaba un martillo de desbastar cuando la perseguía?

—¿Supusiera que me atacaba? —Me la quedé mirando—. ¿Qué otra explicación tendría que él estuviera dentro de mi casa?

—Bueno, usted abrió la puerta. Eso es seguro, ¿no?

—¿Me está preguntado si lo invité a entrar? —La contemplé desafiadora, con la boca pastosa. Me temblaban las manos. Retiré la silla hacia atrás al ver que no respondía—. No tengo por qué estar aquí sentada escuchando esto. ¡Ha pasado de ridículo a totalmente ridículo!

—Doctora Scarpetta, ¿cómo se sentiría si se sugiriera públicamente que usted dejó entrar a Chandonne en su casa y lo atacó? ¿Sin motivo, salvo tal vez que se asustó? ¿O, peor aún, que forma parte de esa conspiración de la que él habla en el vídeo: usted y Jay Talley? Lo que también explicaría por qué fue a París y se acostó con Talley, se entrevistó con la doctora Stvan y se llevó pruebas del depósito de cadáveres.

—¿Cómo me sentiría...? No sé qué más decir.

—Es usted el único testigo, la única persona viva que sabe que lo que Chandonne dice son mentiras y más mentiras. Si usted dice la verdad, este caso depende sólo de usted.

—No soy testigo en su caso —le recordé—. No tuve nada que ver con la investigación de Susan Pless.

—Necesito su ayuda, y eso exigirá que me dedique mucho tiempo.

—No espere que la ayude, no si va a empezar por cuestionar mi veracidad o mi estado de ánimo.

—En realidad, no cuestiono ninguna de las dos cosas, pero la defensa lo hará. En serio. Y será terrible.

Se iba acercando con cuidado a una realidad que aún no me había revelado. El letrado contrario. Sospeché que sabía quién era. Sabía quién iba a terminar lo que Chandonne empezó: mi desmantelamiento, mi humillación ante todo el mundo. El corazón me latía angustiado. Me sentí morir. Mi vida acababa de terminar ante mis ojos.

—Necesitaré que venga a Nueva York en algún momento —oí que decía Berger—. Cuanto antes mejor. Y, por cierto, permítame que le advierta que tenga muchísimo cuidado de con quién habla a partir de ahora. No le recomiendo, por ejemplo, que hable con nadie sobre estos casos sin consultar antes conmigo. —Empezó a recoger sus papeles y libros—. Le advierto que no mantenga ningún contacto con Jay Talley. —Mientras ojeaba el maletín me miró a los ojos—. Por desgracia, creo que recibiremos un regalo navideño que no nos gustará.

Nos levantamos y quedamos frente a frente.

—¿Quién? —le pregunté con voz cansada—. Sabe quién va a representarlo, ¿verdad? Por eso pasó toda la noche con él. Quería hablar con él antes de que su abogado le cerrara esa puerta.

—Cierto —respondió algo irritada—. La pregunta es si me embaucaron. —Nos miramos a través del espacio reluciente que cubría la mesa de madera—. Me parece demasiada coincidencia que una hora después de mi último interrogatorio a Chandonne me enterara de que ya tenía abogado. Sospecho que él ya sabía quién iba a ser su abogado y puede que, de hecho, ya lo hubiera contratado. Pero Chandonne y el asqueroso con quien se ha aliado creerían que este vídeo nos perjudicaría a nosotros y lo ayudaría a él.

—Porque los miembros del jurado le creerán o pensarán que está loco y paranoico —resumí.

—Estoy segura —asintió—. Si todo lo demás falla, recurrirán a la demencia. Y no queremos que el señor Chandonne vaya a Kirby, ¿verdad?

Kirby era un famoso hospital psiquiátrico forense de Nueva York. Allí fue donde estuvo encarcelada Carrie Grethen antes de huir y asesinar a Benton. Berger acababa de tocar otra parte de mi dolorosa historia.

—Así que sabe lo de Carrie Grethen —dejé escapar con voz derrotada mientras salíamos de una sala de reuniones que nunca iba a significar lo mismo para mí. Se había convertido también en el lugar de un crimen. Todo mi mundo se estaba convirtiendo en uno.

—La he investigado un poco —afirmó Berger, casi disculpándose—. Y tiene razón, sé quién va a representar a Chandonne, y no es una buena noticia. De hecho, es terrible. —Se puso el abrigo de pieles mientras recorríamos el pasillo—. ¿Conoce al hijo de Marino?

Me detuve y la contemplé atónita.

—No sé de nadie que lo conozca —respondí.

—Vamos, no llegue tarde a su fiesta. Se lo explicaré mientras salimos. —Caminamos despacio por la moqueta—. Rocco Marino, apodado cariñosamente Rocky, es un abogado defensor penalista de lo más sórdido y representa a la mafia y a otros individuos a los que saca del atolladero recurriendo a cualquier método. Es pretencioso. Le encanta la publicidad. —Me miró a los ojos—. Y, sobre todo, le encanta herir a la gente. Eso le da sensación de poder.

Apagué las luces del pasillo y nos sumimos brevemente en la oscuridad hasta que nos acercamos a las primeras puertas de acero inoxidable.

—Hace algunos años, en la facultad de Derecho, según me han dicho, se cambió el apellido por Caggiano. La última prueba del desprecio que siente hacia su padre, supongo.

Vacilé en medio de las sombras. No quería que viera la expresión de mi rostro, que advertiese lo desorientada que me sentía. Siempre había sabido que Marino detestaba a su hijo. Había considerado muchas teorías sobre los motivos. Tal vez Rocky era homosexual o drogadicto o sólo un fracasado. Lo que estaba claro era que Rocky debía de ser algo opuesto a su padre, y ahora lo sabía. Comprendí la amarga ironía, lo vergonzoso de la situación. ¡Dios mío!

—¿Rocky Caggiano oyó lo del caso y se ofreció? —pregunté.

—Quizá. También es posible que los vínculos criminales de la familia Chandonne lo hayan llevado hasta el hijo o que Rocky ya estuviese conectado con ellos. Podría ser una combinación: algo personal y las conexiones de Rocky. Pero huele un poco a lanzar a padre e hijo al Coliseo. Parricidio frente al mundo, aunque indirecto. Marino no tiene por qué testificar en el juicio de Chandonne en Nueva York, pero todo puede suceder, según cómo se desarrollen las cosas.

Yo ya sabía cómo iban a desarrollarse. Lo veía muy claro. Berger había hecho su viaje con toda la intención de introducir los casos de Richmond en el de Nueva York. No me sorprendería nada que lograra de alguna forma incluir también los de París.

—Chandonne se considerará siempre un caso de Marino —afirmó—. Los policías como él se preocupan por lo que pasa. Y el hecho de que Rocky represente a Chandonne me coloca en una posición desafortunada. Si el caso fuera en Richmond, iría como una bala al juez *ex parte* y señalaría el evidente conflicto de intereses. Es probable que me echara de su despacho y que me amonestara, pero, por lo menos, sería capaz de conseguir que su señoría pidiera un coabogado en el equipo legal del acusado, de modo que el hijo no contrainterrogara al padre.

Pulsé un botón y se abrieron más puertas de acero.

—Pero provocaría muchas protestas —prosiguió—. Y puede que el tribunal dictaminara a mi favor o, como mínimo, yo aprovecharía la situación para captar la compasión del jurado, mostraría lo malos que son Chandonne y su defensor.

—Da lo mismo cómo se desarrolle el caso en Nueva York. Marino no será testigo material. —Comprendí lo que Berger quería decir—. No en el asesinato de Susan Pless. De modo que no podrá deshacerse de Rocky.

—Exacto. Ningún conflicto. No puedo hacer nada. Y Rocky es venenoso.

Nuestra conversación continuó en el garaje, de pie en medio del frío y junto a nuestros coches. La austeridad del hormigón desnudo que nos rodeaba parecía un símbolo de las realidades a las que me enfrentaba. La vida se volvía difícil e implacable. No había panorama, no había salida. No podía imaginarme cómo se sentiría Marino al enterarse de que el monstruo que él contribuyó a apresar iba a ser defendido por ese hijo con el que estaba enemistado.

—Es evidente que Marino no lo sabe —comenté.

—Tal vez haya faltado a mi obligación al no decírselo aún —respondió Berger—. Pero ya está siendo bastante molesto. He pensado esperar a dejar caer esta bomba mañana o pasado. No le gustó que yo interrogara a Chandonne —añadió con una chispa de triunfo.

—Me di cuenta.

—Tuve un caso con Rocky hace unos años. —Abrió la puerta del coche y se inclinó para ponerlo en marcha y encender la calefacción—. Un hombre rico en viaje de negocios a Nueva York se vio abordado por un chico con una navaja. —Se enderezó y me miró—. El hombre forcejeó y logró tumbar al chico, que se golpeó la cabeza contra la acera y perdió el conocimiento, no sin antes apuñalar al hombre en el tórax. El hombre murió. El chico estuvo un tiempo hospitalizado, pero se recuperó. Rocky alegó defensa propia y, por fortuna, el jurado no se lo tragó.

—Estoy segura de que eso convirtió al señor Caggiano en un admirador suyo para siempre.

—Lo que no logré impedir fue que representara después al chico en una demanda civil de diez millones por supuestos daños emocionales permanentes, bla, bla, bla. Al final, la familia del hombre asesinado aceptó un acuerdo. ¿Por qué? Porque no podían soportarlo más. Hubo mucho tejemaneje entre bastidores: acoso, sucesos extraños. Les robaron en casa. Y también se llevaron uno de sus coches. Su cachorro de terrier murió envenenado. Interminable, y estoy convencida que todo ello estaba organizado por Rocky Marino Caggiano. Pero no pude probarlo. —Se subió a su Mercedes deportivo—. Su modus operandi es muy sencillo. Sale con lo que puede y juzga a todo el mundo, excepto al acusado. También es muy mal perdedor.

Recordé que, años atrás, Marino me dijo que deseaba que Rocky estuviera muerto.

—¿Podría ser eso parte de su motivación? —pregunté—. La venganza. ¿No sólo de su padre, sino de usted? Y hacerlo públicamente.

—Es posible —aceptó Berger, sentada ya al volante de su Mercedes—. Sean cuales fuesen sus motivos, pienso protestar de todos modos. No sé cómo saldrá, ya que no constituye ninguna violación ética. Dependerá del juez. —Buscó el cinturón de seguridad y se lo abrochó—. ¿Qué hará el día de Nochebuena, Kay?

De modo que ahora me llamaba Kay. Tuve que pensarlo un momento. Nochebuena era al día siguiente.

—Debo de hacer un seguimiento de estos casos, los de las quemaduras —respondí.

—Es importante que regresemos a las escenas del crimen relacionadas con Chandonne mientras aún existen.

«Incluida mi casa», pensé.

—¿Podríamos vernos mañana por la tarde? —me pidió—. A la

hora que sea. Me pasaré las vacaciones trabajando. No quiero arruinarle las suyas.

No pude por menos de sonreír ante la ironía. Las vacaciones. Sí, felices Navidades. Berger me había dado un regalo y ni siquiera lo sabía. Me había ayudado a tomar una decisión importante, quizá la más importante de mi vida. Iba a dejar mi empleo y el gobernador sería el primero en saberlo.

—La llamaré cuando acabe en el condado de James City —le aseguré—. Podríamos quedar a las dos.

—Pasaré a recogerla —prometió.

17

Eran casi las diez cuando dejé la calle Novena para entrar en Capitol Square, pasando por delante de la estatua ecuestre de George Washington, en ese momento iluminada, y rodeando el pórtico sur del edificio diseñado por Thomas Jefferson, donde un árbol navideño de nueve metros, decorado con bolas de cristal, se elevaba por detrás de las gruesas columnas blancas. Recordé que la fiesta del gobernador era un cóctel y no una cena formal y me alivió ver signos de que los invitados se habían ido. No encontré un solo coche en los espacios destinados a legisladores y visitantes.

El edificio era de principios del siglo XIX; tenía las paredes de estuco amarillo pálido y las columnas blancas. Según la leyenda, una cadena de personas con cubos de agua la salvó cuando los habitantes de Richmond incendiaron su propia ciudad al final de la guerra de Secesión. Siguiendo la discreta tradición navideña de Virginia, en todas las ventanas brillaban velas y colgaban coronas de flores, y las verjas de hierro estaban adornadas con guirnaldas. Bajé la ventanilla para hablar con el policía de guardia que se acercó a mi coche.

—¿Quería algo? —me preguntó con cierto aire de recelo.

—He venido a ver al gobernador Mitchell. —Había estado en la mansión varias veces, pero no a esa hora ni con un Lincoln—. Soy la doctora Scarpetta. Llego un poco tarde. Por favor, dígale que lo siento.

—No la había reconocido en ese coche —comentó el agente, más animado—. ¿Ha vendido el Mercedes? Espere aquí un momento, por favor.

Vi que entraba en la garita y cogía el teléfono. Observé Capitol Square y me invadió un sentimiento de ambivalencia y de tristeza a la vez. Había perdido esta ciudad. No me era posible regresar. Podía culpar a Chandonne, pero eso no era todo si tenía que ser honesta conmigo misma. Llegaba el momento de hacer lo más difícil: un cambio. Lucy me había infundido valor, o quizá lo que hizo fue que me viera a mí misma como aquello en lo que me había convertido; es decir, afianzada, estática, institucionalizada. Había sido forense jefe de Virginia durante más de diez años. Me acercaba a los cincuenta. No me gustaba mi única hermana. Mi madre era difícil y estaba mal de salud. Lucy se trasladaba a Nueva York. Benton estaba muerto. Yo estaba sola.

—Felices Navidades, doctora Scarpetta. —El policía del Capitolio se acercó a la ventanilla y bajó la voz. Según su placa de identificación, se llamaba Renquist—. Quiero que sepa que no me gusta nada lo que pasó, pero me alegro de que atrapara a ese hijo de puta. Actuó usted con mucha rapidez.

—Se lo agradezco, agente Renquist.

—Ya no volverá a verme aquí a partir del primero de enero. Me han trasladado a investigaciones y vestiré de paisano.

—Espero que sea un buen cambio.

—Ya lo creo que lo será, señora.

—Le echaremos de menos.

—Tal vez la vea en algún caso.

Confiaba en que no fuera así. Si me veía en algún caso, significaría que alguien más había muerto. Con gestos enérgicos me indicó que cruzara la verja.

—Puede estacionar delante mismo.

Un cambio. Sí, un cambio. De repente estaba rodeada de cambios. En trece meses, el gobernador Mitchell también se habría ido, y eso era inquietante. Me gustaba. Me gustaba en especial su esposa, Edith. En Virginia, los gobernadores están limitados a un solo mandato, y cada cuatro años el mundo se pone patas arriba. Se trasladan, despiden y contratan centenares de empleados. Se cambian números de teléfono. Se formatean discos duros de ordenador. Las descripciones de los puestos de trabajo dejan de ser aplicables incluso cuando los propios puestos de trabajo se mantienen. Desaparecen o se destruyen archivos. Se vuelven a elaborar o se abandonan menús de la mansión. Lo único constante es el personal de la mansión en sí. Los mismos reclusos cuidan el jardín y efectúan pequeñas tareas externas, y las mismas personas cocinan y limpian, o, por lo menos, si cambian no tienen nada que ver con la política. Aaron, por ejemplo, había sido el mayordomo durante todo el tiempo que yo había vivido en Virginia. Era un afroamericano alto, atractivo, delgado y elegante, con una larga e impecable chaqueta blanca y pajarita negra.

—¿Cómo está, Aaron? —pregunté al entrar en un vestíbulo que estaba deslumbrante, con luces de cristal que se pasaban la antorcha de araña en araña a través de amplios arcos hasta el fondo de la casa. Entre las dos salas de baile se situaba el abeto decorado con bolas rojas y luces blancas. Las paredes y el borde y los frisos de yeso habían sido restaurados recientemente con su color original gris y blanco y recordaban la cerámica de Wedgwood. Aaron me cogió el abrigo. Indicó que estaba bien y contento de verme, usando pocas palabras porque dominaba el arte de ser cortés sin demasiados aspavientos.

Una vez pasado el vestíbulo, había dos salas formales con alfombra de Bruselas y espléndidas antigüedades. La sala de caballeros tenía una greca grecorromana. La de señoras, una floral. La psicología de esas zonas de espera era simple: permitían al gobernador recibir visitas sin que éstas entraran realmente en la mansión; se concedía audiencia a la gente en la puerta principal y se daba a entender que no duraría mucho rato. Aaron me guió más allá de estas impersonales salas históricas y subimos por la escalera cubierta con una alfombra de diseño federal, con estrellas negras sobre un fondo rojo intenso, que conducía a las dependencias personales de la primera familia. Llegué a una sala con el suelo de madera de abeto y sillones y sofás, donde Edith Mitchell me esperaba vestida con un traje de chaqueta de seda roja. Me abrazó y percibí un perfume exótico.

—¿Cuándo volveremos a jugar al tenis? —preguntó con sequedad, mirándome la escayola.

—Es un deporte implacable si no lo practicas desde hace un año, tienes un brazo roto y vuelves a pelearte con los cigarrillos —afirmé.

Mi referencia al año anterior no le pasó inadvertida. Quienes me conocían sabían que, tras el asesinato de Benton, desaparecí tragada por un remolino oscuro. Dejé de ver a los amigos. No salía ni recibía visitas. Apenas practicaba ejercicio. Sólo trabajaba. No veía nada de lo que pasaba a mi alrededor. No oía lo que la gente me decía. No sentía. La comida no tenía sabor. A duras penas notaba el paso del tiempo. En palabras de Anna, comencé a padecer de carencia sensorial. A pesar de todo, no sé cómo, no cometí errores en mis casos. Antes bien, era más obsesiva con ellos. Pero mi absentismo como ser humano fue perjudicial para la oficina. No era una buena administradora y empezó a notarse. Desde luego, había sido una amiga terrible para todas las personas que conocía.

—¿Cómo estás? —me preguntó, amable.

—Todo lo bien que cabría esperar.

—Siéntate, por favor. Mike está hablando por teléfono. Supongo que no habló lo suficiente con la gente en la fiesta. —Sonrió y puso los ojos en blanco, como si hablara de un chico travieso.

Edith nunca había asumido realmente el papel de primera dama, al menos no en ninguna de las formas tradicionales conocidas en el Estado de Virginia, y, aunque tenía detractores, también se ganó fama de ser una mujer fuerte y moderna. Era una arqueóloga que no había abandonado la profesión cuando su marido ocupó el cargo, y evitaba los actos oficiales que consideraba frívolos o una pérdida de tiempo. Aun así, estaba dedicada a su marido y había criado a tres hijos, ya mayores o en la universidad. Rondaba la cincuentena y tenía los cabellos castaños cortados rectos a la altura del cuello y peinados hacia atrás. Sus ojos eran casi ámbar, y estaban llenos de ideas y preguntas. Le rondaba algo por la cabeza:

—Iba a hablar contigo en privado durante la fiesta, Kay. Me alegro de que llamaras. Gracias por venir. Ya sabes que no tengo costumbre de entrometerme en tus casos, pero estoy muy inquieta por el que acabo de leer en el periódico, el hombre que encontraron en ese terrible motel cerca de Jamestown. Mike y yo estamos ambos muy preocupados, como es evidente, debido a su conexión con Jamestown.

—No sé nada de ninguna conexión con Jamestown. —Estaba perpleja, y lo primero que pensé era que había llegado información que ella conocía y yo no—. Ninguna conexión con la excavación arqueológica. Al menos, que yo sepa.

—Impresiones —dijo sin más—. Como mínimo. —Jamestown era la pasión de Edith Mitchell. Su propia profesión la había llevado al yacimiento unos años atrás y, luego, pasó a abogar por él desde su actual posición política. Había desenterrado objetos y huesos humanos, y buscaba, infatigable, el favor de posibles patrocinadores y de los medios de comunicación—. Paso por delante de ese motel casi siempre que voy allí porque queda más cerca del centro tomar la carretera 5 que la 64. —Se le ensombreció el semblante—. Es un lugar de mala muerte. No me sorprende que haya pasado algo allí. Parece el tipo de lugar que frecuentarían traficantes de droga y prostitutas. ¿Has ido al lugar de los hechos?

—Todavía no.

—¿Quieres tomar algo, Kay? Tengo un whisky muy bueno que pasé de contrabando al volver de Irlanda el mes pasado. Sé que te gusta el whisky irlandés.

—Sólo si me acompañas.

Descolgó el teléfono y pidió a Aaron que subiera la botella de Black Bush y tres vasos.

—¿Qué pasa en Jamestown estos días? —En la atmósfera se percibía un olor a humo de puro que despertó mis frustrantes ganas de fumar—. Debe de hacer tres o cuatro años que no voy por allí.

—Cuando encontré a JR —recordó.

—Sí.

—¿De verdad hace tanto tiempo?

—Desde 1996, creo.

—Bueno, tendrías que ver lo que estamos haciendo. Es increíble cómo ha cambiado el trazado del fuerte y los objetos, cientos de miles, como debes de saber por las noticias. Hemos efectuado estudios isotópicos de algunos huesos, lo que creo que te parecerá interesante, Kay. JR sigue siendo nuestro mayor misterio. Su perfil isotópico no concordaba en absoluto con una dieta de maíz o trigo, y no sabíamos qué explicación darle, salvo que tal vez no fuera inglés. Así que enviamos uno de sus dientes a un laboratorio de Inglaterra para la prueba del ADN.

JR significaba Jamestown Redescovery y era el prefijo que se asignaba a todos los restos que se descubrían en el yacimiento. En este caso, Edith se refería específicamente al resto 102 desenterrado en la capa tercera o C de tierra. JR102C era una tumba. Se había convertido en la más famosa de la excavación porque se creía que el esqueleto que contenía pertenecía a un hombre joven que había llegado a Jamestown con John Smith en mayo de 1607 y había muerto a tiros ese otoño. A la primera señal de violencia en el interior del ataúd de arcilla, Edith y el arqueólogo jefe me llamaron, y juntos cepillamos la tierra de una bala de mosquetón de la década de los sesenta que había fracturado la tibia y la hizo rotar ciento ochenta grados, de modo que el pie miraba hacia atrás. La herida habría desgarrado, si no seccionado la arteria poplítea detrás de la rodilla, y JR, como se le conocía desde entonces con cariño, habría muerto desangrado con rapidez.

Como es lógico, se armó mucho revuelo con lo que fue definido de inmediato como el primer asesinato ocurrido en América, una afirmación bastante presuntuosa, ya que no podía asegurarse que fuera un asesinato ni el primero, y el Nuevo Mundo apenas era aún América. Gracias a las pruebas forenses, demostramos que JR recibió una carga disparada por un mosquetón europeo y que, a partir de la extensión del impacto, la distancia a la que se encontraba el arma era de unos cuatro metros y medio. No podía haberse disparado él mismo sin querer. Se deducía que el culpable había sido otro colono, lo que conducía a la idea nada exagerada de que el karma de América parecía ser, por desgracia, matarnos los unos a los otros.

—Se ha trasladado todo adentro para el invierno. —Edith se quitó la chaqueta y la dejó sobre el respaldo del sofá—. Catalogamos los objetos, redactamos los informes sobre los hallazgos, todo lo que no podemos hacer mientras trabajamos en el yacimiento. Y, por supuesto, recaudamos fondos. Esa parte terrible de la vida que suele caerme cada vez más en las manos. Lo que me lleva a la cuestión. He recibido una llamada bastante alarmante de uno de nuestros legisladores, que había leído lo de la muerte en el motel. Estaba muy alborotado, lo que es una lástima porque así sólo conseguirá lo que afirma que no quiere, es decir, atraer la atención al caso.

—¿Alborotado por qué? —Fruncí el ceño—. El periódico ofrecía poca información.

Edith se puso tensa. Quienquiera que fuese el legislador, resultaba evidente que no lo toleraba.

—Es de la zona de Jamestown —me aclaró—. Parece pensar que el caso podría ser un crimen por odio, que la víctima era homosexual.

Se oyó el ruido suave de unos pasos en la alfombra de la escalera y apareció Aaron con una bandeja, una botella y tres vasos en los que aparecía el escudo del Estado.

—Huelga decir que tal cosa podría comprometer muchísimo nuestro trabajo allí —eligió con cuidado las palabras mientras Aaron servía Black Bush.

Una puerta se abrió y el gobernador entró desde su despacho privado con una estela de humo de puro, sin la chaqueta del esmoquin y sin corbata.

—Perdona que te haya hecho esperar, Kay. —Me saludó con un abrazo—. Nimiedades. Tal vez Edith te haya dado una pista.

—Me lo estaba contando —repuse.

18

El gobernador Mitchell estaba visiblemente trastornado. Su esposa se levantó para dejar que charláramos en privado y ambos tuvieron un breve intercambio sobre una llamada que tenían que hacer a una de sus hijas. Luego Edith se despidió de mí y se marchó. El gobernador encendió otro puro. Era un hombre rudo, atractivo, con el cuerpo fuerte de un antiguo jugador de fútbol americano y el cabello tan gris como la arena del Caribe.

—Iba a intentar hablar contigo mañana, pero no sabía si irías a algún sitio a pasar las vacaciones —empezó—. Gracias por venir.

El whisky me calentaba el cuello a cada trago mientras iniciábamos un intercambio educado sobre nuestros planes para las Navidades y cómo iban las cosas en el Instituto de Ciencia y Medicina Forenses de Virginia. Yo no dejaba de pensar en el inspector Stanfield. El muy idiota. No cabía duda de que había divulgado información confidencial del caso, y nada más y nada menos que a un político, su cuñado, el diputado Dinwiddie. El gobernador era un hombre astuto. Y, más importante aún, había empezado su carrera como fiscal. Sabía que estaba furiosa y por qué.

—El diputado Dinwiddie tiene tendencia a armar mucho revuelo.

El gobernador me confirmó así la identidad del alborotador. Dinwiddie jamás permitía que nadie olvidara que su linaje se remontaba, aunque de modo muy indirecto, hasta el jefe Powhatan, el padre de Pocahontas.

—El inspector hizo mal en contarle nada a Dinwiddie —señalé—. Y Dinwiddie hizo mal en contarte nada a ti o a cualquier otro. Es un caso criminal. No se trata del cuatrocientos aniversario de Jamestown. No se trata de turismo ni de política. Se trata de un hombre que muy probablemente fue torturado y quemado en la habitación de un motel.

—No cabe duda —dijo Mitchell—. Pero hemos de considerar ciertas realidades. Un crimen por odio, que pueda parecer conectado de cualquier forma o modo con Jamestown, sería catastrófico.

—No conozco ninguna conexión con Jamestown más allá del hecho de que la víctima se inscribió en un motel de esa zona, que ofrece un precio especial llamado dieciséis, cero, siete. —Empezaba a exasperarme.

—Con toda la publicidad que ya ha tenido Jamestown, esa información bastará para atraer a los medios de comunicación. —Hizo girar el puro entre sus dedos y se lo llevó despacio a los labios—. Se calcula que la celebración del año 2007 podría llegar a generar mil millones de dólares de ingresos al Estado. Es nuestra Exposición Universal, Kay. El año que viene, Jamestown será conmemorado en una moneda, la de veinticinco centavos. Los periodistas han acudido en masa a la excavación.

Se levantó para avivar el fuego y retrocedí en el tiempo a sus antiguos trajes arrugados y el porte agobiado, a su atestado despacho inundado de archivos y libros en el edificio del Juzgado de Distrito. Trabajamos juntos en muchos casos, algunos de los cuales constituían los hitos más dolorosos en mi historia, esa clase de crímenes aleatorios y crueles cuyas víctimas siguen rondando mis pensamientos: aquella repartidora de periódicos secuestrada en su ruta, violada y dejada morir lentamente; la anciana muerta de un disparo, sólo por diversión, cuando tendía la ropa; las diversas personas que ejecutaron los hermanos Briley. Mitchell y yo nos habíamos angustiado por muchos actos violentos terribles, y lo eché de menos cuando asumió un cargo superior. El éxito separa a los amigos. La política, en especial, es desastrosa para las relaciones porque la naturaleza de la política consiste en recrear a la persona. El Mike Mitchell que yo conocía quedó sustituido por un hombre de estado que aprendió a procesar sus fuertes creencias mediante subrutinas seguras y muy bien calculadas. Tenía un plan para mí.

—Que la prensa exalte los ánimos me gusta tan poco como a ti —le aseguré.

Dejó el atizador en su soporte de metal y siguió fumando de espaldas al fuego, con el rostro colorado por el calor. La madera chisporroteaba.

—¿Qué podemos hacer al respecto, Kay?

—Decirle a Dinwiddie que cierre el pico.

—¿Al señor Titular de Prensa? —Sonrió forzadamente—. ¿Que se ha hecho oír al señalar que hay quien considera que Jamestown fue el primer crimen por odio y contra los nativos americanos?

—Bueno, yo también encuentro detestable asesinar, cortar la cabellera y matar de hambre a la gente. Parece que el odio ha abundado siempre desde el origen de los tiempos. No emplearé la expresión crimen por odio, gobernador. No aparece en ninguno de los formularios que relleno, no es ninguna casilla que haya que señalar en un certificado de defunción. Como sabes muy bien, esta etiqueta es cosa de la acusación o de los investigadores, no del médico forense.

—¿Y tú qué opinas?

Le hablé del segundo cadáver encontrado en Richmond a última hora de la tarde. Me preocupaba que las muertes estuvieran relacionadas.

—¿En qué te basas? —El puro se consumía en un cenicero. Se frotó la cara y las sienes como si le doliera la cabeza.

—Las ataduras —afirmé—. Las quemaduras.

—¿Las quemaduras? Pero el primer cadáver estaba en un lugar donde se había producido un incendio. ¿Por qué tiene quemaduras el segundo?

—Sospecho que fue torturado.

—¿Era homosexual?

—La segunda víctima no presenta pruebas evidentes de ello, pero no podemos descartarlo.

—¿Sabemos de quién se trata o si era de aquí?

—Hasta ahora no. Ninguno de los dos llevaba efectos personales.

—Lo que sugiere que alguien implicado no quiere que se los identifique. O fue un robo. O ambas cosas.

—Es posible.

—Explícame algo más acerca de las quemaduras —pidió.

Se las describí. Mencioné el caso que Berger tuvo en Nueva York, y la ansiedad del gobernador se volvió más palpable.

—Este tipo de especulación no debe salir de esta habitación —dijo con expresión de ira—. Lo único que nos faltaba es otra conexión con Nueva York. ¡Dios mío!

—No hay pruebas de ninguna conexión, excepto que los periódicos le dieran la idea a alguien. No puedo asegurar que se usara una pistola de aire caliente en nuestros casos, por ejemplo.

—¿No te parece un poco extraño que los asesinatos de Chandonne estén relacionados con Nueva York? Y el juicio se traslada allí. Y ahora, de repente, ¿tenemos dos asesinatos parecidos a otro cometido en Nueva York?

—Es muy extraño, sí. Lo único que puedo asegurarte es que no tengo intención de hacer que los informes de las autopsias alimenten los intereses políticos de otras personas. Como siempre, me ceñiré a los hechos y evitaré las conjeturas. Te sugiero que pensemos en términos de manejar en lugar de suprimir.

—Maldita sea. Se va armar una de mil demonios —masculló en medio de una nube de humo.

—Espero que no.

—¿Y tu caso? ¿El Hombre Lobo francés, como hay quien lo llama? —Mitchell sacó por fin el tema—. ¿Cómo va afectarte a ti?

Volvió a sentarse y me lanzó una de sus miradas serias. Sorbí el whisky y pensé cómo decírselo. No había ninguna forma de soltarlo con gentileza.

—¿Cómo va a afectarme? —Sonreí compungida.

—Debe de ser terrible. Me alegro de que pudieras pillar a ese hijo de puta.

Las lágrimas brillaron en sus ojos, y apartó la mirada de inmediato. Mitchell volvía a ser el fiscal. Estábamos a gusto. Éramos antiguos colegas, antiguos amigos. Estaba conmovida, mucho, y al mismo tiempo deprimida. El pasado había quedado atrás. Mitchell era gobernador. Seguramente iría a Washington después. Yo era la forense jefe de Virginia y él era mi superior. Iba a decirle que tenía que renunciar a mi puesto.

—Creo que lo mejor para mí y lo mejor para el Estado es que deje de ocupar mi cargo —dije.

Se limitó a mirarme.

—Presentaré la dimisión de un modo más formal, por supuesto, por escrito —añadí—. Pero la decisión está tomada. Dimito a partir del primero de enero. Continuaré mientras me necesites, hasta que encuentres un sustituto. —Me pregunté si se lo esperaba. Tal vez se sintiera aliviado. Tal vez estuviera enfadado.

—No eres de los que abandonan, Kay. No lo has sido nunca. No dejes que esos imbéciles te echen, maldita sea.

—No voy a dejar mi profesión. Sólo cambiaré de terreno. Nadie me está echando.

—Sí, claro, de terreno. —Se recostó en los cojines, observándome—. Ya veo que vas a convertirte en una mercenaria.

—Por favor.

Ambos compartíamos el mismo desdén por los expertos que elegían a qué parte representar según el dinero, no según la justicia.

—Ya sabes a qué me refiero. —Encendió de nuevo el puro y miró al vacío. Ya elaboraba un plan nuevo; podía ver cómo pensaba.

—Trabajaré como contratista privada —dije—. Pero no seré nunca una mercenaria. De hecho, lo primero que voy a hacer no me supondrá ni un centavo, Mike. El caso. Nueva York. Tengo que ayudar y eso me ocupará mucho tiempo.

—Muy bien. Es muy sencillo. Trabajarás como contratista privada y el Estado será tu primer cliente. Te contrataremos como jefa interina hasta que encontremos una mejor solución para Virginia. Espero que tus tarifas sean razonables —añadió divertido.

No era lo que yo esperaba oír.

—Pareces sorprendida.

—Lo estoy.

—¿Por qué?

—Tal vez Buford Righter podría explicarlo —dije, y volví a sentirme indignada—. Tenemos dos mujeres asesinadas de un modo espantoso en la ciudad y, digan lo que digan, no me parece bien que su asesino esté ahora en Nueva York. No puedo evitarlo, Mike. Me parece culpa mía. Me parece que he comprometido nuestros casos porque Chandonne vino a por mí. Me parece que me he convertido en un lastre.

—Ah, Buford —comentó Mitchell, sin emoción—. Bueno, no es mala persona, pero es un terrible fiscal del Estado, Kay. Y no creo que dejar que Nueva York pruebe suerte primero con Chandonne sea tan mala idea, dadas las circunstancias.

Noté que sus palabras eran resultado de muchas consideraciones y sospeché que una de las principales era cómo reaccionarían los europeos si Virginia ejecutaba a un ciudadano francés. Y Virginia tenía fama por la cantidad de personas que ejecutaba cada año. Yo practicaba la autopsia a cada una ellas. Conocía muy bien las estadísticas.

—Hasta yo estaría un poco perdido en este caso —añadió Mitchell tras una pausa larguísima.

Tuve la sensación de que se me iba a caer el cielo encima. Los secretos emitían chispas como la electricidad estática, pero no tenía sentido preguntar nada. No le sonsacaría al gobernador ninguna información que no estuviese dispuesto a darme.

—Trata de no tomártelo como algo personal, Kay —me aconsejó—. Cuentas con todo mi apoyo. Continuaré ofreciéndotelo. He trabajado contigo mucho tiempo y te conozco.

—Todo el mundo me dice que no me lo tome como algo personal.

—Sonreí. La sensación de amenaza aumentó. Continuaría apoyándome, como si implicara que había motivos por los que no debiera hacerlo.

—Edith, mis hijos, el personal, todos me dicen los mismo —me confesó—. Y yo sigo tomándome las cosas como algo personal. Pero finjo que no.

—Entonces, ¿no tuviste nada que ver con Berger, con este cambio notable de jurisdicción, por así decirlo? —no pude evitar preguntar.

Afiló la ceniza, girando despacio el puro, dando caladas, ganando tiempo. Había tenido algo que ver. Estaba segura que lo había tenido todo que ver.

—Es muy buena, Kay. —Su no respuesta era una respuesta.

Lo acepté. Me resistí a husmear y me limité a preguntar cómo la había conocido.

—Bueno, los dos fuimos a la facultad de Derecho de la Universidad de Virginia. Luego, cuando yo era fiscal general, tuve un caso. Deberías de recordarlo porque tu oficina intervino. Esa mujer destacada de Nueva York que contrató una importante póliza de seguro de vida para su marido un mes antes de asesinarlo en un hotel de Fairfax. Intentó colarlo como un disparo suicida.

Lo recordaba muy bien. Más adelante nos acusó a mi oficina y a mí en una demanda por crimen organizado, entre otras cosas, debido a una supuesta connivencia con la compañía aseguradora para falsificar informes y no pagarle así ningún importe.

—Berger se vio involucrada porque resultó que el primer marido de la mujer había muerto en circunstancias sospechosas en Nueva York unos años antes —prosiguió Mitchell—. Al parecer, era un hombre mayor, débil, que se ahogó en la bañera un mes después de que su esposa contratara una importante póliza de seguro. El forense encontró magulladuras que podrían indicar un forcejeo, y dejó la causa pendiente durante mucho tiempo con la esperanza de que la investigación encontrara algo concluyente. No fue así. La Oficina del Fiscal no logró preparar el caso. Luego, la mujer demandó también a ese forense. Por calumnia, coacción emocional, tonterías así. Tuve muchas conversaciones con Nueva York, sobre todo con Bob Morgenthau, el fiscal del distrito, pero también con Jaime, para comparar notas.

—Me gustaría saber si los federales podrían intentar que Chandonne se ponga nervioso hasta el punto de delatar a su familia. Hagamos un trato —dije—. Y entonces, ¿qué?

—Me parece que puedes contar con ello —respondió Mitchell muy serio.

—Así que es eso. —Ahora lo sabía—. ¿Le han garantizado que no lo condenarán a la pena de muerte? Ése es el trato.

—Morgenthau no es famoso por aplicar la pena capital —dijo—, pero yo sí. Soy muy duro.

El gobernador acababa de insinuarme las negociaciones que habían tenido lugar. Los federales trabajarían con Chandonne. A cambio, Chandonne era juzgado en Nueva York, donde le aseguraban que no recibiría la pena de muerte. Pasara lo que pasase, el gobernador Mitchell quedaba bien. Ya no era su problema. Ya no era un problema de Virginia. No provocaríamos un incidente internacional clavando una aguja en el brazo de Chandonne.

—Es una lástima —resumí—. No creo en la pena de muerte, Mike. Pero es una lástima que la política se haya inmiscuido en esto. He escuchado durante varias horas las mentiras de Chandonne. No ayudará a nadie a acabar con su familia. Nunca. Y te diré algo más: si acaba en Kirby o en Bellevue, saldrá de algún modo. Volverá a matar. Así que, por una parte, estoy contenta de que lleve el caso una fiscal excelente y no Righter. Righter es un cobarde. Pero, por otra parte, lamento que hayamos perdido el control sobre Chandonne.

Mitchell se inclinó hacia delante y apoyó las manos en las rodillas, una postura que señalaba el fin de nuestra conversación. No iba a comentar más la cuestión conmigo, y eso también decía mucho.

—Te agradezco que hayas venido, Kay —dijo, y sostuvo mi mirada. Eso era su forma de decir: «No preguntes.»

19

Aaron me acompañó escaleras abajo y me ofreció una ligera sonrisa al abrir la puerta principal. El agente me saludó cuando crucé la verja. Sentí una sensación de clausura, de irrevocabilidad al pasar por Capitol Square, mientras la mansión iba desapareciendo en el retrovisor. Allí dejaba algo. Dejaba atrás mi vida como la conocía, y había detectado una señal de desconfianza en un hombre al que siempre había admirado mucho. No, no creía que Mitchell hubiera hecho nada malo. Pero sabía que no había sido franco conmigo, no del todo. Era directamente responsable de que Chandonne dejara nuestra jurisdicción y la razón era la política, no la justicia. Lo notaba. Estaba segura de ello. Mike Mitchell ya no era el fiscal. Era el gobernador. ¿Por qué debería sorprenderme? ¿Qué diablos esperaba?

El centro me pareció desagradable y extraño al recorrer la calle Octava para llegar a la autopista. Observé la cara de las personas que pasaban y me maravilló que casi ninguna de ellas estuviera presente en el momento que ocupaba. Conducían, miraban por el retrovisor, buscaban algo en el asiento, toqueteaban la radio o hablaban por teléfono o con sus pasajeros. No se percataban de la desconocida que los observaba. Veía las caras con tanta claridad que decidía si eran atractivas o si tenían cicatrices debidas al acné o unos buenos dientes. Me di cuenta de que por lo menos una gran diferencia entre los asesinos y sus víctimas era que los asesinos estaban presentes. Vivían el momento por completo, asimilaban su entorno, muy conscientes de cada detalle y de cómo podría beneficiarlos o comprometerlos. Observaban a los desconocidos. Se fijaban en un rostro y decidían seguir a esa persona a casa. Me pregunté si era así como esas dos mujeres jóvenes, mis últimas pacientes, fueron seleccionadas. Me pregunté con qué clase de depredador trataba. Me pregunté qué le interesaba en realidad al gobernador para querer verme esa noche y por qué él y la primera dama me preguntaron sobre el caso de James City. Pasaba algo, algo malo.

Llamé al teléfono de mi casa; tenía siete mensajes. Tres eran de Lucy. No me decía lo que quería, sólo que intentaba dar conmigo. Probé en su teléfono móvil y, cuando respondió, noté cierta tensión. Me dio la impresión de que no estaba sola.

—¿Va todo bien? —le pregunté.

—Me gustaría llevar a Teun, tía Kay —dijo tras un momento de duda.

—¿McGovern está en Richmond? —inquirí, sorprendida.

—Podemos estar en casa de Anna en unos quince minutos —insinuó Lucy.

Las señales llegaban con rapidez y con fuerza. No lograba identificar lo que me golpeaba el subconsciente para que me percatara de una verdad importante. ¿Qué era, maldita sea? Me encontraba tan inquieta que estaba nerviosa y confundida. Detrás de mí, un automovilista me tocó la bocina y el corazón me dio un brinco. Solté un grito ahogado. Me di cuenta de que el semáforo se había puesto verde. Había luna menguante, envuelta de nubes, y el James formaba un manto oscuro bajo el puente Huguenot, que crucé de camino a la parte sur de la ciudad. Aparqué delante de la casa de Anna, detrás del Suburban de Lucy, y la puerta principal se abrió de inmediato. Al parecer, Lucy y McGovern habían llegado un instante antes que yo. Ambas y Anna estaban en el vestíbulo bajo la araña centelleante de cristal. La mirada de McGovern fue directa a mis ojos y esbozó una sonrisa tranquilizadora, como para indicarme que todo iría bien. Se había cortado el cabello y seguía siendo una mujer muy atractiva, esbelta y con aspecto de chico, con leotardos negros y una chaqueta larga de cuero. Al abrazarnos recordé que era firme y controlada, pero dulce. Me puse contenta de verla, muy contenta.

—Pasa, pasa —dijo Anna—. Feliz Nochebuena, casi. ¿A que es divertido?

Su expresión, sin embargo, no tenía nada de divertido. Estaba demacrada y ojerosa a causa de la preocupación y la fatiga. Me sorprendió observándola e intentó sonreír. Nos dirigimos todas juntas a la cocina. Anna preguntaba por la bebida y la comida. ¿Habíamos comido? ¿Se quedarían Lucy y McGovern a pasar la noche en su casa? Nadie debería de estar en un hotel en Nochebuena, era un crimen. No paraba de hablar y le temblaban las manos al sacar botellas de un armario y alinear botellas de whisky y licores diversos. Las señales se emitían con tal rapidez que apenas oía lo que se decía a mi alrededor. Entonces, llegó el momento en que me percaté. Ya lo sabía. La constatación de verdad recorrió mi cuerpo como una sacudida eléctrica en el momento en que Anna me servía un whisky.

Le había dicho a Berger que no tenía secretos grandes y oscuros. Lo que quería decir era que siempre había sido muy reservada. No le contaba a la gente nada que pudiera usarse en mi contra. Era cauta por naturaleza. Pero últimamente había hablado con Anna. Me pasé horas explorando las grietas más profundas de mi vida. Le había contado cosas que no estaba segura de saber yo siquiera y no le pagué nada por esas sesiones. No estaban protegidas por la confidencialidad entre médico y paciente. Rocky Caggiano podía citar a Anna, y al mirarla supuse que eso era lo que había ocurrido. Tomé el vaso de sus manos y nuestros ojos se encontraron.

—Ha pasado algo —dije.

Desvió la mirada. Interpreté la situación. Berger haría anular la citación. Era ridículo. Caggiano me acosaba para tratar de intimidarme, así de claro, y no se saldría con la suya. Podía irse a la mierda. Lo tenía todo resuelto y decidido, así de rápido, porque era especialista en eludir cualquier verdad que impactara de lleno en mi yo interior, en mi bienestar, en mis sentimientos.

—Dímelo, Anna —le pedí.

En la cocina se hizo el silencio. Lucy y McGovern dejaron de hablar. Lucy se acercó y me abrazó.

—Estamos aquí para ayudarte —afirmó.

—Ya lo creo —corroboró McGovern, con el pulgar en alto.

Sus intentos de tranquilizarme me dejaron con una sensación de aprensión en cuanto desaparecieron para irse al salón. Anna me miró y fue la primera vez que vi un atisbo de lágrimas en mi estoica amiga austríaca.

—He hecho algo terrible, Kay. —Carraspeó y llenó, rígida, otro vaso con cubitos del congelador. Uno se le cayó al suelo y se deslizó hasta desaparecer detrás del cubo de la basura—. Ese ayudante del sheriff... No podía creerlo cuando sonó el timbre de la verja esta mañana. Y ahí estaba él, con una citación. Que me la trajeran a casa ya fue bastante desagradable. Siempre recibo las citaciones en la oficina. Suelen llamarme para declarar como testigo experto de vez en cuando, como ya sabes. No puedo creer que me haya hecho esto. Confiaba en él.

La duda. La negación se resquebrajó. Sentí la primera oleada de miedo como un puñetazo en el estómago.

—¿Quién ha sido? —pregunté—. ¿Rocky?

—¿Que quién ha sido? —Parecía desconcertada.

—Dios mío —masculló—. Oh, Dios mío.

Me apoyé en el mostrador. No era nada relativo a Chandonne. No podía serlo. Si Caggiano no envió la citación a Anna, sólo quedaba otra posibilidad, y no era Berger. Estaba claro que la Oficina del Fiscal del Distrito no tendría ninguna razón para hablar con Anna. Pensé en la extraña llamada telefónica del banco, el recado de AT&T y la conducta de Righter y la expresión de su cara cuando me vio en la camioneta de Marino el sábado anterior por la noche. Recordé la necesidad repentina que tenía el gobernador de verme, su actitud evasiva, incluso los malos humores de Marino y el modo en que me había estado evitando, y volví a repasar la súbita pérdida de pelo de Jack y sus temores sobre ser el jefe. Todo encajó en su sitio y formó una composición increíble. Estaba en apuros. Dios mío, estaba en graves apuros. Empezaron a temblarme las manos.

Anna divagaba, tartamudeaba, se pisaba las palabras como si hubiera recurrido sin querer a lo que aprendió primero en su vida, que no era el inglés. No encontraba las palabras. Me confirmó lo que me veía obligada a sospechar. Anna había sido citada por un jurado de acusación. Un jurado especial de acusación de Richmond me estaba investigando para averiguar si había pruebas suficientes para acusarme del asesinato de Diane Bray. Anna había sido utilizada. Le habían tendido una trampa.

—¿Quién te tendió la trampa? ¿Righter? ¿Buford está detrás de esto?

—Jamás se lo perdonaré —masculló Anna—. Se lo dije.

Fuimos al salón, donde cogí un teléfono inalámbrico que reposaba en un elegante soporte de madera de tejo.

—Ya sabes que no tienes que contármelo, Anna. —Llamé a casa de Marino. Me esforcé en mostrarme muy tranquila—. Estoy segura de que a Buford no le gustaría, así que tal vez no deberías hablar conmigo.

—Me da lo mismo lo que debería o no hacer. En cuanto recibí la citación, Buford me llamó y me explicó lo que necesitaba de mí. Llamé a Lucy de inmediato.

Anna seguía hablando en un inglés balbuceante y miraba a McGovern sin comprender. Pareció ocurrírsele que no tenía idea de quién era McGovern o por qué estaba en su casa.

—¿A qué hora vino el ayudante a tu casa con la citación? —le pregunté. En el teléfono de Marino saltó el buzón de voz—. Mierda —exclamé. Estaba comunicando, así que le dejé el recado de que me llamara: era urgente.

—Hacia las diez de la mañana —me respondió Anna.

—Interesante —comenté—. Sobre la misma hora en que Chandonne partía hacia Nueva York. Y del funeral de Bray, donde conocí a Berger.

—¿Crees que está todo relacionado? —McGovern escuchaba atenta, con sus ojos astutos y expertos fijos en mí. Era una de las mejores investigadoras de incendios de la ATF antes de ser nombrada supervisora por las mismas personas que más adelante provocarían su dimisión.

—No estoy segura —admití—, pero Berger estaba interesada en ver quién iría al funeral de Bray. Ahora me pregunto si no sería que quería ver si iría yo, y si eso significaba que sabía que me están investigando y quiere comprobarme por su cuenta.

Sonó el teléfono de Anna y respondí:

—Residencia Zenner.

—¿Qué pasa? —dijo Marino en voz alta por encima del sonido del televisor.

—Empiezo a averiguarlo —afirmé.

Al instante supo por mi tono que no debía preguntar nada, sino subirse a la camioneta e ir a casa de Anna. Era el momento de la verdad. Nada de juegos ni de secretos, le dije. Lo esperaríamos frente a la chimenea en el salón de Anna, donde había un árbol envuelto en luces blancas y guirnaldas y adornado con animales de cristal y frutas de madera, con regalos debajo.

Repasé en silencio cada palabra que había dicho a Anna, procurando recordar lo que seguro que recordaría ella cuando Righter le preguntara sobre mí bajo juramento delante de un jurado que tendría que decidir si deberían juzgarme por asesinato. Los dedos gélidos del miedo me oprimían el corazón. Aun así hablaba de modo razonable. Me mantuve tranquila en apariencia mientras Anna entraba en detalles sobre cómo le tendieron la trampa. Todo empezó cuando Righter se puso en contacto con ella el martes 14 de diciembre. Dedicó quince minutos largos a explicar que Righter la visitó como un amigo preocupado. La gente hablaba de mí. Oía cosas que creía que debía comprobar y sabía que Anna y yo éramos buenas amigas.

—No tiene sentido —manifestó Lucy—. Aún no habían asesinado a Diane Bray. ¿Por qué habló Righter con Anna tan pronto?

—No lo entiendo —confesó Teun McGovern—. Algo me huele muy mal.

Ella y Lucy estaban sentadas en el suelo, delante del fuego. Yo ocupaba mi mecedora habitual y Anna, muy rígida, la otomana.

—Cuando Righter fue a verte el catorce de diciembre, ¿qué te dijo exactamente? —le pregunté a Anna—. ¿Cómo inició la conversación?

—Estaba preocupado por tu salud mental —contestó Anna mirándome a los ojos—. Eso es lo que dijo de entrada.

Me limité a asentir en silencio. No me sentía ofendida. Aunque era cierto que me hundí tras el asesinato de Benton, no había llegado a estar nunca mentalmente enferma. No me cabía duda de mi cordura y mi capacidad para pensar y razonar. Sólo había sido culpable de huir del dolor.

—Sé que no asumí bien la muerte de Benton —admití.

—¿Cómo se asume bien algo así? —replicó Lucy.

—No es eso a lo que Buford se refería —dijo Anna—. No quería hablarme sobre cómo superabas el dolor, Kay. Quería hablar sobre Diane Bray, sobre tu relación con ella.

—¿Qué relación? —Me pregunté de inmediato si Bray habría llamado a Righter, como una más de sus trampas—. Yo apenas la conocía.

Anna no apartó la mirada de mis ojos; la sombra del fuego temblaba en su rostro. Me sorprendió de nuevo lo anciana que parecía, como si hubiese envejecido diez años en un día.

—Tuviste una serie de enfrentamientos con ella —continuó Anna—. Tú me lo dijiste.

—Ella los instigó —afirmé con rapidez—. No teníamos ninguna relación personal. Ni siquiera social.

—Creo que cuando entablas una pelea con alguien es personal. Incluso la gente que se odia tiene una relación personal, ya sabes qué quiero decir. Era evidente que tenía algo muy personal contigo, Kay. Iniciaba rumores. Mentía sobre ti. Montó una columna médica falsa en Internet como si fueras tú quien la escribía, te hacía quedar mal y te creó problemas con el ministro de Seguridad Pública y hasta con el gobernador.

—Sólo fue con el gobernador. Creo que no tengo problemas con él —dije y, al mismo tiempo, lo encontré curioso. Si Mitchell sabía que me investigaba un jurado especial de acusación, y seguro que lo sabía, ¿por qué no aceptó mi dimisión y dio gracias a Dios por librarse de mí y de mi complicada vida?

—También puso la carrera de Marino en peligro porque es tu compinche—continuó Anna.

Lo único que se me ocurrió era que a Marino no le gustaría que lo llamaran adlátere. Como si le hubieran dado la entrada, el intercomunicador sonó para anunciar que estaba en la verja de entrada.

—Dicho de otro modo, saboteaba tu carrera —finalizó Anna, levantándose—. ¿Correcto? ¿No es eso lo que me has contado?

Pulsó un botón en una consola de la pared, vigorizada de repente. La cólera podía con su desánimo.

—¿Sí? ¿Quién es? —soltó por el altavoz.

—Yo, nena. —La voz brusca de Marino y el ruido de su camioneta llenaron la sala.

—Si vuelve a llamarme nena, lo mato.

Levantó las manos en el aire y se dirigió hacia la puerta. Acto seguido, Marino entró en la sala. Había salido con tanta prisa de su casa que ni siquiera se había puesto un abrigo; sólo llevaba un chándal gris y unas zapatillas de tenis. Se quedó de piedra al ver a McGovern sentada junto a la chimenea, mirándolo desde el suelo con su postura al estilo indio.

—Que me aspen —barbotó Marino—. Mira a quién tenemos aquí.

—Yo también me alegro de verle, Marino —repuso McGovern.

—¿Quiere alguien explicarme qué pasa? —preguntó él, exasperado—. Acercó una silla al fuego, se sentó y nos miró de una en una para intentar captar la situación. Se hacía el tonto, como si no lo supiera. Yo creía que lo sabía. Oh, sí, ahora quedaba claro por qué había estado actuando de un modo tan extraño.

Entramos en materia. Anna siguió revelando lo que pasó los días anteriores a la llegada de Jaime Berger a Richmond. Berger seguía dominando, como si estuviera sentada entre nosotros. No me fiaba de ella. Y, al mismo tiempo, sentía que mi vida podía estar en sus manos. Procuré recordar dónde estaba yo el 14 de diciembre, retrocediendo desde el día actual, 23 de diciembre, hasta llegar a ese martes. Estaba en Lyon, en Francia, en las oficinas centrales de la Interpol, donde conocí a Jay Talley. Repasé ese encuentro y reconstruí nuestra escena, solos, en una mesa de la cafetería de la agencia. Marino sintió una aversión instantánea por Jay y se largó. Durante el almuerzo, hablé con Jay sobre Diane Bray, sobre mis problemas con ella y que hacía todo lo posible por perseguir a Marino, incluido volver a ponerlo de uniforme y en el turno de medianoche. ¿Cómo la había llamado Jay? «Residuos tóxicos con ropa ajustada.» Al parecer, los dos tuvieron roces cuando ella estaba en la policía de Washington y él estuvo asignado un breve período de tiempo en las oficinas principales de la ATF. Parecía saberlo todo sobre ella. ¿Sería una coincidencia que, el mismo día que comenté lo de Bray con Talley, Righter llamara a Anna, le preguntara sobre mi relación con Bray e implicara cosas sobre mi salud mental?

—No iba a contártelo —siguió Anna con voz dura—. No debería decírtelo, pero ahora que van a utilizarme en tu contra...

—¿Qué quiere decir con utilizarla en su contra? —le interrumpió Marino.

—Al principio, esperaba ser tu guía para ayudarte a acabar con esas imputaciones acerca de tu salud mental —me explicó Anna—. No las creía. Y si tenía alguna duda, y puede que fuera una ligera duda porque no te había visto desde hacía mucho tiempo, quise hablar igualmente contigo porque me preocupabas. Eres amiga mía. Buford me aseguró que no tenía planeado hacer nada con lo que yo pudiera averiguar. Nuestras conversaciones serían privadas entre él y yo. No dijo nada, absolutamente nada, de acusarte.

—¿Righter? —Marino frunció el ceño—. ¿Le pidió a usted que fuera una especie de delatora?

—Una guía —repitió Anna, sacudiendo la cabeza.

—No falla. El muy desgraciado. —La rabia se apoderó de él.

—Debía averiguar si Kay tenía estabilidad mental. Era comprensible que tuviera que saber eso si iba a ser su testigo principal. Siempre creí que esto tenía que ver con que serías testigo principal, no sospechosa.

—Una mierda, sospechosa. —Marino frunció el ceño. Había dejado de simular; sabía muy bien qué pasaba.

—Marino, sé que no debes decirme que me está investigando un jurado especial de acusación por el asesinato de Diane Bray —le dije sin alterarme—. Pero, sólo por curiosidad, ¿desde cuándo lo sabes? Por ejemplo, cuando me acompañaste al irme de mi casa el sábado por la noche, lo sabías, ¿verdad? Por eso no me quitabas los ojos de encima en mi propia casa. ¿Para que no hiciera algo solapado, como deshacerme de pruebas, o vete a saber qué? Por eso no dejaste que me llevara el coche, ¿no? ¿Porque lo necesitaban para ver si encontraban pruebas en él, tal vez la sangre de Diane Bray? ¿Fibras? ¿Cabellos? ¿Algo que me situara en su casa la noche que la mataron? —Mi tono era frío, pero punzante.

—¡Por el amor de Dios! —estalló Marino—. Sé que no hiciste nada. Righter es el mayor imbécil del mundo y así se lo he dicho. De hecho, llevo diciéndoselo todos los días. ¿Qué le has hecho, eh? ¿Por qué demonios te está haciendo esto?

—¿Sabes qué? —Lo miré con dureza—. No pienso volver a oír que todo es culpa mía. No le he hecho nada a Righter. No sé por qué le ha dado por esto, si no es cosa de Jay.

—Y supongo que acostarte con él eso tampoco es culpa tuya.

—No lo hace porque me acostara con él —repliqué—. En todo caso será porque me acosté con él sólo una vez.

McGovern fruncía el ceño, apoyada en la chimenea.

—El viejo Jay —comentó—. El señor Super Limpio, tan niño guapo. Es curioso, siempre me dio mala espina.

—Le dije a Buford que no estás mentalmente enferma —aseguró Anna, con la mandíbula apretada y una mirada intensa—. Quería saber si te creía competente para ayudarlo, si te creía equilibrada. Mintió, ¿sabes? Se suponía que se refería a ayudarlo en el juicio contra Chandonne. Jamás lo imaginé. No puedo creer que Buford haya sido tan sibilino y que me cite así.

Se llevó una mano al pecho, como si el corazón le doliera, y cerró un momento los ojos.

—¿Estás bien, Anna? —Empecé a levantarme.

—No volveré a estar bien nunca —repuso sacudiendo la cabeza—. No habría hablado nunca contigo, Kay, si hubiera pensado que podría suceder esto.

—¿La grabó, tomó notas? —preguntó McGovern.

—Claro que no.

—Muy bien.

—Pero si me preguntan... —empezó a decir.

—Lo comprendo —afirmé—. Lo comprendo, Anna. Lo hecho, hecho está. —Era el momento en que debía darle la otra noticia a Marino. Ya que tratábamos temas tan espantosos, valía más que lo supiera todo—. Tu hijo, Rocky. —Me limité a mencionar su nombre; tal vez quería ver si Marino ya lo sabía también.

—¿Qué pasa con él? —preguntó impertérrito.

—Parece que representa a Chandonne —respondí.

Marino se puso rojo de ira. Por un instante, no habló. No lo sabía. Luego comentó en un tono duro, monótono:

—Sabía que haría algo así. Puede que tenga algo que ver con lo que te pasa, si eso es posible. Lo curioso es que medio me preguntaba si tendría algo que ver con que Chandonne terminara aquí.

—¿Por qué se preguntaba eso? —intervino McGovern, sorprendida.

—Porque es un chico de la mafia, por eso. Quizá conozca al gran padrino Chandonne, de París, y lo que más le gustaría en el mundo es crearme problemas aquí.

—Creo que ha llegado el momento de que hables sobre Rocky —le indiqué.

—¿Hay bourbon en esta casa? —le preguntó a Anna.

Anna se levantó y salió del salón.

—No puedes seguir alojándote aquí, tía Kay —me comentó Lucy en voz baja, apremiante.

—No puedes seguir hablando con ella —añadió McGovern.

Guardé silencio. Tenían razón, claro. Ahora, además, había perdido a mi amiga.

—¿Le has contado algo? —quiso saber Marino en un tono acusador que me resultaba demasiado conocido.

—Le dije que el mundo era mucho mejor sin Diane Bray —respondí—. En otras palabras, básicamente afirmé que me alegraba de que estuviese muerta.

—Como todos quienes la conocían —replicó Marino—. Y estaré encantado de decírselo al jurado especial de acusación.

—No es una afirmación que te vaya bien, pero no significa que mataras a nadie —me alentó McGovern.

—No va bien, sin duda —masculló Marino—. Mierda. Espero que Anna no le diga a Righter que estás contenta de que se cargaran a Bray.

—Es absurdo —afirmé.

—Bueno, sí y no, doctora —dijo Marino.

—No tienes que hablarme de esto —le advertí—. No te pongas en una mala situación, Marino.

—A la mierda con todo. —Sacudió la cabeza con vehemencia—. Sé que no mataste a esa puta. Pero debes considerarlo desde otro punto de vista. Tenías problemas con ella. Intentaba que te despidieran. Has estado actuando de una forma un tanto rara desde que murió Benton o, por lo menos, eso es lo que la gente dice, ¿no? Tuviste un enfrentamiento con Bray en el aparcamiento. La teoría es que tenías envidia de esa nueva policía tan importante. Te hacía quedar mal y se quejaba de ti. Así que la mataste y lo arreglaste para que pareciera cosa del mismo tipo que se cargó a Kim Luong. ¿Quién mejor que tú para eso? ¿Quién más capaz que tú para cometer un asesinato perfecto? Tenías acceso de primera mano a todas las pruebas. Podías matarla a golpes y poner cabellos del hombre lobo en su cadáver, incluso cambiar las muestras para que obtuvieran su ADN. Y tampoco tenía buena pinta que trajeras aquí esas pruebas del depósito de cadáveres de París. Ni que tomaras la muestra de agua. Lamento decirte que Righter piensa que estás chiflada. Y debo añadir que no le gustas ni le has gustado nunca porque tiene las pelotas de una soprano y no le gustan las mujeres con poder. Ni siquiera le gusta Anna, para ser francos. Lo de Berger es la mejor venganza. La detesta de verdad.

Silencio.

—Me pregunto si me citarán —soltó Lucy.

20

—Righter piensa que tú también estás chiflada —dijo Marino dirigiéndose a mi sobrina—. Es lo único en lo que estamos de acuerdo.

—¿Hay alguna posibilidad de que Rocky esté involucrado con la familia Chandonne? —McGovern miró a Marino—. ¿En el pasado? ¿Habla usted en serio cuando dice que lo pensaba?

—Sí —gruñó él—. Rocky ha estado involucrado con criminales la mayoría de su vida. Pero ¿sé los detalles de lo que hace con su tiempo, día a día, mes a mes? No. No puedo jurarlo. Sólo sé lo que es. Basura. Nació malo. Una mala descendencia. Por lo que a mí se refiere, no es hijo mío.

—Bueno, es hijo tuyo —lo corregí.

—Para mí no. Salió del lado malo de mi familia —insistió Marino—. En Nueva Jersey había Marinos buenos y Marinos malos. Tenía un tío que estaba en la mafia y otro que era policía. Eran hermanos y tan distintos como el día y la noche. Cuando cumplí catorce años, el imbécil del tío Louie ordenó que se cargaran a mi otro tío, al que era policía, que también se llamaba Pete. A mí me pusieron este nombre por el tío Pete. Le dispararon cuando estaba en su propio jardín recogiendo el periódico. No pudimos demostrar nunca que había sido el tío Louie, pero todo el mundo en la familia lo creía así. Yo todavía lo creo.

—¿Dónde está ahora tu tío Louie? —preguntó Lucy, al tiempo que Anna volvía con la bebida de Marino.

—Oí que había muerto hace un par de años. No me mantenía en contacto con él. Nunca tuve ninguna relación con él. —Tomó el vaso de Anna—. Pero Rocky es su vivo retrato. Incluso se le parecía cuando crecía, y desde el primer día fue corrupto, retorcido, un pedazo de escoria. ¿Por qué creéis que adoptó el nombre de Caggiano? Porque era el nombre de soltera de mi madre, y Rocky sabía cómo me cabrearía que manchara el nombre de mi madre. Hay personas que no tienen solución. Hay algunas que nacen malas. No me pidáis que lo explique, porque Doris y yo hicimos todo lo que pudimos por ese chico. Incluso lo enviamos a una escuela militar, lo que fue un error. Terminó gustándole. Le gustaba hacer novatadas. Hacía cosas de lo más terribles a los demás muchachos. Nadie se metió con él, ni siquiera el primer día. Era corpulento como yo y tan mezquino que nadie se atrevió a tocarle un solo pelo.

—Eso no está bien —murmuró Anna mientras se sentaba de nuevo en la otomana.

—¿Cuál es el motivo de Rocky para querer este caso? —Sabía lo que Berger dijo, pero quería oír el punto de vista de Marino—. ¿Fastidiarte?

—Debe de entusiasmarlo el interés que despertará. Un caso como éste no se ve todos los días. —Marino no quería decir lo evidente: que tal vez Rocky quería humillar, derrotar a su padre.

—¿Lo odia? —quiso saber McGovern.

Marino gruñó de nuevo y su busca vibró.

—¿Qué pasó con él? —pregunté—. Lo mandasteis a la escuela militar, ¿y después?

—Lo eché a patadas. Le dije que, si no era capaz de seguir las normas de la casa, no viviría bajo mi techo. Fue después de su primer año en la escuela militar. ¿Sabéis qué hizo ese pequeño psicópata? —Marino leyó la pantalla del busca y se levantó—. Se trasladó a Jersey, con el tío Louie, con la mafia. Después tuvo los huevos de volver aquí a estudiar, incluida la carrera de Derecho, en William and Mary. Sí, es muy listo.

—¿Obtuvo el título de abogado en Virginia? —dije.

—Aquí, y ejerce por toda la zona. No he visto a Rocky desde hace diecisiete años. Anna, ¿le importa si hago una llamada? Me parece que será mejor no usar el móvil para esto. —Al dirigirse hacia la puerta de la sala me miró y añadió—: Es Stanfield.

—¿Qué ha pasado con la identificación por la que te ha llamado antes? —pregunté.

—Espero que se trate de eso —contestó—. Otra cosa muy extraña, de ser verdad.

Mientras estaba al teléfono, Anna se marchó del salón. Supuse que iba al lavabo, pero no regresó e imaginé cómo se sentiría. En muchos sentidos, estaba más preocupada por ella que por mí. Sabía lo bastante de su vida para valorar su enorme vulnerabilidad y comprendía los terribles lugares yermos, marcados, de su paisaje emocional.

—No es justo. —Yo empezaba a perder la compostura. Todo lo que se me había ido acumulando encima comenzaba a desestabilizarse y a rodar colina abajo—. No es justo para nadie. ¿Puede decirme alguien cómo ha pasado? ¿Hice algo malo en una vida anterior? No me lo merezco. Ninguno de nosotros lo merece.

Lucy y McGovern me oyeron desahogarme. Parecían tener sus propios planes e ideas pero no estaban dispuestas a contármelos aún.

—Bueno, decid algo —pedí, aunque me dirigía sobre todo a mi sobrina—. Adelante, soltadlo. Tengo la vida destrozada. No he manejado nada como debería. Lo siento. —Estaba a punto de echarme a llorar—. Quiero un cigarrillo. ¿Tiene alguien un cigarrillo?

Marino tenía, pero estaba en la cocina hablando por teléfono y no iba yo a entrar ni loca para interrumpirlo por un cigarrillo, como si lo necesitara, eso para empezar.

—¿Sabéis lo que más me duele? —proseguí—. Que me acusen de aquello de lo que estoy en contra. Yo no abuso del poder, maldita sea. Nunca mataría a nadie a sangre fría. Detesto la muerte. Detesto los asesinatos. Detesto todas las cosas que veo todos los días. ¿Y ahora todos creen que podría hacer algo así? ¿Un jurado especial de acusación cree que puedo haberlo hecho?

Dejé las preguntas en el aire. Ni Lucy ni McGovern respondieron. Marino hablaba alto. Su voz era vibrante y fuerte, como él, y solía imponer más que guiar, enfrentar más que conciliar.

—¿Seguro que es su novia y no sólo una amiga? —decía por teléfono. Supuse que hablaba con el inspector Stanfield—. Dígame cómo lo sabe seguro. Sí, sí. Vale. ¿Qué? ¿Que si lo entiendo? No, coño. No lo entiendo. No tiene pies ni cabeza, Stanfield.

Se paseaba por la cocina mientras hablaba. Si hubiera tenido a Stanfield delante, la habría emprendido a golpes con él.

—¿Sabe qué le digo a la gente como usted? —saltó—. Le digo que se quite de mi camino. Me importa un pimiento quién demonios es su cuñado, ¿comprende? Como si quiere lamerme el culo. —Estaba claro que Stanfield pretendía hablar, pero Marino no le dejaba.

—Dios mío —murmuró McGovern, lo que hizo que mi atención volviera al salón, a mi problema—. ¿Es el investigador de esos dos hombres que podrían haber sido torturados antes de matarlos? ¿Ese con quien habla Marino?

Le dirigí una mirada extraña a la vez que me invadía una sensación más extraña todavía.

—¿Cómo sabes lo de los dos hombres asesinados? —Pedí una respuesta que debía de escapárseme. McGovern había estado en Nueva York. Yo no había practicado aún la autopsia al segundo John Doe. ¿Por qué todo el mundo parecía omnisciente de repente? Pensé en Jaime Berger. Pensé en el gobernador Mitchell, en el diputado Dinwiddie y en Anna. Una fuerte bocanada de terror pareció enturbiar el aire como el olor corporal de Chandonne e imaginé que volvía a olerlo y mi sistema nervioso central tuvo una reacción involuntaria. Me puse a temblar como si me hubiera bebido una cafetera entera o media docena de esos expresos cubanos muy azucarados que se llaman coladas. Me di cuenta de que tenía más miedo que nunca en toda mi vida y empecé a contemplar lo inconcebible: tal vez había algo de cierto cuando Chandonne insistía en su aparentemente absurda afirmación de que era víctima de una enorme conspiración política. Estaba paranoica, y con razón. Intenté razonar conmigo misma. Al fin y al cabo, me investigaban por el asesinato de una policía corrupta que podía estar involucrada con el crimen organizado.

Me di cuenta de que Lucy me estaba hablando. Se había levantado de su sitio ante la chimenea y acercaba una silla hacia mí. Se sentó y se inclinó para tocarme el brazo bueno, como si quisiera despertarme.

—Tía Kay. ¿Estás con nosotras, tía Kay? ¿Me escuchas?

Me concentré en ella. Marino le decía a Stanfield por teléfono que se encontrarían por la mañana. Sonaba a amenaza.

—Él y yo fuimos a tomar una cerveza a Phil's —me comentó Lucy, dirigiendo la vista hacia la cocina, y recordé que Marino me había dicho por la mañana que iba a ver a mi sobrina por la tarde porque Lucy tenía que darle una noticia—. Sabemos lo del hombre del motel. —Se refería a ella y a McGovern, que estaba muy quieta junto al fuego, mirándome, esperando para ver cómo reaccionaba cuando Lucy me contara el resto—. Teun está aquí desde el sábado. Cuando te llamé desde el Jefferson, ¿recuerdas?, Teun estaba conmigo. Le pedí que viniera enseguida.

—Oh. —No se me ocurrió otra cosa—. Eso está bien. No me gustaba que estuvieras sola en un hotel.

Los ojos se me llenaron de lágrimas. Sentí vergüenza y desvié la mirada de Lucy y McGovern. Se suponía que yo era fuerte. Era yo quien había sacado siempre a mi sobrina de los problemas, la mayoría causados por ella misma. Siempre la había guiado por el buen camino. La mandé a la universidad. Le compré libros, su primer ordenador, la inscribí en todos los cursos especiales a los que deseaba asistir, en cualquier parte del país. La llevé conmigo a Londres un verano. Me enfrenté a cualquiera que trató de estorbar a Lucy, incluida su madre, quien había recompensado mis esfuerzos sólo con insultos.

—Deberías respetarme —le dije a mi sobrina mientras me secaba las lágrimas con la palma de la mano—. ¿Cómo vas a poder seguir haciéndolo?

Se levantó de nuevo y se me quedó mirando.

—Eso es absurdo —exclamó con sentimiento, y entonces Marino regresó al salón, con otro vaso de bourbon en la mano—. Esto no tiene nada que ver con que yo te respete. Dios mío. Nadie en esta habitación te ha perdido el respeto, tía Kay. Pero necesitas ayuda. Por una vez, tienes que dejar que otras personas te ayuden. No puedes enfrentarte a esto tú sola, y es posible que tengas que tragarte un poco el orgullo y permitirnos que te ayudemos, ¿sabes? No es como si tuviera aún diez años. Tengo veintiocho, ¿vale? No soy virgen. He sido agente del FBI y de la ATF y soy rica, joder. Puedo ser la clase de agente que me dé la gana. —Estaba claro que le importaba que le hubieran dado el permiso administrativo y mucho—. Y ahora soy mi propio agente —continuó—. Hago las cosas a mi manera.

—Esta noche he dimitido —le anuncié.

Todos guardaron silencio, anonadados.

—¿Qué has dicho? —me preguntó Marino, de pie frente al fuego, bebiendo—. ¿Que has hecho el qué?

—Se lo dije al gobernador.

Una calma inexplicable empezó a apoderarse de mí. Me sentía bien al pensar que yo había hecho algo en lugar de que me lo hicieran todo a mí. Tal vez dejar mi trabajo me hacía sentirme menos víctima, si iba a admitir por fin que era una víctima. Supuse que lo era y que la única reparación consistía en acabar lo que Chandonne había iniciado: terminar con mi vida tal como la había conocido y empezar de nuevo. Qué pensamiento tan extraño y apabullante. Procedí a contarles mi conversación con Mike Mitchell.

—Espera. —Marino estaba sentado ante la chimenea. Se acercaba la medianoche y Anna hacía tan poco ruido que por un instante olvidé que se encontraba en la casa. Tal vez se hubiera acostado—. ¿Significa eso que ya no puedes trabajar en ningún caso?

—En absoluto —respondí—. Seré jefa interina hasta que el gobernador decida otra cosa.

Nadie me preguntó qué planeaba hacer con el resto de mi vida. No tenía sentido preocuparse por el futuro remoto cuando el presente estaba deshecho. Agradecí que no me preguntaran y quizás emitiera mis señales habituales para indicar que no quería que lo hicieran. Lograba que la gente notara cuándo debía callar o, por lo menos, desviaba su interés y ni siquiera se daban cuenta de que los había manipulado para que no me solicitaran información que prefería no dar. Me convertí en una experta en esta maniobra a muy temprana edad, cuando no quería que mis compañeros de clase me preguntaran por mi padre y si todavía estaba enfermo, si se pondría bien alguna vez o cómo era vivir la muerte de tu padre. Estaba condicionada a no contar y también a no preguntar.

Toda mi familia pasó los últimos tres años de la vida de mi padre eludiendo el tema, incluido él. Sobre todo él. Se parecía mucho a Marino. Ambos eran italianos muy machos, que parecían suponer que el cuerpo nunca se separaría de ellos, por muy enfermos o bajos de forma que estuvieran. Recordaba a mi padre mientras Lucy, Marino y McGovern hablaban sobre lo que planeaban hacer y ya estaban haciendo para ayudarme, incluidas las comprobaciones ya en marcha y todo tipo de cosas que El Último Reducto podía ofrecerme.

En realidad, no los escuchaba. Sus voces podrían haber sido graznidos de cuervos mientras recordaba la hierba tupida de Miami en mi niñez, las conchas secas de los insectos y el limero del pequeño patio trasero de mi casa.

Mi padre me enseñó a partir cocos en el camino de entrada con un martillo y un destornillador, y me pasaba una cantidad exorbitante de tiempo arrancando la pulpa blanca, dulce y carnosa, de la cáscara dura y peluda, y él se divertía mucho observando mis esfuerzos obsesivos. La pulpa del coco iba a parar a la nevera achaparrada y nadie, ni siquiera yo, se la comía. Los sábados abrasadores de verano, mi padre nos sorprendía a Dorothy y a mí de vez en cuando trayendo a casa dos bloques grandes de hielo de la tienda de comestibles del barrio. Teníamos una piscina hinchable que llenábamos con la manguera, y mi hermana y yo nos sentábamos sobre el hielo, quemándonos al sol mientras se nos helaba el trasero. Nos metíamos en la piscina para descongelarnos y volvíamos a posarnos en nuestros tronos gélidos y resbaladizos, como princesas, mientras mi padre se reía a carcajadas y daba golpecitos en el cristal, con Fats Waller a todo volumen en el equipo de alta fidelidad.

Mi padre era un buen hombre. Cuando se sentía bastante bien, era generoso, atento y muy divertido, con mucho humor. Antes de que el cáncer lo consumiera era atractivo, de estatura mediana, rubio y ancho de hombros. Su nombre completo era Kay Marcellus Scarpetta III, e insistió en que su primer hijo llevara ese nombre, tal como era tradicional en la familia. Dio lo mismo que quien llegase primero fuera yo, una chica. Kay es uno de esos nombres que pueden asignarse a ambos sexos, pero mi madre siempre me llamó Katie. En parte, según ella, porque era un lío tener dos Kay en casa. Más adelante, cuando eso ya no tenía razón de ser porque sólo quedaba un Kay, siguió llamándome Katie. Se negaba a aceptar la muerte de mi padre, a superarla, y seguía sin superarla. No lo olvidaría. Mi padre había muerto hacía más de treinta años, cuando yo tenía doce, y mi madre no volvió a salir con otro hombre. Todavía llevaba el anillo de boda. Todavía me llamaba Katie.

Lucy y McGovern comentaron planes hasta pasada la medianoche. Desistieron de incluirme en sus conversaciones y ya no parecían siquiera notar que me había marchado a la patria de mis pensamientos mientras contemplaba el fuego, me masajeaba ausente la entumecida mano izquierda y metía un dedo bajo la escayola para rascarme. Por fin, Marino bostezó como un oso y se puso de pie. No mantenía demasiado el equilibrio, debido al bourbon, y apestaba a tabaco. Me miró con una dulzura que yo habría llamado amor si hubiera estado dispuesta a aceptar sus verdaderos sentimientos hacia mí.

—Vamos —me dijo—. Acompáñame al coche, doctora.

Era su forma de pedir una tregua. Marino no era un bestia. Se sentía mal por el modo en que me había tratado desde que casi me mataron, y no me había visto nunca tan distante y silenciosa.

La noche era fría y tranquila, y las estrellas se escondían tímidas detrás de unas nubes poco definidas. Desde el camino de entrada de Anna, capté el brillo de sus muchas velas en las ventanas y recordé que era la víspera de Nochebuena, la última Nochebuena del siglo XX. El ruido de llaves rompió la paz cuando Marino las introdujo en la cerradura de la camioneta. Dudó de un modo extraño antes de abrir la puerta del conductor.

—Tenemos muchas cosas que hacer. Te veré mañana temprano en el depósito. —Eso no era lo que quería decirme en realidad. Levantó la vista hacia el cielo oscuro y suspiró—. Mierda, doctora. Mira, lo sé desde hace cierto tiempo, ¿vale? Ya te lo habrás imaginado. Sabía lo que pretendía el hijo de puta de Righter y he dejado que siguiera su curso.

—¿Cuándo ibas a contármelo? —No lo dije en tono acusador, sino por curiosidad.

Se encogió de hombros.

—Me alegro de que Anna lo mencionara primero —comentó—. Sé que no mataste a Diane Bray, por el amor de Dios. Pero no te habría culpado si lo hubieses hecho, la verdad sea dicha. Era una puta. A mi entender, si la hubieses matado, habría sido en defensa propia.

—No, no lo habría sido. —Me planteé la posibilidad seriamente—. No lo habría sido, Marino. Y no la maté. —Miré atentamente su descomunal silueta a la luz de los faros de los vehículos y de las luces navideñas de los árboles—. ¿No pensarías realmente que...? —No terminé la pregunta. Quizá no quisiera conocer la respuesta.

—Mira, no estoy seguro de lo que he estado pensando últimamente. Ésa es la verdad. Pero ¿qué voy a hacer, doctora? —Se encogió de hombros y se atragantó. No podía creerlo. Marino estaba a punto de echarse a llorar.

—Si te vas... —Elevó la voz, carraspeó y buscó a tientas sus Lucky Strikes. Puso sus manos enormes alrededor de la mía, me encendió un cigarrillo, con su piel áspera contra la mía, y el vello del dorso de las muñecas me susurró en la barbilla. Fumó, mirando a otro lado, desconsolado—. ¿Qué pasará entonces? ¿Se supone que tengo que ir al depósito cuando ya no estés? Joder, no me metería en ese agujero inmundo ni la mitad de las veces si no fuera porque tú estás ahí, doctora. Eres lo único que da algo de vida a ese lugar, y no es broma.

Lo abracé. Su vientre prominente separaba los latidos de nuestros corazones. Marino había levantado sus propias barreras en esta vida y sentí hacia él una abrumada e inconmensurable compasión y necesidad. Le di golpecitos en su amplio tórax y se lo hice saber:

—Llevamos juntos mucho tiempo, Marino. No te has librado de mí todavía.

21

Los dientes tienen su propia historia. Los hábitos dentales suelen revelar más sobre una persona que las joyas o la ropa de marca, y la identifican y diferencian de todas las demás, siempre y cuando existan registros *pre mortem* para efectuar comparaciones. Los dientes me hablaban de la higiene. Susurraban secretos sobre drogadicción, antibióticos en la niñez, enfermedades, lesiones y lo importante que el aspecto era para la persona. Confesaban si el dentista era un sinvergüenza y reclamaba a la aseguradora trabajos que no había hecho. En realidad, me decían si el dentista era competente.

Marino se reunió conmigo en el depósito de cadáveres antes de que despuntara el nuevo día. Llevaba en la mano los registros dentales de un hombre de veintidós años del condado de James City, que había ido a correr el día anterior, cerca del campus de William and Mary, y no volvió a casa. Se llamaba Mitch Barbosa. William and Mary estaba a pocos kilómetros del motel The Fort James y, cuando Marino habló con Stanfield la noche anterior y recibió esta información, lo primero que pensé fue que era extraño, porque el hijo de Marino, el sospechoso abogado Rocky Caggiano, fue a William and Mary. La vida nos ofrecía otra extraña coincidencia.

A las siete menos cuarto llevaba el cadáver desde la sala de rayos X hasta mi puesto en la sala de autopsias. Otra vez todo estaba en silencio. Era el día de Nochebuena y las dependencias estatales se hallaban cerradas. Marino se había equipado para ayudarme, y yo no esperaba que se presentara ninguna otra persona viva, salvo el dentista forense. A Marino le correspondería ayudarme a desnudar el cuerpo rígido y nada predispuesto y a levantarlo para ponerlo y retirarlo de la mesa de disección. Nunca permitiría que me ayudase en ningún procedimiento médico, ni él se había ofrecido jamás a hacerlo. En ninguna ocasión le había pedido que anotara los datos ni lo haría, porque destrozaba los términos científicos de manera notable.

—Sujétala por ambos lados —le indiqué—. Muy bien. Así.

Marino agarró la cabeza del cadáver para mantenerla inmóvil mientras yo le aplicaba un escoplo delgado a un lado de la boca, entre los molares, a fin de abrirle las mandíbulas. El acero rascó contra el esmalte. Fui con cuidado para no cortar los labios, pero era inevitable que dañara la superficie de los dientes posteriores.

—Consuela pensar que la gente está muerta cuando le haces esta clase de cosas —dijo Marino—. Seguro que te alegrarás cuando puedas usar otra vez las dos manos.

—No me lo recuerdes. —Estaba tan harta de la escayola que había llegado a pensar en cortarla con una sierra Stryker.

Las mandíbulas del cadáver cedieron y se abrieron, encendí la lámpara quirúrgica y llené de luz blanca el interior de la boca. Había fibras en la lengua y las recogí. Marino me ayudó a romper el *rigor mortis* de los brazos para quitarle la chaqueta y la camisa y, luego, le saqué los zapatos y los calcetines y, por fin, los pantalones del chándal y unos cortos de correr. Le hice un PERK y no encontré indicios de lesiones en el ano ni nada hasta ese momento que sugiriera actividad homosexual.

El busca de Marino comenzó a sonar. Volvía a ser Stanfield. Marino no había dicho una palabra sobre Rocky esa mañana, pero el espectro de éste nos rondaba, y el efecto que eso tenía sobre su padre era sutil, pero profundo. Marino irradiaba una angustia enorme, impotente, como si fuera calor corporal. Debería de inquietarme lo que Rocky me tenía reservado, pero lo único en que podía pensar era en lo que le ocurriría a Marino.

Ahora que tenía a mi paciente desnudo ante mí, capté la imagen completa de quién era físicamente. Medía un metro setenta y pesaba unos escasos sesenta y tres kilos. Tenía piernas musculosas, pero poco desarrollo muscular en la parte superior del cuerpo, lo que concordaba con un corredor. No llevaba tatuajes, estaba circuncidado y no había duda de que cuidaba su aspecto, como indicaban las uñas bien cortadas de manos y pies y la cara bien afeitada. Hasta ese momento no había encontrado pruebas de heridas externas, y las radiografías no revelaron proyectiles ni fracturas. Tenía viejas cicatrices en las rodillas y el codo izquierdo, pero nada reciente, salvo las abrasiones de haber sido atado y amordazado. «¿Qué ha pasado? —pensé—. ¿Por qué has muerto?» Permaneció en silencio. Sólo Marino hablaba fuerte y rotundo para disimular lo inquieto que se sentía. Pensaba que Stanfield era un imbécil y lo trataba como tal. Marino estaba más impaciente, más insultante que de costumbre.

—Sí, sería fantástico si lo supiéramos —bramó con sarcasmo por el teléfono de la pared—. La muerte no se toma vacaciones —añadió un momento después—. Diga a quien sea que iré y me dejarán entrar. —A continuación—: Sí, sí, sí. Es la temporada. Y, Stanfield, mantenga el pico cerrado, ¿vale? ¿Lo ha entendido? Si vuelvo a leer sobre esto en el periódico... Oh, ¿de veras? Pues quizá no haya visto aún el periódico de Richmond. Me acordaré de recortarle el artículo de esta mañana. Toda esa basura sobre Jamestown, sobre un crimen por odio. Un chivatazo más y me pondré violento. No me ha visto nunca violento y más le vale no verme así. —Al volver junto a la camilla, con la bata ondeando alrededor de las piernas, se puso unos guantes nuevos—. Bueno, cada vez es más peliagudo, doctora. Suponiendo que este hombre sea nuestro corredor desaparecido, parece que tratamos con un camionero común y corriente. Ningún antecedente. Ningún problema. Vivía en un piso con su novia, que lo ha identificado a partir de una foto. Con ella es con quien habló Stanfield ayer por la noche, al parecer, pero no ha contestado al teléfono hasta esta mañana.

Su cara adoptó una expresión de incertidumbre.

—Pongámoslo sobre la mesa —ordené.

Situé la camilla en paralelo a la mesa de disección. Marino cogió los pies, yo tomé un brazo y tiramos. El cuerpo golpeó contra el acero, y un hilo de sangre salió por la nariz. Abrí el grifo y el agua golpeó el fregadero de acero, mientras las radiografías del difunto brillaban desde las cajas de luz de la pared para revelar unos huesos inmaculados, el cráneo desde distintos ángulos y la cremallera de la chaqueta del chándal que descendía a cada lado de las costillas bien arqueadas. Estaba aplicando el escalpelo de hombro a hombro y, luego, hasta la pelvis, con un ligero desvío en el ombligo, cuando sonó el timbre del garaje. Vi la imagen del doctor Sam Terry en el circuito cerrado de televisión y pulsé un botón con el codo para abrirle la puerta. Era uno de nuestros odontólogos, o dentistas forenses, y tenía la mala suerte de estar de guardia el día de Nochebuena.

—Estaba pensando que tendríamos que ir a verla ya que estamos en la zona —comentó Marino—. Tengo su dirección, la de la novia. El piso donde viven. —Echó un vistazo al cadáver—. Donde vivían, supongo.

—¿Y crees que Stanfield sabrá mantener la boca cerrada? —Retiré tejido con cortes breves y rápidos del escalpelo, a la vez que sujetaba los fórceps con la punta de los dedos del brazo escayolado.

—Sí. Dice que se reunirá con nosotros en el motel, donde no están demasiado contentos, pues protestan y se quejan porque es el día de Nochebuena y no quieren más atención porque el negocio ya se les ha resentido. Unas diez cancelaciones porque la gente lo ha oído en las noticias. Sí, y qué más, hombre. La mayoría de la gente que se aloja en ese cuchitril no debe de saber nada de lo que ha pasado o no le importa.

El doctor Terry entró con el maletín negro de médico en la mano y un traje quirúrgico nuevo y abierto, que ondeaba cuando se acercó al mostrador. Era nuestro odontólogo más joven y más nuevo y medía casi dos metros diez. Según se decía, podía haber triunfado en la NBA, pero prefirió seguir con sus estudios. La verdad, y él la contaba si se le preguntaba, estaba en que era un defensa mediocre de la Universidad del Estado de Virginia, que sólo conseguía buenos tiros cuando disparaba con una pistola, que sus buenos marcajes eran los que practicaba a mujeres y que estudió odontología únicamente porque no logró entrar en la facultad de Medicina. Terry quería ser patólogo forense. Lo que hacía básicamente como voluntario era lo más cerca que estaría de serlo jamás.

—Gracias, gracias —le dije cuando empezó a colocar sus papeles en la tablilla—. Eres muy bueno por venir a ayudarnos esta mañana, Sam.

Sonrió y, después, inclinó la cabeza hacia Marino y lo saludó con su fuerte acento de Nueva Jersey:

—¿Qué tal, Marino?

—¿Has visto a alguien robar regalos de Navidad? Porque, si no, quédate conmigo un rato. Me apetece quitarles juguetes a los pequeños y luego darles una palmadita a sus mamás en el trasero antes de irme por la chimenea.

—No debería intentar subir por ninguna chimenea. Podría quedarse atascado.

—Ostras, pues tú podrías mirar desde arriba de una chimenea y tener aún los pies sobre las cenizas. ¿Sigues creciendo?

—No tanto como usted, hombre. ¿Cuánto pesa últimamente? —Terry echó un vistazo a los gráficos dentales que había llevado Marino—. Bueno, no tardaremos mucho. Premolar segundo del maxilar derecho girado, superficie lingual distal. Y... muchos empastes. Lo que indica que este hombre y el suyo es el mismo —concluyó con las gráficas en alto.

—¿Qué te pareció que los Rams ganaran a los Louisville? —gritó Marino por encima del ruido del agua.

—¿Estuvo usted?

—No, y tú tampoco, Terry. Por eso ganaron.

—Seguramente es cierto.

Tomé un bisturí del carro, y en ese momento sonó el teléfono.

—¿Te importa contestar, Sam? —le pedí.

Avanzó con rapidez hacia el rincón, descolgó el teléfono y anunció:

—Depósito de cadáveres.

Corté las uniones de los cartílagos costocondrales para extirpar una zona triangular del esternón y las costillas parasternales.

—Un momento —dijo Terry a quien estuviese al otro lado de la línea—. Doctora Scarpetta, ¿puede hablar con Benton Wesley?

La sala se convirtió en un vacío que absorbía toda la luz y el sonido. Me quedé de piedra, observándolo, con el bisturí preparado en la mano derecha.

—¿Qué? —soltó Marino. Se acercó a Terry en un par de zancadas y le arrebató el teléfono—. ¿Quién demonios es? —gritó por el micrófono—. Mierda.

Devolvió el auricular a su soporte de la pared. Sin duda, la persona había colgado. Terry parecía enfermo. No tenía idea de lo que acababa de suceder. Me conocía desde hacía poco tiempo. No había razón para que supiera nada de Benton a no ser que alguien se lo hubiera contado y, al parecer, no era así.

—¿Qué te han dicho exactamente? —le preguntó Marino.

—Espero no haber hecho nada malo.

—No, no. —Intenté tranquilizarlo—. Nada.

—Era un hombre —respondió—. Sólo dijo que quería hablar con usted y que se llamaba Benton Wesley.

Marino descolgó el auricular otra vez y maldijo porque no había identificador de llamadas. No habíamos tenido ocasión ni necesidad de instalar uno en el depósito. Pulsó varias teclas y escuchó. Anotó un número y lo marcó.

—Sí, ¿quién habla? —pidió a quien había contestado—. ¿Dónde? Muy bien. ¿Ha visto si alguien usaba este teléfono hace un momento? Éste por el que está hablando. Ya. Sí, pues no me lo creo, imbécil.

—Colgó con vehemencia.

—¿Cree que era el mismo que llamó antes? —le preguntó Terry, confuso—. ¿Qué hizo, marcó la estrella y el sesenta y nueve?

—Era una cabina. En la gasolinera Texaco de Midlothian Turnpike. Supuestamente. No sé si se trataba de la misma persona que llamó antes. ¿Cómo era su voz? —Marino atravesó a Terry con la mirada.

—Sonaba joven, o eso me pareció. La verdad es que no lo sé. ¿Quién es Benton Wesley?

—Está muerto —le expliqué. Tomé el escalpelo, clavé la punta en una tabla de cortar, le inserté una hoja nueva y dejé caer la vieja en un contenedor de plástico rojo para peligros biológicos—. Era un amigo, un amigo íntimo.

—Algún imbécil que ha querido gastar una broma de mal gusto. ¿Cómo podría saber nadie este número? —Marino estaba disgustado. Se sentía furioso. Quería encontrar a quien había hecho la llamada y darle una tunda. Pensaba que su malévolo hijo podía estar detrás de aquello. Lo leí en sus ojos. Pensaba en Rocky.

—En la guía telefónica, bajo la información del gobierno estatal —le informé.

Empecé a cortar vasos sanguíneos, escindiendo las carótidas por la parte inferior, en el vértice, y descendiendo hacia las arterias y las venas ilíacas de la pelvis.

—No me digas que en la guía sale «depósito de cadáveres». —Marino empezó de nuevo su vieja rutina: culparme a mí.

—Creo que aparece bajo «funerarias» —le aclaré.

Corté el delgado músculo llano del diafragma para soltar el bloque de órganos y liberarlo de la columna vertebral. Pulmones, hígado, corazón, riñones y bazo lucían distintos tonos de rojo al depositar el bloque en la tabla de cortar y limpiarlo de sangre con un chorro suave de agua fría. Detecté hemorragias petequiales, zonas oscuras de sangre del tamaño de pinchazos y repartidas por el corazón y los pulmones. Lo asociaba a personas que tenían problemas para respirar en el momento de su muerte o en los instantes próximos a ella.

Terry acercó su maletín negro y lo dejó en el carro quirúrgico. Sacó un espejo dental y lo metió en la boca del cadáver. Trabajamos en silencio, aplastados por el peso de lo que acababa de suceder. Cogí un bisturí mayor, corté secciones de los órganos y abrí el corazón. Las arterias coronarias estaban abiertas y limpias, el ventrículo izquierdo tenía un centímetro de anchura, las válvulas eran normales. Al margen de unas pocas estrías adiposas en la aorta, el corazón y los vasos se encontraban sanos. Lo único malo era lo evidente: dejó de funcionar. Por algún motivo el corazón de ese hombre se detuvo. No le encontraba explicación en ninguna parte.

—Como ya he dicho, es fácil —dijo Terry, mientras tomaba notas en un gráfico. Su voz sonaba nerviosa. Deseaba no haber descolgado nunca ese teléfono.

—¿Es nuestro hombre? —le pregunté.

—Sin duda.

Las arterias carótidas se sitúan como raíles en el cuello. Entre ellas están la lengua y los músculos del cuello, que retiré y extraje para examinarlos de cerca en la tabla de cortar. No había hemorragias en el tejido profundo. El pequeño y frágil hueso hioides, en forma de U, estaba intacto. No lo habían estrangulado. Cuando retiré el cuero cabelludo, no encontré contusiones ni fracturas ocultas debajo. Enchufé una sierra Stryker en la toma de corriente superior y vi que necesitaría más de una mano. Terry me ayudó a mantener quieta la cabeza mientras empujaba la hoja semicircular, que silbaba al vibrar a través del cráneo. El polvo del hueso flotó en al aire, y la bóveda del cráneo cedió con un suave ruido de absorción para revelar el cerebro. En un primer examen, no presentaba ninguna anomalía. Las circunvoluciones brillaban como un ágata de color crema con bordes grises y arrugados cuando los lavé en la tabla de cortar. Conservaría el encéfalo y el corazón para posteriores estudios especiales: los sumergiría en formalina y los remitiría a la facultad de Medicina de Virginia.

Esa mañana mi diagnóstico fue excluyente. Como no encontré una causa evidente, patológica, de la defunción, me quedé con una basada en suposiciones. Las pequeñas hemorragias en el corazón y los pulmones, junto con las quemaduras y las abrasiones de las ataduras, sugerían que Mitch Barbosa murió debido a una arritmia inducida por estrés. También presupuse que en algún momento contuvo el aliento o tuvo las vías respiratorias obstruidas, o por algún motivo su respiración se vio dificultada hasta el punto de asfixiarlo parcialmente. Tal vez la mordaza, que se habría humedecido con la saliva, fue responsable de eso. Fuera cual fuese la verdad, capté una imagen sencilla y horrenda, que exigía una demostración. Terry y Marino estaban a mano.

Primero, corté trozos de diversas longitudes del hilo blanco que usamos para suturar las incisiones en Y. Le pedí a Marino que se subiera las mangas de la bata quirúrgica y alargara las manos. Até un segmento de sutura alrededor de una muñeca y una segunda tira alrededor de la otra, no demasiado apretadas, pero ajustadas. Le pedí que levantara los brazos y le ordené a Terry que agarrara los extremos sueltos de sutura y tirara hacia arriba. Terry era lo bastante alto como para hacerlo sin necesitar una silla o un taburete. Las ataduras se clavaron de inmediato en la parte interior de las muñecas de Marino y se inclinaron hacia arriba, donde estaban los nudos. Lo intentamos en distintas posiciones, con los brazos juntos y también separados en forma de cruz. Por supuesto, los pies de Marino no dejaron nunca el suelo. En ningún momento estuvo colgado.

—El peso de un cuerpo con los brazos extendidos interfiere en la espiración —les expliqué—. Se puede inspirar, pero cuesta espirar porque los músculos intercostales están obstaculizados. Durante un tiempo, eso provocaría la asfixia. Si añadimos el impacto del dolor, debido a la tortura, y además el miedo y el pánico, es posible sufrir una arritmia.

—¿Y la sangre de la nariz? —se interesó Marino con las manos extendidas para que examinara las marcas que el hilo le había dejado en la piel de las muñecas. Estaban orientadas hacia arriba, de un modo parecido a las del cadáver.

—Aumento de la presión intracraneal —respondí—. Si se contiene la respiración pueden producirse este tipo de hemorragias. A falta de heridas, es una buena suposición.

—La pregunta es si querían matarlo —planteó Terry.

—La mayoría de la gente que ata a alguien y lo tortura no querrá que luego lo cuente —repuse—. Dejaré la causa y la forma pendientes por ahora hasta que veamos qué dicen en Toxicología. —Mis ojos se encontraron con los de Marino y añadí—: Pero creo que deberías de tratar el caso como un homicidio, y bastante horrible.

Lo estuvimos comentando más tarde, esa misma mañana, mientras nos dirigíamos al condado de James City. Marino quiso llevar su furgoneta, y le sugerí que siguiésemos la carretera 5 al este el río, a través del condado de Charles City, donde las plantaciones del siglo XVIII se abren en abanico desde la cuneta y forman inmensos campos en barbecho que conducen a las formidables mansiones y edificaciones anexas de Sherwood Forest, Westover, Berkeley, Shirley y Belle Air. No había un autocar turístico a la vista ni camiones madereros ni obras en la carretera, y las tiendas estaban cerradas. Era el día de Nochebuena. El sol brillaba a través de los infinitos arcos que formaban los árboles, las sombras veteaban el asfalto y el oso Smoky pedía ayuda desde un cartel en una parte refinada del mundo donde dos hombres habían fallecido de una forma brutal. No parecía que nada tan atroz pudiese suceder allí hasta que llegamos al motel y cámping The Fort James. Oculta en el bosque, junto a la carretera 5, había una mezcla de cabañas, caravanas y edificios de habitaciones destartalados y con la pintura medio caída, lo que me recordó el callejón de Hogan de la Academia del FBI: fachadas de construcción barata con sospechosos a los que las fuerzas del orden iban a hacer caer en una redada.

La oficina de alquiler estaba en una casa pequeña y cubierta de pinos que habían tendido una alfombra de agujas marrones sobre el tejado y la tierra. Frente a ella, unas máquinas de hielo y de refrescos relucían entre los arbustos. Había bicicletas de niño cubiertas de hojas y balancines y columpios viejos que no inspiraban confianza. Una perra mestiza, fea y debilitada por la cría crónica, se puso de pie y nos miró desde el porche inclinado.

—Creía que nos encontraríamos aquí con Stanfield —dije al abrir la puerta.

—Vete a saber.

Marino bajó de la furgoneta y lo repasó todo con la mirada.

Un halo de humo salía por la chimenea y dibujaba una línea casi horizontal debido al viento, y a través de una ventana vi parpadear unas chillonas luces navideñas. Unos ojos nos observaron. Se movió una cortina y oímos el ruido sordo de un televisor en el interior de la casa mientras esperábamos en el porche y la perra me olía la mano y me lamía. Marino anunció nuestra llegada llamando a la puerta con el puño, y, por fin, gritó:

—¿Hay alguien en casa? ¡Oigan! —Aporreó con fuerza—. ¡Policía!

—Ya va, ya va —avisó la voz de una mujer impaciente.

Una cara ruda y cansada llenó el espacio de la puerta al abrirse con la cadena aún pasada y tirante.

—¿Es la señora Kiffin? —le preguntó Marino.

—¿Usted quién es? —le preguntó ella a su vez.

—Capitán Marino, del Departamento de Policía de Richmond. Ella es la doctora Scarpetta.

—¿Para qué ha traído a un médico? —Con el ceño fruncido, me observó desde su ranura oscura. Algo se movió a sus pies, y un niño asomó y nos sonrió con cara de diablillo—. Vuelve dentro, Zack.

Unos bracitos desnudos, unas manos con las uñas sucias rodearon la rodilla de mamá. Ella se lo quitó de encima.

—¡Vamos! —El pequeño se soltó y se alejó corriendo.

—Necesitamos que nos enseñe la habitación donde se produjo el incendio —le indicó Marino—. El inspector Stanfield del condado de James City debería estar aquí. ¿Lo ha visto?

—No ha venido ningún policía esta mañana.

Cerró la puerta y se oyó el ruido de la cadena al quitarla. Luego, volvió a abrirse la puerta, esta vez de par en par, y la mujer salió al porche abrigándose con un chaquetón de leñador a cuadros rojos y con un puñado de llaves tintineantes en la mano.

—¡Quédate aquí! ¡Y no toques la masa de las galletas! Enseguida vuelvo —gritó hacia el interior de la casa antes de cerrar la puerta—. No he visto a nadie al que le guste tanto la masa de las galletas como a ese crío —nos comentó mientras bajábamos los peldaños—. A veces, la compro ya preparada en rollos y un día pillé a Zack comiéndose uno, con el papel pelado como si fuera un plátano. Se había comido la mitad cuando lo pillé. Le dije: «¿Sabes qué lleva dentro? Huevos crudos, eso es lo que lleva.»

Bev Kiffin no debía de tener más de cuarenta y cinco años, con una belleza dura y vulgar, como los cafés para camioneros y los restaurantes de madrugada. Llevaba los cabellos teñidos de rubio y muy rizados, como los de un caniche, y tenía los hoyuelos marcados y el tipo entre maduro y matronal. Mostraba una actitud defensiva, obstinada, que yo asociaba con las personas acostumbradas a tener problemas y dificultades. También la encontré sospechosa. Iba a desconfiar de todo lo que dijera.

—No quiero tener problemas —nos informó por el camino—. Como si no tuviera ya bastantes, sobre todo en esta época del año. Todas esas personas que vienen de día y de noche a curiosear y sacar fotos.

—¿Qué personas? —le preguntó Marino.

—Personas en coche que suben por el camino para echar un vistazo. Algunas hasta bajan y deambulan por aquí. Ayer por la noche me despertó un automóvil. Eran las dos de la mañana.

Marino encendió un cigarrillo. Seguimos a Kiffin por entre los pinos a lo largo de un sendero cubierto de maleza y nieve sucia y pasamos por delante de viejas caravanas escoradas como barcos varados. Cerca de una mesa plegable había un montón de efectos personales que, a simple vista, parecían basura de cámping que alguien no había limpiado. Pero entonces descubrí algo inesperado: una extraña colección de juguetes, muñecas, libros de bolsillo, sábanas, dos almohadas, una manta, un cochecito doble de bebé; cosas empapadas y sucias no porque no tuvieran valor y las hubieran tirado adrede, sino porque habían quedado expuestas involuntariamente a los elementos. Esparcidos por todas partes había envoltorios cortados de plástico, que relacioné de inmediato con el fragmento que encontré pegado a la espalda quemada de la primera víctima. Los trocitos eran de color blanco, azul y naranja, y los habían roto en tiras estrechas, como si quien lo hizo tuviera la costumbre nerviosa de romper las cosas en pedazos.

—Se ve que alguien se fue con prisas —comentó Marino.

Kiffin me observaba.

—Tal vez se largaron sin pagar —aventuró Marino.

—Oh, no. —Parecía estar impaciente por dirigirse al motelito de mal gusto que se divisaba a través de los árboles—. Pagaron por adelantado, como todo el mundo. Una familia con dos pequeños, que acampó en una tienda y se marchó de repente. No sé por qué se dejaron todo eso. Hay cosas, como el cochecito, muy bonitas. Claro que, después, nevó encima.

Una ráfaga de viento dispersó algunos trozos de envoltorio como si fueran confetis. Me acerqué y moví una almohada con el pie para darle la vuelta. Un olor penetrante y amargo me llegó a la nariz, y me agaché para examinarla más de cerca. Pegados a la parte inferior de la almohada había cabellos: unos cabellos largos, claros y muy finos, sin pigmentación. El corazón me dio un salto como el golpe repentino, inesperado, de un bombo. Removí con un dedo los envoltorios partidos. El material plastificado era flexible pero resistente, así que no se rompía con facilidad si no empezabas por el extremo arrugado por donde estaba termosellado. Parte de los fragmentos eran grandes y podía verse que procedían de caramelos de cacahuete en barra PayDay. Se leía incluso la dirección de Hershey's Chocolate en Internet. En la manta había más cabellos: uno corto, oscuro, vello púbico y varios más de los largos y claros.

—Barras de caramelo PayDay —le dije a Marino. Miré a Kiffin y abrí la cartera—. ¿Sabe de alguien que coma muchas barras de caramelo PayDay y rompa los envoltorios?

—Bueno, no son de mi casa —se excusó, como si la hubiese acusado a ella, o quizás a Zack y su glotonería.

No llevaba el maletín forense de aluminio a los sitios donde no había cadáver, pero siempre incluía un equipo de emergencia en la cartera: una bolsa frigorífica muy resistente con guantes desechables, bolsas para pruebas, escobillones, un frasquito con agua destilada y materiales para los residuos de disparos (GSR), entre otras cosas. Quité el tapón a un GSR. Se trataba de un mero palito de plástico con la punta adhesiva, que usé para recoger tres cabellos de la almohada y dos de la manta. Sellé el palito y los cabellos dentro de una bolsita transparente de plástico para pruebas.

—Si no le importa que se lo pregunte, ¿para qué hace eso? —me preguntó Kiffin.

—Me parece que meteré todo esto en bolsas, todo lo que hay aquí, para llevarlo al laboratorio.

Inesperadamente, Marino estaba comedido y tranquilo, como un experto jugador de póquer. Sabía cómo manejar a Kiffin, y ahora era preciso manejarla porque él sabía muy bien que la gente hipertricótica poseía un cabello fino, rudimentario, sin pigmentación, parecido al lanugo. Sólo que el lanugo no medía quince o dieciséis centímetros como los cabellos que Chandonne había ido dejando en los lugares de los crímenes. Era posible que Jean-Baptiste Chandonne hubiese estado en ese cámping. Así que le preguntó a Kiffin:

—¿Dirige este lugar usted sola?

—Casi siempre.

—¿Cuándo se marchó la familia de la tienda? El tiempo no parece propicio para ir de acampada.

—Estuvieron aquí a finales de la semana pasada, justo antes de que nevara.

—¿Se enteró del motivo por el que se marcharon con tantas prisas? —inquirió Marino en tono monótono.

—No he tenido noticias de ellos.

—Necesitaremos examinar mejor todo lo que dejaron.

Kiffin se sopló las manos para calentarlas, se abrazó y se volvió para no recibir el viento. Miró a su casa y podía adivinarse que se preguntaba qué clase de problema les había deparado esta vez la vida a ella y a su familia. Marino me hizo un gesto para que lo siguiera.

—Espere aquí —le dijo a Kiffin—. Volveremos enseguida. Vamos a por algo al coche. No toque nada, ¿de acuerdo?

Nos observó mientras nos alejábamos. Marino y yo hablamos en voz baja. Unas horas antes de que Chandonne se presentara ante mi puerta, Marino había salido a buscarlo con el equipo de respuesta, y descubrieron que se escondía en Richmond, en la mansión que estaban rehabilitando junto al James, muy cerca de mi barrio. Como apenas salía de día, supusimos que sus idas y venidas habían pasado desapercibidas, ya que se ocultaba en la casa y utilizaba lo que encontraba en ella. Hasta ese momento, jamás se nos ocurrió a ninguno de nosotros que Chandonne hubiera podido alojarse en algún otro lugar.

—¿Crees que asustó a quien ocupaba la tienda para que se fuera y poder así instalarse en ella? —Marino abrió la camioneta y buscó algo en la parte trasera, donde yo sabía que llevaba, por ejemplo, una escopeta—. Porque si quieres que te lo diga, doctora, cuando entramos en esa casa junto al James, había envoltorios de comida basura por todas partes. Muchos envoltorios de barras de caramelo. Como si le chiflaran los dulces.

Cogió una caja roja de herramientas y cerró la puerta posterior del vehículo.

—¿Recuerdas qué tipo de comida basura? —Me acordé de todas las Pepsi que Chandonne se bebió durante el interrogatorio de Berger.

—Barras de Snickers. No recuerdo si había PayDay. Pero caramelos. Cacahuetes con baños de miel... y ahora que pienso en ello, todos los envoltorios estaban hechos trizas.

—Dios mío —mascullé, súbitamente helada hasta los huesos—. Me gustaría saber si está bajo de azúcar. —Procuré ser analítica, recuperar el equilibrio. El miedo regresó en oleadas.

—¿Qué demonios hacía aquí? —soltó Marino, y siguió mirando hacia donde estaba Kiffin para asegurarse de que no tocara nada de un cámping que se había convertido en parte de la escena del crimen—. ¿Y cómo llegó hasta aquí? Puede que tuviera coche.

—¿Había algún vehículo en la casa donde se escondía? —pregunté mientras Kiffin nos observaba regresar.

—Los propietarios de la mansión no guardaban allí ningún coche mientras se efectuaban las obras —me explicó Marino en voz lo bastante baja para que Kiffin no oyera—. Quizá robó uno y lo tuvo oculto en algún sitio. Yo daba por sentado que el tipo ni siquiera sabía conducir, en vista de que prácticamente había vivido en los sótanos de la casa de su familia en París.

—Sí. Más suposiciones —mascullé al recordar que Chandonne afirmaba haber conducido una de esas motocicletas verdes que limpian las aceras de París. A esas alturas dudaba de esa historia, pero de poco más.

Habíamos vuelto a la mesa plegable, y Marino dejó la caja de herramientas en el suelo y la abrió. Sacó unos guantes de piel y se los puso. Luego, abrió varias bolsas de basura resistentes, que yo sostuve abiertas. Llenamos tres, y cortó una cuarta para envolver el cochecito. Mientras hacía todo eso, le explicaba a Kiffin que era posible que alguien hubiese asustado a la familia que ocupaba la tienda. Sugirió que tal vez un extraño había reclamado que tenía derecho a ocupar esa zona, aunque sólo fuera por una noche, y le preguntó que si había notado algo fuera de lo corriente, como la presencia de un vehículo desconocido antes del sábado. Lo planteó todo como si jamás fuera a ocurrírsele la posibilidad de que ella mintiera.

Sabíamos, por supuesto, que Chandonne no había podido estar allí después del sábado, pues llevaba detenido desde entonces. Kiffin no nos sirvió de ayuda. Afirmó que no había notado nada extraño salvo que una mañana, temprano, al ir a buscar leña, observó que la tienda ya no estaba, pero las pertenencias de la familia, o parte de ellas, seguían allí. No podía jurarlo, pero cuanto más la presionó Marino, más creía que había advertido que hacia las ocho de la mañana del viernes la tienda ya no estaba. Chandonne había asesinado a Diane Bray el jueves por la noche. ¿Había huido luego al condado de James City para esconderse? Lo imaginé apareciendo en la tienda, con una pareja y sus niños pequeños dentro. Era verosímil que, con sólo verlo, se hubiesen metido en el coche y salieran a toda velocidad sin molestarse en hacer el equipaje.

Llevamos las bolsas a la furgoneta de Marino y las pusimos detrás. De nuevo, Kiffin esperó a que regresáramos, con las manos en los bolsillos de la chaqueta y el rostro sonrosado por el frío. El motel estaba enfrente, detrás de unos pinos. Era un edificio pequeño, blanco, de dos pisos y con las puertas pintadas de verde. Detrás del motel había más árboles y un río ancho que se ramificaba del James.

—¿Cuántas personas hay hospedadas aquí ahora? —le preguntó Marino a la mujer que dirigía aquella espantosa trampa para turistas.

—¿Ahora mismo? Tal vez trece, eso si no se ha ido nadie más. Mucha gente deja la llave en la puerta y no me entero de que se ha marchado hasta que voy a limpiar. Me he dejado los cigarrillos en la casa, ¿sabe? —le dijo a Marino sin mirarlo—. ¿Le importaría?

Marino dejó la caja de herramientas en el camino. Sacó un cigarrillo del paquete y se lo encendió. Kiffin dio una profunda calada, y soltó el humo por un lado de la boca. Me vinieron ganas de fumar. El frío hacía que me molestase el codo fracturado. No podía dejar de pensar en la familia de la tienda y su terror, si era cierto que Chandonne había aparecido y la familia existía. Si había llegado inmediatamente después de asesinar a Bray, ¿qué había pasado con su ropa? Tenía que tener sangre por todas partes. ¿Se había marchado de casa de Bray para presentarse cubierto de sangre ante unos desconocidos que habían abandonado su tienda aterrados sin dar parte a la policía ni mencionar el hecho con nadie?

—¿Cuántas personas estaban aquí antes de ayer por la noche, cuando empezó el incendio? —preguntó Marino mientras recogía la caja de herramientas y reanudábamos la marcha.

—Sé cuántas se habían inscrito —contestó Kiffin con vaguedad—. No sé quién estaba todavía aquí. Se inscribieron once, incluido él.

—¿Incluido el hombre que murió en el incendio? —Ahora me tocó a mí preguntar.

—Exacto —respondió Kiffin, lanzándome una mirada.

—Hábleme de cuando se inscribió —pidió Marino; se detuvo para echar un vistazo alrededor y, después, siguió andando—. ¿Lo vio llegar en el coche como a nosotros? Según parece, los vehículos se detienen delante de su casa.

—No, señor. —Kiffin negó con la cabeza—. No vi ningún coche. Llamaron a la puerta y abrí. Le pedí que fuera al lado, a la oficina, que lo recibiría allí. Era un hombre guapo, bien vestido, no tenía el aspecto de los que suelen venir aquí, eso saltaba a la vista.

—¿Le dijo su nombre? —le preguntó Marino.

—Pagó en efectivo.

—De modo que, si alguien paga en efectivo usted no le pide que rellene nada.

—No es obligatorio. Tengo un libro de registro que se puede rellenar y, después, corto el recibo. Dijo que no necesitaba recibo.

—¿Tenía acento o algo?

—No sonaba de por aquí.

—¿Podría decir de dónde sonaba? ¿Del norte? ¿Tal vez extranjero? —continuó Marino, a la vez que nos deteníamos de nuevo bajo los pinos.

Kiffin miró alrededor, pensando y fumando mientras la seguíamos por el camino enlodado que conducía al aparcamiento del motel.

—No era del sur —decidió—. Pero no sonaba a extranjero. En realidad, no habló gran cosa, ¿sabe? Dijo sólo lo necesario. Me dio la impresión de que tenía prisa y estaba algo nervioso. No quería.

Lo último parecía inventado. Incluso le cambió el tono de voz.

—¿Se aloja alguien en estas caravanas? —le preguntó entonces Marino.

—Las alquilo. La gente no trae la suya. Ahora no es temporada de cámping.

—¿Tiene alquilada alguna ahora?

—No. Ninguna.

Delante del motel, había una silla con la tapicería rota, cerca de una máquina de refrescos y de un teléfono público. En el aparcamiento se veían varios coches. Eran americanos, viejos: un Granada, un LTD, un Firebird. No había señal alguna de sus propietarios.

—¿Quién viene en esta época del año? —quise saber.

—De todo —repuso Kiffin mientras cruzábamos el aparcamiento hacia el extremo sur del edificio. Personas que no se llevan bien. Hay muchas en esta época del año. Se pelean y se van de casa o los echan, y necesitan un sitio donde hospedarse. O gente que conduce una distancia larga para visitar a la familia y necesita un lugar donde pasar la noche. O, cuando el río crece, como pasó hace un par de meses; viene gente porque permito tener mascotas. Y también vienen turistas.

—¿Gente que visita Williamsburg y Jamestown? —pregunté.

—Son bastantes los que quieren conocer Jamestown, sobre todo desde que empezaron a desenterrar esas tumbas. La gente es muy rara.

22

La habitación 17 estaba en la planta baja, al fondo. Una cinta amarilla en la puerta advertía de que se trataba del lugar de un crimen. Era un sitio aislado, en el extremo de un bosque frondoso que separaba el motel de la carretera 5.

A mí me interesaba especialmente cualquier vegetación o desperdicio que pudiera haber en el asfalto delante de la habitación, donde el equipo de rescate habría arrastrado el cuerpo. Observé tierra, trozos de hojas caídas y colillas. Me pregunté si el fragmento del envoltorio de una golosina que encontré adherido a la espalda del cadáver procedía de la habitación o del aparcamiento. Si procedía de la habitación, significaría que se había adherido a los zapatos del asesino o que éste había caminado por el cámping abandonado o cerca de él en algún momento anterior al asesinato, a menos que el trozo de papel llevara cierto tiempo en la habitación y lo hubiera metido tal vez con los zapatos la propia Kiffin cuando había ido a limpiarla después de que se marchara el último cliente. Las pruebas suponían un reto. Siempre había que tener en cuenta su origen y no sacar conclusiones a partir del lugar donde terminaban. Las fibras encontradas en un cadáver, por ejemplo, podían proceder del asesino, que las había recogido involuntariamente de una alfombra donde las había depositado antes alguien que las había metido en la casa después de que otro individuo las dejara en el asiento de un automóvil.

—¿Pidió una habitación en concreto? —le pregunté a Kiffin mientras buscaba la llave en el llavero.

—Dijo que quería algo aislado. La 17 no tenía a nadie a ningún lado ni encima, por eso se la di. ¿Qué le ha pasado en el brazo?

—Resbalé en el hielo.

—Oh, qué mala pata. ¿Tendrá que llevar mucho tiempo la escayola?

—No mucho más.

—¿Cree que podía haber alguien con él? —le preguntó Marino.

—Yo no vi a nadie. —Kiffin se mostraba lacónica con Marino, pero conmigo era mucho más amable y locuaz. Noté que me observaba la cara con frecuencia y tuve el angustioso presentimiento de que había visto mi fotografía en el periódico o en la televisión—. ¿Qué clase de médico dijo que era?

—Soy forense.

—Oh —exclamó—. Como Quincy. Me encantaba ese programa. ¿Recuerda el día que lo averiguó todo sobre una persona a partir de un hueso? —Hizo girar la llave en la cerradura, abrió la puerta y el olor a quemado me golpeó el rostro—. Me pareció increíble. Raza, sexo, incluso en qué se ganaba la vida, lo corpulento que era y cuándo y dónde murió exactamente, todo a partir de un hueso de nada. —Cuando pasamos junto a ella y nos metimos en la habitación, oscura y sucia como una mina de carbón, comentó—: No se imaginan lo que esto va a costarme. El seguro no cubrirá algo así. Nunca lo hace. Las compañías aseguradoras son una mierda.

—Le agradecería que esperase fuera —pidió Marino.

La única luz era la que cruzaba la puerta abierta, y distinguí la forma de la cama de matrimonio. En el centro de ella había un cráter donde el colchón se quemó hasta el somier. Marino encendió una linterna y un haz largo de luz recorrió la habitación, empezando en el armario desde mi posición cerca de la puerta. Dos perchas de alambre retorcido colgaban de la barra de madera. El lavabo estaba a la izquierda de la puerta y en la pared frente a la cama había un tocador y, sobre él algo: un libro. Estaba abierto. Marino se acercó para iluminar las páginas.

—La Biblia —anunció.

La luz se movió hacia el extremo de la habitación, donde había dos sillas y una mesita ante una ventana y una puerta trasera. Marino descorrió las cortinas y la luz pálida de la luna se coló en la habitación. El único daño que pude ver del incendio era el de la cama, que ardió y produjo mucho humo denso. Todo lo que contenía la habitación estaba cubierto de hollín, y eso era un regalo inesperado para un forense.

—Toda la habitación está ahumada —dije.

Cogí el teléfono móvil mientras Marino seguía apuntando la luz en distintas direcciones. No vi indicios de que Stanfield hubiera buscado huellas latentes, y no lo culpaba. La mayoría de los investigadores supondría que mucho hollín y humo borrarían las huellas dactilares cuando, de hecho, sucedía lo contrario. El calor y el hollín suelen potenciar las huellas latentes, y existe un antiguo método de laboratorio que se llama «ahumado» y se emplea en objetos no porosos, como los metales brillantes, que suelen presentar un efecto teflón cuando se les aplican los tradicionales polvos de buscar huellas. Éstas se transfieren a un objeto porque las protuberancias de fricción de la superficie de los dedos y las palmas poseen residuos grasientos. Son esos residuos los que terminan en alguna superficie: el pomo de una puerta, un vaso, el cristal de una ventana. El calor ablanda los residuos, y el humo y el hollín se adhieren a ellos. Durante el enfriamiento, los residuos se fijan o fortalecen y el hollín puede cepillarse con cuidado, como si se tratara de polvos de buscar huellas. Antes de los vapores de Super Glue y las fuentes de luz alternas, no era extraño hacer aparecer las huellas quemando astillas de pino alquitranadas, alcanfor y magnesio. Era muy posible que bajo la capa de hollín de esa habitación hubiera un mundo de huellas dactilares latentes y ya procesadas.

Llamé al jefe del Departamento de Huellas, Neils Vander, a su casa y le expliqué la situación, y dijo que se reuniría con nosotros en el motel en dos horas. Marino tenía otras preocupaciones, con la atención puesta en un punto sobre la cama, adonde dirigía la luz.

—¡Dios mío! —farfulló—. ¡Mira esto, doctora! —Iluminaba dos cáncamos atornillados al techo con una separación de un metro—. ¡Eh! —llamó a Kiffin, que se encontraba al otro lado de la puerta. La mujer entró y miró adonde él enfocaba la luz—. ¿Tiene idea de qué significan esas anillas que hay en el techo?

—No las había visto nunca —respondió ella, evasiva, o eso me pareció—. ¿Cómo habrán llegado ahí?

—¿Cuándo estuvo en esta habitación por última vez? —inquirió Marino.

—Un par de días antes de que él llegara. La limpié después de que la última persona se marchara, me refiero a la última antes que él.

—¿Y entonces las anillas no estaban?

—Si estaban, no las vi.

—Señora Kiffin, espere fuera por si tenemos más preguntas que hacerle.

Marino y yo nos pusimos guantes. Él separó mucho los dedos y la goma se estiró y soltó un chasquido. La ventana junto a la puerta trasera daba a una piscina que estaba llena de agua sucia. Al otro lado de la cama había un pequeño televisor Zenith sobre un soporte con una nota pegada que recordaba a los huéspedes que la apagaran antes de salir. La habitación se ajustaba bastante a la descripción de Stanfield, pero él no mencionó la Biblia abierta en el tocador ni que a la derecha de la cama, cerca del suelo, había una toma de corriente con dos cables desenchufados en la alfombra situada al lado: uno, de la lámpara de la mesita de noche; el otro, de la radio reloj. La radio reloj era vieja. No era digital. Cuando la desenchufaron, las agujas se detuvieron en las 15.12 horas. Marino le pidió a Kiffin que entrara otra vez en la habitación.

—¿A qué hora dice que se inscribió? —le preguntó.

—Alrededor de las tres. —Kiffin estaba en el umbral, con la mirada fija en el reloj—. Parece como si, al entrar, hubiera desenchufado el reloj y la lámpara, ¿verdad? Es un poco raro, a menos que quisiera enchufar otra cosa y necesitara la toma de corriente. Alguna gente viene con su ordenador portátil.

—¿Vio si él llevaba uno? —inquirió Marino.

—No observé que llevara nada, salvo la cartera y lo que parecía la llave de un coche.

—No dijo usted nada sobre una cartera. ¿Vio una cartera?

—La sacó para pagarme. Recuerdo que era de piel negra. Parecía cara, como todo lo demás que llevaba. Podría haber sido de cocodrilo o algo así.

—¿Qué importe le dio y en qué tipo de billetes?

—Un billete de cien dólares y cuatro de veinte. Me dijo que me quedara el cambio. El total era de ciento sesenta dólares con setenta centavos.

—Ya. El especial dieciséis, cero, siete —dijo Marino con voz monótona. No le gustaba Kiffin. No se fiaba de esa mujer, pero se lo guardaba, y jugaba con ella como en una mano de cartas. Si no lo hubiera conocido tan bien, me habría engañado incluso a mí—. ¿Tiene alguna clase de escalera de mano? —le preguntó a continuación.

—Bueno, supongo que sí. —Kiffin dudó por un instante y se marchó, dejando la puerta abierta de par en par.

Marino se agachó para examinar más de cerca la toma de corriente y los cables desenchufados.

—¿Crees que enchufaron aquí la pistola de aire caliente? —reflexionó en voz alta.

—Es posible. Si se trata de una pistola de aire caliente —le recordé.

—Yo la he usado para descongelar las cañerías y quitar el hielo de los peldaños de la entrada. Funciona de maravilla. —Estaba mirando bajo la cama con la linterna—. Nunca he tenido un caso en que la usaran en alguien. Dios mío. Tenía que estar muy bien amordazado para que nadie oyera nada. ¿Por qué desenchufarían las dos cosas, la lámpara y el reloj?

—¿Para que no saltaran los plomos?

—En un sitio como éste, es posible. Una pistola de aire caliente debe de ser del mismo voltaje que un secador: ciento veinte o ciento veinticinco. Y un secador seguramente dejaría a oscuras un antro como éste.

Me dirigí al tocador y eché un vistazo a la Biblia. Estaba abierta por los capítulos sexto y séptimo del Eclesiastés. Las páginas expuestas estaban cubiertas de hollín y la zona del tocador bajo la Biblia aparecía intacta, lo que indicaba que ésa era la posición del libro cuando había empezado el incendio. La pregunta era si estaría abierto así antes de que la víctima llegara o si de hecho pertenecía a la habitación. Reparé en el primer versículo del capítulo séptimo: «Más vale el renombre que óleo perfumado; y el día de la muerte más que el día del nacimiento.» Se lo leí a Marino. Le expliqué que esta parte del Eclesiastés trataba sobre la vanidad.

—Le aporta algo extraño, ¿verdad? —comentó, a la vez que se oyó un ruido metálico y Kiffin regresó acompañada de una corriente de aire glacial. Marino le cogió una escalera torcida y manchada de pintura de las manos y la abrió. Se subió y dirigió la linterna a las anillas—. Mierda, necesito unas gafas nuevas. No veo nada —se lamentó mientras yo le sujetaba la escalera.

—¿Quieres que lo mire? —sugerí.

—Adelante —repuso mientras bajaba.

Saqué una lupa de la cartera y me subí. Me pasó la linterna y examiné los cáncamos. No vi ninguna fibra. Si las había, nos resultaría imposible recogerlas ahí. El problema era cómo conservar un tipo de prueba sin estropear otro, y había tres tipos de pruebas posibles asociados a las anillas: huellas dactilares, fibras y marcas de herramientas. Si cepillábamos el hollín para encontrar las huellas latentes, podíamos perder fibras que coincidieran con la atadura que hubiera pasado por las anillas, que tampoco podíamos desatornillar sin correr el riesgo de introducir nuevas marcas de herramientas, suponiendo que usáramos algo como unos alicates. La mayor amenaza consistía en erradicar sin querer cualquier posible huella. De hecho, las condiciones y la iluminación eran tan malas que no deberíamos examinar nada ahí. Tuve una idea.

—Pásame un par de bolsas —pedí a Marino—. Y cinta.

Me dio dos bolsitas de plástico transparente. Cubrí cada anilla con una y pasé con cuidado la cinta alrededor de la parte superior de la bolsa, procurando no tocar ninguna parte de la anilla ni del techo. Bajé de la escalera cuando Marino abría su caja de herramientas.

—Lamento hacerle esto —se disculpó dirigiéndose a Kiffin que permanecía al otro lado de la puerta, con las manos hundidas en los bolsillos—, pero tendré que cargarme parte del techo.

—Como si eso fuera a suponer mucha diferencia tal como está —dijo con voz de resignación, ¿o era indiferencia lo que detecté?—. No importa —añadió.

Me seguía preguntando por qué el fuego sólo habría quemado la cama. Eso me tenía desconcertada. Le pregunté a Kiffin que qué tipo de ropa de cama y colchones tenían.

—Bueno, eran verdes. —De eso parecía estar segura—. La colcha era verde oscuro, más o menos del color con que están pintadas las puertas. Aunque no sabemos qué pasó con la ropa de la cama. Las sábanas eran blancas.

—¿Tiene idea de qué material eran? —insistí.

—Estoy bastante segura de que las colchas son de poliéster.

El poliéster es tan combustible que yo procuraba no llevar nunca materiales sintéticos cuando volaba. Si había un aterrizaje forzoso y se incendiaba el aparato, lo último que quería era tener poliéster en contacto con la piel. Por el mismo precio, podía rociarme con gasolina. De haber una colcha de poliéster en la cama cuando se inició el fuego, lo más probable es que se hubiera incendiado toda la habitación, y con rapidez.

—¿Dónde compró los colchones? —le pregunté.

Dudó. No quería decírmelo. Finalmente contestó algo que me pareció cierto:

—Bueno, los nuevos son carísimos. Los compro de segunda mano cuando puedo.

—¿Dónde?

—En la prisión que cerraron en Richmond hace unos años.

—¿Spring Street?

—Eso es. Pero no compré nada en lo que yo no dormiría —aclaró en defensa de su elección de buenas camas—. Fue donde compré los últimos.

Eso explicaría por qué el colchón sólo se quemó y no llegó a prenderse fuego. En los hospitales y en las cárceles, los colchones están hechos con materiales de combustión lenta. También sugería que quien inició el fuego no tenía ningún motivo para saber que lo que pretendía quemar era un colchón especial de combustión lenta. Y, por supuesto, el sentido común indicaba que esa persona tampoco se quedó lo suficiente para saber que el fuego acabó apagándose solo.

—Señora Kiffin, ¿hay una Biblia en todas las habitaciones? —pregunté.

—Es lo único que la gente no roba.

—¿Sabe por qué ésta está abierta por el Eclesiastés?

—Yo no me dedico a abrirlas. Las dejo en el tocador. Yo no la abrí. —Dudó un instante y añadió—: Seguro que lo mataron, o nadie se tomaría tantas molestias.

—Tenemos que contemplar todas las posibilidades —dijo Marino mientras subía otra vez por la escalera, con una sierra de costilla que resultaba útil en sitios como ése porque tenía los dientes duros y rectos. Podía cortar molduras, zócalos, cañerías o, en este caso, vigas.

—El negocio está difícil —comentó la señora Kiffin—. Estoy sola porque mi marido se pasa todo el tiempo en la carretera.

—¿A qué se dedica su marido? —quise saber.

—Es camionero de la Overland Transfer.

Marino empezó a sacar placas del techo alrededor de las que tenían atornilladas las anillas.

—Me imagino que él estará poco en casa —supuse.

Le tembló el labio inferior de un modo casi imperceptible y los ojos le brillaron de pena.

—Sólo me faltaba un asesinato. Dios mío, me va a hacer mucho daño.

—¿Te importaría sujetarme la linterna, doctora? —Marino hizo caso omiso de la necesidad repentina de compasión de la mujer.

—El asesinato hace daño a muchas personas. —Orienté la luz hacia el techo y con el brazo bueno sujeté de nuevo la escalera—. Es un hecho triste e injusto, señora Kiffin.

Marino empezó a serrar.

—Nadie se había muerto antes aquí —dijo Kiffin en tono lastimero—. No hay casi nada peor que pueda pasarle a un sitio.

—Oiga, es probable que la publicidad aumente el negocio —bromeó Marino por encima del ruido de la sierra.

Kiffin le lanzó una mirada de odio.

—A ese tipo de gente no quiero verla cerca.

De las fotografías que Stanfield me mostró, reconocí la zona de la pared donde estaba recostado el cuerpo y me hice una idea general de dónde se encontraba la ropa. Imaginé a la víctima desnuda en la cama, con los brazos izados por una cuerda pasada alrededor de las anillas. Podría estar arrodillado o incluso sentado, sólo parcialmente levantado. Pero la posición en crucifixión y la mordaza le dificultarían la respiración. Jadeaba, luchaba por conseguir aire, con el corazón palpitándole acelerado por el pánico y el dolor mientras observaba cómo alguien enchufaba la pistola de aire caliente y oía el ruido al apretar el gatillo. No me había identificado nunca con el deseo humano de torturar. Conocía la dinámica, es decir, que obedecía al control, al abuso máximo del poder. Pero no comprendía que pudiera obtenerse satisfacción, reivindicación y mucho menos placer sexual de hacer daño a ningún ser vivo.

Mi sistema nervioso central me lanzó punzadas, mi pulso se aceleró. Sudaba bajo el abrigo a pesar de que la habitación estaba lo bastante fría como para vernos el aliento.

—Señora Kiffin —dije mientras Marino manejaba la sierra—, cinco días, ¿un especial de negocios en esta época del año? —Me detuve al ver la confusión en su rostro. Ella no pensaba lo mismo que yo. No veía lo mismo que yo. Ni se imaginaba el horror que yo estaba reconstruyendo en el interior de ese motel barato y con colchones de segunda mano procedentes de una cárcel—. ¿Por qué iba a inscribirse cinco días en la semana de la Navidad? —mostré mi extrañeza—. ¿Dijo algo que pudiera haberle dado una pista sobre por qué estaba aquí, qué hacía, de dónde era? ¿Aparte de su observación de que no le sonaba de por aquí?

—No hago preguntas —repuso Kiffin, que miraba trabajar a Marino—. Quizá debería de hacerlo. Algunas personas hablan mucho y me cuentan más de lo que quiero saber. Otras no quieren que te metas en sus cosas.

—¿Qué sensación le dio? —seguí intentándolo.

—Bueno, a *Mr. Peanut* no le gustó.

—¿Quién coño es *Mr. Peanut*? —Marino bajó con una placa del techo que estaba unida por un cáncamo a un trozo de viga de diez centímetros.

—Nuestra perra. Quizá la hayan visto cuando llegaron. Sé que es un nombre extraño para una hembra que ha tenido tantos cachorros como ella, pero así la bautizó Zack. Se puso a ladrar como una loca cuando ese hombre se presentó en la puerta. No quiso acercársele, con los pelos del lomo de punta.

—¿Podría ser que la perra ladrara porque había otra persona cerca? ¿Alguien a quien usted no vio? —sugerí.

—Quizá.

Una segunda placa del techo cedió, y la escalera se tambaleó mientras Marino bajaba. Buscó en su caja de herramientas un rollo de papel de aluminio y cinta para pruebas y empezó a envolver las placas del techo en paquetes. Yo entré en el cuarto de baño y lo recorrí con la linterna. Todo era blanco. El mostrador presentaba unas quemaduras amarillentas, debidas lo más seguro a los clientes que dejaban allí el cigarrillo mientras se afeitaban, se maquillaban o se peinaban. Vi otra cosa que se le había pasado por alto a Stanfield: una tira de hilo dental colgaba en el interior del retrete. Descansaba sobre el borde de la taza y la sujetaba el asiento. La recogí con el guante puesto. Medía unos treinta centímetros y estaba mojada en parte por el agua del retrete. La parte central era de color rojo claro, como si alguien se hubiese limpiado con ella los dientes y le hubiesen sangrado las encías. Como este último hallazgo no estaba seco del todo, no lo sellé en plástico. Lo coloqué en un trozo cuadrado de papel de aluminio que doblé en forma de sobre. Era probable que tuviésemos una muestra de ADN. La pregunta era: ¿de quién?

Marino y yo regresamos a su furgoneta a la una y media y *Mr. Peanut* salió zumbando de la casa cuando Kiffin abrió la puerta principal para entrar. La perra nos persiguió cuando nos íbamos, ladrando. Vi por el espejo lateral que Kiffin le gritaba:

—¡Ven aquí ahora mismo! —Dio unas palmadas, enojada—. ¡Ven aquí!

—¿Ese desgraciado hizo una pausa en la tortura para limpiarse los dientes? —ironizó Marino—. ¿Como si no pasara nada? ¿O más bien el hilo llevaba colgado en el retrete desde las Navidades pasadas?

Mr. Peanut seguía junto a mi puerta del vehículo, que daba bandazos por el camino de tierra que cruzaba el bosque hacia la carretera 5.

—¡Ven aquí! —bramó Kiffin bajando la escalera, sin dejar de dar palmadas.

—Maldito perro —se quejó Marino.

—¡Para! —exclamé. Tenía miedo de atropellar al pobre animal. Marino apretó el freno y el coche se detuvo en seco. *Mr. Peanut* saltaba y ladraba, y su cabeza aparecía y desaparecía al otro lado de mi ventanilla—. Pero ¿qué le pasa? —Estaba desconcertada. La perra apenas se había interesado en nosotros al vernos llegar hacía unas horas.

—¡Vuelve aquí! —Kiffin venía a buscarla. Tras ella, un niño apareció en la puerta; no se trataba del pequeño que habíamos visto, sino alguien tan alto como ella.

Me apeé y la perra empezó a mover la cola. Me acarició la mano con el hocico. La pobre estaba sucia y olía mal. La cogí por el collar y la empujé en dirección a su familia, pero no quería apartarse de la furgoneta.

—Venga —le dije—. Regresa a casa antes de que te atropellemos.

Kiffin llegó furiosa. Golpeó a la perra con fuerza en la cabeza.

Mr. Peanut se quejó como un corderito, encogida, con la cola entre las piernas.

—A ver si aprendes a ir con cuidado, ¿me oyes? —le advirtió Kiffin enérgica, agitando un dedo—. ¡Entra en casa!

Mr. Peanut se escondió detrás de mí.

—¡Obedece!

La perra se sentó en el suelo y apretó su cuerpo tembloroso contra mis piernas. La persona que vi en la puerta había desaparecido, pero Zack estaba en el porche. Iba vestido con vaqueros y una camiseta que le venía demasiado grande.

—¡Ven aquí, *Peanut*! —le llamó al tiempo que chasqueaba los dedos. Parecía tan asustado como el animal.

—¡Zack! No quiero tener que repetirte que te metas en casa —le gritó Kiffin al niño.

Crueldad. En cuanto nos fuéramos, pegaría a la perra. Quizás al niño. Bev Kiffin era una mujer frustrada, fuera de control. La vida la hacía sentirse impotente y, bajo la piel, la sangre le hervía de dolor y cólera, por lo injusto que era todo. O tal vez era malvada, y tal vez el pobre animal corría tras la furgoneta de Marino porque quería que nos la lleváramos, que la salváramos. Me imaginaba cosas.

—Señora Kiffin —dije con el tranquilo tono autoritario y muy, muy frío que reservaba para las ocasiones en que quería mostrarme amenazadora—. No toque a *Mr. Peanut* otra vez si no es con suavidad. No soporto a la gente que lastima a los animales. —Su semblante se ensombreció y se asomó a él la ira. Fijé mi mirada en el centro mismo de sus pupilas.

—Hay leyes contra la crueldad con los animales, señora Kiffin —proseguí sin separar mi mirada de sus ojos—. Y pegar a *Mr. Peanut* no es un buen ejemplo para sus hijos.

Con eso insinué que había visto a un segundo niño que no nos había mencionado hasta entonces.

Ella se apartó de mí, se volvió y se dirigió hacia la casa. *Mr. Peanut* estaba sentada, mirándome.

—Vete a casa —le dije con el corazón roto—. Venga, bonita. Tienes que irte a casa.

Zack bajó los peldaños y corrió hacia nosotros. Cogió a la perra por el collar, se agachó y le rascó entre las orejas mientras le decía:

—Pórtate bien. No hagas enfadar a mamá, *Mr. Peanut*. Por favor.

—Me miró y añadió—: No le gusta porque se llevan su cochecito.

Aquello me sobresaltó, pero no permití que se notara. Me agaché junto a Zack y *Mr. Peanut*, procurando borrar de mi mente que su olor a almizcle me traía de nuevo recuerdos de Chandonne. Sentí náuseas y empecé a salivar en exceso.

—¿El cochecito es suyo? —le pregunté a Zack.

—Cuando tiene cachorros, los llevo en él a dar vueltas —me explicó.

—¿Por qué estaba junto a la mesa plegable, Zack? Pensé que se lo habían dejado unos campistas.

Sacudió la cabeza y acarició a *Mr. Peanut*.

—No. Es de *Mr. Peanut*, ¿verdad, *Mr. Peanut*? Tengo que irme.

—Se levantó y observó con disimulo la puerta abierta.

—¿Sabes qué? —comenté, levantándome también—. Tenemos que echar un vistazo al cochecito, pero te prometo que, cuando terminemos, lo devolveremos.

—Vale.

Hizo que la perra lo siguiera, medio corriendo, medio tirando de ella. Contemplé cómo se metían en la casa y cerraban la puerta. Me quedé allí de pie, en medio del camino de tierra y bajo la sombra de los pinos, con las manos en los bolsillos y mirando, porque estaba segura de que Bev Kiffin me observaba. Era lo que en la calle se llamaba darte importancia, hacer notar tu presencia. No había acabado ahí. Volvería.

23

Nos dirigimos al este por la carretera 5 y pensé en lo que habíamos tardado. Ni aunque pudiera hacer aparecer el helicóptero de Lucy por arte de magia, podría estar de vuelta en casa de Anna a las dos. Saqué la cartera y encontré la tarjeta donde Berger anotó sus teléfonos. No contestó en el hotel y le dejé un mensaje para que me recogiera a las seis de la tarde. Devolví el móvil a la cartera. Marino guardaba silencio con la vista al frente y el vehículo traqueteaba por la tortuosa y angosta carretera. Estaba reflexionando sobre lo que acababa de contarle acerca del cochecito. Bev Kiffin nos había mentido, claro.

—Todo eso ahí fuera —dijo por fin, sacudiendo la cabeza—. Madre mía. Qué sensación más espeluznante. Como si hubiese un montón de ojos observando todo lo que hacíamos. Como si ese sitio tuviese una vida propia de la que nadie sabe nada.

—Ella sí —repuse—. Ella sabe algo. Eso está claro, Marino. Hizo hincapié en que el cochecito se lo dejaron las personas que abandonaron el cámping. Lo soltó sin titubeos. Quería que creyéramos eso. ¿Por qué?

—Esas personas, las que se supone que estaban en esa tienda, no existen. Si los cabellos resultan ser los de Chandonne, tendré que contemplar la idea de que ella le dejó estar ahí, y por eso se puso tan extraña al respecto.

La imagen de Chandonne presentándose en la oficina del motel y pidiendo un lugar para pasar la noche me producía un cortocircuito en los pensamientos. No podía imaginarlo. *Le Loup-Garou*, como se llamaba él mismo, no correría tal riesgo. Su modus operandi, como sabíamos, no era aparecer en la puerta de la casa de una persona si no planeaba atacarla y asesinarla. Como sabíamos, y yo me empeñaba en seguir pensando. Lo cierto es que sabíamos menos cosas que una semana atrás.

—Tenemos que volver a empezar —le dije a Marino—. Definimos a alguien sin información. ¿Y ahora qué? Cometimos el error de trazar su perfil y, después, nos creímos nuestra proyección. Bueno, hubo dimensiones que se nos pasaron por alto y, aunque lo hayamos encerrado, no lo tenemos.

Marino sacó los cigarrillos.

—¿Comprendes lo que te digo? —proseguí—. En nuestra arrogancia, decidimos cómo es. Nos basamos en las pruebas científicas y dimos con lo que, en realidad, es una suposición. Una caricatura. No es un hombre lobo. Es un ser humano y, por muy malvado que sea, tiene muchas facetas y ahora las estamos descubriendo. Caramba, quedó muy claro en el vídeo. ¿Por qué nos cuesta tanto aceptarlo? No quiero que Vander vaya solo a ese motel.

—Tienes razón. —Marino alcanzó el teléfono—. Yo lo acompañaré al motel y tú puedes volver a Richmond en mi camioneta.

—Había alguien en la puerta —comenté—. ¿Lo viste? Era alto.

—¿Qué? No vi a nadie. Sólo al niño, ¿cómo se llama? A Zack. Y a la perra.

—Yo vi a alguien más —insistí.

—Lo comprobaré. ¿Tienes el teléfono de Vander?

Se lo di y llamó. Vander ya iba de camino y su esposa le dio a Marino el número del móvil. Contemplé por la ventanilla un complejo residencial de grandes casas coloniales alejadas de las calles. Entre los árboles brillaban unos elegantes adornos navideños.

—Sí, ahí pasa algo raro —le explicaba Marino a Vander por teléfono—. Así que este servidor será su guardaespaldas.

Colgó el auricular y guardamos silencio por un instante. La noche anterior parecía llenar el ruidoso espacio entre nosotros dentro del vehículo.

—¿Cuánto tiempo hacía que lo sabías? —le pregunté a Marino una vez más, nada satisfecha con lo que me había dicho frente a la casa de Anna antes de que lo acompañara hasta su furgoneta pasada la medianoche—. ¿Cuándo te dijo exactamente Righter que estaba instigando la investigación de un jurado especial de acusación y cuáles eran sus motivos?

—Todavía no habías acabado su autopsia, joder. —Encendió un cigarrillo—. Todavía tenías a Bray en la mesa, para ser exactos. Righter me llamó por teléfono y me dijo que no quería que le practicaras el examen *post mortem* y yo le contesté: «¿Y qué quiere que haga? ¿Que vaya al depósito y le ordene que suelte el escalpelo y levante las manos?» El muy cabrón. —Marino soltó el humo mientras la consternación adquiría una forma terrorífica en mi cerebro—. Por eso no te pidió permiso para ir a husmear a tu casa —añadió. Lo de husmear, por lo menos, ya me lo había imaginado—. Quería ver si los policías encontraban algo. —Hizo una pausa y añadió—: Como un martillo de desbastar. En especial, uno que pudiera tener sangre de Bray.

—Aquel con el que Chandonne quiso atacarme podía muy bien tener su sangre —respondí razonable, tranquila, a pesar de que la ansiedad se iba apoderando de mí.

—El problema es que encontramos el martillo con su sangre en tu casa —me recordó Marino.

—Pues claro. Lo trajo él para atacarme.

—Y, sí, tiene su sangre —repitió—. Ya comprobaron el ADN. No había visto nunca correr tanto a los laboratorios como estos días, y ya te imaginarás por qué. El gobernador no quita ojo a nada de lo que pasa, por si su forense jefe resulta ser una asesina tarada. —Dio una calada al cigarrillo y me miró—. Y otra cosa, doctora. No sé si Berger te lo mencionó, pero no encontramos el martillo que dices haber comprado en la ferretería.

—¿Qué? —solté incrédula, antes de ponerme furiosa.

—Así que el único que había en tu casa es el que tiene la sangre de Bray. Un martillo encontrado en tu casa. Y tiene la sangre de Bray —precisó no sin cierto reparo.

—Ya sabes por qué compré ese martillo —alegué como si tuviera que discutirlo con él—. Quería ver si concordaba con el patrón de sus heridas. Y seguro que estaba en casa. Si tus hombres no lo encontraron, o no buscaron bien o alguien se lo llevó.

—¿Recuerdas la última vez que lo viste?

—Lo usé en la cocina con un pollo para ver el aspecto de las heridas, y también qué tipo de mancha dejaría la empuñadura espiral si la presionaba contra algo.

—Sí, encontramos el pollo maltrecho en la basura. Y una funda de almohada manchada de salsa de barbacoa, como si hubieras rodado la empuñadura por ella. —A Marino no le parecían extraños estos experimentos. Sabía que efectuaba muchas investigaciones insólitas cuando trataba de averiguar lo que le sucedió a alguien—. Pero ningún martillo de desbastar. Eso no. Ni con salsa de barbacoa ni sin ella. Así que me pregunto si ese imbécil de Talley lo mangó. Tal vez deberías pedirle a Lucy y a Teun que dediquen su organización secreta a investigarlo. A ver qué descubren, ¿vale? La primera gran investigación de El Último Reducto. Para empezar, me gustaría comprobar la situación financiera de ese cabrón para ver de dónde saca tanto dinero.

No dejé de consultar el reloj para cronometrar el trayecto. La parcela donde vivía Mitch Barbosa estaba a diez minutos del motel The Fort James. Las casas unifamiliares de madera gris pardo eran nuevas y no había vegetación, sólo tierra salpicada de hierba muerta y manchada de nieve. Cuando entramos en el estacionamiento, reconocí vehículos camuflados de la policía, tres Ford Crown Victoria y un Chevrolet Lumina aparcados en fila. No me pasó inadvertido, ni a Marino, que dos de esos automóviles llevaban matrícula de Washington.

—Oh, mierda —soltó Marino mientras aparcaba—. Huelo a federales. Dios mío, esto no tiene buena pinta.

Al seguir con Marino el camino hacia la casa donde vivía Barbosa con su presunta novia, observé un detalle curioso: en una ventana del piso superior vi una caña de pescar. Estaba apoyada contra el cristal, y no supe por qué me pareció fuera de lugar, salvo que no era la época del año para ir a pescar, como no lo era para ir de cámping. De nuevo pensé en la gente misteriosa, por no decir mítica, que huyó del cámping y dejó atrás muchas de sus pertenencias. Recordé la mentira de Bev Kiffin y sentí que me introducía en un espacio aéreo peligroso donde había fuerzas que no podía ver o comprender, moviéndose a una velocidad increíble. Marino y yo esperamos en la puerta principal de la casa con la letra D. Volvió a tocar el timbre.

Nos abrió el inspector Stanfield, que nos recibió nervioso e inquieto. La tensión entre él y Marino levantaba un muro entre ambos.

—Lamento no haber podido ir al motel —se disculpó de manera cortante, a la vez que se apartaba a un lado para dejarnos pasar—. Ha surgido algo. Lo verán en un momento.

Llevaba pantalones de pana gris y un jersey grueso de lana, y tampoco me miró a la cara. No estaba segura de si eso se debía a que sabía lo que yo pensaba acerca de que filtrase información a su cuñado, el diputado Dinwiddie, o si había alguna otra razón. Me pasó por la cabeza que quizá sabía que me investigaban por asesinato. Procuré no pensar en esa realidad. No tenía sentido preocuparse por ello en ese momento.

—Todo el mundo está arriba —afirmó, y lo seguimos.

—¿Quién es todo el mundo? —quiso saber Marino.

La alfombra amortiguaba nuestros pasos. Stanfield siguió avanzando. No se volvió ni se detuvo cuando respondió:

—La ATF y el FBI.

Vi varias fotografías enmarcadas colgadas en la pared a la izquierda de la escalera y dediqué un momento a examinarlas. Reconocí a Mitch Barbosa, sonriendo con gente de aspecto alegre en un bar y asomándose a la ventanilla de la cabina de un camión de transporte. En una fotografía tomaba el sol en una playa tropical, puede que Hawai. Sostenía una copa y brindaba con la persona de detrás de la cámara. En algunas estaba con una mujer bonita, supuse que la novia con la que vivía. A media escalera había un rellano y la ventana donde estaba apoyada la caña de pescar.

Me detuve, con una extraña sensación recorriéndome con suavidad la piel mientras contemplaba, sin tocar, una caña Shakespeare de fibra de vidrio y un carrete Simano. El sedal tenía incorporado un anzuelo y varios pesos, y en la alfombra, junto al mango de la caña, había una cajita azul de plástico para aparejos. Cerca, como si las hubieran dejado cuando alguien entró en la casa, había dos botellas vacías de cerveza Rolling Rock, una caja de puros Tiparillo por estrenar y algo de calderilla. Marino se volvió para mirar qué estaba haciendo. Me reuní con él en lo alto de la escalera y llegamos a un salón iluminado y muy bien decorado con sobrios muebles modernos y alfombras indias.

—¿Cuánto tiempo hace que no vas a pescar? —le pregunté.

—No en agua dulce —contestó—. No en esta zona en esta época.

—Exacto.

Me detuve al darme cuenta de que conocía a una de las tres personas que estaban de pie junto al ventanal del salón. El corazón me dio un vuelco cuando la conocida cabeza castaña se volvió hacia mí y me vi, de golpe, frente a Jay Talley. No me sonrió, su mirada era hiriente, como si sus ojos fueran punzantes como flechas. Marino emitió un ruido apenas audible, similar al gruñido de un animal primitivo. Era su modo de hacerme saber que Jay era la última persona a la que quería ver. Otro hombre, con traje y corbata, era un joven de aspecto hispano, y cuando dejó la taza de café se le abrió la chaqueta y dejó al descubierto una funda de hombro con una pistola de gran calibre.

La tercera persona era una mujer. No mostraba la apariencia desconsolada y confusa de alguien cuyo amante acababa de morir asesinado. Estaba alterada, sí, pero contenía bien las emociones bajo la superficie, y reconocí el brillo en sus ojos y la contracción airada de su mandíbula. Los había visto en Lucy, en Marino y en otros que estaban más que afligidos cuando algo malo le pasaba a una persona a la que apreciaban. Policías. Los policías se ofendían al estilo ojo por ojo cuando le pasaba algo a uno de los suyos. Sospeché de inmediato que la novia de Mitch Barbosa pertenecía a las fuerzas del orden, quizá de incógnito. En cuestión de minutos, se desveló la situación.

—Les presento a Bunk Pruett, del FBI —dijo Stanfield—. Jay Talley, de la ATF.

Jay me dio la mano como si no nos conociéramos.

—Y Jilison McIntyre —añadió Stanfield—. La señora McIntyre es de la ATF.

Su apretón fue frío, pero firme. Buscamos sillas y las dispusimos de modo que todos pudiéramos vernos y hablar. El ambiente estaba cargado. Repleto de ira. Reconocí el estado de ánimo: lo había visto muchas veces cuando mataban a un policía. Ahora que Stanfield había creado el escenario, se ocultó tras una cortina de silencio taciturno. Bunk Pruett tomó el mando, típico del FBI:

—Doctora Scarpetta, capitán Marino, iré al grano. Este asunto es muy delicado. Para ser sincero, no me gusta tener que comentar nada de lo que pasa, pero tienen que saber cuál es la situación. —Apretó la mandíbula—. Mitch Barbosa es..., era, un agente del FBI que trabajaba de incógnito en una investigación importante en esta zona y que ahora, por supuesto, tenemos que desmantelar, por lo menos hasta cierto punto.

—Drogas y armas —especificó Jay, mirando primero a Marino y después a mí.

24

—¿Está implicada la Interpol? —Yo no comprendía el motivo de la presencia de Jay Talley. Apenas dos semanas atrás trabajaba en Francia.

—Bueno, usted debería de saberlo mejor que nadie —soltó Jay con cierto sarcasmo, o quizá lo imaginé—. ¿El caso sin identificar por el que se puso en contacto con la Interpol, el hombre que murió en el motel carretera abajo? Tenemos una idea de quién podría ser. De modo que sí, la Interpol está implicada. Ahora sí. No lo dude.

—No sabía que hubiésemos recibido respuesta de la Interpol.

—Marino apenas se esforzaba por ser cortés con Jay—. ¿Me está diciendo que es probable que el hombre del motel fuera una especie de fugitivo internacional?

—Sí —contestó Jay—. Rosso Matos, de veintiocho años, originario de Colombia. Visto en Los Ángeles por última vez. También conocido como el Gato porque es un tipo muy sigiloso cuando entra y sale de los sitios para matar. Ésa es su especialidad, eliminar gente. Es un sicario. Matos tiene fama de gustarle la ropa muy cara, los coches y los jovencitos. Supongo que tendría que hablar de él en pasado. —Hizo una pausa. Nadie reaccionó de otro modo que no fuera mirándolo—. Lo que no comprendemos es qué hacía aquí, en Virginia —añadió.

—¿Cuál es exactamente la operación? —le preguntó Marino a Jilison McIntyre.

—Empezó hace cuatro meses con un hombre que corría demasiado por la carretera 5, a pocos kilómetros de aquí. Un policía de James City lo obligó a detenerse. —Dirigió una mirada a Stanfield—. Comprobó la matrícula y averiguó que era un delincuente convicto. Además, el agente observó que la culata de un arma larga sobresalía de debajo de una manta del asiento trasero y resultó ser un MAK-90 con el número de serie borrado. Nuestros laboratorios de Rockville lograron recuperar el número de serie y averiguamos que el arma pertenecía a una remesa procedente de China, cuyo destino era Richmond. Como saben, un MAK-90 es una imitación del fusil de asalto AK-47, que cuesta entre mil y dos mil dólares en la calle. A los miembros de las bandas les encanta el MAK, fabricado en China y recibido con regularidad en los puertos locales de Richmond y Norfolk legalmente y en cajones bien identificables. Otros MAK llegan de contrabando desde Asia, junto con heroína, en todo tipo de cajones con etiquetas de cualquier cosa, desde «aparatos electrónicos» hasta «alfombras orientales».

En un tono profesional que sólo revelaba de vez en cuando la tensión que sentía, McIntyre describió una red de contrabando que, además de los puertos de la zona, implicaba la empresa de transporte terrestre del condado de James City donde Barbosa trabajaba como camionero. Ella actuaba de incógnito como su novia. Barbosa le había conseguido un empleo en las oficinas de la empresa, donde se falsificaban órdenes de embarque para ocultar un negocio muy lucrativo que incluía también cigarrillos que se enviaban de Virginia a Nueva York y otros destinos del noreste del país. Algunas armas se vendían a través de traficantes de la zona, pero muchas acababan vendiéndose en exposiciones de armas, y en Virginia había muchas.

—¿Cuál es el nombre de la empresa de transporte? —quiso saber Marino.

—Overland.

Marino buscó mi mirada de inmediato. Se pasó los dedos por los cabellos.

—Santo Dios —dijo—. Es donde trabaja el marido de Bev Kiffin.

—La propietaria y directora del motel The Fort James —aclaró Stanfield a los demás.

—Overland es una empresa grande y no todo el mundo está implicado en actividades ilegales. —Pruett se apresuró a ser objetivo—. Por eso es tan difícil. La empresa y la mayoría del personal son legítimas. Uno podría parar sus camiones todo el día y no encontrar nada raro dentro de ninguno de ellos. Luego, otro día, sale una carga de televisores o lo que sea, y dentro de las cajas hay fusiles de asalto y drogas.

—¿Cree que alguien descubrió a Mitch? —preguntó Marino a Pruett—. ¿Y que los malos decidieron cargárselo?

—Si fue así, ¿por qué está Matos también muerto? —Quien habló fue Jay—. Y parece que Matos murió antes, ¿no? —Me miró—. Lo encontraron muerto en esas circunstancias tan extrañas, en un motel carretera abajo. Y al día siguiente dejan el cadáver de Mitch en Richmond. Además, Matos era un matón importante. No se me ocurre qué podría hacer aquí. Aunque alguien hubiese descubierto a Mitch, no enviarían a un sicario como Matos. Lo reservan más bien para los peces gordos de las organizaciones criminales poderosas, hombres difíciles de eliminar porque están rodeados de gorilas armados hasta los dientes.

—¿Sabemos para quién trabajaba Matos? —intervino Marino.

—Para quien pague —contestó Pruett.

—Trabajaba en todas partes —señaló Jay—. Suramérica, Europa, aquí mismo. No estaba asociado a ninguna red ni cartel, sino que trabaja solo. Si quieres suprimir a alguien, contratas a Matos.

—Entonces alguien lo contrató para venir aquí —concluí.

—Tenemos que suponer eso —estuvo Jay de acuerdo—. No creo que estuviera en la zona para visitar Jamestown ni los adornos navideños de Williamsburg.

—También sabemos que no mató a Mitch Barbosa —añadió Marino—. Matos ya estaba muerto y en la mesa de la doctora antes de que Mitch saliera a correr por ahí.

Todo el mundo asintió con la cabeza. Stanfield se mordisqueaba una uña. Parecía muy incómodo. No dejaba de secarse el sudor de la frente y luego los dedos en los pantalones. Marino le pidió a Jilison McIntyre que nos contara qué había pasado exactamente.

—A Mitch le gustaba correr a mediodía, antes del almuerzo —empezó—. Salió alrededor de las doce y no volvió. Eso fue ayer. Hacia las dos cogí el coche para buscarlo y, cuando seguí sin tener noticias, llamé a la policía y, por supuesto, a nuestra gente, la ATF y el FBI. Llegaron agentes locales y empezaron a buscarlo también. Nada. Sabemos que lo vieron en la zona de la facultad de Derecho.

—¿Marshall-Wythe? —pregunté, al tiempo que tomaba notas.

—Exacto, en William and Mary. Mitch solía seguir la misma ruta, desde aquí por la carretera 5 hacia Francis Street y South Henry, y volvía. Tardaba una hora, más o menos.

—¿Recuerda cómo iba vestido y qué llevaba consigo? —le pregunté.

—Un chándal rojo y un chaleco. El chaleco por encima del chándal. Gris, de North Face. Y la riñonera. No iba a ninguna parte sin ella.

—Con una pistola dentro —apuntó Marino.

McIntyre asintió con la cabeza y tragó saliva.

—La pistola, dinero y el móvil —concretó—. Y las llaves de casa.

—No llevaba chaleco cuando encontraron el cadáver —la informó Marino—. Ni la riñonera. Describa la llave.

—Llaves —le corrigió—. Llevaba la llave de aquí, de la casa y la del coche en un llavero de acero.

—¿Qué aspecto tiene la llave de esta casa? —pregunté, y noté que Jay me miraba.

—Es una llave de metal, de aspecto normal.

—Llevaba una llave de acero inoxidable en el bolsillo de los pantalones cortos —indiqué—. Con el número 233 escrito en tinta indeleble.

La agente McIntyre frunció el ceño. No sabía nada de esa llave.

—Eso sí que es raro. No tengo idea de dónde puede ser esa llave —confesó.

—Tenemos que imaginar que se lo llevaron a alguna parte —sugirió Marino—. Lo ataron, lo amordazaron, lo torturaron, lo llevaron a Richmond y lo dejaron en la calle en uno de nuestros preciosos complejos, Mosby Court.

—¿Es una zona con mucho tráfico de drogas? —quiso saber Pruett.

—Oh, sí. Los complejos son una fuente de desarrollo económico. Armas y drogas. Ya lo creo. —Marino conocía muy bien el terreno—. Pero el otro detalle bonito de lugares como Mosby Court es que la gente no ve nada. ¿Quieres dejar un fiambre? No importa si te ven cincuenta personas. Todas sufrirán de amnesia y ceguera temporal.

—Alguien que conoce Richmond, por lo tanto —opinó por fin Stanfield.

McIntyre tenía los ojos abiertos como platos y una expresión enfermiza en la cara.

—No sabía lo de la tortura —me dijo. Su determinación profesional se estremeció como un árbol a punto de caer.

Describí las quemaduras de Barbosa y también entré en detalles sobre las que presentaba Matos. Mencioné los indicios de ataduras y mordazas, y Marino explicó lo de los cáncamos en el techo de la habitación del motel. Todos los presentes captaron la idea. Todos imaginaron lo que les habían hecho a esos dos hombres. Teníamos que sospechar que la misma persona o personas participaron en sus muertes. Pero eso no nos apuntaba quién ni por qué. No sabíamos adónde se llevaron a Barbosa, pero yo lo sospechaba.

—Cuando regreses al motel con Vander quizá deberías echar un vistazo en las otras habitaciones para comprobar si hay alguna más con cáncamos en el techo —le aconsejé a Marino.

—Lo haré. Tengo que volver, de todos modos. —Consultó su reloj.

—¿Hoy? —se interesó Jay.

—Sí.

—¿Tiene algún motivo para pensar que drogaran a Mitch, como hicieron con el primer hombre? —me preguntó Pruett.

—No encontré ninguna marca de aguja —contesté—, pero veremos qué dicen los resultados de Toxicología.

—Dios mío —farfulló McIntyre.

—¿Y ambos se orinaron encima? —intervino Stanfield—. ¿No pasa eso cuando la gente se muere? Pierde el control de la vejiga y se orina encima, ¿verdad? Dicho de otro modo, ¿no es algo natural?

—No puedo decir que la pérdida de orina sea inusual. Pero el primer hombre, Matos, se quitó la ropa. Estaba desnudo. Al parecer, se orinó en los pantalones y después se desnudó.

—De modo que fue antes de que lo quemaran —dedujo Stanfield.

—Diría que sí. No lo quemaron a través de la ropa —expliqué—. Es muy posible que ambas víctimas se orinaran encima debido al miedo, al pánico. Cuando se sufre un gran susto, a veces ocurre.

—Dios mío —farfulló de nuevo McIntyre.

—Y si ves cómo un desgraciado atornilla cáncamos en el techo y enchufa una pistola de aire caliente, te asustas como para mearte encima —dijo Marino con todo lujo de detalles—. Sabes muy bien lo que te pasará.

—¡Dios mío! —soltó McIntyre con los ojos centelleantes—. Pero ¿qué es esto?

Silencio.

—¿Por qué le haría alguien eso a Mitch? —añadió—. Tampoco es que no fuera precavido, que subiera al coche de cualquiera o se acercara siquiera a algún desconocido que pretendiera pararlo en la carretera.

—Me recuerda Vietnam —observó Stanfield—. La clase de cosas que les hacían a los prisioneros de guerra, cómo los torturaban para que hablaran.

Hacer hablar a alguien es sin duda una causa de tortura, pero respondí a lo que acababa de decir Stanfield:

—También da sensación de poder. Hay personas que torturan porque se corren al hacerlo.

—¿Cree que éste es el caso? —me dijo Pruett.

—No tengo forma de saberlo —contesté, y me dirigí a McIntyre—: He visto una caña de pescar cuando subíamos.

Por un instante pareció confusa.

—Oh, sí. A Mitch le gustaba pescar.

—¿Por aquí?

—En un río cerca de College Landing Park.

Miré a Marino. Ese río estaba en el extremo de la zona arbolada del cámping del motel The Fort James.

—¿Le mencionó Mitch alguna vez el motel que hay junto al río? —le preguntó Marino.

—Sólo sé que le gustaba pescar ahí.

—¿Conocía él a la mujer que dirige el negocio, a Bev Kiffin? ¿Y a su marido? Tal vez lo conozcan ustedes dos, ya que él trabaja en Overland —insistió Marino.

—Bueno, sé que Mitch solía hablar con sus hijos. Tiene dos muchachos y algunas veces también estaban pescando cuando iba él. Decía que le daban lástima porque su padre no estaba nunca en casa. Pero no conozco a nadie llamado Kiffin en la empresa de transporte, y les llevo la contabilidad.

—¿Podrías comprobarlo? —preguntó Jay.

—Puede que use su apellido de soltera.

McIntyre asintió con la cabeza.

—¿Recuerda la última vez que Mitch fue a pescar allí? —preguntó Marino.

—Justo antes de que nevara —contestó—. Hizo muy buen tiempo hasta entonces.

—He visto algo de dinero suelto, un par de botellas de cerveza y una caja de puros en el rellano —comenté—. Junto a la caña de pescar.

—¿Seguro que no fue a pescar después de que nevara? —Marino recogió mi idea.

La expresión de la mirada de McIntyre dejó claro que no estaba segura. Me pregunté lo bien que conocía en realidad a su novio secreto.

—¿Estaban Mitch y usted al corriente de alguna actividad ilegal en el motel? —le preguntó Marino.

—Jamás mencionó nada de eso —aseguró ella sacudiendo la cabeza—. Nada de eso. Su única relación con ese lugar era pescar y ser amable con los dos muchachos de vez en cuando, cuando los veía.

—¿Sólo si estaban allí cuando él pescaba? —siguió insistiendo Marino—. ¿Hay alguna razón para pensar que Mitch podría haberse acercado a la casa para saludarlos?

McIntyre dudó.

—¿Era Mitch generoso? —inquirió Marino.

—Sí —afirmó McIntyre—. Mucho. Podría haberse acercado. No lo sé. Le gustan mucho los niños... Le gustaban. —Se desmoronó de nuevo, pero se recuperó al instante.

—¿Cómo se identificaba ante la gente de los alrededores? ¿Decía que era camionero? ¿Qué decía sobre usted? ¿Se suponía que era una mujer de carrera? Porque, en realidad, no eran novios. Eso era parte de su tapadera, ¿verdad?

Marino tenía algo en mente. Estaba inclinado hacia delante, con los brazos apoyados en las rodillas y miraba intensamente a Jilison McIntyre. Cuando se ponía así, disparaba las preguntas con tanta rapidez que a menudo la gente no tenía tiempo de responder. Esto los confundía y podían decir algo que luego lamentaban. A McIntyre le ocurrió en ese preciso momento.

—Oiga, que yo no soy sospechosa. Y con lo de nuestra relación no sé adónde quiere ir a parar. Era profesional. Pero no se puede evitar intimar con alguien cuando se vive en la misma casa y se finge que se tiene una relación para que la gente lo crea.

—Pero no la tenían —la presionó Marino—. O, por lo menos, él no la tenía con usted. Hacían un trabajo, ¿no? Es decir, si él quería prestar atención a una mujer solitaria con dos hijos pequeños, podía hacerlo. —Volvió a retreparse en la silla. El silencio que se hizo fue tal que la habitación pareció zumbar—. El problema es que Mitch hizo mal al actuar así. Era peligroso. De lo más estúpido, en vista de la situación. ¿Era de esos tipos que van detrás de cualquier falda?

McIntyre no le respondió. Se le saltaron las lágrimas.

—¿Saben qué? —añadió Marino, mirando uno a uno a los presentes—. Podría ser que Mitch se enredara en algo que no tiene nada que ver con su operación de incógnito. El lugar equivocado en el momento inoportuno. Pescó algo sin querer.

—¿Tiene idea de dónde estaba Mitch el miércoles a las tres de la tarde, cuando Matos se inscribió en el motel y se inició el incendio? —Stanfield empezaba a encajar las piezas—. ¿Estaba aquí, o había salido?

—No, no estaba aquí —contestó ella a duras penas, secándose los ojos con un pañuelo de papel—. Se había ido. No sé adónde.

Marino resopló indignado. No tenía que decir nada. Los compañeros secretos no deben perderse de vista y, si la agente McIntyre no sabía siempre dónde estaba el agente especial Barbosa, significaba que éste estaba metido en algo que quizá no guardara relación con su investigación.

—Sé que no quiere siquiera pensarlo, Jilison —prosiguió Marino en un tono más suave—, pero a Mitch lo torturaron y lo mataron, ¿vale? El hombre se murió de miedo. Literalmente. Lo que alguien le hizo era tan terrible que tuvo un ataque cardíaco. Se meó encima. Lo llevaron a algún sitio, lo ataron, lo amordazaron y, luego, tiene una llave extraña en el bolsillo, puesta aposta. ¿Para qué? ¿Por qué? ¿Estaba metido en algo que debamos saber, Jilison? ¿Pescaba algo más que peces en el río que hay junto al cámping?

Las lágrimas resbalaban por las mejillas de McIntyre. Se las secó con brusquedad y se sorbió la nariz.

—Le gustaban el alcohol y las mujeres —se limitó a decirnos—. ¿Vale?

—¿Salió alguna noche, de copas y ese tipo de cosas? —le preguntó Pruett.

—Era parte de su tapadera —asintió y, tras mirarme, añadió—: Usted lo vio. Los cabellos teñidos, el pendiente, todo lo demás. Mitch interpretaba el papel de una especie de joven alocado, y le gustaban las mujeres. Jamás simuló ser, bueno, fiel a mí, a su supuesta novia. Formaba parte de su tapadera. Pero él era así también. Sí. Eso me preocupaba, ¿vale? Pero Mitch era así. Era un buen agente. No creo que hiciera nada deshonesto, si es lo que me preguntan. Pero no me lo contaba todo. Si descubrió algo en el cámping, por ejemplo, quizás empezó a indagar. Podría haberlo hecho.

—Sin informarla —confirmó Marino.

—Yo también iba a lo mío —dijo McIntyre—. Tampoco me pasaba todo el rato esperándolo. Trabajaba en las oficinas de Overland. Aunque sólo fuera a jornada parcial. Así que no siempre sabíamos lo que el otro estaba haciendo todas las horas de todos los días.

—Escúchenme bien —se decidió Marino—. Mitch se tropezó con algo. Y me pregunto si no estaría en el motel, hacia la hora en que se presentó Matos, y tuvo la desgracia de que lo vieran en la zona. Puede que sea así de sencillo. Alguien piensa que Mitch vio algo, que sabía algo, y se lo llevan y le aplican el mismo trato que a Matos.

Nadie lo contradijo. La teoría de Marino era, de hecho, la única que hasta ese momento tenía sentido.

—Lo que nos lleva de nuevo a lo que Matos hacía en la zona —comentó Pruett.

Miré a Stanfield. Se había desconectado de la conversación. Estaba pálido. Era un manojo de nervios. Sus ojos se desviaron hacia mí y, rápidamente, los apartó. Se humedeció los labios y tosió varias veces.

—Inspector Stanfield —me sentí obligada a decirle delante de todos—. Por el amor de Dios, no cuente nada de esto a su cuñado, por favor.

La ira le brilló en los ojos. Lo había humillado y no me importaba.

—¿Quiere saber la verdad? —replicó enojado—. No quiero tener más que ver con nada de esto. —Se levantó despacio y recorrió la habitación con la mirada, parpadeando, con los ojos vidriosos—. No sé de qué va la cosa, pero no quiero intervenir, quiero decir, estar metido en ello. Ustedes, los federales, ya lo están, hasta el cuello, así que pueden quedárselo. Yo lo dejo. —Sacudió la cabeza en sentido afirmativo—. Han oído bien, lo dejo.

Ante nuestra sorpresa, el inspector Stanfield se cayó redondo. Lo hizo con tanta fuerza que la habitación retumbó. Me levanté de un salto. Gracias a Dios respiraba. Su pulso estaba muy acelerado, pero no corría peligro de un paro cardíaco ni nada que resultara mortal. Sólo se había desmayado. Le examiné la cabeza para ver si se había lastimado. Estaba bien. Volvió en sí. Marino y yo lo ayudamos a levantarse y lo llevamos al sofá. Hice que se echara y le puse unos cuantos cojines bajo el cuello. Más que nada, estaba avergonzado, y mucho.

—¿Es diabético, inspector Stanfield? —le pregunté—. ¿Tiene alguna afección cardíaca?

—Si pudiera tomar una cola o algo, me iría bien —dijo, débilmente.

Me levanté para dirigirme a la cocina.

—Veré qué puedo hacer —afirmé como si viviera allí. Saqué zumo de naranja de la nevera. Encontré mantequilla de cacahuete en un armario y cogí una buena cucharada. Fue mientras buscaba toallas de papel cuando vi un frasco de medicamento junto a la tostadora. La etiqueta de la receta llevaba el nombre de Mitch Barbosa. Tomaba el antidepresivo Prozac. Cuando regresé al salón, se lo comenté a McIntyre y ésta nos contó que Barbosa empezó a tomar Prozac hacía unos meses porque sufría ansiedad y depresión, lo que él achacaba a trabajar de incógnito, al estrés.

—Es interesante. —Fue todo lo que Marino dijo al respecto.

—¿Ha dicho usted que volvería al motel al salir de aquí? —le preguntó Jay a Marino.

—Sí, Vander irá a ver si tenemos suerte con las huellas.

—¿Huellas? —murmuró Stanfield desde su lecho de enfermo.

—Por Dios, Stanfield —soltó Marino, exasperado—. ¿Le enseñaron algo en la escuela de investigación, o se saltó algunos cursos por lo de su maldito cuñado?

—Es un maldito cuñado, si quieren saber la verdad —manifestó con tal pena y tal franqueza que todo el mundo se rió. Eso lo animó un poco y se incorporó algo sobre los cojines—. Y tiene usted razón. —Me miró a los ojos—. No debería de haberle dicho nada sobre este caso. Y no le diré nada más, ni una palabra, porque ése sólo piensa en la política. No fui yo quien sacó a colación todo ese asunto de Jamestown, para que se entere.

Pruett frunció el ceño.

—¿Qué asunto de Jamestown? —preguntó.

—Ya sabe, lo de la excavación y la gran celebración que planea el Estado. Bueno, el caso es que, para ser francos, Dinwiddie no tiene más sangre india en las venas que yo. Todo eso sobre ser descendiente del jefe Powhatan. ¡Bah!

A los ojos de Stanfield asomó un resentimiento que dudé que fuera esporádico. Lo más seguro era que detestara a su cuñado.

—Mitch tiene sangre india —afirmó McIntyre muy seria—. Era medio indio.

—Por el amor de Dios, esperemos que los periódicos no se enteren —murmuró Marino mirando a Stanfield, sin tragarse ni por un instante que tendría la boca cerrada—. Tenemos un homosexual y ahora un indio. Madre mía. —Sacudió la cabeza—. No podemos permitir que se entrometa en esto la política, que se divulgue, y hablo en serio. —Miró de nuevo a Stanfield, después a Jay y añadió—: Porque ¿saben una cosa? No podemos comentar lo que está pasando, ¿verdad? Lo de la operación secreta. Lo de que Mitch era un agente del FBI de incógnito. Y lo de que, tal vez, por alguna relación extraña, Chandonne está metido en todo lo que está pasando. Así que, si esa basura del crimen por odio cuaja, ¿cómo lo desmentimos si no podemos contar la verdad?

—No estoy de acuerdo —le dijo Jay—. No estoy preparado para explicar de qué van estos asesinatos. No estoy preparado para aceptar, por ejemplo, que Matos y ahora Barbosa no estuvieran relacionados con el contrabando de armas. Creo, sin ninguna duda, que esos dos asesinatos están relacionados.

Nadie discrepó. El modus operandi era demasiado parecido para que las muertes no estuviesen relacionadas y, de hecho, fueran obra de la misma persona o personas.

—Tampoco estoy preparado para pasar por alto del todo la idea de que fueran crímenes por odio —prosiguió Jay—. Un homosexual. Un nativo americano. —Se encogió de hombros—. La tortura es bastante detestable. ¿Alguna herida en los genitales? —Dirigió sus ojos hacia mí.

—No. —Le sostuve la mirada. Resultaba extraño pensar que habíamos estado juntos, mirar sus labios carnosos y sus manos estilizadas y recordar su tacto. Cuando recorríamos las calles de París, la gente se volvía a mirarlo.

—Hum —murmuró—. Eso me parece interesante y tal vez importante. No soy psiquiatra forense, por supuesto, pero en los crímenes por odio parece ser que el autor rara vez daña los genitales de sus víctimas.

Marino le lanzó una mirada de incredulidad, con la boca abierta en un gesto patente de desdén.

—Porque, si tienes a un sureño rural homofóbico, no se acercará a los genitales ni de broma —concluyó Jay.

—Bueno, si de verdad quiere seguir por ahí —replicó Marino con acritud—, relacionémoslo con Chandonne. Tampoco se acercó a los genitales de sus víctimas. Ni siquiera les quitó los pantalones, joder. Les golpeó y les mordió la cara y los senos, pero lo único que les hizo en la parte inferior del cuerpo fue quitarles los zapatos y los calcetines y morderles los pies. ¿Y por qué? Ese tipo tiene miedo de los genitales femeninos porque los suyos están tan deformados como el resto de su cuerpo. —Examinó las caras que lo rodeaban—. Algo positivo de tener encerrado a ese cabrón es poder averiguar el aspecto del resto de su cuerpo. ¿No? ¿Y saben qué? No tiene polla. O digamos que yo no llamaría así a lo que tiene.

Stanfield estaba ahora muy derecho en el sofá, con los ojos abiertos de sorpresa.

—Lo acompañaré al motel —le dijo Jay a Marino.

Marino se levantó y miró por la ventana.

—Me pregunto dónde se ha metido Vander —comentó.

Lo llamó al móvil y unos minutos después nos dirigimos al aparcamiento para reunirnos con él. Jay caminaba a mi lado. Noté la intensidad de sus ansias de hablar conmigo, de llegar a un consenso de algún modo. En ese sentido, era como el estereotipo de una mujer. Quería hablar, arreglar las cosas, terminar o reavivar nuestra relación para volver a hacerse el difícil. Yo, por otra parte, no quería nada de eso.

—Kay, ¿tienes un momento? —dijo ya en el aparcamiento.

Me detuve y lo observé mientras me abrochaba el abrigo. Vi que Marino miraba en nuestra dirección mientras sacaba las bolsas con la basura y el cochecito de la parte trasera de su camioneta y lo cargaba todo en el coche de Vander.

—Sé que resulta difícil, pero ¿hay alguna forma de que sea más sencillo? Para empezar, tenemos que trabajar juntos —dijo Jay.

—Tal vez deberías de haber pensado en eso antes de contarle a Jaime Berger todos los detalles, Jay —respondí.

—No fue contra ti. —Su mirada era intensa.

—Claro.

—Me preguntó cosas, lo que es comprensible. Sólo hace su trabajo. No lo creía. Ése era mi problema principal con Jay Talley. No me fiaba de él y deseaba no haberlo hecho nunca.

—Fíjate, eso es curioso —comenté—. Porque parece que la gente empezó a preguntar cosas sobre mí antes de que Diane Bray fuese asesinada. En realidad, las indagaciones empezaron justo cuando estaba contigo en Francia.

Su semblante se ensombreció. La cólera asomó antes de que pudiera ocultarla.

—Estás paranoica, Kay —dijo.

—Tienes razón, Jay —repuse—. Tienes toda la razón.

25

No había conducido nunca la furgoneta Dodge Ram Quad Cab de Marino y, si las circunstancias no hubiesen sido tan tensas, seguramente habría encontrado cómica la situación. No era una persona alta, apenas llegaba a un metro sesenta y cinco, era delgada y no tenía nada de moderno ni extremo. A veces llevaba vaqueros, pero no ese día. Supongo que vestía como corresponde a una ejecutiva o abogada, con traje de chaqueta, tipo sastre, o pantalones y chaqueta de franela si no trabajaba en el lugar de un crimen. Llevaba los cabellos rubios cortos y bien arreglados, poco maquillaje y, aparte de la sortija de sello y del reloj, las joyas eran para mí bastante secundarias. No lucía ni un solo tatuaje. No tenía el aspecto de alguien que circularía en un vehículo descomunal y masculino de color azul oscuro con rayas finas, cromo, faldones en los guardabarros, escáner y unas antenas grandes para una radio de banda ciudadana y dos bidireccionales.

Tomé la 64 Oeste de vuelta a Richmond porque era el camino más rápido, y presté gran atención a la conducción porque costaba manejar un vehículo de ese tamaño con un solo brazo. Nunca había pasado un día de Nochebuena así y la idea me deprimía cada vez más. Normalmente, a esa hora, habría llenado la nevera y el congelador y estaría cocinando salsas y sopas y decorando la casa. Mientras conducía la camioneta de Marino por la interestatal me sentí sin hogar y forastera y se me ocurrió que no sabía dónde dormiría esa noche. Supuse que en casa de Anna, pero me aterraba la frialdad necesaria entre ambas. Ni siquiera la había visto esa mañana, y se apoderó de mí una terrible sensación de soledad que me clavó en el asiento. Localicé a Lucy.

—He de volver a mi casa mañana —le dije por teléfono.

—Podrías quedarte en el hotel con Teun y conmigo —sugirió.

—¿Por qué no os quedáis Teun y tú conmigo? —Me resultaba

muy difícil expresar una necesidad, y las necesitaba. Sí, por muchas razones.

—¿Cuándo quieres que vayamos?

—Celebraremos juntas la Navidad por la mañana.

—Temprano. —La mañana del día de Navidad, Lucy no se había quedado jamás en la cama pasadas las seis.

—Estaré levantada, y después iremos a casa —le dije.

Veinticuatro de diciembre. Los días se habían acortado al máximo, y pasaría tiempo antes de que la luz se recreara en las horas y quemara mis estados de ánimo tristes y ansiosos. Cuando llegué al centro de Richmond ya era oscuro y, al detenerme en casa de Anna a las seis y cinco, encontré a Berger esperándome en su Mercedes, con los faros penetrando la noche. El coche de Anna no estaba. Ella había salido de casa. No entendí por qué eso me intranquilizaba tanto, a no ser porque yo sospechara que Anna se enteró de algún modo de que Berger iba a reunirse conmigo y prefirió no estar. Al pensar en tal posibilidad recordé que ella había hablado con varias personas que un día podían obligarla a revelar lo que yo le había contado durante mis horas más vulnerables en su hogar. Berger bajó cuando abrí la puerta de la camioneta y, si le sorprendió mi método de transporte, no lo demostró.

—¿Necesita algo de dentro de la casa antes de que nos vayamos? —preguntó.

—Déme un momento —le pedí—. ¿Estaba aquí la doctora Zenner cuando llegó?

Noté que se ponía algo tensa.

—He llegado unos minutos antes que usted.

«Evasión», pensé al subir los peldaños de la entrada. Abrí la puerta y quité la alarma antirrobo. El vestíbulo estaba oscuro, la espléndida araña y las luces del abeto, apagadas. Escribí una nota a Anna dándole las gracias por su amistad y su hospitalidad. Tenía que regresar a mi casa al día siguiente y sabía que comprendería por qué. Sobre todo, quería que supiera que no estaba molesta con ella, que comprendía que era tan víctima de las circunstancias como yo. Decía «circunstancias» porque ya no estaba segura de saber quién apuntaba a la cabeza de Anna con una pistola para ordenarle divulgar confidencias mías. Rocky Caggiano podía ser el siguiente, si no me acusaban. Si lo hacían, yo no intervendría en el juicio de Chandonne, seguro. Dejé la nota en la muy bien hecha cama Biedermeier de Anna. Luego subí al coche de Berger y empecé a contarle mi día en el condado de James City, lo del cámping abandonado y los cabellos largos y claros. Ella me escuchó con atención mientras conducía, sabiendo adónde iba como si hubiera vivido en Richmond toda la vida.

—¿Podemos demostrar que son de Chandonne? —quiso saber por fin—. Suponiendo que no haya raíces, como es habitual. Y no había raíces en los encontrados en los lugares de los crímenes, ¿verdad? En sus lugares, los de aquí: Luong y Bray.

—Sin raíces —confirmé, dolida por la referencia a mis lugares. No eran míos, protesté en silencio—. Se le cayeron, de modo que no hay raíz. Pero podemos obtener el ADN mitocondríaco del tallo. Así sabremos seguro si los cabellos del cámping son suyos.

—Explíquemelo, por favor —pidió—. No soy experta en ADN mitocondríaco. Ni experta en cabellos tampoco, y menos aún en la clase de cabellos que él tiene.

El tema del ADN era difícil. Explicar la vida humana a escala molecular suele ser superior a lo que la gente entiende o desea saber. A los agentes de policía y a los fiscales les encanta lo que el ADN puede hacer. Detestan hablar de él científicamente. Pocos lo entienden. Se bromea con que la mayoría de la gente ni siquiera sabe deletrear bien ADN. Le expliqué que el ADN nuclear era el que obteníamos cuando había células con núcleo, como en la sangre, los tejidos, el semen y la raíz de los cabellos. El ADN nuclear se hereda de ambos progenitores en la misma proporción, de modo que, si tenemos el ADN nuclear de alguien, en cierto sentido lo tenemos en su totalidad y podemos compararlo con cualquier otra muestra biológica que esa misma persona haya dejado en, pongamos por caso, otro lugar de un crimen.

—¿Podemos limitarnos a comparar los cabellos encontrados en el cámping con los que dejó en las distintas escenas del crimen? —inquirió.

—No —respondí—. En este caso, examinar las características microscópicas no nos diría demasiado porque sus cabellos carecen de pigmentación. Lo máximo que podríamos afirmar es que su morfología resulta parecida o coincidente.

—No es concluyente para un jurado —dijo, como si reflexionase en voz alta.

—Ni mucho menos.

—Pero, si no efectuamos una comparación microscópica, la defensa lo sacará a relucir —planteó Berger—. Dirá: «¿Por qué no lo hicieron?»

—Bueno, si quiere, podemos comparar microscópicamente los cabellos.

—Los del cadáver de Susan Pless y los de sus casos.

—Si quiere —repetí.

—Explíqueme lo de los tallos. ¿Cómo funciona el ADN en ese caso?

Le conté que el ADN mitocondríaco se encuentra en las paredes de las células y no en el núcleo, lo que significa que es el ADN antropológico del cabello, las uñas, los dientes y los huesos. Este ADN mitocondríaco son las moléculas que forman nuestras piedras y argamasa. Su utilidad limitada radica en que se hereda sólo a través de la línea materna. Empleé la analogía de un huevo:

—Piense en el ADN mitocondríaco como en la clara y en el ADN nuclear como en la yema. No puede comparar el uno con el otro. Pero, si tiene ADN de la sangre, tiene el huevo completo y puede comparar un mitocondríaco con otro: una clara con otra. Tenemos la sangre de Chandonne porque tuvo que dar una muestra en el hospital. Tenemos el perfil de su ADN completo y podemos comparar el ADN mitocondríaco de cabellos desconocidos con el ADN mitocondríaco de su muestra de sangre.

Berger escuchaba sin interrumpirme. Captaba lo que le decía y parecía entenderlo. Como siempre, sin tomar notas.

—¿Dejó cabellos en su casa? —preguntó.

—No sé lo que encontró la policía.

—Con lo que se le cae, tendría que haber dejado en su casa, y sin duda en el exterior, en la nieve del jardín cuando se revolcó en ella.

—Sería lo lógico —estuve de acuerdo.

—He estado leyendo sobre los hombres lobo. —Berger pasó al tema siguiente—. Al parecer, ha habido personas que estaban convencidas de que lo eran o que intentaron todo tipo de cosas extrañas para convertirse en uno de ellos. Brujería, magia negra, adoración a Satanás, morder, beber sangre. ¿Le parece posible que Chandonne crea realmente que es un *loup-garou*, un hombre lobo, o que le gustaría serlo?

—Por lo tanto, inocente por enfermedad mental —concluí; siempre había supuesto que en eso se basaría su defensa.

—A principios del siglo XVI hubo una condesa húngara, Erzsebet Bathory-Nadasdy, llamada también La Condesa Sangrienta. Se supone que torturó y asesinó a unas seiscientas muchachas. Se bañaba en su sangre convencida de que eso la conservaría joven y bella. ¿Conoce el caso?

—Vagamente.

—Según cuentan, la condesa mandaba secuestrar muchachas y las encerraba en las mazmorras de su castillo, las engordaba, las desangraba y se bañaba en su sangre. Luego obligaba a otras prisioneras a quitarle la sangre del cuerpo a lametones porque, al parecer, las toallas le rascaban la piel. Se restregaba el cuerpo con la sangre de sus víctimas. —Reflexionó un momento—. Los relatos han olvidado lo evidente. Yo diría que había un componente sexual —añadió con sequedad—. Asesinatos lujuriosos. Aunque sea cierto que el autor cree en los poderes mágicos de la sangre, es una cuestión de poder y de sexo. Ésa es la cuestión tanto si eres una hermosa condesa como una anomalía genética que se crió en Île Saint-Louis.

Tomamos Canterbury y entramos en el lujoso barrio de Windsor Farms, donde vivía Diane Bray, cuya finca se hallaba separada por un muro de la ruidosa vía rápida que conducía al centro.

—Daría el brazo derecho por saber qué hay en la biblioteca de Chandonne —comentó Berger—. O, mejor dicho, qué clase de cosas ha leído Chandonne en su vida, al margen de historias y los demás materiales eruditos que afirma haber recibido de su padre, bla, bla, bla. Por ejemplo, ¿conoce a la Condesa Sangrienta? ¿Se restregaba el cuerpo con sangre en la esperanza de que, por arte de magia, lo curaría de su enfermedad?

—Creemos que se bañaba en el Sena y, aquí, en el James —apunté—. Quizá por ese motivo: para curarse por arte de magia.

—Una especie de cosa bíblica.

—Tal vez.

—También podría leer la Biblia —sugirió—. ¿Le influyó el asesino en serie francés Gilles Garnier, que mataba niños, se los comía y aullaba a la luna? Hubo muchos presuntos hombres lobo en Francia durante la Edad Media. Acusaron a unas treinta mil personas de ello, ¿se imagina? —Berger había investigado mucho, estaba claro—. Y hay otra idea extraña. En el folclore correspondiente se creía que, si te mordía un hombre lobo, tú también te convertías en uno. ¿Es posible que Chandonne tratara de convertir a sus víctimas en mujeres lobo? ¿Tal vez para encontrar una novia de Frankenstein, una compañera como él?

Esas consideraciones insólitas empezaron a formar una combinación que resultaba mucho más práctica de lo que podría parecer. Berger se limitaba a prever lo que la defensa haría en el caso de Nueva York, y una estratagema evidente consistía en distraer al jurado de la naturaleza atroz de los crímenes ocupando su mente con la deformidad física de Chandonne, su supuesta enfermedad mental y su total singularidad. Si se argumentaba bien que creía que era un ser paranormal, un hombre lobo, un monstruo, era muy poco probable que el jurado lo encontrara culpable y lo condenara a cadena perpetua. Se me ocurrió que habría incluso quien le tuviera lástima.

—La defensa de la bala de plata. —Berger aludía a la superstición de que sólo una bala de plata podía matar a un hombre lobo—. Tenemos un montón de pruebas, pero también las tenía la acusación en el caso de O. J. Simpson. La bala de plata para la defensa será que Chandonne está loco y que da pena.

La casa de Diane Bray era blanca, de madera, con dos pisos y mansarda. La policía había acotado y limpiado la escena del crimen y ni siquiera Berger podía entrar sin permiso del propietario o, en este caso, de la persona nombrada administrador. Nos quedamos sentadas en el camino y esperamos a que Eric Bray, el hermano de Diane, apareciera con la llave.

—Puede que lo viera usted en el funeral. —Berger me recordó que Eric Bray fue el hombre que llevó la urna con las cenizas de su hermana—. Dígame cómo cree que Chandonne consiguió que una policía experimentada le abriera la puerta.

La atención de Berger se alejó de los monstruos de la Francia medieval para concentrarse en el matadero que teníamos ante nuestros ojos.

—Eso queda fuera de mi ámbito, señora Berger. Tal vez sería mejor que limitara sus preguntas a los cadáveres y a mis hallazgos.

—Ahora mismo no hay ámbitos, sólo preguntas.

—¿Lo dice porque supone que no podré asistir al juicio, por lo menos no en Nueva York, porque estoy mancillada? —Tomé la iniciativa y abrí esa puerta—. De hecho, creo que no puede estarse más mancillada que yo en este momento. —Me detuve para ver si lo sabía. Como no dijo nada, me enfrenté a ella—. ¿Le ha insinuado Righter que quizá yo no le resulte demasiado útil? ¿Que me está investigando un jurado de acusación porque él tiene la idea retorcida de que tuve algo que ver en la muerte de Bray?

—No sólo me lo ha insinuado —respondió con calma, sin apartar la mirada de la casa de Bray—. Marino y yo también hemos hablado de ello.

—Menos mal que los procesos son secretos —solté sarcástica.

—Bueno, la norma es que no puede comentarse nada de lo que sucede dentro de la sala del jurado de acusación. Hasta ahora no ha sucedido nada. Lo único que pasa es que Righter está usando un jurado especial de acusación como herramienta para lograr acceso a todo lo que puede sobre usted: sus facturas telefónicas, sus saldos bancarios, lo que la gente tiene que decir. Ya sabe cómo va. Estoy segura de que habrá testificado en vistas ante un jurado especial de acusación.

Lo dijo como si fuera rutinario. Mi indignación creció y salpicó mis palabras:

—Tengo sentimientos, ¿sabe? Tal vez a usted las acusaciones por asesinato le resulten cotidianas, pero a mí no. Mi integridad es lo único que no puedo permitirme perder. Lo es todo para mí, y es demasiado que me acusen precisamente a mí de ese crimen. ¡Precisamente a mí! ¿Pensar siquiera que haría algo contra lo que lucho todos los minutos de mi vida? Nunca. Yo no abuso del poder. Nunca. Yo no lastimo adrede a la gente. Nunca. Y no me lo tomo con calma, señora Berger. No podría pasarme nada peor. Nada.

—¿Quiere que le dé un consejo? —Me miró.

—Siempre estoy abierta a toda clase de sugerencias.

—En primer lugar, los medios de comunicación se enterarán, y usted lo sabe. Yo desenfundaría primero y daría una rueda de prensa. De inmediato. Lo bueno es que no la han despedido. No ha perdido el apoyo de quienes tienen poder sobre su vida profesional. Un milagro. Los políticos suelen apresurarse a ponerse a cubierto, pero el gobernador la tiene en muy alta estima. No cree que matara a Diane Bray. Si efectúa una declaración en ese sentido, debería irle bien, siempre que el jurado especial de acusación no dicte una acusación en firme.

—¿Ha comentado algo de esto con el gobernador Mitchell? —pregunté.

—Estuvimos en contacto en el pasado. Nos conocemos. Trabajamos juntos en un caso cuando él era fiscal general.

—Sí, ya lo sé. —Y no era lo que le había preguntado.

Se hizo el silencio. Contempló la casa de Bray. No había luces en el interior, y yo señalé que el modus operandi de Chandonne consistía en desenroscar la bombilla del porche o arrancar los cables. Así, cuando la víctima abría la puerta, él estaba oculto en la oscuridad.

—Me gustaría oír su opinión —dijo entonces—. Estoy segura de que la tiene. Es una investigadora muy observadora y experimentada —aseguró con firmeza—. También sabe lo que Chandonne le hizo, conoce su modus operandi mejor que nadie.

Su referencia al ataque de Chandonne me enervó. Aunque Berger sólo hacía su trabajo, su rotunda objetividad me ofendió. También me disgustó que se mostrara tan evasiva. Me molestaba que decidiera qué comentaríamos, cuándo y durante cuánto tiempo. No podía evitarlo. Soy humana. Quería que mostrara un mínimo de compasión por mí y lo que había sufrido.

—Alguien llamó al depósito de cadáveres esta mañana y se identificó como Benton Wesley —dejé caer en tono de ira y temor a la vez—. ¿Ha tenido ya noticias de Rocky Marino Caggiano? ¿Qué pretende?

—No sabremos de él en cierto tiempo —aseguró como si lo supiera—. No es su estilo. Pero no me sorprendería nada que usara su truco de siempre: acosar, hacer daño, aterrorizar, atacar los puntos más débiles como advertencia, por lo menos. Imagino que no tendrá contacto directo ni señales de él hasta que se acerque más el juicio. Si llega a verlo. Él es así, el muy desgraciado. Siempre entre bastidores.

Ninguna de las dos habló durante un rato. Berger esperaba a que yo tomara la iniciativa.

—Mi opinión o mi especulación, de acuerdo —dije por fin—. ¿Es eso lo que quiere? Muy bien.

—Eso es lo que quiero. Sería un excelente segundo asiento —dijo en referencia a un segundo fiscal que actuaría como coletrado, su compañero durante el juicio. O acababa de hacerme un cumplido o estaba siendo irónica.

—Diane Bray tenía una amiga que la visitaba bastante a menudo. —Di mi primer paso fuera de mi ámbito. Estaba deduciendo—. La inspectora Anderson. Estaba obsesionada con Bray. Al parecer, Bray la provocaba en serio. Creo posible que Chandonne observara a Bray y reuniera información. Vio las idas y venidas de Anderson. La noche del asesinato, esperó hasta que Anderson salió de casa de Bray y, de inmediato, se dirigió allí, desenroscó la bombilla del porche y llamó a la puerta. Bray supuso que Anderson volvía para continuar la discusión, para hacer las paces o lo que fuera.

—Porque se habían peleado. Se peleaban mucho —tomó el relevo Berger.

—Todos los indicios apuntan a que se trataba de una relación tempestuosa. —Seguí adentrándome en terreno restringido. No debía meterme en esa parte de una investigación, pero seguí adelante—: Anderson ya se había marchado y vuelto otras veces —añadí.

—Estuvo usted presente en el interrogatorio de Anderson después de que se encontrara el cadáver. —Berger sabía eso. Alguien se lo había dicho; seguramente, Marino.

—Sí.

—¿Y la historia de lo que sucedió esa noche mientras Anderson tomaba pizza y cerveza en casa de Bray?

—Tuvieron una discusión, según Anderson. Ella se marchó enfadada y poco después llamaron a la puerta. Por la forma de llamar parecía Anderson. La imitó igual que imitó la de la policía cuando vino a mi casa.

—Muéstremelo —me pidió Berger.

Golpeé el salpicadero entre nuestros asientos. Tres veces, con fuerza.

—¿Es así cómo llamaba siempre Anderson a la puerta? ¿No usaba el timbre? —preguntó Berger.

—Ha estado rodeada de policías lo bastante para saber que casi nunca llaman al timbre. Están acostumbrados a barrios donde no funciona, si lo hay.

—Es interesante que Anderson no regresara —observó—. ¿Y si lo hubiese hecho? ¿Cree que Chandonne supo de algún modo que ella no volvería esa noche?

—Me he hecho la misma pregunta.

—¿Tal vez lo intuyó al verla marcharse? O tal vez estaba tan descontrolado que no podía detenerse —reflexionó Berger—. O tal vez sus ansias fueron superiores a su temor de que lo interrumpieran.

—Pudo haber observado otra cosa importante —apunté—. Anderson no tenía llave de la casa de Bray. Ella le abría siempre la puerta.

—Sí, pero cuando Anderson regresó a la mañana siguiente y encontró el cadáver, la puerta no estaba cerrada con llave, ¿verdad?

—Eso no significa que no lo estuviera cuando él se encontraba dentro atacando a Bray. Colgó un cartel de cerrado y cerró con llave la tienda mientras mataba a Kim Luong.

—Pero no sabemos seguro que cerrara la puerta con llave al entrar en casa de Bray —repitió Berger.

—Yo no lo sé seguro, desde luego.

—Así que podría no haber cerrado con llave. Pudo entrar a la fuerza e iniciar la caza. La puerta permanecería sin cerrar todo el rato mientras mutilaba su cuerpo en el dormitorio.

—Eso indicaría que había perdido el control y corría un riesgo enorme —indiqué.

—Hum. No me gusta lo de perder el control. —Parecía hablar sola.

—Perder el control no es lo mismo que estar loco —le recordé—. Toda la gente que asesina, salvo cuando es en defensa propia, pierde el control.

—*Touché* —concedió—. Así que Bray abre la puerta, la luz está apagada y él está en tinieblas.

—Es lo mismo que hizo con la doctora Stvan en París. Había mujeres asesinadas allí con el mismo modus operandi y, en varios casos, Chandonne dejó notas en el lugar del crimen.

—De ahí le viene el nombre de *Le Loup-Garou* —agregó Berger.

—También escribió ese nombre en una caja dentro del contenedor de carga donde se encontró el cadáver, el de su hermano, Thomas. Pero, sí, al parecer empezó a dejar notas en las que se refería a sí mismo como un hombre lobo cuando los asesinatos de París. Una noche se presentó en la puerta de la doctora Stvan, sin darse cuenta de que su marido estaba en casa, enfermo. De noche trabaja como *chef*, pero ese día concreto, gracias a Dios, estaba en casa de forma imprevista. La doctora Stvan abrió la puerta y Chandonne huyó cuando oyó a su marido llamarla desde otra habitación.

—¿Pudo verlo bien?

—Creo que no. —Recordé lo que me relató la doctora Stvan—: Estaba oscuro. Le dio la impresión de que iba bien vestido, con un abrigo largo y oscuro, una bufanda y las manos en los bolsillos. Le habló bien, estuvo caballeroso y echó mano de la treta de que se le había averiado el coche y necesitaba telefonear. Cuando se percató de que no estaba sola, salió corriendo.

—¿Recordó algo más sobre él?

—Su olor. Olía a perro mojado.

Berger hizo un ruido extraño ante ese comentario. Empezaba a conocer sus sutiles gestos y, cuando un detalle era especialmente extraño o repugnante, se chupaba el interior de la mejilla y emitía un ligero ruido áspero, como un pájaro.

—Así que fue a por la forense jefe de París y también a por la de aquí. Usted —añadió para mayor énfasis—. ¿Por qué? —Se había medio girado en el asiento y descansaba un codo en el volante, de cara a mí.

—¿Por qué? —repetí, como si fuera una pregunta que no podía responder—. Quizás alguien debería decírmelo. —Noté que me invadía de nuevo la ira.

—Premeditación —dijo ella—. Los locos no planean sus crímenes con este tipo de deliberación. Eligió a la forense jefe de París y después a la de aquí: ambas mujeres. Ambas habían practicado la autopsia a sus víctimas y, por lo tanto, de un modo perverso, habían intimado con él. Tal vez más que una amante, porque, en cierto sentido, lo habían observado. Vieron dónde había tocado y mordido. Pusieron las manos en el mismo cuerpo que él. En cierta forma, lo vieron hacer el amor a esas mujeres, porque así es cómo Jean-Baptiste Chandonne hace el amor a una mujer.

—Una idea repugnante. —Encontré su interpretación psicológica ofensiva en el plano personal.

—Se trata de una pauta, de un plan, ni mucho menos aleatorio. Por lo tanto, es importante que conozcamos sus características, Kay, prescindiendo de cualquier tipo de reacción o de sentimientos como la repugnancia. —Hizo una pausa—. Debe mirarlo sin apasionamiento. No puede darse el lujo de odiarlo.

—Es difícil no odiar a alguien como él —repliqué con franqueza.

—Y cuando una persona nos molesta y la odiamos de verdad, también cuesta concederle nuestro tiempo y atención, interesarnos por ella como si valiera la pena descifrarla. Tenemos que interesarnos por Chandonne. Y mucho. Necesito que se interese por él más que por nadie en toda su vida.

No discrepaba de lo que decía Berger. Sabía que señalaba una verdad importante, pero me resistía con desesperación a interesarme por Chandonne.

—Siempre me he concentrado en las víctimas —dije—. No he dedicado nunca el tiempo a intentar entrar en el alma y la mente de los imbéciles que las causan.

—Y tampoco nunca estuvo implicada en un caso como éste —me replicó a su vez—. Tampoco nunca había sido sospechosa de un asesinato. Puedo ayudarla en su problema. Y necesito que me ayude en el mío. Ayúdeme a entrar en la mente de Chandonne, en su corazón. Necesito que no lo odie.

Guardé silencio. No quería darle a Chandonne más de mí misma de lo que ya se había tomado él. Noté lágrimas de frustración y coraje y parpadeé para contenerlas.

—¿Cómo puede ayudarme? —pregunté—. No tiene jurisdicción aquí. Diane Bray no es un caso suyo. Puede introducirla en el asesinato de Susan Pless mediante la aplicación de Molineux, pero yo me quedo colgada cuando se trata de un jurado especial de acusación de Richmond. Sobre todo, si ciertas personas tratan de que parezca que yo la maté, que maté a Bray. Que estoy loca. —Respiré a fondo. El corazón me latía muy deprisa.

—La clave para limpiar su nombre es mi misma clave —afirmó—: Susan Pless. ¿Cómo podría tener nada que ver con esa muerte? ¿Cómo podría haber manipulado esas pruebas? —Esperó mi respuesta, como si yo tuviera alguna. La idea me dejó petrificada. Por supuesto, yo no tuve nada que ver con el asesinato de Susan Pless—. La pregunta es ésta: si el ADN del caso de Susan concuerda con los casos de Richmond y, quizá, con el ADN de los de París, ¿no significa eso que quien mató a toda esa gente es una misma persona?

—Supongo que los miembros del jurado no tienen que creerlo más allá de una duda razonable. Lo único que necesitan es una causa probable —respondí, actuando como abogado del diablo en mi propio dilema—. El martillo de desbastar con la sangre de Bray, que encontraron en mi casa. Y un recibo que muestra que compré uno. Y el que yo compré ha desaparecido. Todo eso constituye pruebas incriminatorias concluyentes, ¿no le parece, señora Berger?

—Dígame una cosa. —Me puso una mano en el hombro—. ¿Lo hizo?

—No —repuse en tono firme—. No, no lo hice.

—Muy bien. Porque no puedo permitirme que lo hiciera. La necesito. Ellas la necesitan —añadió mirando en dirección a la casa fría y vacía más allá del parabrisas refiriéndose a las otras víctimas de Chandonne, las que no habían sobrevivido. Ellas me necesitaban—. Muy bien. De modo que Chandonne entra por la puerta principal. —Regresó al motivo por el que estábamos esperando allí. Regresó a Diane Bray—. No había signos de lucha y no la atacó hasta que estuvieron al otro lado de la casa, en su dormitorio. No parece que intentara escapar ni defenderse en modo alguno. ¿No echó mano de su pistola? Era policía. ¿Dónde estaba su pistola?

—Sé qué hizo Chandonne cuando quiso colarse en mi casa —respondí—. Intentó cubrirme la cabeza con su abrigo. —Procuré hacer lo que ella quería, actuar como si hablara de otra persona.

—Así pues, ¿tal vez cubrió a Bray con un abrigo o con alguna otra cosa que le lanzó a la cabeza, y la obligó a dirigirse al dormitorio?

—Es posible. La policía no encontró la pistola de Bray. Que yo sepa —aclaré.

—Sí. ¿Qué haría con ella? —se preguntó Berger.

Unos faros brillaron en el espejo retrovisor y me volví. Un coche familiar redujo la marcha en el camino de entrada.

—También faltaba dinero en la casa —añadí—. Dos mil quinientos dólares, dinero de drogas que Anderson había traído esa misma tarde. Según la propia Anderson. —El coche se detuvo detrás del nuestro—. De la venta de pastillas con receta, si Anderson dice la verdad.

—¿Cree usted que dijo la verdad?

—¿Toda la verdad? No lo sé. De manera que tal vez Chandonne se llevó el dinero y también la pistola. A menos que se lo llevara Anderson cuando regresó a la casa a la mañana siguiente y encontró el cadáver. Pero, después de ver lo que había en el dormitorio principal, me cuesta mucho imaginar que hiciera algo que no fuera salir corriendo.

—A partir de las fotografías que me enseñó, estoy de acuerdo —afirmó Berger.

Bajamos del coche. No vi bien a Eric Bray como para reconocerlo, pero me dio la impresión de ser un hombre atractivo y bien vestido, de una edad próxima a la de su difunta hermana, es decir, de unos cuarenta años. Entregó a Berger una llave con una etiqueta de papel manila.

—Lleva escrito el código de la alarma —indicó—. Esperaré aquí fuera.

—Lamento causarle todas estas molestias. Sobre todo el día de Nochebuena —se disculpó Berger mientras recogía una cámara y un archivo acordeón del asiento trasero.

—Sé que tienen que hacer su trabajo —dijo en un tono apagado, monótono.

—¿Ha entrado?

—No puedo hacerlo —contestó, observando la casa tras unos instantes de duda. Elevó la voz con la emoción y las lágrimas lo interrumpieron. Sacudió la cabeza y volvió a subirse a su coche—. No sé cómo ninguno de nosotros... Bueno. —Se aclaró la garganta. Nos hablaba a través de la puerta abierta del coche, con la luz interior encendida y los pitidos correspondientes—. Cómo vamos a entrar para recoger sus cosas.

Se fijó en mí y Berger nos presentó. Yo estaba segura de que él sabía muy bien quién era yo.

—Hay servicios de limpieza profesionales en la zona —insinué con delicadeza—. Le sugiero que se ponga en contacto con uno para que venga antes que usted o cualquier otro miembro de la familia. Service Master, por ejemplo.

Había vivido esa situación muchas veces con familias cuyos seres queridos habían muerto violentamente en su casa. Nadie debería de tener que entrar y limpiar la sangre y el cerebro de un ser querido esparcidos por todas partes.

—¿Pueden entrar sin que estemos nosotros? —quiso saber—. Me refiero a los de la limpieza.

—Deje una llave en una caja de caudales junto a la puerta. Y sí, entrarán y se encargarán de todo sin que estén ustedes presentes —lo informé—. Están garantizados por contrato y asegurados.

—Haré eso. Queremos vender la casa —le explicó a Berger—. Si no la necesita más.

—Ya se lo comunicaré —dijo ella—. Pero, por supuesto, está en su derecho de hacer lo que quiera con la finca, señor Bray.

—Bueno, no sé quién la comprará después de lo que pasó —masculló.

Ni Berger ni yo comentamos nada. Lo más probable era que tuviese razón. La mayoría de la gente no quiere comprar una casa donde se ha cometido un asesinato.

—Ya he hablado con un agente inmobiliario —continuó, intentando a todas luces ocultar su enfado—. Dijo que no podían encargarse. Lo sentían mucho y todo eso, pero no querían representar esta propiedad. No sé qué hacer. —Contempló la casa a oscuras, sin vida—. No estaba demasiado unido a Diane, de hecho, nadie de la familia lo estaba. No era lo que se dice amante de su familia o sus amigos. Más bien sólo de ella misma. Sé que quizá no debería decirlo, pero es la verdad.

—¿Se veían muy a menudo? —le preguntó Berger.

—No. —Sacudió la cabeza—. Supongo que yo la conocía mejor porque sólo nos llevábamos dos años. Todos sabíamos que tenía mucho dinero. El Día de Acción de Gracias vino a mi casa con su Jaguar rojo recién comprado. —Sonrió con amargura y sacudió otra vez la cabeza—. Entonces supe seguro que estaba metida en algo que yo prefería no saber. De hecho, no me sorprende. —Respiró hondo—. No me sorprende que acabara así.

—¿Sabía que estaba implicada en un asunto de drogas? —Berger se pasó el archivador al otro brazo.

Yo estaba cogiendo frío allí de pie, y la casa oscura tiraba de nosotros como un agujero negro.

—La policía nos dijo algo. Diane nunca hablaba de lo que hacía y nosotros no le preguntábamos, la verdad. Por lo que sabemos, ni siquiera había hecho testamento. Y ahora tenemos además ese problema —nos informó Eric Bray—. ¿Y qué vamos a hacer con sus cosas? —Levantó la mirada hacia nosotras desde el asiento del conductor y la oscuridad no consiguió esconder su sufrimiento—. De verdad que no sé qué hacer.

Una muerte violenta tiene muchas secuelas. Son dificultades que nadie ve en las películas ni lee en los periódicos: las personas que quedan y las desgarradoras preocupaciones que tienen. Le di mi tarjeta profesional a Eric Bray y le pedí que me llamara a la oficina si tenía más preguntas que hacerme. Seguí mi rutina habitual y le indiqué que el Instituto tenía un folleto excelente titulado *Qué hacer cuando la policía se va*, escrito por Bill Jenkins, cuyo hijo resultó muerto durante el salvaje atraco a un restaurante de comida rápida hacía un par de años.

—Le responderá a muchas de sus preguntas —le aconsejé—. Lo siento. Una muerte violenta deja muchas víctimas detrás. Ésa es la desdichada realidad.

—Sí, señora, tiene toda la razón —asintió—. Y, sí, me gustaría leer todo lo que tengan. No sé qué esperar, qué hacer —repitió—. Estaré aquí fuera por si tienen preguntas. Me quedaré dentro del coche.

Cerró la puerta. Sentí una opresión en el pecho. Me conmovió su dolor, pero, aun así, no sentía pena por su hermana. El retrato que pintó de ella logró que me gustara todavía menos. Ni siquiera era decente con los de su propia sangre. Berger no dijo nada mientras subíamos los peldaños delanteros y sentí su eterno escrutinio. Le interesaba hasta mi última reacción. Se daba cuenta de que todavía me molestaba Diane Bray y lo que intentó hacerme. No me esforcé en ocultarlo. ¿Para qué molestarme, llegados a ese punto?

Berger examinó la lámpara del porche, que estaba algo iluminado gracias a los faros del coche de Eric Bray. Era una pieza sencilla de cristal, pequeña y en forma de globo, sujeta seguramente por unos tornillos al soporte. La policía encontró el globo de cristal en la hierba cerca de un boj donde, al parecer, Chandonne lo tiró. Después fue sólo cuestión de desenroscar la bombilla.

—Estaría caliente —le indiqué a Berger—. De modo que supongo que se tapó las manos con algo para protegerse los dedos. Quizás usara el abrigo.

—No había huellas en ella —me informó—. No estaban las de Chandonne, según Marino. —Yo no lo sabía—. Pero eso no me sorprende si tapó la bombilla para no quemarse los dedos.

—¿Y en el globo?

—No había huellas. No suyas. —Metió la llave en la cerradura—. Pero también pudo cubrirse las manos cuando lo desatornilló. Me pregunto cómo llegaría a la lámpara. Está bastante alta. ¿Cree que se subió a algo? —Abrió la puerta y se dirigió al teclado interior para introducir el código de la alarma, que había empezado a emitir pitidos.

—Quizá se subió a la barandilla —sugerí, convertida de repente en experta en el comportamiento de Jean-Baptiste Chandonne, sin que me gustara el papel.

—¿Y en su casa?

—Quizá se subió a la barandilla y luego se sujetó en la pared o en el techo del porche —repuse.

—No había huellas en la lámpara ni en la bombilla, por si no lo sabe —me informó—. Por lo menos ninguna que correspondiera a Chandonne.

Se oyó el tictac de relojes en el salón, y recordé lo sorprendida que estuve la primera vez que entré en casa de Diane Bray, una vez hubo muerto, y descubrí su colección de relojes sincronizados a la perfección y sus antigüedades inglesas, magníficas pero frías.

—Dinero —soltó Berger, de pie en el salón, al tiempo que recorría con la mirada el sofá barroco, la librería giratoria, el aparador de ébano—. Sí, ya lo creo. Dinero, dinero, dinero. Los policías no viven así.

—Drogas —dije yo.

—No cabe duda. —Berger lo miraba todo—. Consumidora y traficante. Sólo que otros hacían el trabajo sucio. Incluida Anderson. Incluido el anterior supervisor del depósito, que robaba fármacos con receta que usted suponía que se eliminaban. Chuck o como se llame. —Pasó la mano por las cortinas doradas de damasco y levantó la mirada hacia los bastidores—. Telarañas —observó—. No han aparecido en sólo unos cuantos días. Hay otras historias sobre ella.

—No me extraña. Vender drogas en la calle no explica todo esto ni un Jaguar nuevo.

—Lo que me lleva de nuevo a algo que pregunto a todo el mundo que se detiene lo suficiente como para permitirme que le hable —dijo Berger de camino hacia la cocina—. ¿Por qué se trasladó Diane Bray a Richmond?

Yo no tenía respuesta.

—No por el empleo, dijera ella lo que dijese —añadió—. Por eso no. Ni hablar. —Abrió la puerta de la nevera. Había muy poco dentro: cereales Grape-Nuts, mandarinas, mostaza, Miracle Whip. La leche desnatada había caducado el día anterior—. Muy interesante. No creo que esta mujer estuviera mucho en casa. —Abrió un armario y examinó las latas de sopa Campbell y una caja de galletas saladas. Había tres frascos de aceitunas—. ¿Para martinis? No sé... ¿Bebía mucho?

—La noche en que murió, no —le recordé.

—Es cierto. —Abrió un armario tras otro hasta que encontró el lugar donde Bray guardaba las bebidas—. Una botella de vodka, una de whisky, dos de Cabernet. No son provisiones propias de una persona alcohólica. Quizás era demasiado presumida para destrozarse el tipo con la bebida. Las pastillas no engordan, por lo menos. Cuando acudió usted al lugar del crimen, ¿era la primera vez que estaba en su casa, en esta casa?

—Sí.

—Pero usted vive a sólo unas manzanas.

—He visto esta casa al pasar. Desde la calle. Pero no, no la conocía por dentro. No éramos amigas.

—Sin embargo, ella quería que lo fueran.

—Me han dicho que quería que almorzáramos o no sé qué. Para conocerme mejor.

—Marino.

—Es lo que Marino me dijo —confirmé, ya más acostumbrada a sus preguntas.

—¿Cree que estaba interesada sexualmente en usted? —preguntó con mucha indiferencia, mientras abría un armario. Dentro, había vasos y platos—. Hay muchos indicios de que jugaba a dos bandas.

—Ya me lo han preguntado antes. No lo sé.

—De ser así, ¿le habría molestado?

—Me habría sentido incómoda, seguramente —admití.

—¿Sabe si comía mucho fuera?

—Tengo entendido que sí.

Sospeché que Berger hacía preguntas cuyas respuestas ya conocía. Quería oír lo que yo tenía que decir y sopesaba mis impresiones con las de los demás. Parte de lo que exploraba sonaba a lo que Anna me preguntó durante nuestras confesiones íntimas junto al fuego. Me pregunté si sería posible que Berger también hubiese hablado con Anna.

—Me recuerda una tienda que sirve de tapadera a un negocio ilegal —comentó a la vez que inspeccionaba debajo del fregadero, donde había envases de detergente y varias esponjas secas—. No se preocupe. —Parecía leerme los pensamientos—. No permitiré que le formulen esta clase de preguntas en el juicio, ni ninguna relacionada con la vida sexual de Bray o de quien sea. Tampoco nada que tenga que ver con su vida personal. Se supone que eso no es de su incumbencia.

—¿Se supone? —El comentario me había sonado extraño.

—El problema es que parte de lo que usted sabe, lo supo directamente de ella. Ella le dijo que a menudo comía sola, sentada ante la barra de Buckhead's —explicó Berger tras abrir un cajón.

—Es lo que me dijo.

—La noche en que se encontró con ella en el aparcamiento y discutieron.

—La noche en que traté de demostrar que estaba en connivencia con mi ayudante del depósito, Chuck.

—Y lo estaba.

—Por desgracia, sí —admití.

—Y se enfrentó a ella.

—Sí.

—Bueno, el pobre Chuck ya está encerrado donde corresponde. —Berger salió de la cocina y volvió al tema—: Y, si no es de oídas, Rocky Caggiano se lo va a preguntar y yo no puedo protestar. O puedo, pero no servirá de nada. Debe tener eso claro. Y la imagen que da de usted.

—Ahora mismo, me preocupa mucho más la imagen que da de mí todo ante el jurado especial de acusación —manifesté en tono significativo.

Se detuvo en el pasillo. Al final de éste estaba el dormitorio principal, tras una puerta que nadie se molestó en cerrar, lo que se sumaba al ambiente de abandono e indiferencia que enfriaba la casa.

—Yo no la conozco personalmente —comentó mirándome a los ojos—. Ningún miembro de ese jurado especial de acusación la conocerá personalmente. Es su palabra contra la de una policía asesinada, lo de que era ella quien la acosaba y no a la inversa y que usted no tuvo nada que ver en su asesinato, aunque usted piense que el mundo es mejor sin ella.

—¿De dónde ha sacado eso, de Anna o de Righter? —le pregunté con amargura.

—Muy pronto, doctora Kay Scarpetta, tendrá la piel muy curtida —dijo, y empezó a recorrer el pasillo—. Me lo he propuesto como objetivo.

26

La sangre es vida. Se comporta como un ser vivo.

Cuando se abre una brecha en el sistema circulatorio, el vaso sanguíneo se contrae presa del pánico. Se vuelve más pequeño para intentar reducir la sangre que lo recorre y sale por el corte. Las plaquetas acuden de inmediato a taponar el agujero. Existen trece factores de coagulación que preparan juntos su alquimia para detener la pérdida de sangre. Yo siempre había pensado que la sangre era roja por un motivo: es un color de alarma, de emergencia, de peligro y de socorro. Si la sangre fuese un líquido transparente como el sudor, quizá no nos percataríamos de cuándo estamos lastimados o cuándo otra persona lo está. El rojo ostenta la importancia de la sangre, y es la sirena que suena si se produce la mayor de todas las violaciones: cuando otra persona ha mutilado o arrebatado una vida.

La sangre de Diane Bray gritaba en gotas y regueros, en salpicaduras y manchas. Delataba quién había hecho el qué y cómo, y en algunos casos por qué. La intensidad de una paliza afecta a la velocidad y el volumen de la sangre que vuela por el aire. La sangre soltada al echar hacia atrás un arma para atacar con ella indica el número de golpes, que en este caso fueron cincuenta y seis como mínimo. Eso, con la precisión con que podemos calcularlo, porque algunas salpicaduras de sangre se superponen a otras, y averiguar cuántas puede haber en total es como pretender saber cuántas veces golpeó un martillo un clavo para introducirlo en un árbol. El número de golpes detectado en aquella habitación concordaba con lo que me había indicado el cadáver de Bray. Pero, una vez más, muchas fracturas se superponían entre sí y muchos huesos habían quedado triturados, de modo que perdí la cuenta. Odio. Un deseo y una rabia increíbles.

No se había intentado limpiar lo que sucedió en el dormitorio principal, y lo que Berger y yo encontramos contrastaba muchísimo con la quietud y la esterilidad del resto de la casa. En primer lugar, había lo que parecía una inmensa red rosa tejida por los miembros de la policía científica, que usaron un método denominado «cordaje» para ver la trayectoria de las gotas de sangre que estaban por todas partes. El objetivo consistía en determinar la distancia, la velocidad y el ángulo, y deducir, a través de un modelo matemático, la posición exacta del cuerpo de Bray en el momento en que había recibido cada golpe. Los resultados semejaban un extraño diseño de arte moderno: una rara geometría de color fucsia que dirigía la vista a las paredes, al techo, al suelo, a los muebles antiguos y a los cuatro espejos donde, antes de los hechos, Bray admiraba su espectacular y sensual belleza. Los charcos de sangre coagulados del suelo estaban duros y espesos, como melaza seca, y la cama de matrimonio extragrande, donde el cadáver de Bray había quedado expuesto con tanta crudeza, tenía el aspecto de que hubieran lanzado latas de pintura negra por el colchón desnudo.

Noté la reacción de Berger al mirar aquello. Guardó silencio y asimiló algo que resultaba espantoso y realmente incomprensible. Se cargó de una peculiar energía que sólo las personas, en especial las mujeres, que combaten la violencia para ganarse la vida pueden comprender.

—¿Dónde está la ropa de cama? —Abrió el archivador acordeón—. ¿La enviaron a los laboratorios?

—No la encontramos —respondí, y recordé la habitación del motel, donde la ropa de cama también había desaparecido. Y Chandonne afirmó que le desaparecía la ropa de cama de su piso en París.

—¿Se quitó antes o después de que la mataran? —preguntó Berger mientras sacaba unas fotografías de un sobre.

—Antes. Eso queda claro a partir de la sangre que pasó al colchón.

Entré en la habitación, caminando entre hilos que, como dedos largos y estilizados, apuntaban acusadores al crimen de Chandonne. Le mostré a Berger las poco corrientes manchas paralelas del colchón, las franjas sangrientas producidas por la empuñadura del martillo de desbastar cuando Chandonne lo había dejado encima entre unos golpes y otros o al final. Al principio, Berger no veía el patrón. Contemplaba aquello con el ceño algo fruncido mientras yo le descifraba un caos de manchas oscuras que eran huellas de manos y otras donde suponía que estuvieron las rodillas de Chandonne cuando, con una pierna a cada lado, materializaba sus horrorosas fantasías sexuales.

—Esos patrones no habrían pasado al colchón si hubiera habido ropa de cama durante el ataque —le expliqué.

Berger examinó una fotografía en que Bray aparecía boca arriba, despatarrada en el centro del colchón, con los pantalones de pana negros y el cinturón puesto, pero sin zapatos ni calcetines, desnuda de cintura para arriba y con un reloj de oro hecho añicos en la muñeca izquierda. En la destrozada mano derecha, tenía un anillo de oro que se había hundido en el dedo hasta el hueso.

—De modo que o no había ropa de cama en ese momento o él la quitó por alguna razón —añadí.

—Estoy tratando de imaginármelo —dijo mientras escrudiñaba el colchón—. Está en la casa. La obliga a recorrer el pasillo hasta esta zona, hasta el dormitorio. No hay signos de lucha, no hay indicios de que le hiciera daño hasta que llegaron aquí y, entonces, ¡bum! Todo se desmorona. Me pregunto una cosa. La trae hasta aquí y le dice: «Oye, espera un momento que quito la manta y las sábanas de la cama.» ¿Tuvo tiempo de hacer eso?

—Cuando llegaron a la cama, dudo mucho que Bray pudiera hablar o correr. Mire aquí, aquí, aquí y aquí. —Me refería a partes de hilo pegados a gotas de sangre que empezaban en la entrada del dormitorio—. Sangre derramada al echar hacia atrás el arma, en este caso el martillo de desbastar.

Berger siguió el diseño del hilo rosa y trató de relacionar lo que yo le indicaba con lo que veía en las fotografías que repasaba.

—Dígame la verdad —me pidió—. ¿Da mucho crédito al cordaje? Conozco policías que opinan que es una tontería y una pérdida enorme de tiempo.

—No si la persona sabe lo que hace y es fiel a la ciencia.

—¿Y qué dice la ciencia?

Le expliqué que la sangre es agua en un noventa y uno por ciento. Sigue las leyes de la física de los líquidos, de modo que la afectan el movimiento y la gravedad. Una gota típica de sangre cae a 7,65 metros por segundo. El diámetro de la mancha aumenta con la distancia recorrida. La sangre que cae sobre sangre produce una corona de salpicaduras alrededor del charco original. La sangre salpicada produce otras salpicaduras largas y estrechas alrededor de una mancha central y, cuando se seca, pasa de rojo intenso a marrón rojizo, después a marrón y, por último, a negro. Conocía expertos que se habían pasado su vida profesional colocando cuentagotas con sangre en bases circulares, usando líneas de plomada, exprimiendo, goteando, vertiendo o proyectando sangre en diversas superficies desde distintos ángulos y alturas, y caminando en charcos, golpeándolos con los pies y con las manos, experimentando. Después, por supuesto, estaban las matemáticas, la geometría de líneas rectas y la trigonometría para averiguar el punto de origen.

La sangre de la habitación de Diane Bray, a primera vista, era un vídeo de lo que pasó, pero estaba en un formato ilegible si no usábamos la ciencia, la experiencia y el razonamiento deductivo para descifrarlo. Berger quería que usara también mi intuición. Una vez más, quería que me saliera del ámbito clínico. Seguí docenas de hilos que conectaban manchas en la pared y en el marco de la puerta y convergían en un punto en el aire. Como no se puede pegar un hilo en la nada, la policía científica movió un perchero antiguo del vestíbulo y le pegaron el hilo a metro y medio de su base para determinar el punto de origen. Le mostré a Berger dónde era probable que Bray estuviera cuando Chandonne le atizó el primer golpe.

—Estaba unos pasos dentro de la habitación —dije—. ¿Ve esta zona vacía de aquí? —Señalé un espacio en la pared donde no había sangre, sólo salpicaduras en un halo que lo rodeaba—. El cuerpo de Bray o el de Chandonne fue lo que impidió que la sangre llegara a esa parte de la pared. O ella o él estaban de pie. Y, si lo estaba él, podemos suponer que ella también porque no te mantienes erguido para golpear a alguien que está echado en el suelo. —Me erguí para demostrárselo y proseguí—: No, a no ser que tus brazos midan un metro ochenta. Además, el punto de origen está a más de metro y medio del suelo, lo que significa que ahí es donde los golpes conectaban con su objetivo: el cuerpo de Bray; lo más probable, su cabeza. —Me acerqué unos pasos más a la cama—. Aquí estaba echada.

Señalé las manchas y las gotas del suelo. Expliqué que las manchas producidas en un ángulo de noventa grados son redondas. Si, por ejemplo, una persona está a gatas y le resbala sangre al suelo desde la cara, esas gotas son redondas. Muchas de las que había en el suelo lo eran. Algunas estaban corridas. Cubrían una zona de unos sesenta centímetros. Bray estuvo un momento a gatas tratando, quizá, de arrastrarse mientras él seguía golpeándola.

—¿Le dio puntapiés o pisotones? —preguntó Berger.

—No encontré nada que me lo indicara.

Era una buena pregunta. Los puntapiés y los pisotones añadirían otros tintes a los sentimientos del crimen.

—Las manos son más personales que los pies —observó Berger—. Así lo he comprobado en los crímenes pasionales. Rara vez veo puntapiés o pisotones.

Recorrí la habitación para señalar más sangre derramada y salpicaduras antes de desplazarme al charco de sangre coagulada que había sobre la cama.

—Se desangró aquí —le expliqué—. Quizá sea donde le arrancó la blusa y el sujetador. —Berger hojeó las fotografías y encontró la que mostraba la blusa de raso verde y el sujetador negro en el suelo, a unos centímetros de la cama—. A esta distancia de la cama empezamos a encontrar tejido encefálico —seguí descifrando el sangriento jeroglífico.

—Él puso el cuerpo en la cama —intervino Berger—. En lugar de obligarla a echarse. La pregunta es si estaba aún consciente cuando la depositó en la cama.

—Creo que no. —Señalé trocitos de un tejido ennegrecido adherido a la cabecera, las paredes, una lámpara de la mesita y el techo sobre la cama—. Tejido encefálico. Ella ya no sabía lo que pasaba. Es sólo una opinión.

—¿Seguía viva?

—Seguía sangrando. —Señalé zonas negras del colchón—. Esto no es una opinión; es un hecho. Todavía tenía tensión arterial, pero es muy poco probable que estuviese consciente.

—Gracias a Dios.

Sacó la cámara y empezó a tomar fotografías. Vi que era experta y que estaba bien preparada. Salió de la habitación y empezó a disparar al regresar, recreando mi recorrido y captándolo en la película.

—Le pediré a Escudero que venga y que lo grabe en vídeo —me informó.

—La policía lo grabó en su momento.

—Lo sé —El flash se encendió una y otra vez. No le importaba. Berger era una perfeccionista. Lo quería todo a su manera—. Me encantaría tenerla a usted en la cinta explicando todo esto, pero no puedo hacerlo.

No podía, si no quería que la parte contraria tuviera acceso a la misma cinta. Por la misma razón no tomaba notas. Estaba segura de que no quería que Rocky Caggiano tuviera acceso a una sola palabra, escrita o hablada, que no figurara en mis informes oficiales. Su precaución era extrema. Recaían en mí unas sospechas que me costaba tomar en serio. No me había hecho a la idea de que alguien pudiera pensar en serio que asesiné a la mujer cuya sangre teníamos a nuestro alrededor y bajo nuestros pies.

Berger y yo terminamos con la habitación. Después, exploramos otras zonas de la casa a las que había prestado poca atención, por no decir ninguna cuando trabajé en el lugar del crimen. Pero sí eché un vistazo al botiquín del dormitorio principal. Siempre lo hacía. Lo que la gente tomaba para aliviar los malestares corporales explicaba muchas cosas.

Sabía quién tenía migrañas o enfermedades mentales o quién estaba obsesionado por la salud. Supe así, por ejemplo, que los fármacos preferidos de Bray eran Valium y Ativan. Encontré centenares de pastillas que había metido en botellas de Nuprin y Tylenol PM. También tenía una pequeña cantidad de BuSpar. A Bray le gustaban los sedantes. Deseaba tranquilizarse. Berger y yo exploramos una habitación de huéspedes al otro lado del pasillo. Era una habitación donde no había entrado antes y, en contra de lo esperado, no estaba habitada. Ni siquiera se encontraba amueblada, sino llena de cajas que, al parecer, Bray no abrió nunca.

—¿No le da la impresión de que no planeaba quedarse aquí mucho tiempo? —Berger empezaba a hablarme como si formara parte de su equipo y fuera a ser su ayudante en el juicio—. Porque a mí, sí. No aceptas un cargo importante en un departamento de policía sin suponer que vas a conservarlo por lo menos unos cuantos años. Aunque ese empleo sólo sea un paso en tu ascenso.

Recorrí el cuarto de baño con la mirada y observé que no había papel higiénico, pañuelos de papel ni jabón. Pero lo que encontré en el botiquín me sorprendió.

—Ex-lax —anuncié—. Por lo menos doce cajas.

Berger apareció en la puerta.

—Vaya, increíble —exclamó—. Quizá nuestra presumida amiga sufría de una alteración del apetito.

No era raro que una persona bulímica usara laxantes para purgarse después de atiborrarse. Levanté el asiento del inodoro y descubrí indicios de vómito que había salpicado la parte interna del borde y de la taza. Era de color rojizo. Se suponía que Bray había comido pizza antes de morir, y recordé que el contenido del estómago era muy escaso: restos de carne triturada y verduras.

—Si alguien devuelve después de comer y muere media hora o una hora más tarde, ¿no debería encontrarse el estómago completamente vacío? —preguntó Berger, en línea con lo que yo estaba deduciendo.

—Podría haber restos de comida adheridos a la mucosa del estómago. —Bajé el asiento del retrete—. El estómago no está totalmente vacío o limpio a menos que la persona haya bebido cantidades ingentes de agua y se haya purgado.

De pronto se me ocurrió que aquel cuarto de baño guardaba el secreto vergonzante de Bray. Estaba aislado del resto de la casa y nadie, salvo ella, entraba en él, de modo que no tenía que temer que la descubrieran. Yo sabía bastante sobre alteraciones del apetito y adicciones para saber cómo una persona necesita desesperadamente esconder su vergonzoso ritual a los demás. Bray estaba decidida a que nadie tuviera la menor sospecha de que se atiborraba y se purgaba, y tal vez ese problema explicara por qué tenía tan pocos alimentos en su casa. Quizá los medicamentos contribuyeran a controlar la ansiedad que forma parte inevitable de cualquier compulsión.

—Puede que ésa sea una de las razones por las que tuvo tanta prisa en deshacerse de Anderson después de comer —conjeturó Berger—. Bray quería eliminar la comida y quería estar sola.

—Ésa sería por lo menos una razón —dije—. El impulso abruma tanto a la gente con esta dolencia que suele anular cualquier otra cosa que pueda estar pasando. Sí, tal vez quería estar sola para encargarse de su problema. Y podría haber estado en este lavabo cuando se presentó Chandonne.

—Lo que aumentó su vulnerabilidad. —Berger sacó fotografías del Ex-lax del interior del botiquín.

—Sí. Si estaba en medio de su ritual, debió de alarmarse y ponerse histérica. Y su primer pensamiento debió de ser sobre lo que estaba haciendo, no sobre ningún peligro inminente.

—Estaba distraída —resumió Berger, que se agachó para fotografiar la taza del retrete.

—Muy distraída.

—Así que se apresura a terminar lo que está haciendo: vomitar —especuló—. Sale deprisa, cierra la puerta y se dirige hacia la puerta principal. Supone que quien está llamando es Anderson. Es muy posible que Bray esté nerviosa y enfadada, y puede que incluso empiece a decir algo al abrir la puerta y... —Berger salió de nuevo al pasillo, con una expresión grave en la boca—. Está muerta.

Salimos en busca del lavadero. Sabía que yo había vivido esa misma distracción y el terror al abrir la puerta principal y que Chandonne apareciera de repente en la oscuridad como un ser infernal. Berger abrió las puertas del armario del vestíbulo y encontró una puerta que conducía al sótano. La zona del lavadero estaba allí, y me sentí inquieta y alterada al movernos bajo el brillo crudo de las bombillas peladas que se encendían al tirar de una cuerda. Tampoco había estado antes en esta parte de la casa. No había visto nunca el Jaguar rojo del que tanto se oía hablar. Quedaba muy fuera de lugar en ese espacio oscuro, abarrotado, deprimente. El coche era de lo más llamativo y un símbolo evidente del poder que Bray ansiaba y del que alardeaba. Recordé lo que Anderson dijo, enfadada, sobre ser la «recadera» de Bray. Dudé mucho que Bray llevara nunca el coche al túnel de lavado en persona.

El garaje del sótano tenía el aspecto que supuse que tendría cuando Bray había comprado la casa: un espacio polvoriento y oscuro de hormigón, suspendido en el tiempo. No había signo de ninguna mejora. Las herramientas que colgaban en un tablero y una cortadora de césped eran viejas y estaban oxidadas. Había unos neumáticos de recambio apoyados en una pared. La lavadora y la secadora no eran nuevas y, aunque yo estaba segura de que la policía las había comprobado, no vi señal de ello. Ambas máquinas estaban llenas. La última vez que Bray había hecho la colada, no se había molestado en vaciar la lavadora ni la secadora, y la ropa interior, los vaqueros y las toallas estaban arrugados y olían mal. La lavadora contenía calcetines, más toallas y prendas deportivas. Saqué una camiseta Speedo.

—¿Era miembro de algún gimnasio? —pregunté.

—Buena pregunta. Con lo presumida y obsesiva que era, sospecho que hacía algo para mantenerse en forma. —Repasó la ropa de la lavadora y sacó unas bragas manchadas de sangre en la entrepierna—. Esto sí que es sacarle los trapitos sucios a alguien —comentó compungida—. Hasta yo me siento a veces como un mirón. Así que pudo tener la menstruación poco antes. Aunque eso no tiene por qué guardar relación con el precio del té en China.

—Podría guardarla —señalé—. Depende de cómo afectara a su estado de ánimo. El síndrome premenstrual quizás empeoraba su alteración del apetito y los cambios de humor no debieron de favorecer su relación inestable con Anderson.

—Resulta sorprendente pensar en las cosas corrientes, mundanas, que pueden conducir a la catástrofe. —Devolvió la prenda a la máquina—. Una vez tuve un caso en que un hombre que quería orinar decidió parar el coche en Bleeker Street y hacerlo en un callejón. No vio lo que ocurría hasta que otro coche al pasar iluminó el callejón lo suficiente para que el pobre hombre se percatara de que estaba orinando sobre un cadáver ensangrentado. El hombre que orinaba tuvo un ataque cardíaco. Un poco más tarde, un policía investiga el coche mal aparcado, entra en el callejón y se encuentra un hispano cosido a puñaladas. Junto a él hay un hombre blanco de mayor edad con la cremallera de los pantalones bajada y el pene fuera. —Berger se dirigió a un fregadero, se lavó las manos y las sacudió para que se secaran, antes de concluir—: Nos costó un poco averiguar lo que pasó.

27

Salimos de la casa de Bray a las nueve y media y, aunque estaba cansada, me iba a ser imposible dormir. Los nervios me daban energía. Tenía la mente iluminada como una inmensa ciudad por la noche y me sentía casi como si tuviera fiebre. No querría admitir nunca ante nadie lo mucho que me gustaba trabajar con Berger. No se le escapaba nada. Y era muy reservada a la vez. Me tenía intrigada. Había probado la fruta prohibida de salir de mi ámbito burocrático y me gustaba. Me permitía flexionar músculos que rara vez utilizaba, y sólo porque ella no limitaba mi ámbito profesional y no quería marcar su territorio ni se sentía insegura. Tal vez yo también deseaba que me respetara. Me había conocido en mi punto más bajo, cuando me habían acusado. Devolvió la llave de la casa a Eric Bray, que no tenía más preguntas que hacernos. Ni siquiera parecía tener curiosidad, sino sólo querer irse.

—¿Cómo se siente? —me preguntó Berger en cuanto arrancamos—. ¿Cree que aguantará?

—Aguantaré —afirmé.

Encendió la luz superior y entornó los ojos mirando una nota de quita y pon pegada en el salpicadero. Marcó un número en el teléfono del coche y lo dejó en la modalidad de manos libres. Tras oír su propio mensaje grabado, tecleó un código para ver cuántos mensajes tenía. Ocho. Y recogió el auricular para que yo no los oyera. Eso me pareció extraño. ¿Tendría algún motivo para querer que supiera cuántos mensajes tenía? Me quedé sola con mis pensamientos durante los siguientes minutos mientras ella conducía por mi barrio, con el teléfono pegado a la oreja. Escuchó los mensajes deprisa y sospeché que compartíamos la misma costumbre impaciente. Si alguien se alargaba mucho, solía borrar el mensaje antes de que terminara. Podría apostar a que Berger hacía otro tanto. Seguimos Sulgrave Road por el centro de Windsor Farms y pasamos por delante de Virginia House y Agecroft Hall, unas antiguas mansiones estilo Tudor que habían sido transportadas piedra a piedra desde Inglaterra por habitantes ricos de Richmond cuando esa parte de la ciudad constituía una inmensa propiedad.

Nos acercamos a la garita de los guardias de Lockgreen, mi barrio. Rita salió y, por su expresión supe al instante que ya había visto antes ese Mercedes y a su conductora.

—Hola —la saludó Berger—. Traigo a la doctora Scarpetta.

Rita se agachó y su rostro brilló a través de la ventanilla abierta. Se alegraba de verme.

—Bienvenida —dijo con una nota de alivio—. Ha vuelto para quedarse, espero. No parece correcto que no esté aquí. Estos días está todo muy tranquilo.

—Volveré a casa mañana. —Noté ambivalencia, incluso miedo, cuando me oí decir esas palabras—. Felices Navidades, Rita. Por lo visto todas trabajamos esta noche.

—Así parece.

Sentí una punzada de culpabilidad al alejarnos. Serían las primeras Navidades en que no me había acordado de los guardias de algún modo. Normalmente, horneaba pan o enviaba comida al pobre de turno que le tocara sentarse en esa garita cuando debería estar en casa con la familia. Me quedé callada. Berger advirtió mi preocupación.

—Es muy importante que me diga lo que siente —me animó en tono tranquilo—. Sé que va contra su naturaleza y que viola todas las reglas en las que ha asentado su vida. Lo entiendo muy bien.

Seguimos la calle hacia el río.

—Un asesinato vuelve egoísta a cualquiera —justifiqué.

—No me diga.

—Provoca una ira y un dolor insoportables. Sólo piensas en ti. He realizado muchos análisis estadísticos y un día traté de recuperar de nuestra base de datos el caso de una mujer que había sido violada y asesinada. Me encontré con tres casos con el mismo apellido y descubrí al resto de la familia: un hermano que murió por sobredosis unos años después del asesinato, el padre se suicidó varios años después de eso y la madre murió en un accidente automovilístico. Hemos iniciado un estudio ambicioso en el instituto, efectuando un análisis de lo que les sucede a los que quedan. Se divorcian. Se convierten en adictos a alguna sustancia. Reciben tratamiento por enfermedades mentales. Pierden el empleo. Se trasladan.

—Sin duda, la violencia envenena la vida —sentenció Berger de modo bastante banal.

—Estoy cansada de ser egoísta. Eso es lo que siento. Es Nochebuena, ¿y qué he hecho por nadie? Ni siquiera por Rita. Trabaja hasta pasada la medianoche; está pluriempleada porque tiene hijos. Odio todo este asunto. Ha hecho daño a muchas personas. Sigue haciendo daño a personas. Hemos tenido dos asesinatos estrambóticos que creo que están relacionados. Tortura. Conexiones internacionales. Armas, drogas. Ropa de cama que desaparece. —Miré a Berger—. ¿Cuándo va a terminar?

Giró hacia el camino de entrada, sin fingir que no sabía muy bien cuál era.

—Lo cierto es que no lo bastante pronto —contestó.

Como la casa de Bray, la mía estaba a oscuras por completo. Alguien había apagado las luces, incluidos los focos que estaban escondidos con delicadeza en árboles o en aleros y dirigidos al suelo, de modo que no iluminaran la finca como si fuese un campo de béisbol y molestaran a mis vecinos. No me sentí bienvenida. Tenía miedo de entrar y enfrentarme a lo que Chandonne y la policía le habían hecho a mi mundo particular. Me quedé sentada un momento y contemplé la casa a través de la ventanilla. Se me cayó el alma a los pies. Ira. Dolor. Estaba muy molesta.

—¿Qué siente? —me preguntó Berger mirando a la casa.

—¿Qué siento? —repetí con amargura—. Nada de *Piú si psende e peggio si mangia*.

Bajé del coche y cerré enfadada la puerta. Una traducción de este proverbio italiano sería: «Cuanto más se paga, peor se come.» En Italia la vida rural es simple y agradable. La mejor comida se prepara con ingredientes naturales y la gente no tiene prisa por levantarse de la mesa ni se preocupa por cosas que no son realmente importantes. Para mis vecinos, mi casa era una fortaleza con todos los sistemas de seguridad conocidos. Para mí, era una *casa colonica*, una casa de labranza pintoresca de diversas tonalidades de piedra gris y persianas marrones que me reconfortaban con pensamientos tranquilizadores y dulces de la gente de mis orígenes. Me hubiera gustado que el tejado fuera de *coppi*, o tejas curvas de terracota, en lugar de pizarra, pero no quería el lomo de un dragón rojo sobre la piedra rústica. Ya que no encontré materiales viejos, por lo menos elegí aquellos que armonizaban con la tierra.

La esencia de quien yo era estaba destruida. La simple belleza y la seguridad de mi vida estaban mancilladas. Me estremecí. Las lágrimas me nublaron la vista al subir los peldaños de entrada y quedar bajo la lámpara que Chandonne había desatornillado. Soplaba un viento frío y las nubes ocultaban la luna. Parecía como si fuera a nevar otra vez. Parpadeé y respiré hondo, en un esfuerzo por calmarme y contener la emoción que me embargaba. Berger, por lo menos, había tenido la cortesía de concederme un momento de paz. Se quedó atrás cuando introduje la llave en la cerradura. Entré en el vestíbulo oscuro, frío, y tecleé el código de alarma mientras me daba cuenta de algo que me puso de punta los pelos de la nuca. Encendí las luces y miré parpadeando la llave Medeco de acero que tenía en la mano. Se me aceleró el pulso. Era una locura. Era imposible. Ni hablar. Berger entró con calma detrás de mí.

Echó un vistazo a las paredes estucadas y los techos abovedados. Los cuadros estaban torcidos. Las ricas alfombras persas, arrugadas, torcidas y sucias. No se había devuelto nada a su situación original. Parecía un desprecio que nadie se hubiese molestado en limpiar los polvos de huellas ni el barro que habían metido con los zapatos, pero ése no era el motivo de que mi cara luciera una expresión que captó toda la atención de Berger.

—¿Qué pasa? —preguntó con las manos preparadas para desabrocharse el abrigo de pieles.

—Tengo que hacer una llamada rápida —me excusé.

No le dije lo que pensaba. No le expresé lo que temía. No le revelé que, cuando había salido de la casa para usar el teléfono móvil en privado, había llamado a Marino y le había pedido que viniera de inmediato.

—¿Va todo bien? —insistió Berger cuando regresé y cerré la puerta principal.

No respondí. Por supuesto que no iba todo bien.

—¿Por dónde quiere que empiece? —Le recordé así que teníamos trabajo.

Quiso que reconstruyera con exactitud lo que pasó la noche en que Chandonne intentó asesinarme, y nos dirigimos al salón. Empecé en el sofá modular de algodón blanco delante de la chimenea. El viernes por la noche estaba sentada en él, repasando facturas, con el volumen del televisor bajo. Periódicamente daban un avance informativo para advertir a la gente sobre el asesino en serie que se autodenominaba *Le*

Loup-Garou. Se había dado a conocer su supuesta alteración genética, su deformidad extrema y, al recordar aquella noche, casi parecía absurdo imaginar a un locutor muy serio de una emisora local hablando sobre un hombre que tal vez medía un metro ochenta, tenía los dientes raros y el cuerpo cubierto de lanugo largo. Se aconsejaba a la gente que no abriera la puerta si no estaba segura de quién era.

—Sobre las once, cambié a la NBC —le conté a Berger—. Creo que para ver las últimas noticias. Y, momentos después, se disparó la alarma antirrobo. Según el visualizador del teclado, alguien había violado la zona del garaje y, cuando llamaron del servicio de seguridad, les pedí que hicieran venir a la policía porque no tenía ni idea de qué había pasado.

—Así que tiene sistema de alarma en el garaje —dijo Berger—. ¿Por qué el garaje? ¿Por qué cree que intentó entrar ahí?

—Para que la alarma se disparara y así viniera la policía —respondí— y la policía vino, y se fue. Luego, vino él. Simuló ser policía y le abrí la puerta. No importa lo que digan ni lo que oí en el vídeo cuando usted lo interrogó. Me habló en inglés, un inglés perfecto. No tenía nada de acento.

—No sonaba como el hombre del vídeo.

—No. Le aseguro que no.

—De modo que no reconoció su voz en ese vídeo.

—No.

—Así pues, no cree que en realidad quisiera entrar en el garaje, sino que lo hizo para que la alarma se disparara —me sondeó Berger, sin anotar nada, como de costumbre.

—En absoluto. Creo que él quería hacer exactamente lo que he dicho.

—¿Y cómo supone usted que sabía que su garaje tiene sistema de alarma? —preguntó Berger—. No es corriente. La mayoría de las casas no lo tiene.

—Ignoro cómo lo sabía, si es que de verdad lo sabía.

—Podía intentarlo por una puerta trasera, por ejemplo, y se habría asegurado de que la alarma sonase, suponiendo que estuviera conectada. Y estoy convencida de que sabía que lo estaba. Podemos suponer que sabía que era una mujer que se toma muy en serio la seguridad, sobre todo con los asesinatos que se habían producido.

—No tengo ni idea de lo que pensaría —dije, lacónica.

Berger andaba arriba y abajo. Se detuvo frente a la chimenea de piedra. Estaba vacía y oscura, y hacía que mi casa se viera deshabitada y tan abandonada como la de Bray. Me apuntó con un dedo y me soltó:

—Sí que sabe lo que él piensa. Lo mismo que él reunía información sobre usted y se hacía una idea de cómo piensa usted y cuáles son sus pautas, usted hacía lo mismo con él. Leyó sobre él en las heridas de los cadáveres. Se comunicó con él a través de sus víctimas, a través de los lugares de los crímenes, a través de todo lo que averiguó en Francia.

28

Mi sofá blanco italiano tenía manchas rosadas provocadas por la formalina. Había pisadas en un cojín; tal vez las había dejado yo al saltar por encima de él para escapar de Chandonne. Nunca volvería a sentarme en ese sofá, y me moría de ganas de deshacerme de él. Me senté en el borde de una butaca cercana.

—Tengo que conocerlo para desmontarlo en el juicio —prosiguió Berger, cuyos ojos reflejaron un fuego interior—. Sólo puedo conocerlo a través de usted. Tiene que presentármelo, Kay. Lléveme a él. Enséñemelo. —Se sentó en la chimenea y levantó las manos de modo teatral—. ¿Quién es Jean-Baptiste Chandonne? ¿Por qué su garaje? ¿Por qué? ¿Qué tiene de especial su garaje? ¿Qué?

—No puedo decir lo que podría tener de especial para él —contesté tras pensarlo un momento.

—De acuerdo. ¿Qué tiene de especial para usted?

—Es donde guardo la ropa que empleo cuando voy a una escena del crimen. —Traté de pensar qué podría tener de especial mi garaje—. Y una lavadora y una secadora de tamaño industrial. No meto nunca la ropa de trabajo en casa, de modo que el garaje vendría a ser algo así como mi vestuario.

Una idea, una conexión, hizo que a Berger le brillaran los ojos.

—Enséñemelo —me pidió, poniéndose de pie.

Encendí las luces de la cocina cuando la cruzamos para dirigirnos al cuartito que servía de guardarropa, con una puerta que daba al garaje.

—Su taquilla en casa —comentó Berger.

Encendí las luces y se me encogió el corazón al comprobar que el garaje estaba vacío.

Mi Mercedes había desaparecido.

—¿Dónde está mi coche? —Revisé las paredes de los armarios y la taquilla de cedro especialmente ventilada, los útiles del jardín bien guardados, las herramientas esperadas y un hueco para la lavadora, la secadora y un fregadero grande de acero—. Nadie dijo nada sobre llevarse mi coche a ningún sitio.

Lancé a Berger una mirada acusadora y sentí una desconfianza instantánea. Pero o era muy buena actriz o no tenía ni idea. Me situé en el centro del garaje y miré a mi alrededor, como si fuera a encontrar algo que me dijera qué había pasado con mi coche. Le dije a Berger que mi Mercedes negro estaba allí el sábado, el día que me mudé a casa de Anna. No lo había visto desde entonces. No había estado en casa desde entonces.

—Pero usted sí —añadí—. ¿Vio el coche cuando estuvo aquí por última vez? ¿Cuántas veces ha estado?

Ella también recorrió el garaje. Se agachó delante de la puerta y examinó unos rasguños en la cinta de goma, donde suponíamos que Chandonne usó algún tipo de herramienta para forzarla.

—¿Podría abrir la puerta, por favor? —Se mostraba inflexible.

Pulsé un botón en la pared y la puerta se levantó con estruendo. La temperatura del interior del garaje descendió de inmediato.

—No, su coche no estaba aquí cuando vine —me aseguró al incorporarse—. Nunca lo he visto. Dadas las circunstancias, sospecho que sabe dónde está.

La noche llenó el gran espacio vacío, y me acerqué a Berger.

—Seguramente confiscado —reconocí—. Dios mío.

—Llegaremos al fondo de esto. —Asintió con la cabeza al decir esto. Se volvió hacia mí y en sus ojos había algo que no había visto hasta entonces. Duda. Berger estaba intranquila. Tal vez fueran las ganas, pero noté que le sabía mal por mí.

—¿Y ahora qué? —mascullé, contemplando el garaje como si no lo hubiese visto nunca—. ¿Qué voy a conducir?

—La alarma se disparó alrededor de las once del viernes por la noche —empezó Berger, de nuevo concentrada en el trabajo. Estaba serena y seria otra vez. Volvía a nuestro objetivo de seguir los pasos de Chandonne—. Llegaron los agentes de policía. Los trajo aquí y encontraron la puerta abierta unos veinte centímetros. —Sin duda, había leído el informe del intento de allanamiento de morada—. Nevaba y encontraron pisadas al otro lado de la puerta. —Salió y yo la seguí—. Las pisadas estaban cubiertas por algunos copos de nieve, pero vieron que rodeaban la casa hacia la calle.

Estábamos en el camino de entrada, al aire libre, ambas sin abrigo. Levanté la mirada hacia el cielo oscuro y unos cuantos copos de nieve me tocaron fríamente la cara. Empezaba otra vez. El invierno se había vuelto hemofílico. No podía poner fin a las precipitaciones. Las luces de la casa de mi vecino brillaban al otro lado de las magnolias y los árboles desnudos y me pregunté qué tranquilidad tendría ahora aquella gente de Lockgreen. Chandonne había mancillado también su vida. No me sorprendería si algunos se mudaban.

—¿Recuerda dónde estaban las pisadas? —preguntó Berger.

Se lo mostré. Seguí el camino que rodeaba la casa y atajé por el patio, directo hacia la calle.

—¿Por dónde se fue? —Berger miró arriba y abajo de la calle vacía.

—No lo sé —respondí—. La nieve estaba revuelta y volvía a caer. No sé en qué dirección se marchó. Pero tampoco me quedé aquí a mirarlo. Supongo que tendrá que preguntárselo a la policía.

Pensé en Marino. Deseaba que se diera prisa en llegar y recordé el motivo por el que lo llamé. El miedo y el desconcierto me recorrieron la espalda. Miré alrededor, hacia las casas de mis vecinos. Había aprendido a leer la zona donde vivía y sabía, por la luz de las ventanas, los coches en el camino y los repartos de periódicos, cuándo la gente estaba en casa, que no era demasiado a menudo. Gran parte de los residentes estaban jubilados y pasaban el invierno en Florida y los meses cálidos de verano en algún lugar junto al agua. Se me ocurrió que no había tenido nunca amigos de verdad en el barrio, sólo gente a la que saludaba con la mano al cruzarnos con el coche.

Berger regresó al garaje, abrazándose para mantenerse caliente. El vapor de su aliento formaba nubes blancas. Recordé cuando Lucy era pequeña y venía a verme desde Miami. Sólo se exponía al frío en Richmond, por lo que enrollaba las hojas de una libreta y salía al jardín para fingir que fumaba y lanzar cenizas imaginarias, sin saber que yo la observaba desde una ventana.

—Retrocedamos al lunes seis de diciembre —dijo Berger mientras caminaba—, el día en que se encontró el cadáver en el contenedor del puerto de Richmond. El cadáver que creemos que era el de Thomas Chandonne, supuestamente asesinado por su hermano, Jean-Baptiste. Dígame qué sucedió exactamente ese lunes.

—Me notificaron lo del cadáver.

—¿Quién?

—Marino. Unos minutos después, mi subjefe, Jack Fielding, llamó. Le dije que iría yo al lugar de los hechos.

—Pero no era necesario —me interrumpió—. Es usted la jefa. Se trataba de un cadáver en descomposición, apestoso y desagradable, en una mañana más cálida de lo normal para la época. Podría haber dejado que acudiera Fielding o algún otro.

—Sí, así es.

—¿Por qué no, entonces?

—Era evidente que sería un caso complicado. El barco procedía de Bélgica y teníamos que contemplar la posibilidad de que el cadáver viniera ya de ese país, lo que añadiría dificultades internacionales. Suelo encargarme de los casos difíciles, los que generarán mucha publicidad.

—¿Porque le gusta la publicidad?

—Porque no me gusta.

Estábamos de nuevo dentro del garaje, ambas heladas. Cerré la puerta.

—¿Y quizá quería este caso porque había tenido una mañana desconcertante? —Se acercó a la taquilla grande de cedro—. ¿Le importa?

Le dije que adelante, maravillada de nuevo por los detalles que parecía conocer sobre mí.

Mi Lunes Negro. Aquella mañana, el senador Frank Lord, presidente de la judicatura y un viejo y querido amigo, vino a verme. Tenía una carta que Benton me había escrito. Yo no sabía nada de esa carta. No se me habría ocurrido nunca que, cuando Benton estuvo de vacaciones en el lago Michigan unos años atrás, me hubiese escrito una carta y se la diera al senador Lord para que me la entregara si él, Benton, moría. Recordé haber reconocido su escritura cuando el senador me entregó la carta. No olvidaré nunca la impresión. Me quedé deshecha. El dolor se apoderó por fin de mí y me atravesó el alma, y eso era precisamente lo que Benton quería. Fue el brillante elaborador de perfiles psicológicos hasta el final. Sabía muy bien cómo reaccionaría si le pasaba algo y quiso obligarme a abandonar mi negación, expresada mediante la adicción al trabajo.

—¿Cómo sabe lo de la carta? —pregunté como atontada mientras ella miraba los monos, las botas altas, las de caucho, los guantes gruesos de piel, la ropa interior larga, los calcetines y las zapatillas deportivas de la taquilla.

—Por favor, tenga paciencia —me pidió, casi con dulzura—. Limítese a responder a mis preguntas. Ya contestaré yo a las suyas más adelante.

Más adelante no me bastaba.

—¿Por qué tiene importancia la carta? —inquirí.

—No estoy segura. Pero empecemos con el estado de ánimo. —Dejó que eso surtiera efecto. Mi estado de ánimo era la diana del objetivo de Caggiano, si llegaba a ir a Nueva York. De modo más inmediato, era lo que todo el mundo parecía cuestionar—. Si yo sé algo, la parte contraria también —añadió.

Asentí en silencio.

—Recibió la carta por sorpresa. Era de Benton —agregó. Hizo una pausa y la emoción asomó a su rostro. Desvío la mirada—. Permítame que le diga que a mí también me habría desarmado por completo. Lamento mucho todo lo que le ha pasado. —Me miró fijamente a los ojos. ¿Sería otro ardid para que confiara en ella, para que estableciera vínculos con ella?—. Benton le recordaba, un año después de su muerte, que probablemente no había superado su pérdida, que había huido del dolor.

—No puede haber visto la carta. —Me sentía atónita e indignada—. Está guardada en una caja de seguridad. ¿Cómo sabe lo que dice?

—Se la enseñó a otras personas —respondió en tono razonable.

Con la poca objetividad que me quedaba me di cuenta de que, si Berger no había hablado de mí con todo el mundo, incluidos Lucy y Marino, lo haría. Era su deber. Sería insensata y negligente si no lo hiciera.

—El seis de diciembre —continuó—. Le escribió la carta el seis de diciembre de 1996 y le dio instrucciones al senador Lord para que se la entregara a usted el seis de diciembre inmediatamente posterior a su muerte. ¿Por qué era esa fecha especial para Benton? —Como vio que yo dudaba, me recordó—: La piel curtida, Kay. La piel curtida.

—No sé qué importancia tenía el seis de diciembre, salvo que Benton mencionaba en la carta que sabía lo difícil que las Navidades eran para mí —contesté—. Quería que recibiera la carta poco antes de Navidad.

—¿La Navidad es difícil para usted?

—¿No lo es para todo el mundo?

Berger guardó silencio unos segundos. Luego, preguntó:

—¿Cuándo empezó su relación íntima con él?

—En otoño. Hace años.

—Entendido. En otoño, hace años. Fue entonces cuando iniciaron sus relaciones sexuales —comentó como si yo eludiera la realidad—. Cuando él aún estaba casado. Cuando empezó su relación con él.

—Exacto.

—Muy bien. El seis de diciembre recibió la carta y más tarde, esa mañana, acudió al lugar de los hechos en el puerto de Richmond. Luego volvió aquí. Descríbame con exactitud la rutina al llegar a casa directamente desde el lugar del crimen.

—En el maletero del coche, metidas en una bolsa y ésta a su vez dentro de otra bolsa, llevaba las ropas usadas —expliqué sin apartar la vista del lugar vacío que debería ocupar mi coche—. Un mono y zapatillas deportivas. Metí el mono en la lavadora y puse el calzado en el fregadero con agua hirviendo y desinfectante.

Le mostré las zapatillas. Seguían en el estante donde las había dejado secándose hacía más de dos meses.

—¿Y luego? —Berger se dirigió a la lavadora y la secadora.

—Me desnudé. Me lo quité todo y lo metí en la lavadora, la puse en marcha y entré en casa.

—Desnuda.

—Sí. Fui a mi habitación, a la ducha, sin detenerme. Así es cómo me desinfecto cuando llego directa de la escena de un crimen.

Berger parecía fascinada. Estaba elaborando una teoría y, fuera cual fuere, me sentía cada vez más incómoda y expuesta.

—Me gustaría saber... —masculló—. Me gustaría saber si de algún modo él lo sabía.

—¿Si de algún modo lo sabía? Por favor, entremos en la casa. Me estoy helando.

—Si de algún modo él conocía esa rutina —insistió—. Si debido a ella estaba interesado en el garaje, entonces no sólo quería que se disparara la alarma. Tal vez quería entrar. El garaje es donde se quita usted la ropa de la muerte y en este caso, ropa manchada por una muerte que él había infligido. Usted estaba desnuda y vulnerable, aunque fuera durante muy poco tiempo. —Me siguió adentro y cerré la puerta a mis espaldas—. Podría haber tenido una verdadera fantasía sexual sobre eso.

—No veo cómo podía él saber nada de mi rutina —me resistí a aceptar su hipótesis—. No vio lo que hice ese día.

—¿Está segura de eso? —Me miró con una ceja enarcada—. ¿Hay alguna posibilidad de que la siguiera a casa? Sabemos que estuvo en el puerto en algún momento, porque así es como llegó a Richmond, a bordo del *Sirius*, donde se puso un uniforme blanco, se afeitó las zonas visibles del cuerpo y permaneció en la cocina, trabajando de cocinero y mostrándose reservado. ¿No es ésa la teoría? Yo no me trago lo que él dijo cuando lo interrogué, que robó un pasaporte, una cartera y un billete de ida y vuelta.

—Hay una teoría de que llegó al mismo tiempo que apareció el cadáver de su hermano.

—De modo que Jean-Baptiste, como el hombre bondadoso que es, se quedó en el barco y contempló cómo ustedes corrían arriba y abajo al encontrar el cadáver. El mejor espectáculo del mundo. A esos desgraciados les encanta observarnos mientras investigamos sus crímenes.

—¿Cómo podría haberme seguido? —La idea, atroz, volvía a mí—. ¿Cómo? ¿Tenía coche?

—Tal vez sí. Me estoy planteando la posibilidad de que Chandonne no fuera el ser desdichado y solitario que se encontraba en esta ciudad porque le vino bien o incluso por azar. Ya no estoy segura de cuáles eran sus conexiones y empiezo a preguntarme si acaso formaba parte de un plan más importante y relacionado con el negocio familiar. Quizás incluso con la misma Bray, ya que no cabe duda de que estaba metida en los bajos fondos. Y, ahora que tenemos otros asesinatos, una de las víctimas está claramente involucrada en el crimen organizado. Un sicario. Y un agente del FBI que trabajaba de incógnito en un caso de contrabando de armas. Y los cabellos del cámping que podrían pertenecer a Chandonne. Todo eso supone algo más que un hombre que mató a su hermano y ocupó su lugar en un barco con destino a Richmond para largarse de París porque su desagradable costumbre de asesinar y mutilar mujeres se estaba volviendo un inconveniente cada vez mayor para su poderosa familia criminal. ¿Y empezó después a matar aquí porque no podía controlarse? —Se apoyó en el mostrador de la cocina—. Hay demasiadas coincidencias. ¿Y cómo llegó al cámping si no tenía coche, suponiendo que esos cabellos sean suyos?

Me senté a la mesa. Mi garaje no tenía ventanas, pero en la puerta había unas ventanitas. Me planteé la posibilidad de que Chandonne me siguiera a casa y observara a través de la puerta del garaje cómo limpiaba las cosas y me desnudaba. Quizá también lo ayudara alguien a encontrar la casa abandonada junto al río. Quizá Berger tuviera razón. Quizá nunca había estado solo. Era casi medianoche, casi Navidad, y Marino seguía sin llegar y la conducta de Berger me indicaba que podría seguir hasta el alba.

—La alarma se disparó. —Reanudó el tema—. La policía vino y se fue. Usted regresó al salón. —Me hizo gestos de que la siguiera—. ¿Dónde estaba sentada?

—En el sofá.

—Muy bien. Repasaba facturas con el televisor encendido. ¿Qué pasó alrededor de medianoche?

—Llamaron a la puerta principal.

—Describa el modo de llamar.

—Golpearon con algo duro. —Procuré recordar todos los detalles—. Como una linterna o una porra. El modo en que llama la policía. Me levanté y pregunté que quién era. O creo que lo pregunté. No estoy segura, pero una voz de hombre se identificó como policía. Dijo que habían visto a alguien merodear por mi casa y me preguntó que si todo iba bien.

—Y eso tenía sentido porque había alguien merodeando una hora antes, cuando quisieron forzar la puerta del garaje.

—Exacto. —Asentí—. Apagué la alarma y abrí la puerta, y él estaba allí —añadí como si hablara de un niño que pidiera caramelos el Día de Acción de Gracias.

—Muéstremelo —me pidió.

Recorrí el salón, pasando por el comedor, y llegué al vestíbulo. Abrí la puerta y el mero hecho de recrear una escena que casi me había costado la vida hizo que me sintiese mareada.

Empezaron a temblarme las manos. El porche seguía sin luz porque la policía se había llevado la bombilla y la lámpara a los laboratorios para ver si encontraban huellas dactilares. Nadie las había sustituido. Del techo del porche colgaban los cables. Berger esperó con paciencia a que continuara.

—Se metió adentro —expliqué—, y cerró la puerta con el pie. —Cerré la puerta—. Llevaba un abrigo negro y trató de cubrirme la cabeza con él.

—¿Lo llevaba puesto cuando entró?

—Sí. Se lo quitó al cruzar la puerta —proseguí sin moverme—. E intentó tocarme.

—¿Intentó tocarla? —Berger frunció el ceño—. ¿Con el martillo de desbastar?

—Con la mano. Alargó la mano y me tocó la mejilla, o trató de hacerlo.

—¿Estaba usted allí de pie cuando hizo eso? ¿No se movió?

—Fue todo muy rápido. Muy rápido —repetí—. No estoy segura. Sólo sé que trató de hacer eso y que se quitó el abrigo e intentó lanzármelo a la cabeza. Y eché a correr.

—¿Qué pasa con el martillo de desbastar?

—Lo llevaba en la mano. No estoy segura. O lo sacó. Lo que sé es que lo llevaba en la mano cuando me persiguió hasta el salón.

—¿Siginifica eso que al principio no lo llevaba en la mano? ¿Está completamente segura?

Traté de recordar.

—No, al principio no lo llevaba —decidí—. Primero, trató de tocarme con la mano. Luego, quiso taparme la cabeza. Por último, sacó el martillo de desbastar.

—¿Podría mostrarme lo que hizo usted después?

—¿Quiere que corra?

—Sí, corra.

—No podría hacerlo igual —aseguré—. Tendría que tener la misma descarga de adrenalina, el mismo pánico, para correr de ese modo.

—Repítalo caminando, por favor, Kay.

Salí del vestíbulo, crucé el comedor y regresé al salón. Enfrente estaba la mesa de madera amarilla que descubrí en aquella maravillosa tienda de Katonah, en Nueva York. ¿Cómo se llamaba? ¿Antipodes? La madera rubia relucía como la miel, y procuré no ver los polvos de buscar huellas que la cubrían ni que alguien había dejado una taza de café encima.

—El tarro de formalina estaba aquí, en la esquina de la mesa —le indiqué a Berger.

—¿Y estaba ahí porque...?

—Por el tatuaje que contenía. El tatuaje que extraje de la espalda del cadáver que según sospechamos pertenece a Thomas Chandonne.

—La defensa querrá saber por qué trajo piel humana a su casa, Kay.

—Claro. Todo el mundo me lo ha preguntado. —Sentí un ramalazo de irritación—. El tatuaje es importante y nos planteó muchísimas preguntas porque no podíamos averiguar de qué se trataba. No sólo estaba el cuerpo muy descompuesto, lo cual dificultaba distinguir que era un tatuaje, sino que resultó que el tatuaje ocultaba otro, y debíamos determinar cuál era el original.

—Dos puntos amarillos cubiertos por un búho —apuntó Berger—. Todos los miembros del cartel de Chandonne llevan dos puntos amarillos tatuados.

—Sí, eso es lo que la Interpol me dijo. —Para entonces ya había aceptado que ella y Jay Talley habían pasado mucho tiempo provechoso juntos—. El hermano, Thomas, estaba fastidiando a la familia, tenía su propio negocio secundario: desviaba barcos, falsificaba órdenes de embarque, dirigía sus propias armas y drogas. Y la teoría es que la familia se dio cuenta. Se cambió el tatuaje por el de un búho y empezó a usar alias porque sabía que la familia lo mataría si lo encontraba —recité lo que me habían dicho, lo que Jay me había contado en Lyon.

—Interesante. —Se llevó un dedo a los labios y miró alrededor—.

Y parece ser que la familia lo mató, el otro hijo lo hizo. El tarro de formalina. ¿Por qué lo trajo a casa? Dígamelo otra vez.

—No lo hice de forma deliberada. Fui a un salón de tatuajes en Petersburg para que un experto, un artista especializado, mirara el tatuaje del cadáver. Desde allí vine directamente a casa y dejé el tatuaje en mi despacho. Fue pura casualidad que la noche que él vino aquí...

—Jean-Baptiste Chandonne.

—Sí. La noche en que él vino yo había traído el recipiente aquí, al salón, y lo observaba mientras hacía otras cosas. Lo dejé ahí. Él entró en casa y yo corrí. Para entonces, llevaba el martillo de desbastar en la mano y lo había levantado para golpearme. Por un reflejo del pánico vi el frasco y lo cogí. Salté por encima del sofá, quité la tapa y le lancé la formalina a la cara.

—Un acto reflejo, porque sabe muy bien lo cáustica que es la formalina.

—Es imposible olerla todos los días y no saberlo. En mi profesión, se acepta que la exposición a la formalina es sumamente peligrosa, y todos tememos salpicarnos con ella —le expliqué a la vez que me percataba de cómo le sonaría mi historia a un jurado especial de acusación: artificiosa, increíble, grotesca.

—¿Le ha entrado alguna vez en los ojos? —me preguntó Berger—. ¿Le ha salpicado alguna vez?

—No, gracias a Dios.

—Así que se la lanzó a la cara. ¿Y luego?

—Salí corriendo de la casa. De camino, cogí la pistola Glock de la mesa del comedor, donde la había dejado antes. Salí, resbalé en los peldaños helados y me rompí el brazo. —Levanté la escayola.

—¿Y él que hizo?

—Me persiguió.

—¿Enseguida?

—Pues creo que sí.

Berger se situó detrás del sofá, en la zona de suelo de roble francés, donde la formalina había corroído el acabado. Siguió las zonas más claras de la madera noble. Al parecer, la formalina había salpicado hasta casi la puerta de la cocina. Eso era algo que yo no había visto hasta ese momento. Sólo recordaba sus gritos, sus aullidos de dolor mientras se cubría los ojos. Berger se acercó a la puerta de la cocina y miró desde allí el interior. Me acerqué, preguntándome qué le habría llamado la atención.

—Tengo que cambiar de tema y decirle que no había visto nunca una cocina como ésta —comentó.

La cocina era el corazón de mi casa. Los cacharros de cobre brillaban como el oro en los estantes de alrededor de la enorme cocina Thirode que estaba en el centro de la estancia e incluía dos grills, una plancha, dos placas calientes, fogones, una parrilla de carbón y un quemador extra grande para las enormes ollas de sopa que me encantaba preparar. Los aparatos eléctricos eran de acero inoxidable, incluido el congelador y la nevera Sub-Zero.

Las paredes estaban cubiertas de especieros y tenía una enorme madera de cortar. El suelo era de roble y había una estantería para vinos en un rincón y una mesita junto a la ventana con una vista distante de un recodo rocoso del James.

—Industrial —farfulló Berger recorriendo una cocina que sí, tenía que admitirlo, me llenaba de orgullo—. Alguien que viene aquí a trabajar pero que le encantan las cosas buenas de la vida. Me han dicho que es usted una cocinera excelente.

—Me encanta cocinar. Me desconecta de todo lo demás.

—¿De dónde saca el dinero que tiene? —me preguntó con atrevimiento.

—Lo uso con inteligencia —respondí yo con frialdad; nunca me gustó hablar de dinero—. He tenido suerte con las inversiones a lo largo de los años. Mucha suerte.

—Es una empresaria inteligente —sugirió ella.

—Eso intento. Y, además, cuando Benton murió me dejó su apartamento de Hilton Head. —Me detuve—. Lo vendí; ya no podía estar en él. —Hice otra pausa—. Me dieron seiscientos mil dólares y pico por él.

—Ya entiendo. ¿Y esto qué es? —Señaló la sandwichera italiana. Se lo expliqué y, con bastante descaro, me planteó—: Bueno, algún día, cuando todo esto termine, tendrá que cocinarme algo. Y lo que se dice por ahí es que prepara usted platos italianos. Su especialidad.

—Sí, italianos en su mayoría. —No es que se rumoreara eso, sino que Berger sabía más cosas sobre mí que yo misma.

—¿Cree usted que él entró aquí para intentar limpiarse la cara en el fregadero? —preguntó a continuación.

—No tengo ni idea. Lo único que puedo decirle es que salí corriendo y me caí, y, cuando levanté la vista, él salía por la puerta tambaleándose. Bajó los peldaños sin dejar de gritar, se dejó caer al suelo y empezó a frotarse nieve por la cara.

—Para intentar quitarse la formalina de los ojos. Es bastante oleaginosa, ¿verdad? ¿Cuesta de quitar?

—No es fácil. Se necesitaría mucha cantidad de agua caliente.

—¿Y no se la ofreció? ¿No hizo nada por ayudarlo?

Miré a Berger.

—¿Qué habría hecho usted? —dije furiosa—. ¿Iba a hacer de médico después de que el muy desgraciado intentara espachurrarme?

—Se lo preguntarán —dijo ella con naturalidad—. Pero no, yo tampoco lo habría ayudado, y eso es extraoficial. Así que él estaba en el jardín delantero.

—Se me olvidó que también pulsé el botón de la alarma cuando salía corriendo de la casa.

—Cogió el frasco de formalina. Cogió la pistola. Pulsó el botón de la alarma. Tuvo una gran presencia de ánimo, ¿no? —comentó—. En cualquier caso, usted y Chandonne estaban en el jardín delantero. Lucy llegó y tuvo usted que convencerla de que no le pegara un tiro en la cabeza a quemarropa. Aparecieron el ATF y todos los demás. Fin de la historia.

—Ojalá fuera el fin de la historia —me lamenté.

—El martillo de desbastar. —Berger regresó a eso—. ¿Averiguó el tipo de arma porque fue a una ferretería y echó un vistazo hasta que encontró algo que podría haber producido unas marcas como las del cadáver de Bray?

—Tenía más información de la que cree. Sabía que a Bray la golpearon con algo que tenía dos superficies distintas. Una, bastante puntiaguda; la otra, más cuadrada. Las zonas perforadas del cráneo mostraban con claridad la forma de lo que la golpeó, y también estaban las manchas del colchón producidas al dejar en él algo ensangrentado; lo más probable, el arma. Un martillo o un pico de algún tipo, pero poco corriente. Es cuestión de buscar. De preguntar a la gente.

—Y, por supuesto, cuando él vino a la casa, llevaba el martillo de desbastar dentro del abrigo o lo que usara para intentar someterla a usted —resumió sin apasionamiento, con objetividad.

—Sí.

—Por lo tanto, había dos martillos de desbastar en su casa. El que usted compró en la ferretería, después de que Bray hubiese sido asesinada, y un segundo martillo, el que él trajo.

—Sí. —Me quedé atónita con lo que ella acababa de indicar—. ¡Dios mío! —exclamé—. Es verdad. Compré el martillo después de que la mataran, no antes. —Estaba tan confusa con lo que había pasado... ¿En qué estoy pensando? La fecha del recibo...

Se me fue la voz. Recordé que había pagado en efectivo en la ferretería. Cinco dólares, o algo así. Estaba bastante segura de no tener recibo y palidecí. Durante todo ese tiempo, Berger sabía lo que yo había olvidado: que no había comprado el martillo antes de que mataran a Bray a golpes, sino el día después. Pero no podía demostrarlo. A menos que el dependiente que me había atendido tuviera el resguardo de caja y jurara que era yo quien había comprado el martillo, no existía ninguna prueba.

—Y ahora uno ha desaparecido; el que usted compró —dijo Berger mientras la cabeza me daba vueltas. Cuando le mencioné que no sabía lo que la policía había encontrado, preguntó—: Pero estaba usted aquí cuando registraron su casa. ¿No estaba en la casa al mismo tiempo que la policía?

—Les enseñé lo que querían ver. Respondí a sus preguntas. Estuve el sábado y me marché por la tarde, temprano, pero no vi todo lo que hicieron ni lo que se llevaron y no habían terminado cuando me fui. Para serle franca, ni siquiera sé el tiempo que estuvieron en mi casa ni cuántas veces. —Al explicarlo me invadía la cólera, y Berger lo notó—. Dios mío, no tenía ningún martillo de desbastar cuando mataron a Bray. Estaba confundida porque lo compré el día en que se encontró el cadáver, no el día en que murió. La mataron la noche anterior; encontraron su cuerpo al día siguiente.

—¿Para qué se usa un martillo de desbastar? Y, por cierto, lamento decírselo, pero no importa cuándo compró el martillo, Kay; sigue existiendo el problema de que el que se encontró en su casa, el único que se encontró aquí, tenía sangre de Bray.

—Se usan en mampostería. Hay mucha obra de pizarra en esta zona, y de piedra.

—Así pues, ¿es probable que lo usen para los tejados? ¿Y la teoría es que Chandonne encontró uno en la casa en obras donde se escondía? —Berger era implacable.

—Creo que ésa es la teoría —respondí.

—Su casa está hecha de piedra y tiene un tejado de pizarra. ¿Supervisó usted de cerca su construcción? Porque parece la clase de persona que lo haría, una perfeccionista.

—Es de insensatos no supervisar la construcción de la propia casa.

—Me preguntaba si vería usted algún martillo de desbastar durante la construcción de su casa. ¿Tal vez en las obras o en el cinturón de herramientas de algún obrero?

—No que yo recuerde, pero no puedo estar segura.

—¿Y no tuvo nunca uno antes de su expedición a Pleasants Hardware la noche del diecisiete de diciembre, hace exactamente dos semanas y casi veinticuatro horas después del asesinato de Bray?

—Antes de esa noche no. No, nunca tuve uno antes de entonces, no que yo sepa.

—¿A qué hora compró el martillo? —preguntó, justo cuando oí el ronroneo fuerte de la camioneta de Marino aparcando frente a mi casa.

—Alrededor de las siete. No lo sé con exactitud. Quizás entre las seis y media y las siete del viernes por la tarde; la tarde del diecisiete de diciembre.

Ya no podía pensar con claridad. Berger me estaba agotando y me resultaba imposible imaginar cómo mentirle. El problema estaba en saber qué era mentira y qué no lo era, y yo no estaba convencida de que me creyera.

—¿Y vino a casa desde la ferretería? —prosiguió—. Dígame qué hizo el resto de la tarde.

Sonó el timbre. Eché un vistazo al Aiphone de la pared del salón y vi la cara de Marino en la pantalla de vídeo.

Berger acababa de hacerme la pregunta clave. Acababa de verificar la alquimia que con toda seguridad Righter usaría para convertir mi vida en una mierda. Quería saber mi coartada. Quería conocer dónde estuve a la hora exacta en qué mataron a Bray el jueves 16 de diciembre por la noche.

—Vine de París esa misma mañana. Hice unos recados y llegué a casa sobre las seis de la tarde. Más tarde, a eso de las diez, fui en coche al hospital para ver a Jo, la anterior novia de Lucy, la que resultó herida en el tiroteo de Miami. Quería ver si podía servir de ayuda en esa situación porque sus padres estaban interfiriendo. —El timbre volvió a sonar—. Y quería saber también por dónde estaba Lucy. Jo me dijo que estaría en un bar en Greenwich Village. —Empecé a caminar hacia la puerta. Berger me observaba—. En Nueva York. Lucy estaba en Nueva York. Vine a casa y la llamé. Estaba borracha.

Marino volvió a llamar al timbre y también golpeó la puerta.

—Así que, en respuesta a su pregunta, señora Berger, no tengo coartada entre las seis y las diez y media del jueves porque estuve en casa o en el coche, sola. Sola por completo. Nadie me vio. Nadie habló conmigo. No tengo testigos de que donde no estaba entre las siete y media y las diez y media era en casa de Diane Bray, moliéndola a golpes con un martillo de desbastar.

Abrí la puerta y noté los ojos de Berger clavados en mi nuca. Marino parecía a punto de explotar. No sabía si estaba furioso o muerto de miedo. Tal vez ambas cosas.

—¿Qué pasa? —preguntó, mirándonos alternativamente a mí y a ella—. ¿Qué demonios está pasando?

—Perdona que te haya hecho esperar con el frío que hace —me disculpé—. Pasa, por favor.

29

Marino había tardado tanto en llegar porque se había detenido en la sala de pertenencias de la central. Le había pedido que recogiera la llave de acero inoxidable que había encontrado en el bolsillo de los pantalones cortos de Mitch Barbosa. Marino había rebuscado bastante rato en la salita situada tras la tela metálica donde los estantes Spacesaver estaban abarrotados de bolsas con códigos de barras, algunas de las cuales contenían objetos que la policía se había llevado de mi casa el sábado anterior.

Yo conocía esa sala y podía imaginarlo. Dentro de esas bolsas sonaban teléfonos móviles y se disparaban buscas cuando quienes no sabían nada trataban de llamar a conocidos que estaban encerrados o muertos. También había neveras cerradas con llave para conservar los equipos de recuperación de pruebas materiales y otras pruebas que pudieran ser perecederas, como el pollo crudo que golpeé con el martillo de desbastar.

—Dígame, ¿por qué golpeó un pollo crudo con un martillo de desbastar? —Berger deseaba que le aclarara esa parte de mi por demás extraña historia.

—Para ver si las heridas correspondían con las del cadáver de Bray.

—Bueno, el pollo aún se conserva en la nevera de las pruebas —afirmó Marino—. Por si quieres saberlo, lo dejaste bien apaleado.

—Describa con detalle lo que le hizo exactamente al pollo —me instó Berger, como si estuviera en el estrado.

Situada frente a ella y Marino en el vestíbulo, expliqué que coloqué el pollo sobre una tabla de cortar para golpearlo con todos los lados y bordes del martillo de desbastar y observar así la forma de las heridas. Tanto las del extremo romo como las del puntiagudo eran idénticas en cuanto a configuración y medida a las del cadáver de Bray, en especial en las zonas perforadas del cartílago y del cráneo, que eran excelentes para conservar la forma, o marca, de cualquier cosa que los penetrara. Luego, extendí una funda de almohada y sumergí la empuñadura espiral del martillo de desbastar en salsa de barbacoa.

—¿Qué clase de salsa de barbacoa? —quiso saber Berger, por supuesto.

Recordé que era salsa Smokey Pig, que había diluido hasta que adquirió la consistencia de la sangre, y, después, apreté la empuñadura cubierta de salsa contra la tela para ver el aspecto de la mancha que dejaba. Obtuve las mismas estrías que la sangre de Bray dejó señaladas en el colchón. Marino dijo que habían enviado la funda al laboratorio de ADN y yo observé que era una pérdida de tiempo porque no nos dedicábamos a identificar tomates. No quería hacerme la graciosa, pero estaba lo bastante frustrada como para soltar una chispa de sarcasmo. Les aseguré que el único resultado que el laboratorio obtendría no sería humano. Marino caminaba arriba y abajo.

Me notificó que yo lo tenía mal porque el martillo de desbastar que había comprado y con el que había hecho esas pruebas había desaparecido. No había logrado encontrarlo. Lo había buscado en todas partes. No estaba registrado en el ordenador de las pruebas. Era evidente que nunca lo habían entregado en la sala de las pruebas ni lo había recogido ningún técnico forense para enviarlo a los laboratorios. Había desaparecido, sencillamente. Y yo no tenía el recibo. Para entonces ya estaba segura de ello.

—Te dije que lo había comprado llamando desde el teléfono del coche —le recordé.

—Sí —repuso.

Él se acordaba de mi llamada desde el coche al salir de Pleasants Hardware, entre las seis y media y las siete, y que yo le conté que creía que el arma con que habían matado a Bray era un martillo de desbastar y había comprado uno. Pero, desde luego, eso no significaba que no hubiera comprado la herramienta tras la muerte de Bray para prepararme una coartada.

—Para que pareciera que no tenías uno o que no sabías con qué la habían matado hasta después de los hechos —especificó Marino.

—¿De qué lado estás? —le solté—. ¿Te crees las tonterías de Righter? Dios mío, no lo aguanto más.

—No es cuestión de lados, doctora —respondió él con gravedad bajo la mirada de Berger.

Estábamos otra vez en lo de que sólo había un martillo, aquél con la sangre de Bray, encontrado en mi casa; concretamente, sobre la alfombra persa del salón, a cuarenta y cinco centímetros exactos de la mesa de centro de madera de Jarrah.

—El martillo de Chandonne, no el mío —afirmé una vez más mientras imaginaba unas bolsas de papel marrón con un número de registro y un código de barras que significaban «Scarpetta», y yo, detrás de una tela de red metálica.

Me apoyé contra la pared del vestíbulo y me sentí mareada. Como si tuviera una experiencia extracorpórea, me vi a mí misma desde arriba después de que hubiese pasado algo terrible y definitivo: mi perdición; mi destrucción. Estaba muerta como las otras personas cuyas bolsas de papel marrón terminaban en la sala de las pruebas. No estaba muerta, pero que te acusaran de un crimen quizá fuera peor. Detestaba sugerir siquiera la siguiente fase de mi perdición: la exterminación lisa y llana.

—Prueba la llave en mi puerta, Marino —le pedí.

Dudó un momento, con el ceño fruncido. Luego sacó la bolsa de plástico transparente para pruebas del bolsillo interior de su vieja cazadora de piel, con el forro de borrego medio pelado. El aire frío penetró en la casa cuando abrió la puerta principal e introdujo la llave de acero, con facilidad, en la cerradura y corrió y descorrió el cerrojo.

—El número que lleva escrito, el 233 —anuncié con calma a Marino y a Berger—, es el código de mi alarma antirrobo.

—¿Qué? —Berger, por una vez, pareció sorprendida.

Los tres fuimos al salón. En esta ocasión, yo me senté en el borde de la fría chimenea, como Cenicienta. Berger y Marino evitaron sentarse en el sofá destrozado y se situaron cerca de mí, mirándome, esperando una explicación posible. Sólo había una, y me parecía que era bastante evidente.

—Desde el sábado, han entrado y salido de mi casa agentes de policía y vete a saber quién más —empecé—. En un cajón de la cocina tengo las llaves de todo: la casa, el coche, la oficina, los archivadores, todo. De modo que puede decirse que cualquiera tenía acceso a una llave de mi casa. Y tus hombres tenían el código de mi alarma antirrobo, ¿verdad? —Miré a Marino—. Seguro que no la dejasteis desconectada al terminar. Además, estaba puesta cuando llegamos hace un rato.

—Necesitamos una lista de todos los que han entrado en esta casa —decidió Berger muy seria.

—Puedo decirle los que yo sé —se ofreció Marino—. Pero no he estado aquí cada vez que ha habido alguien. Así que no los sé todos.

Suspiré y recosté la espalda en la chimenea. Empecé a mencionar a los agentes que vi con mis propios ojos, incluido Jay Talley. Incluido Marino.

—Y Righter estuvo aquí —añadí.

—Y yo también —afirmó Berger—. Pero no vine sola. No conocía el código de la alarma.

—¿Con quién vino? —quise saber.

Su respuesta fue mirar a Marino. Me molestó que él no me hubiera contado que había sido el guía turístico de Berger. Era irracional por mi parte que eso me doliera. Al fin y al cabo, ¿quién mejor que él? ¿De quién me fiaba más que de él? Marino estaba visiblemente nervioso. Se levantó y se dirigió con rapidez hacia la cocina. Le oí abrir el cajón donde yo guardaba las llaves. Luego, abrió la nevera.

—Bueno, yo estaba con usted cuando encontró esa llave en el bolsillo de Mitch Barbosa. —Berger empezó a pensar en voz alta—. No pudo ponerla usted misma allí porque no estuvo en el lugar del crimen. Y no tocó el cadáver sin testigos: Marino y yo estábamos allí cuando abrió la cremallera de la bolsa del cadáver. —Desarrolló sus pensamientos y soltó frustrada—: ¿Y Marino?

—Sería incapaz —la interrumpí en tono de hastío—. Imposible. Tuvo acceso, sin duda. Pero imposible. Y, según lo que contó del lugar del crimen, no vio el cuerpo de Barbosa. Ya lo habían cargado en la ambulancia cuando llegó a Mosby Court.

—Así que o fue uno de los agentes en el lugar de los hechos...

—O, lo que es más probable —finalicé su idea—, pusieron la llave en el bolsillo de Barbosa cuando lo mataron. En el lugar del crimen. No donde lo dejaron.

Marino entró bebiendo de una botella de cerveza Spaten que debió de comprar Lucy. Yo no recordaba haberlo hecho. Nada de mi casa parecía pertenecerme, y me vino a la cabeza la historia de Anna. Empezaba a comprender cómo debía de sentirse cuando los nazis ocupaban su hogar familiar. Me percaté, de repente, de que la gente puede ser arrastrada más allá de la cólera, más allá de las lágrimas, más allá de la protesta, más allá incluso del dolor. Por último, te hundes en un pozo de aceptación. Lo que es, es. Y lo que fue, ya pasó.

—No puedo vivir ya aquí —les dije a Berger y a Marino.

—Faltaría más —me espetó Marino en el tono agresivo y enfadado que esos últimos días parecía revestirlo como su propia piel.

—Mira —me encaré con él—, no me grites más, Marino. Todos estamos enfadados, frustrados y agotados. No comprendo lo que pasa, pero está bien claro que alguien relacionado con nosotros está involucrado también en el asesinato de las dos víctimas recientes, esos hombres que fueron torturados, y supongo que quien puso la llave en el cadáver de Barbosa quiere implicarme también en esos crímenes o, lo que es más probable, enviarme una advertencia.

—Yo creo que es una advertencia —opinó Marino.

«¿Y dónde está Rocky ahora?», casi le pregunté.

—Su querido hijo Rocky —dijo Berger por mí.

Marino tomó un trago de cerveza y se limpió los labios con el dorso de la mano. No respondió. Berger consultó el reloj y levantó la mirada hacia nosotros.

—Bueno —concluyó—. Feliz Navidad, supongo.

30

La casa de Anna estaba oscura y en silencio cuando llegué cerca ya de las tres de la mañana. Había tenido la delicadeza de dejar encendida una luz en el pasillo y otra en la cocina, junto a un vaso de whisky y la botella de Glenmorangie, por si necesitaba un sedante. Dada la hora, lo rehusé. Una parte de mí deseaba que Anna estuviese despierta. Me sentí tentada de hacer ruido con la esperanza de que viniera y se sentara conmigo. Me había vuelto extrañamente adicta a nuestras sesiones, aunque ahora debería desear que no hubiesen tenido lugar nunca. Me dirigí al ala de los huéspedes y empecé a pensar en la transferencia y me pregunté si la estaría experimentando con Anna. O tal vez me sentía sola y triste porque era Navidad y me encontraba completamente despierta y rendida en casa de otra persona después de investigar muertes violentas todo el día, incluida una de la que se me acusaba.

Anna me había dejado una nota sobre la cama. Cogí el elegante sobre color crema y, por su peso y grosor, me percaté de que lo que había escrito era largo. Dejé mis ropas amontonadas en el suelo del cuarto de baño e imaginé todo lo desagradable que persistiría en el tejido a causa de los sitios donde había estado y a lo que había hecho durante las últimas veinticuatro horas. Hasta que salí de la ducha no me di cuenta de que la ropa estaba impregnada del olor a incendio de la habitación del motel. La envolví con una toalla para olvidarme de ella hasta que pudiera llevarla a la tintorería. Me puse uno de los gruesos albornoces de Anna, me dirigí a la cama y volví a coger la carta, nerviosa. La abrí y desplegué seis páginas de papel de carta grabado con filigrana. Empecé a leer, obligándome a no ir demasiado deprisa. Anna había ido con cuidado y quería que captara cada palabra, porque no las malgastaba.

Querida Kay:

Como hija de la guerra, aprendí que la verdad no es siempre lo correcto, lo bueno o lo mejor. Si las SS se presentaban en tu casa y te preguntaban si había judíos dentro, si escondías alguno, no decías la verdad. Cuando los miembros de las Totenkopf SS ocuparon mi hogar familiar en Austria, no podía decir la verdad sobre lo mucho que los odiaba. Cuando el comandante de las SS de Mauthausen se metía en mi cama tantas noches y me preguntaba si me gustaba lo que me hacía, no decía la verdad.

Me contaba bromas viles y me siseaba en la oreja para imitar el sonido de los judíos cuando los gaseaban, y yo me reía porque tenía miedo. A veces se emborrachaba mucho cuando volvía del campo, y una vez se jactó de que había matado a un niño de doce años en el pueblo cercano de Langenstein durante una redada de las SS. Más adelante me enteré de que no fue así, que el Leitstelle, el jefe de la Stattspolizei de Linz, fue quien disparó al niño, pero en su momento creí lo que me había dicho y sentí un miedo indescriptible. Yo también era un niño civil. Nadie estaba a salvo. (En 1945 ese comandante murió en Gusen y su cadáver estuvo expuesto al público durante días. Lo vi y lo escupí. Ésa era la verdad sobre cómo me sentía; una verdad que no pude expresar antes.)

La verdad es relativa, pues. Es cuestión del momento. Es cuestión de seguridad. La verdad es el lujo de los privilegiados, de personas que tienen mucha comida y no se ven obligadas a esconderse porque son judías. La verdad puede destruir y, por lo tanto, no es siempre inteligente y ni siquiera saludable decirla. Parece extraño que lo admita una psiquiatra, ¿no? Te doy esta lección por una razón, Kay. Una vez hayas leído mi carta, debes destruirla y no admitir nunca que existió. Te conozco bien. Este pequeño acto encubierto te resultará difícil. Si te lo preguntan, no debes decir nada de lo que aquí te explico.

Mi vida en este país se vendría abajo si se supiera que mi familia dio comida y refugio a las SS; no importa que no nos gustara. Se trataba de sobrevivir. Creo también que te perjudicaría mucho que la gente se enterara de que tu mejor amiga es una simpatizante de los nazis, como estoy segura que me llamarían. Y qué horrible que te llamen eso, sobre todo cuando los odias tanto como yo. Soy judía. Mi padre era un hombre con gran visión de futuro y muy consciente de lo que Hitler planeaba hacer. A finales de la década de los años treinta, usó sus contactos bancarios y políticos y su riqueza para conseguirnos identidades totalmente nuevas. Cambió nuestro nombre a Zenner y nos trasladamos de Polonia a Austria cuando yo era demasiado pequeña para percatarme de gran cosa. Así pues, podría decirse que he vivido una mentira desde que tengo uso de razón. Quizás esto te permita comprender por qué no quiero que me interroguen en un procedimiento judicial y por qué lo evitaré si puedo. Kay, el motivo real de esta carta tan larga no es contarte mi historia. Por fin, te hablo sobre Benton.

Estoy segura de que no sabes que durante cierto tiempo fue paciente mío. Hace unos tres años, vino a verme a la consulta. Estaba deprimido y tenía muchas dificultades, relacionadas con su trabajo, que no podía comentar con nadie, ni siquiera contigo. Dijo que, a lo largo de su carrera en el FBI, había visto lo peor de lo peor, los actos más aberrantes imaginables, y, a pesar de que siempre lo habían perseguido y de que sufrió de muchos modos, debido a su exposición a lo que él llamaba «maldad», no había tenido nunca miedo. En su opinión, la mayoría de esa gente mala no estaba interesada en él. No querían hacerle daño y, de hecho, disfrutaban con la atención que les prestaba al interrogarlos en la cárcel. En cuanto a los muchos casos que ayudó a resolver a la policía, tampoco estaba en peligro personal. Los violadores y los asesinos en serie no se interesaban por él.

Pero unos meses antes de venir a verme le empezaron a pasar cosas raras. Me gustaría poder recordarlo mejor, Kay, pero eran sucesos extraños. Llamadas telefónicas. Comunicaciones cortadas que no podían localizarse porque se hacían por satélite (supongo que se refería a teléfonos móviles). Recibió correspondencia con referencias terribles a ti. Hubo amenazas para ti, imposibles también de rastrear. Benton estaba seguro de que quien escribía las cartas sabía algo personal sobre vosotros dos.

Sospechaba mucho, por supuesto, de Carrie Grethen. Decía sin cesar: «Esa mujer no ha dicho su última palabra.» Pero, a la vez, no comprendía cómo podría ser ella quien llamaba y enviaba las cartas porque todavía estaba encerrada en Nueva York, en Kirby.

Resumiré seis meses de conversaciones con Benton diciendo que tenía un presentimiento muy fuerte de que su muerte era inminente. Por eso sufría depresión, ansiedad y paranoia y empezó a abusar del alcohol. Me dijo que te ocultaba sus borracheras y que sus problemas estaban deteriorando su relación contigo. Cuando escuché algunas cosas que me contaste en nuestras charlas, Kay, comprobé que su comportamiento en casa había cambiado. Ahora quizá comprendas algunos de los motivos de ello.

Quise recetarle un antidepresivo suave, pero no aceptó. Estaba muy preocupado por lo que sería de ti y de Lucy si algo le pasaba. Lloró abiertamente por eso en mi consulta. Fui yo quien le sugerí que te escribiera la carta que el senador Lord te entregó hace unas semanas. Le dije: «Imagina que estás muerto y que tienes una última oportunidad de decirle algo a Kay.» Y lo hizo. Te dijo las palabras que leíste en su carta.

Durante nuestras sesiones le sugerí varias veces que quizás él sabía más cosas sobre quién lo estaba acosando y que tal vez la negación le evitaba tener que enfrentarse a la verdad. Dudó. Recuerdo muy bien que tuve la impresión de que él poseía información que no podía o no quería darme. Ahora empiezo a pensar que a lo mejor yo lo sé. He llegado a la conclusión de que lo que empezó a pasarle a Benton hace varios años y lo que ahora te está pasando a ti está relacionado con el hijo mafioso de Marino. Rocky está involucrado con gente poderosa del crimen organizado y odia a su padre. Debe de odiar a cualquiera a quien su padre aprecie. ¿Es una coincidencia que Benton recibiera cartas amenazadoras y lo asesinaran y que, después, este terrible asesino, Chandonne, termine en Richmond y ahora el hijo terrible de Marino sea su abogado? ¿No está llegando por fin este tortuoso camino a una conclusión espantosa que pretende acabar con todo el mundo bueno en la vida de Marino?

En mi consulta, Benton mencionó a menudo un archivo EUR. En él guardaba todas las cartas extrañas y amenazadoras y otros registros de comunicaciones e incidentes que había empezado a recibir. Durante meses, pensé que lo llamaba Luz, por lo de echar luz sobre un asunto. Pero un día me referí a ese archivo como Luz y me corrigió diciéndome que el nombre era EUR: e, u, erre. Le pregunté que qué significaban esas siglas y respondió: «El Último Reducto.» Quise saber a qué se refería con eso y los ojos se le llenaron de lágrimas. Sus palabras exactas fueron: «El Último Reducto es donde yo acabaré, Anna.»

No puedes imaginar lo que sentí cuando Lucy mencionó que ése era también el nombre de la empresa de investigación donde va a trabajar en Nueva York. Cuando ayer por la noche me viste tan alterada, no era sólo por la citación que me enviaron. Lo que pasó fue lo siguiente: recibí la citación, llamé a Lucy porque pensé que ella sabría qué te estaba pasando, me dijo que su «nueva jefa» (Teun McGovern) estaba en Richmond y mencionó El Último Reducto. Me impresionó mucho. Todavía estoy impresionada y no entiendo qué significa todo esto. ¿Sabe Lucy quizá lo del archivo de Benton?

Una vez más, ¿es una coincidencia, Kay? ¿Se le ocurrió el mismo nombre que Benton dio a su archivo secreto? ¿Son coincidencias todas estas conexiones? Ahora existe algo llamado el Último Reducto que está situado en Nueva York, y Lucy se traslada a Nueva York, el juicio de Chandonne ha sido transferido a Nueva York porque el tipo mató a alguien en Nueva York hace dos años cuando Carrie Grethen seguía encerrada en Nueva York, el anterior compañero de asesinatos de Carrie, Temple Gault, murió (gracias a ti) en Nueva York y Marino empezó su carrera de policía en Nueva York. Y Rocky vive en Nueva York.

Deja que termine diciéndote lo mal que me siento por cualquier posible intervención mía que haya podido empeorar tu situación actual, aunque puedes estar segura de que no voy a decir nada que pueda tergiversarse. Nunca. Soy demasiado vieja para eso. Mañana, en Navidad, me iré a mi casa de Hilton Head, donde permaneceré hasta que me sea posible regresar a Richmond sin problemas. Lo hago por varias razones. No pienso facilitarle a Buford ni a nadie el contacto conmigo. Y, sobre todo, necesitas un lugar donde vivir. No vuelvas a tu casa, Kay.

Tu amiga que te quiere,

Anna.

Leí y releí la carta. Me mareé al imaginar a Anna creciendo en el ambiente envenenado de Mauthausen y sabiendo lo que pasaba allí. Me dio una pena enorme que toda su vida hubiera estado oyendo referencias a los judíos y chistes malos sobre los judíos, y se hubiera enterado de más atrocidades cometidas contra los judíos, consciente siempre de que ella lo era. Daba igual cómo lo racionalizara, lo que su padre había hecho estaba mal y era una cobardía. Supuse que él sabía también que el comandante de las SS a quien servía vino y comida violaba a Anna, y tampoco hizo nada al respecto. Nada de nada.

Vi que eran casi las cinco de la mañana. Los ojos se me cerraban, pero tenía los nervios de punta. Carecía de sentido intentar dormir. Me levanté y fui a la cocina a preparar café. Me senté un rato ante la ventana oscura, mirando a un río que no se veía y contemplando todo lo que

Anna me había revelado. Ahora tenían sentido muchas cosas de los últimos años de Benton. Recordé los días en que se quejaba de dolor de cabeza por la tensión y yo pensaba que parecía tener resaca, y ahora sospechaba que seguramente la tenía. Cada vez estaba más deprimido, distante y frustrado. En cierto sentido, comprendía que no me contara lo de las cartas, las llamadas telefónicas y el archivo EUR, como él lo llamaba. Pero discrepaba de él. Debería habérmelo contado. No recordé haber encontrado tal archivo cuando revisé sus pertenencias tras su muerte. Pero recordaba muy pocas cosas de entonces. Fue como si viviera bajo tierra: me movía con dificultad y despacio, incapaz de ver adónde iba o dónde había estado. Tras la muerte de Benton, Anna me ayudó a disponer de sus efectos personales. Ella vació sus armarios y repasó sus cajones mientras yo entraba y salía de las habitaciones como un insecto enloquecido, tan pronto ayudándola como despotricando y llorando. Me preguntaba ahora si encontraría ese archivo. Y tuve la certeza de que sí, si es que todavía existía.

La primera luz de la mañana fue una pincelada de azul oscuro mientras servía un café y se lo llevaba a Anna a su habitación. Escuché tras la puerta por si oía algún signo de que estuviese despierta. Todo estaba en calma. Abrí la puerta con cuidado y entré con el café. Lo dejé en la mesa oval junto a su cama. A Anna le gustaba tener luz por la noche. Su dormitorio estaba iluminado como una pista de aterrizaje, con iluminación incrustada en casi todos los recipientes. Cuando me enteré, lo encontré extraño. Ahora empezaba a entenderlo. Tal vez asociaba la oscuridad absoluta a estar sola y aterrorizada en su habitación, esperando a que entrara un nazi borracho y apestoso y se apoderara de su joven cuerpo. Con razón se había pasado toda la vida tratando con gente herida. Ella comprendía a esa gente. Había aprendido de sus tragedias pasadas tanto como, según ella, yo de las mías.

—¿Anna? —susurré, y la vi moverse—. Anna, soy yo. Te he traído café.

Se sentó sobresaltada, entrecerrando los ojos, con los cabellos en la cara y levantados en algunos puntos.

Empecé a desearle feliz Navidad.

—Felices vacaciones —dije, en lugar de eso.

—Todos estos años he celebrado la Navidad cuando, en secreto, soy judía. —Alargó la mano hacia el café—. No estoy de muy buen humor al levantarme.

Le estreché la mano y, en la penumbra, me pareció de repente vieja y delicada.

—Leí tu carta. No sé muy bien qué decir, pero no puedo destruirla, y tenemos que hablar de ella.

Guardó silencio un instante y creí notar alivio en eso. Luego, volvió a ponerse terca y movió la mano a modo de rechazo, como si con un mero gesto pudiera descartar toda su historia y lo que me había contado sobre mi propia vida. Las luces para la noche proyectaban sombras marcadas, exageradas, de los muebles Biedemeier y de las lámparas antiguas y las pinturas al óleo de su enorme y magnífica habitación. Las cortinas gruesas de seda estaban corridas.

—No debería haberte escrito nada de eso —comentó con firmeza.

—Ojalá me lo hubieras escrito antes, Anna.

Sorbió el café y se llevó las sábanas hasta los hombros.

—Lo que te pasó de niña no es culpa tuya —la animé—. Las opciones las tomó tu padre, no tú. Te protegió y al mismo tiempo no te protegió en absoluto. Tal vez no tuviera elección.

Sacudió la cabeza.

—No lo sabes. No puedes saberlo.

No iba a discutírselo.

—No hay monstruos que se les comparen —prosiguió—. Mi familia no tuvo elección. Mi padre bebía mucho aguardiente. La mayor parte del tiempo estaba borracho de aguardiente y ellos se emborrachaban con él. Ni siquiera ahora soporto ese olor. —Sujetó la taza de café con ambas manos—. Todos se emborrachaban, no importaba. Cuando el *Reichsminister* Speer y su entorno visitaron las instalaciones de Gusen y Ebensee, vinieron a nuestro Schloss, nuestro castillo. Mis padres ofrecieron un suntuoso banquete con músicos vieneses y el mejor champán y la mejor comida, y todo el mundo estaba borracho. Recuerdo que me escondí en la habitación. Tenía mucho miedo de quién vendría después. Me oculté debajo de la cama y varias veces oí pasos en la habitación, y una de ellas alguien tapó de nuevo la cama con las sábanas y maldijo. Permanecí así toda la noche, soñando con la música y con uno de los jóvenes músicos que lograba arrancar de su violín una dulzura extraordinaria. Me miraba a menudo y me hacía sonrojar, y mientras permanecía bajo la cama esa noche pensé en él. Nadie que creara tanta belleza podía ser malo. Toda la noche pensé en él.

—¿El violinista vienés? —pregunté—. ¿El que después...?

—No, no. —Negó con la cabeza—. Eso fue muchos años antes de Rudi. Pero creo que fue entonces cuando me enamoré de Rudi, sin conocerlo. Veía a los músicos con su traje negro y me fascinaba su magia; quería que me liberaran del horror. Me imaginaba a mí misma viajando en sus notas hacia un lugar puro. Durante un rato, me transportaban a la Austria de antes de la cantera y el crematorio, cuando la vida era sencilla y la gente, decente y divertida, tenía jardines perfectos y estaba muy orgullosa de su hogar. Los días soleados de primavera, colgábamos los edredones en la ventana para que les diera el aire más limpio que jamás he respirado. Y jugábamos en ondulados campos de hierba que parecían llegar hasta el cielo mientras mi padre cazaba jabalíes en el bosque y mi madre cosía y cocinaba. —Se detuvo, y su rostro reflejó melancolía—. Un cuarteto de cuerda consiguió transformar la noche más espantosa. Y, después, mis pensamientos mágicos me llevaron a los brazos de un hombre con un violín, un norteamericano. Y aquí estoy. Aquí estoy. Escapé. Pero no he escapado nunca, Kay.

El alba empezó a iluminar las cortinas y a darles el color de la miel. Le dije a Anna que me alegraba de que estuviera ahí. Le agradecí que me hablara de Benton y que, por fin, me lo hubiera contado. En cierto sentido, la imagen era más completa gracias a lo que sabía ahora. En otro, no. No podía trazar con nitidez la evolución de los estados de ánimo y los cambios que precedieron a la muerte de Benton, pero sabía que, más o menos al mismo tiempo que él visitaba a Anna, Carrie Grethen buscaba un nuevo compañero para sustituir a Temple Gault. Carrie había trabajado con ordenadores tiempo atrás. Era brillante y muy manipuladora y logró acceder a un ordenador del hospital psiquiátrico forense de Kirby. Así fue como logró lanzar de nuevo sus redes al mundo. Conectó con un nuevo compañero, otro asesino psicópata, llamado Newton Joyce. Lo hizo a través de Internet, y él la ayudó a escaparse de Kirby.

—Quizá también conoció a otras personas a través de Internet —sugirió Anna.

—¿Al hijo de Marino? ¿Rocky?

—Eso pienso.

—¿Sabes qué pasó con el archivo de Benton, Anna? ¿El archivo EUR, como él lo llamaba?

—No lo he visto nunca. —Se sentó más erguida al haber decidido que había llegado el momento de salir de la cama, y las sábanas le resbalaron hasta la cintura. Sus brazos desnudos se veían delgados y llenos de arrugas, como si alguien los hubiese deshinchado. Los pechos le colgaban bajo la seda oscura—. Cuando te ayudé a disponer de su ropa y otros efectos personales, no vi ningún archivo. Pero no estuve en su oficina.

Yo me acordaba de muy poco.

—No. —Retiró las sábanas y apoyó los pies en el suelo—. No lo haría. Eso es algo que yo no haría. Sus archivos profesionales. —Se puso de pie y se cubrió con una bata—. Supuse que tú los habrías revisado. Lo hiciste, ¿verdad? ¿Y su oficina de Quantico? Ya se había retirado, así que supongo que él mismo la vaciaría.

—Ya estaba vacía, sí.

Caminamos por el pasillo hacia la cocina.

—Los archivos de sus casos se quedaron allí —le aclaré—. A diferencia de algunos de sus compañeros del FBI que se retiran, Benton no creía que los casos en los que trabajaba le pertenecieran. Por eso sé que no se llevó el archivo de ningún caso de Quantico cuando se retiró. Lo que no sé es si dejaría el archivo EUR en el FBI. Si es así, no lo veré nunca.

—Ese archivo era suyo —señaló Anna—. Correspondencia suya. Cuando me habló de eso, no se refirió nunca a lo que le pasaba como un asunto del FBI. Parecía tomarse las amenazas y las llamadas extrañas como algo personal y, que yo sepa, ni siquiera comentó todo aquello con otros agentes. Estaba muy obsesionado, sobre todo porque algunas de las amenazas te afectaban a ti. Me inclino a pensar que yo fui la única persona a la que se lo contó. Lo sé. Le dije muchas veces que debería decírselo al FBI. —Sacudió la cabeza y repitió—: No lo hizo.

Tiré el filtro del café a la basura y sentí una punzada de resentimiento. Benton me ocultaba muchas cosas.

—Una lástima —lamenté—. Quizá si se lo hubiera contado a otros agentes, nada de esto habría pasado.

—¿Quieres más café?

—Debería tomar —acepté, recordando que no había dormido en toda la noche.

—Un poco de café vienés —decidió Anna, y abrió la nevera y eligió una bolsa de café—. Porque esta mañana siento nostalgia de Austria —añadió con una nota de sarcasmo, como si se reprendiera a sí misma por divulgar detalles de su pasado.

Vertió los granos en el molinillo y por un momento la cocina se llenó de vida.

—Al final Benton estaba desilusionado con el FBI —dije, reflexionando en voz alta—. No estoy segura de que siguiera confiando en las personas que lo rodeaban. Competitividad. Era jefe de unidad y sabía que todo el mundo se pelearía por el cargo en cuanto mencionara que deseaba retirarse. Conociéndolo, seguro que se enfrentó solo a sus problemas, del mismo modo que trabajaba en sus casos. Si hay algo seguro es que Benton era la discreción en persona.

Repasé todas las posibilidades. ¿Dónde guardaría Benton ese archivo? En mi casa tenía una habitación en la que dejaba sus pertenencias y enchufaba su portátil. Tenía archivadores. Pero yo los había revisado y no vi nunca nada parecido a lo que Anna describía.

Luego se me ocurrió otra cosa. Cuando asesinaron a Benton en Filadelfia, se hospedaba en un hotel. Me devolvieron varias bolsas con sus efectos personales, incluido su maletín, que abrí. Lo revisé, igual que antes la policía. Estaba segura de no haber visto nada parecido a ese archivo EUR, pero, si era cierto que Benton sospechaba que Carrie Grethen tenía algo que ver con las llamadas y las notas extrañas que recibía, ¿no se llevaría el archivo EUR al estar trabajando en casos nuevos que podían estar relacionados con ella? ¿No se habría llevado el archivo a Filadelfia?

Me dirigí al teléfono y llamé a Marino.

—Felices Navidades —dije—. Soy yo.

—¿Qué? —soltó medio dormido—. Mierda. ¿Qué hora es?

—Las siete y cinco.

—¡Las siete! —Un gruñido—. Pero si ni siquiera Santa Claus ha llegado aún. ¿Para qué me llamas tan temprano?

—Es importante, Marino. Cuando la policía revisó los efectos personales de Benton en la habitación de hotel de Filadelfia, ¿los viste?

Soltó un bostezo enorme y resopló con fuerza.

—Mierda, tengo que dejar de acostarme tan tarde. Los pulmones me están matando; tengo que dejar de fumar. Unos cuantos compañeros y yo fuimos al Wild Turkey ayer por la noche. —Otro bostezo—. Espera, ya me conecto. Déjame que me cambie de canal. Tan pronto es Navidad como me preguntas por Filadelfia.

—Exacto. Sobre lo que encontrasteis de Benton en la habitación del hotel.

—Sí. Yo también revisé sus cosas.

—¿Os quedasteis algo? ¿Algo que estuviera, por ejemplo, en su maletín? ¿Un archivo, por ejemplo, que contuviera cartas?

—Tenía un par de archivos ahí. ¿Por qué quieres saberlo?

Me estaba poniendo nerviosa. Mis sinapsis se disparaban, lo que me despejaba la cabeza y bombeaba energía a mis células.

—¿Dónde están ahora esos archivos? —le pregunté.

—Sí, recuerdo algunas cartas. Una basura que no merecía que se le prestara atención. Después, Lucy acabó con Carrie y Joyce en el aire, y eso aclaró a la perfección el caso, podría decirse. Mierda. Todavía no puedo creer que llevara un AR-15 en el helicóptero y...

—¿Dónde están los archivos? —le pregunté de nuevo, y no pude ocultar la urgencia en mi voz. El corazón me latía con fuerza—. Necesito ver un archivo que contenía cartas extrañas. Benton lo llamaba EUR: e, u, erre. Por El Último Reducto. Tal vez de ahí es de donde Lucy sacó la idea.

—¿El Último Reducto? ¿Te refieres a donde Lucy trabajará, el negocio de McGovern en Nueva York? ¿Qué tiene eso que ver con un archivo en el maletín de Benton?

—Buena pregunta —solté.

—Muy bien. Está en alguna parte. Lo encontraré e iré para allá.

Anna había vuelto a su habitación y yo me dediqué a pensar en nuestra comida navideña mientras esperaba a que llegaran Lucy y McGovern. Empecé a sacar comida de la nevera a la vez que recordaba lo que Lucy me había contado sobre la nueva empresa de McGovern en Nueva York. Según ella, el nombre de El Último Reducto empezó como una broma. ¿Adónde vas cuando todo lo demás falla? Y en su carta Anna me explicaba que Benton le dijo que El Último Reducto era donde él acabaría. Enigmático. Acertijos. Benton creía que su futuro estaba de algún modo vinculado a lo que figuraba en ese archivo. Me planteé si El Último Reducto sería la muerte. ¿Dónde iba a acabar Benton? Muerto. ¿Se refería a eso? ¿Dónde más podría haber acabado?

Días atrás, le había prometido a Anna que prepararía la cena de Navidad si no le importaba que cocinara una italiana, lo que no se parecía a un pavo ni a lo que la gente usaba para rellenarlo en esas fiestas. Anna había hecho un esfuerzo valeroso en sus compras. Tenía incluso aceite de oliva prensado en frío y *mozzarella* fresca de búfala. Llené una olla grande de agua y regresé a la habitación de Anna para decirle que no podía ir a Hilton Head ni a ninguna parte hasta que hubiese probado la *cucina Scarpetta* y un poco de vino. Mientras se cepillaba los dientes le dije que era un día para pasar en familia. No me importaban ni jurados especiales de acusación ni fiscales ni nada más hasta después de cenar. Cuando le sugerí que preparara algo austríaco, casi escupió la pasta de dientes. Se negó en rotundo. Afirmó que, si ambas coincidíamos en la cocina, acabaríamos matándonos.

Durante un rato, los ánimos parecieron levantarse en casa de

Anna. Lucy y McGovern llegaron sobre las nueve y los regalos estaban dispuestos bajo el árbol. Empecé a mezclar huevos y harina y a trabajarlos juntos con los dedos en una tabla de madera. Cuando la masa adquirió la consistencia adecuada, la envolví en plástico y busqué la máquina manual para hacer pasta que Anna afirmaba tener en algún lugar, mientras saltaba de una idea a otra sin oír apenas de lo que Lucy y McGovern charlaban.

—No es que no pueda pilotar cuando las condiciones no permiten vuelos visuales. —Lucy explicaba algo sobre su helicóptero nuevo, que, al parecer, había sido entregado en Nueva York—. Estoy capacitada para efectuar vuelos instrumentales, pero no me interesa tener un helicóptero de un solo motor porque, con un solo motor, quiero ver el suelo todo el tiempo, de modo que no querré volar por encima de las nubes los días malos.

—Parece peligroso —comentó McGovern.

—No lo es, en absoluto. Los motores no fallan nunca en estos aparatos, pero vale la pena ponerse siempre en el peor caso.

Empecé a amasar. Pasta era lo que más me gustaba preparar y siempre evitaba usar máquinas o robots de cocina porque la calidez del toque humano confería a la pasta fresca una textura imposible de igualar para las hojas de acero en movimiento. Cogí ritmo, empujando, doblando, dando medias vueltas, presionando con fuerza con la base de mi mano buena mientras me ponía, a mi vez, en el peor caso. ¿Cuál podría haber supuesto Benton que era el peor caso para él? Si pensaba que acabaría en su metafórica última comisaría, ¿cuál sería el peor caso? Fue entonces cuando decidí que no se refería a la muerte al decir eso. No. Benton sabía mejor que nadie que hay cosas mucho peores que la muerte.

—Le he dado clases de vez en cuando. Aprende deprisa. Pero la gente que usa las manos tiene ventaja —le decía Lucy a McGovern, hablando sobre mí.

«Es donde acabaré», las palabras de Benton se repetían en mi mente.

—Claro. Porque se necesita coordinación.

—Hay que poder usar ambas manos y ambos pies a la vez. Y, a diferencia del ala fija, un helicóptero es intrínsecamente inestable.

—Eso es lo que te decía. Son peligrosos.

«Es donde acabaré, Anna.»

—No lo son, Teun. Puedes perder un motor a trescientos metros de altura y seguir volando hasta el suelo. El aire mantiene las hélices en movimiento. ¿Has oído hablar del autogiro? Aterrizas en un aparcamiento o en el patio de alguien. No puedes hacer eso con un avión.

«¿Qué quisiste decir, Benton? Maldita sea. ¿Qué quisiste decir?» Amasé y amasé, girando siempre la bola de masa en la misma dirección, en el sentido de las agujas del reloj, porque dirigía con la mano derecha para evitar la escayola.

—Creí que habías dicho que el motor no fallaba nunca. Me gustaría tomar ponche de huevo. ¿Preparará Marino su famoso ponche de huevo esta mañana? —dijo McGovern.

—Es su especialidad de Fin de Año.

—¿Qué? ¿Va contra las reglas en Navidad? No sé cómo puede Kay hacer eso.

—Con obstinación.

—Ya lo creo. Y nosotras aquí, sin hacer nada.

—No permitirá que la ayudes. Nadie toca su masa, créeme. Tía Kay, ¿no te duele el codo al hacer eso?

Al levantar la mirada, mis ojos se enfocaron. Estaba amasando con la mano derecha y la punta de los dedos de la izquierda. Eché un vistazo al reloj de encima del fregadero y me di cuenta de que había perdido la noción del tiempo y llevaba amasando casi diez minutos.

—Por Dios, ¿dónde estabas? —La animación de Lucy se desmoronó al ver mi cara—. No dejes que esto te coma viva. Todo irá bien.

—Ella creía que me preocupaba el jurado especial de acusación cuando, irónicamente, no había pensado en eso en toda la mañana—. Teun y yo te vamos a ayudar, ya te estamos ayudando. ¿Qué crees que hemos estado haciendo estos últimos días? Tenemos un plan que queremos comentarte.

—Después del ponche de huevo —bromeó McGovern con una sonrisa amable.

—¿Os habló alguna vez Benton sobre El Último Reducto? —solté de pronto, con una mirada feroz, casi acusadora; pero su expresión confusa me reveló al instante que no sabían a qué me refería.

—¿Quieres decir a lo que hacemos ahora? —Lucy frunció el ceño—. ¿A la oficina de Nueva York? No podía saber nada a menos que tú le mencionaras que pensabas establecerte por tu cuenta —dijo, dirigiéndose a McGovern.

Dividí la masa en partes más pequeñas y empecé a amasar otra vez.

—Siempre he pensado en trabajar por mi cuenta —aseguró McGovern—, pero jamás se lo comenté a Benton. Estábamos bastante desbordados con los casos que teníamos allí, en Pensilvania.

—Y te quedas muy corta —añadió Lucy, sombría.

—Sí. —McGovern suspiró y sacudió la cabeza.

—Si Benton no tenía ni idea de la empresa privada que pensabais montar —dije yo—, ¿es posible que le mencionarais El Último Reducto, el concepto, aquello sobre lo que dijiste que solíais bromear? Estoy tratando de averiguar por qué le puso ese nombre a un archivo.

—¿Qué archivo? —quiso saber Lucy.

—Marino lo traerá. —Acabé de amasar una porción de masa y la envolví en plástico—. Estaba en el maletín de Benton, en Filadelfia.

Les expliqué lo que Anna me había contado en su carta y Lucy aclaró por lo menos un punto. Estaba segura de haber mencionado la filosofía de El Último Reducto a Benton. Le parecía recordar que un día estaba en el coche con él y le preguntó sobre la consulta privada que había montado al retirarse. Él le comentó que iba bien, pero que le resultaba difícil manejar la logística de llevar su propia empresa, que echaba de menos tener una secretaria y otra persona que contestara al teléfono, ese tipo de cosas. Lucy le dijo con tristeza que tal vez todos nosotros deberíamos unirnos para formar nuestra propia empresa. Fue entonces cuando usó el término El Último Reducto, como una «asociación propia».

Extendí unos trapos de cocina limpios y secos sobre el mostrador.

—¿Tenía idea de que te planteabas en serio hacer eso algún día? —pregunté.

—Le dije que si alguna vez reunía el dinero suficiente dejaría de trabajar para el Gobierno —respondió Lucy.

—Bueno, cualquiera que te conozca sabe que sólo es cuestión de tiempo que reúnas el dinero para hacer algo. —Encajé los rodillos y los situé en la abertura máxima—. Benton siempre dijo que eras demasiado independiente para durar mucho en una burocracia. No le habría sorprendido nada lo que te está pasando ahora, Lucy.

—De hecho, te empezó a pasar desde el primer momento —le señaló McGovern a mi sobrina—. Por eso no duraste en el FBI.

Lucy no se molestó. Había aceptado por fin que al principio cometió errores, y el más grave había sido su aventura con Carrie Grethen. Ya no culpaba al FBI por evitarla hasta que finalmente renunció. Allané una porción de masa con la palma de la mano y le di a la manivela de la máquina.

—Me pregunto si Benton usó ese concepto como nombre de su misterioso archivo porque sabía de algún modo que El Último Reducto, es decir nosotras, investigaríamos su caso algún día —reflexioné—.

Si nosotras somos donde él acabaría, porque lo que había empezado con esas cartas amenazadoras y todo lo demás no iba a terminar, ni siquiera con su muerte. —Volví a pasar la masa por la máquina una y otra vez hasta obtener una tira perfecta de pasta que deposité sobre un trapo de cocina—. Él lo sabía. De algún modo —concluí.

—De algún modo siempre lo sabía todo —manifestó Lucy con una gran tristeza en su cara.

Benton estaba en la cocina. Lo sentí al preparar la pasta navideña y comentar cómo trabajaba su mente. Era muy intuitivo. Siempre pensaba con mucha anticipación. Podía verlo imaginando el futuro tras su muerte y pensando cómo reaccionaríamos ante todo, incluido un archivo que podríamos encontrar en su maletín. Benton estaba seguro de que, si algo le pasaba, y no cabía duda de que temía que sería así, yo revisaría su maletín, cosa que hice. Lo que no pudo prever fue que Marino lo revisaría antes y sacaría un archivo que yo desconocía hasta ahora.

Al mediodía, Anna había cargado el coche para irse a la playa y los mostradores de su cocina estaban cubiertos de lasaña. La salsa de tomate hervía en el fuego. Los quesos parmesano *reggiano* y *asagio* curado estaban rallados en cuencos y la *mozzarella* fresca descansaba sobre un trapo de cocina y liberaba parte de su humedad. La casa olía a ajo y a humo de leña, y las luces navideñas brillaban mientras el humo salía por la chimenea. Cuando Marino llegó con sus cosas y su torpeza, nos encontró más contentas de lo que nos había visto desde hacía tiempo. Vestía pantalones y camisa vaqueros e iba cargado de regalos y con una botella de Virginia Lightning clandestino. Detecté el borde de una carpeta que asomaba por detrás de los paquetes envueltos que llevaba en una bolsa, y el corazón me dio un vuelco.

—¡Jo, jo, jo! —bramó—. ¡Feliz mierda de Navidad! —Era su frase habitual, pero tenía la cabeza en otra parte. Tuve la impresión de que no se había pasado las últimas horas sólo buscando el archivo EUR: se lo había leído—. Necesito una copa —anunció a la concurrencia.

31

Encendí el fuego de la cocina y cocí la pasta. Mezclé los quesos rayados con ricota y empecé a distribuirla en capas con salsa de carne entre las hojas de pasta en una bandeja. Anna rellenó dátiles con queso para untar y llenó un cuenco con cacahuetes salados mientras Marino, Lucy y McGovern se servían cerveza y vino o mezclaban la poción que deseaban, que en el caso de Marino era un Bloody Mary sazonado, preparado con el vodka que había traído.

Estaba de mal humor y medio borracho. El archivo EUR era un agujero negro, aún en la bolsa de regalos, irónicamente bajo el árbol de Navidad. Marino sabía lo que contenía ese archivo, pero no se lo pregunté. Nadie lo hizo. Lucy sacó los ingredientes para las galletas de chocolate y dos pasteles, uno de mantequilla de cacahuete y otro de lima, como si fuéramos a alimentar a toda la ciudad. McGovern descorchó un tinto Chambertin Grand Cru de Borgoña y mientras Anna puso la mesa y el archivo tiraba de nosotros en silencio y con gran fuerza. Era como si hubiésemos establecido un acuerdo tácito para beber, brindar y comer antes de empezar a hablar sobre asesinatos.

—¿Alguien más quiere un Bloody Mary? —ofreció Marino en voz muy alta, sin hacer nada útil en la cocina—. Oye, doctora, ¿qué te parece si preparo una jarra?

Abrió la nevera, agarró varias latas de zumos Spicy Hot V8 y se puso a abrirlas. Me pregunté cuánto habría bebido antes de llegar a la casa, y la precaución cedió paso al enfado. En primer lugar, me insultaba dejando el archivo bajo el árbol, como si fuera su idea de una broma morbosa, de mal gusto. ¿Qué quería decir? ¿Era mi regalo de Navidad? ¿O era tan insensible que ni siquiera se le ocurrió, al dejar la bolsa bajo el árbol sin demasiados miramientos, que el archivo seguía allí? Pasó a mi lado dando tumbos para empezar a exprimir mitades de limón con el exprimidor eléctrico y a tirar las cortezas en el fregadero.

—Bueno, como nadie va a ayudarme, lo haré yo —farfulló—. ¡Eh! —gritó como si no estuviésemos en la misma habitación que él—. ¿Ha comprado alguien rábano picante?

Anna me miró. Empezaba a palparse un mal humor colectivo. La cocina pareció oscurecerse y enfriarse, y mi enfado fue en aumento. Iba a embestir contra Marino en cualquier momento, y eso que procuraba contenerme con todas mis fuerzas. Es Navidad, me repetía, es Navidad. Marino cogió una cuchara larga de madera se puso a remover la jarra de Bloody Mary, donde vertía una cantidad impresionante de alcohol.

—Madre mía —exclamó Lucy sacudiendo la cabeza—. Por lo menos usa Grey Goose.

—No beberé vodka francés ni loco. —La cuchara produjo unos ruidos secos al remover el líquido y al sacudirla después en el borde de la jarra—. Vino francés, vodka francés. Pero, bueno, ¿qué pasa con lo italiano? ¿Qué pasó con el barrio? —soltó, exagerando el acento italiano de Nueva York.

—Lo que estás preparando no tiene nada de italiano —le recriminó Lucy mientras sacaba una cerveza de la nevera—. Si te bebes eso, tía Kay te llevará mañana a trabajar con ella. Sólo que irás metido en una bolsa.

Marino se sirvió un vaso de su peligrosa mezcla y declaró, dirigiéndose a nadie en particular:

—Eso me recuerda algo. Si me muero, que no me corte ella. —Hablaba como si yo no estuviera delante—. Ése es el trato. —Se sirvió otro vaso y todas habíamos dejado lo que estábamos haciendo para mirarlo—. Es algo que me lleva preocupando diez años. —Tomó otro trago—. Joder, esto te calienta los pies. No quiero que me coloque en una de esas mesas de acero y me abra como si fuese un pescado del mercado. No. He hecho un trato con las chicas de la puerta. —Se refería a las recepcionistas—. No se pasarán mis fotos. No creáis que no sé lo que pasa. Comparan el tamaño de los penes. —Se tomó medio vaso y se secó los labios con el dorso de la mano—. Las he oído cuando lo hacen. Sobre todo Cleta —añadió, e hizo una mueca lasciva.

Tendió la mano hacia la jarra y yo hice lo propio para detenerlo.

—Ya basta —le dije—. ¿Qué te pasa? ¿Cómo te atreves a venir borracho y luego emborracharte más? Ve a dormir la mona, Marino. Seguro que Anna encontrará una cama para ti. No irás en coche a ninguna parte y ahora mismo ninguna de nosotras quiere soportar tu presencia.

Me lanzó una mirada desafiante, burlona, y levantó otra vez el vaso.

—Por lo menos, soy honesto —replicó—. Vosotras podéis fingir que es un buen día porque es Navidad. Bueno, ¿y qué? Lucy deja su empleo para que no la despidan porque es una tortillera lista.

—Basta, Marino —le advirtió Lucy.

—McGovern deja su empleo y no sé de qué va. —La señaló con el pulgar, insinuando que podía tener la misma orientación que Lucy—. Anna tiene que irse de su propia casa porque tú estás aquí y te investigan por asesinato, y ahora vas y dejas tu empleo. Y con toda la razón, joder. Y ya veremos si el gobernador te contrata. Consultora privada. Sí. —Arrastraba las palabras y se balanceaba en medio de la cocina con la cara muy colorada—. Cuando las ranas críen pelo. Así que, ¿adivina quién queda? Yo y nadie más que yo.

Golpeó el vaso contra el mostrador y se dirigió a la puerta de la cocina, pero chocó con la pared, lo que hizo caer un cuadro torcido, y se tambaleó hacia el salón.

—Dios mío —dijo McGovern, y soltó el aire con fuerza.

—Cabronazo del sur —soltó Lucy.

—El archivo —aseguró Anna, que lo siguió con la mirada—. Eso es lo que le pasa.

Marino estaba en el sofá del salón sumido en un coma etílico. Nada lo despertaba. No se movía, pero sus ronquidos nos advertían que estaba vivo y que no se enteraba de lo que pasaba en casa de Anna. La lasaña estaba a punto y se mantenía caliente en el horno, y un pastel de lima se enfriaba en la nevera. Anna había iniciado su viaje de ocho horas a Hilton Head, a pesar de mis protestas. Hice lo que pude para animarla a quedarse, pero ella creía que tenía que irse. Era media tarde. Lucy, McGovern y yo llevábamos horas sentadas a la mesa del comedor, con los cubiertos retirados, los regalos todavía sin abrir bajo el árbol y el archivo EUR esparcido ante nosotras.

Benton era meticuloso. Había sellado cada elemento en plástico transparente, y las manchas moradas de algunos sobres y cartas indicaban que se había usado ninhidrina para procesar huellas dactilares latentes. Los matasellos eran de Manhattan, todos con los mismos tres primeros dígitos de un código postal, el 100. Era imposible saber en qué estafeta se despacharon las cartas. Lo único que indicaba el prefijo de tres cifras era la ciudad y que el correo no se procesó a través de una franqueadora particular o empresarial ni en una oficina rural. En tal caso, el matasellos contaría con cinco cifras.

Al principio del archivo EUR había un índice que relacionaba un total de sesenta y tres elementos fechados desde la primavera de 1996 (unos seis meses antes de que Benton escribiera la carta que quería que me entregaran tras su muerte) hasta el otoño de 1998 (días antes de que Carrie Grethen se escapara de Kirby). El primero estaba etiquetado como «Prueba 1», como si se tratara de una prueba material que debía ver un jurado. Era una carta con matasellos de Nueva York, del 15 de mayo de 1996, sin firmar y escrita por ordenador con una fuente de WordPerfect recargada y difícil de leer, que Lucy identificó como «Ransom».

> Querido Benton:
> ¡La presidencia del Club de Fans de los Feos te ha elegido miembro honorario! ¿Sabes una cosa? Volvemos feos a los miembros ¡gratis! ¿No te ilusiona? Continuará...

La carta iba seguida de cinco más; todas, escritas con semanas de diferencia y con referencias al Club de Fans de los Feos y a que Benton era su miembro más reciente. El papel era corriente, con la misma fuente Ransom, ausencia de firma e idéntico código postal de Nueva York. Estaba claro que eran del mismo autor; una persona muy lista hasta que envió la sexta carta y cometió un error, bastante evidente para un investigador, por lo que me sorprendió que Benton no pareciera haberlo captado. En la parte posterior del sobre, sin identificación externa, se observaban unas marcas escritas si se inclinaba para captar la luz desde distintos ángulos.

Saqué un par de guantes de látex de la cartera y me los puse mientras me dirigía a la cocina para buscar una linterna. Anna guardaba una en el mostrador, junto a la tostadora. De nuevo en el comedor, saqué el sobre de su envoltorio de plástico, lo sujeté por las esquinas y lo iluminé oblicuamente. Capté la sombra de las palabras marcadas «Jefe de correos» y supe al instante lo que hizo el autor de la carta.

—«Franklin D.» —distinguí—. ¿Hay alguna estafeta Franklin D. Roosevelt en Nueva York? Porque está muy claro que pone «NY, NY».

—Sí. La de mi barrio —afirmó McGovern, que abrió los ojos como platos. Se puso a mi lado de la mesa para verlo más de cerca.

—He tenido casos en que la gente se preparaba coartadas —expliqué, apuntando la luz desde distintos ángulos—. Una muy obvia y manida es que estabas en un lugar distinto, muy alejado, en el momento del asesinato y, por lo tanto, no pudiste cometerlo. Un modo sencillo de lograrlo es hacer que envíen el correo desde algún lugar más o menos distante cuando ocurre el crimen, con lo que parece que no puedes ser el asesino porque no podías estar en dos sitios a la vez.

—Tercera Avenida —dijo McGovern—. Ahí es donde está la estafeta Franklin D. Roosevelt.

—Tenemos parte de una calle; la solapa cubre un trozo. «Tra Av». Sí, Tercera Avenida. Lo que haces es escribir la dirección en la carta, sellarla con el importe correcto y meterla dentro de otro sobre dirigido al jefe de correos de la estafeta desde donde quieres que se envíe. El jefe de correos está obligado a enviar la carta, con matasellos de esa ciudad. Lo que hizo esta persona fue meter esta carta dentro de otro sobre y escribir la dirección en el sobre exterior. Las marcas de lo que escribió quedaron en el sobre de debajo.

Lucy también se había situado detrás de mí y se inclinó para mirar.

—El barrio de Susan Pless —comentó.

No sólo eso, sino que esa carta, que era la más vil con creces, estaba fechada el 3 de diciembre de 1997: el mismo día en que Susan Pless fue asesinada:

Hola, Benton:

¿Cómo estás, prontoserasfeo? ¿Sabes qué? ¿Tienes idea de lo que es mirarse en el espejo y querer suicidarse? ¿No? Muy pronto lo sabrás. Muuuuuyyyyy prooooontooooooo. Te rajaré como a un pavo de Navidad y lo mismo digo de la Jefa Hija de Puta con quien follas en tu tiempo libre cuando no estás intentando imaginarte a gente como tú y como yo. No sabes lo que me gustará usar mi enorme bisturí para abrirle las suturas. *Quid pro quo*, ¿no? ¿Cuándo aprenderás a no meterte donde no te llaman?

Imaginé a Benton recibiendo esas misivas morbosas, groseras. Lo imaginé en su habitación de mi casa, sentado en el escritorio con el portátil abierto y enchufado a la línea de módem, con el maletín cerca y el café al alcance de la mano. Sus notas indicaban que determinó que la fuente era Ransom y, luego, contempló su significado en inglés. Leí lo que había garabateado: «Liberar mediante dinero o por otro procedimiento. Recuperar algo que ha pasado a manos ajenas. Redimir.» Quizás yo estaba al otro lado del pasillo, en mi estudio, o en la cocina en el mismo momento en que leía esa carta. Tal vez buscó «Ransom» en el diccionario, y no me dijo nunca una palabra. Lucy apuntó que Benton no querría inquietarme y que de nada habría servido que yo lo supiera porque yo no podría haber hecho nada.

—Cactos, azucenas, tulipanes. —McGovern repasó las páginas del archivo—. Así que alguien le enviaba ramos anónimos a Quantico.

Empecé a ojear las decenas de notas de mensajes que tenían escrito «comunicación cortada» y el día y la hora. Eran llamadas a su línea directa de la Unidad de Ciencia de la Conducta y se había comprobado la identidad de su autor como «fuera de zona», lo que significaba que seguramente procedían de un teléfono móvil. La única observación de Benton era: «Pausas en la línea antes de cortar la comunicación.» McGovern nos informó de que los pedidos de ramos se habían efectuado a una floristería de Lexington Avenue, al parecer comprobada, y Lucy llamó a información para ver si seguía abierta. Lo seguía.

—Hizo una anotación sobre la forma de pago. —Me costaba mirar la escritura pequeña y enmarañada de Benton—. Correo. Los pedidos se recibieron por correo. Efectivo. Está la palabra «efectivo». Así que parece que la persona envió el dinero en efectivo y el pedido por escrito. —Regresé al índice. En efecto, las pruebas cincuenta y uno a cincuenta y cinco eran los pedidos que había recibido la floristería. Fui a esas páginas—. Generadas por ordenador y sin firmar. Tulipanes por veinticinco dólares con instrucciones para enviarlos a la dirección de Benton en Quantico. Un cactos por veinticinco dólares, etcétera. Los sobres están matasellados en Nueva York.

—Es probable que del mismo modo —indicó Lucy—. Los enviaron a través del jefe de correos de Nueva York. Pero ¿de dónde procedían?

No podíamos saberlo sin los sobres exteriores, que con toda seguridad los empleados de correos tiraron a la basura en cuanto los abrieron. Aunque tuviésemos esos sobres, era muy poco probable que el remitente hubiese escrito su dirección. Lo máximo que habríamos podido esperar era un matasellos.

—Supongo que la floristería supuso que sería algún tarado que no creía en las tarjetas de crédito —comentó McGovern—. O en alguien que tuviera una aventura.

—O en un preso —dije.

Pensaba, por supuesto, en Carrie Grethen. Podía imaginarla enviando comunicaciones desde Kirby. Al introducir las cartas en otro sobre y dirigirlo al jefe de correos, impedía como mínimo que el personal del hospital viera a quién enviaba las cartas, tanto si se trataba de una floristería como si era a Benton. Usar una estafeta de Nueva York también tenía sentido. Seguro que tenía acceso a varias estafetas a través de la guía telefónica, y mi instinto me decía que a Carrie no le importaba que alguien supusiera que el correo se originaba en la misma ciudad donde estaba encerrada. Simplemente no quería alertar al personal de Kirby, y también era la persona más manipuladora del mundo. Todo lo que hacía tenía un motivo. Estaba tan ocupada trazando el perfil de Benton como él el de ella.

—Si es Carrie, cabe pensar si de algún modo tenía conocimiento de Chandonne y sus asesinatos —observó McGovern con gravedad.

—Seguro que la entusiasmaba —respondí con ira mientras me levantaba—. Y sabía muy bien que escribir una carta a Benton, fechada el mismo día que el asesinato de Susan, lo pondría nervioso. Sabía que él establecería la relación.

—Y lo de elegir una estafeta situada en el barrio de Susan —añadió Lucy.

Especulamos, asumimos y proseguimos hasta última hora de la tarde, decidimos que era el momento de celebrar la cena de Navidad. Tras despertar a Marino, le contamos lo que habíamos descubierto y seguimos hablando mientras comíamos repollo, cebolla y tomate aliñados con vinagre de vino tinto y aceite de oliva prensado en frío. Marino engullía la comida como si hiciera días que no comía, llenándose la boca de lasaña mientras comentábamos y especulábamos sobre la pregunta: si Carrie Grethen era la persona que acosó a Benton y tenía algún vínculo con la familia Chandonne, ¿fue el asesinato de Benton algo más que un mero acto de psicopatía?, ¿fue su muerte obra del crimen organizado, de modo que pareciera algo personal, sin sentido y desquiciado, con Carrie como lugarteniente más que encantada de ejecutarla?

—Dicho de otro modo, ¿fue su muerte como esto de lo que te acusan a ti ahora? —insinuó Marino con la boca llena.

El silencio se cernió sobre la mesa. Ninguna entendió bien lo que quería decir, pero de repente, yo sí:

—¿Te refieres a si hubo un verdadero motivo para matarlo, pero hicieron que pareciera un asesinato en serie?

—Igual que te acusan de matar a Bray y hacer que parezca cosa del Hombre Lobo. —Se encogió de hombros.

—Tal vez por eso la Interpol se sulfuró y se molestó tanto —sugirió Lucy.

Marino se sirvió el excelente vino francés, que bebió como si fuera Gatorade.

—Sí, la Interpol. Quizá Benton se viera implicado en el cartel de algún modo y... —especuló.

—Debido a Chandonne —lo interrumpí al creer haber encontrado la pista que podría conducirnos a la verdad.

Jaime Berger había sido el comensal no invitado de nuestra Navidad, ensombreciendo mis pensamientos durante toda la tarde. No podía dejar de pensar en una de las primeras cosas que me preguntó en mi sala de reuniones. Quería saber si alguien había elaborado el perfil de los asesinatos de Chandonne en Richmond. Fue muy rápida en sacar eso a colación y quedó clarísimo que daba importancia a los perfiles. Seguro que le pidió a alguien el perfil del asesinato de Susan Pless, y cada vez estaba yo más segura de que Benton podría haber estado al corriente de ese caso.

—Por favor, esté en casa —le dije en voz alta a Berger tras levantarme de la mesa y sentí una creciente sensación de desesperación al buscar en la cartera su tarjeta profesional. En ella figuraba el número particular, y lo marqué desde la cocina de Anna, donde nadie pudiera oír lo que decía. Me daba algo de vergüenza. Además, estaba asustada y enfadada. Si me equivocaba, iba a quedar como una idiota. Si tenía razón, Berger tendría que haber sido más franca conmigo. Mierda. La maldije.

—¿Diga? —respondió una mujer.

—¿Señora Berger? —dije.

—Un momento. —La persona llamó—: ¡Mamá, es para ti!

En cuanto Berger se puso al aparato, le solté:

—¿Qué más no sé de usted? Porque está resultando evidente que sé muy poco.

—Oh, Jill. —Debía de estar hablando con quien había contestado el teléfono—. De hecho son del primer matrimonio de Greg. Dos adolescentes. Y hoy las vendería al primer postor. Qué digo, pagaría a alguien para que se las llevara.

—¡No es verdad! —oí que gritaba Jill, y se rió.

—Espere, iré a un lugar más tranquilo —dijo Berger, desplazándose por donde fuera que viviera con un marido y dos hijas que no me había mencionado a pesar de todas las horas que habíamos pasado juntas. Estaba muy resentida—. ¿Qué pasa, Kay?

—¿Conocía a Benton? —le pregunté sin rodeos. Como no contestó, insistí—: ¿Está ahí?

—Estoy aquí —afirmó, en tono grave pero tranquilo—. Pensaba en el mejor modo de responderle...

—¿Por qué no empieza por la verdad para variar?

—Siempre le he dicho la verdad —repuso.

—Eso es ridículo. Sé que hasta los mejores fiscales mienten cuando tratan de manipular a alguien. Sugieren detectores de mentiras o el suero de la verdad para que la gente confiese, y también hay lo que se llaman mentiras por omisión. Toda la verdad. Se lo exijo. Por el amor de Dios, ¿tuvo Benton algo que ver con el caso de Susan Pless?

—Sí —contestó—. Rotundamente sí, Kay.

—Hábleme de ello, señora Berger. Me he pasado toda la tarde revisando cartas y otras cosas extrañas que Benton recibió antes de que lo mataran. Las enviaron desde la estafeta ubicada en el barrio de Susan.

Hubo una pausa.

—Me encontré con Benton muchas veces y mi oficina ha usado los servicios de la Unidad de Ciencia de la Conducta. Entonces, por lo menos. Ahora trabajamos con un psiquiatra forense de Nueva York. Lo cierto es que yo había trabajado con Benton en otros casos a lo largo de los años. Y en cuanto me enteré del asesinato de Susan y fui al lugar del crimen, lo llamé para que acudiera. Examinamos el piso, como hicimos juntas usted y yo en los lugares de los crímenes de Richmond.

—¿Le comentó alguna vez que recibía cartas, llamadas y otras cosas extrañas? ¿Y que podría existir una relación entre quien lo hacía y quien hubiera matado a Susan Pless?

—Ya veo —se limitó a decir.

—¿Ya ve? ¿Qué es lo que ya ve?

—Ya veo que lo sabe —respondió—. La pregunta es: ¿cómo?

Le hablé sobre el archivo EUR. La informé de que, al parecer, Benton había pedido que comprobaran las huellas dactilares de los documentos y yo me preguntaba quién lo hizo y cuáles fueron los resultados. Ella no lo sabía, me dijo, pero buscaría las posibles huellas latentes en el Sistema Automatizado de Identificación de Huellas Dactilares, o SAIHD.

—Hay sellos en los sobres —expliqué—. No los quitó y habría tenido que hacerlo si hubiese querido comprobar el ADN.

Hasta hacía pocos años, el análisis de ADN no estaba tan avanzado como la técnica PCR para que valiera la pena analizar la saliva, y cabía la posibilidad de que quien había pegado los sellos los lamiera. Yo no estaba segura de que ni la misma Carrie supiese entonces que lamer un sello podía servir para averiguar su identidad. Yo sí lo sabía. Si Benton me hubiese enseñado las cartas, le habría aconsejado que examinara los sellos. Tal vez hubiéramos obtenido resultados. Tal vez no estuviese muerto.

—Por aquel entonces, muchas personas, incluso de las fuerzas del orden, no pensaban en cosas como ésta. —Berger seguía hablando de los sellos—. No parece sino que hoy día la policía se limita a seguir a la gente por las tazas de café, las toallas, los pañuelos de papel o las colillas. Increíble.

Tuve una idea alucinante. Lo que me decía me trajo a la memoria un caso en Inglaterra en que un hombre fue acusado erróneamente de un robo debido a una identificación positiva en la Base de Datos Nacional de ADN de Birmingham. El abogado del hombre solicitó que se volviera a comprobar el ADN, obtenido en el lugar de los hechos usando diez *locis*, o posiciones, en lugar de las seis habituales que se habían utilizado. Los *locis*, o alelos, son posiciones específicas del mapa genético. Algunas son más frecuentes que otras, de modo que, cuanto menos frecuentes son y más se utilizan, más posibilidades hay de obtener una correspondencia, que no lo es en sentido literal, sino que constituye más bien una probabilidad estadística que hace casi imposible creer que el sospechoso no cometió el crimen. En el caso británico, el supuesto ladrón quedó desestimado en la nueva comprobación con *locis* adicionales. Había una posibilidad entre treinta y siete millones de que su ADN no fuese coincidente y no lo era.

—Cuando comprobaron el ADN del caso de Susan, ¿usaron la técnica STR? —le pregunté a Berger.

La STR es la tecnología más reciente en la identificación del ADN. Consiste en amplificar el ADN con la PCR y comparar unos pares de bases repetidos y muy discriminatorios, llamados tándems repetidos. El requisito de las bases de datos de ADN actuales es que se usen por lo menos trece pruebas, o *locis* de modo que es muy poco probable que se produzcan coincidencias erróneas.

—Sé que nuestros laboratorios están muy avanzados —manifestó Berger—. Hace años que usan la PCR.

—Todos emplean la PCR, a menos que utilicen aún la antigua RFLP, que es muy fiable pero tarda muchísimo —respondí—. En 1997 era cuestión de la cantidad de *locis*. A menudo, en la primera comprobación de una muestra, el laboratorio no hacía diez, trece o quince *locis*. Era demasiado caro. Si en el caso de Susan sólo se miraron cuatro *locis,* por ejemplo, podría encontrarse con una excepción poco corriente. Supongo que la oficina forense conserva la muestra en el congelador.

—¿Qué clase de excepción?

—Que se trate de hermanos, y uno dejó el semen y el otro los cabellos y la saliva.

—Pero usted analizó el ADN de Thomas, ¿no? ¿Es posible que sea parecido al de Jean-Baptiste pero no igual?

No podía creérmelo: Berger se estaba poniendo nerviosa.

—Lo hicimos hace sólo unos días, con trece *locis,* no cuatro o seis —comenté—. Supongo que los perfiles contenían muchos parámetros iguales, pero también algunos distintos. Cuantos más *locis* se miran, más diferencias se obtienen, en especial en poblaciones cerradas. Y si pensamos en la familia Chandonne es probable que tratemos con una población muy cerrada, gente que ha vivido cientos de años en Île Saint-Louis, quizá casados con su propia clase. En algunos casos, endogamia, matrimonios entre primos, lo que podría explicar también la deformidad congénita de Jean-Baptiste Chandonne. Cuanto más se practica la endogamia, más posibilidades hay de que se produzcan problemas genéticos.

—Tenemos que volver a comprobar el semen del caso de Susan —decidió Berger.

—Sus laboratorios lo harán de todos modos, ya que lo acusan de asesinato. Pero podría pedirles que lo consideraran prioritario.

—Bien, esperemos que no resulte ser de otra persona —dijo en tono de frustración—. Dios mío, sería terrible que el ADN no coincidiera al volver a comprobarlo. Eso sí que me arruinaría el caso.

Tenía razón. Se lo arruinaría. Incluso ella tendría problemas para convencer a un jurado de que Chandonne mató a Susan si su ADN no coincidía con el del semen obtenido en el cadáver.

—Pediré a Marino que lleve los sellos y cualquier huella latente a los laboratorios de Richmond. Y, Kay, tengo que pedirle que no mire nada del archivo a menos que haya testigos presentes. Por eso es mejor que no entregue ninguna prueba usted misma.

—Lo entiendo. —Otro recordatorio de que yo era sospechosa de asesinato.

—Por su propia protección —puntualizó.

—Señora Berger, si sabía lo de las cartas, lo que le pasaba a Benton, ¿qué pensó cuando lo mataron?

—¿Aparte de la impresión y del pesar evidentes? Que lo había matado quien lo acosaba. Sí, fue lo primero que pensé. Sin embargo, cuando quedó claro quiénes eran sus asesinos y los abatieron, no parecía que hubiera nada más que investigar.

—Y, si la autora de esas cartas de acoso era Carrie Grethen, al parecer escribió la peor el mismo día que mataron a Susan. —Hice una pausa—. Creo que debemos considerar que podría haber una relación —añadí con firmeza—. Susan pudo ser la primera víctima de Chandonne en este país, y cuando Benton empezó a indagar quizá se acercó demasiado a otras cosas que señalaban al cartel. Carrie estaba viva y en Nueva York cuando Chandonne fue allí y mató a Susan.

—Y tal vez a Benton lo asesinaron por encargo —dijo Berger, dubitativa.

—Es más que probable —afirmé—. Conocía a Benton y sé cómo pensaba. Para empezar, ¿por qué llevaba el archivo EUR en el maletín? ¿Por qué lo llevó a Filadelfia si no tenía motivo para pensar que lo que contenía guardaba relación con lo que Carrie y su cómplice estaban haciendo? Matar personas y quitarles la cara. Volverlos feos. Y las notas que Benton recibía dejaban claro que lo volverían feo, y no cabe duda de que estaba...

—Necesito una copia de ese archivo —me interrumpió Berger. Era evidente por su tono que, de repente, quería poner fin a la conversación—. Tengo un fax en casa. —Me dio el número.

Fui al estudio de Anna y pasé la siguiente media hora fotocopiando todo lo que había en el archivo EUR porque no podía introducir los documentos plastificados en el fax. Cuando volví al salón, Marino se había acabado el borgoña y dormía otra vez en el sofá, y Lucy y McGovern estaban sentadas frente al fuego hablando, planteando supuestos que eran cada vez más alocados debido a la influencia del alcohol. La Navidad se alejaba de nosotros con rapidez. A las diez y media, nos sentamos por fin a abrir los regalos, y Marino representó, algo grogui, a Santa Claus, entregando cajas y tratando de estar alegre. Pero su estado de ánimo era aún peor que al llegar y todos sus intentos de broma tenían mordiente. A las once, sonó el teléfono de Anna. Era Berger.

—*Quid pro quo?* —lanzó, refiriéndose a la carta del 3 de diciembre de 1997—. ¿Cuántas personas que no se dedican al Derecho usan ese término? Es una locura, pero me preguntaba si podríamos obtener de algún modo el ADN de Rocky Caggiano. Vale la pena no dejar ni una piedra sin remover y no apresurarnos a suponer que Carrie escribió estas cartas. Quizá sí. Pero quizá no.

Cuando volví a prestar atención a los regalos del árbol de Navidad, no pude concentrarme. Procuré sonreír y mostrarme muy agradecida, pero no engañé a nadie. Lucy me regaló un reloj Breitling de acero inoxidable, llamado B52, y Marino, un vale por un año entero de leña, que él mismo me traería y me apilaría. A Lucy le encantó el collar de las Whirly-Girls que encargué para ella, y a Marino la chaqueta de cuero de parte de Lucy y de mí. A Anna le habría gustado el jarrón de cristal que le había comprado, pero estaba en algún lugar de la I-95, claro. Todos cumplimos deprisa con las formalidades porque las preguntas se palpaban en el ambiente. Mientras recogíamos las cintas arrugadas y los papeles rotos, indiqué por señas a Marino que tenía que hablar en privado con él. Nos sentamos en la cocina. Había estado en cierto estado de borrachera todo el día, y pude ver que era probable que se emborrachara con regularidad. Tenía motivos.

—No puedes seguir bebiendo así —le aconsejé mientras servía sendos vasos de agua—. No resuelve nada.

—Nunca lo ha hecho ni nunca lo hará. —Se frotó la cara—. Y no parece surtir efecto cuando estoy hecho una mierda. Ahora mismo, todo es una mierda.

Sus ojos enrojecidos y arrasados en lágrimas se cruzaron con los míos. Parecía estar a punto de llorar otra vez.

—¿Podrías tener algo que nos proporcionara el ADN de Rocky? —pregunté sin rodeos.

Se estremeció como si le hubiera golpeado.

—¿Qué te dijo Berger cuando llamó? ¿Eso? ¿Llamó por Rocky?

—Está comprobando todas las posibilidades —respondí—. Cualquiera relacionado con nosotros o con Benton que pueda estar vinculado con el crimen organizado. Y el nombre de Rocky viene a la cabeza.

Le comenté lo que Berger me había revelado sobre Benton y el caso de Susan Pless.

—Pero recibía esas cosas extrañas antes de que mataran a Susan —dijo—. ¿Por qué iba alguien a molestar a Benton si todavía no había empezado a indagar nada? ¿Por qué iba a hacerlo Rocky, por ejemplo? Y supongo que es lo que pensáis, que tal vez Rocky le envió esas cosas extrañas.

Yo no tenía respuestas.

—Está bien —prosiguió—, supongo que tendrás que obtener el ADN de Doris y de mí, porque no tengo nada de Rocky. Ni siquiera un cabello. Puede hacerse, ¿verdad? Si tienes el ADN de la madre y del padre, ¿podrías compararlos con algo como la saliva?

—Podríamos obtener un linaje y, por lo menos, descartar que el ADN de los sellos corresponde al de tu hijo.

—Muy bien, si es lo que quieres. Como Anna se ha largado, ¿crees que podría fumar?

—Yo de ti, no lo haría —le advertí—. ¿Y las huellas dactilares de Rocky?

—Olvídalo. Además, no me pareció que Benton tuviera suerte con las huellas. Se ve que analizaron las cartas y al parecer no encontraron nada. Y sé que no quieres oírlo, doctora, pero tal vez deberías estar segura del motivo que te impulsa a meterte en esto. No empieces una caza de brujas porque quieres vengarte del hijo de puta que le envió esa mierda a Benton y que quizá tuvo algo que ver en su muerte. No vale la pena. En especial, si crees que lo hizo Carrie. Está muerta. Que se pudra.

—Vale la pena —aseguré—. Si sé con seguridad quién le mandó las cartas, para mí vale la pena.

—Ya. Dijo que El Último Reducto era donde él acabaría. Bueno, parece que ha sido así —reflexionó—. Nosotros somos El Último Reducto y trabajamos en su caso. ¿Qué te parece?

—¿Crees que llevó ese archivo a Filadelfia porque quería asegurarse de que tú o yo lo tuviéramos?

—¿Por si algo le pasaba?

Asentí con la cabeza.

—Es posible —dijo—. Le preocupaba no vivir mucho tiempo más y quería que encontráramos el archivo si algo le pasaba. Y es extraño, además. Tampoco él dice gran cosa, como si supiera que otras personas podrían verlo y no quería que nada de lo que contiene fuera a parar a quien no debía. ¿No te parece interesante que no aparezca ningún nombre, como si tuviera sospechosos que no mencionó nunca a nadie?

—El archivo es enigmático —admití.

—¿Quién temía él que lo encontrara? ¿La policía? Porque sabía que, si le pasaba algo, la policía revisaría sus cosas. Y lo hizo. Los agentes de Filadelfia examinaron todo lo que había en su habitación del hotel antes de entregármelo. También debió de imaginar que tú verías sus cosas tarde o temprano. Y también Lucy, quizá.

—Creo que la cuestión es que no sabía quién vería el archivo. Así que fue prudente y punto. Y Benton era conocido por su prudencia.

—Por no decir nada de que fue allí a ayudar a la ATF —prosiguió Marino—. Debió de pensar que la ATF vería el archivo, ¿no? La ATF de Lucy. La ATF de McGovern. Estaba al mando del equipo de respuesta que trabajaba en los incendios que Carrie y el imbécil de su compañero preparaban para ocultar el hecho de que tenían esa desagradable afición de quitarle la cara a la gente. —Entrecerró los ojos y dijo—: La ATF de Talley. Tal vez deberíamos obtener el ADN de ese cabrón. Lástima —agregó mirándome otra vez de tal modo que pensé que no me perdonaría nunca que me hubiera acostado con Jay Talley—. Es probable que tuvieras su ADN, y lo digo en serio. En París. ¿No tendrás por ahí alguna mancha que olvidaras limpiar?

—Cállate, Marino —dije en voz baja.

—Me está entrando síndrome de abstinencia. —Se levantó y se dirigió al bar. Ahora le tocaba al bourbon. Se sirvió una copa de Booker y regresó a la mesa—. ¿No sería demasiado que resultara que Talley está implicado en todo hasta las cejas? ¡Quizá por eso quiso que fueras a la Interpol. Quería sondearte para ver si sabías lo que sabía Benton. Porque, ¿sabes una cosa? Puede que, cuando Benton investigaba el asesinato de Susan, empezara a averiguar cosas que lo acercaban demasiado a una verdad que Talley no puede permitirse que nadie sepa.

—¿De qué habláis? —Lucy estaba en la cocina. No la oí entrar.

—Suena a trabajo para ti. —Marino fijó sus ojos hinchados en ella y se tragó el bourbon de la copa—. ¿Por qué no investigáis tú y Teun a Talley y averiguáis lo corrompido que está? Porque creo de todo corazón que es imposible estarlo más. Y, por cierto —añadió dirigiéndose a mí—: Por si no lo sabes, es uno de los hombres que condujeron a Chandonne a Nueva York. ¿No te parece interesante? Está en el interrogatorio de Berger. Se pasa seis horas en el coche con él. Caray. Puede que sean colegas a estas horas, o puede que ya lo fueran.

Lucy miró por la ventana de la cocina con las manos en los bolsillos de los vaqueros, desconcertada y violenta debido a Marino. Éste, sudado e irreverente, se tambaleaba y se mostraba tan pronto lleno de odio y resentimiento como triste.

—¿Sabes qué no soporto? —insistió—. No soporto a los malos policías que se salen con la suya porque todo el mundo es demasiado cobarde para ir a por ellos. Y nadie quiere tocar a Talley, ni siquiera intentarlo, porque habla todos esos idiomas y fue a Harvard y es un chico excelente...

—No sabes lo que estás diciendo —lo interrumpió Lucy, y para entonces McGovern también había entrado en la cocina—. Te equivocas. Jay no es intocable y no eres la única persona del mundo que tiene dudas sobre él.

—Muchas dudas —dijo McGovern.

Marino se calló y se apoyó contra el mostrador.

—Te diré lo que sabemos hasta ahora —me dijo Lucy, reacia y con voz suave, porque nadie estaba seguro, en realidad, de lo que yo sentía por Jay—. No me apetece, porque no es nada definitivo. Pero de momento no tiene buena pinta.

Me miró, como si necesitara que la animase.

—Bien —dije—. Adelante.

—Sí, soy todo oídos —respondió Marino.

—He repasado bastantes bases de datos. No tiene antecedentes penales ni civiles, ningún embargo ni ningún fallo, etcétera. Claro que no esperábamos que estuviese fichado como delincuente sexual, padre negligente, persona desaparecida o buscada ni nada de eso, y no hay indicios de que el FBI, la CIA ni la ATF le hayan abierto un expediente en sus sistemas de registros. Pero la alarma saltó al efectuar una búsqueda simple en los registros de la propiedad inmobiliaria. En primer lugar, tiene un piso en Nueva York que ha cedido a algunos amigos selectos, incluidas personas de alto rango de las fuerzas del orden —nos explicó a Marino y a mí—. Un piso de tres millones lleno de antigüedades, en Central Park. Jay ha alardeado de que el piso es suyo. Pues no lo es. Figura a nombre de una empresa.

—Suele ser corriente que la gente rica tenga propiedades a nombre de distintas empresas, por motivos de intimidad y también para proteger varios activos ante litigios —señalé.

—Ya lo sé. Pero esta empresa no es de Jay —replicó Lucy—. A no ser que sea propietario de una empresa de fletes.

—Algo extraño, ¿no? —añadió McGovern—. Si tenemos en cuenta lo muy implicada que está la familia Chandonne en el transporte. Así que podría haber una conexión. Es muy pronto para saberlo.

—No me sorprende nada —masculló Marino, pero se le iluminaron los ojos—. Sí, recuerdo muy bien cómo representó su papel de ricachón de Harvard. ¿Verdad, doctora? Recuerdo que me pregunté por qué estábamos de repente en un Learjet y, acto seguido, en un Concorde en dirección a Francia. Sabía que la Interpol no pagó todo eso.

—No debería de haber fanfarroneado nunca de tener ese piso —observó Lucy—. Es evidente que tiene el mismo talón de Aquiles que otros imbéciles: el ego. —Me miró—. Quería impresionarte, así que te hizo coger un vuelo supersónico. Dice que obtuvo los billetes gratis porque eran para las fuerzas del orden. Y, sí, sabemos que las compañías aéreas los conceden de vez en cuando. Pero también lo estamos investigando para averiguar quién hizo las reservas y cómo fue la cosa.

—Lo que me gustaría saber —intervino McGovern— es si ese piso pertenece o no a la familia Chandonne. Y ya te imaginarás la cantidad de capas que habrá que traspasar para llegar a ella.

—Seguramente es propietaria de todo el edificio, joder —exclamó Marino—. Y de la mitad de Manhattan de paso.

—¿Y los ejecutivos? —pregunté—. ¿Encontrasteis algún nombre interesante?

—Encontramos nombres, pero no significan nada importante aún —contestó Lucy—. Estos casos documentales llevan mucho tiempo. Los pasamos y, después, lo hacemos con todas las cosas y personas con las que se relacionan, y así sin parar.

—¿Y dónde encajan en esto Mitch Barbosa y Rosso Matos? —quise saber—. ¿O no encajan? Porque alguien se llevó una llave de mi casa y la puso en el bolsillo de Barbosa. ¿Creéis que fue Jay?

Marino resopló y tomó un trago de bourbon.

—Voto por él —decidió—. Y también se llevó tu martillo de desbastar. No puedo creer que lo hiciera nadie más. Conozco a todas las personas que estuvieron ahí, en tu casa. A no ser que lo hiciera Righter, y es demasiado gallina. Además, no creo que esté corrupto.

No es que la sombra de Jay no hubiese ocupado nuestros pensamientos muchas veces antes. Sabíamos que estuvo en mi casa. Sabíamos que estaba resentido conmigo. Todos teníamos muchas dudas sobre su persona; pero, si puso la llave o la robó de mi casa y se la entregó a otra persona, eso lo implicaba directamente en la tortura y el homicidio de Barbosa y, con toda probabilidad, también en el de Matos.

—¿Dónde está Jay ahora? ¿Lo sabe alguien? —Intenté leer sus expresiones.

—Bueno, viajó a Nueva York. Eso fue el miércoles. Luego, lo vimos ayer por la tarde en el condado de James City. No tengo idea de dónde está ahora —respondió Marino.

—Hay otro par de cosas que quizá también quieras saber —me comentó Lucy—. Una en concreto es muy extraña, pero todavía no la he entendido. En la búsqueda financiera, aparecieron dos Jay Talley con direcciones distintas y números de seguridad social diferentes. Uno obtuvo el número de seguridad social en Phoenix entre 1960 y 1961, por lo que no puede ser Jay a no ser que tenga alrededor de cuarenta años. ¿Y cuántos tendrá? ¿Unos pocos más que yo? ¿Treinta y pocos como mucho? Un segundo Jay Talley obtuvo el número de seguridad social entre 1936 y 1937. No constaba la fecha de nacimiento, pero tenía que ser uno de los primeros que tuvieron número poco después de la Ley de Seguridad Social de 1935, así que no podemos saber lo mayor que ya era cuando se lo dieron. Ahora debería de tener por lo menos setenta, y el hombre no para quieto y usa apartados de correo en lugar de direcciones físicas. También compra muchos automóviles; a veces, cambia de vehículo un par de veces al año.

—¿Te dijo Talley dónde nació? —me preguntó Marino.

—Dijo que pasó la mayor parte de su infancia en París y que, después, su familia se trasladó a Los Ángeles —conté—. Estabas en la cafetería con nosotros cuando lo comentó. En la Interpol.

—No hay constancia de ningún Jay Talley que haya vivido en Los Ángeles —observó Lucy.

—Y hablando de la Interpol —soltó Marino—, ¿acaso no comprobaron nada antes de aceptarlo como agente?

—Seguro que lo comprobaron, pero no a fondo —le contestó Lucy—. Es agente de la ATF. Se supone que está limpio.

—¿Qué hay del segundo nombre de pila? —quiso saber Marino—. ¿Sabemos el suyo?

—No tiene. Nada en los datos del departamento de personal de la ATF —explicó McGovern con una sonrisa irónica—. Y tampoco lo tiene el Jay Talley que obtuvo el número de seguridad en tiempos inmemoriales. Eso es poco corriente por sí solo. La mayoría de la gente tiene segundo nombre. Su archivo de la oficina central indica que nació en París, donde vivió hasta los seis años. Pero, después de eso, supuestamente se trasladó a Nueva York con su padre francés y su madre americana, y no se menciona Los Ángeles. En su solicitud a la ATF afirma haber ido a Harvard, pero, al investigarlo, descubrimos que no hay indicio de que ningún Jay Talley fuera a esa universidad.

—Dios mío —exclamó Marino—. ¿No comprueban nada cuando repasan estas solicitudes? ¿Aceptan tu palabra de que fuiste a Harvard o eras becario de Rhodes o fuiste saltador de pértiga en las Olimpiadas? ¿Y te contratan y te dan una placa y una pistola?

—Bueno, no pienso contactar con Asuntos Internos para que lo investiguen algo más a fondo —indicó McGovern—. Tenemos que cuidar que nadie lo avise, y no sabemos quiénes son sus amigos en la oficina central.

Marino levantó los brazos en el aire y se estiró. Le crujió el cuello.

—Vuelvo a tener hambre —anunció.

32

La habitación de invitados de Anna tenía vistas al río y, durante esos días, me monté un escritorio improvisado ante la ventana. Era necesaria una mesita, que cubrí con un mantel para no rallar el acabado satinado, y sustraje una silla giratoria de piel verde de la biblioteca. Al principio, me consternó haber olvidado el ordenador portátil, pero encontré un consuelo inesperado en coger pluma y papel y dejar que los pensamientos fluyeran por mis dedos y brillaran en tinta negra. Mi escritura era terrible, y la idea de que tenía algo que ver con ser médico era probablemente cierta. Había días en que tenía que firmar o visar quinientas veces, y suponía que tener que garabatear descripciones y medidas con las manos cubiertas con unos guantes ensangrentados también había influido.

En casa de Anna desarrollaba un ritual: todas las mañanas iba a la cocina y me servía una taza de café que estaba programado para colarse a las cinco y media en punto. Volvía a mi habitación, cerraba la puerta y me sentaba ante la ventana para escribir frente a un cristal de oscuridad absoluta.

La primera mañana, me dediqué a esbozar las clases que tenía previsto dar en la futura escuela de investigación forense del Instituto. Pero olvidé por completo el transporte de cadáveres, la asfixia y la radiología forense cuando el primer rayo de luz tocó el río.

Una mañana de enero, me encontraba observando religiosamente el espectáculo otra vez. A las seis y media, la oscuridad se iluminó y adquirió un color gris carbón. A los pocos minutos, distinguí las siluetas de los sicómoros y los robles desnudos. Luego, las llanuras oscuras se convirtieron en agua y tierra. La mayoría de las mañanas el río estaba más caliente que el aire, y la niebla avanzaba sobre la superficie del James. En ese momento parecía la laguna Estigia y yo casi esperaba que un hombre enjuto y fantasmagórico, cubierto de andrajos, impulsara su barca a través de halos de bruma. No esperaba ver animales hasta cerca de las ocho, y se habían convertido en un enorme consuelo para mí. Me tenían enamorada las barnaclas canadienses que se congregaban en el muelle de Anna en medio de un coro de graznidos. Las ardillas subían y bajaban de los árboles para ir a hacer sus recados con la cola rizada como columnas de humo. Los pájaros se detenían ante mi ventana y me miraban a los ojos como si quisieran ver qué espiaba. Los ciervos corrían por entre los árboles pelados al otro lado del río, y los ratoneros bajaban en picado.

En momentos privilegiados y escasos, alguna águila de cabeza blanca me honraba con su presencia. Con su enorme envergadura, casco blanco y pantalones, eran inconfundibles, y me consolaban porque volaban a mayor altura y solas y no parecían tener las mismas prioridades que los demás pájaros. Las observaba describir círculos o posarse por un instante en un árbol, sin quedarse en un lugar mucho rato antes de marcharse de repente, y me preguntaba, como Emerson, si acababa de recibir una señal. Descubrí que la naturaleza era amable, a diferencia de todo lo que estaba viviendo yo por aquellos días.

Era el lunes 17 de enero, y seguía exiliada en casa de Anna o, por lo menos, así era como yo lo veía. El tiempo pasaba despacio, casi sin avanzar, como el agua bajo mi ventana. Las corrientes de mi vida se movían en una dirección segura, apenas perceptible, y no era posible redirigir su inevitable avance. Las fiestas llegaron y se terminaron, y a mí me habían cambiado la escayola por unas vendas elásticas Ace y una tablilla. Conducía un coche de alquiler porque mi Mercedes seguía retenido para su investigación en Hull Street y Commerce Road, en el depósito municipal, que no estaba vigilado por la policía las veinticuatro horas y carecía de perro guardián. En Nochevieja alguien le rompió una ventanilla y robó la radio bidireccional, la radio AM-FM, el reproductor de discos compactos y vete a saber qué mas. Como le comenté a Marino, menudo control de las pruebas.

Había nuevos acontecimientos en el caso de Chandonne. Como sospechaba yo, cuando el semen del caso de Susan Pless se comprobó en 1997, sólo se usaron cuatro *locis*. La Oficina del Forense de Nueva York seguía empleando cuatro *locis* en la primera prueba porque así se realiza internamente y es más barato. Volvió a comprobarse la muestra congelada utilizando quince *locis*, y el resultado fue negativo. El semen no era de Jean-Baptiste Chandonne ni de su hermano Thomas. Pero los perfiles del ADN eran tan próximos que sólo cabía suponer que había un tercer hermano y que fue él quien se acostó con Susan. Estábamos desconcertados. Berger se encontraba desmoralizada.

—El ADN nos ha dicho la verdad y nos ha jodido —me comunicó por teléfono.

Los dientes de Chandonne concordaban con las marcas de los mordiscos, y su saliva y los cabellos estaban en el cadáver ensangrentado, pero él no practicó el sexo vaginal con Susan Pless antes de que ella muriese. En la época del ADN, eso podría no bastarle a un jurado. Berger me dijo que un jurado de acusación de Nueva York tendría que decidir si era suficiente para una acusación, lo que me pareció una ironía increíble. No parecía necesitarse demasiado para acusarme a mí de asesinato, tan sólo un rumor, un supuesto motivo y el hecho de que había efectuado experimentos con un martillo de desbastar y salsa de barbacoa.

Llevaba semanas esperando la citación. Había llegado el día anterior y el ayudante del sheriff estaba tan simpático como siempre cuando vino a mi oficina. Imaginé que él no sabía que esa vez iba a ser yo la acusada y no la testigo experta de la causa. Me pedían que me presentara en la sala 302 para testificar ante el jurado especial de acusación. La vista se fijaba para el martes 1 de febrero a las dos de la tarde.

A las siete y unos minutos me encontraba ante el armario, acomodando trajes y blusas mientras repasaba todo lo que tenía que hacer durante el día. Jack Fielding me había informado de que teníamos seis casos y dos de los médicos estaban en el juzgado. A las diez tenía, además, una conferencia telefónica con el gobernador Mitchell. Elegí un traje pantalón negro de raya diplomática en azul y una blusa azul con puños para gemelos. Entré en la cocina para tomar otra taza de café y un cuenco de cereales ricos en proteínas que había traído Lucy. Tuve que sonreír cuando casi me rompí los dientes con su regalo crujiente y saludable. Mi sobrina estaba decidida a que resurgiera de las cenizas de mi vida como un ave fénix. Enjuagué los platos, terminé de vestirme y, justo cuando iba a salir por la puerta, me vibró el busca. El número de Marino apareció en el visualizador, seguido del 911.

En el camino de entrada se hallaba estacionado el cambio más reciente en mi vida: el automóvil de alquiler. Era un Ford Explorer azul oscuro que olía a cigarrillo y siempre olería a cigarrillo a no ser que hiciera lo que sugirió Marino y pegase un ambientador en el salpicadero. Enchufé el móvil en el encendedor y lo llamé.

—¿Dónde estás? —preguntó de inmediato.

—Saliendo de casa en el coche.

Encendí la calefacción y la verja de Anna se abrió para dejarme pasar. Ni siquiera me detuve para recoger el periódico, que es lo que Marino me dijo a continuación que tenía que hacer, porque era evidente que todavía no lo había leído o lo habría llamado enseguida.

—Demasiado tarde —le indiqué—. Ya estoy en Cherokee. —Me tensé un poco como un niño que pone duros los músculos del estómago y reta a alguien a pegarle en la barriga—. Venga, va, dímelo. ¿Qué hay en el periódico?

Esperaba que la investigación del jurado especial de acusación se hubiera filtrado a la prensa, y tenía razón. Seguí conduciendo por Cherokee mientras el reciente clima invernal continuaba disolviéndose en gotas y charcos, y la nieve medio derretida se deslizaba despacio de los tejados.

—«La jefa de Medicina Forense, sospechosa de un asesinato truculento» —leyó Marino; era el gran titular de la portada—. Hay una fotografía tuya incluso. Parece una de las que aquella imbécil te sacó delante de tu casa. Aquella que se cayó al suelo, ¿recuerdas? Se te ve subiendo a mi furgoneta. La furgoneta ha quedado muy bien. Tú, no tanto.

—Dime qué pone —lo interrumpí.

Me leyó lo más destacado mientras yo tomaba las curvas cerradas de Cherokee Road. El periódico contaba que un jurado especial de acusación de Richmond me estaba investigando por el asesinato de la jefa de policía, Diane Bray. Se describía esa revelación como espeluznante y extraña y que había sacudido a las fuerzas del orden. Aunque el fiscal del estado, Buford Righter, no quería hacer comentarios, fuentes no identificadas aseguraban que él había instigado la investigación con gran pesar después del testimonio de varios testigos y las pruebas obtenidas por la policía, imposibles de pasar por alto. Otras fuentes no identificadas afirmaban que yo mantenía un acalorado conflicto con Bray, quien creía que yo era incompetente y que ya no estaba capacitada para ser la jefa de Medicina Forense de Virginia. Bray quería apartarme de mi cargo y, antes de su muerte, había manifestado que me enfrenté con ella en varias ocasiones y la intimidé y amenacé. Las fuentes indicaban que ciertos indicios señalaban que había perpetrado el asesinato de Bray de modo que se pareciera al brutal asesinato de Kim Luong, etcétera.

Para entonces me encontraba ya en Huguenot Road, sumida en plena hora punta. Pedí a Marino que se detuviera. Ya había oído bastante.

—Continúa así eternamente —dijo.

—Me lo imagino.

—Deben de haberse pasado las vacaciones trabajando en esto porque tienen todo tipo de detalles sobre ti y tu pasado. —Oí cómo pasaba páginas—. Incluso cosas sobre Benton y su muerte, y sobre Lucy. Hay una columna enorme con tus estadísticas vitales, dónde estudiaste. Cornell, Georgetown, Hopkins. Las fotografías interiores son buenas. Incluso hay una en que tú y yo estamos juntos en un lugar del crimen. ¡Oh, mierda! Es la casa de Bray.

—¿Qué dice de Lucy? —pregunté.

Pero Marino estaba cautivado por la publicidad, por lo que debían de ser unas fotografías enormes que lo incluían a él y a mí trabajando juntos.

—Nunca había visto nada igual —dijo mientras pasaba más páginas—. Sigue y sigue, doctora. Hasta ahora he contado cinco firmas. Tiene que haber estado todo el periódico trabajando en esto sin que tuviéramos ni idea. Hasta hay una foto aérea de tu casa...

—¿Qué dice de Lucy? —pregunté levantando la voz—. ¿Qué dice el periódico de Lucy?

—Bueno, es increíble. Hasta sale una foto tuya con Bray en el estacionamiento del lugar del crimen de Luong, en la tienda. Las dos tenéis cara de odiaros a muerte.

—¡Marino! —levanté la voz. A duras penas podía concentrarme en la conducción del coche—. ¡Ya está bien, basta!

Una pausa.

—Lo siento, doctora. Dios mío. Ya sé que es terrible, pero no había tenido ocasión de ver gran cosa aparte de la portada antes de llamarte. No tenía ni idea. Lo siento. No he visto nada igual a no ser que alguien muy famoso se muera de repente.

Me saltaron las lágrimas. No le hice notar la ironía de lo que acababa de decir. Me sentía como si me hubiese muerto.

—Deja que mire lo de Lucy —dijo Marino—. Más o menos lo que era de esperar. Pone que es tu sobrina, pero que más bien has sido una madre para ella. Titulada y todo eso del *laude* por la Universidad de Virginia, su accidente bajo los efectos del alcohol, que es lesbiana, que pilota un helicóptero, FBI, ATF, sí, sí, sí. Y que casi disparó a Chandonne en tu jardín. Supongo que se trata de eso. —Volvió a irritarse. Por mucho que se metiera con Lucy, no le gustaba nada que otra persona lo hiciera—. No pone que le han dado un permiso administrativo ni que tú te escondes en casa de Anna. Por lo menos hay algo que esos imbéciles no han averiguado.

Me acerqué unos centímetros a West Cary Street Road.

—¿Dónde estás tú? —le pregunté.

—En la central, a punto de ir a tu encuentro —respondió—. Porque vas a tener un comité de bienvenida. —Se refería a la prensa—. He pensado que te gustaría tener compañía. Además, tengo que comentarte algunas cosas. Y también he pensado que podríamos hacer un truquito. Yo llego antes a tu oficina y dejo el coche. Tú te paras delante, en Jackson Street, en lugar de dar la vuelta hacia el aparcamiento en la calle Cuarta, bajas y entras, y yo te aparco el coche. Según los muchachos, hay unos treinta periodistas, fotógrafos y cámaras de televisión acampados en tu plaza de aparcamiento esperando que aparezcas.

Empecé a estar de acuerdo con él y, luego, cambié de opinión. Me negué. No iba a caer en la charada de esconderme, agachar la cabeza y sostener archivos o el abrigo en alto para taparme la cara ante las cámaras como si fuera una delincuente. Ni hablar. Le dije a Marino que me reuniría con él en mi despacho, pero que aparcaría como siempre y vería a los medios de comunicación. En primer lugar, me lo dictaba mi obstinación. En segundo lugar, no veía qué tenía que perder si actuaba como de costumbre y decía la verdad, y la verdad era que yo no maté a Diane Bray. Ni siquiera se me había pasado por la cabeza, a pesar de que era la persona que menos me gustaba de todas las que había conocido en mi vida.

En la calle Novena, me detuve en un semáforo rojo y me puse la chaqueta. Me miré en el espejo retrovisor y me aseguré de que se me viera lo bastante compuesta. Me pinté un poco los labios y me peiné con los dedos. Puse la radio y me preparé para escuchar la primera tanda de noticias. Preveía que las emisoras locales interrumpirían con frecuencia su programación para recordar a todo el mundo que yo era el primer escándalo del nuevo milenio.

«... Si quieres que te lo diga, Jim, no se me ocurre nadie que pudiera cometer mejor el crimen perfecto...»

«Y que lo digas. La entrevisté una vez, ¿sabes...?»

Cambié de emisora y, después, otra vez al verme burlada y degradada o simplemente comentada porque alguien había filtrado a la prensa lo que debería de ser el más secreto y sagrado de todos los procedimientos judiciales. Me pregunté quién habría violado su código del silencio y, lo que era aún más triste, se me ocurrieron varios nombres. No me fiaba de Righter. No me fiaba de nadie con quien hubiera hablado para obtener mis datos telefónicos o bancarios. Pero tenía otro sospechoso en mente: Jay Talley. Y me apostaba lo que fuera a que él también habría recibido una citación. Me serené mientras entraba en el aparcamiento y veía furgonetas de la televisión y la radio a lo largo de la calle Cuarta y decenas de personas que me esperaban con cámaras, micrófonos y blocs de notas.

Ninguno de los periodistas se fijó en mi Explorer azul oscuro porque no se lo esperaban, y entonces me di cuenta de que había cometido un grave error táctico. Hacía días que conducía un coche de alquiler y hasta ese instante no se me pasó por la cabeza que podrían querer saber el motivo. Me descubrieron cuando aparqué el coche en mi plaza junto a la puerta principal. Todos se acercaron a mí a toda prisa, y me dispuse a interpretar mi papel. Estaba al mando. Era reservada, tenía mucho aplomo y nada de miedo. No había hecho nada malo. Bajé y, con calma, recogí el maletín y un montón de carpetas del asiento trasero. El codo me dolía bajo las capas de vendas elásticas, y las cámaras sonaron y los micrófonos me apuntaron como armas que encontraban su objetivo.

—¿Doctora Scarpetta? ¿Podría comentar la...?

—¿Doctora Scarpetta?

—¿Cuándo se enteró de que un jurado de acusación la está investigando?

—¿No es cierto que usted y Diane Bray estaban enfrentadas...?

—¿Dónde está su coche?

—¿Podría confirmar que ha tenido que dejar su casa y que ni siquiera puede disponer de su automóvil?

—¿Dimitirá?

Estaba frente a ellos en la acera. Guardé silencio, tranquila, mientras esperaba a que se callaran. Cuando se percataron de que tenía intención de contestar a sus preguntas, capté miradas de sorpresa y su agresividad desapareció con rapidez. Reconocí muchos rostros, pero no recordaba los nombres. No estaba segura de haber sabido nunca los nombres de los verdaderos periodistas de a pie que preparaban las noticias entre bastidores. Me recordé a mí misma que sólo hacían su trabajo y yo no tenía ningún motivo para tomármelo como algo personal. Exacto, nada personal. Brusco, inhumano, inadecuado, insensible y de lo más inexacto, pero no personal.

—No he preparado ninguna declaración —empecé a decir.

—¿Dónde estaba la noche en que asesinaron a Diane Bray?

—Por favor —los interrumpí—. Igual que ustedes, me he enterado hace poco de que un jurado de acusación investiga su asesinato, y les pido que respeten la muy necesaria confidencialidad de tal procedimiento. Por favor, comprendan por qué no puedo comentarlo con ustedes.

—Pero ¿fue...?

—¿No es cierto que no conduce su coche porque está en poder de la policía?

Las preguntas y las acusaciones rasgaban la mañana como metralla mientras avanzaba hacia el edificio. No tenía nada más que decir. Estaba al mando. Tenía aplomo, nada de miedo y me encontraba tranquila. No había hecho nada malo. A uno de los periodistas sí lo recordaba porque, ¿cómo podía olvidarme de un afroamericano alto, canoso y de rasgos bien marcados que se llamaba Washington George? Llevaba una trinchera y se situó detrás de mí cuando traté de abrir la puerta de cristal que daba acceso al edificio.

—¿Puedo preguntarle una cosa? —me dijo—. ¿Me recuerda? Ésa no es la pregunta. —Sonrió—. Soy Washington George, de la AP.

—Le recuerdo.

—Espere, permita que la ayude.

Me sujetó la puerta y entramos juntos en el vestíbulo, donde el guardia de seguridad me miró. De inmediato supe qué significaba esa mirada. Mi fama se reflejaba en los ojos de la gente. Se me cayó el alma a los pies.

—Buenos días, Jeff —dije al pasar por su lado.

Me saludó con un movimiento de la cabeza.

Pasé mi identificación de plástico por el sensor electrónico y la puerta de acceso a mi lado del edificio se abrió. Washington George seguía conmigo y me decía algo sobre cierta información que creía que yo debía de saber, pero no lo escuchaba. En mi zona de recepción había una mujer sentada. Estaba acurrucada en una silla y parecía triste y pequeña en medio del granito pulido y los bloques de cristal. No era un lugar agradable. Me daba mucha pena la gente que estaba en mi zona de recepción.

—¿La atiende alguien? —le pregunté.

Iba vestida con una falda negra, zapatos de enfermera y una gabardina oscura muy ajustada. Se abrazaba al bolso como si alguien pudiera robárselo.

—Estoy esperando —dijo en voz muy baja.

—¿A quién ha venido a ver?

—Bueno, no lo sé muy bien —balbuceó, con los ojos arrasados en lágrimas. Empezó a sollozar y le goteó la nariz—. He venido por mi hijo. ¿Sabe si podría verlo? No entiendo qué le están haciendo. —Le tembló el mentón y se limpió la nariz con el dorso de la mano—. Necesito verlo.

Fielding me había dejado un mensaje con los casos del día, así que ya sabía que uno de ellos era un adolescente que supuestamente se había ahorcado. ¿Cuál era el nombre? ¿White? Se lo pregunté y asintió. Me dijo el nombre de pila: Benny. Supuse que era la señora White y asintió de nuevo, y me explicó que ella y su hijo se cambiaron el apellido cuando contrajo segundas nupcias unos años atrás. Le pedí que me acompañara para averiguar en qué situación estaba Benny y para entonces ella lloraba ya con fuerza. Lo que Washington George quería decirme tendría que esperar.

—Me parece que le gustará saberlo cuanto antes —insistió él.

—Muy bien, muy bien. Venga conmigo y me reuniré con usted en cuanto pueda —consentí mientras accedíamos a mi oficina con otra pasada de mi tarjeta de identificación.

Cleta estaba metiendo casos en el ordenador, y al verme se sonrojó de inmediato.

—Buenos días —saludó, procurando estar tan alegre como siempre. Pero tenía esa mirada que yo había empezado a detestar y a temer. Me imaginaba lo que estaría comentando mi personal esa mañana y no me pasó desapercibido que Cleta tenía sobre la mesa un periódico doblado, que había tratado de tapar con un jersey. Cleta había ganado peso durante las vacaciones y tenía muchas ojeras. Yo le estaba amargando la vida a todo el mundo.

—¿Quién se encarga de Benny White? —le pregunté.

—Creo que el doctor Fielding. —Miró a la señora White y se levantó de su puesto—. ¿Me permite su abrigo? ¿Quiere un café?

Pedí a Cleta que llevara a la señora White a mi sala de reuniones y que Washington George esperara en la biblioteca médica. Encontré a mi secretaria, Rose. Me sentí tan feliz de verla que olvidé mis problemas. Rose era Rose, y las calamidades parecían darle más ímpetu. Me miró a los ojos y sacudió la cabeza.

—Estoy tan indignada que echo chispas —dijo en cuanto asomé por la puerta—. Es la tontería más ridícula que he oído jamás. —Cogió su ejemplar del periódico y lo sacudió en mi dirección como si fuera un perro malo—. No deje que esto la preocupe, doctora Scarpetta. —Como si fuera tan fácil—. Buford Righter es un gallina. No podía decírselo a la cara, ¿verdad? ¿Tenía que enterarse así? —Volvió a sacudir el periódico.

—¿Está Jack en el depósito, Rose?

—Sí, con ese pobre chico —respondió, y así abandonó mi problema y su indignación cedió paso a la lástima—. Dios mío. ¿Lo ha visto?

—Acabo de llegar.

—Parece un monaguillo. Un chico guapísimo, rubio, con los ojos azules. Dios mío. Si fuera mi hijo...

Interrumpí a Rose llevándome un dedo a los labios al oír que Cleta se acercaba por el pasillo con la pobre madre del muchacho. Vocalicé «su madre» en silencio a Rose y ella se calló. Sus ojos no se apartaron de los míos. Estaba inquieta y nerviosa e iba vestida de negro riguroso, con los cabellos recogidos. Me recordó *American Gothic*, de Grant Wood.

—Estoy bien, le dije con calma.

—Lo siento, pero no me lo creo. —Se le humedecieron los ojos y se puso a ordenar papeles.

Jean-Baptiste Chandonne había diezmado mi personal. Todos quienes me conocían y dependían de mí estaban consternados, perplejos. Ya no confiaban en mí por completo y se angustiaban en secreto por lo que pasaría con su vida y su empleo. Me acordé de mi peor momento en el colegio, cuando tenía doce años y, precoz como Lucy, era la más pequeña de la clase. Mi padre murió ese año escolar, el 23 de diciembre, y lo único que me pareció bueno de que esperara a dos días antes de Navidad fue que, por lo menos, los vecinos iban acabando en su trabajo y la mayoría estaba en casa cocinando. Al modo de la mejor tradición italiano-católica, la vida de mi padre se celebró con abundancia. Durante varios días, nuestra casa estuvo llena de risa, lágrimas, comida, bebida y canciones.

Cuando volví al colegio después de Año Nuevo, me volví aún más implacable en mis conquistas y exploraciones mentales. Lograr la nota perfecta en los exámenes ya no bastaba. Necesitaba captar la atención, complacer y pedía a las monjas trabajos especiales, cualquier trabajo, sin importarme cuál. Al final, me pasaba toda la tarde en la escuela, sacudiendo los borradores de la pizarra en los peldaños de la entrada, ayudando a las profesoras a puntuar los exámenes, ordenando los tablones de anuncios. Me volví muy mañosa con las tijeras y la grapadora. Cuando era necesario cortar letras del alfabeto o números y formar palabras, frases o calendarios con ellos, las monjas venían a buscarme.

Martha era una niña de mi clase de matemáticas que se sentaba delante de mí y nunca hablaba. Me miraba mucho, con frialdad y curiosidad a un tiempo, y siempre quería echar un vistazo a la nota rodeada de un círculo rojo que la profesora había escrito en la parte superior de mis deberes y exámenes, con la esperanza de haberlo hecho mejor que yo. Un día, después de un examen de álgebra especialmente difícil, observé que la hermana Teresa estaba muy fría conmigo. Esperó a que limpiara los borradores, agachada en los peldaños de fuera, golpeándolos, levantando nubes de polvo de tiza bajo el sol tropical del invierno. Levanté la mirada y allí estaba, con su hábito, alta como una gigantesca ave antártica con un crucifijo. Alguien me había acusado de copiar en el examen de álgebra y, aunque la hermana Teresa no identificó el origen de esa mentira, no tuve duda de quién era la culpable: Martha. El único modo en que podía demostrar mi inocencia era volver a examinarme y obtener otra nota perfecta.

A partir de entonces, la hermana Teresa me observó de cerca. No me atrevía a apartar nunca la mirada de la mesa. Pasaron varios días. Me encontraba vaciando las papeleras cuando, estando las dos solas en el aula, me dijo que debía de rezar sin cesar para que Dios me mantuviera libre de pecado. Debía de darle gracias a Nuestro Señor por los grandes dones que tenía y pedirle que me conservara honesta, porque era tan lista que podía hacer muchas cosas sin que me pillaran. Me dijo que Dios lo sabía todo. No podía engañar a Dios. Protesté diciendo que era honesta y que no intentaba engañar a Dios y que podía preguntárselo a Dios si quería. Me eché a llorar.

—No soy una copiona —sollocé—. Quiero a mi papá.

En mi primer año en la facultad de Medicina de la Universidad Johns Hopkins, escribí una carta a la hermana Teresa, donde volví a contar ese incidente desgarrador e injusto. Le reiteré mi inocencia, aún molesta, aún furiosa de que me hubiesen acusado falsamente y las monjas no me defendieran y nunca más volviesen a estar seguras de mí después de eso.

De pie en la oficina de Rose, más de veinte años después, pensé en lo que Jaime Berger me dijo cuando nos conocimos. Me prometió que el daño sólo había empezado. Tenía razón, claro.

—Me gustaría hablar con todos antes de que se vayan —le pedí a mi secretaria—. Avísalos, Rose. Veremos cómo va el día y encontraremos un momento. Voy a informarme sobre Benny White. Por favor, asegúrate de que su madre esté bien. Enseguida hablaré con ella.

Recorrí el pasillo, pasé por la sala de descanso y me reuní con Washington George en la biblioteca médica.

—Sólo tengo un minuto —le dije con cierta distracción.

Estaba examinando los libros de un estante, con el bloc de notas a un costado, como una pistola que pudiera usar.

—He oído un rumor —afirmó—. Si sabe que es cierto, tal vez pueda confirmarlo. Si no lo sabe, tal vez debería de hacerlo. Buford Righter no será el fiscal en su vista ante el jurado especial de acusación.

—No sé nada al respecto —respondí, ocultando la indignación que siempre sentía cuando la prensa conocía detalles antes que yo—. Pero hemos trabajado en muchos casos juntos. Era de esperar que no quisiera ocuparse él mismo.

—Supongo, y tengo entendido que se ha designado un fiscal especial. Ahí quiero llegar. ¿Lo sabe? —Intentó leerme la expresión de la cara.

—No. —Yo también trataba de leerle la suya, con la esperanza de captar algo que pudiera servirme para evitar un golpe.

—¿No le ha indicado nadie que han designado a Jaime Berger para que la acuse, doctora Scarpetta? —Me miró fijamente a los ojos—. Tengo entendido que ésa es una de las razones que la trajeron a la ciudad. Ha estado usted repasando los casos de Luong y Bray con ella y todo eso, pero según una fuente muy fiable se trata de una trampa. Ha trabajado de incógnito, podría decirse. Righter lo preparó antes de que Chandonne fuera supuestamente a su casa. Tengo entendido que Berger está metida en esto desde hace semanas.

—¿Supuestamente? —Fue lo único que se me ocurrió decir, indignada.

—Bueno, supongo por su reacción que no sabía usted nada —dedujo Washington George.

—Imagino que no puede decirme quién es su fuente fiable —insinué.

—No. —Sonrió un poco, con cierta timidez—. Así pues, ¿no puede confirmarlo?

—Claro que no —contesté mientras me recuperaba.

—Mire, seguiré indagando, pero quiero que sepa que me cae bien y que siempre ha sido amable conmigo.

Apenas oía una palabra. Sólo podía pensar en Berger pasando horas conmigo en la oscuridad, en su coche, en mi casa, en casa de Bray, y todo el rato estaba tomando notas mentales para usar en mi contra en la vista ante el jurado especial de acusación. Dios mío, con razón parecía saber tanto sobre mi vida. Seguramente había examinado mis datos telefónicos, mis cuentas bancarias y mis informes financieros y había hablado con todo el mundo que me conocía.

—Washington —dije—. Tengo aquí a la madre de una persona que acaba de morir y no puedo hablar más con usted.

Me marché. No me importó que pensara que era una maleducada. Crucé el lavabo de mujeres y en el vestuario me puse una bata y fundas de papel sobre los zapatos. La sala de autopsias estaba llena de sonidos, con todas las mesas ocupadas por personas desafortunadas. Jack Fielding se encontraba salpicado de sangre. Ya había abierto al hijo de la señora White y le introducía una jeringuilla con una aguja del catorce en la aorta para extraerle sangre. Al llegar a su mesa, me lanzó una mirada bastante frenética, con los ojos desorbitados. Su cara reflejaba la noticia de la mañana.

—Después. —Levanté la mano antes de que me preguntara nada—. Tengo a la madre en el despacho. —Señalé el cadáver.

—Mierda —comentó Fielding—. Es lo único que tengo que decir sobre esta mierda de mundo.

—Quiere verlo.

Tomé un trapo de una bolsa de una camilla y limpié la cara delicada del chico. Sus cabellos eran del color del heno, y la piel, salvo la cara enrojecida, del de un geranio. Tenía pelusilla sobre el labio superior e indicios de vello púbico debido a los primeros impulsos de sus hormonas, que se preparaban para una vida adulta que no estaba destinado a tener. Un surco estrecho y oscuro alrededor del cuello le ascendía hacia la oreja derecha, donde estaba anudada la cuerda. Por lo demás, su cuerpo joven y fuerte no presentaba indicios de violencia, ninguna insinuación de que hubiera tenido algún motivo para no vivir. Los suicidios pueden suponer un gran reto. En contra de la creencia popular, la gente no suele dejar notas, no siempre habla de sus sentimientos en vida y, a veces, su cadáver tampoco dice gran cosa.

—Maldita sea —masculló Jack.

—¿Qué sabemos del caso? —le pregunté.

—Sólo que empezó a portarse de un modo extraño en el colegio justo después de Navidad. —Tomó la manguera y dirigió el chorro hacia la cavidad torácica, hasta que ésta brilló como el interior de un tulipán—. Su padre murió de cáncer de pulmón hace unos cuantos años. Ese imbécil de Stanfield, joder. ¿Qué pasa en su zona? ¿Alguna clase de especial? Tres casos suyos en cuatro semanas, joder. —Enjuagó el bloque de órganos y los tonos oscuros relucieron sobre la tabla de cortar, a la espera de su última violación—. Aparece una y otra vez, como la falsa moneda, joder. —Tomó un bisturí grande del carro—. Ayer, este chico fue a la iglesia, volvió a casa y se colgó en el bosque.

Cuanto más alterado estaba Jack Fielding, más veces usaba la palabra «joder». Ahora estaba muy alterado.

—¿Qué pasa con Stanfield? —pregunté, algo sombría—. Creía que iba a dimitir.

—Ojalá. Ese tío es idiota. Llama sobre este caso y ¿sabes qué más? Al parecer acude al sitio. El chico está colgado de un árbol y Stanfield corta la cuerda para bajarlo.

Tuve el presentimiento de lo que iba a decir a continuación.

—La cortó por el nudo.

Acerté.

—Espero que sacara fotografías antes.

—Ahí. —Jack señaló con la cabeza el mostrador que había al otro lado de la sala.

Fui a mirar las fotografías. Daban mucha pena. Al parecer, Benny ni siquiera se había detenido a cambiarse de ropa al regresar a casa procedente de la iglesia, sino que fue directo al bosque, lanzó una cuerda de nailon por encima de la rama de un árbol, hizo una lazada en un extremo y deslizó el otro por ella. Luego hizo otra lazada con un simple nudo corredizo y se lo pasó por la cabeza. En las fotografías, iba vestido con un traje azul marino y una camisa blanca. En el suelo había una corbata de nudo postizo con rayas azules y rojas, que la cuerda había hecho saltar o que él se había quitado antes. Estaba arrodillado, con los brazos colgados a los lados y la cabeza gacha, una postura típica en los ahorcamientos suicidas. No son corrientes los casos en que la gente estuviera colgada por completo, sin tocar el suelo con los pies. La cuestión es comprimir lo suficiente los vasos sanguíneos del cuello, de modo que llegue al cerebro sangre menos oxigenada de lo necesario. Bastan dos kilos de presión para comprimir la yugular y poco más del doble para ocluir la carótida. El peso de la cabeza contra el nudo es suficiente. Se pierde la conciencia rápidamente. La muerte se produce en unos minutos.

—Haremos lo siguiente —le indiqué a Jack—. Lo tapamos, le ponemos unas sábanas plastificadas encima para que la sangre no traspase y dejamos que su madre lo vea antes de que sigas con él. —Inspiró a fondo y devolvió el bisturí al carro—. Iré a hablar con ella y veré qué más puedo averiguar. Llama a Rose cuando esté a punto. Gracias, Jack. —Me detuve en medio de la sala y lo miré a los ojos—. ¿Hablamos después? No llegamos a tomarnos esa taza de café. Ni siquiera nos deseamos feliz Navidad.

Encontré a la señora White en la sala de reuniones. Había dejado de llorar y estaba sumida en algún lugar profundo, deprimido, mirando al vacío sin parpadear, sin vida. Apenas se concentró en mí cuando entré y cerré la puerta. Le dije que acababa de informarme sobre Benny y que iba a poder verlo en unos minutos. Los ojos se le llenaron nuevamente de lágrimas, y quiso saber si había sufrido. Le dije que había perdido la consciencia rápidamente. Quiso saber si había muerto porque no podía respirar. Le respondí que aún no tenía todas las respuestas, pero que no era probable que se le hubieran obstruido las vías respiratorias.

Benny podía haber muerto debido a lesiones cerebrales por hipoxia, pero me inclinaba más a pensar que la compresión de los vasos sanguíneos le había provocado una respuesta vasovagal. Dicho de otro modo, el corazón se fue deteniendo lentamente. Cuando mencioné que estaba arrodillado, sugirió que tal vez rezaba al Señor para que lo acogiera en su seno.

Respondí que tal vez; era muy posible que estuviera rezando. Consolé a la señora White lo mejor que supe. Me informó de que un cazador buscaba un ciervo al que había herido y encontró el cadáver de su hijo; Benny no podía llevar mucho tiempo muerto porque había desaparecido justo al acabar la misa, hacia las doce y media, y la policía había llegado a la casa hacia las cinco. Le dijeron que el cazador había encontrado a Benny a eso de las dos. No dejaba de comentar que, por lo menos, no había estado allí solo mucho rato. Y también que gracias a Dios que llevaba el Nuevo Testamento en el bolsillo del traje, porque en él tenía apuntados su nombre y su dirección. Así fue como la policía supo quién era y localizó a la familia.

—Señora White, ¿le pasaba algo a Benny últimamente? ¿Observó algo raro en la iglesia ayer por la mañana? ¿Sabe si le ocurrió algo?

—Bueno, ha estado malhumorado. —Se había calmado un poco, pero hablaba de Benny como si estuviera sentado en la recepción, esperándola—. Cumplirá doce años el mes que viene, y ya sabe cómo son los chicos.

—¿A qué se refiere con «malhumorado»?

—Se mete en la habitación y cierra la puerta. Se queda ahí escuchando música con los auriculares puestos. De vez en cuando responde mal, y antes no era de esta forma. Me tiene preocupada. —Se le quebró la voz. Parpadeó al recordar de repente el motivo por el cual estaba allí—. No sé por qué ha tenido que hacer algo así. —Las lágrimas comenzaron a correr por sus mejillas—. Sé que algunos chicos se lo hacían pasar mal en la iglesia. Se burlaban de él y lo llamaban mariquita.

—¿Ayer alguien se burló de él?

—Quizá. Los domingos van todos juntos a la catequesis. Y ha habido muchos rumores sobre esos asesinatos en la zona, ¿sabe? —Se detuvo otra vez.

—¿Se refiere a los dos hombres que mataron justo antes de Navidad?

—Sí. Los que dicen que estaban malditos, porque así no es como empezó América. Con gente haciendo esta clase de cosas.

—¿Malditos? ¿Quién dice que estaban malditos?

—Se rumorea. Corren muchos rumores —prosiguió tras respirar hondo—. Como Jamestown está carretera abajo, siempre ha habido historias de gente que veía el fantasma de John Smith o de Pocahontas y todos los demás. Y esos hombres son asesinados ahí, cerca de la isla de Jamestown, y se rumorea que eran, bueno, ya sabe. Que eran antinaturales y que por eso los mataron. O, por lo menos, eso me han dicho.

—¿Habló con Benny sobre todo esto? —Me iba entristeciendo por momentos.

—Algo. Bueno, todo el mundo ha estado hablando de esos hombres muertos, quemados y torturados. La gente se ha encerrado con llave más que de costumbre. Tengo que admitir que ha sido espeluznante. Así que Benny y yo lo hemos comentado, sí. Para serle franca, estaba más malhumorado desde que todo esto pasó. Puede que fuera lo que lo alteraba. —Guardó silencio y bajó la vista a la mesa. No acababa de decidir qué tiempo verbal usar para referirse a su hijo fallecido—. Eso y que los otros chicos lo llamaran guapito. Benny lo detestaba, y lo entiendo. Siempre le decía: «Espera a que crezcas y seas más atractivo que todos los demás. Y las chicas harán cola por ti. Ya verán entonces.» —Esbozó una sonrisa y a continuación se echó a llorar otra vez—. Eso no le gusta nada. Y ya sabe lo hirientes que pueden ser los niños.

—¿Quizá lo pincharon mucho ayer en la iglesia? —la orienté—. ¿Cree que los chicos le hicieron algún comentario sobre los llamados crímenes por odio, sobre homosexuales, y tal vez implicaran...?

—Bueno. Pues sí. Sobre maldiciones a las personas que son antinaturales y malvadas. La Biblia lo dice muy claro: «Dios los abandonó a su propia lujuria.»

—¿Es posible que Benny estuviera preocupado por su sexualidad, señora White? —Fui muy amable, pero firme—. Es muy normal al entrar en la adolescencia. Se siente mucha confusión respecto a la identidad sexual, ese tipo de cosas. En especial hoy día. El mundo es un lugar muy complicado, mucho más que antes.

Sonó el teléfono.

—Perdone un momento —me excusé.

Era Jack. Benny estaba preparado para que lo vieran.

—Y Marino está aquí y quiere verte. Dice que tiene información importante —añadió.

—Dile donde estoy. —Colgué.

—Benny me preguntó que si les habían hecho esas cosas terribles a esos hombres porque eran... Él usó la palabra «maricones» —dijo la señora White—. Le dije que podía haber sido un castigo de Dios.

—¿Cómo reaccionó Benny ante ese comentario?

—No recuerdo que dijera nada.

—¿Cuándo fue eso?

—Hará tres semanas. Justo después de que encontraran el segundo cadáver y las noticias no dejaran de hablar de que habían sido crímenes por odio.

Me pregunté si Stanfield tenía idea de cuánto daño había hecho filtrando detalles de la investigación a su cuñado. La señora White charlaba nerviosa a medida que el pánico le aumentaba con cada paso que daba pasillo abajo. La acompañé hasta la recepción y cruzamos una puerta que daba a una pequeña sala de observación. Dentro, había un sofá y una mesa. En la pared colgaba un cuadro que mostraba un tranquilo paisaje inglés. Enfrente había una pared de cristal. Estaba cubierta con una cortina. En el otro lado se encontraba la cámara frigorífica.

—¿Por qué no se sienta y se pone cómoda? —le sugerí con una mano en su hombro.

Estaba tensa, asustada, con los ojos pegados a la cortina azul que permanecía corrida. Se sentó en el borde del sofá y se sujetó con fuerza las manos en el regazo. Descorrí la cortina y Benny estaba cubierto, con una sábana azul pegada bajo el mentón para esconder la marca de la soga. Tenía los cabellos mojados peinados hacia atrás y los ojos cerrados. Su madre estaba inmóvil, con los ojos fijos en el vacío, azorada. Frunció el ceño.

—¿Cómo es que tiene la cara tan roja? —preguntó, en tono casi acusador.

—La cuerda impidió que la sangre regresara al corazón. Por eso tiene congestionada la cara.

Se levantó y se acercó al cristal.

—Mi niño —susurró—. Mi niño pequeño. Ahora estás en el cielo.

En los brazos de Jesús en el paraíso. Mire, tiene los cabellos mojados como si acabaran de bautizarlo. Deben de haberlo bañado. Necesito saber que no sufrió.

No podía decirle eso. Imaginaba que cuando se apretó la soga al cuello, la terrible presión en la cabeza fue aterradora. Había iniciado el proceso de acabar con su propia vida y estuvo despierto y alerta el tiempo suficiente como para notarlo. Sí, sufrió.

—No mucho rato —dije—. No sufrió mucho rato, señora White.

Se cubrió la cara con las manos y lloró. Corrí la cortina y me la llevé.

—¿Qué le harán ahora? —me preguntó mientras me seguía, rígida.

—Acabaremos de examinarlo y le haremos algunas pruebas, sólo para ver si hay algo más que deberíamos saber.

Asintió con la cabeza.

—¿Quiere sentarse un rato? —le sugerí—. ¿Le traigo algo?

—No, no. Me iré.

—Lamento mucho lo de su hijo, señora White. Llámeme si tiene alguna pregunta que hacerme. Si yo no estoy, otra persona la ayudará. Será muy difícil y va a pasar por muchas cosas. Así que, por favor, llame si podemos ayudarla.

Se detuvo en el pasillo y me tomó la mano. Me miró intensamente a los ojos.

—¿Está segura de que no se lo hizo alguien? ¿Cómo sabemos con seguridad que fue él mismo?

—Por ahora, no hay ningún indicio que haga pensar que fue otra persona —le aseguré—, pero investigaremos todas las posibilidades. Todavía no hemos terminado. Algunas de las pruebas tardan semanas.

—¡No van a tenerlo aquí durante semanas!

—No, estará listo para que se lo lleven en unas horas. Los de la funeraria podrán venir a recogerlo.

Estábamos en la recepción y crucé con ella la puerta de cristal para acceder al vestíbulo. Dudó, como si no supiera qué hacer después.

—Gracias —dijo—. Ha sido muy amable.

No suelen darme las gracias a menudo. Regresé tan aturdida a mi despacho que casi estuve a punto de llevarme por delante a Marino. Me esperaba casi en la misma puerta y llevaba unos papeles en la mano. Se lo veía agitado.

—No te lo vas a creer —soltó.

—A estas alturas me creo cualquier cosa —respondí con gravedad, mientras casi me dejaba caer en la silla grande de piel al otro lado del escritorio, lleno a rebosar. Suspiré. Supuse que Marino había venido a informarme de que Jaime Berger era la fiscal especial, de modo que dije—: Si es sobre Berger, ya lo sé. Un periodista de la AP me comentó que la han nombrado para que me acuse. No he decidido si es algo bueno o malo. Bueno, ni tan sólo he decidido si me importa.

—¿De veras? ¿Ella? —El rostro de Marino había adoptado una expresión de perplejidad—. ¿Cómo va a hacerlo? ¿Tiene el título de abogado en Virginia?

—No es necesario —le aclaré—. Puede intervenir *pro hac vice*.

Esa expresión significa «para esta ocasión concreta», y seguí con la explicación de que, a petición de un jurado especial, el tribunal puede otorgar un permiso especial a un abogado de otro estado para que participe en una causa aunque esa persona no esté autorizada para la práctica del Derecho en Virginia.

—¿Y qué pasa con Righter? —preguntó Marino—. ¿Qué hará él durante el proceso?

—Alguien de la Oficina del Fiscal de Virginia tendrá que trabajar con ella. Supongo que será el segundo asiento y le dejará a ella el interrogatorio.

—Hemos obtenido un resultado extraño en el caso del motel The Fort James. —Me dio su noticia—: Vander ha trabajado mucho en las huellas que recogió dentro de la habitación y no te lo vas a creer. ¿Sabes las de quién salieron? Las de Diane Bray. Te lo juro. Una prueba latente perfecta junto al interruptor de la luz que está nada más entrar: una huella de Bray. Por supuesto, tenemos las huellas del difunto, pero ningún otro resultado aparte de las de Bev Kiffin, como era de esperar. Sus huellas están en la Biblia, por ejemplo, pero no las suyas, las de Matos. Y eso también resulta interesante. Da la impresión de que Kiffin fue quién abrió la Biblia por ese libro... el que fuera.

—Eclesiastés —le recordé.

—Vale. Una latente en las páginas abiertas, en ese caso una huella dactilar de Kiffin. Y recuerda que aseguró que no había abierto la Biblia. Volví a preguntárselo por teléfono e insistió en que no la había abierto. Así que empiezo a tener muchas sospechas sobre su posible implicación, sobre todo ahora que sabemos que Bray estuvo en esa misma habitación antes de que mataran ahí a ese hombre. ¿Qué hacía Bray en el motel? ¿Puedes decírmelo?

—Tal vez la llevara su traficante de drogas —sugerí—. No se me ocurre ninguna otra razón. Sin duda, ese motel no es la clase de sitio donde ella se hospedaría.

—Exacto. —Marino me apuntó con el dedo como si fuera una pistola—. Y el marido de Kiffin trabaja supuestamente en la misma empresa de transporte donde lo hacía Barbosa, ¿no? Aunque aún no hemos encontrado ningún registro de nadie llamado Kiffin que conduzca un camión ni nada. No conseguimos localizarlo en absoluto, lo que admito que es extraño. Y sabemos que Overland se dedica al contrabando de drogas y armas, ¿verdad? Tal vez tenga más sentido si resulta que Chandonne fue quien dejó esos cabellos en el cámping. Tal vez hablamos del cartel de su familia, ¿no? Tal vez eso es lo que lo trajo a Richmond, para empezar: el negocio familiar. Y mientras estaba en la zona no pudo controlar su costumbre de apalear mujeres.

—Podría explicar también qué hacía Matos allí —añadí.

—Ya lo creo. Quizás él y Juan el Bautista fueran amigos. O quizás alguien de la familia envió a Matos a Virginia a cargarse a Juanito, a dejarlo fuera de circulación para que no le cantara a nadie sobre el negocio familiar.

Las posibilidades eran infinitas.

—Lo que no explica nada de esto es por qué asesinaron a Matos y quién lo hizo. O por qué mataron a Barbosa —señalé.

—No, pero creo que estamos acercándonos —dijo Marino—. Y tengo el presentimiento de que si escarbamos un poco nos encontraremos con Talley. Quizá sea el eslabón perdido del caso.

—Bueno, al parecer conocía a Bray en Washington. Y ha vivido en la misma ciudad donde tiene su base la familia Chandonne.

—Y siempre se lo monta para estar en el mismo sitio que Juan el Bautista —añadió Marino—. Y el otro día me pareció ver a ese imbécil. Me paré en un semáforo rojo y tenía una motocicleta Honda negra, de las grandes, en el carril de al lado. Al principio no lo reconocí porque llevaba un casco con visor oscuro que le tapaba la cara, pero contemplaba mi camioneta. Estoy bastante seguro de que era Talley y se volvió muy deprisa. Imbécil.

Rose me llamó para avisarme de que el gobernador me llamaba para nuestra cita telefónica de las diez. Gesticulé a Marino para que cerrara la puerta de mi despacho mientras esperaba a Mitchell al otro lado de la línea.

La realidad se inmiscuía de nuevo. Me devolvía a mi aprieto y a su amplia difusión. Tenía la sensación de saber exactamente qué quería el gobernador.

—¿Kay? —La voz de Mike Mitchell sonó sombría—. He sentido mucho ver lo del periódico esta mañana.

—Yo tampoco estoy contenta.

—Te apoyo y lo seguiré haciendo —dijo, tal vez para que me resultara más llevadero el resto de lo que planeaba transmitirme, que no podía ser bueno. No respondí. Supuse también que sabía lo de Berger y que probablemente había tenido algo que ver en su nombramiento como fiscal especial. No saqué el tema. No valía la pena—. Creo que, a la vista de las actuales circunstancias, lo mejor será que renuncies a tus deberes hasta que este asunto se resuelva. Y, Kay, no es porque crea ni una palabra. —Eso no era lo mismo que decir que creyera que era inocente—. Pero me parece que, hasta que se calmen las cosas, no sería prudente que siguieras a cargo del sistema forense del Estado.

—¿Me estás despidiendo, Mike? —le pregunté sin rodeos.

—No, no —se apresuró a decir, y su tono era más amable—. Dejemos pasar la vista ante el jurado especial de acusación y, después, ya veremos. No te descarto a ti y tampoco la idea que me contaste de ser contratista privada. Dejemos pasar la vista —repitió.

—Por supuesto, haré lo que desees —le indiqué con el debido respeto—. Pero tengo que decirte que no creo que sea lo mejor para el Estado apartarme de los casos pendientes que todavía precisan mi atención.

—No es posible, Kay. —Habló el político—. Estamos hablando de dos semanas, suponiendo que la vista vaya bien.

—Por Dios santo —exclamé—. Tiene que ir bien.

—Y estoy seguro de que irá bien.

Colgué el teléfono y miré a Marino.

—Bueno, ya lo ves. —Empecé a meter cosas en mi maletín—. Espero que no cambiéis las cerraduras en cuanto salga por la puerta.

—¿Qué otra cosa podía hacer el hombre? Si lo piensas bien, doctora, ¿qué podía hacer? —Marino se había resignado a lo inevitable del caso.

—Me gustaría saber quién lo filtró a la prensa —comenté a la vez que cerraba el maletín y pasaba los cierres—. ¿Te han mandado una citación, Marino? —le pregunté—. Nada es confidencial; puedes decírmelo.

—Sabes que sí —respondió con el semblante afligido—. No dejes que esos cabrones te afecten, doctora. No te rindas.

Cogí el maletín y abrí la puerta del despacho.

—Haré cualquier cosa menos rendirme —aseguré—. De hecho, tengo mucho que hacer.

Su expresión me preguntó «¿qué?» El gobernador acababa de ordenarme que no hiciera nada.

—Mike es un buen hombre —afirmó Marino—. Pero no lo presiones. No le des motivos para despedirte. ¿Por qué no te vas unos días? Podrías ir a ver a Lucy a Nueva York. ¿No se marchó a Nueva York? ¿Con Teun? Lárgate hasta el día de la vista. Me gustaría que lo hicieras para no tener que preocuparme por ti a cada momento. Ni siquiera me gusta que estés sola en casa de Anna.

Inspiré a fondo y traté de tragarme la rabia y el dolor. Marino tenía razón. Carecía de sentido enojar al gobernador y empeorar las cosas. Pero ahora sentía que había perdido la ciudad junto con todo lo demás, y no había tenido noticias de Anna, y eso también me dolía. Casi se me saltaron las lágrimas y me negué a llorar en mi despacho. Desvié la mirada de Marino, pero éste captó mis sentimientos.

—Oye. Tienes todo el derecho a sentirte mal. Todo esto da asco, doctora.

Crucé el pasillo y pasé por el lavabo de mujeres en dirección al depósito. Turk estaba cosiendo a Benny White, y Jack se hallaba sentado ante el mostrador rellenando papeles.

Acerqué una silla a mi ayudante jefe y le quité varios cabellos caídos de la ropa.

—A ver si paras —le dije, intentando ocultar lo alterada que estaba—. ¿Puedes decirme por qué no para de caerte el cabello?

Hacía semanas que quería preguntárselo. Como de costumbre, habían pasado muchas cosas y Jack y yo no habíamos hablado.

—Basta con que leas el periódico —comentó, y dejó el bolígrafo—. Eso te dirá por qué se me cae el cabello.

Su mirada era severa. Asentí con la cabeza para indicarle que lo entendía. Lo que yo había supuesto: Jack sabía desde hacía cierto tiempo que tenía muchos problemas. Tal vez Righter se pusiera en contacto con él semanas atrás y empezara a sondearlo, como hizo con Anna. Le pregunté que si ése había sido el caso y lo admitió. Dijo que estaba destrozado. Detestaba la política y la administración, no quería mi puesto ni lo querría nunca.

—Tú haces que yo tenga buena imagen —afirmó—. Siempre lo has hecho. Podrían pensar que hay que nombrarme jefe. ¿Qué será de mí entonces? No lo sé. —Se pasó los dedos por los cabellos y se le cayeron más—. Me gustaría que todo volviera a la normalidad.

—Yo también, créeme.

En ese momento sonó el teléfono y Turk contestó.

—Eso me recuerda una cosa —añadió Jack—. Estamos recibiendo llamadas extrañas aquí abajo. ¿Te lo había comentado?

—Estaba yo aquí cuando recibimos una —respondí—. Alguien que afirmaba ser Benton.

—Morboso —soltó con asco.

—Es la única de la que tengo constancia.

—Doctora Scarpetta —me llamó Turk—. ¿Puede ponerse? Es Paul.

Me dirigí al teléfono.

—¿Cómo estás, Paul? —le pregunté a Paul Monty, el director estatal de los laboratorios forenses.

—En primer lugar —dijo—, quiero que sepas que estoy al corriente de que todo el mundo en este edificio te apoya, Kay. Cuando leí toda esa basura a punto estuve de vomitar. Y nos estamos dejando la piel en ello. —Se refería a los análisis de las pruebas. Se suponía que existía un orden igualitario en el tratamiento de las pruebas: como era lo adecuado, ninguna víctima era más importante que otra y no se saltaba la cola. Pero había también un código tácito, igual que en la policía. La gente cuidaba de los suyos. Era un hecho—. Tenemos unos resultados interesantes que quería darte en persona —prosiguió—. Los cabellos del cámping, los que sospechabas que son de Chandonne. Pues bien, el ADN concuerda. Y aún más interesante es que la comparación de una fibra muestra que la ropa de cama de algodón de ese lugar concuerda con las fibras recogidas en el colchón de la habitación de Diane Bray.

Se formó una posibilidad. Chandonne cogió la ropa de la cama de Diane Bray después de matarla y huyó al cámping. Tal vez durmió con ella. O tal vez se deshizo de ella. Pero, en cualquier caso, podíamos ubicar definitivamente a Chandonne en el motel The Fort James. Paul no tenía nada más que decirme de momento.

—¿Qué hay del hilo dental que encontré en el retrete? —le pregunté—. En la habitación donde mataron a Matos.

—No tenemos nada. El ADN no es el de Chandonne, ni el de Bray ni el de ninguno de los sospechosos habituales —me indicó—. ¿Sería de algún cliente anterior? Puede que no tenga relación.

Volví al mostrador, donde Jack siguió contándome lo de las llamadas telefónicas extrañas. Dijo que se habían recibido varias.

—Yo contesté la primera y la persona, un hombre, preguntó por ti, dijo que era Benton y colgó —me informó—. Turk contestó la segunda vez. El hombre pidió que te dijera que te había llamado y que llegaría una hora tarde a cenar, se identificó como Benton y colgó. Así que añade eso a la mezcla. Con razón me estoy quedando calvo.

—¿Por qué no me lo dijiste? —Cogí distraídamente las fotografías Polaroid del cadáver de Benny White en la camilla antes de ser desnudado.

—Pensé que ya tenías bastantes preocupaciones. Debería habértelo dicho. Me equivoqué.

La vista de ese niño vestido con el traje de los domingos, dentro de una bolsa para cadáveres abierta sobre una camilla de acero, era de lo más incongruente.

Me dio mucha pena observar que los pantalones le iban algo cortos y que los calcetines no emparejaban: uno era azul y el otro, negro. Me sentí peor.

—¿Encontraste algo inesperado en este caso?

Ya había hablado bastante de mis problemas. De hecho, mis problemas no parecían tan importantes cuando miraba las fotografías de Benny y pensaba en su madre en la sala de observación.

—Sí, hay algo que me intriga —contestó Jack—. La historia es que llegó a casa desde la iglesia y no entró. Bajó del coche y se dirigió al granero, diciendo que no le pasaba nada y que iba a buscar su navaja, que creía que estaba en la caja de aparejos porque olvidó cogerla al volver de pescar el otro día. No regresó a casa. Dicho de otro modo, ese domingo no almorzó. Pero tenía el estómago lleno.

—¿Sabes qué comió?

—Sí. Por un lado, palomitas. Y parece que también perritos calientes. Así que llamé a su casa y hablé con su padrastro. Le pregunté que si Benny podría haber comido algo en la iglesia, y me aseguró que no. Su padrastro no tenía idea de dónde había salido la comida.

—Eso es muy raro —dije—. ¿Vuelve a casa desde la iglesia, sale para ahorcarse, pero se para antes en algún lugar a comer palomitas y perritos calientes? Algo no encaja.

—Si no fuera por el contenido del estómago diría que es un claro suicidio. —Jack me miró fijamente—. Mataría a Stanfield por haber cortado el nudo. El muy imbécil.

—Tal vez deberíamos echar un vistazo al lugar donde Benny se ahorcó —decidí.

—Viven en una granja en el condado de James City —me informó Jack—. Junto al río, y al parecer el bosque donde se ahorcó está en el borde del campo, a menos de kilómetro y medio de la casa.

—Vayamos —le dije—. Quizá Lucy pueda llevarnos.

Había dos horas de vuelo desde el hangar de Nueva York a HeloAir, en Richmond, y Lucy estuvo encantada de lucir el nuevo vehículo de su empresa. El plan era sencillo. Nos recogería a Jack y a mí y aterrizaríamos en la granja. Después, los tres examinaríamos el lugar donde Benny White supuestamente se había suicidado. También quería ver su habitación. Luego dejaríamos a Jack en Richmond y yo volvería con Lucy a Nueva York, donde me quedaría hasta el día de la vista ante el jurado especial de acusación. Lo planeamos para la mañana siguiente, y el inspector Stanfield no tuvo ningún interés en reunirse con nosotros en el lugar de los hechos.

—¿Para qué necesitan ir ahí? —A punto estuve de mencionar lo del contenido del estómago. Me disponía a preguntarle si había observado algo sospechoso, pero por algún motivo cambié de opinión.

—Si pudiera indicarme cómo llegar a la granja —le pedí.

Describió dónde vivía la familia de Benny White, junto a la carretera 5, y me aseguró que era imposible perderse porque en el cruce, donde había que girar a la izquierda, veríamos una tiendecita. Me dio referencias que no serían útiles desde el aire. Por fin, logré sacarle que la granja estaba a menos de kilómetro y medio del ferry próximo a Jamestown, y fue entonces cuando caí en la cuenta de que la granja de Benny White quedaba muy cerca del motel y cámping The Fort James.

—Oh, sí —asintió Stanfield cuando se lo pregunté—. Estaba en la misma zona que los demás. Eso es lo que lo tenía tan alterado, según su madre.

—¿A qué distancia del motel se encuentra la granja? —quise saber.

—Al otro lado del río. No puede llamarse granja.

—Inspector Stanfield, ¿hay alguna posibilidad de que Benny conociera a los dos hijos de Bev Kiffin? Tengo entendido que a Benny le gustaba pescar. —Recordé la caña de pescar apoyada en la ventana del piso superior en casa de Mitch Barbosa.

—Bueno, conozco la historia de que supuestamente fue a buscar la navaja en la caja de aparejos, pero no creo que fuera eso lo que hizo. Creo que sólo quería una excusa para dejar a los demás.

—¿Sabemos de dónde sacó la cuerda? —Dejé de lado sus molestas suposiciones.

—Su padrastro dice que tienen todo tipo de cuerdas en el granero —contestó Stanfield—. Bueno, lo llaman granero, pero es donde guardan los trastos. Le pregunté que qué guardaban ahí, y dijo eso: trastos. Mire, tengo el presentimiento de que Benny pudo encontrarse con Barbosa pescando, ya sabe. Y sabemos que Barbosa era simpático con los niños. Eso lo explicaría. Y su madre contó que el chico tenía pesadillas y que los asesinatos lo habían afectado mucho. Estaba muerto de miedo, tal como lo expresó. Lo mejor es que vaya directa al río. Verá el granero en el borde del campo, y el bosque queda justo a su izquierda. Hay un camino cubierto de maleza y el lugar donde se colgó queda a unos quince metros por él. Hay un mirador para acechar ciervos. Lo verá enseguida. No me subí al mirador para cortar la cuerda; me limité a cortar el extremo que tenía pasado alrededor del cuello. De modo que la cuerda aún debería de estar ahí.

Me abstuve de mostrar mi disgusto por su negligencia. No le pregunté nada más ni le sugerí que hiciera lo que había amenazado con hacer: dimitir. Llamé a la señora White para comentarle mis planes. Me habló con un hilo de voz y herida. Estaba aturdida y no parecía comprender que quisiéramos aterrizar con un helicóptero en su granja.

—Necesitamos un claro. Un terreno nivelado donde no haya cables telefónicos ni demasiados árboles —le expliqué.

—No tenemos pista de aterrizaje —repitió varias veces.

Por fin, le pasó el teléfono a su marido. Se llamaba Marcus. Me dijo que había un campo de soja entre su casa y la carretera 5, y que veríamos un silo pintado de verde oscuro. Añadió que era el único silo de ese color en la zona. A él no le importaba que aterrizáramos en su campo.

El resto del día fue largo. Trabajé en la oficina y reuní al personal antes de que se fuera a casa. Expliqué lo que me pasaba y aseguré a todos que su empleo no corría peligro. También dejé claro que no había hecho nada malo y que confiaba en que se limpiaría mi nombre. No les dije que había dimitido. Ya habían sufrido bastantes temblores y quería ahorrarles un terremoto. No me llevé las cosas del despacho ni salí con nada más que el maletín, como si todo marchara bien y fuera a verlos al día siguiente, como de costumbre.

Eran las nueve de la noche. Estaba sentada en la cocina de Anna comiendo queso *cheddar* y sorbiendo un vaso de vino tinto, tomándomelo con calma, negándome a ofuscarme y encontrando casi imposible tragar alimentos sólidos. Había perdido peso. No sabía cuánto. No tenía apetito y había adquirido la malsana costumbre de ir fuera periódicamente a fumar. Cada media hora más o menos intenté contactar con Marino, pero sin éxito. Y seguía pensando en el archivo EUR. Apenas había dejado de hacerlo desde que lo examiné en Navidad. El teléfono sonó cerca de la medianoche y supuse que Marino me devolvía por fin el mensaje del busca.

—Scarpetta al habla —contesté.

—Soy Jaime. —La voz distintiva y segura de Berger sonó en el auricular.

Aquello me sorprendió. Pero recordé que Berger no parecía dudar en hablar con las personas a las que tenía intención de mandar a la cárcel, sin importarle la hora.

—He charlado por teléfono con Marino —dijo—. Por lo tanto, sé que conoce mi situación. O supongo que debería decir nuestra situación. Y, de hecho, no debería inquietarla en absoluto, Kay. No voy a aconsejarla, pero le diré una cosa: diríjase al jurado como se dirige a mí. Y procure no preocuparse.

—Creo que ya he rebasado mi capacidad de preocuparme.

—La llamo sobre todo para darle cierta información. Tenemos el ADN de los sellos. Los sellos de las cartas del archivo EUR —comentó, como si volviera a leerme los pensamientos. Se me ocurrió que los laboratorios de Richmond ya trabajaban directamente con ella—. Parece que Diane Bray estaba metida en todas partes, Kay. Por lo menos, resulta que es ella quien lamió los sellos, y supongo que escribió las cartas y fue lo bastante lista para no dejar sus huellas en el papel. Las huellas que se descubrieron en varias cartas correspondían a Benton, probablemente las dejara al abrirlas, antes de darse cuenta de su contenido. Supongo que él sabía que eran suyas. No sé por qué no incorporó alguna nota al respecto. Me pregunto si Benton le habló a usted de Bray alguna vez. ¿Algún motivo para pensar que se conocían?

—No recuerdo que la mencionara —respondí. Estaba obnubilada; no podía creer lo que Berger acababa de decir.

—Bueno, quizá se conocían —apuntó Berger—. Bray estaba en Washington. Benton, a pocos kilómetros de distancia, en Quantico. No sé, pero me desconcierta que le enviara esas cosas, y me preguntaba si quiso que tuvieran el matasellos de Nueva York para que él creyera que se lo enviaba Carrie Grethen.

—Y sabemos que lo creyó —le recordé.

—También tenemos que preguntarnos si Bray tuvo algo que ver en su asesinato.

Se me ocurrió de repente que Berger quizás estuviera poniéndome otra vez a prueba. ¿Qué esperaría? Que soltara algo incriminatorio como: «Bueno, Bray tuvo lo que buscaba» o «Bray recibió lo que se merecía.» Pero, al mismo tiempo, pensé que no. Tal vez esa idea no obedeciera a la realidad sino a mi obsesión. Tal vez Berger se limitara a decir lo que pensaba y nada más.

—Supongo que Bray nunca le mencionaría a Benton —dijo.

—Que yo recuerde, no —respondí.

—Lo que no entiendo es lo de Chandonne —continuó Berger—. Si consideramos que Jean-Baptiste Chandonne conocía a Bray, que trabajaban juntos, ¿por qué la mataría? ¿Y del modo en que lo hizo? Eso no me encaja. No responde al perfil. ¿Qué opina?

—Tal vez debería leerme mis derechos antes de preguntarme lo que opino sobre el asesino de Bray —sugerí—. O reservarse la pregunta para la vista.

—No está detenida —respondió, y no di crédito: había una sonrisa en su tono de voz; le parecía divertido—. No es necesario que le lea sus derechos. —Se puso seria—. No estoy jugando con usted, Kay. Le pido ayuda. Debería de estar más que contenta de que sea yo y no Righter quien interrogue a los testigos en esa vista.

—Lo único que lamento es que vaya a haber una vista. No debería haberla. No por mí —repliqué.

—Bueno, hay dos cosas que debemos averiguar. —Era inmutable y tenía más cosas que decirme—. El semen del caso de Susan Pless no pertenece a Chandonne. Y ahora tenemos esta última información sobre Diane Bray. Es sólo una intuición, pero no creo que Chandonne conociera a Diane Bray. No personalmente. En absoluto. Creo que todas sus víctimas son personas que sólo a distancia tenían relación con su vida. Las observaba, las acechaba y fantaseaba con ellas. Y eso, por cierto, era lo que pensó Benton cuando hizo el perfil en el caso de Susan.

—¿Pensaba él que el semen era de la persona que la asesinó?

—Jamás pensó que hubiera más de una persona involucrada —reconoció Berger—. Hasta los casos de Richmond, seguíamos buscando a ese hombre atractivo y bien vestido que cenó con ella en Lumi. Le aseguro que no buscábamos a alguien que se autodenomina hombre lobo y con una alteración genética. No por aquel entonces.

Por supuesto, después de todo aquello no logré pegar ojo. Me adormecía y me despertaba, y cogía de vez en cuando el despertador para comprobar la hora. El tiempo avanzó de modo imperceptible, como los glaciares. Soñé que estaba en mi casa y tenía un cachorro, una adorable hembra de labrador, rubia, con las orejas largas y caídas, unos pies enormes y la cara más dulce del mundo. Me recordó los animales de peluche de FAO Schwarz, esa fantástica juguetería de Nueva York donde solía comprar sorpresas para Lucy cuando era pequeña. En mi sueño, esa ficción que contemplaba en mi estado semiconsciente, estaba jugando con la perrita, la acariciaba y ella me lamía y movía la cola con energía. Después, no supe cómo, caminaba otra vez por el interior de mi casa. Estaba oscuro y hacía frío, y presentía que no había nadie, nada de vida, con un silencio absoluto. Llamé al cachorro, no recordaba su nombre y me puse a buscarlo frenética por todas las habitaciones. Me desperté en la habitación de invitados de Anna llorando, sollozando, gritando.

33

Llegó la mañana, y la niebla se deslizaba como si fuera humo mientras volábamos a poca altura por encima de los árboles. Lucy y yo estábamos solas en su nuevo aparato porque Jack había despertado con dolores y escalofríos. Se había quedado en casa, y tuve la sospecha de que su enfermedad era autoinducida. Supuse que era resaca y temí que el insoportable estrés que mi situación había comportado a la oficina hubiera propiciado que adquiriera malos hábitos. Estaba muy contento con su vida. Ahora, todo había cambiado.

El Bell 407 era negro con franjas brillantes. Olía como un coche nuevo y se movía con ímpetu y a la vez tan suave como la seda en dirección al este, a ochocientos pies de altura. Yo estaba concentrada en el mapa que tenía en el regazo, tratando de casar la representación del tendido eléctrico, las carreteras y las vías de ferrocarril con las que sobrevolábamos. No era que no supiéramos con exactitud dónde estábamos, porque el helicóptero de Lucy poseía suficiente equipo de navegación para pilotar el Concorde. Pero siempre que me sentía como entonces solía obsesionarme con una tarea, cualquier tarea.

—Dos antenas hacia la una. —Se lo mostré en el mapa—. A quinientos treinta pies sobre el nivel del mar. No debería importar, pero todavía no las veo.

—Estoy buscándolas —dijo ella.

Las antenas se encontraban muy por debajo del horizonte, lo que significaba que no suponían ningún peligro aunque nos acercáramos a ellas. Pero yo tenía una fobia especial a los obstáculos, y cada vez había más elevadas hacia el cielo en este mundo de comunicación constante. El control de tráfico aéreo de Richmond nos llegó por el aire para indicarnos que el servicio de radar terminaba y pasábamos a radiofrecuencia vocal. Cambié la frecuencia a mil doscientos en el transceptor al tiempo que distinguí las antenas unos kilómetros más adelante. No tenían balizaje y suponían meras rayas rectas y fantasmagóricas dibujadas a lápiz sobre la niebla densa y gris. Las señalé.

—Las veo —afirmó Lucy—. No me gustan nada esos trastos.

—Presionó el cíclico a la derecha y viró hacia el norte de las antenas para alejarse de sus tirantes, ya que esos cables fuertes de acero son los francotiradores. Son lo que te alcanza primero.

—¿Se enfadará contigo el gobernador si se entera de que estás haciendo esto? —Oí que me preguntaba.

—Me dijo que no fuera a la oficina —contesté—. Y no estoy en la oficina.

—De modo que vendrás conmigo a Nueva York. Puedes quedarte en mi piso. Estoy muy contenta de que dejes el trabajo, que renuncies a tu cargo de jefa de Medicina Forense y te establezcas por tu cuenta. ¿Igual acabas en Nueva York trabajando con Teun y conmigo?

No quise herir sus sentimientos. No le comenté que yo no estaba contenta. Quería estar en Richmond. Quería estar en mi casa y seguir en mi trabajo como siempre, y eso nunca sería posible. Me sentía como una fugitiva, y así se lo dije a mi sobrina, cuya atención se situaba fuera de la cabina de mando, sin apartar nunca los ojos de lo que estaba haciendo. Hablar con alguien que pilota un helicóptero es como hacerlo por teléfono. No te ve. No hay gestos ni contacto. A medida que volábamos al este, el sol brillaba más y la niebla se iba disipando. Debajo, los ríos relucían como las entrañas de la tierra, y el James refulgía blanco como la nieve. Redujimos altura y velocidad y sobrevolamos el *Susan Constant*, el *Godspeed* y el *Discovery*, las réplicas a tamaño natural de los barcos que transportaron ciento cuatro hombres y muchachos a Virginia en 1607. En la distancia distinguí el obelisco que asomaba a través de los árboles de la isla de Jamestown, donde los arqueólogos estaban recuperando el primer cementerio inglés en América. Un ferry surcaba despacio las aguas hacia Surry, cargado de coches.

—Veo un silo verde a las nueve —observó Lucy—. ¿Crees que será ése?

Seguí la dirección de su mirada y vi una granjita cuya parte trasera daba a un río. Al otro lado del estrecho y turbio hilo de agua divisé, entre los pinos, los tejados y las caravanas viejas que formaban el motel y cámping The Fort James. Lucy describió un círculo sobre la granja a quinientos pies para asegurarse de que no hubiese ningún peligro, como tendidos eléctricos. Tras examinar la zona, pareció satisfecha, descendió y redujo la velocidad a sesenta nudos. Iniciamos la aproximación a un claro situado entre los árboles y la pequeña casa de ladrillos donde Benny White vivió sus escasos doce años. La hierba seca se agitaba violentamente mientras Lucy aterrizaba con suavidad, probando el terreno con cuidado para asegurarse de que estaba nivelado. La señora White salió de la casa, nos observó protegiéndose los ojos del sol con una mano y, luego, un hombre alto y trajeado se unió a ella. Permanecieron en el porche durante los dos minutos de apagado del aparato. Cuando bajamos y nos dirigimos a la casa, me di cuenta de que los padres de Benny se habían arreglado para nosotras. Tenían aspecto de acabar de volver de la iglesia.

—Jamás pensé que algo así aterrizaría en mi granja —comentó el señor White contemplando el helicóptero con expresión grave.

—Pasen —dijo la señora White—. ¿Quieren tomar un café o algo?

Charlamos sobre el vuelo y otras banalidades. La ansiedad era intensa. Los White sabían que me encontraba ahí porque me planteaba serias dudas sobre lo que en verdad le había ocurrido a su hijo. Al parecer, supusieron que Lucy formaba parte de la investigación, y siempre que hablaban se dirigían a nosotras dos. La casa estaba muy limpia y bien amueblada, con sillas grandes y cómodas, alfombras trenzadas y lámparas de metal. El suelo era de pino, y las paredes de madera estaban blanqueadas, y en ellas había acuarelas con escenas de la guerra de Secesión. Junto a la chimenea del salón había estantes llenos de balas de cañón, un servicio de campaña, botellas antiguas y todo tipo de objetos relacionados con la misma. Cuando el señor White se percató de mi interés, me explicó que era coleccionista. Buscaba tesoros y rastreaba la zona con un detector de metales en sus horas libres. Era contable. Nos explicó que su granja ya no funcionaba como tal, pero había pertenecido a su familia durante más de cien años.

—Supongo que soy un loco de la historia —prosiguió—. Hasta he encontrado unos cuantos botones de la época de la revolución Americana. Nunca sabes lo que vas a descubrir en los alrededores.

Estábamos en la cocina y la señora White le servía un vaso de agua a Lucy.

—Y a Benny —pregunté—, ¿le interesaba la búsqueda de tesoros?

—Sí, ya lo creo —afirmó su madre—. Por supuesto, siempre esperaba encontrar un tesoro de verdad. Ya sabe: oro. —Había empezado a aceptar la muerte del muchacho y hablaba de él en pasado.

—¿Conoce la leyenda según la cual los confederados escondieron un montón de oro que jamás se ha encontrado? Bueno, Benny pensaba que él lo encontraría —añadió el señor White, sujetando un vaso de agua como si no supiera muy bien qué hacer con él. Lo depositó sobre el mostrador sin beber una gota—. Le encantaba recorrer la región. A menudo he pensado que era una lástima que no explotáramos la granja, porque creo que a él le habría gustado mucho.

—Sobre todo los animales —intervino su esposa—. A Benny le encantaban los animales. Tenía muy buen corazón. —Sacudió la cabeza, desolada—. Si un pájaro chocaba contra una ventana, salía corriendo de casa para buscarlo y luego regresaba histérico si el pobre animal, como solía pasar, se había roto el cuello.

El señor White miraba por la ventana, con expresión de dolor. Su esposa guardó silencio. Luchaba por mantener la compostura.

—Benny comió algo antes de morir —les informé—. Creo que el doctor Fielding les ha preguntado si era posible que hubiese tomado algo en la iglesia.

—No, señora —repuso el señor White sin dejar de mirar por la ventana—. En la iglesia no sirven comida salvo las cenas de los miércoles. Si Benny comió algo, no sé dónde fue.

—No comió aquí —dijo la señora White enfática—. Había preparado estofado, y él ese día no almorzó, y eso que el estofado era uno de sus platos favoritos.

—Tenía palomitas y perritos calientes en el estómago —indiqué—. Al parecer, los ingirió poco antes de morir.

Me aseguré de que comprendieran que aquello era extraño y que exigía una explicación. Ambos estaban perplejos y confusos. Manifestaron no tener ni idea de dónde podía haber tomado Benny esa clase de comida. Lucy preguntó por los vecinos. Tal vez Benny hubiera ido a casa de alguien antes de dirigirse al bosque. De nuevo no podían imaginar que hiciera algo así a la hora del almuerzo, y los vecinos eran gente mayor y no habrían ofrecido una comida, ni siquiera un refrigerio, a Benny sin llamar antes a sus padres para averiguar si les parecía bien.

—No le estropearían el almuerzo sin preguntárnoslo. —La señora White estaba segura de eso.

—¿Les importa si miro en su habitación? —dije entonces—. A veces, comprendo mucho mejor a un paciente si veo dónde solía pasar en privado su tiempo.

El matrimonio pareció vacilar.

—Bueno, supongo que no pasa nada —decidió el padrastro de Benny.

Nos condujeron por un pasillo hacia la parte trasera de la casa y, por el camino, dejamos un dormitorio a la izquierda que parecía ser de una niña, con las cortinas y la colcha de color rosa. Había pósters de caballos en las paredes, y la señora White nos explicó que se trataba de la habitación de Lori, la hermana pequeña de Benny, que estaba pasando unos días en casa de su abuela, en Williamsburg. Todavía no había vuelto al colegio y no lo haría hasta después del entierro, que sería al día siguiente. Aunque no lo dijeron, deduje que no les parecía buena idea que la niña estuviera presente cuando apareciera la forense y empezara a preguntar cosas relacionadas con la muerte violenta de su hermano.

La habitación de Benny contenía una colección de animales de peluche: dragones, osos, pájaros, ardillas; suaves y bonitos y muchos de ellos cómicos. Había decenas. Sus padres y Lucy se quedaron fuera mientras yo entré y me detuve en el centro del dormitorio y miré alrededor, dejando que el entorno me hablara. Pegados a las paredes había unos dibujos brillantes hechos con Magic Marker, también de animales, que demostraban imaginación y mucho talento. Benny era todo un artista. El señor White mencionó desde la puerta que al muchacho le encantaba llevar el bloc de dibujo en sus paseos y dibujar árboles, pájaros, lo que viera. Además, siempre hacía dibujos para regalarlos a la gente. El señor White hablaba mientras su esposa lloraba en silencio.

Estaba mirando un dibujo en la pared, a la derecha del tocador. La imagen imaginativa, llena de colorido, representaba a un hombre en una barca. Llevaba un sombrero de ala ancha y estaba pescando, con la caña curvada, como si un pez hubiera mordido el anzuelo. Benny había dibujado un sol brillante y algunas nubes, y al fondo, en la orilla, un edificio cuadrado con muchas ventanas y puertas.

—¿Es éste el río que hay detrás de la granja? —pregunté.

—Sí —contestó el señor White, que rodeó con el brazo a su mujer—. Tranquila, cariño —añadió dirigiéndose a ella y tragando con fuerza, como si estuviese a punto de echarse a llorar él también.

—¿A Benny le gustaba pescar? —inquirió Lucy desde el pasillo—. Lo pregunto porque, a veces, a las personas que quieren mucho a los animales no les gusta pescar. O devuelven las presas al agua.

—Eso es interesante —afirmé—. ¿Les importa si miro en el armario —pregunté a los White.

—Adelante —concedió el señor White sin dudar un segundo—. No, a Benny no le gustaba capturar nada. Lo cierto es que le gustaba salir en la barca o situarse en algún punto de la orilla. La mayor parte de las veces se sentaba a dibujar.

—Entonces, éste debe de ser usted, señor White. —Me volví hacia el dibujo del hombre en la barca.

—No, debe de ser su padre —respondió con tristeza—. Su padre solía salir a navegar con él. Lo cierto es que yo no voy en barca. —Hizo una pausa—. Bueno, es que no sé nadar y me inquieta estar en el agua.

—A Benny le daba algo de vergüenza dibujar —intervino la señora White, con voz temblorosa—. Creo que llevaba la caña de pescar porque pensaba que eso le hacía parecerse a los demás chicos. No creo que llevara cebo siquiera. No me lo imagino matando un gusano, y mucho menos un pez.

—Pan —aclaró el señor White—. Llevaba pan, como si fuera a hacer bolitas con las migas. Yo le decía que no pescaría nada grande si sólo usaba pan como cebo.

Examiné los trajes, pantalones y camisas de las perchas, y los zapatos dispuestos en el suelo. La ropa era conservadora y parecía elegida por sus padres. Apoyada en el fondo del armario había una pistola Daisy BB, y el señor White me indicó que Benny disparaba con ella a blancos y latas. Aseguró que jamás la usaba para matar pájaros ni nada parecido. Por supuesto que no. El matrimonio recalcó de nuevo que el muchacho era incapaz de capturar siquiera un pez.

Sobre el escritorio había un montón de libros y una cajita de Magic Marker. Encima, vi un bloc de dibujo, y pregunté a los padres si lo habían hojeado. Respondieron que no y me permitieron que yo lo hiciera. Estaba de pie junto a la mesa. No me moví ni de ningún modo me mostré como en casa en la habitación de su hijo fallecido. Fui respetuosa con el bloc de dibujo y pasé las hojas con cuidado para ver los minuciosos dibujos a lápiz. El primero era un caballo en un pasto y era buenísimo. Iba seguido de varios bosquejos de un halcón posado en un árbol pelado, con agua de fondo. Benny dibujó una vieja valla destartalada. También varios paisajes nevados. El bloc estaba medio lleno, y todos los bosquejos eran coherentes entre sí hasta que llegué a los últimos. Entonces, el tono y el tema cambiaron. Había una escena nocturna en un cementerio, y una luna llena tras los árboles desnudos iluminaba tenuemente las lápidas inclinadas. Después, pasé a una mano, una mano musculosa cerrada en un puño y, por último, llegué a la perra. Era gorda y fea, y mostraba los dientes, con el pelo del lomo erizado, como si se sintiera amenazada.

Levanté la mirada hacia los White.

—¿Les habló alguna vez Benny de la perra de los Kiffin —les pregunté—, una perra que se llama *Mr. Peanut*?

El padrastro adoptó una expresión extraña y los ojos se le llenaron de lágrimas. Suspiró.

—Lori tiene alergia —afirmó, como si eso contestara mi pregunta.

—Siempre se quejaba del modo en que trataban a esa perra —lo ayudó la señora White—. Benny quería saber si podíamos quedarnos con *Mr. Peanut*. Amaba a esa perra y creía que los Kiffin nos la darían, pero no podíamos aceptarla.

—Por Lori —deduje.

—Era una perra vieja, además —señaló la señora White.

—¿Era? —pregunté.

—Bueno, es muy triste —me respondió—. Justo después de Navidad, *Mr. Peanut* comenzó a no encontrarse bien. Benny dijo que la pobre temblaba y se lamía mucho, como si algo le doliera, ¿sabe? Luego, hará una semana, se fue para morir. Ya sabe que los animales lo hacen. Benny salía a buscarla todos los días. Me partía el alma. Quería mucho a esa perra. Creo que era la razón principal de que fuera allí, para jugar con ella, y la buscó por todas partes.

—¿Fue entonces cuando su comportamiento empezó a cambiar? —sugerí—. ¿Después de que *Mr. Peanut* desapareciese?

—Más o menos —intervino el señor White; ni él ni su esposa parecían tener la suficiente entereza para entrar en el dormitorio de Benny—. No creerá que hizo algo así por un perro, ¿verdad? —Casi me dio pena cuando lo preguntó.

Unos quince minutos después, Lucy y yo nos dirigimos juntas al bosque y dejamos a los padres de Benny en su casa. No habían estado en el mirador para acechar ciervos donde Benny se había ahorcado. El señor White me dijo que conocía su existencia y que lo había visto muchas veces en sus salidas con el detector de metales, pero ni él ni su mujer se veían con fuerzas para ir allí en ese momento. Le pregunté que si creían que la gente sabía dónde había muerto Benny; me preocupaba que hubieran ido muchos curiosos. Pero los White no creían que nadie supiera con exactitud dónde se encontró el cadáver de Benny, a no ser que el inspector se lo hubiera dicho a la gente de los alrededores.

El campo donde aterrizamos estaba entre la casa y el río, una hectárea yerma que no parecía haberse arado en muchos años. Hacia al este se extendían kilómetros de bosque y el silo, casi en la orilla, sobresalía oscuro como un faro imponente y gastado que vigilara el motel y cámping The Fort James al otro lado del agua. Imaginé a Benny visitando a los Kiffin y me pregunté cómo iría. No había ningún puente sobre el río, que tenía unos treinta metros de ancho y carecía de un lugar para cruzarlo. Lucy y yo seguimos el camino entre los árboles, mirando por donde pisábamos. En los árboles cercanos al agua había sedal enmarañado, y observé algunos cartuchos vacíos de escopeta y latas de refrescos. No habíamos caminado más de cinco minutos cuando llegamos al mirador. Parecía una cabaña sin techo en lo alto de un árbol que alguien hubiese izado a toda prisa, con travesaños de madera clavados en el tronco. Una cuerda de nailon amarilla y cortada colgaba de un transversal y se movía con la ligera brisa fría que soplaba sobre el agua y susurraba entre los árboles.

Nos detuvimos e inspeccionamos el lugar en silencio. No vi basura: bolsas o recipientes de palomitas ni signo alguno de que Benny hubiera comido ahí. Me acerqué a la cuerda. Stanfield la había cortado a unos ciento veinte centímetros del suelo y, como Lucy era mucho más atlética que yo, le sugerí que subiera al mirador y la retirara, así podríamos examinar el nudo del otro extremo. Antes, tomé unas fotografías. Comprobamos los travesaños clavados en el árbol y parecían lo bastante resistentes. Lucy llevaba puesta una chaqueta gruesa que no parecía estorbarle en su ascenso. Al llegar a la plataforma fue con cuidado y tanteó las tablas para asegurarse de que soportarían su peso.

—Parece muy resistente —dijo.

Le lancé un rollo de cinta para pruebas y se dispuso a cortar la cuerda. Algo que tienen los agentes de la ATF es que todos llevan su propio equipo portátil de herramientas, que incluye navajas, destornilladores, tenazas y tijeras. Ello se debe a que los necesitan en los lugares donde hay incendios, aunque sólo sea para arrancar los clavos de la suela de sus botas con refuerzos de acero. Los agentes de la ATF se ensucian. Se enfrentan a todo tipo de peligros. Lucy cortó la cuerda por encima del nudo y volvió a pegar los extremos entre sí con cinta.

—Un simple nudo de rizo doble —señaló a la vez que dejaba caer la cuerda y la cinta—, típico de explorador, y el extremo está fundido. Alguien cortó el extremo y lo fundió para que no se deshiciera.

Aquello me sorprendió un poco. No esperaría nunca que alguien se molestara con un detalle así al cortar una cuerda para ahorcarse con ella.

—Atípico —comenté a Lucy cuando bajó—. ¿Sabes qué? Echaré un vistazo.

—Ve con cuidado, tía Kay. Hay unos cuantos clavos oxidados que sobresalen. Y cuidado con las astillas —me advirtió.

Me pregunté si Benny habría elegido ese viejo mirador como fortín. Me agarré una tras otra a las erosionadas tablas grises, y así fui subiendo, contenta de llevar unos pantalones caqui y botines. En el mirador había un banco donde el cazador podía sentarse mientras esperaba a que un ciervo desprevenido se le pusiera a tiro. Comprobé al asiento empujándolo y me pareció bien, así que me senté. Benny era sólo un par de centímetros más alto que yo, de modo que ambos veíamos lo mismo, suponiendo que él subiera ahí. Me dio la impresión de que sí. Alguien había estado allí arriba. De otro modo, el suelo de la plataforma estaría cubierto de hojas caídas, y no lo estaba en absoluto.

—¿Te has fijado en lo limpio que está esto? —le grité a Lucy.

—Puede que todavía lo usen los cazadores —contestó.

—¿Qué cazador va a molestarse en barrer hojas a las cinco de la mañana?

Desde aquella posición ventajosa, tenía una vista amplia del agua y divisaba la parte trasera del motel y su piscina oscura y viscosa. El humo ascendía en espirales desde la chimenea de la casa de los Kiffin. Imaginé a Benny sentado ahí arriba y espiando la vida mientras dibujaba y huía, quizá, de la tristeza que debía de embargarlo desde la muerte de su padre. Podía imaginarlo muy bien si recordaba mi propia infancia. El mirador sería el lugar perfecto para un chico solitario y creativo, y a sólo un paso más allá del borde del agua había un roble alto con kudzu alrededor del tronco, como si fueran polainas. Me imaginaba un ratonero posado en una rama alta.

—Me parece que dibujó ese árbol de ahí —le indiqué a Lucy—. Y tenía una vista muy buena del cámping.

—Quizá —sugirió Lucy desde abajo.

—Es posible —repuse con gravedad—. Y alguien podría haberlo visto a él —añadí—. En esta época del año, sin hojas en los árboles, sería visible aquí arriba. En especial si alguien usara gemelos y tuviera motivos para mirar en esta dirección. —Mientras hablaba, se me ocurrió que alguien podría estar observándonos en ese preciso instante. Sentí un escalofrío mientras bajaba—. Llevas la pistola en la riñonera, ¿verdad? —le pregunté a Lucy cuando puse los pies en el suelo—. Me gustaría seguir el sendero y ver adónde conduce.

Recogí la cuerda, la enrollé y la metí dentro de una bolsa de plástico, que guardé en un bolsillo de mi abrigo. Dejé la cinta para pruebas en la cartera. Lucy y yo empezamos a seguir el camino. Encontramos más cartuchos vacíos de escopeta e incluso una flecha de la temporada de arco. Nos adentramos en el bosque y el camino rodeó el río. Sólo se oía el crujido de los árboles al soplar el viento y el chasquido de las ramitas que se rompían bajo nuestros pies. Quería ver si el sendero nos llevaría al otro lado del río, y así fue. Era una caminata de sólo quince minutos hasta el motel The Fort James, y terminamos en el bosque situado entre el motel y la carretera 5. Benny pudo haber ido allí al salir de la iglesia. En el aparcamiento del motel había media docena de coches, algunos de alquiler, y cerca de la máquina de refrescos había una gran motocicleta Honda.

Lucy y yo nos dirigimos a la casa de Kiffin. Señalé la zona del cámping donde encontramos la ropa de cama y el cochecito y sentí una mezcla de cólera y tristeza por lo de *Mr. Peanut*. No me creía la historia de que la perra se marchara para morirse. Me preocupaba que Bev Kiffin le hubiera hecho algo cruel, como envenenarla, y, entre muchas otras cosas, quería preguntarle qué había pasado con el animal. No me importaba cómo reaccionara. Al día siguiente estaría retirada, suspendida, fuera de servicio. No sabía seguro si volvería a practicar la medicina forense. Podían despedirme y marcarme para siempre. Y hasta podía acabar en la cárcel. Al subir los peldaños de la entrada noté que nos observaban.

—Este lugar da mala espina —comentó Lucy entre dientes.

Una cara asomó desde detrás de las cortinas y se retiró de nuevo cuando el hijo mayor de Bev Kiffin se percató de que lo veía. Llamé al timbre y me abrió la puerta el mismo chico que vi la otra vez que estuve allí. Era alto y fuerte, y tenía una cara cruel salpicada de acné. No sabría precisar su edad, pero lo situé en unos doce, tal vez catorce años.

—Usted es la mujer que vino el otro día —me dijo con una mirada severa.

—Exacto —respondí—. ¿Podrías decirle a tu madre que la doctora Scarpetta quiere hablar con ella?

Sonrió como si supiera un secreto que consideraba divertido. Contuvo una carcajada.

—No se encuentra aquí. Está ocupada. —Dirigió una mirada, aún más severa, hacia el motel.

—¿Cómo te llamas? —le preguntó Lucy.

—Sonny.

—¿Qué le pasó a *Mr. Peanut*, Sonny? —inquirí con indiferencia.

—Esa perra tonta... —masculló—. Alguien debió de robarla.

Me parecía imposible creer que nadie quisiera robar una perra vieja y cansada que, además, se mostraba huraña con los desconocidos. En todo caso, me habría esperado que la hubiera atropellado un coche.

—¿De veras? ¡Qué lástima! —intervino Lucy—. ¿Por qué crees que alguien la robó?

Aquelo pilló a Sonny desprevenido. Empezó a soltar mentiras, en tono vacilante.

—Pues un coche paró de noche. Yo lo oí, ¿saben? Una puerta se cerró, oí varios ladridos y eso fue todo. Al día siguiente ya no estaba. Zack está destrozado.

—¿Cuándo desapareció? —quise saber.

—Oh, no lo sé. —Se encogió de hombros—. La semana pasada.

—Bueno, Benny también estaba destrozado —comenté para observar su reacción.

—Los niños del colegio lo llamaban mariquita —soltó con esa mirada fría otra vez—. Y lo era, además. Por eso se ahorcó. Todo el mundo lo dice —afirmó con una crueldad increíble.

—Creía que erais amigos —intervino Lucy, que empezaba a ponerse agresiva.

—Me fastidiaba —dijo Sonny—. Siempre venía a jugar con la maldita perra. No era amigo mío. Era amigo de Zack y de *Mr. Peanut*. Yo no trato con mariquitas.

El motor de una motocicleta rugió al ponerse en marcha. La cara de Zack asomó por detrás de la ventana situada a la derecha de la puerta principal, y estaba llorando.

—¿Vino Benny el domingo pasado —le pregunté a Sonny sin rodeos—, después de la iglesia, sobre las doce y media o la una? ¿Comió perritos calientes contigo?

Eso volvió a pillar a Sonny desprevenido. No se esperaba el detalle de los perritos calientes y se vio en un aprieto. Su curiosidad superó su falsedad, y dijo:

—¿Cómo saben que comimos perritos calientes?

Frunció el ceño cuando la motocicleta que habíamos visto unos minutos antes rugió y brincó por el camino de tierra que unía el motel con la casa de Kiffin.

Quien la conducía se dirigía directo hacia nosotros, vestido con un traje de cuero rojo y negro y la cara oculta tras el visor oscuro del casco. Aun así, esa persona me resultaba conocida. Me quedé helada al reconocerla. Jay Talley se detuvo y bajó de la moto, pasando con agilidad una pierna por encima del enorme sillín.

—Entra en casa, Sonny —ordenó Jay—. Ahora.

Lo dijo con mucha soltura, como si conociera muy bien al chico. Sonny se metió en la casa y cerró la puerta. Zack había desaparecido de la ventana. Jay se quitó el casco.

—¿Qué haces aquí? —le preguntó Lucy, y a lo lejos vi a Bev Kiffin, que se acercaba con una escopeta, procedente del motel, donde supuse que había estado con Jay.

La señal de alarma se disparó en mi cabeza, pero ni Lucy ni yo establecimos la relación con la suficiente rapidez. Jay se bajó la cremallera de la chaqueta de cuero y, casi al instante, tenía una pistola en la mano, una pistola negra apoyada en el costado.

—Por el amor de Dios, Jay —exclamó Lucy.

—Desearía que no hubieses venido —me dijo con calma y frialdad—. De verdad. —Señaló el motel con la pistola—. Vamos. Charlaremos un rato.

Tenía que echar a correr, pero ¿hacia dónde? Podía disparar a Lucy si lo hacía. Podía dispararme por la espalda. Levantó la pistola y apuntó con ella al pecho de Lucy mientras le desabrochaba la riñonera. Sabía mejor que nadie lo que contenía. Me cogió la cartera y me cacheó, asegurándose de explorarme el cuerpo íntimamente para degradarme, para ponerme en mi lugar, para disfrutar de la rabia que se leía en el semblante de Lucy al verlo.

—No lo hagas —le dije en voz baja—. Estás a tiempo de detenerte.

Sonrió y una cólera terrible salpicó un rostro que podría ser griego, o italiano, o francés. Bev Kiffin llegó donde estábamos y entrecerró los ojos cuando los fijó en mí. Llevaba la misma chaqueta roja de leñador de la otra semana y los cabellos alborotados como si acabara de salir de la cama.

—Vaya, vaya —soltó—. Hay personas que nunca se enteran de que no son bien recibidas, ¿no crees?

Miró fijamente a Jay. Supe sin que nadie me lo dijera que se habían estado acostando juntos, y todo lo que Jay me había dicho hasta entonces se convirtió en una fábula. Ahora comprendía por qué la agente Jilison McIntyre se quedó perpleja cuando mencioné que el marido de Bev Kiffin era un camionero de Overland. McIntyre trabajaba de incógnito. Llevaba la contabilidad de la empresa. Debería saber si había algún empleado llamado Kiffin. La única conexión con esa empresa de transporte infestada de criminales era la misma Bev Kiffin, y el contrabando de armas y drogas que tenía lugar estaba relacionado con el cartel de Chandonne. Respuestas. Las tenía, y ahora era demasiado tarde.

Lucy caminaba cerca de mí, con la cara inmutable. No mostró ninguna reacción mientras pasábamos a punta de pistola junto a caravanas deterioradas y que sospeché que estaban desocupadas por un motivo.

—Laboratorios de drogas —le dije a Jay—. ¿Preparáis también

drogas de diseño aquí? ¿O tal vez almacenáis sólo los rifles y las demás cosas que acaban en la calle y matan a la gente?

—Cállate, Kay —respondió en voz baja—. Tú ocúpate de ella, Bev. —Señaló a Lucy—. Búscale una habitación bonita y asegúrate de que esté cómoda.

Kiffin esbozó una sonrisa. Dio unos golpecitos con la escopeta en la parte posterior de la pierna de Lucy. Habíamos llegado al motel. Eché un vistazo a los coches estacionados y no vi señales de ningún otro ser humano. Benton me vino a la cabeza. El corazón me latió con fuerza cuando mi cerebro se percató de la realidad: Bonnie y Clyde. Solíamos referirnos a Carrie Grethen y a Newton Joyce como Bonnie y Clyde. La pareja asesina. Siempre tuvimos la seguridad de que ellos fueron los responsables del asesinato de Benton. Aun así, nunca supimos con certeza con quién iba a encontrarse Benton esa tarde en Filadelfia. ¿Por qué fue solo y no se lo dijo a nadie? Era demasiado inteligente para eso. Jamás habría accedido a encontrarse con Carrie Grethen o con Newton Joyce, ni siquiera con un desconocido con información, porque jamás se habría fiado de un desconocido con supuesta información cuando estaba en una ciudad intentando localizar a una asesina en serie tan astuta y malvada como Carrie. Me detuve en el aparcamiento mientras Kiffin abría una puerta y esperaba a que Lucy entrara en una de esas habitaciones. La número 14. Lucy no se volvió a mirarme y la puerta se cerró tras ella y Kiffin.

—Mataste a Benton, ¿no es cierto, Jay? —inquirí. Más que una pregunta era una afirmación.

Se detuvo detrás de mí, me puso una mano en la espalda, con la pistola apuntándome y tocándome, y me pidió que abriera la puerta. Entramos en la habitación número 15, la misma que Kiffin me enseñó cuando quise ver el tipo de colchón y ropa de cama que usaba en ese antro.

—Tú y Bray —proseguí—. Por eso envió las cartas desde Nueva York, intentando que parecieran de Carrie, para que Benton supusiera que las habían escrito en esa ciudad, donde ella estaba encerrada, en Kirby.

Jay cerró la puerta y movió la pistola con un gesto casi cansado, como si yo fuera una pesada y le aburriese lo que estaba diciendo.

—Siéntate —ordenó.

Levanté la vista al techo, en busca de anillas. Me pregunté dónde estaría la pistola de aire caliente y si eso formaría parte de mi destino. Seguí de pie donde estaba, cerca del tocador con su Biblia, ésta sin abrir por ningún capítulo sobre la vanidad ni ninguna otra cosa.

—Sólo quiero saber si me acosté con la persona que mató a Benton. —Miraba directamente a Jay—. ¿Vas a matarme? Adelante. Pero ya lo hiciste cuando lo asesinaste a él. Así que supongo que no puedes matarme dos veces, Jay. —Era extraño, no estaba asustada, sino resignada. Mi dolor y mi angustia eran por mi sobrina, y me dispuse a aguardar a que el estruendo de la escopeta sacudiera las paredes—. ¿No podrías dejarla al margen de esto? —pregunté de todos modos, segura de que Jay sabía que me refería a Lucy.

—Yo no maté a Benton —repuso pálido e inexpresivo, como una zombi—. Fueron Carrie y el imbécil de su amigo. Yo hice la llamada.

—¿La llamada?

—Lo llamé para concretar una cita. No me costó mucho. Soy agente. —Disfrutó al recordármelo—. Carrie se encargó a partir de ahí. Carrie y ese imbécil con la cara marcada con quien se había enrollado.

—Así que tú le tendiste una trampa —dije—. Y ayudarías a Carrie a escapar, imagino.

—No necesitaba demasiada ayuda, sólo un poco —respondió—. Era como mucha gente de este negocio. Se meten en el tema y se les pudre el cerebro, ya de por sí podrido. Empezó a hacer cosas por su cuenta. Hace años. Si vosotros no hubieseis resuelto el problema, lo habríamos hecho nosotros. Había dejado de ser útil.

—¿Involucrada en el negocio familiar, Jay? —Clavé mis ojos en los suyos. Tenía la pistola a un costado y se apoyó contra la puerta. No me tenía miedo. Yo era como una cuerda de arco demasiado tensa, a punto de saltar, mientras esperaba, atenta a cualquier sonido de la habitación contigua—. Todas esas mujeres asesinadas, ¿con cuántas te acostaste antes? Como Susan Pless. —Sacudí la cabeza—. Sólo quiero saber si ayudaste a Chandonne o si él te siguió y se aprovechó de lo que tú habías dejado atrás.

Los ojos de Jay se concentraron en mí con mayor intensidad. Me había acercado a la verdad.

—¿Sabes una cosa? —proseguí—. Eres demasiado joven para ser Jay Talley, quienquiera que fuera. Jay Talley sin segundo nombre de pila. Y no fuiste a Harvard, y dudo que hayas vivido en Los Ángeles, por lo menos de niño. Es tu hermano, ¿verdad, Jay? Esa deformidad terrible que se autodenomina hombre lobo es tu hermano, y tu ADN es tan próximo al suyo que en una prueba rutinaria podríais ser gemelos univitelinos. ¿Sabías que tu ADN es igual que el suyo en una prueba rutinaria? En el nivel de cuatro *locis* los dos sois exactamente iguales.

Advertí su cólera. El vanidoso y atractivo Jay no quería pensar que su ADN era siquiera parecido al de alguien tan feo y horroroso como Jean-Baptiste Chandonne.

—Y el cadáver del contenedor de carga, el que nos ayudaste a creer que era el del hermano, Thomas. Su ADN también tenía muchos puntos en común, pero no tantos como el tuyo, que obtuvimos del semen que dejaste en el cadáver de Susan Pless antes de su brutal muerte. ¿Era Thomas un pariente, un hermano, un primo o qué? ¿Lo mataste también? ¿Lo ahogaste en Amberes, o lo hizo Jean-Baptiste? Y luego me llevaste a la Interpol, no porque necesitaras mi ayuda en el caso, sino porque querías ver lo que sabía. Querías asegurarte de que no supiera lo que Benton empezaría a averiguar: que eres un Chandonne —afirmé. Jay no reaccionó, y añadí—: Es probable que organices el negocio de tu padre y que por eso te incorporaras a las fuerzas del orden, para trabajar en ellas de incógnito, como un espía. Sólo Dios sabe cuántas operaciones habrás desviado, conociendo todo lo que los chicos buenos hacían y volviéndolo contra ellos a sus espaldas. —Sacudí la cabeza y le pedí otra vez—: Deja ir a Lucy. Haré lo que quieras. Déjala marchar.

—No puedo. —Ni tan sólo quiso discutir todo lo que le había dicho.

Jay observó la pared, como si pudiera ver a través de ella. Era evidente que se preguntaba qué estaría pasando en la habitación de al lado, por qué estaría tan silenciosa. Se me tensaron aún más los nervios.

«Dios mío, por favor —pensé—. Por favor. Por favor. O, por lo menos, que sea rápido. Que no sufra.»

Jay echó el pestillo y la cadena.

—Desnúdate —ordenó, sin usar mi nombre. Es más fácil matar a las personas que has despersonalizado—. No te preocupes —añadió de un modo extraño—. No haré nada. Sólo quiero que parezca otra cosa.

Levanté la mirada al techo. Jay sabía lo que yo estaba pensando. Estaba pálido y sudaba. Abrió un cajón del tocador y sacó varios cáncamos y una pistola de aire caliente de color rojo.

—¿Por qué? —le pregunté—. ¿A ellos, por qué? —Me referí a los dos hombres que ahora creía que Jay había matado.

—Vas a atornillar esto en el techo por mí —me indicó—. Ahí, en la viga. Súbete a la cama y hazlo. Y no intentes nada. —Dejó los cáncamos en la cama y me hizo un gesto con la cabeza para que los cogiera e hiciera lo que me ordenaba—. Hay que hacer lo necesario cuando la gente se mete donde no debe. —Sacó una mordaza y una cuerda del cajón. Me quedé donde estaba, mirándolo. Los cáncamos relucían como el peltre sobre la cama—. Matos vino aquí buscando a Jean-Baptiste, y hubo que persuadirlo un poco para saber con exactitud qué lo preocupaba y quién le había dado la orden, que no era lo que piensas. —Se quitó la chaqueta de cuero y la dejó doblada en una silla—. No fue la familia, sino un lugarteniente que no quería que Jean-Baptiste empezara a hablar y estropeara algo que podía beneficiar a mucha gente. Una cosa que tiene la familia...

—Tu familia, Jay —le recordé a su familia y que lo conocía en persona.

—Sí. —Se me quedó mirando—. Sí, coño, mi familia. Nos cuidamos los unos a los otros. No importa lo que hagas, la familia es la familia. Jean-Baptiste es un bicho raro. Bueno, cualquiera que lo vea se da cuenta y comprende por qué tiene ese problema.

No dije nada.

—No lo aprobamos, claro —prosiguió como si hablara de un niño que se saltaba los semáforos en rojo o que bebía demasiada cerveza—. Pero es de nuestra sangre, y no tocamos a los de nuestra sangre.

—Alguien tocó a Thomas —apunté, y no había recogido los cáncamos ni me había subido a la cama. No tenía intención de ayudarlo a torturarme.

—¿Quieres saber la verdad? Fue un accidente. Thomas no sabía nadar. Tropezó con una cuerda y se cayó por la borda, o algo así —me explicó Jay—. Yo no estaba. Se ahogó. Jean-Baptiste quería alejar su cadáver del astillero, donde había otras cosas en danza, y no quería que lo identificaran.

—Tonterías —solté—. Lo siento, pero Jean-Baptiste dejó una nota con el cadáver. «*Bon voyage. Le Loup-Garou.*» ¿Haces eso cuando no quieres atraer la atención hacia algo? Yo diría que no. Tal vez deberías volver a comprobar la historia de tu hermano. Tal vez tu familia cuide de la familia. Tal vez Jean-Baptiste sea una excepción. Parece que no cuida de la familia en absoluto.

—Thomas era un imbécil —soltó como si eso restara importancia al crimen—. Sube y haz lo que te digo. —Señaló las anillas, visiblemente enfadado.

—No —me negué—. Haz lo que quieras, Jay. —Seguí llamándolo por su nombre. Lo conocía. No iba a permitir que me hiciera eso sin pronunciar su nombre y mirarlo a los ojos—. No voy a ayudarte a matarme, Jay.

De pronto se oyó un ruido sordo, como si algo hubiese caído al suelo, seguido de una explosión, y me dio un vuelco el corazón. Se me hizo un nudo en la garganta y se me llenaron los ojos de lágrimas. Jay se estremeció, pero sólo por un instante.

—Siéntate —me ordenó.

Al no obedecerlo, se acercó y me arrojó sobre la cama de un empujón. Yo lloraba. Lloraba por Lucy.

—Eres un hijo de puta —exclamé—. ¿Mataste a ese niño también? ¿Te llevaste a Benny y lo colgaste? ¿A un niño de doce años?

—No debió venir aquí. Mitch tampoco debió hacerlo. Yo conocía a Mitch. Me vio. No pude hacer nada. —Estaba inclinado hacia mí, como si dudara de lo que iba a hacer a continuación.

—Y mataste al niño. —Me sequé las lágrimas con el dorso de las manos. Detecté confusión en sus ojos. Tenía un problema con lo del niño. Los demás no le importábamos, pero el niño sí.

—¿Cómo pudiste quedarte ahí de pie y verlo morir ahorcado, cuando sólo era un niño con su traje de los domingos?

Echó hacia atrás una mano y me dio una bofetada. Ocurrió tan deprisa que, al principio, ni lo noté. Se me entumecieron la boca y la nariz y, al empezar a dolerme, unas gotas de sangre comenzaron a caer sobre mi regazo. Temblorosa, dejé que la sangre cayera y miré a Jay. Ahora le sería más fácil. Había iniciado el proceso. Se sentó a horcajadas sobre mí para sujetarme los brazos con las rodillas. Me obligó a poner las manos sobre mi cabeza y me las ató con la cuerda; sentí un dolor terrible en el codo fracturado. Y todo el rato mascullaba cosas sobre Diane Bray. Se burlaba de mí mientras me contaba que ella conocía a Benton. Se extrañó de que éste jamás me mencionara que Bray se había liado con él. Y aseguró que, si Benton hubiese sido algo más amable con ella, quizá lo hubiese dejado en paz. Quizá me habría dejado a mí en paz. Mi cabeza estaba a punto de estallar. Apenas comprendía nada.

¿De veras creía que Benton sólo había tenido una aventura conmigo? ¿Era tan idiota como para creer que Benton engañaría a su mujer pero no a mí? ¿Cómo podía ser tan estúpida? Se levantó para coger la pistola de aire caliente. Dijo que la gente hacía lo que hacía. Benton había tenido un lío con Bray en Washington y, cuando la dejó, y lo hizo bastante pronto, para que constara, ella no iba a aceptarlo sin más. Diane Bray, imposible. Jay intentaba amordazarme y yo no dejaba de mover la cabeza de un lado a otro. Me sangraba la nariz. No podría respirar. Bray se lo hizo pagar a Benton y ése fue en parte el motivo que la llevó a Richmond: asegurarse de que también arruinaría mi vida.

—Un precio bastante caro que pagar por acostarse con alguien unas cuantas veces.

Jay se levantó otra vez de la cama. Sudaba y estaba pálido.

Luché para respirar por la nariz mientras el corazón me latía con fuerza y el pánico se apoderaba de mí. Traté de calmarme. La hiperventilación me dificultaría aún más captar aire. Pánico. Traté de inspirar y la sangre me resbaló por el fondo de la garganta. Tosí y tuve arcadas, y el corazón me explotaba contra las costillas como un puño que intentara derribar una puerta. Pum, pum, pum. La habitación se volvió borrosa y no podía moverme.

34

Dos semanas después

Quienes se habían reunido en mi honor eran gente corriente. Estaban sentados en silencio, incluso con reverencia, casi horrorizados. No era posible que no se hubieran enterado de todo lo que había aparecido en las noticias. Habría sido necesario vivir en el corazón de África para no estar al tanto de lo ocurrido las últimas semanas; en especial, lo que pasó en el condado de James City en un estercolero turístico que resultó ser el ojo de una tormenta monstruosa de corrupción y perversión.

Todo parecía muy tranquilo en ese cámping destartalado y cubierto de maleza. Cuánta gente habría estado en tiendas o en el motel sin tener ni idea de lo que se cocía a su alrededor. Como un huracán que se desvanece en el mar, las fuerzas turbulentas habían desaparecido. Por lo que sabíamos, Bev Kiffin seguía viva. Y también Jay Talley. Irónicamente, la Interpol lo consideraba ahora, en su jerga un «alerta roja»: las mismas personas que habían trabajado antes con él, lo perseguían implacables. Kiffin también era alerta roja. Se suponía que Jay y Kiffin habían huido de Estados Unidos y se ocultaban en algún país extranjero.

Jaime Berger se encontraba frente a mí. Yo estaba sentada en el estrado ante un jurado formado por tres mujeres y cinco hombres: dos blancos, cinco afroamericanos y un asiático. Representaban las razas de todas las víctimas de Chandonne, aunque yo estaba segura de que no había sido algo deliberado por parte de nadie. Pero lo consideraba justo, y me alegraba por ello. Se había pegado papel marrón sobre la puerta de cristal de la sala para que ni los curiosos ni la prensa pudieran ver el interior. Los jurados, los testigos y yo entramos en el edificio por una rampa subterránea del mismo modo en que se escolta a los prisioneros cuando van a juicio. La confidencialidad enfriaba el ambiente y los miembros del jurado me observaban como a un fantasma. Tenía la cara amarillo verdosa de cardenales medio curados, el brazo izquierdo estaba escayolado de nuevo y seguía luciendo las quemaduras de la cuerda alrededor de las muñecas. Me encontraba viva sólo porque resultó que Lucy llevaba chaleco antibalas. Yo no tenía ni idea. Cuando me recogió con el helicóptero, llevaba puesta esa prenda de seguridad bajo la chaqueta.

Berger me preguntó sobre la noche que habían asesinado a Diane Bray. Era como si fuera una casa donde se toca una música diferente en cada habitación. Respondía a sus preguntas y, aun así, pensaba en otras cosas, evocaba otras imágenes y oía otros sonidos en zonas distintas de mi mente. No sé cómo, pero era capaz de concentrarme en mi testimonio. Se mencionó el recibo de caja del martillo de desbastar que compré. Luego, Berger leyó el informe del laboratorio que se presentó al tribunal para que constara en acta, lo mismo que el protocolo de la autopsia, el informe de toxicología y todos los demás que se habían efectuado. Describió el martillo de desbastar al jurado y me pidió que explicara cómo se relacionaban sus superficies con las heridas horrendas de Bray.

Eso siguió un rato, y miré el rostro de quienes estaban ahí para juzgarme. Las expresiones comprendían desde las pasivas hasta las intrigadas y horrorizadas. Una mujer se mareó cuando describí las zonas del cráneo y del globo ocular golpeadas que habían llegado a salir disparadas o a colgar en su cuenca. Berger señaló que, según el informe del laboratorio, el martillo recuperado en mi casa estaba oxidado. Me preguntó que si el que compré en la ferretería «después del asesinato de Bray» estaba oxidado. Respondí que no.

—¿Podría una herramienta como ésta oxidarse en cuestión de semanas? —me preguntó—. En su opinión, doctora Scarpetta, ¿podría la sangre del martillo de desbastar haber provocado que estuviera en ese estado, en el estado del que se encontró en su casa, el que usted afirma que Chandonne llevaba consigo cuando la atacó?

—En mi opinión, no —aseguré, a sabiendas de que lo mejor para mí era responder eso. Pero no importaba. Habría dicho la verdad aunque no fuera lo mejor para mí—. Para empezar, la policía debería asegurarse, de modo rutinario, de que el martillo está seco cuando lo introduce en la bolsa para pruebas —añadí.

—Y los científicos que recibieron el martillo para su examen afirman que estaba oxidado, ¿no es así? Quiero decir..., estoy leyendo bien el informe del laboratorio, ¿verdad?

Esbozó una sonrisa. Iba vestida con un traje negro a rayas azul cielo y caminaba arriba y abajo con pasos pequeños mientras exponía su argumento.

—No conozco las conclusiones de los laboratorios —contesté—. No he visto esos informes.

—Por supuesto que no. No ha ido a su oficina en unos diez días. Y, hum, este informe se finalizó antes de ayer. —Echó un vistazo a la fecha impresa en él—. Pero indica que el martillo de desbastar con la sangre de Bray estaba oxidado. Se veía viejo, y creo que el dependiente de Pleasants Hardware Store afirma que el martillo que usted compró el diecisiete de diciembre por la tarde, casi veinticuatro horas después del asesinato de Bray, no se veía nada viejo. Era nuevo. ¿Correcto?

Le recordé a Berger que yo no podía decir lo que el dependiente de la ferretería afirmaba, mientras el jurado asimilaba cada palabra, cada gesto. No había presenciado la declaración de los testigos. Berger me preguntaba cosas a las que no podía responder sólo para que los miembros del jurado supieran lo que a ella le interesaba. Lo más traicionero y maravilloso de un proceso ante un jurado de acusación es que el abogado defensor no está presente y que no hay juez: nadie que objetara las preguntas de Berger. Podía preguntarme lo que quisiera, y lo hacía, porque era una de esas escasas ocasiones en que un fiscal trataba de demostrar la inocencia del acusado.

Berger me preguntó que a qué hora había llegado a casa procedente de París y había ido a comprar comestibles. Mencionó que había ido a ver a Jo al hospital esa tarde y mi posterior conversación telefónica con Lucy. El margen se redujo. Era cada vez más pequeño. ¿Cuándo tuve tiempo de ir a casa de Bray, matarla a golpes, dejar pruebas falsas y disfrazar el crimen? ¿Y por qué iba a molestarme en comprar un martillo de desbastar veinticuatro horas después de los hechos, a no ser que fuera con la finalidad que había expresado desde un principio: para efectuar pruebas? Dejó esas preguntas en el aire mientras Buford Righter permanecía sentado en la mesa de la fiscalía examinando unas notas en su bloc. Evitaba mirarme a los ojos.

Contesté las preguntas de Berger una tras otra. Cada vez me costaba más hablar. La mordaza me había causado abrasiones en el interior de la boca y las heridas se me habían ulcerado. No tenía llagas en la boca desde que era pequeña y había olvidado lo dolorosas que eran. Cuando la lengua ulcerada me golpeaba los dientes al hablar, parecía que tuviera un defecto del habla. Me sentía débil y tensa. El brazo izquierdo me dolía, de nuevo escayolado debido a que había vuelto a lastimármelo cuando Jay me había atado las manos a la cabecera de la cama.

—He notado que tiene algunos problemas para hablar. —Berger hizo una pausa para señalar este detalle—. Doctora Scarpetta, sé que eso no viene al caso. —Nunca decía nada que no viniera al caso. Tenía un motivo para cada paso que daba, para cada expresión que adoptaba, para absolutamente todo—. ¿Le importa si hacemos un breve inciso? —Se detuvo y levantó las palmas de las manos en gesto de duda—. Me parece que a los miembros del jurado les resultaría instructivo que explicara qué le pasó la semana pasada. Sé que se preguntan por qué presenta magulladuras y tiene dificultades para hablar.

Hundió las manos en los bolsillos de los pantalones y me animó pacientemente a contar mi historia. Me disculpé por no estar en plena forma en ese momento y los miembros del jurado sonrieron. Les expliqué lo de Benny y sus semblantes mostraron dolor. Los ojos de un hombre se llenaron de lágrimas cuando describí los dibujos del niño que me condujeron al mirador donde yo creía que Benny pasaba mucho tiempo contemplando el mundo y reflejándolo en imágenes en su bloc de dibujo. Expresé mis temores de que el pequeño Benny hubiese sufrido una muerte violenta. Conté que el contenido de su estómago no se explicaba con lo que sabíamos sobre sus últimas horas de vida.

—Y a veces los pedófilos, quienes abusan de menores, atraen a los niños con golosinas, comida, algo que les apetezca. ¿Ha tenido casos así, doctora Scarpetta? —quiso saber Berger.

—Sí —repuse—. Por desgracia.

—¿Puede darnos algún ejemplo de un caso en que se atrajera a un niño con comida o golosinas?

—Hace algunos años nos llegó el cadáver de un niño de ocho años —dije—. En la autopsia determiné que se había asfixiado cuando el autor obligó al niño, a ese pequeño de ocho años, a practicar el sexo oral. Encontré chicle en el estómago del niño; un pedazo bastante grande. Resultó que un vecino, un varón adulto, le había dado cuatro chicles Dentyne. Ese hombre confesó, al final, haber cometido el asesinato.

—Por lo tanto, tenía buenos motivos, basada en sus años de experiencia, para preocuparse al encontrar palomitas y perritos calientes en el estómago de Benny White —indicó Berger.

—Exacto; me preocupó mucho —afirmé.

—Siga, por favor, doctora Scarpetta —pidió Berger—. ¿Qué pasó cuando dejó el mirador y siguió el sendero por el bosque?

Había una mujer en el jurado. Estaba en la primera fila de la tribuna, la segunda por la izquierda, y me recordaba a mi madre. Era obesa y debía de tener unos setenta años. Llevaba un vestido negro con estampado de flores. No me quitaba los ojos de encima, y le sonreí. Parecía una mujer con mucho sentido común, y me alegré de que mi madre no estuviese allí, sino en Miami. No creía que supiera lo que me estaba pasando. No se lo había contado. La salud de mi madre no era muy buena y no le iría bien preocuparse por mí. Seguí dirigiéndome a la mujer con el vestido floreado al describir lo que pasó en el motel The Fort James.

Berger me instó a proporcionar antecedentes sobre Jay Talley, cómo nos conocimos e intimamos en París. Entrelazados con las sugerencias y las conclusiones de Berger estaban los sucesos, de apariencia inexplicable, que tuvieron lugar después de que Chandonne me atacara: la desaparición del martillo de desbastar que había comprado con objeto de investigar y la llave de mi casa que había aparecido en el bolsillo de Mitch Barbosa, un agente secreto del FBI, que había sido torturado y asesinado y al que yo no conocía. Berger me preguntó si Jay había estado en mi casa, y, por supuesto, así era. Supuso que pudo tener acceso a una llave y al código de la alarma antirrobo. Pudo tener acceso a las pruebas. Y yo lo confirmé.

—A Jay Talley le habría interesado incriminarla y confundir la cuestión de la culpabilidad de su hermano, ¿verdad? —Berger dejó otra vez de caminar para fijar sus ojos en mí. No estuve segura de poder responder a su pregunta. Prosiguió—: Cuando la atacó en el motel y la amordazó, usted le arañó los brazos, ¿verdad?

—Sé que forcejeé con él —contesté—. Y después tenía sangre bajo las uñas. Y piel.

—¿No era piel suya? ¿Tal vez se arañó usted misma durante el forcejeo?

—No.

Regresó a la mesa y rebuscó entre sus papeles otro informe de laboratorio. Buford Righter estaba petrificado, sentado muy rígido, tenso. El análisis de ADN efectuado en las muestras obtenidas de mis uñas no correspondía al mío, pero sí al de la persona que eyaculó en la vagina de Susan Pless.

—Y ése sería Jay Talley —afirmó Berger, asintiendo y caminando arriba y abajo otra vez—. De modo que tenemos un agente federal que se acostó con una mujer justo antes de que fuera brutalmente asesinada. Además, el ADN de este hombre se parece tanto al de Jean-Baptiste Chandonne que podemos concluir, casi con toda seguridad, que Jay Talley es un pariente próximo, lo más probable un hermano de Jean-Baptiste Chandonne. —Dio unos cuantos pasos, con un dedo en los labios—. Sabemos que el verdadero nombre de Jay Talley no es ése... Hizo una pausa y añadió—: ¿La golpeó, doctora Scarpetta?

—Sí, me golpeó en la cara.

—¿La ató a la cama con la idea, al parecer, de torturarla con una pistola de aire caliente?

—Ésa fue mi impresión.

—¿Le ordenó que se desnudara, la ató y la amordazó con evidentes intecciones de matarla?

—Sí. Dejó muy claro que iba a matarme.

—¿Por qué no lo hizo, doctora Scarpetta? —Berger lo dijo como si no me creyera. Pero estaba fingiendo. Me creía. Yo lo sabía.

Miré a la mujer del jurado que me recordaba a mi madre. Conté que me costaba muchísimo respirar después de que Jay me atara y me amordazara. Sentía pánico y empecé a hiperventilar, y expliqué que eso significaba que inspiraba con tanta rapidez y poca profundidad que no recibía oxígeno suficiente. Me sangraba la nariz, que se me había hinchado, y la mordaza me impedía respirar por la boca. Perdí el conocimiento y, cuando volví en mí, Lucy se encontraba en la habitación. Yo estaba desatada y sin mordaza, y Jay Talley y Bev Kiffin se habían ido.

—Ya hemos oído el testimonio de Lucy —dijo Berger, que se acercó, pensativa, a la tribuna del jurado—. Así pues, sabemos lo que pasó después de que usted perdiera el conocimiento. ¿Qué le contó cuando volvió en sí, doctora Scarpetta?

En un juicio, que yo dijera lo que me había contado Lucy se consideraría testimonio indirecto. Pero Berger podía conseguir casi cualquier cosa con su modo de proceder.

—Me dijo que llevaba un chaleco antibalas —contesté—. Lucy me explicó que tuvo una charla en la habitación...

—Con Bev Kiffin —aclaró Berger.

—Sí. Lucy dijo que estaba contra la pared y que Bev Kiffin la apuntaba con la escopeta. Disparó, pero el chaleco de Lucy absorbió el impacto, y aunque sufrió magulladuras importantes, consiguió arrebatarle el arma y salió corriendo de la habitación.

—Porque, en ese momento, lo que más la inquietaba era usted —apuntó Berger—. No se quedó para reducir a Bev Kiffin porque su prioridad era usted.

—Sí. Me dijo que empezó a dar puntapiés a las puertas. No sabía en qué habitación estaba yo, así que corrió a la parte trasera del motel porque allí hay ventanas que dan a la piscina. Encontró mi habitación, me vio en la cama, rompió la ventana con la culata de la escopeta y entró. Jay no estaba. Al parecer, él y Bev Kiffin ya habían huido en la motocicleta. Lucy me dijo que oyó el ruido de un motor mientras trataba de reanimarme.

—¿Ha tenido noticias de Jay Talley desde entonces? —preguntó Berger mirándome a los ojos.

—No —respondí, y por primera vez ese día tan largo sentí que la furia se apoderaba de mí.

—¿Y de Bev Kiffin? ¿Tiene idea de dónde está?

—No.

—Por lo tanto, son fugitivos. Ella ha dejado a sus dos hijos. Y a una perra, la perra de la familia. La perra por la que tanto cariño sentía Benny White. Tal vez el motivo por el que el muchacho fue al motel después de la iglesia. Corríjame si me falla la memoria, pero ¿no dijo algo Sonny Kiffin, el hijo de Bev, sobre burlarse de Benny, algo referente a que Benny fue a casa de los Kiffin al salir de la iglesia para saber si habían encontrado a *Mr. Peanut*? ¿No dijo que la perra había, y cito, ido a nadar y que si Benny iba podría comprobarlo? ¿No dijo eso Sonny al inspector Marino después de que Jay Talley y Bev Kiffin intentaran matarlas a usted y a su sobrina y escaparan?

—No sé de primera mano lo que Sonny declaró a Pete Marino —contesté.

En realidad, Berger no quería que le respondiera. Lo que quería era que el jurado oyera la pregunta. Se me humedecieron los ojos al pensar en esa perra vieja y lastimosa y en lo que sabía con certeza que le había pasado.

—La perra no había ido a nadar, al menos por voluntad propia, ¿verdad, doctora Scarpetta? ¿No encontraron usted y Lucy a *Mr. Peanut* mientras esperaban en el cámping a que llegara la policía? —prosiguió Berger.

—Sí —admití, y las lágrimas comenzaron a correr por mis mejillas.

La perra estaba detrás del motel, en el fondo de la piscina. Le habían atado ladrillos a las patas traseras. La señora del vestido floreado empezó a llorar. Otra mujer del jurado soltó un grito ahogado y se cubrió los ojos con la mano. Las miradas de indignación e incluso de odio pasaron de una cara a otra, y Berger dejó que el momento, doloroso y terrible, se instalara en la sala. La imagen cruel de *Mr. Peanut* era una prueba intangible, pero vívida e insoportable, y Berger no iba a suprimirla. Silencio.

—¡Cómo puede alguien hacer una cosa así! —exclamó la mujer del vestido floreado a la vez que se secaba los ojos—. ¡Qué gente tan malvada!

—Son unos hijos de puta.

—Gracias a Dios. El Señor la protegió, no hay duda. —Un miembro me dedicó ese comentario sacudiendo la cabeza.

Berger dio tres pasos hacia el jurado, les recorrió con la mirada y luego se volvió hacia mí.

—Gracias, doctora Scarpetta —dijo con calma, y añadió con dulzura para el jurado—: Hay gente perversa y terrible en el mundo. Gracias por dedicarnos este rato cuando sabemos lo mal que se siente y que ha pasado por un infierno. Sí. —Miró de nuevo al jurado—. Un infierno.

Todos asintieron con la cabeza.

—Un infierno, es cierto —me dijo la jurado del vestido floreado, como si yo no lo supiera—. ¿Puedo preguntarle algo? Podemos preguntar, ¿verdad? —inquirió dirigiéndose a Berger.

—Adelante —respondió ésta.

—Sé lo que yo pienso —me comentó la señora—. Pero ¿sabe una cosa? Le diré algo: tal como me educaron, si no decías la verdad, te daban unas palmadas en el trasero, y de las fuertes. —Adelantó la barbilla para mostrar su honrada indignación—. Nunca había oído hablar de gente que hiciera las cosas que se han contado aquí. Me parece que no podré dormir en mi vida. Verá, no me ando con rodeos.

—Eso se nota —dije.

—Por lo tanto, iré al grano. —Se me quedó mirando, rodeando con los brazos su gran bolso verde—. ¿Lo hizo? ¿Mató a esa mujer policía?

—No, señora —negué con más énfasis que ninguna otra cosa en toda mi vida—. No lo hice.

Esperamos una reacción. Todos en la sala permanecieron en silencio. Los miembros del jurado estaban listos. Jaime Berger fue hacia su mesa y recogió unos papeles. Los ordenó y los golpeó con suavidad en la mesa para igualarlos. Dejó que las cosas se calmaran antes de levantar la vista. La dirigió a cada miembro del jurado y, luego, me miró a mí.

—No tengo más preguntas —declaró—. Señoras y señores. —Se dirigió hasta la tribuna y se inclinó hacia el jurado como si escudriñara un barco, y era así. La señora del vestido floreado y sus compañeros eran mi billete para salir de aguas turbulentas y peligrosas—. Me dedico profesionalmente a buscar la verdad. —Berger se describió con unas palabras que jamás había oído usar a un fiscal—. Mi objetivo es siempre descubrir la verdad y honrarla. Por eso me pidieron que viniera aquí, a Richmond, para revelar la total y absoluta verdad. Todos ustedes han oído que la justicia es ciega. —Esperó a que asintieran con la cabeza—. Bueno, la justicia es ciega en el sentido en que debería de ser totalmente imparcial y justa para todos por igual. Pero, nosotros no estamos ciegos ante la verdad, ¿no es cierto? Hemos visto lo que ha pasado en esta sala. Estoy segura de que saben lo que ha pasado en esta sala y que no están ciegos. Tendrían que estarlo para no ver lo que resulta tan evidente. Esta mujer —dijo mirándome y señalándome con el dedo—, la doctora Kay Scarpetta, no se merece más preguntas, más dudas, más indagaciones dolorosas. En conciencia, no puedo permitirlo. —Hizo una pausa. Los miembros del jurado estaban paralizados, sin apenas parpadear mientras la observaban—. Señoras y señores, gracias por su consideración, su tiempo y su deseo de hacer lo que está bien. Pueden volver a su trabajo, a su hogar y a su familia. Pueden retirarse. No hay causa. Causa sobreseída. Buenos días.

La señora del vestido floreado sonrió y suspiró. El jurado empezó a aplaudir. Buford Righter bajó la vista hacia sus manos, que tenía entrelazadas sobre la mesa. Me levanté y, al abrir la puerta de vaivén al estilo de un *saloon* del oeste y bajar del estrado, la sala me dio vueltas.

MINUTOS DESPUÉS

Me sentí como si saliera emergida de las sombras y evité el contacto visual con los reporteros y demás personas que esperaban pasada la puerta de cristal, envuelta en papel, que me ocultaba del mundo exterior y ahora me devolvía a él.

Berger me acompañó a la sala de testigos cercana, y Marino, Lucy y Anna se levantaron al instante tras una espera terrorífica y nerviosa. Notaron lo que había pasado y sólo pude asentir en señal de afirmación.

—Todo ha ido bien —logré decir—. Jaime ha estado magistral.

Por fin llamaba a Berger por su nombre de pila, mientras caía en la cuenta de que, aunque había esperado en esa sala un sinfín de veces en los últimos diez años para explicar la muerte a los jurados, jamás imaginé que un día estaría en ese juzgado para explicarme a mí misma.

Lucy me agarró y me levantó del suelo de un abrazo, e hice un gesto de dolor debido a mi brazo herido a la vez que reía. Abracé a Anna. Abracé a Marino.

Berger esperaba en la puerta, por una vez sin inmiscuirse. La abracé también. Empezó a guardar carpetas y blocs de notas en su maletín y se puso el abrigo.

—Me marcho —anunció, en tono profesional, pero percibí su júbilo. Estaba orgullosa de sí misma y tenía motivos para estarlo.

—No sé cómo darle las gracias —le dije con el corazón lleno de gratitud y respeto—. Ni siquiera sé qué decir, Jaime.

—Yo tampoco —exclamó Lucy.

Mi sobrina llevaba un traje muy oscuro y tenía el aspecto de un médico, de un abogado o de lo que quisiera ser, eso sí, despampanante. Por el modo en que fijaba los ojos en Berger, vi que se percataba de lo atractiva e interesante que era esa mujer. No podía parar de mirarla y felicitarla. Mi sobrina se mostraba efusiva. De hecho, flirteaba. Estaba flirteando con mi fiscal especial.

—Tengo que regresar a Nueva York —me comentó Berger—. ¿Recuerda el gran juicio que me espera allí? —preguntó aludiendo al caso de Susan Pless—. Hay mucho que hacer. ¿Cuándo podrá venir para que examinemos el caso?

Me pareció que hablaba en serio.

—Ve —me aconsejó Marino, con su arrugado traje azul marino y una corbata roja que era demasiado corta. Su semblante reflejó tristeza—. Ve a Nueva York, doctora. Ahora. Mejor que no estés aquí durante un tiempo. Deja que todo este follón se calme.

No respondí, pero tenía razón. Casi no podía ni hablar en ese momento.

—¿Le gustan los helicópteros? —le preguntó Lucy a Berger.

—No me subiría nunca en ese trasto —intervino Anna—. Ninguna ley física explica que uno de esos trastos pueda volar. Ninguna.

—Sí, y tampoco hay ninguna ley física para el vuelo de los abejorros —replicó Lucy, feliz—. Unos animalitos gordos con alitas diminutas. Brrrrrrrr. —Imitó el vuelo de un abejorro, moviendo los dos brazos a toda velocidad, de modo vertiginoso.

—¿Vuelves a drogarte? —soltó Marino entornando los ojos hacia mi sobrina.

Lucy me rodeó con un brazo y salimos de la sala de testigos. Berger ya había llegado al ascensor, sola, con el maletín bajo el brazo. La flecha hacia abajo se encendió y se abrió la puerta. Bajaron varias personas con un aspecto bastante descompuesto, que irían a su día del juicio final o estaban a punto de contemplar cómo alguien vivía un infierno. Berger sujetó la puerta para que entráramos Marino, Lucy, Anna y yo.

Los periodistas estaban al acecho, pero no se molestaron en acercarse a mí, ya que les dejé muy claro con movimientos de la cabeza que no tenía comentarios que hacer y que me dejaran en paz. La prensa no sabía qué acababa de pasar en el proceso del jurado especial de acusación. El mundo no lo sabía. No se había permitido a los periodistas entrar en la sala, a pesar de que estaba claro que yo iba a comparecer. Filtraciones. Habría más, sin duda. No importaba, pero me di cuenta de que Marino tenía razón al sugerir que me fuera de la ciudad, por lo menos durante algún tiempo. Mis ánimos fueron bajando a la vez que el ascensor. Nos detuvimos en la planta baja. Me enfrenté a la realidad y tomé una decisión.

—Iré —le dije con calma a Jaime Berger al salir del ascensor—.

Cojamos el helicóptero y vayamos a Nueva York. Será un honor ayudarla en lo que pueda. Ahora me toca a mí, señora Berger.

Se detuvo en medio del concurrido y ruidoso vestíbulo y se cambió de brazo el maletín, grueso y raído. Había perdido una de las tiras de piel.

—Jaime —me recordó, mirándome a los ojos—. Nos veremos en el juzgado, Kay.

Best 1/11/19